JULIE ET SALABERRY

2. Les Chroniques de Chambly

DE LA MÊME AUTEURE

Saga LES CHRONIQUES DE CHAMBLY

Tome I, *Marguerite*, roman, Montréal, Hurtubise, 2009.

Louise Chevrier

JULIE ET SALABERRY
Les Chroniques de Chambly

tome 2

Roman historique
Hurtubise

Catalogage avant publication de Bibliothèque et Archives nationales du Québec et Bibliothèque et Archives Canada

Chevrier, Louise

Julie et Salaberry : les Chroniques de Chambly. 2

« Roman historique ».

ISBN 978-2-89647-952-8

1. Hertel de Rouville, Marie Anne Julie, 1788-1855 - Romans, nouvelles, etc. 2. Salaberry, Charles Michel d'Irumberry de, 1778-1829 - Romans, nouvelles, etc. 3. Chambly (Québec) - Histoire - Romans, nouvelles, etc. I. Titre. II. Titre : Chroniques de Chambly.

PS8605.H493J84 2012   C843'.6   C2012-941177-9
PS9605.H493J84 2012

Les Éditions Hurtubise bénéficient du soutien financier des institutions suivantes pour leurs activités d'édition :

- Conseil des Arts du Canada
- Gouvernement du Canada par l'entremise du Fonds du livre du Canada (FLC) ;
- Société de développement des entreprises culturelles du Québec (SODEC) ;
- Gouvernement du Québec par l'entremise du programme de crédit d'impôt pour l'édition de livres.

Direction littéraire : Jacques Allard
Illustration de la couverture : Sybiline
Maquette de la couverture : René St-Amand
Maquette intérieure et mise en pages : Folio infographie

Copyright © 2012, Éditions Hurtubise inc.

ISBN 978-2-89647-952-8 (version imprimée)
ISBN 978-2-89647-953-5 (version numérique pdf)
ISBN 978-2-89723-035-7 (version numérique ePub)

Dépôt légal : 4e trimestre 2012
Bibliothèque et Archives nationales du Québec
Bibliothèque et Archives du Canada

Diffusion-distribution au Canada :
Distribution HMH
1815, avenue De Lorimier
Montréal (Québec) H2K 3W6
www.distributionhmh.com

Diffusion-distribution en France :
Librairie du Québec / DNM
30, rue Gay-Lussac
75005 Paris
www.librairieduquebec.fr

Imprimé au Canada
www.hurtubisehmh.com

À mes parents, Madeleine Lalancette et Jacques Chevrier,
héros de leur époque

*Le Canada fut le théâtre de la guerre de 1812
parce qu'il était une colonie anglaise.*

Michelle GUITARD

*Ni Anglais ni Français… Il avait cru devoir revêtir
l'uniforme anglais avec le secret désir qu'il s'en déteignit quelque
chose sur lui. Mais, lorsqu'il le dépouilla, il put constater l'avoir
porté comme on porte un masque. […] Ce pays pour lequel il s'était
battu tant, avec un loyalisme extrême et quelque complaisance, lui
rendait en ingratitude et en oubli son valeureux dévouement.*

Robert LA ROQUE DE ROQUEBRUNE
À propos de son ancêtre Salaberry

Les personnages

Bédard : Jean-Baptiste, curé de Chambly ; sa sœur, Marie-Josèphe, et leur frère, Joseph, avocat de Montréal.

Boileau : famille bourgeoise de Chambly constituée de monsieur Boileau, le père ; madame de Gannes de Falaise, la mère ; René, le fils aîné, notaire ; Emmélie, la fille aînée ; Sophie, la fiancée de Toussaint Drolet, marchand de Saint-Marc ; et Zoé, la benjamine.

Bresse : cette autre famille bourgeoise de Chambly compte Joseph Bresse, négociant ; son épouse Françoise Sabatté ; de même que Clémence, la sœur de Françoise ; et Agathe, l'épouse de l'officier Jonathan McGhie.

Kent : Edward-Augustus, duc de Kent, quatrième fils du roi d'Angleterre George III et sa compagne, madame de Saint-Laurent, dite Madame.

Lareau : famille d'habitants du chemin de la Petite Rivière à Chambly. François Lareau, le père, et Victoire Sachet, la mère, sont les parents de Marguerite Talham, de Godefroi, 25 ans, et d'Appoline, 9 ans.

Niverville : famille noble de Chambly qui comporte Madeleine et Thérèse de Niverville, sœurs jumelles célibataires, et Louise, l'épouse du marchand David Lukin.

Papineau : famille bourgeoise de Montréal formée par, entre autres, Louis-Joseph, avocat et député du comté de Kent, fils de Joseph Papineau et frère de Rosalie Papineau.

Prévost : George Prévost, gouverneur du Canada et commandant des forces britanniques au Canada.

Rottenburg : baron Francis de Rottenburg, d'origine polonaise, officier de l'armée britannique et supérieur immédiat de Salaberry ; Caroline von Orelli, son épouse.

Rouville : famille noble de Chambly composée du colonel Melchior de Rouville, le père ; de Marie-Anne Hervieux, la mère ; et de leurs enfants : Julie, dite la demoiselle de Rouville, et Ovide, dit le fils Rouville. On désigne souvent du titre de colonel, monsieur de Rouville, parce qu'il est lieutenant-colonel du bataillon de milice du comté de Rouville. Il est aussi un ancien militaire de l'armée française.

Salaberry : famille noble de Beauport, résidant l'hiver à Québec dont les membres sont Louis de Salaberry, le père, ancien officier ; Catherine Hertel de Saint-François, la mère ; leur fils, Charles, aide de camp du général de Rottenburg. La famille compte également : Maurice ; François ; Édouard ; Adélaïde ; Amélie et Hermine, épouse de Michel-Louis Juchereau-Duchesnay.

Stubinger : George Stubinger, médecin militaire, et son épouse, Charlotte de Labroquerie, apparentée à la famille Niverville.

Talham : famille d'Alexandre Talham, médecin ; époux de Marguerite Lareau. Ils ont quatre enfants : Melchior, 9 ans ; Eugène, 6 ans ; Charles, 2 ans ; et Marie-Anne, nourrisson.

Viger : Jacques Viger, bourgeois de Montréal ; et son cousin, l'avocat Louis-Michel Viger, ami du notaire René Boileau.

Plan de Chambly en 1812

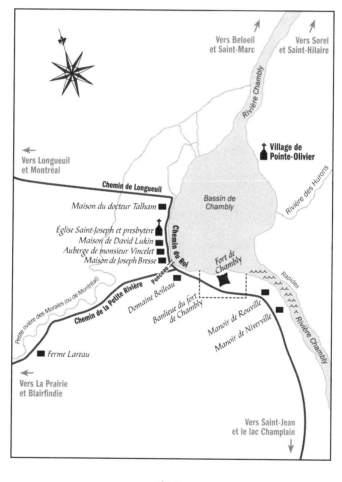

Vers Beloeil
et Saint-Marc

Vers Sorel
et Saint-Hilaire

Rivière Chambly

Vers Longueuil
et Montréal

† Village de
Pointe-Olivier

Rivière des Hurons

Chemin de Longueuil

Maison du docteur Talham ■

Bassin de
Chambly

Église Saint-Joseph et presbytère ■
Maison de David Lukin ■
Auberge de monsieur Vincelet ■
Maison de Joseph Bresse ■

Chemin du Roi

Fort de
Chambly

Rapides

■

Ponceau

■ Fort de
Chambly

Chemin de la Petite Rivière

Domaine Boileau

Banlieue du fort
de Chambly

Manoir de Rouville

Manoir de Niverville

Petite rivière des Morales (ou de Montréal)

Rivière Chambly

■ Ferme Lareau

Vers La Prairie
et Blairfindie

Vers Saint-Jean
et le lac Champlain

Échelle

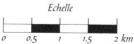

0   0,5   1   1,5   2 km

Prologue

L'officier Charles de Salaberry stoppa sa monture face à un charmant cottage qu'on lui avait indiqué au bourg voisin. Une allée fleurie et bien entretenue y menait. Cette maison était celle de sa tante Suzanne Fortescue, la sœur de sa mère, qu'il n'avait pas eu la chance de connaître – sa tante ayant quitté le Canada bien avant sa naissance. Heureux de retrouver de la famille si loin de son pays, le jeune homme frappa à la porte, le cœur léger.

— *I'll tell m'lady*, déclara la servante venue lui ouvrir avec l'accent chantant des Irlandais.

La jeune femme alla prévenir sa maîtresse. Du salon meublé avec goût où on l'avait fait entrer, le jeune homme entendit :

— *Capt' S'luberry, m'lady.*

Une dame d'au moins soixante ans fit son apparition et Salaberry eut un choc. L'espace d'une seconde, il crut voir l'image de sa mère, mais avec des traits vieillis.

— Charles, vous êtes Charles, le fils de ma sœur Catherine! s'exclama-t-elle dans un français teinté d'un fort accent anglais.

— Chère tante ! Je suis cantonné en Irlande depuis quelques jours. Il me tardait de venir faire votre connaissance afin de vous offrir mes respects, dit-il vivement.

Pour toute réponse, madame Fortescue tendit les bras pour serrer son neveu sur son cœur, puis le repoussa légèrement pour le contempler.

— Je vous aurais reconnu entre tous, tant vous ressemblez à votre mère, dit-elle la voix troublée par des larmes de joie qui coulaient sur ses joues.

Attendri, Salaberry maintenait fermement les mains de sa tante dans les siennes, comme s'il refusait de les rendre à leur propriétaire.

Susanne Hertel de Saint-François, épouse de l'officier John Fortescue, revoyait un membre de sa famille canadienne pour la première fois depuis quarante ans qu'elle vivait en Irlande.

Mais l'émotion était trop vive pour madame Fortescue. Par coquetterie, la dame dissimulait sa corpulence au moyen d'un corset trop serré et le souffle lui manqua. Elle tournoya dans les bras de son neveu retrouvé, perdant connaissance au moment où une gracieuse jeune fille entrait dans la pièce. Salaberry n'eut que le temps de soutenir sa tante pour l'empêcher de glisser sur le sol, et de l'allonger sur un sofa.

— *Mother !* s'exclama la demoiselle en se précipitant vers sa mère. *What's happenned to my mother*[1] ? demanda-t-elle en apercevant l'inconnu, sans même chercher à apprendre qui il était.

— Des sels, avez-vous des sels ? réclama Charles, anxieux de voir sa tante inanimée.

Mary Fortescue avisa une petite armoire d'où elle tira un flacon de cristal.

---

1. Qu'est-il arrivé à ma mère ?

— *What have you done to put her in such a state*[1] ? s'écria la jeune fille tout en faisant respirer les sels de pâmoison à sa mère afin de la réanimer.

— Je viens à peine d'arriver, s'excusa le jeune officier, désolé d'être la cause de la faiblesse de sa tante.

Heureusement, madame Fortescue revenait de son évanouissement et un faible sourire éclaira son visage en voyant les jeunes gens penchés sur elle.

Une fois rassurée sur le sort de sa mère, la demoiselle releva la tête. L'inquiétude fit place à la curiosité. Elle dévisagea cet officier qui, dans son affolement, s'était spontanément exprimé en français et portait l'uniforme vert foncé typique du cinquième bataillon du 60th Regiment of Foot, le régiment colonial de l'armée britannique.

— *Who are you? I've never seen you before*[2].

— Ma chère Mary, dit alors madame Fortescue en français, il ne faut pas en vouloir à ce jeune homme. Mon malaise n'est rien d'autre que le grand bonheur de découvrir un aussi beau neveu. *Darling*, reprit-elle en anglais devant l'air ahuri de sa fille qui s'étonnait d'entendre sa mère parler français, *this is your Canadian cousin*, Charles de Salaberry.

— Eh bien, cousin Charles, vous avez causé un grand émoi ! déclara Mary.

Elle s'exprimait dans un français laborieux.

Charles, à peine revenu de son désarroi, ne répondit pas, mais arborait la mine penaude d'un gamin surpris à chaparder des bonbons. Voyant son trouble, la jeune fille sembla y prendre un certain plaisir, car elle entreprit de le détailler avec une mine espiègle, ce qui surprit l'officier.

---

1. Qu'avez-vous fait pour la mettre dans un tel état ?
2. Qui êtes-vous ? Je ne vous ai encore jamais vu.

Son embarras premier fit place à un début de colère, sentiment qu'il contenait avec difficulté. Il venait à peine de faire connaissance avec madame Fortescue et sa fille, qu'il souhaitait déjà rabrouer cette jeune personne moqueuse.

— Je peux repartir, si ma présence vous gêne! fit-il soudainement.

— Ah! intervint en riant madame Fortescue. Vous ressemblez physiquement à votre mère, mais je constate que vous avez hérité de la susceptibilité de votre père.

Charles comprit qu'il allait se rendre ridicule. Des années de vie militaire n'avaient pas réussi pas à dompter sa nature impétueuse! Il se radoucit et la demoiselle le récompensa d'un sourire angélique.

— Pardonnez-moi. Il est vrai que je m'emporte facilement.

— *Mary, my darling*, dit alors sa tante, *greet your cousin de Salaberry in the manner due to him by our fine society*[1].

Avant de s'exécuter, Mary s'attarda encore à le dévisager, et la découverte d'un pareil sans-gêne chez une jeune fille le renversait. Ses yeux pétillaient malicieusement, accentuant le côté mutin d'un charmant minois au nez pointu. Relevée sur le sommet de sa tête en un curieux chignon, la lourde chevelure avait la couleur flamboyante d'un automne canadien, retombant en boucles joyeuses sur l'ivoire d'un cou ravissant.

Finalement, elle fit une petite révérence alors que Charles s'inclinait sur la main délicate qu'elle lui tendait.

— Cousine Mary, dit-il alors d'une voix où toute trace de colère avait disparu, *it's a real pleasure to meet you*[2].

---

1. Mary, ma chérie, salue ton cousin Salaberry selon les usages de la bonne société.
2. Je suis heureux de faire votre connaissance.

Elle était diablement jolie. Soudain, il voulait s'asseoir près d'elle sur le sofa et lui poser mille questions. À la manière des mystérieux farfadets que les légendes prêtent à l'Irlande, le sourire de Mary Fortescue l'avait ensorcelé.

❧

Au cours des sept semaines qui suivirent, chaque fois que son régiment lui en laissait l'occasion, Charles accourait chez les Fortescue. Mary et lui faisaient d'interminables promenades, la mère les laissant sans chaperon pendant de longues heures. Comme cette dernière avait appris que son neveu jouissait de hautes protections à la cour d'Angleterre, elle laissait grandir leur amour sans aucune contrainte. Charles de Salaberry avait trente ans et les échos parvenus jusqu'à elle laissaient entendre qu'il était promis à un brillant avenir. Attendrie, elle se plaisait à les contempler d'un œil bienveillant ; ils représentaient pour madame Fortescue – incorrigible romantique – l'image même de l'amour. Lorsqu'elle voyait leurs têtes se toucher, elle revivait sa jeunesse et la passion qu'elle avait eue autrefois pour le père de Mary, l'officier John Fortescue, passion qu'ils avaient même assouvie avant la bénédiction du mariage. Elle imaginait qu'à Beauport, sa sœur Catherine et son mari, Louis de Salaberry, feraient preuve du même enthousiasme à la perspective d'unir leurs enfants, Charles et Mary.

C'est ainsi qu'entre les rires complices, les regards ardents et les baisers fougueux, un projet de mariage se dessina. Malheureusement, l'ordre intimé à Salaberry de rentrer en Angleterre obligea les jeunes gens à se séparer.

— Je dois partir, *my darling*, mais je reviendrai te chercher et nous nous marierons.

— Je te l'ai dit, Charles. La vie de régiment ne m'effraie pas.

Son fiancé avait déjà séjourné aux Antilles et il pouvait être appelé dans d'autres régions de l'Empire britannique. Mais elle était prête à se rendre au bout du monde.

— Si seulement nous pouvions nous marier avant que tu ne repartes, déplora Mary qui l'aurait volontiers suivi sur-le-champ.

— Et comme j'aimerais répondre à ce souhait, renchérit son prétendant. Il est temps que je me marie. J'ai écrit à mon père qui donnera facilement son consentement, assura Charles. Son plus grand désir est d'avoir des petits-enfants.

— Je me tiendrai prête à partir, chuchota-t-elle à son oreille.

Les amoureux échangèrent un dernier baiser, un ultime regard.

— *My love*, je t'écrirai dès mon arrivée, promit Charles avant de s'élancer sur le chemin.

Sur le bateau qui ramenait Salaberry en Angleterre, les jours s'écoulaient avec une lenteur exaspérante. Il lui tardait de débarquer pour se rendre à Castle Hill Lodge où l'attendaient madame de Saint-Laurent et le duc de Kent. Ce prince d'Angleterre – l'un des nombreux fils du roi George III – était le protecteur de la famille Salaberry. Il avait favorisé l'entrée des quatre fils de ses amis Louis et Catherine de Salaberry, une noble famille qui vivait à Beauport, au Canada, dans l'armée britannique. Pour l'officier Charles de Salaberry, madame de Saint-Laurent et le duc ne pouvaient que se réjouir de son bonheur.

La rapidité avec laquelle cheminait le courrier entre les continents pendant la belle saison avait permis que les confidences contenues dans la lettre de Salaberry à son père parviennent à Beauport au cœur de l'été. Mais à peine Louis de Salaberry avait-il lu la missive de son fils qu'il l'avait déchirée d'un mouvement rageur, tandis que Catherine tentait d'exhorter son mari à retrouver son calme.

— Notre fils a oublié ce que signifie son nom! criait Louis, hors de lui. Il ne se rappelle plus tous les sacrifices que moi, son père, j'ai fait tout au cours de ma vie pour que le nom des Salaberry demeure noble et respecté de tous!

Les Salaberry appartenaient à une vieille noblesse originaire du Pays basque. Un de leurs lointains ancêtres avait été compagnon et avait combattu aux côtés du grand roi de France, Henri IV, celui-là même qui avait encouragé Champlain à fonder Québec et la Nouvelle-France. Louis de Salaberry était si fier de ses origines qu'il avait même fait le voyage en France, quelques années avant la Révolution de 1789, afin de rapporter chez lui ses lettres de noblesse. Il les avait obtenues grâce à l'intervention d'un lointain cousin vivant à Paris, Charles-Victoire de Salaberry, président de la Chambre des comptes. Désormais, avec quatre fils solides, fiers et beaux, la descendance des Salaberry en terre d'Amérique était assurée.

— Salaberry ne peut pas épouser une fille d'aussi petite noblesse. Fort heureusement, il n'est pas trop tard pour écrire en Angleterre, clama Louis en tirant bruyamment une chaise.

Il attrapa une plume bien aiguisée et tira un feuillet de son écritoire.

— Le duc saura remettre cet insensé dans le droit chemin, expliqua-t-il à sa femme.

— Le crime de Charles n'est pas si grand, riposta Catherine. Rien n'est plus normal que d'être amoureux lorsqu'on est jeune.

— Tu sais parfaitement que Charles n'a pas les moyens de se marier, qu'il doit se consacrer avant tout à sa carrière militaire. Ta sœur... ajouta-t-il d'un ton hargneux. Je vois que l'âge n'a rien arrangé ; elle est restée aussi inconséquente qu'autrefois. Elle aurait dû empêcher nos enfants de se fréquenter, ou, du moins, de les laisser entretenir l'espoir. À cet âge, l'amour est un sentiment qui peut être dangereux.

— Comment peux-tu dire cela ! lança Catherine, piquée. Tu as donc oublié à quel point nous avons été amoureux ?

Pour toute réponse, Louis trempa sa plume dans l'encrier. Dans l'heure suivante, un messager quitta Beauport pour Québec et, quelques jours plus tard, une lettre adressée au duc de Kent voguait vers l'Angleterre. Elle arriverait promptement à destination, se disait monsieur de Salaberry. L'été, un délai de trois semaines était considéré comme raisonnable et le prince recevrait sans doute cette missive au mois d'août.

❧

Angleterre, Castle Hill Lodge, fin août 1808

— Salaberry, mon vieux ! se réjouit un adolescent blond qui promettait d'être costaud dans quelques années.

Salaberry venait d'arriver à Castle Hill Lodge, la résidence du duc de Kent et de madame de Saint-Laurent à Ealing, dans le Middlesex.

— Édouard ! fit Charles en l'étreignant.

Édouard était le benjamin des quatre frères Salaberry. Charles étant l'aîné, tous l'appelaient simplement «Salaberry», comme c'était l'usage dans les familles de la noblesse.

— Arrête, Salaberry, tu vas m'étouffer, fit Édouard en riant.

L'entraînement militaire avait permis à son frère de développer sa musculature, la force légendaire des Salaberry s'en trouvant ainsi décuplée.

— Te voilà presque aussi grand que moi ! constata Charles. Et cette voix que j'ai peine à reconnaître… Je vais écrire à notre mère à quel point tu deviens un homme, ajouta-t-il avec une affection non dissimulée.

Dans la famille, Édouard jouissait d'un statut particulier : tous l'adoraient.

— Il était temps que tu reviennes, Salaberry. Depuis le départ de Maurice et de François aux Indes orientales, je me sens bien seul, expliqua Édouard qui souffrait de l'absence de ses frères. Oh ! Ce qui ne veut pas dire que je me plains de mon sort. J'étudie sérieusement et, comme je suis leur filleul, le duc et madame de Saint-Laurent ont pour moi toute l'affection d'un père et d'une mère. Je suis comblé.

Charles observa attentivement le garçon de seize ans qui avait la larme à l'œil. Ses frères et lui avaient tous été séparés de leur famille à un âge encore tendre. Lui-même s'était terriblement ennuyé des siens au même âge, pleurant en silence d'être au loin, sans pouvoir se confier à quiconque, avant que ses cadets ne quittent le Canada pour venir le rejoindre en Angleterre.

— Il paraît que tu es amoureux, ajouta Édouard en retrouvant son sourire chaleureux. Le duc et madame de Saint-Laurent en discutaient l'autre jour.

— Ah, bon ? Et que disaient-ils ? demanda Salaberry.

— Heu ! Pas grand-chose, en vérité. Seulement que tu souhaitais te marier, répondit vivement le benjamin qui semblait subitement embarrassé. Mais tu en sauras plus tout à l'heure, Son Altesse Royale t'attend dans son cabinet privé.

— J'y cours, répondit Charles, impatient de partager son bonheur.

Édouard de Salaberry vit disparaître son frère derrière la porte épaisse du cabinet particulier du prince, appréhendant ce qui allait se produire.

∾

Edward Augustus, duc de Kent, était le quatrième fils du roi George III. Le royal père avait pour lui une aversion inexpliquée et l'avait tenu au loin en l'exilant pendant des années dans les postes éloignés de l'Empire. À Gibraltar, le duc de Kent avait fait la connaissance de Thérèse-Bernardine-Alphonsine de Montigenet, dite madame de Saint-Laurent, jeune femme connue pour sa vaste culture, ses dons de musicienne et son élégance folle. Française jusqu'au bout des ongles, elle confectionnait elle-même des toilettes aussi originales que seyantes et d'un style inimitable.

Dès le premier regard, le prince fut attiré par cette femme hors du commun et fit d'elle sa compagne. Mais à cause de ses origines roturières, il ne put l'épouser. Fort heureusement, la force de caractère de Madame – titre respectueux qu'Edward Augustus avait imposé pour désigner celle qui partageait sa vie – lui permettait d'affronter les inévitables désagréments d'une union illégitime avec un prince d'Angleterre. N'avait-elle pas réussi à se sortir indemne des affres de la Révolution qui avait dévasté la France ?

De son côté, malgré sa haute naissance, le duc de Kent était le plus infortuné des hommes. Dénigré par son père, il n'avait cessé d'accumuler déconvenues et coups du sort. Par sept fois, la mer avait englouti des équipages entiers qui lui étaient destinés et ces pertes l'avaient laissé considérablement endetté. Mais le prince de toutes les disgrâces – même son physique ingrat de vilain crapaud en témoignait : crâne dégarni, yeux globuleux et menton creux – avait fait la conquête d'une femme parmi les plus exquises d'Europe.

Le duc de Kent et madame de Saint-Laurent ne s'étaient plus quittés. Elle était avec lui lorsqu'il fut affecté à Québec, en 1791. C'est à cette époque que le couple se lia aux Salaberry, une noble famille des plus en vue du Bas-Canada. Louis et Catherine de Salaberry avaient reçu le duc et Madame dans le manoir de Beauport, leur résidence principale, avec tous les égards dus à une Altesse Royale. La bonne société de Beauport étant pratiquement la même que celle de la capitale, par la suite, personne n'avait osé bouder la compagne du duc de Kent, et le prince en était resté profondément reconnaissant aux Salaberry. Ainsi était née une de ces amitiés indéfectibles qui durent au-delà du temps, au-delà des mers et des vicissitudes de la vie.

Des années plus tard, lorsque le duc rentra enfin en Angleterre, il prit sous son aile les fils de Louis et Catherine afin de faciliter leur carrière militaire au sein de la plus grande armée du monde. Charles, Maurice, François et Édouard de Salaberry s'étaient rendus à Londres, au palais de Kensington, où le prince et Madame avaient pris soin d'eux comme s'ils avaient été leurs propres enfants : défrayant le coût de leurs études, fournissant à chacun son premier uniforme ainsi qu'un peu d'argent de poche. Les jeunes Salaberry avaient eu l'honneur de dîner à la table du prince et d'assister au concert ou à l'opéra dans sa loge. Éblouis par cette vie de rêve, ils manifestaient leur reconnaissance en s'appliquant à devenir de bons officiers. Le duc et Madame se déclaraient satisfaits du comportement de leurs protégés dans la correspondance intime qu'ils échangeaient avec Louis et Catherine de Salaberry, restés à Beauport avec leurs trois filles.

Un domestique en livrée annonça Charles de Salaberry.

— Votre Altesse Royale, salua l'officier en entrant dans le cabinet.

Madame de Saint-Laurent se trouvait avec le prince. Et comme à chacun de ses retours, Charles fut frappé par sa beauté. Ce matin-là, sa chevelure était coiffée en longs bandeaux noir jais, soulignant le teint diaphane d'un visage à l'ovale parfait.

— Cher Salaberry, nous étions impatients de vous revoir, fit Madame en allant au-devant de lui pour l'embrasser, comme elle avait coutume de le faire lorsque l'officier rentrait en Angleterre, de retour de contrées lointaines où le menait son régiment.

Ses absences pouvaient durer de longs mois, parfois même des années.

Ce jour-là, le regard pénétrant de madame de Saint-Laurent le fixait étrangement.

— Qu'avons-nous appris, Salaberry ? Vous seriez amoureux ?

— Ah ! Madame, lui répondit Charles, d'un ton joyeux. J'étais si impatient de vous parler de Mary. C'est une jeune fille… délicieuse. Elle est vive, intelligente et si jolie, je suis persuadé qu'elle vous plaira. Dès que j'obtiendrai le consentement de mon père à notre mariage, je retournerai en Irlande pour l'épouser.

Transporté par la pensée de celle qu'il aimait, Charles mit un moment avant de constater que le duc de Kent et Madame ne partageaient pas son enthousiasme. Finalement, le duc se leva de sa table de travail en brandissant une lettre. Charles reconnut immédiatement l'écriture de son père.

— Mon vieil ami m'a fait part de son désarroi, fit le duc, un reproche dans la voix. Et je ne peux que le partager. À quoi avez-vous songé, Salaberry, en vous liant ainsi à cette demoiselle ? Je n'arrive pas à me l'expliquer.

— Mais je l'aime ! s'écria celui qui avait cru trouver un appui auprès de ses protecteurs. Votre Altesse Royale, considérez qu'elle est de bonne famille. Elle est fille d'officier, et puis c'est ma cousine. Mary a la meilleure éducation possible et jamais je n'aurai à rougir d'elle.

— Cette jeune fille est pauvre et vous ne pouvez l'épouser.

Les paroles du duc frappèrent net Salaberry. Soudainement, le monde s'écroula autour de lui.

— Que voulez-vous dire ? demanda-t-il.

Le prince exposa brutalement à l'officier que sa modeste solde de capitaine ne pouvait suffire à entretenir une famille.

— Jamais votre père ne donnera son consentement à pareil mariage. Vous devez d'abord penser à votre carrière. Il vous faut monter en grade et, à défaut d'acheter votre commission de major, seuls vos mérites vous permettront d'atteindre ce but. Vous êtes sans fortune, Salaberry, et cette demoiselle n'en a pas plus que vous. Ce mariage compromettra votre avancement et vous rendra malheureux.

C'était pourtant la vérité. Louis de Salaberry avait pourvu ses quatre fils de leurs premières commissions d'officier jusqu'à ce que la fortune familiale se trouvât à sec. Cumulant des états de service remarquables, Salaberry avait réussi à obtenir le grade de capitaine dans son régiment. Mais il était incapable d'atteindre le rang supérieur de major, qui correspondait à son talent et à ses capacités, parce qu'il n'avait plus les moyens d'acheter la commission lorsqu'un poste devenait vacant. Plus d'une fois, il s'était fait devancer par des candidats d'ancienneté moindre que la sienne, mais plus fortunés. L'officier Salaberry n'avait d'autre choix que de patienter, s'il voulait gravir les échelons et toucher une solde plus substantielle.

Follement amoureux, Charles refusait de faire face à cette réalité cruelle qu'on lui rappelait sans ménagement.

— Mary est prête à me suivre au régiment, peu importe les conditions. Elle me l'a affirmé plus d'une fois, déclara-t-il avec une insolence qui cachait surtout son désespoir.

— Vous n'y songez pas, Salaberry ? lui répondit froidement le duc. Déjà, vous arrivez difficilement à payer les factures de votre tailleur. Comment pensez-vous faire vivre une épouse ? Un jour, vous vous en voudrez de ne pouvoir lui offrir une vie digne d'elle, ajouta-t-il en ignorant le mécontentement qui commençait à envahir le visage de son protégé.

« Le prince me fait la leçon, alors que lui-même vit maritalement avec Madame au vu et au su du monde entier », se dit Salaberry. Son regard furieux s'arrêta sur madame de Saint-Laurent qui, avec l'instinct d'une mère – même adoptive – connaissant bien ses enfants, devina qu'il mourait d'envie de leur rappeler leur situation. Elle se planta devant lui pour l'empêcher de prononcer des paroles blessantes et malheureuses.

— Reprenez-vous, Charles ! intima-t-elle d'une voix ferme en le regardant droit dans les yeux.

L'autorité de madame Saint-Laurent fit son effet. Il se tut, mais son orgueil refusa de rendre les armes.

— J'épouserai Mary et personne d'autre ! hurla-t-il avant de sortir, ne trouvant rien de plus pour exprimer sa colère, sinon que de faire claquer l'épaisse porte du cabinet.

Malheureusement, Salaberry devait se rendre aux arguments de son protecteur. Impossible d'épouser Mary, ne possédant ni terre ni bien pouvant procurer une rente suffisante qui lui aurait permis de quitter définitivement l'armée. Il excellait dans le métier des armes, le seul que sa naissance autorisait et, de toute façon, il ne savait rien faire d'autre. Plein de rage, il empoigna une des belles chaises Chippendale qui faisaient partie du mobilier de l'antichambre où son jeune frère l'attendait et l'envoya se fracasser sur le sol. Une patte se cassa. Alerté par le bruit, le duc sortit du cabinet pour constater les dégâts.

— Savez-vous le prix de cette chaise, Salaberry ? Elle vous coûtera une bonne partie de votre solde de cette année, lui jeta-t-il, furieux. Sortez d'ici !

— Vous pouvez écrire à votre complice que je ne me marierai jamais, répliqua Salaberry, avant de s'éloigner d'un pas vif en donnant des coups de poing dans le mur.

Édouard vit son frère passer devant lui et disparaître au bout du couloir. Autant de désespoir faisait mal à voir. Consterné, le garçon se dit qu'il ne pourrait jamais oublier le visage défait de Salaberry. Malgré cela, l'adolescent savait bien que tôt ou tard, son aîné n'aurait d'autre choix que de se rendre à la raison. Chez les Salaberry, pauvres mais de noble race, la voix du devoir demeurerait toujours plus forte que celle de l'amour.

PREMIÈRE PARTIE

Julie

… elle n'avait, pour ainsi dire, personne à aimer…

Jane Austen

Chapitre 1

Julie de Rouville est amoureuse

Julie de Rouville s'était levée la première. Au manoir, tout le monde, c'est-à-dire son père et sa mère, chacun dans ses appartements, dormait encore, à part les domestiques bien entendu. Son frère, Ovide, qui aurait dû vivre avec eux dans la vaste maison en pierre de la famille Rouville à Chambly, demeurait à Montréal. Il ne manquait nullement à Julie, ce frère qu'elle n'arrivait pas à aimer, malgré tous ses efforts.

En cette sombre matinée de novembre 1811, installée dans le petit salon du rez-de-chaussée, Julie se résolut à allumer les bougies d'un chandelier avant de reprendre son livre à la page où elle l'avait laissé la veille.

Tous les mouvements de son âme semblaient se réunir dans ses yeux. Elle les tenait fixés sur moi. Quelquefois elle ouvrait la bouche, sans avoir la force d'achever quelque mot qu'elle commençait. Il lui en échappait néanmoins quelques-uns. C'étaient des marques d'admiration sur mon amour, des tendres plaintes de son excès, des doutes qu'elle pût être assez heureuse de m'avoir inspiré une passion si parfaite [...]

Blottie dans un sofa, la jeune fille se passionnait pour l'*Histoire du chevalier des Grieux et de Manon Lescaut*, un roman découvert récemment dans la bibliothèque de son père, une bouleversante histoire d'amour, écrite au XVIIIe siècle. Des larmes glissèrent sur les joues de la lectrice à l'énoncé des sentiments du chevalier des Grieux. Comme elle le comprenait ! Son mouchoir de batiste à la main, Julie se tamponna les yeux avant de se replonger dans sa lecture. Elle appuyait sans réserve l'amour du chevalier pour la belle, malgré les infidélités de celle-ci. Et même si elle désapprouvait certains agissements scandaleux de Manon, elle ne pouvait s'empêcher d'admirer son courage, car c'était l'amour même qui dictait ses actes. Et que dire du chevalier des Grieux, pardonnant tout à sa chère Manon et bravant les interdits de la société pour elle ? Il l'aimait d'un amour total et véritable. Et absolument identique, croyait Julie, à celui qu'elle portait secrètement à René Boileau, le notaire du village.

« Si René me demandait de le suivre au bout du monde, aurais-je la hardiesse de renoncer à tout pour lui ? » se demanda-t-elle en relevant la tête. La jeune fille n'avait pas la réponse à cette question, mais elle aurait donné tout ce qu'elle possédait pour qu'un jour, le ténébreux notaire Boileau ose lui faire cette demande.

Elle l'avait encore vu la veille, se rappela-t-elle, le cœur battant. C'était le jour de la Saint-Martin et, comme le voulait une coutume ancienne, son père, seigneur de Rouville et d'une partie de la seigneurie de Chambly, recevait ses censitaires venus chez lui s'acquitter de leurs cens et rentes. Mais, sans doute à cause du mauvais temps, peu de gens s'étaient attardés cette année, comme cela se produisait généralement.

Par contre, les membres de la famille Boileau avaient fait honneur au buffet servi à l'intérieur du manoir. Julie, qui ne connaissait pas la joie d'avoir des sœurs, appréciait les moments passés avec Emmélie et Sophie Boileau. Elles avaient toutes reçu la même éducation, celle qui conduisait les filles de bonne famille au couvent où elles apprenaient l'histoire, la géographie, le dessin, la musique et tous les arts féminins. Évidemment, les demoiselles Boileau n'appartenaient pas à la noblesse, mais jouissaient d'une aisance considérable, et cette égalité de fortune permettait aux deux familles de se fréquenter. Et il y avait René, leur frère de trente-trois ans qui exerçait les fonctions de notaire à Chambly, que Julie aimait en silence.

Hier, René avait été très aimable avec elle. L'avait-il été un peu plus qu'à l'habitude, en composant pour elle une assiette au buffet, se rappelant les mets qu'elle préférait ? C'était un de ces moments qu'elle chérissait, celui où René venait s'asseoir près d'elle. Elle se plaisait à observer son beau profil, rêvant de plonger ses doigts dans l'abondante chevelure brune coupée court. Alors, elle ressentait un tel bien-être qu'il lui semblait impossible de connaître cette merveilleuse sensation auprès d'un autre. Et lorsqu'il se retournait pour lui dire ne fût-ce qu'une banalité, elle frémissait d'une joie irraisonnée.

Julie soupesait chaque geste du notaire Boileau à son égard. Elle-même recherchait discrètement sa compagnie, sans jamais avoir révélé à quiconque les sentiments qu'elle éprouvait. Pas même à Emmélie, celle des deux sœurs qui lui inspirait une confiance totale. Mais Julie n'avait pas l'habitude de se confier, murée depuis l'enfance dans une solitude dont elle n'était jamais vraiment sortie. « Un jour, se disait-elle, pleine d'espoir, René découvrira que je ferais pour lui une épouse parfaite. » Et elle, Julie de Rouville, serait enfin heureuse.

Au-delà de ses sourires embarrassés, elle se demandait comment lui faire comprendre à quel point elle souhaitait partager sa vie. « C'est peut-être à moi de faire les premiers pas », songea Julie, oubliant que son éducation, et surtout son caractère réservé, ne lui permettrait jamais cette audace. Une fille noble pouvait-elle espérer épouser un homme fortuné, mais issu d'une classe autre que la sienne ? Le chevalier des Grieux, pourtant, n'avait pas hésité à aimer Manon la courtisane.

Après tout, n'était-ce pas à l'homme de se déclarer le premier, de donner le signal des doux aveux ? Malheureusement, le notaire Boileau restait insondable. Il se consacrait entièrement à sa profession et restait dévoué à sa famille. Aucune rumeur d'une inclination pour une autre jeune fille ne circulait sur son compte, ce qui rassurait Julie, bien qu'autrefois on lui ait prêté des intentions à l'égard de Marguerite Lareau, une cousine éloignée. Mais Marguerite était mariée au docteur Talham depuis des années.

Julie reprit son livre. Elle était arrivée à la fin du roman. Le chevalier des Grieux, qui, dans son imagination, avait les traits de René, transportait dans ses bras le corps inanimé de Manon. Il la déposait sur le sol et l'embrassait, pour lui dire adieu.

Les yeux clos, Julie revivait la scène où Manon mourait dans les bras de son amant. Elle était dans ceux de René, imaginait la force de son étreinte, la chaleur de son corps…

Sa rêverie fut brusquement interrompue.

— Que fais-tu ? demanda sa mère en la découvrant les jambes allongées sur le sofa. Encore un roman ! dit-elle en voyant le livre entre les mains de sa fille.

L'expression de son visage en disait long sur ce qu'elle pensait de cette activité.

— Relève-toi. Cette tenue est indigne d'une jeune fille de ton rang.

Julie n'avait aucune envie de se rendre au désir de madame de Rouville, mais elle obtempéra, habituée à obéir plutôt qu'à imposer son point de vue.

— Tu as sans doute oublié que ton père a invité les demoiselles de Niverville à souper? Plutôt que de rêvasser, va voir ce que fricote la cuisinière. Et veille à ce que la pièce de bœuf soit à point, cette fois-ci! Le rôti de l'autre jour était immangeable.

À entendre madame de Rouville, l'incompétence de la cuisinière incombait à Julie. La jeune fille comprit qu'elle ne tarderait pas à se remettre à la recherche d'une autre domestique pour remplacer celle-ci. Et trouver la perle rare qui aurait l'heur de plaire à sa mère se révélerait une tâche quasi impossible.

— À propos, ton père a commandé des anguilles. J'espère que cette femme saura les apprêter. Les demoiselles en raffolent, ajouta-t-elle pendant que Julie faisait la grimace.

Elle détestait ce plat gras, fait d'un poisson visqueux qu'on pêchait en abondance dans la rivière Chambly et dont tant de gens vantaient la finesse de la chair.

Madame de Rouville finissait de donner ses instructions à sa fille lorsque son époux apparut.

— Ne peut-on pas être tranquille dans cette maison? pesta le colonel de Rouville. Qu'y a-t-il encore?

— Il y a, monsieur, que votre fille lit des fadaises, plutôt que vaquer à ses occupations.

Le ton était on ne peut plus narquois, fidèle reflet de l'animosité régnant entre les époux. L'affection était une denrée rare au sein de la famille Rouville, au contraire de la situation qui prévalait chez les Boileau. Comme Julie aurait voulu connaître la tendre complicité qui liait visiblement les membres de cette famille.

Le père tendit la main vers sa fille en exigeant de voir l'objet incriminant.

— Des fadaises, *Manon Lescaut*? Mais que dites-vous là, c'est un chef-d'œuvre! proclama-t-il en jetant un regard agacé à sa femme.

Monsieur de Rouville était un digne fils du Siècle des lumières – comme on désignait le XVIIIe siècle, époque où les lettres et la philosophie fleurissaient –, et il encourageait ses enfants, sa fille tout comme son fils, à puiser dans sa bibliothèque fort bien garnie, ce dont Julie ne s'était jamais privée, au contraire de son frère, Ovide, qui avait une manière bien différente de se distraire.

— Je ne vois rien de répréhensible dans *Manon Lescaut*. C'est même écrit par l'abbé Prévost, un ecclésiastique, ajouta-t-il.

— Continuez de le croire, fit madame de Rouville qui savait que la remarque de son mari était surtout destinée à la contrarier. Je persiste à penser que ces lectures sont malsaines et mettent dans la tête de votre fille des idées qui finiront par nuire à sa vertu.

Ces derniers mots provoquèrent le rire du colonel.

— Bien au contraire!

Il contempla Julie avec un de ses rares regards dans lesquels elle pouvait déceler une parcelle de tendresse paternelle.

— Je te félicite pour ton choix. J'aime à penser qu'une demoiselle s'emploie à se forger une bonne tête par ses lectures. Avouez, madame, qu'il n'y a rien de pire qu'une femme sotte, aussi jolie soit-elle. D'ailleurs, voyez-y un compliment à votre intention. Si vous aviez été sotte, je ne vous aurais jamais épousée.

— Vous avez une curieuse manière de tourner un compliment, riposta la dame, piquée au vif. Ma parole, vous êtes aveugle ! Vous persistez à détourner votre fille de son devoir. Ces romans lui farcissent la tête d'idées insensées : amour, mariage d'inclination et Dieu seul sait combien d'autres fariboles. Mais retournez à vos chers livres, plutôt que de voir à vos affaires. Au fait, combien de vos censitaires, hier, ont encore négligé de payer leur dû ? La moitié ? Les trois quarts ?

— Les comptes de la seigneurie ne sont pas de vos affaires, répliqua abruptement monsieur de Rouville. Et, de grâce, épargnez-moi vos criailleries de bonne femme, soupira-t-il en tournant les talons. J'ai à faire avant le départ de la poste.

Il voulait à tout prix finir une lettre destinée à son vieil ami, Louis de Salaberry, et disparut.

Le regard furibond et les lèvres pincées de madame de Rouville indiquaient à quel point l'attitude de son époux la consternait. Lorsqu'il avait hérité de la seigneurie de Rouville, bien noble et inaltérable, c'était toutefois avec l'argent de sa dot qu'il s'était libéré des dettes laissées par son père, René-Ovide de Rouville. Dans les premiers temps de leur mariage, Melchior estimait suffisamment sa femme pour suivre ses conseils et avait racheté plusieurs fiefs dans la partie est de la seigneurie de Chambly, à Pointe-Olivier, sur l'autre rive du bassin, ce qui avait énormément augmenté la fortune familiale. Mais au fil du temps, la mésentente s'était installée entre les époux.

La seigneuresse réintégra ses appartements, composés d'une chambre et d'un boudoir, lieux où elle passait la plus grande partie de la journée avec, pour unique compagnie, la vieille Rose qui lui servait à la fois de femme de chambre et de suivante. Et lorsqu'elle n'en pouvait plus de l'atmosphère tranquille du village de Chambly, elle fuyait vers Montréal et séjournait chez son frère, Jean-Baptiste

Hervieux, héritier de la fortune de cette famille de marchands de fourrure.

Julie soupira. Les querelles de ses parents offraient une bien piètre image de l'amour. Elle se fit la promesse solennelle que jamais elle n'épouserait un homme qui ne l'aimait pas.

Et si René en épousait une autre ? Elle refusait d'envisager cette éventualité, mais chaque fois que cette pensée lui venait à l'esprit, son cœur se serrait et des larmes mouillaient ses yeux sombres.

Plutôt que de ruminer sa morosité, elle abandonna son livre pour se diriger vers la cuisine. Voir au menu de la journée et à la bonne tenue du manoir lui permettrait de s'occuper utilement. Après le dîner, elle irait faire des visites.

— J'irai chez les Talham. Voir Marguerite et les enfants me fera le plus grand bien, se dit-elle en s'exprimant à voix haute tout en descendant l'escalier qui menait à la cuisine.

— Vous aimeriez que je vous conduise chez le docteur ? demanda Joseph qui revenait de remplir des barriques d'eau puisée dans les rapides de la rivière Chambly.

Le domestique était très attaché à la demoiselle de Rouville. En voyant son visage défait, il se désola une fois de plus. « Pourquoi la p'tite mam'zelle est-elle toujours malheureuse ? »

L'inquiétude affectueuse du Noir toucha Julie.

— Ne t'en fais pas, Joseph, dit-elle en s'efforçant de sourire.

— Mais oui, p'tite mam'zelle. Un jour, tout ira mieux, affirma Joseph, tout en croyant le contraire.

Rien dans la vie de la demoiselle de Rouville ne ressemblait au bonheur. Elle était riche, mais l'indifférence de ses parents lui infligeait des blessures profondes. Et que dire de son frère? Un homme mauvais que Joseph fuyait, de crainte qu'un jour madame de Rouville, à qui l'esclave appartenait, ne fasse cadeau de sa personne à son fils à qui elle ne refusait rien. Il sortit en se promettant de prier très fort le bon Dieu afin qu'il le protège du méchant tout en veillant sur la chère p'tite mam'zelle.

❧

Vers une heure de l'après-dîner, Julie se décida enfin à sortir. Dans la matinée, elle avait fait parvenir un billet à l'épouse du docteur pour l'avertir de sa visite, anticipant le plaisir de se réchauffer le cœur dans la turbulence joyeuse de la maison des Talham. Marguerite attendait un autre enfant et depuis quelques mois, elle ne sortait plus. Par décence, les femmes enceintes demeuraient confinées chez elles jusqu'à leur délivrance, du moins les dames de la bonne société. Julie serait la marraine du futur petit Talham. Elle-même avait réclamé cet honneur. Ses amis avaient accepté avec la joie qu'on imagine, sans savoir à quel point cet événement pouvait la rendre heureuse. Un ange à choyer, quel bonheur pour celle qui rêvait secrètement de René et d'une grande tablée d'enfants!

Comme les chemins étaient secs, Joseph avait attelé la petite calèche sans crainte de voir les habits de la demoiselle se faire éclabousser de boue. La semaine précédente, s'étaient succédé des journées venteuses et pluvieuses, dénudant entièrement les arbres de leurs feuilles. Mais ce jour-là, le soleil s'était décidé à se montrer et la lumière d'automne, si particulière au Bas-Canada, jetait des reflets mordorés dans les amas des feuilles ocre et rouge tassées le long du chemin. Une fraîche odeur de terre donnait envie de respirer à grands traits, embaumait l'air et remplissait les narines de la jeune fille. Le domestique profitait quant à lui du plaisir que lui procurait une sortie de sa maîtresse. Pendant que la demoiselle de Rouville prendrait le thé avec son amie, Joseph se promènerait de maison en maison pour saluer les domestiques de sa connaissance. Il s'attarderait chez les Bresse où Perrine lui réservait ses meilleures galettes, servies avec de la confiture et une tasse de thé bien chaud et bien sucré. La servante relaterait les derniers potins de la paroisse et Joseph se régalerait en contemplant le visage rond où brillait un sourire naïf, tout en rêvant de défaire son chignon blond dissimulé par un bonnet de coton empesé.

La calèche s'immobilisa soudainement au détour du chemin, juste avant un petit pont qui recouvrait un fossé se jetant dans le bassin de Chambly.

— Que se passe-t-il, Joseph ?

— J'sais pas, p'tite mam'zelle, mais on ne peut plus passer.

Devant eux, un attroupement s'était formé. Immédiatement, le regard de Julie repéra René et son père, monsieur Boileau. Ce dernier discutait avec un inconnu dont le manteau noir froissé et le chapeau informe indiquaient qu'il avait dû voyager plusieurs heures. L'homme écrivait frénétiquement avec un crayon de plomb dans un petit calepin de notes. Le notaire semblait mécontent. Le curé Jean-Baptiste Bédard observait la scène, les bras croisés et l'air furibond, tout comme le marchand Joseph Bresse, l'aubergiste Jacques Vincelet et le négociant David Lukin, l'époux de Louise de Niverville, la sœur des demoiselles bessonnes. Tous ces messieurs avaient l'air furieux. Que faisait là cet inconnu ? se demanda Julie en descendant de la calèche.

Emmélie et Sophie Boileau, de même que Françoise Bresse, l'avaient aperçue et venaient à sa rencontre.

— Mais que se passe-t-il ?

— Mon père s'est décidé à faire les réparations au ponceau du fossé, expliqua Emmélie.

— Voilà une excellente nouvelle, applaudit Julie. On se demandait toujours quand s'effondrerait ce vieux pont de bois.

— C'est la vérité, s'empressa de dire Françoise, l'épouse du marchand Joseph Bresse. Moi qui ai, pour ainsi dire, ce ponceau devant mes fenêtres, je ne compte plus le nombre de charretiers furieux d'avoir cassé une roue par faute de ces madriers pourris que personne ne songe à remplacer.

Emmélie et Julie réprimèrent un sourire en échangeant un regard. C'était un fait avéré au village que Françoise Bresse était toujours à sa fenêtre et que rien de ce qui se passait à Chambly ne pouvait lui échapper. Mais Sophie n'aimait pas qu'on critique son père.

— Madame Bresse, vous exagérez !

— Sophie a raison, l'appuya Emmélie. Sans être en ruine, convenons que le ponceau a besoin d'importantes réparations.

Ignorant les demoiselles Boileau, madame Bresse se retourna vers Julie et déclara, d'un ton dramatique :

— Un jour, ce pont s'effondrera en tuant quelqu'un. Et le pire, chère mademoiselle de Rouville, c'est que monsieur Boileau s'est mis en tête de faire payer les réparations par tout le village.

— Tout le village ? s'étonna Julie.

— C'est faux ! s'insurgea Sophie. Le fossé est mitoyen. N'est-il pas normal que les propriétaires concernés contribuent aux réparations ?

D'une main joliment gantée, elle désigna l'endroit. Près du ponceau délabré se trouvait une modeste construction de bois, petite chapelle de procession qui servait aux dévotions de la Fête-Dieu, offerte à la paroisse par monsieur Boileau. Personne ne pouvait douter de la générosité de son père, croyait fermement Sophie.

— Il y a au moins cinquante ans que mon grand-père Pierre Boileau a acheté cette terre pour la donner à mon père. Depuis, notre famille a toujours pris à sa charge l'entretien du ponceau qui enjambe le fossé. Il est temps de changer cette coutume et c'est pourquoi mon père a fait venir un arpenteur de Montréal afin d'établir la juste répartition des coûts.

Ce fossé servait à l'égouttement de deux terres contiguës donnant sur le chemin du Roi. La première, celle où se trouvait la chapelle, était une ancienne concession appartenant à la famille Boileau. La deuxième était la propriété d'une veuve Benoît qui l'avait morcelée en lots afin d'en tirer un profit suffisant pour subsister. Monsieur Bresse avait construit sa belle maison de pierre sur le premier lot, devenant ainsi le voisin immédiat de Boileau. Venaient ensuite l'aubergiste Vincelet et le négociant Lukin. Plus loin s'élevaient l'église et le presbytère. En poursuivant sur le chemin du Roi, toujours en longeant la rive du bassin, on arrivait finalement chez les Talham avant d'atteindre l'intersection de la route qui menait à Longueuil.

Madame Bresse allait répliquer lorsqu'une voix essoufflée se fit entendre :

— Mademoiselle de Rouville ! Mademoiselle de Rouville !

Messire Bédard – un titre souvent utilisé pour désigner les curés – accourait, en proie à une grande agitation. Malgré l'absence de vent, la soutane du curé virevoltait dans tous les sens, remarqua Julie en retenant un sourire. Le docteur Talham le suivait de près. Bresse, Lukin et Vincelet discutaient toujours avec les messieurs Boileau et l'arpenteur. On entendait des éclats de voix.

— Ah! Mademoiselle de Rouville, s'écria le curé. C'est la Providence qui vous envoie!

— Pourquoi dites-vous cela, monsieur le curé?

— Parce que vous êtes sur place et que vous avez tout vu.

Interloquée, Julie chercha à comprendre où il voulait en venir.

— Tout vu? Mais je n'ai rien vu! J'allais simplement rendre une petite visite à madame Talham chez qui je suis attendue, dit-elle. Mesdemoiselles Boileau et madame Bresse m'expliquent qu'on veut réparer le ponceau. C'est une bonne nouvelle, ce me semble?

Le curé hocha la tête.

— Malheureusement, chère demoiselle, vous devez renoncer à vous amuser. Votre vénérable père, qui est seigneur de Rouville et à ce titre, le plus important notable de la paroisse après son curé, doit être immédiatement mis au courant du fait suivant: monsieur Boileau vient de déclencher les hostilités dans notre paisible village.

— Messire Bédard, il me semble que vous dépassez la mesure! l'interrompit alors le docteur qui entrevoyait que le simple différend allait prendre des proportions excessives.

— Vous avez beaucoup de chance, docteur, riposta le curé. Ce misérable a-t-il oublié de vous inclure dans son marché odieux parce que vous êtes l'époux de sa cousine?

— Monsieur le curé, ce que vous prétendez est indigne de vous, protesta le docteur, dont la propriété, plus éloignée, disposait de ses propres fossés.

— Et que voulez-vous insinuer par «marché odieux»? intervint monsieur Boileau qui avait entendu les dernières paroles du curé.

Il arrivait, flanqué de l'arpenteur Lenoir – tel était le nom de l'inconnu aperçu par Julie – et de son fils. Julie ressentit des palpitations, une chaleur au visage et ses mains devinrent moites. Mais René ne la vit même pas, trop préoccupé qu'il était par cette affaire. Conscient que son père exagérait dans ses prétentions, il ne pouvait tout de même pas le dénoncer devant tous. Suivaient les messieurs Bresse, Lukin et Vincelet, le visage fermé.

La gravité du moment n'empêchait pas monsieur Boileau d'arborer une perruque poudrée, mais superbement démodée depuis la fin du siècle dernier, représentant à ses yeux le *nec plus ultra* de l'élégance, celle des grands seigneurs d'autrefois. Dans son for intérieur, le bourgeois se considérait comme l'égal des seigneurs de Chambly et il refusait de s'habiller de noir, déplorant l'austérité de cette mode adoptée par les jeunes gens. Aujourd'hui, il portait une jaquette de brocart vert à courtes basques, pour bien démontrer son importance. Issu d'une famille pionnière de la seigneurie de Chambly, il était le fils unique d'un voyageur qui s'était enrichi grâce au commerce de la fourrure, avant de se convertir en négociant prospère. Les Boileau occupaient une place prépondérante parmi les notables les plus en vue de toute la région de la rivière Chambly. Et monsieur Boileau, qui avait eu l'incroyable chance d'épouser une femme de grande noblesse, dont l'unique fortune consistait toutefois en une lignée d'ancêtres remontant au xive siècle, n'avait aucun scrupule à faire grand étalage de son opulence.

Aujourd'hui, le notable était bien décidé à emprunter le chemin de la guerre et pour ce faire, il lui fallait des alliés.

— Ah! Mademoiselle de Rouville, quelle chance que vous soyez ici, dit-il en remarquant à son tour la présence de Julie. Je compte sur vous pour tout raconter à votre père. Vous verrez, lança-t-il au curé, gonflé d'indignation, que le seigneur de Rouville penchera de mon côté.

— Allons, messieurs, je vous en prie, s'interposa le docteur. Laissez mademoiselle de Rouville en dehors de votre querelle.

— Père, fit alors René, je vous supplie de conserver votre calme.

— Mon calme? Mais comment veux-tu que je garde mon calme alors que tous ceux qui se disaient hier mes amis, ces gens que j'ai si souvent reçus à ma table, ne songent plus qu'à m'exploiter?

— Vous exploiter? s'offusqua le curé. Mais c'est vous qui songez à faire payer toute la paroisse pour réparer un ponceau qui se trouve sur votre propriété.

— Ce que vous prétendez est un mensonge, tonna Boileau. L'ouvrage est mitoyen, puisque situé entre les deux terres. Et monsieur Lenoir, ici présent, a bien examiné le ponceau et noté toutes les réparations à faire. Son procès-verbal ne fait que rétablir la vérité. Par conséquent, vous serez tenu de payer votre part des réparations.

— Vous avez osé traiter votre curé de menteur! rugit messire Bédard, le visage rouge de colère. Mais c'est vous et ce... Lenoir – il désigna le pauvre fonctionnaire d'un doigt dédaigneux – qui êtes en tort. La terre de la fabrique est beaucoup trop éloignée du fossé pour s'y égoutter. J'affirme que ce procès-verbal est une iniquité. Messieurs, déclara-t-il en se retournant vers Bresse, Lukin et Vincelet, nous attaquerons ce document!

— Eh bien, messieurs, attaquez! riposta Boileau en relevant la tête avec un air de défi.

— Vous avez raison, monsieur le curé, déclara le marchand Lukin. Contestons le procès-verbal.

Lukin, qui avait épousé Louise de Niverville, la sœur cadette des demoiselles célibataires, filles de l'ancien seigneur de Chambly, croyait fermement que monsieur de

Rouville prendrait le parti de la noblesse, c'est-à-dire son parti.

Messieurs Bresse et Vincelet opinèrent vigoureusement et l'aubergiste, ne voyant plus rien à ajouter, s'empressa de retourner chez lui. Il n'aimait pas laisser la surveillance de son commerce à son employé et toute cette affaire avait déjà consommé quelques heures, depuis le matin.

— Retournons à la maison, ma chère, dit également monsieur Bresse à sa femme.

— J'irai tout à l'heure, fit Françoise qui ne semblait pas aussi pressée de rentrer. Emmélie me parlait de la prochaine soirée et...

— Tu ne songes tout de même pas à accepter une invitation de ces gens ! s'offusqua Joseph.

Et il tourna grossièrement le dos aux demoiselles Boileau, entraînant Françoise à sa suite.

— Eh bien ! laissa tomber Julie qui venait de retrouver Emmélie et Sophie.

Les jeunes filles échangèrent un regard navré.

— C'est ce qui s'appelle brûler les ponts, constata tristement Emmélie. Madame Bresse ne reviendra pas à nos soirées avant longtemps.

— Je le crains, soupira Sophie, comme le curé surgissait et attrapait Julie par le bras pour l'entraîner à part.

— Mademoiselle de Rouville, je vous demande d'aller quérir immédiatement votre père. Qu'il vienne au presbytère afin que je puisse moi-même l'informer des graves incidents qui perturbent la paroisse, exigea-t-il sur un ton qui se voulait sans réplique.

— Mais madame Talham m'attend depuis déjà une heure. C'est très impoli et…

— Je regrette, chère demoiselle, l'interrompit le curé, mais vous devez remettre votre visite à demain. Le docteur expliquera à son épouse l'importante mission que je vous confie. Il est impératif que votre père soit mis au courant de l'iniquité qui plongera la paroisse dans une pauvreté extrême.

Le docteur Talham interrompit la tirade du curé.

— Tout de même. Ce n'est pas comme si le ciel venait de nous tomber sur la tête !

— Docteur, avez-vous oublié à qui vous vous adressez ? s'indigna messire Bédard.

— Il ne s'agit pas d'affaires spirituelles, mais d'affaires temporelles, rétorqua monsieur Boileau. Ce qui explique pourquoi vous n'y comprenez goutte, ajouta-t-il en toisant avec insolence le pasteur. Mais je suis d'accord avec vous sur un point. Mademoiselle de Rouville doit avertir son honorable père de la situation immédiatement.

Pendant que les protagonistes se toisaient, Julie voyait son petit bonheur s'envoler comme la dernière feuille d'automne. Comme elle regrettait de ne pas avoir continué son chemin tout à l'heure ! Le docteur confirma ses craintes :

— Chère demoiselle, je crois malheureusement que vous n'avez pas d'autre choix que de renoncer à vos projets. Ni le curé ni Boileau ne vous laisseront tranquille tant que vous n'aurez pas saisi votre père de ces pénibles événements.

— Je ne vois pas ce que mon père pourra faire de plus, soupira Julie.

— Qui sait ? fit le docteur Talham. Le colonel trouvera peut-être une solution pour apaiser les esprits échauffés.

Julie doutait que son père réussisse un tel exploit et l'expression de découragement sur le visage du docteur Talham laissait entendre que lui-même n'y croyait guère.

— Il faudra m'excuser auprès de Marguerite, se résigna Julie.

— Si vous le permettez, je vous accompagne, ajouta le docteur. Je donnerai à votre père des détails de l'affaire que vous ignorez. Demandons aux demoiselles Boileau d'aller informer ma petite fleur des circonstances déplorables qui vous obligent à lui faire faux bond.

— Bonne idée, approuva monsieur Boileau en brandissant une canne à pommeau sculpté. En tant que parent de ma famille, vous avez toute ma confiance.

— Rappelez-vous également que vous êtes mon paroissien et que j'ai charge de votre âme, ajouta le curé d'un ton sévère.

Talham haussa les épaules. On nageait en plein délire.

— Je compte sur vous pour prévenir Marguerite ? demanda-t-il aux sœurs Boileau.

— Heu ! Je dois avancer mon trousseau, prétexta Sophie qui ne tenait pas à faire les commissions du docteur.

— Comptez sur moi, soupira Emmélie.

Et elle se tourna vers le curé :

— Messire Bédard, offrez-moi votre bras, puisque nous allons dans la même direction. Je vais faire un bout de chemin avec vous.

Dérouté, le curé hésitait à répondre à la fille de son ennemi.

— Messire Bédard, ne suis-je pas également votre paroissienne ? insista Emmélie, non sans malice.

Elle n'avait pas du tout l'intention de reparler du pont du fossé, mais s'amusait de voir le curé embêté. Il ne l'avait pas volé.

— En chemin, vous me donnerez les dernières nouvelles de votre sœur, Marie-Josèphe, le rassura-t-elle. On m'a dit qu'elle souffrait d'une mauvaise grippe. La fièvre a-t-elle baissé ?

À titre d'homme d'Église, le curé Jean-Baptiste Bédard ne pouvait plus refuser le geste de paix venant d'une jeune fille estimée par toute la paroisse.

Le curé parti, René remercia en pensée sa sœur qui possédait l'art d'éteindre les feux.

Joseph rebroussa chemin avec regret en pensant aux galettes de Perrine. Dans la calèche, Julie et Talham restaient silencieux. Tandis que le docteur s'inquiétait de voir disparaître la bonne entente entre les familles de notables, la tristesse s'installait dans le cœur de Julie. Pendant tout ce temps, René ne lui avait pas accordé un seul regard.

Chapitre 2

Home, sweet home

Aux environs de quatre heures de l'après-midi, en cette veille de Noël de l'année 1811, le soleil se couchait déjà, chamarrant le Saint-Laurent de ses reflets cependant qu'à l'horizon se dessinait la silhouette du cap Diamant, majestueuse porte d'entrée du continent nord-américain dans le détroit de Québec.

Sur le chemin royal qui longeait la rive nord du fleuve entre Québec et Beauport, un cavalier solitaire s'arrêta pour admirer l'impressionnant tableau. Son allure – son port altier et sa tête coiffée d'un shako – était celle d'un officier de l'armée de Sa Majesté George III. Une longue écharpe de fourrure nouée autour du cou, il portait un manteau sombre qui le recouvrait entièrement, descendant jusqu'aux guêtres de laine grise d'où l'on voyait poindre des bottes noires, impeccablement cirées. Un portemanteau contenant son paquetage et marqué d'armoiries était attaché à la selle.

« Rien au monde, ni la mer des Antilles ni même les merveilles de Londres n'égalent cette splendeur », se dit Charles de Salaberry en contemplant la magnificence du fleuve qui l'avait vu naître. Il était heureux de rentrer chez lui pour passer les fêtes avec sa famille. Sa longue permission lui permettrait d'oublier un peu la sévère discipline militaire pour flâner ou lire auprès du feu. Il pouvait déjà sentir l'odeur d'un pot-au-feu à la mode canadienne que sa mère aurait préparé elle-même à son intention, sachant à quel point la cuisine familiale lui manquait. De leur côté, Amélie et Adélaïde, ses chères sœurs toujours célibataires, l'attendraient avec un cadeau : sans doute un nouveau gilet ou une veste d'intérieur qu'elles auraient confectionnée pour son retour. Cela se passait toujours ainsi, quand il revenait à la maison pour une rare permission. Comme il avait hâte de les retrouver ! Ensemble, ils se consoleraient de la disparition de leur frère Maurice, mort aux Indes l'année précédente des suites de terribles fièvres. Il espérait que sa présence aurait pour effet de réconforter sa mère, en attendant le retour des Indes de François, ce cher « Chevalier » comme on appelait dans la famille le fils cadet. Lorsqu'il avait appris la mort de Maurice, Salaberry – fortement ébranlé par la disparition du compagnon de jeu de son enfance – avait immédiatement écrit au duc de Kent afin qu'il fasse le nécessaire pour faire revenir Chevalier en Angleterre et, à partir de là, le rapatrier au Canada.

Le militaire frissonna et resserra son manteau pour mieux s'envelopper. Il restait un peu plus d'une lieue à parcourir avant d'être en vue du manoir des Salaberry à Beauport. « Je vais attraper un rhume ou m'enfiévrer. Il est temps que je retrouve un bon feu », se dit-il en talonnant sa monture. En cheminant, il s'interrogea sur les motifs à poursuivre une carrière militaire qui exigeait tant de sacrifices. Il avait fêté ses trente-trois ans en novembre et comptait déjà dix-huit ans passés dans l'armée. Mais il était ambitieux et souhaitait atteindre le grade de lieutenant-colonel. Un rêve qu'il partageait avec son père, Louis de Salaberry, si fier de voir tous ses fils officiers de la plus grande armée du monde.

Salaberry songea qu'il apportait dans ses bagages quelque chose qui comblerait son père. Son supérieur immédiat, le général Francis de Rottenburg, dont il était depuis peu l'aide de camp, lui avait appris qu'il avait été désigné major honoraire. Il approchait du but.

« Certes, père sera satisfait, se dit l'officier. Mais cela ne reste qu'une simple promesse tant que le ministre de la Guerre, qui est en Angleterre, n'aura pas confirmé le titre. Et lorsque j'aurai enfin obtenu définitivement le poste de major qui m'est dû, combien de temps faudra-t-il, par la suite, avant que je ne sois promu lieutenant-colonel ? »

Salaberry avait attendu douze ans le rang de major, malgré ses impressionnants états de service ! Il avait servi tant sur mer que sur terre, et participé à de nombreuses batailles où il s'était distingué par sa bravoure et d'indéniables qualités de meneur d'hommes. Ses supérieurs reconnaissaient en lui un officier de talent. Le malheur était que l'argent avait toujours manqué.

Rendu à ce point dans la hiérarchie militaire, Salaberry était conscient que d'autres obstacles surgiraient : il était un Canadien d'origine française, en plus d'être un fervent catholique dans une armée où la religion officielle était anglicane. Par contre, un fait d'armes marquant pourrait lui permettre de gravir les échelons supérieurs. « Si les rumeurs d'une guerre entre le Canada et les États-Unis d'Amérique se confirment, je trouverai peut-être ma chance sur de nouveaux champs de bataille », espérait-il.

Louis avait appris à ses fils, dès leur plus jeune âge, la devise des Salaberry : *Force à superbe ! Mercy à faible !* qu'on attribuait au roi de France Henri IV en hommage à la bravoure et à la force d'un lointain ancêtre. Du moins, c'est ce que racontait la légende familiale. Le grand-père de Charles, Michel de Salaberry, était un héros de la guerre de Sept Ans. Capitaine de navire et officier, il avait été décoré de la Croix de Saint-Louis par le roi Louis XV pour avoir lutté contre les Anglais, les pourchassant sans répit sur le Saint-Laurent, à bord de son navire. Et son père, Louis, avait combattu les Américains venus envahir le Canada en 1775. Il était revenu de cette guerre couvert de blessures glorieuses.

«Mais que vaut la gloire de nos jours?» se demanda Charles. Les pas du cheval sur le chemin de neige durcie résonnaient dans la brunante, ajoutant à l'atmosphère lugubre d'une route étrangement désertée, pour cette époque de l'année. Depuis Québec, il n'avait guère rencontré qu'une carriole et quelques cavaliers isolés. La froidure retenait sans doute les habitants dans la chaleur du logis, jusqu'à l'heure où il leur faudrait atteler pour se rendre à la messe de minuit.

Salaberry franchit enfin les limites de la seigneurie de Beauport qui s'étalait gracieusement sur la rive du Saint-Laurent. À cet endroit, le fleuve formait une large baie entre deux rivières: celle de Beauport, qui coulait tranquillement, et une autre, la Montmorency, qui, du haut d'un cap, se précipitait dans le fleuve en un torrent impressionnant, chutes monumentales figées par la froidure en un extraordinaire flot de dentelles glacées suspendues dans le vide. L'immuable beauté de ses paysages avait fait de la seigneurie de Beauport un endroit recherché depuis toujours. Tous les grands personnages de passage dans la colonie y avaient séjourné, à commencer par le marquis de Montcalm, le grand général français mort sur les hauteurs d'Abraham.

Après avoir passé les premières maisons du bourg de Beauport, un bâtiment ancien s'imposa au détour de la route, à l'ouest de l'église : le vieux manoir seigneurial qui appartenait à la famille Juchereau-Duchesnay, famille cousine des Salaberry. Érigé au xviie siècle, c'était le plus ancien manoir seigneurial du Bas-Canada. L'antique demeure en imposait, avec ses solides murailles blanchies, son large toit pentu percé de plusieurs lucarnes et de cinq cheminées. Des flots de lumière s'échappaient des carreaux des nombreuses fenêtres. Salaberry imagina le luxe des lustres chargés de bougies et l'armée de domestiques s'affairant autour d'une grande table qui attendait ses convives pour le repas du soir. Les Juchereau-Duchesnay étaient les seigneurs de Beauport, titre qu'ils partageaient avec le père de Salaberry. Mais ils étaient riches, alors que les Salaberry étaient pauvres.

« *My goodness !* Dire que mon ancêtre Salaberry fut jadis compagnon d'un roi, tandis que les Juchereau-Duchesnay n'étaient rien ! On se demande à quoi tient le mérite, puisque c'est le hasard qui trace les chemins de la fortune », se dit encore l'officier.

Salaberry laissa le chemin du Roi pour s'engager dans une allée menant à une autre maison, moins imposante, mais aux proportions harmonieuses. Construite près d'un siècle après le vieux manoir seigneurial de Beauport, cette élégante demeure avait été celle de Madeleine-Louise Juchereau-Duchesnay, la grand-mère de Charles. La belle maison appartenait désormais à Louis, fils unique de Madeleine-Louise et de Michel de Salaberry. C'est dans cette maison que les parents de Charles avaient élevé leur nombreuse famille : quatre garçons et trois filles.

Charles de Salaberry avait quitté le foyer à l'âge de quatorze ans. Mais, à chacun de ses retours, comme c'était le cas en cet instant où il posait pied à terre, lui revenait comme en écho les cris joyeux de la petite bande qu'il formait autrefois avec ses frères et sœurs. Bienheureuses réminiscences d'une époque où ils étaient tous réunis, avant que les garçons ne s'engagent dans l'armée et que sa sœur Hermine épouse un cousin Juchereau-Duchesnay.

Quelqu'un se précipita au-devant de lui.

— Monsieur Charles! C'est bien vous? l'accueillit un domestique en saisissant la bride du cheval.

— *Yes, it's me*. Heureux de te revoir, mon brave Antoine.

Le palefrenier ne put s'empêcher de remarquer à quel point Salaberry parlait français avec encore plus de difficulté qu'à sa dernière visite, des années auparavant.

— Vous apportez la joie, monsieur Charles! La mort de notre petit monsieur Maurice a plongé la maison dans l'affliction et votre mère, notre chère dame, pleure chaque jour.

« Petit monsieur. » Malgré la douleur du deuil, Salaberry ne put s'empêcher d'esquisser un sourire en entendant le domestique évoquer son frère en ces termes affectueux.

— Moi-même je n'arrive pas à y croire. Mais ayez confiance, Antoine, les autres « petits messieurs » reviendront et ce manoir connaîtra encore des jours heureux. François sera bientôt de retour, ajouta l'officier, convaincu que son frère naviguait déjà en direction du Canada. Quant à notre cher Édouard, aux dernières nouvelles, il était toujours en Angleterre, auprès du duc et de madame de Saint-Laurent.

— Que Dieu les bénisse! répondit le domestique.

Salaberry s'informa de son père.

— Vous le trouverez en bonne santé. Mais vous le connaissez. Comme il vous attend, rien ne va assez vite pour lui. Il tourne en rond depuis l'aube, donnant des ordres que votre mère s'empresse de contremander… Il a fini par s'enfermer dans son cabinet avec défense expresse de le déranger, sauf pour lui annoncer votre arrivée.

— Des coups de canon partent dans toutes les directions, mais aucun n'atteint son but, rit Salaberry devant ce portrait fidèle de son père. *All right!* s'exclama l'officier. Malgré tout, rien ne change et c'est bon d'être de nouveau chez soi. Prends bien soin de mon cheval, Antoine.

— N'ayez crainte, monsieur Charles. Il n'y a pas meilleur homme que moi pour les chevaux. Je ferai porter votre paquet à votre chambre.

Salaberry sortit de l'écurie et hâta le pas. Soudain, il lui tardait de serrer dans ses bras sa mère et ses sœurs, d'entendre son père énumérer ses sempiternelles recommandations. Il poussa la lourde porte et fut inondé de chaleur.

❧

Le matin même, Louis de Salaberry s'était réfugié dans sa bibliothèque.

C'était un homme de haute taille. Il s'appuyait sur un objet étrange, un long bâton noueux doté, à une extrémité, d'une lanière de cuir le maintenant dans la main de son propriétaire. À ceux que la force qu'il fallait pour soulever semblable canne médusaient, monsieur de Salaberry répondait, avec l'esprit qui le caractérisait, que c'était par sagesse qu'il traînait pareil gourdin, celui-ci servant à modérer son humeur. Le noble gentilhomme avait hérité de ses ancêtres une force herculéenne, mais il leur devait aussi son naturel prompt, trait de caractère qu'il avait transmis à son fils Charles. L'éloignement avait heureusement permis d'éviter les échanges explosifs entre deux êtres si semblables.

Louis relisait une lettre de son vieil ami, Melchior de Rouville.

Chambly, ce 19 décembre 1811

Mon cher cousin et ami,
Je profite de la poste du jeudi pour vous souhaiter un joyeux Noël à vous et à ma chère cousine Souris, à qui j'offre tous mes compliments et hommages, sans oublier vos délicieuses demoiselles.

— Ma chère Souris, répéta-t-il à voix haute en retirant son binocle qui l'agaçait.

Le surnom tendre, réservé au cercle des intimes, évoquait cette manière particulière qu'avait son épouse de se déplacer sans bruit.

Autrefois, Rouville les avait présentés l'un à l'autre. Blonde apparition parée de robes froufroutantes cintrées jusqu'à la taille, arborant des corsages aux gracieux décolletés, la demoiselle dansait menuets et bourrées jusqu'au petit matin. Elle s'appelait Catherine Hertel de Saint-François, elle était la reine de tous les bals de la belle société montréaliste, tout en préservant ses hautes vertus morales.

Louis soupira de plaisir à cette délicieuse évocation, remit ses lunettes sur son nez et reprit sa lecture.

Vous connaissez les rumeurs sans doute mieux que moi. On nous prédit une guerre ! Ces maudits Bostonnais, que nous avions combattus dans notre jeunesse, ceux qu'on désigne aujourd'hui par le nom d'Américains, défient de nouveau l'Angleterre. Ils forcent le blocus pour commercer avec la France et menacent de venir en découdre avec les Britanniques jusque chez nous. Tout cela par la faute de l'appétit insatiable de l'ogre tyrannique qui dévore l'Europe : Bonaparte ! Pauvre France, entre les mains de cet empereur de pacotille. J'enrage à cette pensée.
Mais le but de ma lettre est plutôt de songer à l'avenir. Le carnet de mes souvenirs m'indique que vous aborderez bientôt la vénérable soixantaine. Sachant que je vous ai devancé dans cet

état, j'entends ici l'éclat de votre grand rire. Certes, je l'avoue: l'automne dernier a fait sonner le coup de mes soixante-trois ans. Et je ne connais toujours pas la joie d'avoir des petits-enfants. Ovide, mon fils, n'est pas en mesure de s'établir. Mais ma fille, Julie, est en âge de se marier. De votre côté, un homme portant un nom aussi glorieux que le vôtre espère voir ce nom lui survivre. Lorsque vous m'avez appris le retour prochain de Salaberry au pays, l'idée m'est venue de marier nos enfants. Notre demoiselle Julie possède un caractère doux et aimable, à l'image de votre chère Souris. Qui sait si Cupidon ne les atteindra pas de ses flèches? Surtout si nous l'aidons de notre mieux…

Vous connaissant, je crois que vous approuverez de tout cœur mes petites idées et tous les avantages d'un tel mariage. Trouvez un prétexte quelconque pour mander Salaberry à Chambly.

En attendant, je souscris à l'amitié la plus inviolable et demeure votre humble serviteur,

Rouville

Dans une lettre précédente, son vieil ami lui faisait part de ses inquiétudes au sujet de sa fille. Madame de Rouville et lui se désespéraient que Julie ne puisse rencontrer des jeunes hommes de son rang et craignaient qu'elle ne s'attache à un bourgeois de la région.

Louis de Salaberry approuvait tout à fait l'idée de ce mariage. Malgré l'affliction causée par la mort de Maurice, il ne pouvait s'empêcher de songer à assurer sa descendance. Rouville, ce vieux renard, le connaissait bien. Maintenir l'honneur de son nom, c'était l'histoire de sa vie.

Louis retira ses lunettes et rangea la lettre dans un tiroir de son secrétaire. Le brouhaha qui venait d'envahir le manoir lui annonça que son fils venait d'arriver.

Aussitôt Salaberry entré, une cavalcade de petits pas pressés dévalant l'escalier accompagnés de rires et de cris de joie l'accueillit.

— Charles, c'est Charles !

Amélie, une jeune fille de vingt-quatre ans pleine de vivacité, se jeta dans les bras de son frère qui la souleva de terre. Adélaïde, la plus âgée des deux sœurs et habituellement la plus réservée, n'hésita pas à imiter sa cadette.

— Salaberry ! disaient-elles en l'embrassant bruyamment.

À peine avait-il entrevu les visages chéris de ses sœurs que madame de Salaberry apparut derrière ses filles en lui tendant les bras.

— Mon Charles ! Dieu soit loué, tu es enfin de retour.

Puis elle éclata en sanglots, incapable de contenir plus longtemps le bonheur de retrouver un fils alors qu'elle était dévastée par le chagrin d'en avoir perdu un autre. Ne lui avait-on pas assuré que l'avenir de ses enfants se trouvait au sein de l'armée ? Elle avait appris que ce n'était qu'une sinistre farce. Maurice, disparu dans ces Indes mystérieuses et lointaines, avait tremblé de fièvre sur une misérable paillasse, loin des soins de sa mère. Mort sans gloire, en terre étrangère, dans un inutile sacrifice qui la révoltait. Ses larmes mouillaient le tissu rugueux de l'uniforme pendant que sa main triturait nerveusement les épaulettes dorées : dans les bras de ce fils que Dieu lui avait gardé vivant, une peine incommensurable l'envahissait et tout le courage qui lui avait permis jusque-là d'affronter la fatalité s'effondrait.

— Chère, chère maman, prononça Salaberry en enlaçant tendrement sa mère. J'ai écrit au duc pour demander le rapatriement de Chevalier. Il sera auprès de vous dès cet été. Là, là ! fit-il, la consolant de son mieux même si ses propres yeux commençaient à se mouiller. Que fait donc notre père ? demanda-t-il à ses sœurs.

Il refusait de se laisser submerger par la peine.

— Tu le connais, dit Adélaïde. Il s'est enfermé dans son cabinet pour t'attendre. Mais prends le temps d'ôter tes vêtements mouillés.

— Mais oui, Charles, approuva madame de Salaberry en respirant à grands coups pour se ressaisir, tu as besoin de retirer cette veste, ajouta-t-elle en désignant l'uniforme qu'elle maudissait. Tu trouveras tout ce qu'il te faut dans ton ancienne chambre.

— Je monte me changer, déclara Salaberry, touché de revoir sa mère vieillie et désireux d'enfiler des vêtements civils.

Madame de Salaberry tamponna ses dernières larmes et retrouva sa mine gracieuse. À l'aube de la soixantaine, ses grands yeux en amande restaient toujours aussi beaux.

Elle fit signe à Charles d'attendre en désignant une porte close qu'elle poussa.

— Que se passe-t-il, mon ami ? demanda-t-elle à son mari. Fébrile toute la journée parce que tu attends ton fils, tu te caches dans ton antre lorsqu'il est enfin là ?

— Je devrais sans doute faire les cent pas devant la porte en triturant mon mouchoir ? fit monsieur de Salaberry en ronchonnant pour masquer sa joie.

— Est-ce moi qui vous fais grogner ainsi ? demanda en riant Salaberry dans l'embrasure de la porte.

Louis ouvrit les bras pour accueillir son fils.

— Te voilà major ! Major de Salaberry ! prononça fièrement Louis en ouvrant les bras. Quelle joie de te revoir à la maison !

Sa voix chevrotante montrait bien à quel point il était ému. Salaberry reçut avec attendrissement l'accolade paternelle.

— *Dear father!* murmura-t-il. *It's so great to see you again*[1]!

～

Le lendemain du jour de l'An, les deux hommes devisaient agréablement dans la bibliothèque.

Salaberry avait aussi retrouvé le plaisir des repas en famille. Pour plaire à sa mère, l'uniforme avait été remisé pour la durée de son séjour. Le jour, il portait chemise blanche à haut col et cravate nouée, redingote noire cintrée qui mettait en valeur un corps musclé, rompu à l'exercice. Mais le soir, après le souper, pour mieux profiter du porto savouré en compagnie de son père, il endossait une belle veste d'intérieur cousue et brodée par ses sœurs, qu'il avait trouvée le premier soir soigneusement étalée sur son ancien lit. Son bonheur était total.

— Il te reste des jours de permission, m'as-tu dit?

Salaberry confirma par un simple hochement de tête tout en faisant miroiter la robe du millésime exceptionnel que venait de lui verser son père, une bouteille offerte par le duc de Kent.

— J'ai quelques semaines devant moi.

Monsieur de Salaberry observait son fils, parfaitement détendu. Le moment lui sembla bien choisi pour parler de la jeune fille de Chambly.

— J'ai reçu il y a quelques jours une lettre de mon vieil ami, le colonel de Rouville.

— Comment se porte-t-il? s'informa Charles en cherchant un visage dans ses souvenirs. Je me rappelle vaguement de ce monsieur, *my mother's cousin, I believe*[2]? Il était

---

1. Cher père! C'est si bon de vous revoir!
2. Un cousin de ma mère, je crois?

64

votre supérieur, il me semble, lors de la guerre contre les Yankees.

— C'est bien cela. Nous étions ensemble, à l'automne de 1775, pendant le siège du fort Saint-Jean par les Bostonnais.

— C'est à cet endroit qu'on vous a retrouvé sous des ruines, soutenant un pan du mur qui menaçait de s'écrouler sur vous ?

Monsieur de Salaberry éclata de son grand rire. On lui réclamait souvent ses récits d'« homme fort », en société. Il les racontait volontiers, contribuant ainsi à perpétuer la légende des Salaberry. Charles connaissait par cœur les anecdotes de son père. Il écoutait d'une oreille distraite.

— Nous avions été faits prisonniers pour être conduits à Albany, se rappelait Louis. Mais comme j'étais blessé, on m'envoya à l'Hôpital général de Montréal. Par contre, le pauvre Rouville a passé deux longues années à s'ennuyer mortellement dans les geôles américaines.

— Ce qui ne vous a pas empêché, aussitôt sur pied, avec Rouville qui venait d'être libéré, de retourner en découdre avec les Yankees, le relança Salaberry.

— C'était notre devoir.

La voix de Louis se faisait nostalgique.

— Nous avons suivi Barry St. Leger jusqu'à fort Stanwix, dans la vallée de la rivière Mohawk, pour débusquer les rebelles. Je servais comme lieutenant sous les ordres de Rouville. Il a failli mourir de honte lorsque St. Leger a décidé de retraiter.

— Je conserve un vague souvenir d'une visite de la famille Rouville à Beauport, un été. Une fillette timide, le visage encadré par deux nattes brunes. Et un garçon au regard torve qui faisait des crises. Nous lui avions fait la vie dure, mes frères et moi, se rappela Salaberry en riant. Que deviennent-ils ?

— Le fils déçoit, je crois, confia son père. Le genre de garçon trop couvé par sa mère. Mais qui sait ? S'il y a une guerre, peut-être trouvera-t-il une occasion de faire ses preuves ?

— Cela arrive, répondit Charles, non sans scepticisme.

Il en avait vu, de ces fils de famille qu'on enrôlait par tradition et à qui on attribuait un rang au-dessus de leurs capacités.

— Mais vous savez, ce genre d'homme fait rarement un bon officier. Vous-même connaissez suffisamment les vertus de la discipline, *father*.

Monsieur de Salaberry approuva en se levant pour alimenter le feu. Sa haute stature remplissait la pièce dont les murs lambrissés de planches de noyer étaient garnis de rayonnages croulant sous le poids de livres ou de divers parchemins.

— Rouville n'a que deux enfants. À sa mort, le fils gardera la seigneurie, ainsi que tous les fiefs nobles, évidemment, et il deviendra le seigneur de Rouville. La fille aura droit à des terres qui rapportent. Sa dot s'élève à quarante mille livres.

— Et elle n'est pas mariée ? C'est étrange ! Une demoiselle aussi bien pourvue.

— Si j'en crois ce que m'en a dit Rouville, il ne s'est pas encore présenté un parti acceptable pour la famille.

— Elle est peut-être laide ou infirme, fit remarquer Salaberry d'un ton neutre.

Le sort de cette inconnue le laissait parfaitement indifférent.

— Au contraire ! C'est un excellent parti, ajouta prestement Louis, d'un ton si particulier que le jeune homme sourcilla.

Il connaissait son père. Ce dernier avait une idée en tête.

— *What's up, father*[1] *?* demanda Salaberry, devenu méfiant.

Louis arpentait la pièce en brandissant sa lourde canne.

— Mon vieil ami Rouville suggère que nous unissions nos deux familles…

— Est-ce à dire qu'une de mes sœurs, Amélie ou Adélaïde, épouserait le fils Rouville ?

— Non, assurément non, bredouilla le père. Il ne s'agit pas du fils. Malheureusement pour tes chères sœurs, ta mère et moi n'avons plus les moyens de les doter selon leur rang.

— Pourtant, elles sont nobles ! Le nom des Salaberry vaut bien des monceaux d'or.

— Tu dis vrai, mon fils. Nous avons ce nom, vieux de trois siècles. Et ce nom est ton unique fortune que tu as le devoir de transmettre à des fils.

Salaberry sursauta.

— *What are you saying, father ? Where are you going with all of this*[2] *?* demanda-t-il, passant à l'anglais, langue dans laquelle il était le plus à l'aise pour s'exprimer.

— Ne fais pas celui qui ne comprend pas, reprit Louis de Salaberry en haussant le ton, dominant Charles de sa haute taille. Rouville propose d'unir nos familles qui sont à la fois parentes et amies. Une alliance qui t'apportera la fortune, à toi qui en a peu, en échange de l'honneur, pour elle, de porter un nom glorieux. Ne me regarde pas ainsi, Salaberry, ordonna Louis, toisant son fils qui s'était levé brusquement et lui jetait des regards furieux. Rasseyons-nous plutôt et causons.

Il remplit de nouveau les verres de porto et regagna son fauteuil. Mais Salaberry resta planté devant le feu de la cheminée.

---

1. Que se passe-t-il, père ?
2. Que voulez-vous dire, père ? Que signifie tout cela ?

— Songe à tes sœurs, qui ne pourront peut-être jamais se marier, et à la vie qu'elles auront, auprès de parents vieillissants. Que deviendront-elles, lorsque nous aurons quitté ce monde, ta mère et moi ? Leur seule joie sera de cajoler leurs neveux et nièces. Ton nouveau grade te permet enfin de te marier. Il est temps pour toi de t'établir. Je te propose d'épouser une femme de ton rang. De surcroît, elle possède une fortune dont tu as le plus grand besoin. Tu ne peux refuser. C'est un devoir que tu dois à ta famille.

Salaberry contemplait son verre d'alcool qu'il n'arrivait plus à apprécier.

— Est-elle jolie ? demanda-t-il soudain, faussement intéressé, mais usant du ton d'un maquignon qui parlait d'un bon cheval.

— Quelle importance ? Suis-je joli, moi ? riposta vivement le père.

Ses yeux pers louchaient plus qu'à l'habitude. À la vérité, on ne pouvait pas dire qu'il était beau, avec sa couronne de cheveux blanchis entourant un crâne dégarni, mais une grande noblesse se dégageait de sa physionomie.

— Jeune, je n'étais pas un si bel homme, ce qui ne m'a pas empêché de séduire ta mère, ajouta-t-il d'un ton badin, comme pour alléger l'atmosphère. Mais c'est de ton bonheur dont il est question. Julie de Rouville est de bonne noblesse et un parti avantageux. C'est une occasion qui ne se représentera pas de sitôt.

— Vous m'en parlez comme s'il s'agissait de conclure une vulgaire affaire d'argent ! s'indigna le jeune homme. Que faites-vous, *father*, de l'accord des âmes, de l'amour d'un homme pour une femme ? Qu'avez-vous à dire, vous qui avez épousé celle qui vous inspirait de tels sentiments ?

C'était vrai. Les enfants Salaberry avaient grandi auprès de parents qui, visiblement, s'aimaient tendrement.

À Beauport comme à Québec, le couple suscitait l'admiration. Preuve ultime de leur entente, le couple se tutoyait, contrairement à nombre d'autres qui se vouvoyaient. Un indéfinissable sourire se dessina sur les lèvres de monsieur de Salaberry.

— Oui, je l'avoue, ta mère et moi avons eu cette chance.

— Et Mary ? Nous nous aimions, prononça-t-il d'une voix blanche. Vous m'avez contraint à renoncer à l'amour de ma vie, et aujourd'hui, vous me proposez un mariage avec une autre cousine, fortunée celle-là ! Vous croyez disposer de mon cœur à votre guise ?

— La situation était bien différente. Inutile d'y revenir, dit sèchement son père.

Les yeux violets de Mary Fortescue revinrent hanter Salaberry. Son rire clair lorsqu'ils se promenaient ensemble dans le parc entourant la propriété des Fortescue. Par la suite, au hasard de ses affectations, il avait tenté d'oublier son amour d'Irlande en se réfugiant parfois dans les bras de femmes de la bonne société ; certaines accueillaient volontiers dans leur lit un bel officier vigoureux. Mais il avait fui toutes celles dont la couleur des yeux lui rappelait celle du ciel irlandais. Et malgré tous ses efforts pour oublier Mary, il sentait que l'ancienne douleur était toujours là.

À cet instant, Charles détesta sa famille, son père et l'honneur des Salaberry.

— *Mary*, murmura-t-il, la voix rauque, étouffant difficilement des larmes de rage. *Mary, my true love*[1].

— Que dis-tu, Salaberry ? fit son père qui s'était replongé dans ses réflexions, préférant ignorer le geste d'humeur de son fils, confiant que la colère serait passagère et que par la suite, il reviendrait à la raison. J'exige, à tout le moins, que

---

1. Mary, mon cher amour.

tu te rendes à Chambly pour présenter mes salutations à monsieur de Rouville, mon vieil ami, ordonna-t-il. Il est toujours utile d'entretenir les liens de famille.

— *Damn!*

Le verre de Salaberry se fracassa dans l'âtre du foyer.

— *No!* éclata-t-il abruptement. Si vous voulez des petits-enfants, vous devrez compter sur François et Édouard. *I will never marry. Don't count on me to go to Chambly*[1]!

Il repoussa bruyamment le fauteuil vide, et sans autre forme de procès, sortit en claquant la porte.

Cet accès d'humeur ne sembla pas troubler outre mesure monsieur de Salaberry qui se rapprocha du feu en se frottant vivement les mains comme pour mieux en absorber la chaleur. La minute d'après, la porte se rouvrit avec douceur et dans l'embrasure, son épouse se tenait là, en bonnet de nuit et chemise, l'air inquiet :

— J'ai cru entendre du bruit, mon cher cœur. Que se passe-t-il ? Il refuse, n'est-ce pas ? Je t'avais prévenu qu'il n'accepterait pas.

— Évidemment, puisque c'est moi qui lui ai demandé, rétorqua Louis. Mais demain, tu exigeras qu'il se rende à Chambly en ton nom, afin d'aller présenter tes respects à ton cousin de Rouville. Il n'osera pas refuser une requête venant de sa mère, ajouta-t-il dans un sourire satisfait qui accentuait les rides de son visage. L'important, c'est qu'il rencontre la jeune fille. Retourne te coucher, très chère. Tu verras que tout finira par bien se passer.

Catherine opina gravement, mais elle était loin de partager l'assurance de son mari. Comme elle s'y attendait, son fils n'avait pas oublié Mary et en voulait encore à son père.

---

1. Non. Je ne me marierai jamais. Ne comptez pas sur moi pour aller à Chambly!

Charles n'avait eu d'autre choix que d'écrire à sa cousine d'Irlande une déchirante lettre de rupture. Il ignorait toutefois que sa mère avait approuvé cette décision. Plus tard, se rappela madame de Salaberry, ses appréhensions s'étaient confirmées. Elle avait appris que Mary Fortescue avait hérité du tempérament frivole de sa mère, Suzanne de Saint-François. Mais son fils, ébloui par l'amour, ou par ce qu'il avait cru être l'amour, n'avait jamais eu le temps de découvrir à quel point celle qu'il aimait ne lui convenait pas.

Perplexe, elle regagna sa chambre.

Son époux se cantonna dans son fauteuil, comme si ce qui venait de se passer était sans importance. Louis avait l'habitude que ses enfants lui obéissent, même s'il fallait pour cela emprunter des moyens détournés.

Monsieur de Salaberry reprit un livre en cherchant sa page, puis se replongea dans les délices d'une de ses lectures préférées : *L'Art de se taire*.

Chapitre 3

De tristes nouvelles

Un mois avant ces événements, le duc de Kent et madame de Saint-Laurent étaient de retour à Londres afin de passer l'hiver au palais de Kensington où le prince disposait d'une suite d'appartements. Situé aux environs de la capitale, ce château avait depuis toujours abrité la famille royale. Restaurée au XVIIᵉ siècle à grands frais par l'architecte Christopher Wren, la prestigieuse résidence déplaisait pourtant à George III, le roi actuel, qui lui préférait le palais de Saint-James, au cœur de Londres.

Le matin du 18 novembre 1811, Son Altesse Royale le duc de Kent était à sa table de travail de bonne heure, comme il en avait l'habitude. On venait de lui remettre une missive cachetée de cire noire : une longue lettre provenant des Indes orientales et datant de plusieurs mois. Le courrier qui venait d'aussi loin par mer mettait des semaines, voire des mois avant d'arriver à destination. L'auteur de la lettre était un lieutenant du deuxième bataillon du régiment personnel du prince, un dénommé George Gordon, en poste dans ces contrées éloignées. Dès la lecture des premiers mots, le visage du duc de Kent se décomposa.

Masulipatam, 7 avril 1811

Sir,

La nouvelle de la mort du jeune lieutenant Maurice de Salaberry a été communiquée à Votre Altesse Royale par son frère, et c'est maintenant à mon tour, avec une peine immense, d'annoncer à Votre Altesse Royale le destin implacable du cher ami qui me manquera à jamais, le regretté lieutenant François de Salaberry.

Au mois de janvier, lorsque nous avons quitté notre dernier poste, monsieur de Salaberry a été atteint d'une crise de foie tellement grave qu'il n'a pu quitter les lieux avec son régiment. Dans le courant du mois, il s'était presque rétabli, mais, hélas, il a été saisi par la dysenterie qui lui a été fatale le 5 avril dernier, il y a deux jours de cela.

Comme vous avez eu la bonté d'écrire à la famille pour annoncer la mort de son frère Maurice, je ne me crois pas trop imprudent de vous demander d'avoir l'obligeance, puisque vous les connaissez bien, de leur communiquer la triste nouvelle [...]

D'abondantes larmes coulaient sur les joues du prince qui dut interrompre sa lecture. Comme le rappelait son correspondant, il avait eu la pénible tâche d'apprendre aux Salaberry le décès de leur fils Maurice, survenu le 17 octobre 1809, à Tombroodra, en Inde. La nouvelle avait mis de longs mois avant de parvenir au palais de Kensington, si bien qu'elle n'était arrivée à Beauport qu'au milieu de l'été de 1810.

Et voilà qu'on lui apprenait maintenant que François était mort depuis des mois ! Ce cher Chevalier, à qui l'on pensait chaque jour, à qui l'on écrivait régulièrement en le croyant bien vivant et sur le chemin du retour. Il était mort seul, loin de tous ceux qu'il aimait. Le destin se montrait trop cruel envers les Salaberry ! Deux fils : jeunes, forts et magnifiques, foudroyés par la maladie dans un pays étranger ! Et ses malheureux amis au Canada qui ignoraient encore la disparition de ce deuxième enfant.

— Qu'y a-t-il ? demanda madame de Saint-Laurent qui venait d'entrer sans être annoncée dans le cabinet particulier du prince.

— Hélas ! ma très chère. Hélas ! articula-t-il péniblement. Ce qu'on m'apprend est terrible.

En voyant le visage dévasté de son compagnon, elle fut saisie d'un horrible pressentiment.

— Que voulez-vous dire, Edward ? demanda-t-elle avec angoisse.

Madame vit soudain le redoutable cachet noir de la lettre qu'elle lui arracha des mains.

— Non ! cria-t-elle après avoir lu. Je refuse d'y croire. Cet homme se trompe. Pas notre gentil Chevalier ! Je l'aime comme un fils. Non ! répéta-t-elle, la voix brisée. Je ne veux pas qu'il soit mort. C'est insupportable...

Elle s'effondra dans le premier fauteuil à sa portée et la lettre maudite tomba de sa main, glissant sur le parquet.

Le prince appela à l'aide et un domestique surgit avec une petite bouteille de sels d'ammoniac à respirer. Petit à petit, la belle dame recouvra ses esprits et la dure réalité reprit ses droits. Madame eut un violent frisson.

Le duc s'approcha de sa compagne et la serra dans ses bras. Elle pleura longuement, secouée par de violents sanglots.

— Quelle effroyable tragédie, fit la voix rauque du prince, lorsqu'il la sentit reprendre ses sens. Pauvres Catherine et Louis ! Et dire qu'il me revient encore de leur apprendre cela. Ah ! Ma chère amie ! ajouta-t-il en lui tapotant la main. Dieu se montre sans pitié. Je donnerais tout ce que je possède pour qu'il m'épargne un aussi pénible devoir.

Or, à cette époque de l'année, la saison de navigation entre l'Angleterre et le Canada tirait à sa fin. Combien de semaines, de mois peut-être, faudrait-il avant que leurs amis de Beauport n'apprennent la triste nouvelle à leur tour ?

— Après la disparition de Maurice, François n'avait-il pas demandé à être rapatrié des Indes ? demanda Madame sur un ton qui semblait reprocher au prince d'être responsable de cet autre malheur. Vous saviez à quel point ce pays était devenu impossible pour lui. Le climat y est invivable pour qui vient du nord !

— La douleur vous égare. Rappelez-vous ! J'ai demandé immédiatement son rappel, sachant à quel point sa mère, notre chère Catherine, y trouverait un grand réconfort. Elle n'arrive pas à se remettre de la disparition de Maurice, nous a longuement écrit son époux. Mais le temps que mes ordres soient transmis là-bas, la fatalité avait fait son œuvre.

— Pardonnez-moi de vous accabler ainsi, se radoucit Madame, j'ai trop de chagrin. Je propose que vous écriviez au plus vite à Salaberry, afin qu'il puisse annoncer lui-même ce nouveau malheur à ses infortunés parents avec le plus de ménagements possible.

Madame disait vrai, songea le prince. Salaberry était de retour au Canada depuis peu, avec le général de Rottenburg, son supérieur, dont il était devenu l'aide de camp. Une promotion que le duc lui-même avait favorisée.

— Je lui écris immédiatement.

— Peut-être qu'en passant par New York, la lettre sera à Québec avant Noël ? suggéra Madame. Même si les relations sont extrêmement tendues entre les États-Unis et l'Angleterre, des bateaux arrivent encore à bon port, n'est-ce pas ?

— J'approuve cette idée. Je crois savoir que le dernier *packet boat* part de Portsmouth.

— Nous trouverons consolation auprès d'Édouard, notre cher filleul qui restera près de nous, ajouta Madame.

Le plus jeune des Salaberry allait avoir vingt ans. Toujours aussi affectueux, il achevait de brillantes études en génie militaire. Dans les cœurs de Madame et du prince, Édouard avait pris la place de l'enfant qu'ils avaient perdu, autrefois, à Québec. Madame avait donné naissance à un fils illégitime, mais il avait fallu s'en séparer pour le confier à une bonne famille. Seul le soutien indéfectible de son amie Catherine de Salaberry lui avait permis de surmonter cette épreuve. Madame avait alors reporté ses sentiments maternels sur les fils Salaberry, et plus particulièrement sur Édouard, qui vivait avec eux depuis près de huit années.

— À ce propos, dit alors le prince, soudainement embarrassé, il faut que je vous dise… Édouard a demandé à joindre l'armée de Wellington, au Portugal. J'hésitais à vous en parler, sachant que cela vous causerait du chagrin.

— Comment ? Dieu m'entende ! s'exclama furieusement Madame, malgré sa peine. Je ferai tout pour empêcher cela. Notre Édouard restera en Angleterre, auprès de nous !

Le duc de Kent refusa de discuter.

— Mon secrétaire, ordonna Son Altesse Royale en avisant le domestique, perruque blanche et livrée impeccables, qui attendait silencieusement le bon vouloir du prince. Dites-lui qu'il y a du courrier urgent à copier. Ensuite, trouvez-moi un messager prêt à partir sur-le-champ.

En attendant l'arrivée de son secrétaire, le duc écrivit sa lettre à Salaberry.

Palais de Kensington, 18 novembre 1811
Mon cher de Salaberry,
La copie de la lettre qui accompagne ce courrier vient du lieutenant Gordon, de mon deuxième bataillon. Elle contient le

compte rendu de la mort du pauvre Chevalier que je viens à peine de recevoir, et que je me dépêche d'envoyer par un bateau rapide aux États-Unis. Il pourrait, par chance, vous rejoindre à Québec avant le packet boat *par lequel la* London Gazette *se rendra au Canada, afin que vous puissiez annoncer la nouvelle à vos valeureux, mais si infortunés parents.*

Je ne peux pas vous exprimer à quel point madame de Saint-Laurent et moi-même sommes affligés par ce nouveau coup du sort qui suit le premier, après si peu de temps. Et avec quelle angoisse nous pouvons imaginer le choc que cela fera à vos parents âgés.

Ainsi, nous espérons que le fait d'apprendre que nous sympathisons avec leur douleur et leur détresse réduira leurs souffrances. Souhaitons que le temps leur permette de se résigner devant l'inéluctable dessein de la Providence.

Je vous prie instamment, mon cher de Salaberry, de rappeler à vos parents, mes vieux amis, que nous sommes toujours, Madame et moi, très attachés à leur souvenir.

Edward

Le messager se présenta. Entre-temps, le secrétaire avait transcrit la lettre du lieutenant Gordon à l'intention des Salaberry, de même que celle du prince à l'officier canadien ; ces copies étaient destinées aux archives personnelles du prince. Edward Augustus plia les deux parchemins, scella le tout en apposant son sceau sur la cire ramollie et tendit le précieux pli au messager.

— Vous partez immédiatement à Portsmouth, bride abattue. Vous avez ordre d'arriver avant le départ du prochain navire en partance pour New York.

— À vos ordres, Sir, fit le messager avant de disparaître.

— Pourvu qu'il arrive à temps, confia le duc à sa compagne. Il y a plus de quatre-vingt-cinq milles entre Kensington et Portsmouth, mais le *packet boat* de New York est la manière la plus sûre et la plus rapide d'acheminer des nouvelles à Québec, du moins tant que le blocus sur mer entre l'Europe et l'Amérique laisse passer le courrier.

Madame essuya ses yeux rougis et se leva.

— Tant de douleur et de chagrin ! se désola-t-elle. Je vais prier pour que Salaberry reçoive ce courrier avant les autorités militaires de Québec. Il faut que Catherine et Louis soient mis au courant de la bouche même de leur fils, et de personne d'autre. Et, ajouta Madame, leur seule consolation sera le retour d'Édouard auprès d'eux. Je me permets d'insister, mon ami, car je ne vois rien d'autre.

— Comme vous avez raison, ma très chère. J'entreprends immédiatement des démarches afin que, dès la fin de l'hiver, à la reprise de la saison de navigation, Édouard rentre à Québec. Il ne nous reste plus qu'à tout remettre entre les mains de Dieu et à lui faire confiance.

Chapitre 4

La rencontre

— Oh, là, là ! Mais quel tapecul !

La demoiselle, qui venait de se frapper la tête sur la paroi vitrée d'une carriole à quatre places de la liaison Longueuil-Chambly, appartenait de toute évidence à une classe sociale aisée. Son épais manteau de drap bordé d'une fourrure assortie à son manchon et ses bottines de cuir fin trahissaient la bourgeoise. La réflexion laissa indifférent l'homme assis à ses côtés. À peine un mince sourire, discret, vint adoucir l'air sévère d'un visage altier qui aurait pu servir de modèle à un artiste. La ressemblance entre les jeunes gens montrait qu'il s'agissait du frère et de la sœur. Rosalie Papineau faisait maintenant des contorsions afin de retirer une main gantée du manchon. La manœuvre réussie, elle entreprit de se masser le crâne tout en vitupérant.

— Monsieur mon frère, Louis-Joseph Papineau, me serre de si près sur le siège de cette carriole inconfortable… qu'on dit d'une grande nouveauté parce que couverte, mais que le diable m'emporte si je n'étouffe pas bientôt tant nous sommes à l'étroit !

Elle s'adressait à tous les passagers de la voiture en général. Dehors, le froid de janvier et le vent piquaient le visage emmitouflé du cocher.

— Et on ne peut pas dire que ce chemin soit entretenu. Pour nous rendre à Chambly, nous aurions pu emprunter celui de La Prairie qui est en meilleur état que cette vieille route, tout le monde le sait. Mais Papineau y tenait !

Moins jolie que son frère, la demoiselle possédait toutefois une physionomie qui devait être fort avenante lorsqu'elle n'était pas contrariée par les inconvénients d'un chemin cahoteux.

— J'en ai vu d'autres, commenta Papineau. La route qui mène à Québec est en pire état que celle de Chambly.

— On dit pourtant que cette route abominable est la plus ancienne de tout le Canada. Certes, elle comporte plus de bosses et d'ornières que toutes celles du Bas et du Haut-Canada réunis. Fâcheux exploit !

Elle s'exprimait avec vivacité, au point que son large bonnet d'hiver laissa échapper quelques mèches brunes.

— Quel est votre avis, major de Salaberry ? Les routes anglaises sont-elles plus belles que les nôtres ?

Le militaire assis en face d'elle somnolait depuis le départ de Longueuil. Et Rosalie, qui supportait difficilement le silence, avait décidé qu'il était temps que ce voyageur intrigant se mêle aux autres.

— Mademoiselle, peu importe le pays, il se trouve toujours quelqu'un pour se plaindre de l'état des chemins, c'est tout ce que je puis dire.

Salaberry n'était pas d'humeur à faire des manières. Rosalie, avec son bavardage incessant, monopolisait la conversation, et pour sa part, c'était très bien ainsi.

— Maintenant, je comprends pourquoi mon amie de Chambly, l'épouse du docteur Talham, ne vient plus nous voir à Montréal, poursuivit la demoiselle. On risque sa vie simplement à vouloir se rendre visite.

— Je partage votre avis, soupira le militaire. Et seule une obligation impérieuse peut contraindre quelqu'un à voyager par ce temps.

«Ce village du diable est à l'autre bout du monde!» se dit-il.

Madame de Salaberry l'avait enjoint de se rendre à Chambly afin de rappeler son affection et son bon souvenir à son cousin monsieur de Rouville. Il n'avait pas osé refuser une faveur à sa mère assombrie par le chagrin.

Le voyage se révélait une expérience éprouvante. À Québec, il avait trouvé une voiture pour se rendre jusqu'à Sorel, un trajet comportant de nombreux arrêts obligatoires, tout au long de la route, pour changer les chevaux ou déposer le courrier, et c'était sans compter les mauvaises auberges où il fallait passer la nuit.

Pourtant, il découvrait un paysage entièrement différent de ce qu'il connaissait. Aux alentours de Québec et de Beauport, les rives escarpées du fleuve modelaient un relief tout en descente ou en remontée. On contemplait au loin les courbes arrondies des Laurentides ou d'imposants massifs rocheux aux parois abruptes. Mais passé Trois-Rivières, l'immense plaine du Saint-Laurent s'étalait.

À l'endroit appelé Sorel, où la rivière Chambly venait se jeter dans le fleuve, on lui avait indiqué une route qui longeait la rive et le mènerait au but de son voyage. Mais comme la lettre de madame de Salaberry aux Rouville annonçant sa visite ne précisait pas sa date d'arrivée, Salaberry avait choisi de faire tout autrement et emprunté la direction de Montréal.

Salaberry avait été surpris de voir à quel point cette ville pourtant peuplée de riches marchands de la Compagnie du Nord-Ouest faisait figure de village auprès de Québec. Montréal comptait à peine une dizaine d'édifices plus imposants que les maisons de pierre grise qui la composaient. À l'intérieur de vieilles murailles en ruine, entrecoupées de petites rues, deux artères principales, Saint-Paul et Notre-Dame, traversaient la cité d'est en ouest et menaient dans les faubourgs. Il avait inspecté les alentours des casernes de l'armée à la recherche d'une ou deux pièces à louer, puisque son service auprès de Rottenburg l'amènerait à vivre dans cette ville. Après avoir trouvé, il n'était demeuré qu'une nuit au *Montreal Hotel* avant d'effectuer la périlleuse traversée sur le fleuve gelé pour atteindre Longueuil. Il avait rencontré les Papineau à cet endroit et accepté leur invitation à partager une voiture fermée. Un quatrième passager, qui pour l'heure dormait profondément, s'était joint à leur équipée.

Il se retourna vers la vitre givrée, imaginant les bordages glacés. Sur le chemin de Chambly, c'était plat à perte de vue, et aucun relief pour arrêter l'impitoyable noroît qui pénétrait jusque dans les interstices de la voiture.

« Brrr ! Je vais attraper la mort, si ça continue, se dit-il en se blottissant un peu plus sous une épaisse peau de buffle. Une jeune fille élevée dans un endroit pareil, aussi noble et riche soit-elle, ne peut me convenir. Je n'ai rien de commun avec ces gens. »

Il imaginait la famille de sa cousine de Rouville vivant dans cette lointaine seigneurie de Chambly : une pauvre fille au teint blafard tirant l'aiguille au coin du feu sous l'œil d'une mère gâteuse et d'un vieux militaire radotant à cœur de jour. Salaberry était déterminé à faire avorter le mariage projeté par son père et Rouville. Afin de rompre la monotonie du trajet, il s'intéressa enfin à ses compagnons d'infortune.

— Dites-moi, monsieur Papineau, quand commencera la prochaine session de la Chambre à Québec ?

Son père lui avait dressé un portrait rapide de la situation politique actuelle et lui avait appris que Louis-Joseph Papineau était un jeune homme prometteur. Après des études de droit, à vingt et un ans à peine, il avait été élu député du comté de Kent, où se trouvait Chambly en 1808, et il l'était toujours.

— Nous sommes en janvier et les travaux ne reprendront que fin février, expliqua le parlementaire. J'accompagne ma sœur qui se rend chez une amie afin de l'assister dans ses prochaines relevailles.

— Il s'agit de madame Talham, l'épouse du docteur, précisa Rosalie.

— Et vous, major, pourquoi allez-vous à Chambly ? s'enquit à son tour Papineau. On vous attend au fort ?

Situé au cœur d'un vaste territoire entre le Saint-Laurent et le lac Champlain, l'endroit était névralgique pour la défense du pays et on y maintenait depuis toujours une garnison. Le militaire était-il en mission ? se demandait Papineau depuis le début du voyage.

— Il s'agit plutôt d'une affaire de famille, répondit Salaberry sur un ton laconique.

Son attitude laissait entendre qu'il ne s'étendrait pas sur le sujet.

« Le diable m'emporte si j'en crois un mot, se dit Papineau. Salaberry se rend à Chambly pour des questions de stratégie militaire en vue d'une guerre. »

Papineau ne pouvait imaginer ce que cela signifiait. Il appartenait à la première génération de Canadiens pouvant se vanter de n'avoir jamais connu la guerre. Mais au-delà de la frontière, dans cette nouvelle nation appelée les États-Unis d'Amérique, des esprits s'agitaient. Particulièrement dans les États du Sud où ils étaient de plus en plus nombreux à vouloir profiter de la conjoncture pour s'emparer du

Canada. En Europe, les guerres napoléoniennes avaient affaibli les Britanniques. À Québec comme à Montréal, les rumeurs d'un conflit entre l'Angleterre et les États-Unis se précisaient, et cette guerre se déroulerait au Canada. En toute logique, le major allait examiner l'état de la fortification en prévision d'une invasion du pays par les Américains.

— Connaissez-vous la société de l'endroit? demanda Salaberry à Papineau.

— Je dois rencontrer le notaire, monsieur René Boileau. C'est un vieil ami de mon cousin Louis-Michel Viger.

En entendant prononcer le nom de Boileau, le quatrième passager de la carriole souleva lentement le casque de fourrure qui lui cachait les yeux, émergeant d'une torpeur que même les cahots de la route n'arrivaient pas à troubler.

— Ce nom vous est familier, monsieur Bédard?

— Et comment! Mais je ne me suis pas encore présenté au major ici présent: Joseph Bédard. Comme mon jeune collègue, je suis à la fois avocat et député à la Chambre. Mais je dois avouer que ma pratique occupe pour ainsi dire tout mon temps.

— Eh bien, messieurs les députés, j'espère qu'après ce pénible voyage, vous songerez à faire voter des crédits pour l'entretien des routes, déclara Rosalie.

Les hommes se mirent à rire.

— Riez, riez, protesta Rosalie qui n'aimait guère qu'on se moque d'elle. Croyez-moi, vous ne sourirez plus lorsque vos électeurs se plaindront et décideront de choisir un autre représentant. Ce qui sera bien fait pour vous, messieurs! Cela vous apprendra à négliger le bien-être de vos concitoyens.

— Voyez, mon cher Bédard, fit Papineau d'un ton ironique. Grâce à Dieu, seules quelques dames propriétaires sont habilitées à voter. Sinon, nous pourrions tous réintégrer nos foyers plutôt que de nous préoccuper du sort du monde et cultiver notre jardin, comme disait Voltaire.

— Pfft! Messieurs les députés, si les femmes pouvaient voter, elles vous feraient trembler dans vos culottes.

Fille et sœur de député, Rosalie Papineau se permettait d'avoir des opinions sur la politique. En toute autre situation, Louis-Joseph appréciait ce trait de caractère. Mais la cabine d'une carriole ne convenait guère aux conversations sérieuses.

— Sornettes! lança-t-il.

— Dieu nous garde des femmes, approuva laconiquement Bédard.

Offusquée, Rosalie détourna la tête.

— Une affaire de haute importance et concernant mon frère m'appelle à Chambly, poursuivit l'avocat de Montréal, devançant la curiosité de ses compagnons de voyage.

— Votre frère? Voulez-vous dire notre collègue à la Chambre, lui qui vient tout juste de sortir des prisons où l'avait jeté l'infâme Craig? l'interrogea Papineau.

— Vous faites allusion à Pierre, mon frère aîné. Non, non. Que ferait-il à Chambly? Il habite toujours Québec.

Famille respectable que ces Bédard qui comptaient deux des leurs au parlement. Celui assis en face de Papineau approchait de la quarantaine, mais combien il était différent, tant au physique qu'au moral, de Pierre Bédard, le chef du Parti canadien qu'admirait et soutenait Papineau avec ardeur. «Curieux comme deux frères peuvent être aussi dissemblables, songea-t-il. Ce Bédard-là est bien gras et suffisant. L'autre, un ascète au profil d'aigle, un érudit féru de philosophie et de mathématiques, n'a de cesse de défendre les droits des Canadiens à la Chambre.»

— Celui qui réclame mon aide est aux prises avec un de ses voisins. L'individu veut lui soutirer une forte somme afin de faire réparer un ponceau recouvrant un fossé mitoyen.

— Ces chicanes entre voisins! La plupart du temps, une bagatelle qui se réglerait avec de la bonne volonté, observa Papineau.

— Pourtant, ces petits différends constituent notre pain quotidien, à nous autres avocats. Vous êtes jeune, cher collègue, et rempli de nobles idéaux. Mais vous ne tarderez pas à découvrir que ces disputes révèlent la nature profonde des hommes. N'est-ce pas votre avis, mademoiselle? ajouta-t-il d'un ton mielleux qui réussit à faire sortir Rosalie de sa fausse indifférence.

— Si vous tenez à avoir mon opinion, monsieur Bédard, sachez que je ferais moi-même un excellent avocat, répliqua-t-elle. Je m'y entends pour régler les petits problèmes entre domestiques. Les querelles ne demandent rien de plus qu'une poigne de fer pour remettre les esprits en place. Ne dit-on pas ces jours-ci que les Américains, qui sont pourtant de charmants voisins, projettent une invasion chez nous? Quelle sottise! Je vous prédis que si cela s'avère, nos garçons les repousseront. Une poigne de fer, vous dis-je!

— Mademoiselle, intervint alors Salaberry, permettez-moi de vous féliciter pour votre patriotisme.

— Mais laissez-moi vous exposer le cas, reprit Joseph Bédard en revenant à son sujet premier.

Et il narra à ses compagnons de voyage, sans révéler toutefois les noms des protagonistes, l'affaire qui divisait le village de Chambly.

— Quelqu'un aurait influencé l'arpenteur, lui offrant le souper et le coucher. Nous allons contester son procès-verbal.

— Logerez-vous chez l'aubergiste Vincelet? demanda Papineau.

— Non. Il y a suffisamment de place chez mon frère. Il vit seul avec notre jeune sœur.

— Votre sœur ?

Rosalie réfléchit un peu.

— Serait-elle blonde, bien faite de sa personne et fort aimable ? avança-t-elle.

— Mademoiselle Papineau, voilà une charmante description de ma sœur, Marie-Josèphe Bédard.

— Je la connais ! affirma la jeune femme. Je l'ai déjà rencontrée au cours d'une précédente visite chez madame Talham. Mais alors… votre frère, celui qui se dispute avec ses voisins…

— Qui demande justice, reprit l'avocat d'un ton sévère. Cette précision est importante.

— Il ne peut s'agir que de messire Bédard ! s'exclama Rosalie.

— C'est bien lui. Jean-Baptiste Bédard, curé de la paroisse Saint-Joseph-de-Chambly.

— Le curé ! répéta Papineau. En voilà, une histoire ! Et peut-on connaître le nom de l'irascible voisin ?

— Il se nomme Boileau.

— Le notaire ? Impossible, déclara Papineau. On m'a chaudement recommandé cette famille. Des gens parfaitement honorables.

Le regard de son vis-à-vis en disait long sur ce qu'il pensait de cette prétendue honorabilité. La carriole ralentit pour passer le gué de la Petite Rivière. Ils arrivaient à Chambly.

∾

La malle-poste avait déposé Rosalie chez les Talham et le sieur Bédard, au presbytère, tout à côté de l'église. Un peu avant d'arriver au carrefour d'un chemin qui menait à

La Prairie, l'équipage s'arrêta finalement devant une maison à deux étages dont les murs étaient partiellement enfouis sous la neige jusqu'au rebord des fenêtres du rez-de-chaussée. Par contre, l'entrée principale, tout comme la porte cochère menant à l'écurie, était suffisamment dégagée pour permettre le passage.

Le conducteur s'empressa autour des bagages, puis empoigna le sac de la poste de Montréal pendant que Papineau s'extirpait de la voiture, étirant longuement ses membres ankylosés, son capot de laine grise chaudement doublé n'entravant pas ses mouvements. L'aubergiste sortit pour aider à rentrer les bagages de ses visiteurs.

Pendant ce temps, Salaberry pénétrait dans la grande salle de l'auberge où un feu constamment alimenté par des pièces de troncs d'arbre se consumait dans l'âtre gigantesque qui réchauffait la pièce. Sur le vieux tapis couvrant le plancher de bois grisonnant, quatre fauteuils fatigués semblaient monter la garde autour d'une table basse où se trouvaient plusieurs journaux. Quelques tables et des chaises au fond usé rangées le long d'un mur complétaient l'ameublement. Plongé dans la lecture de la *Gazette de Montréal*, un homme d'allure jeune occupait l'un des fauteuils. Distrait par le mouvement autour de lui, il leva les yeux et salua l'officier d'un hochement de tête.

— J'ai une chambre qui donne sur le bassin, expliqua Jacques Vincelet, qui avait repris son poste derrière le comptoir. La vue est superbe, monsieur l'officier.

— Fort bien, je la prends.

— Et pour combien de jours ?

— Je ne crois pas prolonger mon séjour au-delà de trois ou quatre jours. Avez-vous de quoi écrire ?

— Certes, major, répondit l'aubergiste après avoir lu l'inscription du registre : *Major Charles de Salaberry, résidant à Beauport*.

Il n'avait jamais entendu ce nom.

— Alors, faites monter le nécessaire à ma chambre, pria l'officier. Ainsi que de l'eau chaude.

— Autre chose ?

— Trouvez-moi un messager. Je dois prévenir de mon arrivée.

— Mon fils fera la commission, major. Soyez sans crainte. Il a l'habitude.

Rendu à sa chambre, Salaberry examina les lieux. L'endroit était propre et semblait confortable. Un petit poêle assurait le chauffage. Sa fenêtre donnait sur la vaste étendue blanche que formait, l'hiver, le bassin de Chambly. L'aubergiste n'avait pas menti, le panorama valait le coup d'œil. Au loin, on apercevait des traîneaux traversant vers l'autre rive, sur un chemin de glace balisé de piquets de sapinage qui menait au village dont on voyait poindre au loin l'élégant clocher de Pointe-Olivier. D'un autre côté du bassin, s'élevait sur une pointe où venait se jeter un rapide long de plus d'une lieue le fort de pierre, construit cent ans auparavant. Les Rouville habitaient non loin de là, avait indiqué Vincelet.

Salaberry évoqua les explications de son père sur l'importance de la rivière Chambly. Ce chemin d'eau coulant du sud au nord était, depuis des temps immémoriaux, la route qui traversait tout le continent américain. Les nations indiennes l'avaient toujours utilisé. Autrefois, la rivière avait été au cœur des guerres iroquoises. Et c'était le chemin qu'emprunteraient assurément les Yankees pour pénétrer le pays, exactement comme ils l'avaient fait en 1775.

Mais aujourd'hui, avec ce soleil radieux de janvier, personne ne pouvait imaginer voir la guerre perturber la sérénité du paisible village. « Ma foi, ce pays est plutôt joli ! » se surprit à penser Salaberry. Il avait besoin de se rafraîchir et de réfléchir avant de se rendre chez les Rouville.

❧

— Vous êtes monsieur Papineau ? s'enquit Vincelet avec ses manières onctueuses. Vous me voyez enchanté de vous recevoir dans mon modeste établissement. Le docteur Talham a fait avertir de votre arrivée.

Le jeune homme au salon avait relevé la tête en entendant prononcer le nom de Papineau. Il connaissait le député par les comptes rendus des activités de la Chambre rapportées dans les gazettes. La curiosité l'emportant, il se leva prestement pour le saluer :

— Monsieur Papineau ? Toussaint Drolet, marchand de Saint-Marc.

— Enchanté de faire votre connaissance, monsieur Drolet, répondit Papineau. Permettez que j'en finisse avec les formalités.

Impassible, l'aubergiste tendait son registre.

— Si vous voulez bien signer ici, fit-il en indiquant la dernière ligne du doigt.

Papineau saisit la plume offerte par l'hôtelier, la trempa dans l'encrier puis traça son nom d'une écriture large et soignée : *L. J. Papineau*, immédiatement sous celui de Salaberry. Vincelet fit signe au domestique de monter les bagages de monsieur le député.

La cloche se mit à sonner au beffroi de l'église située à quelques pas de l'auberge. Le sieur Drolet tira une montre en or de sa poche : trois heures de l'après-midi. De taille moyenne, il semblait petit à côté de Papineau, mais son élégance coûteuse lui donnait toute l'assurance voulue. Le marchand arborait une cravate de soie blanche, nouée sous un frac noir bien coupé. Des cheveux bruns taillés court, des yeux foncés au regard vif et franc, un visage avenant, tout cela plut d'emblée à Papineau.

— Monsieur, si nous allions nous asseoir ? dit-il en désignant la grande salle.

— Ce sera très volontiers, répondit Drolet. Ainsi, votre sœur loge chez les Talham.

— Vous les connaissez ?

— Et comment ! fit Drolet qui entreprit de bourrer une pipe importée d'Europe, plus luxueuse que celles, en plâtre, des habitants. Qui ne connaît pas les Talham ! Sa dame, toute gentille, est encore jolie malgré trois enfants et un quatrième en route, dit-il après quelques bouffées. Et quel homme aimable et dévoué que le docteur ! Sa pratique le conduit souvent jusqu'à Belœil et Saint-Marc, où il vient prêter main-forte au docteur Mount. À la campagne, ces messieurs de l'Art sont si peu nombreux qu'on s'arrache leurs services. Leur dévouement les oblige à faire continuellement de longs déplacements.

— Je reconnais bien là Talham, déclara Papineau.

Il fit signe à la servante de s'approcher. L'instant d'après, celle-ci apportait une cruche de vin et des verres.

— Et vous, Drolet, que faites-vous à Chambly, en plein hiver ?

Le beau jeune homme afficha un sourire gonflé d'orgueil.

— C'est que… voyez-vous, je suis fiancé à l'une des demoiselles Boileau.

Il s'empressa de raconter à son nouvel ami comment il avait rencontré sa Sophie, l'été dernier.

— J'étais de passage à Chambly pour m'entretenir d'une affaire avec le notaire Boileau. Je suis d'une famille de négociants… de marchands, précisa-t-il, comme nous disons au pays, et nous achetons les produits des fermes exploitées par la famille Boileau : blé, orge, avoine, miel et pommes, que nous transportons jusqu'à Québec. Leurs terres comptent parmi les plus fertiles de la seigneurie de

Chambly. La vallée de la rivière Chambly est riche, vous savez. On y cultive le meilleur blé du pays.

Drolet narra comment il avait été présenté pour la première fois aux sœurs du notaire.

— La scène, pastorale, était si charmante qu'elle aurait pu être reproduite par un peintre. Ces demoiselles, coiffées de chapeaux de paille aux rubans colorés, prenaient le frais à l'ombre de la galerie en buvant de la limonade. Soudain, une fée vêtue d'une robe indienne légère est apparue devant moi pour m'en offrir un verre.

Il soupira en se rappelant cette image. Sous son ombrelle, les cheveux clairs de Sophie Boileau bouclaient gracieusement et ses lèvres roses formaient un sourire rempli de promesses. La fée n'avait pas tardé à faire comprendre à Toussaint Drolet qu'il lui plaisait.

— La cadette… et la plus jolie, affirma avec fougue le jeune homme. Je venais à peine de lui être présenté que j'étais déjà décidé à lui offrir mon nom.

— Je vous félicite pour vos fiançailles. J'aurai sans doute la joie de rencontrer votre promise en allant saluer la famille Boileau. Et quand seront célébrées les noces ?

— Pas avant l'automne, soupira le marchand. Mon futur beau-père a exigé de longues fiançailles. Il retarde le plus possible l'heure de la séparation. Vous comprenez, j'épouse sa fille préférée.

— J'admire votre patience, Drolet. Pour ma part, lorsque je serai fixé sur le choix d'une épouse, j'exigerai que le mariage se fasse rapidement. Pourquoi attendre, si tout est décidé ? Mais parlez-moi un peu de la famille, demanda Papineau.

— Les Boileau sont avantageusement connus dans toute la région de la rivière Chambly.

— Je dois pourtant vous avouer qu'on y a fait allusion devant moi en termes peu élogieux, confia Papineau. Une querelle où les Boileau auraient de grands torts.

— De la médisance, déclara Drolet.

Il se pencha vers son voisin et baissa le ton pour ajouter :

— Un amas de faussetés. Malheureusement, le procès-verbal de l'arpenteur a déclenché les hostilités entre voisins. Depuis, le diable est dans cette paroisse et tous les coups sont permis. Notre aubergiste, par exemple, me tolère chez lui parce que notre famille y a ses habitudes depuis des années. Sinon, il me jetterait à la rue comme un malappris. Mon tort étant d'être fiancé à une demoiselle Boileau.

— Il est impliqué dans la dispute ?

— Et comment ! Il est de ceux qui contestent le procès-verbal de Lenoir. Je vous montrerai de quoi il en retourne. Vous constaterez par vous-même que cette auberge est située sur une terre qui s'égoutte effectivement dans ce fossé mitoyen.

Papineau goûta au contenu de son verre. Il grimaça, en gourmet habitué aux meilleurs crus. À Montréal, la table de sa famille jouissait d'une excellente réputation.

— Ce vin est abominable !

— Je parie que Vincelet en a du meilleur, mais qu'il le garde pour ses amis.

Le député fit signe à l'aubergiste.

— Vous n'avez rien d'autre à boire que cette piquette ?

— Avec l'hiver, les approvisionnements se font difficiles… s'excusa mollement Vincelet.

— Pourtant, chez mon futur beau-père, le vin est excellent, le nargua Drolet.

— Si mon vin vous déplaît, vous pouvez toujours aller loger chez Bunker, avec la soldatesque et la racaille ! riposta Vincelet, offusqué.

— Monsieur l'aubergiste, on m'a fortement recommandé votre établissement, dit alors Papineau. Souhaitons que d'ici la fin de mon séjour, vos meilleurs fournisseurs retrouvent le chemin de Chambly.

Furieux, Vincelet s'éclipsa.

— Dites-moi, qui est le militaire qui voyageait avec vous ? demanda Drolet.

— Le major de Salaberry. Et j'ai l'impression qu'il n'est pas ici par hasard. Sur la route, il a mentionné une vague affaire de famille. Je crois surtout qu'il est là en prévision de la guerre.

— Sacrebleu ! laissa tomber Drolet. C'est donc vrai ? Nous aurons une guerre !

Il devait réfléchir aux moyens à prendre afin de contourner cette situation désagréable qui pourrait nuire à son commerce avec les Américains. Les marchands de la rivière Chambly entretenaient de bonnes relations avec leurs confrères de Burlington et de Plattsburgh, petites localités situées dans la région du lac Champlain. Il en parlerait au notaire Boileau. Sa future belle-famille avait encore des cousins qui habitaient là-bas, ce qui pourrait faciliter les choses.

— Demain, il y aura une soirée chez les Boileau. Vous y serez sans doute invité par mademoiselle Emmélie, l'aînée de la famille. Je ne serais pas surpris d'y voir aussi ce monsieur.

— Soupons ensemble, si vous le voulez bien, suggéra Papineau qui voulait poursuivre sa conversation avec Drolet.

Ils se découvriraient sans doute des connaissances communes. La société bourgeoise du Bas-Canada n'était pas si nombreuse ; au bout du compte, tous se trouvaient à être plus ou moins parents, amis ou en relation les uns avec les autres.

— Avec plaisir ! accepta Drolet.

∾

Il y avait tout un va-et-vient aux abords de l'auberge de monsieur Vincelet. La malle-poste venait à peine de repartir avec des chevaux frais et un conducteur reposé qu'une carriole joyeusement peinte de rouge et de vert arriva. Son cocher, emmitouflé dans un manteau de laine retenu par une ceinture fléchée, la tuque enfoncée jusqu'aux sourcils à tel point qu'on devinait, plutôt qu'on ne voyait, des yeux tout aussi foncés que la couleur de sa peau, se précipita pour tendre la main à sa passagère.

Vêtue d'un manteau grenat bordé d'une fourrure blanche, une jeune dame en descendit avec grâce, malgré l'encombrant manchon enfilé sur un bras. Pour entrer dans la salle enfumée de l'auberge, la demoiselle de Rouville avait rabattu sur ses épaules le large capuchon, découvrant ainsi une élégante coiffe de calèche. Elle se dirigea directement vers le comptoir de bois patiné derrière lequel l'aubergiste l'accueillit avec déférence.

— Mademoiselle de Rouville ! C'est toujours un honneur quand vous prenez la peine de vous arrêter chez nous.

— Trop aimable, monsieur Vincelet. En me rendant chez le docteur Talham, j'ai aperçu la voiture de poste sur le chemin. Je me demandais simplement s'il y avait des lettres pour mon père.

Le ton posé, elle s'exprimait d'une voix très douce, avec une délicatesse de langage qui révélait ses origines aristocratiques.

— J'vais chercher le sac de la poste, répondit Vincelet.

Pendant qu'elle attendait, Julie fut distraite par le bruit sec de bottes claquant sur les marches de l'escalier qui menait à l'étage. Curieuse, elle se détourna pour mieux voir la silhouette d'un officier qui descendait dans la pénombre du couloir, devinant sous le manteau militaire une carrure aux larges épaules. L'homme s'apprêtait à sortir en enfilant des gants de cuir fourrés, quand il releva la tête. C'est alors qu'elle remarqua ses yeux. La couleur d'un ciel de printemps. Ils semblaient fixer un point lointain connu de lui seul et lorsque ce regard incroyablement bleu croisa les yeux fauves de Julie, le bel officier lui adressa un sourire courtois et la salua d'un bref mouvement de la tête.

— Mes hommages, miss, fit-il avec un accent anglais très prononcé.

Même si elle était de nature plutôt réservée, Julie connaissait les usages du monde et n'hésita pas à répondre à ce gentleman qui la saluait en public.

— Monsieur, fit-elle aimablement avec une brève révérence.

« Quelle prestance, se dit-elle. Un officier britannique, sans doute. » Impossible d'en apprendre plus sur son compte, il avait déjà passé le seuil de la porte, non sans l'avoir gratifiée d'un regard admirateur. Flattée, mais tout aussi intriguée, Julie s'interrogea sur l'identité de l'officier.

Dehors, Salaberry faisait de même. « Qui est cette charmante jeune dame à l'allure décidée ? se demandait-il en enfourchant le cheval loué à Vincelet. Réside-t-elle à l'auberge ? Assurément, elle est de la bonne société. Rien à voir avec la campagnarde qu'on veut me faire épouser. À mon retour, je demanderai à l'aubergiste de me renseigner. »

Dans l'auberge, Vincelet vidait le gros sac de toile contenant le courrier sur le comptoir.

— Voyons ça, marmonnait-il en examinant les lettres une à une. Mes regrets pour vot' père, dit-il finalement à Julie. Je n'ai aucune lettre pour lui.

— Pourtant, il affirme attendre instamment des nouvelles de Québec.

— Vraiment ? Peut-être que la lettre est venue par la faveur de l'officier qui vient de sortir, suggéra l'aubergiste en se frottant le menton.

C'était pratique courante que de confier son courrier à des voyageurs.

— Il s'est informé du chemin du manoir dès son arrivée, poursuivit Vincelet. Il a même envoyé un messager pour s'annoncer. Apparence qu'il voulait voir vot' père le colonel.

— Votre messager est certainement arrivé après mon départ de la maison. Cet officier anglais, savez-vous qui il est ?

— Un major de l'armée britannique, mademoiselle de Rouville, annonça fièrement Vincelet. Et il parle français.

Cette révélation plongea Julie dans la perplexité.

— Ce monsieur serait-il notre cousin dont on nous a annoncé la venue ?

— Vot' cousin ? Et vous l'avez pas reconnu ?

— Oh ! Mais comment aurai-je pu ? La dernière fois que je l'ai vu, je n'étais qu'une enfant.

La curiosité l'emportant sur la discrétion dont aurait dû faire preuve un aubergiste, Vincelet se pencha sur l'immense cahier relié et recouvert de vélin qui occupait en permanence une partie du comptoir.

— Attendez un instant, mademoiselle, dit-il en examinant la dernière page du registre en laissant glisser son index noirci d'encre.

— Ah ! Ici. Voyez.

Il désigna une inscription.

— *Major Charles de Salaberry*, lut Julie, troublée. Mon Dieu !

— Ça parle au diable ! s'exclama l'aubergiste. Vous auriez croisé vot' visite sans le savoir. Eh bien ! Quelle histoire !

D'un geste, Julie interrompit le bavardage de Vincelet qui aurait bien voulu en apprendre un peu plus sur son pensionnaire pour en parler à sa femme. Mais la demoiselle de Rouville n'avait pas l'intention de s'attarder.

— Je suis pressée, on m'attend chez les Talham. Je vous remercie de votre amabilité, monsieur Vincelet.

Et elle quitta les lieux, toute à sa surprise. L'officier était bien son cousin Salaberry ! Mais qu'allait-il penser d'elle lorsqu'il découvrirait qu'il l'avait croisée au comptoir d'une auberge, et sans chaperon ? À Chambly, personne ne se formalisait de voir la demoiselle de Rouville aller et venir sans façon. Mais ce cousin inconnu, dont son père disait qu'il était le protégé d'un prince d'Angleterre, en jugerait-il de même ? Elle le reverrait ce soir, assurément, puisque ses parents le retiendraient à souper. Julie repassa mentalement les recommandations faites à la nouvelle cuisinière pour le menu du soir : une soupe à l'orge, un brochet qui avait été pêché sous la glace par Joseph et un rôti de porc aux pommes. Serait-ce suffisant pour satisfaire un tel homme ?

« Je reviendrai plus tôt que prévu de chez les Talham, afin que la table soit bien dressée et que rien ne manque », se dit-elle, déterminée à faire bonne impression à ce membre de sa parenté.

Il l'avait regardée avec intérêt, mais sans la reconnaître lui non plus, sinon, certainement, il se serait empressé de se présenter. Du moins, constatait-elle avec soulagement, ce militaire avait de bonnes manières. Quelle différence avec les officiers de la garnison de Chambly, si ennuyeux, que son père, monsieur de Rouville, invitait parfois à leur table.

Néanmoins, elle ferait plus ample connaissance avec ce cousin plus tard. Marguerite l'attendait pour le thé, et cette fois, elle consacrerait sans faute les prochaines heures à ce plaisir mondain. Et avec un peu de chance, le notaire René Boileau y serait également. À cette pensée, Julie avait déjà oublié le bel officier.

Chapitre 5

Les souvenirs du notaire Boileau

— Allons, dépêche-toi, dit Victoire Lareau à Lison, la petite servante nouvellement engagée chez les Talham. Ils attendent le thé.

La voix sèche de Victoire résonnait dans la cuisine de la demeure du docteur Alexandre Talham, médecin à Chambly. La fillette sursauta. À quatorze ans, elle avait encore beaucoup à apprendre et devait faire d'énormes efforts pour vaincre une timidité qui la rendait maladroite.

— Cette fille, toujours à rêvasser !

— Je vous jure que non, dit Lison en tremblant. Voyez, il ne reste plus qu'à ajouter le sucre et le lait, fit-elle en réprimant la terreur que lui inspirait la mère de madame Talham, sa maîtresse.

Au village, il y en avait même pour dire que Victoire Lareau était un peu sorcière et Lison se montrait prête à les croire. L'autre jour, en lavant la vaisselle, elle avait cassé deux assiettes, uniquement parce que la vieille dame la fixait en silence avec des yeux aussi noirs que ceux d'un corbeau.

À bien y penser, madame Lareau n'était peut-être pas aussi âgée qu'il y paraissait. Sous son bonnet de mousseline, on apercevait quelques cheveux gris, mais elle ne venait jamais sans être accompagnée de sa petite dernière, une fillette d'environ huit ans prénommée Appoline. La très jeune sœur de madame Talham était du même âge que le petit monsieur Melchior, le fils de ses patrons. Peu importe qu'ils fussent tante et neveu, les deux enfants étaient inséparables.

La jeune domestique lissa avec précaution le tablier blanc, propre et bien repassé qu'elle portait avec fierté. Elle en possédait un deuxième, qui était à sécher, suspendu dans la chambrette qu'elle occupait sous les combles de la maison du docteur Talham. Dans le trousseau offert par ses employeurs lors de son engagement, elle avait trouvé deux coiffes pour le jour, un bonnet de nuit, deux chemises toutes neuves, deux jupes – une pour l'été et l'autre pour l'hiver –, un jupon de coton et un autre de laine, un corsage et un mantelet, en plus d'un manteau chaud en laine du pays, trois mouchoirs que madame avait promis de lui apprendre à broder, un petit fichu bleu et, finalement, six paires de bas, trois de coton et trois de laine, avec, bien entendu, une paire de souliers de bœuf. Même en rêve, jamais Lison n'aurait imaginé posséder autant de jolies choses! Le tout, cousu et confectionné par madame qui était fort habile à couper et coudre les vêtements. Sa manière était si bonne que plusieurs dames de Chambly faisaient appel à son talent. Et le docteur laissait faire tout ça, s'étonnait la jeune fille. Une bourgeoise au service des autres! Ça ne s'était jamais vu!

Tout était prêt. Lison vérifia que sa coiffe était bien en place, couvrant soigneusement ses cheveux nattés et solidement attachés sur la tête, et saisit le plateau. Boire du thé en après-dîner était une nouvelle habitude anglaise que la plupart des grandes maisons canadiennes avaient adoptée. Pour sa part, Lison trouvait étrange qu'on fasse autant de cérémonie autour du thé, une mixture insipide servant surtout de remède chez les habitants. Et pourquoi servir une collation, alors qu'il aurait suffi de se mettre à table un peu plus tôt ? « Souper tard dépense de la chandelle ! » aurait sermonné sa mère, en habitante économe. En servant chez les bourgeois, Lison s'instruisait chaque jour de détails surprenants.

Depuis qu'elle était au service des Talham, Lison suivait scrupuleusement les consignes de sa tante, Charlotte Troie, l'ancienne domestique des Talham. Cette dernière était devenue sa parente par alliance en épousant son oncle Baptiste Ménard, l'ancien engagé du docteur. Le couple continuait de rendre des services à la famille du docteur.

— Veille à avoir toujours le visage, les mains et les ongles propres. Et surtout, n'oublie pas de te laver les pieds : une fois par semaine l'hiver et au moins deux fois, l'été. Madame docteur est très exigeante sur ce point : ne nous fait pas honte ! l'avait avertie Charlotte.

Aucun danger que cela n'arrive ! Lison connaissait sa chance : une maison bien chauffée, une paillasse confortable et la panse remplie. La petite bonne n'avait qu'un souhait : plaire à madame docteur, si gentille, qui n'élevait jamais la voix. Et puis, elle était jolie avec ses longs cheveux châtain clair qu'elle coiffait toujours en une large natte qui lui retombait dans le creux du dos. Ses yeux bienveillants avaient la couleur d'un ciel doré.

Le docteur était tout aussi aimable, mais il l'impressionnait avec sa voix grave et ses curieuses manières à l'ancienne. Un jour qu'il se croyait à l'abri des regards, Lison avait vu monsieur saisir la main de madame et la baiser avec passion. La scène était à l'image de ce que racontent les vieilles chansons de voyageurs dans lesquelles les vaillants capitaines s'éprennent d'amour pour une belle dame. La petite servante en avait eu les larmes aux yeux.

Dans la maison, on chuchotait que madame Talham allait bientôt « faire sa maladie ». Avec son ventre énorme, que les jupes n'arrivaient plus à dissimuler, il était certain que les Sauvages ne tarderaient pas à passer. Aujourd'hui, madame Talham recevait, chose exceptionnelle pour une dame dans son état.

Le plateau lourdement chargé entre les mains, Lison fit son entrée dans la chambre de compagnie où se tenaient les invités – certains bourgeois désignaient maintenant cette pièce du nom de « salon » ; encore la mode anglaise – à la suite de madame Lareau qui portait la théière fumante pour bientôt la déposer sur une table basse, tout en surveillant la jeune domestique du coin de l'œil, de crainte qu'elle ne commette une impardonnable étourderie, comme se prendre les pieds dans le beau tapis de Bruxelles qui couvrait le plancher.

La demoiselle de Rouville était assise, très droite, sur le sofa recouvert de tissu rayé, et souriait aimablement. Jamais auparavant Lison n'avait vu de si près une noble dame ! Plus élégante encore que l'autre invitée de madame, la demoiselle Papineau arrivée tout à l'heure avec une lourde malle que Pierre, l'homme engagé, avait montée à l'étage avec difficulté.

La servante prit grand soin de ne faire aucun geste brusque, afin de déposer sans encombre le plateau chargé de plusieurs tasses et soucoupes de porcelaine fine, d'un sucrier et d'un petit pichet de lait, en plus de la jolie assiette bleue sur laquelle madame Lareau avait disposé les tranches fines d'un gâteau que cette dernière avait fait, le matin même. Sa mission accomplie – un exploit –, un soupir de soulagement secoua Lison.

Mademoiselle Papineau la dévisagea avec sévérité.

— Doux Jésus ! En voilà des manières !

Lison jeta un regard affolé à sa maîtresse.

— C'est bien, la rassura Marguerite. Tu as très bien rempli ton office. Tu peux t'en retourner.

La jeune fille ramassa son courage pour faire une rapide révérence et s'enfuit vers la cuisine.

— Rosalie, vous effrayez ma servante, gronda Marguerite en riant.

— Que voulez-vous, ma chère, je me méfie de vos filles, se défendit Rosalie, sentencieuse, se rappelant les misères que Charlotte Troie avait causées à Marguerite, au début de son mariage avec le docteur.

— Rassurez-vous, mademoiselle Rosalie, ma femme est devenue la meilleure des maîtresses de maison, déclara Alexandre, en coulant un regard tendre vers son épouse.

— Je vous l'accorde volontiers, cher docteur, même si les hommes ne s'y entendent guère en matière de tenue de maison.

Rosalie Papineau aimait avoir le dernier mot.

— Allons! ordonna-t-elle sur le ton d'un général d'armée. Il est temps de s'adonner au plaisir du thé. Hum! Ce gâteau me semble bien appétissant.

Madame Lareau s'apprêtait à servir, quand Rosalie se leva prestement et lui retira la théière des mains.

— Je vous en prie, chère madame, fit-elle, dans un sourire gracieux. J'adore servir le thé…

— Mère, laissez faire Rosalie, approuva Marguerite, la voix affaiblie par la fatigue d'une fin de grossesse.

Son dos lui faisait mal et elle n'en pouvait plus d'être assise, aucune position n'étant confortable pour son corps alourdi. Elle aurait voulu allonger ses jambes sur lesofa. Mais comme la demoiselle de Rouville avait insisté, Marguerite avait accepté de la recevoir dans l'intimité d'un thé d'après-midi. Heureusement que sa mère était là pour aider.

— Dans ce cas, dit Julie en souriant à Rosalie, c'est moi qui servirai le gâteau.

— Mais cela ne se fait pas ! s'offusqua madame Lareau qui connaissait suffisamment les usages pour savoir qu'une demoiselle du rang de Julie ne servait pas chez les autres.

— Vous croyez ? répondit Julie, amusée. Madame Lareau, voici pour vous, ajouta-t-elle en offrant à Victoire une part de gâteau sur une délicate assiette de porcelaine.

— Figurez-vous que maître Joseph Bédard a voyagé avec nous, dit Rosalie une fois le thé servi. Selon les dires de cet avocat, à qui, soit dit en passant, je trouve un air sournois, votre famille se chicane fortement avec le curé. Votre oncle Boileau aurait tous les torts. Ce gâteau est excellent, ajouta-t-elle avec un regard admiratif à madame Lareau tout en prenant une deuxième bouchée de la pâtisserie.

Victoire reçut le compliment d'un sourire discret, pendant que le docteur réfléchissait aux propos de Rosalie.

— Diable ! Un avocat, maintenant. Je n'aurais pas cru notre curé entêté à ce point… Mais peut-être est-ce nécessaire pour régler cette affaire délicate. J'avoue qu'au point où nous en sommes…

Julie approuva. Dans les conversations, on ne parlait plus que de cela.

— Votre père et moi devons conserver la tête froide, mademoiselle de Rouville, sinon le village sera bientôt à feu et à sang, commenta le docteur qui tentait de demeurer neutre dans cette querelle.

— C'est une situation extrêmement pénible, expliqua Marguerite à Rosalie. Tout le village en souffre et chacun se croit dans l'obligation de choisir son clan : le curé ou les Boileau. Depuis Noël, mon oncle Boileau et sa famille vont jusqu'à Pointe-Olivier, le village d'en face, pour y entendre la messe.

— Beau scandale en vérité! constata Rosalie. Quoique…
Je dois avouer que mon propre père, le notaire Joseph
Papineau, fréquente rarement l'église. Mais, ajouta-t-elle
avec un sourire, je suis sûre qu'il retrouvera un jour le droit
chemin qui lui évitera la damnation éternelle. Cela dit, le
curé doit être furieux de voir ses paroissiens déserter son
église.

— Furieux? Le mot est faible, releva le docteur. Il est
déchaîné! Et avec l'appui de la moitié du village par-dessus
le marché! Les Bresse, le marchand Lukin, sans oublier
l'aubergiste Vincelet, tous ces gens-là sont impliqués dans
l'affaire!

— Avec pour résultat que les Bresse et les Bédard bou-
dent les soirées d'Emmélie, se désola Marguerite.

— Et les demoiselles de Niverville sont en froid avec
mon père, car il a refusé de prendre parti pour David Lukin
qui est leur beau-frère, dit Julie.

— Pourtant, les réparations pressent, intervint madame
Lareau. Sinon, le pont s'effondrera au printemps. Pour ma
part, je trouve que les voisins déboursent pour la reconstruction du pont n'est que justice.

Un grand silence accueillit cette opinion. Victoire n'avait
pas l'habitude des longs discours. Mais à titre de cousine
germaine de monsieur Boileau, elle était convaincue du bon
droit de son parent. Ils avaient pour ainsi dire été élevés
ensemble. Fille de l'aubergiste Jacques Sachet et de
Madeleine Boileau, elle avait vécu comme une demoiselle,
au faubourg Saint-Jean-Baptiste, la partie du village où se
trouve le domaine seigneurial et où habitent les nobles
familles comme les Rouville et les Niverville. En épousant
François Lareau, un riche cultivateur de la région, elle avait
laissé le village à regret pour une maison de ferme du chemin
de la Petite Rivière et y avait élevé ses neuf enfants tout en

s'occupant de la terre, aux côtés de son mari. Ses enfants bien établis, Victoire saisissait le moindre prétexte pour revenir au village et faire de longs séjours chez sa fille aînée, avec la jeune Appoline, une enfant née sur le tard. Au village, elle ressentait toujours un indéfinissable sentiment de liberté qu'elle-même ne pouvait s'expliquer. Cette fois-ci, elle était là pour veiller sur Marguerite après son accouchement, et prévoyait rester jusqu'à la fin des relevailles.

— Ma chère Rosalie, vous voyez que cette stupide chicane va tous nous rendre fous, soupira Maguerite, embarrassée.

— Comme je comprends votre oncle de défendre farouchement ce qu'il considère être juste, intervint pourtant Julie. Et j'ajoute, avec tout le respect dû à messire Bédard, que notre curé a aussi ses torts. Je l'ai moi-même entendu dire qu'il ne voulait plus voir un Boileau dans son église. Et ce n'est pas la première fois qu'il agit ainsi. Pour une raison que j'ignore, mon frère n'entend plus la messe dans notre église. Ovide prétend que c'est une affaire entre le curé et lui. Il affirme que ce dernier a été injuste à son égard.

Julie ignorait pourquoi son frère avait été interdit de la messe par le curé Bédard. Quant à Marguerite, elle réprima un frisson d'effroi. Le frère de Julie avait abusé d'elle autrefois, et le curé l'avait appris, comme il avait eu connaissance de ses nombreuses dépravations. Alexandre, son cher mari, avait accepté de l'épouser tout en la sachant enceinte des œuvres d'un autre et n'avait jamais voulu connaître le nom de son agresseur, devinant dans son silence une douloureuse blessure qu'il ne voulait pas raviver. Il y avait déjà dix ans de cela.

Melchior, le fils de Marguerite, était né en toute légitimité et portait le nom de Talham, comme les autres enfants du couple. Mais en grandissant, la ressemblance entre le jeune garçon et Ovide de Rouville s'accentuait. Que ferait-elle si cette parenté devenait évidente ? Angoissante question qui torturait madame Talham. Si la vérité éclatait, sa famille, son mari, ses enfants, tous seraient éclaboussés par la honte, croyait-elle. Ces dernières années, Ovide de Rouville avait résidé à Montréal. On l'avait rarement vu à Chambly et Marguerite avait pu respirer, jusqu'au jour où, de ses fenêtres, elle l'avait aperçu traversant le village à cheval suivi d'une charrette chargée de malles. Le fils Rouville était de retour à Chambly et revenait vivre dans une maison, voisine du manoir, que ses parents louaient pour lui.

— Tout va bien ? s'inquiéta Julie qui avait remarqué un imperceptible plissement des lèvres chez Marguerite.

— Je me sens un peu lourde, c'est vrai, s'excusa-t-elle. Mais je vous promets de ne pas faire quérir la Stébenne avant que vous n'ayez terminé votre thé, ajouta-t-elle en parlant de la sage-femme qui pratiquait au village.

— Je n'aurais pas dû insister pour venir chez vous, dit Julie, qui se sentait un peu coupable.

— Qu'allez-vous dire là ? fit Marguerite. Vous oubliez que vous serez marraine de cet enfant et, à ce titre, vous faites pour ainsi dire partie de la famille.

Le visage de Julie s'éclaira en entendant ces mots. Marguerite lui faisait sans le savoir un cadeau inestimable et elle se promettait d'abuser de son titre de marraine pour choyer l'enfant, ignorant quand elle-même pourrait connaître ce bonheur.

Assise légèrement en retrait, Victoire observait les deux jeunes femmes, songeuse. L'amitié qui liait les Talham avec certains membres de la famille Rouville lui laissait parfois craindre le pire. Julie était accueillie par Marguerite comme une amie presque aussi intime qu'Emmélie Boileau, qui était sa cousine. Le colonel et le docteur se réunissaient pour leur partie d'échecs hebdomadaire. Mais lorsqu'on mentionnait le nom d'Ovide de Rouville devant Marguerite, une expression apeurée balayait furtivement son visage. Suffisante pour que Victoire finisse par comprendre que c'était lui l'agresseur de sa fille. Cette intuition se confirmait en voyant grandir Melchior, son petit-fils. L'enfant tenait de sa mère un beau visage et des cheveux bouclés, mais ses petits yeux ronds et noirs lui venaient de son père naturel, d'autant que Talham les avait bleus et qu'elle avait remarqué que deux parents aux yeux bleus n'ont pas d'enfant aux yeux foncés. Chez les Lareau, seuls ceux de Victoire, héritage d'une ancêtre algonquine, étaient noirs.

Dans ses prières, Victoire remerciait Dieu d'avoir permis au docteur Talham de sauver Marguerite d'une terrible infamie par faute du fils Rouville. Instinctivement, elle fit le signe de croix, comme pour protéger les siens d'un mauvais sort.

Les jeunes dames papotaient chiffons et s'échangeaient des nouvelles de leurs connaissances communes lorsque des cris d'enfants vinrent interrompre la conversation.

Melchior, entraînant Appoline à sa suite, entra précipitamment au salon, tous deux essoufflés comme s'ils avaient couru le marathon.

— Que se passe-t-il ? demanda le docteur d'une voix bourrue. Il était convenu que vous ne dérangiez pas les grandes personnes.

— Père, c'est mon oncle le notaire qui est là.

— René ? Mais que peut-il vouloir ? s'interrogea Marguerite en échangeant un regard avec son mari.

— Je peux avoir du gâteau ? demanda Melchior à sa mère à la vue de la pâtisserie.

Marguerite sourit à la gourmandise de son fils et approuva. Rosalie servit deux parts aux enfants, ravis de profiter de l'aubaine, comme Talham revenait avec le notaire qui parlait et gesticulait avec une vivacité qui ne lui était pas habituelle. Le cœur de Julie fit un bond. Mais René, habituellement maître de soi, était visiblement irrité, et pénétra dans la pièce sans prendre le temps de saluer quiconque.

— Voyez-vous, Talham, en apprenant que le curé avait fait appel à l'avocat Bédard, mon père s'est mis dans une rage folle, expliqua René. À vrai dire, j'ai eu subitement un grand besoin de sortir de notre maison pour ne plus l'entendre vociférer. C'est pourquoi je me suis permis de frapper chez vous, ajouta-t-il à l'intention de Marguerite.

— Tu sais que tu es toujours le bienvenu, répondit cette dernière en le plaignant.

Dans ce litige qui impliquait sa famille, René tentait désespérément de demeurer neutre. Une situation qui le mettait à dure épreuve et risquait d'entacher sa réputation de juriste. Déjà, certains clients brassant des affaires avec Bresse ou Lukin avaient annulé des rendez-vous. Par contre, même si le fait qu'il vienne se réfugier chez elle la touchait, Marguerite aurait préféré qu'il ne la voie pas dans son état, gênée qu'elle était par la lourdeur d'une fin de grossesse.

— Je comprends votre embarras, dit le docteur au notaire. Mais s'il y a quelqu'un qui peut ramener un peu de bon sens dans cette paroisse, c'est bien vous.

— Puisque tu es ici, dit alors Victoire, assieds-toi que je te serve une tasse de thé.

— Merci, tante Victoire. Ce n'est pas de refus, répondit René.

Son visage avait retrouvé son expression coutumière d'homme du monde.

— Docteur, j'ai été inspiré en venant chez vous. On y trouve la plus charmante compagnie qui soit. Mesdemoiselles, veuillez excuser mon attitude grossière, dit-il en saluant enfin Julie et Rosalie.

Comme il y avait une place libre à côté de Julie, il s'enfonça dans le sofa et prit ses aises.

— Nous connaissons bien votre père qui doit rugir comme un tigre dans sa cage, balbutia Julie avec l'impression que ses joues se couvraient de rose.

De l'avoir près d'elle lui procurait un vif émoi.

— Mon père affirme que dans cette affaire, chacun a ses torts, continua-t-elle.

— Je suis heureux de vous l'entendre dire, l'approuva René. Tout ce que je souhaite, c'est que mon père lâche un peu de lest et laisse le curé tranquille. Notre pasteur a tout à fait raison en prétendant que la fabrique, c'est-à-dire toute la paroisse, n'a pas à contribuer aux réparations.

— Je vous plains, dit Rosalie. En attendant que cette malheureuse affaire ne se règle, voici un morceau de gâteau. Avec le thé, il n'y a rien de meilleur pour se consoler des tourments infligés par les autres.

René se mit à rire.

— Merci, mademoiselle Papineau. Votre réconfort me touche. Et comment va mon bon ami, votre cousin Louis-Michel Viger? Il y a longtemps que je n'ai eu le plaisir de le voir.

— C'est que vous ne venez plus à Montréal aussi souvent qu'autrefois, répondit Rosalie.

— Je mérite vos reproches et promets d'aller en personne me faire pardonner en m'empressant d'aller porter mes salutations à votre père, mon estimé collègue, dès mon prochain voyage à Montréal. Ce qui me fait penser que j'ai vu votre frère, ce matin. Il viendra à la soirée d'Emmélie.

— La soirée d'Emmélie? Qu'est-ce? Vous m'intriguez, monsieur Boileau.

— Que je vous explique, s'empressa de répondre Julie. Vous permettez ? dit-elle en se tournant vers le notaire, à qui elle avait pour ainsi dire coupé la parole.

— Faites, chère demoiselle, insista galamment René. Vous êtes un témoin beaucoup plus impartial que votre serviteur.

Elle le remercia d'un sourire éclatant et porta gracieusement sa tasse à ses lèvres avant de la reposer sur la soucoupe et d'expliquer à Rosalie :

— Les soirées de mademoiselle Boileau constituent le principal divertissement de notre petite société. Même mon père, le colonel de Rouville, qui a passé sa jeunesse en France, affirme qu'elles n'ont rien à envier à celles des grands salons parisiens.

— Comme à Paris ? C'est tout à fait prodigieux, déclara Rosalie.

— Nous échangeons aimablement sur divers sujets. Les uns commentent le contenu des journaux ou une lecture qui les a impressionnés, les autres racontent leurs voyages. Mais la plupart du temps, nous faisons une partie de cartes ou de trictrac. Souvent, mademoiselle Bédard et son frère, le curé, jouent du piano-forte à quatre mains.

— Malheureusement, depuis la dispute autour du ponceau, le curé interdit à Marie-Josèphe d'adresser la parole à mes cousins Boileau, déplora Marguerite.

— Nous n'avons pas moins de musique, puisque les demoiselles Boileau jouent également, mais jamais avec le talent de la famille Bédard, soupira Julie. Nous parlons surtout de littérature ces derniers temps. C'est-à-dire que nous écoutons Emmélie et mon père commenter leurs lectures.

— Voilà qui plaira à mon frère, déclara Rosalie. Il éprouve une telle passion pour la lecture que je me demande si elle ne lui tient pas lieu de maîtresse…

Elle riait de sa plaisanterie.

— S'il m'entendait, il me menacerait des pires supplices, sans l'ombre d'un doute. Et quand aura lieu la prochaine de ces rencontres qui m'apparaissent tout à fait charmantes? demanda-t-elle.

— Demain soir, mademoiselle Papineau, s'empressa de dire le notaire. Et vous êtes invitée, bien entendu.

— Mais il n'en est pas question. Je ne suis pas venue jusqu'ici pour faire de belles manières dans les salons, mais pour aider Marguerite.

— Votre cousin le major de Salaberry y sera également, fit René en s'adressant à Julie.

— Oh! laissa tomber subitement Julie en posant une main sur sa bouche.

Le cher René venait de lui rappeler qu'il y avait, au manoir de Rouville, un visiteur qui requérait son attention.

— Ainsi, déclara alors Rosalie en interprétant le rouge qui avait couvert le visage de Julie, c'est pour vous que Salaberry est venu à Chambly? Sur la route, il a mentionné une vague affaire de famille, sans préciser laquelle. Y aurait-il un projet de mariage dans l'air?

Ses yeux pétillaient de curiosité. Mais Julie lui aurait volontiers tordu le cou! C'était une chose bien stupide que mademoiselle Papineau venait de dire là, et particulièrement devant René.

— Monsieur de Salaberry est tout simplement venu faire une visite de courtoisie à mon père qui est un cousin de madame de Salaberry, se défendit la demoiselle.

— Si vous le dites, déclara Rosalie. J'ignorais que vous étiez parents. Les Salaberry comptent parmi les familles les plus influentes de Québec. Il paraît que le père est un homme au caractère particulier. On rapporte qu'il a le cœur sur la main, mais explose en colères prodigieuses s'il est contrarié.

— Un authentique gentilhomme de l'Ancien Régime, commenta le docteur Talham, qui s'était levé pour tendre une mince éclisse de bois dans le poêle qui réchauffait la pièce afin d'allumer sa pipe. Comment est le fils?

— Je ne saurais vous dire, répondit Julie en prenant un air parfaitement détaché. Mais tout cela me rappelle que je dois vous laisser, mes amis.

Elle partait à regret. Dire que René venait à peine d'arriver! Ils auraient pu poursuivre la conversation, aborder d'autres sujets, se trouver des affinités, développer une inclination. La demoiselle de Rouville soupira quand le notaire s'extirpa de sa position confortable pour l'aider à se lever. Elle profita de ce qu'il lui tendait sa main aux longs doigts tachés d'encre pour la serrer plus qu'il n'en fallait, mais René crut qu'elle perdait l'équilibre en se relevant et serra la sienne uniquement pour l'empêcher de tomber. Ce qui faisait beaucoup d'émotions en un seul après-midi pour Julie de Rouville!

— Vous m'avez permis de passer un moment très agréable, dit-elle en remerciant Marguerite. Vous me ferez prévenir lorsqu'il sera temps, n'est-ce pas? En tant que marraine, je tiens à ma prérogative de tenir l'enfant sur les fonts baptismaux.

Victoire contempla le ventre de sa fille.

— Ce sera une fille, assura-t-elle.

— Et d'où vous vient cette certitude? interrogea le docteur, plein de suspicion.

Il voulait bien admettre que les vieux savoirs paysans reposaient parfois sur des observations pertinentes, sa belle-mère descendait d'une lignée de sages-femmes, mais ses prédictions sans fondements scientifiques lui semblaient de la même farine que la ceinture de sainte Marguerite censée protéger les accouchées ou les autres superstitions entourant la naissance.

— Je le sais, c'est tout, répondit Victoire, empruntant justement ce ton mystérieux qui agaçait tant Talham.

Le docteur préféra ne pas répondre et se leva pour aller reconduire la demoiselle de Rouville à la porte.

— À voir l'air de la demoiselle de Rouville, on ne m'enlèvera pas de l'idée qu'il y a un mariage dans l'air, chuchota Rosalie à Victoire, après les dernières salutations.

Ces dames avaient pris le chemin de la cuisine pour voir aux préparatifs du souper familial.

— Puisque les femmes nous abandonnent, allons bavarder dans mon apothicairerie, dit Talham à René, en l'entraînant dans le cabinet où il recevait ses patients.

La petite pièce contenait une bibliothèque d'une cinquantaine de volumes, une armoire contenant fioles et pots de grès pour les médicaments, ainsi qu'une bouteille et deux verres que le médecin s'empressa de remplir.

— Je crois qu'il est temps que Julie de Rouville se marie, dit le docteur en tendant un verre à René.

— Elle a l'âge du mariage, approuva ce dernier. Tout comme mes sœurs, soupira-t-il en se rappelant que la rieuse Sophie laisserait un grand vide derrière elle en quittant la maison. Mais pourquoi dites-vous cela ?

— J'aime beaucoup la demoiselle de Rouville. Elle a bon cœur, mais je la sens malheureuse. C'est pourtant une jeune dame digne de mention. Pour la guérir de sa mélancolie, je lui prescris un mari et des enfants en guise de remède.

Il observa René à la dérobée. Le notaire avait-il remarqué à quel point il faisait soupirer la demoiselle ?

— Vous aussi devriez songer au mariage.

— Me marier, moi ? se rembrunit René, surpris que le docteur entretienne pareille idée sur son compte. Vous voulez rire ?

— Bien au contraire. N'avez-vous jamais envisagé d'épouser mademoiselle de Rouville ? Mon petit doigt me dit qu'elle ne vous repousserait pas, suggéra le docteur. Une chaumière et un cœur, c'est tout ce qu'elle demande.

C'était bien entendu une manière de voir les choses, car le colonel de Rouville n'était pas insensé au point de donner sa fille à un homme qui n'était pas en mesure de lui offrir le train de vie auquel elle était habituée. Du reste, René Boileau ne manquait pas d'argent. Il travaillait, plutôt que de vivre de ses rentes, ce que Talham approuvait : l'oisiveté ne valait rien pour un homme digne de ce nom. Doué pour les affaires, René Boileau administrerait avantageusement les biens de Julie, beaucoup mieux d'ailleurs que Rouville lui-même. À ses yeux, le notaire représentait un excellent parti.

René dévisagea le docteur avec stupeur.

— Vous vous trompez, Talham. Avez-vous remarqué le trouble sur le visage de la demoiselle, lorsque Rosalie a évoqué un possible mariage avec son cousin Salaberry ? À mon avis, mademoiselle Papineau a mis le doigt sur la vérité. Mais comme il est encore trop tôt pour l'annoncer, elle a bredouillé et rougi.

— S'il avait été question d'un tel mariage, le colonel de Rouville m'en aurait glissé un mot, protesta Talham. Non, mon ami. Croyez-moi, Julie de Rouville est amoureuse de vous ou je veux bien manger mon chapeau.

— Talham, je vous remercie de vous préoccuper ainsi de mon sort, fit René en riant. Je conviens que cette demoiselle est des plus agréables. Outre mes sœurs et mademoiselle Bédard, la sœur du curé, il n'y a pas beaucoup de jeunes dames pour enjoliver nos réunions sociales. Mais je n'ai même jamais songé à la demander en mariage. D'ailleurs, si j'osais seulement faire mine d'y penser, sa famille me cracherait au visage.

— Pas du tout. De nos jours, les mariages entre bourgeois et nobles deviennent monnaie courante.

Il évoqua son propre bonheur conjugal. Son épouse n'était-elle pas fille de paysans aisés ?

— Et vous êtes suffisamment fortuné pour prétendre à la main de mademoiselle de Rouville.

— Si elle m'épousait, elle serait à jamais déchue de sa classe, à l'exemple de ma mère. Même les demoiselles de Niverville, qui sont pauvres comme Job, se permettent de regarder ma mère de haut, alors qu'elle est née de Gannes de Falaise. Non, Talham. Les Rouville ne permettront jamais à leur fille d'épouser un roturier, si riche soit-il. Et, pour clore le sujet, je vous avoue qu'il y a longtemps que j'ai résolu de ne jamais me marier, déclara René. Ma famille a besoin de moi. Voyez comment mon père agit depuis quelque temps. Vous l'avez dit tout à l'heure, je suis le seul à pouvoir lui faire entendre raison.

— Vous dites cela, mais un jour vous allez changer d'avis, lui répondit le docteur qui trouvait René encore jeune pour être aussi affirmatif. Il fut un temps où je pensais comme vous. Mais il y a eu ma chère petite fleur…

Le docteur souriait béatement en évoquant son bonheur, sans voir le visage assombri de René.

« Marguerite ! S'il savait que c'est justement à cause de Marguerite que j'ai juré de ne jamais me marier », songea ce dernier avec ce pincement au cœur qu'il connaissait bien.

Elle avait représenté pour lui la jeune fille idéale, une âme pure. Il l'avait aimée avec vénération, certain que cet amour était partagé. Mais lorsqu'il était revenu d'Europe et qu'il l'avait retrouvée mariée et mère, son cœur avait volé en éclats. Marguerite semblait heureuse auprès de son mari et Talham était un homme bon. René se contentait de la regarder vivre de loin et, lorsque cela devenait insupportable, il fuyait à Montréal, à Québec ou ailleurs par besoin de s'étourdir, d'oublier. Au bout de plusieurs jours, il revenait à Chambly, le cœur apaisé, prêt à reprendre le cours de sa propre vie. Il se replongeait dans le travail qui l'attendait dans son étude, tout en voyant à la gestion de ses terres, vendant son blé et son foin à des marchands comme son futur beau-frère Drolet, et sa fortune grossissait.

René était l'homme d'un seul amour. Et si un jour Marguerite avait besoin de sa protection, il serait là. Après avoir savouré le porto, il fit ses adieux au docteur.

«Il est temps que je m'éloigne de Chambly avant qu'un autre ne songe à me marier», se dit-il en marchant sur le chemin qui le ramenait chez lui. Demain, il rassemblerait quelques dossiers exigeant un déplacement à Montréal. Mais il ne partirait qu'après la soirée d'Emmélie. Il aimait trop sa sœur pour lui causer cette déception.

Chapitre 6

Les conquêtes de Salaberry

— Major de Salaberry ! C'est un honneur pour notre modeste village que vous séjourniez parmi nous, roucoula l'une des deux demoiselles de Niverville, en posant sur l'avant-bras de l'officier une petite main rêche, mais recouverte d'une mitaine noire qu'elle avait pris le temps de raccommoder avant de se rendre chez les Rouville.

Les demoiselles avaient rapidement oublié qu'elles tenaient rigueur à monsieur de Rouville pour l'affaire du ponceau lorsqu'était arrivée l'invitation de Julie qu'elles avaient acceptée avec joie.

Thérèse et Madeleine de Niverville, bessonnes demeurées célibataires, étaient les filles du dernier seigneur français de Chambly, feu l'honorable Jean-Baptiste de Niverville. Les villageois leur accordaient une affection bienveillante. Les chères demoiselles ! Rien de ce qui survenait à Chambly n'échappait à leurs yeux et à leurs oreilles. Il était de leur devoir de veiller sur la seigneurie, croyaient-elles fermement, ce domaine ayant été l'apanage de leur famille, autrefois. Elles incarnaient en quelque sorte les vestiges de la Nouvelle-France. On ne voyait jamais l'une sans l'autre, inimitables vieilles filles aux allures démodées, arborant de larges jupes et des cols garnis de guipure, attifées d'énormes bonnets à la Marie-Antoinette dont les rubans défraîchis se nouaient en une large boucle sur un côté du menton, des vêtures récupérées sans doute dans les vieux coffres de leur défunte mère.

Elles demeuraient sans âge et contraintes par la pauvreté de tirer profit des moindres ressources à leur portée. Même madame de Rouville, une femme plutôt froide et indifférente à son entourage, démontrait de la compassion pour cette noblesse déchue et, à l'occasion, autorisait Julie à donner aux demoiselles une pièce de viande ou un chapon. Monsieur de Rouville faisait porter chez elles des minots de pommes, des poches de légumes ou de grains, donnant l'impression aux bessonnes qu'elles touchaient toujours des rentes seigneuriales.

— Vous resterez plusieurs semaines ? demanda l'une d'elles à Salaberry, avant d'avaler une cuillerée de sa soupe.

— Je ne puis m'attarder plus que quelques jours. Même si j'éprouve un vif plaisir à revoir mes cousins, et à faire la connaissance de leurs plus chers amis, je me dois avant tout au général de Rottenburg, répondit Salaberry à la demoiselle de Niverville qui l'avait questionné.

Cette dernière – il s'agissait de Madeleine – roula des yeux presque fripons à l'invité d'honneur des Rouville. Avec sa prestance et sa forte personnalité, Salaberry était rapidement devenu le point de mire de tous les convives. Les dames, émoustillées par le port altier du bel officier sanglé dans son uniforme, papillonnaient des cils en réclamant mille et un détails sur la famille Salaberry à Beauport et leurs illustres relations qui fréquentaient leur maison.

«Ah! Quel merveilleux mari pour Julie!» se répétait pour sa part monsieur de Rouville, heureux d'avoir suivi son intuition et favorisé cette rencontre. Les anecdotes du

60th Foot de son jeune cousin lui faisaient revivre ses propres souvenirs et ses yeux brillaient de plaisir en l'écoutant. À trente années de distance, le colonel et Salaberry avaient un parcours similaire. Tous deux avaient quitté leur terre natale à peine sortis de l'enfance pour un régiment étranger, l'un en France, l'autre en Angleterre. Ils avaient connu le collège militaire, la vie de soldat et le feu des champs de bataille. Monsieur de Rouville enviait son ami Louis de Salaberry d'être le père d'un tel fils et Julie ne pouvait qu'être conquise par son cousin. Assurément, le brillant major deviendrait bientôt son gendre.

Les parents de Julie n'avaient soufflé mot du projet de mariage souhaité par les familles, et pour l'heure, celle-ci était surtout fière de l'ordonnance du souper. Avec les demoiselles de Niverville, messire Bédard, son frère l'avocat et sa sœur, Marie-Josèphe, les invités formaient un nombre égal des deux sexes, dix convives en comptant son frère Ovide. Lustres suspendus et chandeliers éclairaient une table dressée avec soin : nappe immaculée, argenterie étincelante, vaisselle de fine porcelaine anglaise et jolis verres à pied ourlé. Et la cuisinière avait parfaitement réussi la génoise, une pâtisserie raffinée choisie par Julie pour clore avec élégance le repas afin que sa famille n'ait pas à rougir devant leur parent, un ami d'un prince d'Angleterre !

« Et si nous lui apparaissons trop rustres, tant pis ! se dit la demoiselle de la maison. Il n'aura plus qu'à retourner chez lui. »

Mais Julie pouvait se rassurer, Salaberry semblait apprécier l'accueil de sa parenté de Chambly. Ce petit village tranquille, contraste reposant après une vie aventureuse, se révélait finalement une agréable distraction. L'humeur maussade des derniers jours s'était envolée, surtout lorsqu'il avait reconnu sous les traits de sa cousine le visage de la jeune dame croisée à l'auberge. « Des manières distinguées. Elle serait presque jolie avec une toilette à la mode », avait-il noté en détaillant sa robe de couleur sombre, alors que les couleurs pastel étaient en vogue. Malgré cela, sa volonté de l'ignorer avait fait place à un intérêt, disons… plus marqué. Et cette blonde, la sœur du curé, assise à côté du fils Rouville, ne manquait pas d'attrait elle non plus. Charmantes provinciales qui réveillaient en lui le goût d'être aimable auprès des demoiselles. Soudain, il était moins pressé de repartir.

Salaberry se tourna vers Julie avec qui il conversait avant qu'une demoiselle de Niverville ne l'interrompe.

— De quoi parlions-nous, déjà ?

— De vos longs séjours à l'étranger. Je ne connais pour ainsi dire personne qui a connu les vieux pays comme vous. Mon père a longtemps vécu en France, mais c'était il y a si longtemps. Le notaire Boileau, quant à lui, a voyagé en Angleterre et en France, il y a dix ans de cela.

À l'évocation de René, les joues de Julie rosirent.

— Mais on dit que ces endroits ont bien changé depuis, reprit-elle. N'est-ce pas votre avis ?

— Je ne connais pas la France, avoua Salaberry, après avoir remarqué le léger embarras de sa cousine. Et depuis la Révolution, qui veut se rendre là-bas ? L'Angleterre se voit comme la nation la plus civilisée du monde. Quant à l'Irlande, c'est un pays magnifique, ajouta-t-il avec un drôle d'accent dans la voix.

— Vous semblez regretter l'Irlande, plus encore que l'Angleterre, fit remarquer Julie.

— Ce que j'ai laissé en Irlande, je crois ne jamais pouvoir le retrouver.

Une ombre de tristesse passa sur le visage de son cousin.

— Un chagrin d'amour? demanda spontanément Julie. Je suis désolée, se rattrapa-t-elle en voyant qu'elle était tombée juste, ma question était sans doute indiscrète.

Elle changea de sujet et Salaberry, touché par son attitude compréhensive, conclut qu'elle avait bon cœur.

— Je présume que pendant toutes ces années d'éloignement, votre famille vous a beaucoup manqué?

— Vous avez tout à fait raison. J'ai vécu trop longtemps loin de chez moi. Savez-vous ce que signifie avoir le mal du pays? Un vertige vous prend subitement, une tristesse infinie noie votre âme pendant plusieurs jours. Et, ajouta-t-il avec un sourire désarmant, je vais vous surprendre: même aux Antilles, sous le soleil des pays chauds, nos hivers me manquaient.

Julie lui lança en riant que c'était bien difficile à croire, surtout en plein cœur de janvier.

— *Yes, it's the truth. It's very cold this evening, isn't it*[1]?

Avec elle, il se sentait si détendu qu'il venait de passer à l'anglais sans crier gare.

— *My God!* Pardonnez-moi si l'anglais me vient plus facilement que le français. Dans mon esprit, les deux langues se confondent sans que je m'en rende compte.

— Après autant d'années en Angleterre, c'est bien naturel. Moi-même, cet après-midi à l'auberge, avec votre uniforme et votre accent, j'avoue que je vous avais pris pour un officier anglais.

— *Really!* Et moi, si j'avais su qui vous étiez, je vous aurais immédiatement enlevée.

— Enlevée?

— Mais oui, pour que vous puissiez me guider jusque chez vous, expliqua-t-il à une Julie ébahie. N'ayez crainte,

---

1. Oui, c'est vrai. Il fait très froid ce soir, n'est-ce pas?

ajouta-t-il, je plaisantais. Je n'ai pas l'habitude d'effrayer les dames, je préfère nettement leur faire la cour.

Il badinait, bien sûr, mais il la sentit gênée par ses propos. « Dans les campagnes du Bas-Canada, on empêche peut-être les demoiselles de fleureter », se dit-il simplement. Autrefois, il avait été séduit par une jeune fille intrépide de la campagne irlandaise, et beaucoup plus entreprenante que celle qui se trouvait à ses côtés.

— Dites-moi plutôt à quoi vous employez votre temps...

Il hésita soudain.

— Ah ! soupira-t-il. Je cherche encore mes mots. Le genre féminin, et tous ces accords !

Les yeux rieurs, Julie attendit patiemment la suite.

— Mais puisque mes difficultés semblent vous amuser, mademoiselle de Rouville, corrigez-moi sans hésiter. Soyez ma maîtresse de français... Ainsi, j'aurai l'occasion de vous faire rire plus souvent.

Il fit une pause.

— Vous savez, vous êtes irrésistible lorsque vous souriez.

Sous le compliment, Julie baissa les yeux.

— Je vous ai fâchée ?

— Non, non, je vous assure, monsieur de Salaberry, s'empressa de répondre Julie, se jugeant ridicule d'avoir des réactions aussi puériles.

Elle avait si peu l'habitude d'échanger des propos frivoles et sans conséquence avec des célibataires de son âge.

Les demoiselles de Niverville, tout comme monsieur et madame de Rouville d'ailleurs, surveillaient attentivement ce qui se passait entre Julie et Salaberry. De sa place, Thérèse remarqua les yeux baissés et le rose qui couvrait les joues de sa jeune amie, et un regard en direction de sa sœur assise de l'autre côté de la table reçut l'approbation muette de sa jumelle. Les demoiselles aimaient sincèrement Julie, qui le leur rendait bien. En grandissant, elle avait trouvé auprès des attachantes vieilles filles l'attention maternelle qui lui manquait sous son propre toit.

« Voici enfin celui que nous attendions pour notre chère petite », pensèrent-elles.

— Je vous ai surpris à parler d'enlèvement, lança Marie-Josèphe à Salaberry, ne voulant pas être en reste. Sachez qu'il faut éviter de dire ce mot à Chambly, surtout lorsqu'on porte un uniforme.

— Vous m'intriguez, mademoiselle.

La sœur du curé se pencha sur la table pour s'approcher plus près de Salaberry et Julie.

— Racontez-lui ce qui est arrivé à Agathe Sabatté, dit-elle à Julie. Si je le fais, mon frère risque de se fâcher. Mais c'est une histoire tellement incroyable ! Il vous faut la connaître, surtout si vous rencontrez monsieur et madame Bresse.

Julie approuva et résuma en quelques mots comment, deux années auparavant, une demoiselle de bonne famille avait délibérément organisé son propre enlèvement par son galant.

— C'était un lieutenant d'artillerie, et un protestant. Alors, le scandale a obligé monsieur et madame Bresse à céder au mariage.

— Choquant, déclara Salaberry. Et qu'est-il advenu de cette dame ? Vit-elle toujours à Chambly ?

— Oui, répondit Marie-Josèphe, et elle est bien malheureuse. Comme il fallait s'y attendre avec un homme qui n'hésite pas à employer de semblables procédés, le mari s'est révélé un vaurien et un ivrogne ; il accumule les dettes de jeu et elle vit misérablement.

— J'avais pourtant interdit qu'on reparle de cette indignité, gronda le curé qui avait tout entendu. Ces récits malheureux font de déplorables exemples pour les esprits faibles. Il suffit de consulter le registre des baptêmes de Chambly pour découvrir le nombre élevé de naissances illégitimes lorsque la soldatesque est livrée à elle-même. Ces pauvres filles ! Des écervelées qui se laissent séduire par un uniforme ! Une abomination…

— Je vous soutiendrai toujours sur ce point, déclara Salaberry. Je suis sévère avec mes hommes. Si une pareille chose avait eu lieu dans ma compagnie, le coupable aurait été puni par la prison ou le fouet.

À ces mots, Julie frissonna. Le fouet ? Cette punition barbare persistait dans l'armée ?

— La discipline militaire se doit d'être inflexible, expliqua l'officier.

— Pour mieux envoyer ces pauvres garçons à la boucherie, déplora messire Bédard.

— Mon cher curé, dit alors l'avocat Bédard qui n'avait pas encore prononcé un mot, se contentant de vider son assiette afin de la faire remplir de nouveau – une habitude, si on considérait l'ampleur de sa panse –, il te faut ménager ton énergie. Je crois que tu as une autre bataille à gagner. Goûte plutôt à ce poisson qu'on vient de servir. Il est délicieux.

— De quelle bataille s'agit-il ? s'informa Salaberry, intrigué.

— Pourquoi faire allusion à cette dispute malheureuse et troubler notre petite fête ? fit brusquement le colonel en fustigeant l'avocat du regard. Voyez-vous, il s'agit d'un différend à propos d'un ponceau, expliqua-t-il à son invité.

— Ah, oui ! J'ai failli tomber en passant sur ce pont, se rappela Salaberry. On m'a appris que le propriétaire refusait de le réparer. Faudrait-il lui faire donner le fouet également ?

Le colonel s'esclaffa.

— Boileau n'a pas tous les torts, affirma-t-il en redevenant sérieux.

À ces mots, les demoiselles se pincèrent les lèvres et prirent un air outragé. Le mari de leur sœur Louise, David Lukin, était pris à partie par Boileau. Le curé partageait leur indignation.

— Et avant de protester, ajouta sévèrement le maître de maison pour couper à toutes récriminations, écoutez ce que j'ai à dire. Que Bresse, Lukin et Vincelet doivent payer leur part, ce n'est que justice. Mais en ce qui concerne la fabrique, Boileau se trompe. Cela reviendrait à ce que tous les paroissiens de Saint-Joseph déboursent pour ce satané pont! Et maintenant, parlons d'autre chose. Salaberry, dites-nous votre sentiment. Croyez-vous la guerre imminente?

— Je ne sais trop quoi vous répondre. Des pourparlers ont lieu entre les États-Unis et l'Angleterre. Mais mieux vaut se préparer au pire.

Cette déclaration provoqua une onde de choc chez les convives.

— Permettez-moi d'en douter, répliqua l'avocat Joseph Bédard. Les rumeurs de guerre courent depuis des années, sans jamais se concrétiser.

Il n'avait pas tort. Le 22 juin 1807, l'attaque de la frégate américaine *Chesapeake* par le navire de guerre *Leopard* avait provoqué la mort d'une vingtaine d'hommes, et fortement ébranlé la population bas-canadienne. À la fin de cet été-là, partout au pays, les jeunes hommes voulaient s'engager dans les milices pour défendre l'honneur des Canadiens. Dans les villages retentissaient des «Vive le roi George!» et leurs curés les encourageraient.

— Sainte misère! pesta le curé de Chambly qui n'appartenait pas à ces va-t-en-guerre. J'espère que les Américains resteront chez eux et que la sainte paix régnera pour les siècles des siècles dans les paroisses du Bas-Canada. Dieu que les Anglais aiment à se battre ! Et vous, major, ne prenez pas cet air outragé. Les Anglais ne sont heureux que lorsque le canon tonne au nom de l'Empire !

— Les Yankees vont déclarer la guerre et nous devrons nous défendre, rétorqua Salaberry, piqué.

— Anglais, Américains, maugréa le curé, pour moi, tout cela est de la même farine, ennemis de notre bonne religion catholique et romaine. Si vos sombres prédictions s'avèrent, les régiments afflueront à Chambly. Et comme nous l'avons dit tout à l'heure, les soldats ne sont pas des enfants de chœur !

La vision cauchemardesque de sa paroisse envahie par des troupes marchant au pas préoccupait le curé. Suivraient les marchands cupides et nombre de gens aux mœurs douteuses. Comment ferait-il, sans même un vicaire pour l'aider, pour garder ses paroissiens à l'abri des pires tentations ?

— Que Dieu tout-puissant protège les fidèles de Chambly ! invoqua-t-il en se prenant la tête entre ses mains pour bien montrer son accablement.

Par la suite, il se consacra au contenu de son assiette, car on venait de servir le rôti. Le cliquetis des couteaux et des fourchettes témoignait du bel appétit des convives.

— Cher major, dit Thérèse en se trémoussant sur sa chaise, parlez-nous de ces bals chez le prince, incomparables à ceux qui peuvent se donner à Montréal ou à Québec et encore plus à nos soirées de Chambly.

Et Salaberry de décrire les nombreuses calèches devant la demeure du prince, les innombrables lustres lourdement chargés de chandelles et les invités, dames et messieurs parés de leurs belles toilettes. Ce qui contribua à alléger l'atmosphère.

— Son Altesse Royale ouvrait le bal avec madame de Saint-Laurent.

Les demoiselles écoutaient, béates, imaginant Salaberry en tenue de bal et dansant avec une Julie éblouissante dans une robe de mousseline blanche.

— Mes frères Maurice et Chevalier étaient bien meilleurs danseurs que moi, se rappelait Salaberry. Ils étaient les favoris des demoiselles, surtout Chevalier, qui est le plus grand et le plus élégant de nous tous.

— Avez-vous de ses nouvelles ? demanda Julie à qui on avait appris la mort d'un frère Salaberry.

— Aucune, malheureusement. Je présume qu'il doit avoir quitté l'Inde. Mais une fois qu'il sera de retour au pays, je m'arrangerai pour qu'il serve avec moi, sous les ordres du général de Rottenburg.

Le sort du jeune frère de Salaberry intéressait peu les demoiselles qui cherchaient plutôt à vanter le beau major. Il était temps que se présente un homme comme Salaberry afin d'éviter l'irréparable. Elles songeaient notamment au notaire Boileau à qui on prêtait des intentions sur Julie.

— Tout de même, ma chère petite, susurra Madeleine de Niverville à l'oreille de Julie, votre cousin, quelle distinction ! On voit tout de suite qu'il a fréquenté les grands de ce monde. Personne à Chambly ne peut prétendre lui arriver à la cheville, ajouta-t-elle avec insistance.

— Par contre, je trouve que cette madame de Saint-Laurent dont le major a tant parlé avant le souper n'est pas un exemple convenable, dit Thérèse à la sœur du curé. Je ne comprends pas ce qu'il peut lui trouver.

— Elle a pourtant veillé sur les jeunes Salaberry avec la sollicitude d'une mère, fit remarquer Marie-Josèphe que cette mystérieuse dame fascinait. L'histoire d'amour de ce prince est follement romanesque !

— Diable! soupira Ovide de Rouville en se penchant vers sa voisine de table. Je vous en prie, mademoiselle Bédard, faites taire ces deux pies bavardes, sinon, nous en aurons pour la soirée avec des «madame de Saint-Laurent» par-ci et des «ce cher prince» par-là.

— Que croyez-vous, monsieur de Rouville? Je suis incapable de pareille impolitesse.

Marie-Josèphe enviait Julie assise auprès de Salaberry – «aimable et plein d'esprit», appréciait-elle – , mais cette place lui revenait sans aucun doute, puisqu'elle était la demoiselle de la famille. Elle-même était coincée entre Ovide, qui avait l'air de s'ennuyer ferme, et son frère, l'avocat Bédard, toujours le nez dans son assiette. Belle compagnie en vérité!

Soudain, Salaberry fut debout, le verre à la main.

— Madame de Rouville, je déclare que ce repas est divin, fit-il en s'inclinant devant la maîtresse de maison.

— C'est à ma fille que revient votre compliment, répondit la dame tandis que Julie écarquillait les yeux.

Jamais encore sa mère n'avait tenu des propos élogieux sur elle.

— Puisque c'est ainsi, très chère cousine, acceptez toutes mes félicitations pour cette soirée délicieuse.

Et il lui décocha un sourire à faire fondre un glacier.

Les demoiselles de Niverville retinrent un frémissement et Julie, plus intimidée que jamais, se leva brusquement de table. Toutes les dames présentes l'imitèrent, croyant qu'il était temps pour elles de se retirer.

∽

À table, la conversation des hommes se prolongea autour d'un verre de madère puis le curé déclara qu'il fallait rentrer.

Après le départ des Bédard, le colonel put enfin relancer Salaberry sur un sujet qui l'avait laissé sur sa faim.

— Dites-moi la vérité, Salaberry. Les forces en poste au Canada et les simples milices de paroisse ne suffiront pas à repousser un ennemi, si ennemi il y a.

— Impossible, en effet ! Il faudra lever des régiments de volontaires, créer des milices d'élite mieux formées que les milices de paroisse. Et… si je peux vous confier…

L'officier hésitait. Depuis quelque temps, un projet se dessinait dans sa tête.

— Allez-y, Salaberry. N'attendez pas une déclaration de guerre pour faire preuve d'initiative.

— Voilà. Je pense créer mon propre régiment.

— C'est une idée formidable ! s'enthousiasma le colonel.

— Il s'agirait d'un régiment de volontaires, tous des Canadiens. Pour s'engager, il faudra être un natif du pays.

— Salaberry, je vous y encourage fortement, et j'irai même jusqu'à vous avancer un peu d'argent…

— Vous feriez ça ?

L'officier était ému. Il avait spontanément confié son rêve à monsieur de Rouville, sans songer à faire appel à la générosité de son parent.

— J'aurai sans doute besoin de subsides pour commander des uniformes, organiser le recrutement. Mais il y a loin de la coupe aux lèvres. J'attends l'occasion propice pour faire une proposition au gouverneur Prévost.

— Il ne pourra refuser, sinon ce gouverneur est un sot. Et j'imagine que c'est vous qui désignerez les capitaines de vos compagnies ?

Le colonel de Rouville tendit son verre vide à Salaberry qui s'empressa de le resservir. La bouteille à la main, l'officier en offrit également à Ovide, qui avait conservé toute la soirée le même air renfrogné.

— Cousin ?

Ovide accepta en tendant son verre.

— Merci, grommela-t-il.

« Pas très sympathique, le fils Rouville », se dit Salaberry. Pour une raison qu'il ignorait, il déplaisait à Ovide. Il avait décelé une forme de mésentente entre le père et le fils, mais cela ne pouvait le concerner.

Sur ce point, Salaberry se trompait largement. L'engouement de monsieur de Rouville pour le major du 60th Foot ajoutait au ressentiment d'un fils méprisé par son père ; ce dernier lui reprochait son oisiveté et son manque d'ambition.

Ovide comparait sa vie à celle de Salaberry et il en ressentait une grande exaspération. « Moi aussi, j'aurais pu servir dans l'armée anglaise avec la protection du duc de Kent, se disait-il. Pourquoi les Juchereau-Duchesnay ont-ils eu droit à la protection du prince, et pas moi ? Pourquoi mon père n'a-t-il pas usé de ses relations avec les Salaberry ? » Monsieur de Rouville aurait eu largement les moyens d'acheter une commission de lieutenant de l'armée. Et voilà que son père proposait de l'argent à Salaberry ! Alors que lui, son propre fils, n'arrivait pas à lui soutirer un misérable denier !

Le colonel finissait son verre.

— Mon cher major, lorsque viendra le temps de choisir les capitaines de votre régiment, n'oubliez pas votre cousin Rouville.

Salaberry dévisagea son hôte sans trop comprendre. À son âge, monsieur de Rouville ne pouvait tout de même pas intégrer son régiment, malgré toute son expérience. Un imperceptible sourire se dessina sur le visage du colonel qui l'observait avec des yeux amusés.

— Vous croyez que sans égard à mon âge canonique, je m'imposerai dans votre régiment au nom des liens de famille ? Ha ! Ha ! Ha ! Je ne vous cache pas que la perspective d'une guerre m'enchante parce qu'on m'offrira certainement quelque tâche de bureaucrate que j'accepterai volontiers. Mon expérience vaut bien quelque chose. Mais je ne me vois certainement pas capitaine d'une compagnie d'infanterie à battre la campagne pour me rendre au combat.

Salaberry se détendit, tout de même gêné d'avoir été deviné. Mais Ovide, qui observait la scène, comprit enfin où son père voulait en venir.

— Évidemment, je ne vous parlais pas de moi, mais de mon fils.

Salaberry soupira intérieurement. La seconde proposition lui déplaisait encore plus que la première. « Finalement, se dit-il, il y a toujours un prix à payer. »

— Qu'en dites-vous, Rouville ? demanda-t-il à son cousin.

— Je répondrai à votre appel en temps et lieu, réussit à répondre Ovide d'un ton neutre, même s'il pensait exactement le contraire.

Jamais il n'aurait osé avouer le fond de sa pensée et ainsi passer pour un lâche, car il détestait la vie militaire, une grande déception pour son père. Mais s'il y avait une guerre, tout homme appartenant à la noblesse se verrait appelé à une fonction d'officier. La sienne était déjà toute trouvée, grâce à ce cousin tombé du ciel. « Quel prétentieux ! pesta Ovide. Il se prend pour un Anglais, mais fait des courbettes à mon père pour financer son régiment ! En contrepartie, j'aurai droit à un uniforme et à des galons de capitaine. »

Monsieur de Rouville jubilait.

— Voilà qui est bien dit !

Une lueur de fierté dans les yeux, il gratifia son fils d'une chaude accolade. Rien, semblait-il, ne pouvait entamer l'enthousiasme de monsieur de Rouville. Son fils deviendrait enfin un homme et il n'aurait plus à envier son vieil ami, Louis de Salaberry, père d'officiers valeureux.

« Prions pour que Salaberry exerce une bonne influence sur Ovide. Puisse mon fils retrouver le droit chemin avec une occupation digne de ce nom et je pourrai mourir en paix », se disait monsieur de Rouville, plein d'espoir.

Mais il y avait autre chose qui restait en suspens : la véritable raison du séjour de Salaberry à Chambly.

— Et comment trouvez-vous ma fille ? N'est-elle pas charmante ? Vous aurez la chance de mieux la connaître pendant votre séjour parmi nous, ajouta-t-il avec un air satisfait.

Pris au dépourvu devant cette invitation explicite à courtiser Julie, Salaberry balbutia une réponse confuse dans laquelle on distinguait tout de même quelques mots : « jeune dame agréable », « belle distinction », « visage avenant »…

Pendant que son cousin rougissait parce qu'il ne savait trop quoi dire, Ovide y trouvait une nouvelle occasion d'enrager. « Voilà le chat enfin sorti du sac. Tout ce manège pour que le cousin épouse ma sotte de sœur. Mon père a découvert le beau-fils idéal. » Il se rappela avoir vu sa mère sortir de son coffret un bijou pour le cou de Julie et des pendants d'oreilles brillants. Sa mère, pourtant indifférente au sort de sa fille, était du complot !

Une soirée à entendre parler des exploits des Salaberry, à supporter les gloussements des vieilles filles et les regards pâmés de la belle Bédard. Elle avait d'ailleurs des yeux fort beaux ! Ovide se demanda l'espace d'un instant si la toison intime de la sœur du curé était blonde ou brune. Après cette pensée salace et totalement disgracieuse envers une jeune fille distinguée, son esprit revint à son cousin. Salaberry, avec son régiment, allait peut-être déranger ses plans. Car, pour gagner son indépendance, Ovide ne comptait pas du tout sur une charge militaire.

Obligé de quémander de l'argent à sa mère – cette dernière disposait d'une fortune personnelle – depuis que son père lui avait coupé les vivres, il était maintenant à sa merci. Ce soir, par exemple, elle s'était assurée de sa présence au souper en échange d'une misérable somme de trente livres, une nécessité pour couvrir ses dernières dettes. Cette situation ne pouvait plus durer.

Sans aucun revenu personnel, Ovide se trouvait plus pauvre que certains fils de bourgeois. Et il n'avait pas la patience d'attendre le jour de la mort de son père pour toucher son héritage. Une solution se trouvait à sa portée : épouser une fille bien dotée. Qu'elle soit issue de la noblesse ou non lui importait peu. Il avait ainsi jeté son dévolu sur Emmélie Boileau. S'il avait eu le choix, il aurait préféré Sophie, plus jolie et plus amusante à ses yeux que sa sœur, mais elle était déjà fiancée. Depuis, il manœuvrait pour courtiser Emmélie qui repoussait systématiquement ses avances. Ovide s'amusait de la situation, la chasse offrant encore plus de plaisir lorsque la proie résistait. Un jour, il en était certain, le corps souple d'Emmélie se retrouverait dans son lit, soumis à ses désirs.

Il projetait de séduire le père pour avoir la fille. Parvenu prétentieux, mais aux goussets bien garnis, Boileau baverait de bonheur et cracherait son argent en échange du noble nom de Rouville pour sa fille. Ovide se promettait de négocier pour que les belles terres de la Petite Rivière appartenant au bourgeois tombent dans la corbeille de mariage. Des fermiers à bail les cultiveraient, il y ferait construire un moulin et engagerait un meunier pour finir par engranger des montagnes d'argent. Son père ne manquerait pas de le féliciter de sa conquête, lui qui tenait la demoiselle en haute estime. Et lorsque sa mère, elle qui aimait l'argent comme Harpagon, apprendrait le montant de la dot, elle finirait par consentir au mariage. Le fait qu'Emmélie Boileau fût roturière n'aurait plus aucune importance. Et les deux familles approuvant son choix, la fière Emmélie n'aurait plus qu'à s'incliner. Beau parti, bon plan !

Demain, il y avait une soirée chez les Boileau. Et il comptait être présent.

Ovide poursuivit ainsi le fil de ses pensées tandis que son père conviait Salaberry à disputer une partie de dames, partie que le colonel n'avait de cesse d'interrompre avec une nouvelle question ou une demande de précision sur les exploits de son invité : « Au fait, Salaberry, parlez-moi encore de l'expédition de Lord Chatman dans les Pays-Bas », ou bien « Rappelez-moi comment vous avez arraisonné ce navire espagnol, lorsque vous serviez comme lieutenant sur l'*Asia* ? »

Ovide n'en pouvait plus de les entendre. Et quand Salaberry annonça enfin qu'il rentrait à l'auberge pour la nuit, personne ne s'était aperçu que le jeune homme était parti depuis longtemps.

∾

Le lendemain, Julie était dans la bibliothèque de son père pour dénicher une nouvelle lecture, à examiner les titres un à un, sans arriver à fixer son choix. Quelque chose la turlupinait. Depuis la veille, lui trottait dans la tête la petite phrase entendue chez Marguerite, l'autre jour.

« Ainsi, il est venu pour vous… » avait dit Rosalie. La demoiselle Papineau et Salaberry avaient voyagé ensemble. Qu'avait-elle pu laisser entendre pour provoquer cette réflexion ?

Hier soir, son cousin Salaberry avait charmé tout le monde. Fin causeur, il ne manquait pas d'esprit, malgré sa difficulté à trouver les mots français. Cette boutade sur la « maîtresse de français » cachait-elle un message ? Maîtresse, c'est ainsi qu'on désigne la dame de ses pensées. Mais ils venaient tout juste de se rencontrer !

Julie ne savait plus quoi penser. Par sa seule présence, Salaberry secouait l'atmosphère confinée du manoir de Rouville. Elle-même éprouvait tout à coup une agréable sensation de légèreté. Le bel officier de l'armée britannique avait été prévenant envers elle, la complimentant plus d'une fois.

Tout cela provoquait chez elle une forme de vertige qui la perturbait ; comme si, du jour au lendemain, sa vie basculait d'un coup. Salaberry, son éducation et ses amitiés princières, rien de tout cela ne pouvait être pour la modeste Julie de Rouville élevée dans le petit village de Chambly. Et René ? Il occupait toujours ses pensées. Mais brusquement, tout devenait plus compliqué.

Plongée dans ses réflexions, elle n'entendit pas quelqu'un pénétrer dans la pièce en poussant doucement la porte de la bibliothèque. Elle sursauta. Le livre qu'elle venait de retirer de l'étagère glissa de ses mains.

— On m'a dit que je trouverais votre père ici. Je ne voulais pas vous faire peur, dit Salaberry.

— Vous m'avez simplement surprise. Vous venez d'arriver ?

— Tout juste. Je réponds à l'invitation de votre père qui tient à me voir le plus possible durant mon séjour. Ce matin, je suis allé au fort pour présenter mes respects au commandant. Mon devoir accompli, me voici. Mais je vous en prie, ne vous dérangez pas pour moi, dit-il en ramassant le livre qui était tombé.

Il prit le temps de lire le titre.

— *L'Ingénieux Hidalgo Don Quichotte de la Manche*, de Cervantes. Fabuleuses, les aventures de cet invraisemblable chevalier ! Il m'a fait rire, et même arraché quelques larmes, avoua Salaberry. L'avez-vous lu ?

— Non, pas encore. J'hésitais entre ce livre et *La Princesse de Clèves* lorsque vous êtes entré.

— Et je vous ai surprise dans ce terrible dilemme, fit-il, amusé. Permettez que je vous recommande *Don Quichotte*. C'est un livre à la fois drôle et touchant, que j'ai lu pendant mes années de collège.

— Je vais suivre votre conseil, monsieur de Salaberry.

— *My God !* soupira Salaberry avec un air désespéré. Je vous en prie, laissons tomber entre nous ces « monsieur » et « mademoiselle » pleins de cérémonies. Nous sommes cousins, *aren't we*[1] *?* Désormais, vous serez Julie et je serai Charles.

— Mais... je ne puis.

— Pourquoi ?

Il la regardait avec des yeux bienveillants.

— Je vous en prie, dites « Charles », la pressa-t-il.

— Charles... prononça-t-elle, après hésitation. Voilà. Vous êtes satisfait ?

— Oui, approuva-t-il. Vous voyez, ce n'était pas difficile. Désormais, lorsque vous penserez à moi, c'est « Charles » qui vous viendra à l'esprit, et non pas un grave et pompeux « monsieur de »... Maintenant que nous avons réglé ce détail d'importance, à votre tour. Quel roman me conseillez-vous ?

— *Manon Lescaut*, dit-elle spontanément.

— Expliquez-moi ce qui vous plaît tant dans ce récit ?

---

1. N'est-ce pas ?

— C'est une question difficile. Voyez-vous, l'auteur est très habile. Les deux personnages cachent leur véritable nature derrière des apparences qui écartent le lecteur. Nous devrions mépriser Manon pour ses actes, car c'est une courtisane qui ne recule devant rien pour réussir à obtenir quelque argent, et pourtant, impossible d'y parvenir, parce qu'elle arrive à nous convaincre qu'elle aime sincèrement le chevalier des Grieux. Elle le suivra aussi loin qu'en Louisiane où elle meurt.

— C'est beau, mais triste. Et comment est-il, ce chevalier des Grieux ?

— Je ne crois pas qu'il vous plaise, vous êtes si différent de lui.

— *Really!* Et en quoi suis-je si différent ?

Comment dire à Salaberry qu'il dégageait une telle impression de force, qu'il n'aurait probablement jamais souhaité mourir, même à la suite d'une grande peine d'amour, comme l'avait voulu le chevalier des Grieux après la mort de Manon ?

— Vous êtes fier, vous êtes un homme de devoir. Pas lui. Il n'a pas votre caractère.

— C'est ce que vous croyez ? C'est un beau compliment que vous me faites là. Mais il s'agit d'une histoire d'amour… Enfin ! Je promets de lire *Manon Lescaut* et de vous donner mon opinion. Il nous sera agréable d'en discuter. Que dites-vous de cela, chère Julie ?

— Oh ! Monsieur… Je veux dire, Charles. Eh bien, c'est une bonne idée ! Peut-être mon père acceptera-t-il de vous prêter son exemplaire ?

— Voilà qui est décidé, conclut-il. Et maintenant, parlez-moi de ces gens chez qui nous sommes invités ce soir. Je ne vous cache pas que j'ai déjà entendu parler de cette famille…

— J'ai hâte de vous présenter mes amis, s'anima Julie. Emmélie Boileau vous plaira, j'en suis certaine, de même que sa sœur Sophie qui est gracieuse et si amusante. Emmélie est plus sérieuse et, d'ailleurs, mon père la tient en grande estime. Vous devriez les entendre discuter de Voltaire !

— Je reconnais là un point commun entre votre père et le mien. *Dear father*, il ne peut vivre que s'il est entouré de ses livres, confia Salaberry. Nous irons donc ensemble à cette soirée.

Julie se dit que c'était là l'occasion attendue. Mais comment lui poser la question embarrassante qui la tracassait ?

— Charles, dit-elle, cherchant ses mots. Savez-vous qu'il court déjà une rumeur sur notre compte ?

Et Julie lui fit part de la remarque de Rosalie. Il se mit à rire.

— Cette jeune personne fait preuve d'un franc-parler peu commun.

Julie soupira d'aise en voyant qu'il prenait la chose en riant.

— Pourquoi paraissez-vous si soulagée ? Je ne suis pas un parti suffisamment acceptable aux yeux de la noble demoiselle de Rouville ? Je vous taquine, se défendit-il en voyant son visage qui s'allongeait. Je ne vous cache pas que mes parents souhaitent ardemment que je me marie. Je suis l'aîné, voyez-vous.

Il hésita avant d'ajouter :

— Mais une amère déception a fermé mon cœur à l'amour, ajouta-t-il d'une voix étrange.

En prononçant ces derniers mots, il n'était plus sûr d'y croire. Il contempla Julie. Elle éveillait en lui quelque chose qu'il croyait mort.

— Auriez-vous de votre côté un engagement ? enchaîna-t-il. Une petite lueur dans vos beaux yeux me le fait penser.

— Je vous assure que non, mentit-elle avec beaucoup de vivacité, car elle ne tenait pas à lui confier ses sentiments.

Sentant ses joues s'enflammer, elle se détourna de son regard.

Charles l'observait. Comme elle était différente de Mary, sa belle Irlandaise ! Rieuse et enjouée, Mary était spontanée, prompte à se lancer dans un mariage qui, il devait se l'avouer aujourd'hui, aurait été hasardeux. Que penser de Julie ? Du peu qu'il connaissait d'elle, il appréciait sa sensibilité et la douceur de son caractère. Elle affichait une sorte de pudeur qui lui plaisait, car il devinait derrière cette façade réservée une force sur laquelle il faisait peut-être bon s'appuyer.

« Qui sait, finalement, si je n'envisage pas de me marier un jour ? » songea-t-il encore.

Perplexe, Salaberry quitta la pièce.

∾

Chambly, 13 janvier 1812

Ma très chère mère,

J'ai été reçu à bras ouverts par nos cousins, comme vous l'aviez prédit, et j'ai obligation de vous transmettre sans tarder les vives démonstrations d'amitié de monsieur et madame de Rouville. Notre cousine, Julie, s'est révélée fidèle à la description que vous m'en aviez faite : une demoiselle plaisante et bien éduquée. Elle est bien faite de sa personne et possède un visage agréable avec de très jolis yeux qui vous fixent avec intérêt lorsque vous parlez. La douceur de son caractère me rappelle le vôtre, chère mère. Je l'ai fait rire avec mon français laborieux parsemé de mots anglais.

Chambly n'est pas un endroit très peuplé. Avec la campagne, il y a peut-être mille habitants tout au plus, et une garnison au fort. Ce soir, j'accompagne les Rouville chez leurs amis Boileau.

Je compte m'attarder encore quelques jours dans la région. Avant de me rendre à Chambly, je me suis arrêté à Montréal où j'ai loué une chambre près des casernes. Demandez à Antoine de venir m'y rejoindre dès réception de cette lettre, car j'ai grandement besoin d'un domestique.

Avez-vous des nouvelles de Chevalier et d'Édouard?

Mes meilleurs sentiments à Hermine et à son mari Juchereau-Duchesnay.

Je vous embrasse, chère mère, et saluez Adélaïde et Amélie pour moi. Sans oublier mon père.

Votre fils attentionné, Charles de Salaberry

À la lecture de cette lettre, Louis soupira.

— Je t'avoue que je suis très déçu. Depuis son retour au Canada, je trouve notre fils avare de nouvelles, déplora le père. J'en ai plus qu'assez que François, notre cher Chevalier, se trouve à l'autre bout du monde et qu'il faille attendre des mois avant d'entendre parler de lui. Et puis, quel laconisme! La jeune fille est plaisante, c'est tout ce que nous avons le droit de savoir.

— Tu t'attendais à un coup de foudre? demanda Catherine. Pour ma part, je considère que ce ne sont que des feux de paille. Ce que mon cœur de mère comprend de cette lettre, c'est que cette demoiselle lui a fait une forte impression, mais il ne l'a pas encore constaté lui-même. Il faut laisser à cette sorte d'amour le temps de faire son chemin. C'est un sentiment qui croît un peu plus chaque jour, presque imperceptiblement. Tu verras.

— Je vais lui écrire. Dois-je lui donner quelques conseils pertinents? J'ai peur qu'il ne reparte de Chambly et que la jeune fille épouse quelqu'un d'autre. C'est bien beau l'amour, mais il faut qu'il prenne en compte la dot.

— Mon pauvre ami. Tu t'en fais pour rien, répondit Catherine en déposant son ouvrage de broderie sur un guéridon. Ne t'en mêle surtout pas, lui conseilla-t-elle.

Elle posa sur son mari un regard attendri. «Au contraire des femmes, songea-t-elle, les hommes ignorent totalement toutes ces petites choses qui font que l'amour finit par éclore.»

Chapitre 7

Le galant d'Emmélie

Perrine, domestique chez monsieur et madame Bresse, était une bonne chrétienne. Quoiqu'un peu superstitieuse, elle n'avait rien à craindre des foudres du curé Bédard qui aurait pu la citer en exemple à toute la paroisse. Elle se rendait à l'église plusieurs fois par semaine pour assister à la basse messe, sans oublier celle du dimanche. La servante connaissait sa place et se dévouait entièrement à ses employeurs, la meilleure manière à son entendement pour s'assurer du gîte, du couvert et de la vêture pendant une vie entière.

Tôt après le souper, madame Bresse lui avait confié une importante mission. Après avoir assisté aux vêpres, l'office du soir, Perrine s'était donc présentée à la porte de service de la maison voisine, grelottant dans le soir, sa lanterne déposée sur le sol, attendant qu'on lui ouvre. Dans sa précipitation, elle était partie sans gants ni manchon. D'une main nue, elle serrait fortement un bout de papier plié en deux – un billet de sa maîtresse destiné à la demoiselle Emmélie Boileau –, l'autre étant enfouie dans un repli de son manteau pour la tenir au chaud.

La porte de la belle demeure aux murs lambrissés et peints en rouge sang de bœuf s'obstinait à rester close.

Pourtant, de la lumière s'échappait des fenêtres du rez-de-chaussée et de l'étage. Elle refrappa avec insistance et Perrine se retrouva devant l'imposant tablier d'Ursule. Elle sourit et amorça un mouvement pour entrer, heureuse de se réchauffer auprès de l'immense âtre de la cuisine, comme elle avait coutume de le faire. Les deux femmes entretenaient une vieille amitié faite de confidences sur leurs maîtres respectifs, d'échanges de recettes ou de méthodes éprouvées, acquises au service des familles de notables de la seigneurie de Chambly. Mais ce jour-là, la cuisinière des Boileau offrit à Perrine un visage aussi glacial que l'air de janvier. Elle s'empara vivement du billet tendu par une main tremblante et, sans prononcer un seul mot, referma brutalement la porte, laissant la pauvrette pétrifiée sur le seuil.

Le cœur lourd, la domestique rebroussa chemin en pressant le pas. De la maison rouge au chemin du Roi, il y avait une allée bordée d'ormes que Perrine remonta d'un pas vif, les yeux fixés au sol pour ne pas apercevoir les esprits follets qui pouvaient s'amuser dans la noirceur, entre les longues branches dénudées de la haie. Elle-même ne les avait jamais vus, mais une cousine de Pointe-Olivier lui avait raconté comment quelqu'un de sa connaissance… Oh ! Elle préférait ne pas penser à ça. Vivement, elle fit le signe de la croix. Trois fois, pour bien se protéger du mal.

En proie à une terreur subite, Perrine n'entendit pas le bruit des chevaux. Lorsqu'elle releva les yeux, ce fut pour apercevoir les lueurs des lanternes des carrioles qui venaient de bifurquer en direction de la maison. L'espace d'un instant, elle crut voir les mauvais esprits de la nuit. Apeurée, elle fit un saut sur le bas-côté pour éviter la première carriole et perdit l'équilibre. Elle se retrouva étalée de tout son long sur le sentier glacé. C'en était trop ! Les yeux embués de larmes, elle se redressa péniblement sur ses mains nues, avec pour résultat qu'elle aurait certainement des engelures, et courut pour atteindre la maison des Bresse.

— Mais que t'arrive-t-il, ma pauvre Perrine ? se désola Françoise Bresse en voyant sa domestique. Allons, viens t'asseoir près du feu.

La servante sortit un grand mouchoir dessous son tablier pour se moucher bruyamment.

— Ah ! Madame, c'est terrible !

Tout en cherchant à la réconforter, sa maîtresse tentait vainement de saisir un mot audible à travers les pleurniche-ments de Perrine.

— Ah ! Madame, si vous saviez ! marmonnait sans cesse cette dernière en se tamponnant les yeux.

— Mais oui ! Je veux savoir, s'impatienta Françoise. Que s'est-il passé pour te mettre dans un tel état ?

Perrine fit un effort pour contenir ses larmes.

— J'en étais toute retournée, bredouilla la servante, l'esprit plongé dans une sorte de brouillard. Une chose incroyable… madame ! C'est bien la preuve qu'il y a de la magie dans le p'tit bois d'à côté. Les esprits de la nuit, je les ai presque vus. Ah ! Vous riez, mais si vous pensez à tous ces Sauvages qui sont morts par ici, sans baptême, c'est ben certain que leurs âmes rôdent dans le p'tit bois des Boileau. À c'qu'on dit, du sang de Sauvages coule dans les veines de c'monde-là. J'vous l'dis, madame. Il faudra mander l'engagé pour porter vos messages, parce que moi, eh bien, je n'irai plus là-bas, ajouta-t-elle dans un nouveau reniflement.

— Folleries ! la rabroua sa maîtresse. Il n'y a ni esprit ni magie ! Ressaisis-toi, ma pauvre fille, gronda madame Bresse. Et raconte ce qui s'est réellement passé.

— La calèche du diable, madame ! J'ai eu la peur de ma vie.

— Voyons! C'était sans doute des invités de la demoiselle Boileau. Mais il y a autre chose, ma fille, et j'aimerais que tu finisses par le dire.

Finalement, Perrine raconta avec quelle froideur Ursule l'avait accueillie.

— Les chicanes des bourgeois, c'est pas nos affaires à nous, petites gens.

— Cette fois, c'en est trop! fulmina madame Bresse, outrée par l'affront infligé à sa servante. Va, tu peux aller te coucher. Et crois-moi, jamais plus on ne te recevra de cette manière, ajouta-t-elle.

Françoise se précipita dans la pièce où son mari, le marchand Joseph Bresse, révisait ses colonnes de chiffres.

— Qu'y a-t-il, ma Fanchette? demanda son mari en se redressant, la tête couverte d'une toque d'intérieur en velours, couvre-chef destiné à protéger du froid son crâne dégarni.

Un poêle ronronnait dans un coin et une bonne provision de bois permettrait au négociant de travailler tard le soir. Ce dernier avait retiré sa veste et portait une simple robe de chambre sur son gilet et sa chemise dont les manchettes tachées d'encre dépassaient. Malgré sa colère, Françoise nota mentalement qu'il lui faudrait les ôter pour en coudre des propres.

À la vue de sa femme, plantée dans l'embrasure de la porte avec les mains sur les hanches, Bresse pressentit des ennuis. Il s'empressa de déposer sa plume sur l'écritoire et Françoise lui narra l'incident qui venait d'arriver à Perrine, ses boucles brunes s'agitant sous une coiffure de mousseline à mesure qu'elle parlait, comme pour mieux communiquer son indignation à son mari.

— Voilà que même les domestiques s'en mêlent, fulmina-t-elle en pointant l'index. Tout ceci est insensé!

Pour toute réponse, Joseph Bresse se leva de sa chaise, troqua sa robe de chambre pour une veste noire et attrapa son gréement d'hiver pendu près de la porte sans un mot.

— Où vas-tu? interrogea son épouse.

— Au presbytère, affirma-t-il en attachant sa pelisse de fourrure.

— Si c'est comme ça, je vais avec toi.

L'instant d'après, le marchand arpentait à grands pas le chemin du Roi en direction du presbytère, suivi d'une Françoise qui enfilait en vitesse gants et manchon. Dans la cuisine, Perrine s'était remise à pleurer.

ॐ

Par deux fois, Marie-Josèphe Bédard avait défait son ouvrage de broderie. Elle, si minutieuse, faisait des points irréguliers. Elle avait même utilisé du fil bleu, plutôt que cette jolie teinte de vert achetée récemment pour orner le feuillage des pervenches, suivant le patron qu'elle avait dessiné sur la large pièce de toile dont elle souhaitait faire une nappe pour les repas priés.

— Le chignon en bataille, un perpétuel air ronchon. C'est comme ça depuis des semaines, expliqua le curé à l'avocat Bédard qui lisait le dernier numéro de la *Gazette de Montréal*.

— Ça lui passera, tu verras. Tu sais bien que notre Josette n'est pas rancunière, le rassura Joseph en donnant à Marie-Josèphe le surnom de leur jeunesse. Hier soir, elle était de bonne humeur.

« Évidemment! » grommela intérieurement la jeune femme. Par faute de l'entêtement de son frère curé, elle était pour ainsi dire privée de visites et de sorties. Le souper chez les Rouville était arrivé juste à temps pour l'empêcher de sombrer dans un état proche de la mélancolie. Et ce soir, Emmélie Boileau recevait et Marie-Josèphe était obligée encore une fois d'envoyer un billet d'excuse.

«Josette» avait démontré sa mauvaise humeur en servant un souper d'une frugalité monastique à ses frères qui discutaient stratégie et procès, prétextant que les nourritures spirituelles suffisaient à d'aussi grands esprits.

— Un curé qui prêche la chicane, maugréa-t-elle en se penchant plus avant sur son ouvrage pour ne pas avoir à regarder ses frères. Qui m'éloigne de mes meilleures amies. Et puis zut!

— Tu vois? Une humeur massacrante, dit le curé à son frère.

Ils échangèrent un sourire, retrouvant leur complicité d'autrefois. Une telle condescendance eut pour effet d'exaspérer davantage Marie-Josèphe qui avait la désagréable impression de retourner à l'époque où elle n'était qu'une fillette de cinq ans que ses frères s'amusaient à faire fâcher en tirant sur ses nattes. Elle replaça une mèche blonde échappée de son bonnet de coton orné de dentelles, essuyant une larme au passage. Des coups de heurtoir à la porte du presbytère apportèrent une heureuse distraction. Marie-Josèphe se leva pour ouvrir, découvrant monsieur et madame Bresse dans l'embrasure de la porte.

— Vous tombez bien, Bresse, les salua le curé en apercevant le négociant. J'ai à vous entretenir des nouveaux développements de notre affaire.

Le marchand Bresse s'empressa de relater l'incident dont Perrine avait été victime en sortant de chez les Boileau.

— C'est inadmissible! s'indigna le prêtre. Le diable est rendu dans cette maison.

Les yeux bleus de Marie-Josèphe, habituellement si doux, se durcirent.

— Ce qui est le plus étrange dans toute cette affaire, nota-t-elle, sarcastique, c'est que ce sont les femmes qui prêchent la raison, pendant que les hommes, le représentant de Dieu à leur tête, allument les tisons de la guerre.

— Mais tu blasphèmes ! l'accusa ce dernier.

— Et ne compte surtout pas sur moi pour m'en confesser, rétorqua sa sœur.

Encouragée par son audace, Françoise darda son mari d'un regard noir. Joseph l'avait obligé à envoyer un mot d'excuse à Emmélie et elle ne pourrait faire la connaissance du major de Salaberry qui était de passage à Chambly.

Joseph Bresse bredouilla :

— C'est normal. Les femmes ne doivent-elles pas obéissance à leur mari ?

— Et les sœurs à leur frère, approuva le curé, coupant court aux récriminations de ces femelles en furie.

— Voyez-vous ça ! Un nouveau commandement de l'Église à mon intention ?

Marie-Josèphe défia son frère du regard.

— Puisque c'est comme ça, grommela le curé, inutile de nous faire bourrasser plus avant. Bresse, vous venez avec moi ? demanda le curé en coiffant un bonnet noir doublé de fourrure.

— Mais où vas-tu ? s'inquiéta l'avocat Bédard.

— Chez le diable ! aboya le curé.

Et il franchit la porte, Joseph Bresse sur les talons, laissant les dames et son frère interdits sur le seuil du presbytère. Après tout, il était le curé de la paroisse et rien ne l'empêchait d'aller prêcher la bonne parole chez ses paroissiens, à l'heure qui lui convenait. Il fonça droit chez les Boileau.

En se rendant à la cuisine pour les dernières instructions à Ursule en vue de la soirée, Emmélie avait assisté à la scène entre les deux domestiques.

— Vous n'avez pas honte de traiter ainsi votre vieille amie ?

Ursule prit un air outragé en grommelant des paroles de protestation. Grâce à son talent de bonne cuisinière, la table de la famille Boileau était réputée dans toute la région. Forte de cette prérogative, la domestique se voyait au haut de l'échelle des employés de maison et personne n'osait lui tenir tête, pas même madame Boileau, à l'exception de la demoiselle Emmélie.

— Mais ces Bresse disent pis que pendre sur le compte de monsieur, se justifia-t-elle.

— Ne vous mêlez pas de ça, ordonna sèchement la jeune fille en lisant le billet de madame Bresse.

Chère mademoiselle Boileau,
Je vous prie d'accepter nos excuses. Monsieur Bresse, ma sœur, mademoiselle Sabatté, et moi-même sommes dans l'impossibilité d'assister à votre soirée. Assurez madame votre mère de mon plus profond attachement et croyez à la sincère amitié de votre humble voisine,

Françoise Bresse, née Sabatté

Consternée, la jeune fille soupira.

La mésentente autour du ponceau avait dégénéré et plusieurs femmes le déploraient, sachant qu'un conflit de ce genre pouvait avoir des répercussions pendant des années. C'est pourquoi Emmélie persistait à inviter tous les habitués à ses soirées sans distinction, bravant ainsi son père.

Elle s'apprêtait à rejoindre les premiers arrivés installés dans la chambre de compagnie, lorsqu'un tintement de clochettes et le son feutré de patins sur la neige annoncèrent l'arrivée d'une carriole. Soulagée, elle adressa un sourire à l'image sérieuse que lui renvoyait un miroir suspendu près de la porte, vérifia l'ordonnance de ses cheveux simplement enroulés dans un chignon reposant sur la nuque.

— Allons, se réjouit-elle à voix haute. Voici du monde.

Pour la soirée, Emmélie portait sa robe en taffetas de couleur prune avec, pour seul ornement, un triple rang de rubans à l'ourlet, d'une nuance plus pâle que le tissu. Son unique coquetterie consistait en un soyeux châle en cachemire de couleur ivoire, orné de motifs orientaux et bordé de longues franges, qu'elle laissait glisser sur ses bras.

Monsieur de Rouville apparut le premier, en homme qui se sait attendu, suivi de madame de Rouville.

— Diable ! Il ne doit pas faire plus froid au pôle Nord que dans toute la région de la rivière Chambly, déclara le colonel en retirant manteau et casque en fourrure de castor pour les remettre à Augustin qui se précipitait au-devant des visiteurs.

Le domestique parfaitement stylé des Boileau emporta la lourde pelisse avec la même vénération que s'il s'agissait d'une relique.

Le colonel se frotta les mains, autant pour les réchauffer que pour manifester sa satisfaction.

— Ma chère petite, je vous réserve une surprise, déclarat-il avec un air de joyeux conspirateur, comme Julie entrait accompagnée d'un inconnu qu'elle identifia immédiatement comme étant le major de Salaberry.

Emmélie voulut refermer la porte derrière eux, lorsque tout à coup Ovide de Rouville s'y engouffra en la frôlant. Malgré sa bonne éducation, la jeune femme ne put réprimer un mouvement de recul. Attribuant ce geste à sa présence, Salaberry se présenta et salua :

— Mes hommages, mademoiselle Boileau, fit le bel officier plein d'assurance.

— Il me tarde de présenter mon jeune cousin à votre père, dit le colonel de Rouville, enthousiaste. Ah! Justement, le voilà qui vient.

Monsieur Boileau sortait en effet de son cabinet de travail qui se trouvait au rez-de-chaussée de sa demeure, se pavanant dans une tenue de soirée faite d'une longue veste à l'ancienne d'un ton bleu roi.

— Major, vous me voyez honoré de vous recevoir sous mon humble toit, salua le bourgeois d'un ton suave. Je me rappelle très bien monsieur votre père que j'ai eu la chance de connaître lorsque j'étais député à Québec, en 1792. J'ai même eu l'honneur de dîner avec le duc de Kent et madame de Saint-Laurent. Mais entrez, chers amis. Suivez-nous au *salon*, dit-il en appuyant sur ce mot pour montrer qu'il était au fait des nouveaux usages, tout en offrant son bras à madame de Rouville avec une galanterie affectée.

Habituée aux simagrées de son père, Emmélie réprima une envie de rire en se tournant vers Julie.

— J'étais impatiente de vous voir, dit-elle joyeusement. Ainsi, vous avez vu Marguerite? Comment se porte-t-elle? Et l'enfant?

Le matin même, Julie avait assisté au baptême de la fille des Talham, prénommée Marie-Anne, comme sa marraine. Cette dernière préférait toutefois qu'on l'appelle simplement Julie: Marie-Anne Julie Hertel de Rouville étant beaucoup trop long pour une personne d'une nature aussi contenue que la sienne. Mais comme elle connaissait son devoir et les usages de la société, le jour du baptême, Julie avait apposé dans le registre paroissial sa signature énumérant avec exactitude chacun de ses prénoms et de ses noms de famille, écrits lisiblement, sans abrégés ni pâtés d'encre, de sa gracieuse écriture joliment ourlée dont les lettres d'une hauteur minuscule étaient fidèles à l'image de son caractère effacé.

Passant du coq à l'âne, Emmélie entraîna Julie à l'écart.

— J'ai craint un moment que ma soirée ne tombe à l'eau, confia-t-elle, mais finalement, elle promet d'être divertissante. Monsieur Drolet est ici et monsieur Papineau, le député, est avec lui.

— J'ai rencontré sa sœur, l'autre jour. Elle m'a beaucoup amusée.

— Son frère est plus sérieux, mais il ne manque pas d'esprit. On voit qu'ils sont de la même famille. Et voilà que vous arrivez au bras d'un officier ! Finalement, ce sera une soirée digne de mention. Nous éviterons les pénibles questions de pont et fossé !

— Ou d'une guerre possible avec les Américains, renchérit Julie en se débarrassant de ses encombrants vêtements d'hiver dans les mains d'Augustin. J'ai l'impression que mon père a rajeuni de dix ans depuis qu'il espère qu'on le rappellera pour le service.

— Et moi, je ne puis croire que nous aurons une guerre ! s'inquiéta Emmélie.

— Si les rumeurs s'avèrent et que les Américains nous cherchent noise, il y en aura une, chère mademoiselle Boileau, affirma la voix sentencieuse d'Ovide.

Emmélie sursauta. « Une vraie couleuvre ! Toujours cette déplaisante manie de se faufiler entre les gens », se dit-elle, le tolérant avec peine. La principale difficulté consistait à rester aimable et polie en présence d'un être qu'elle exécrait. Dieu seul pouvait comprendre pourquoi il la poursuivait de ses avances ! Cherchait-il à lui faire un baisemain ? La jeune fille se dérobait habilement, la main convoitée demeurant résolument derrière son dos… Elle avait beau faire appel aux lumières du Saint-Esprit ou aux vertus de la charité chrétienne, son visage se refermait durement dès qu'Ovide apparaissait. Car elle savait qu'Ovide avait violé Marguerite Lareau, sa chère cousine.

À Chambly, un village qui comptait tout au plus une centaine de maisons, personne n'avait eu vent de ce crime grâce à monsieur Boileau qui avait rapidement organisé le mariage de Marguerite et du docteur Talham. Beaucoup plus tard, Emmélie et son frère René avaient découvert la vérité à partir de certains faits. Mais ils avaient tenu leur réflexion secrète, respectant ainsi le silence que Marguerite avait toujours gardé sur ce triste épisode. L'engouement d'Ovide à son égard était d'autant plus étrange que celui-ci n'avait jamais caché son mépris pour sa famille.

— Chère mademoiselle Boileau, dit Ovide dans une nouvelle tentative de se rapprocher, je compte sur vous et sur l'affection que vous porte mon père pour m'aider à le convaincre qu'il doit laisser cette guerre aux plus jeunes et de ne pas s'en mêler.

— Moi ? Conseiller le colonel ? Mais vous n'y pensez pas ! s'indigna Emmélie.

— Et avec raison, s'interposa Salaberry. Des officiers de la trempe du colonel de Rouville sont rares au Canada. Je ne doute pas de l'utilité de son expérience, si nous avons une guerre. Vous devriez plutôt être fier de votre père, Rouville.

— Songez qu'il a soixante ans passés ! protesta Ovide, affectant un air inquiet.

— Et je suis encore suffisamment vigoureux pour entraîner de jeunes blancs-becs dans ton genre, grogna le colonel qui avait entendu la remarque de son fils.

Son cousin Rouville était franchement déplaisant, pensa alors Salaberry, un sentiment partagé de toute évidence par Emmélie Boileau. Il songea à madame de Saint-Laurent qui savait faire fi des désagréments de son union illégitime avec le duc de Kent. Il discernait chez Emmélie Boileau cette même force de caractère. Jamais elle ne se laisserait imposer un parti qui ne lui convenait pas. «Rouville n'a aucune chance», se dit-il encore en présentant son bras à Julie pour monter au salon qui se trouvait à l'étage, comme c'était la norme dans les demeures bourgeoises.

Il ne restait plus aux messieurs de Rouville qu'à rejoindre le reste de la compagnie. Emmélie cherchait un prétexte pour retourner à la cuisine afin de se sauver d'Ovide, quand le colonel lui adressa un clin d'œil complice.

— J'ai ici quelque chose qui va vous intéresser, dit-il tout en retirant, avec mille précautions, un livre d'une poche de sa redingote.

— *Recueil des lettres de Madame la marquise de Sévigné à Madame la comtesse de Grignan, sa fille*, lut Emmélie, les yeux brillants. Colonel, comment vous remercier ?

— En lisant ce livre avec le même bonheur que j'en ai eu moi-même, ma jeune amie, clama le militaire, ravi. J'estime que c'est la dernière édition connue, celle de 1754, que j'ai rapportée de France. Je vous prêterai les autres volumes dès que vous aurez terminé celui-ci.

Sur ces entrefaites, monsieur Boileau revint voir ce qui retardait Emmélie.

— Je suis le coupable, s'excusa monsieur de Rouville. C'est moi qui retiens votre fille.

— Si vous le permettez, cher monsieur Boileau, dit Ovide en sautant sur l'occasion pour offrir son bras à Emmélie.

Malgré sa répugnance, Emmélie n'eut d'autre choix que d'accepter. Refuser aurait été une insulte pour le colonel de Rouville qu'elle aimait bien, sans oublier son propre père qui lui en aurait fait le reproche pendant des jours.

❧

Au salon, une jeune fille installée au piano-forte chantait
l'*Air de Cécile* :

*Lucas, je t'ai donné ma foi /et mon cœur ne saurait feindre ;/
en vain veut-on me contraindre /à ne plus songer à toi./ Ah ! ne
crains pas cet outrage…/ Non, toi seul a su me plaire. /Non, rien
ne changera mon cœur.*

Salaberry apprécia la jolie voix de soprano, tout en
remarquant l'excellente facture de l'instrument, en connaisseur. Des regards énamourés de la musicienne s'adressaient
à un homme en qui Salaberry reconnut l'un des pensionnaires de l'auberge de monsieur Vincelet. Elle portait une
robe de mousseline, dont les plis arachnéens étaient retenus
par une large bande de satin rose, son abondante chevelure
aux boucles savamment ourlées qui retombaient sur son cou
était simplement retenue par un ruban tout aussi rose et
soyeux, rehaussant sa carnation de blonde. Composé par le
Canadien Joseph Quesnel, l'opéra *Lucas et Cécile* était
inconnu de Salaberry. L'œuvre n'avait jamais été jouée
publiquement, mais grâce à ses relations, monsieur Boileau
avait obtenu la partition pour sa fille préférée, Sophie.

Le militaire se sentait un peu perdu au milieu de tous ces
gens et demeura en retrait, plus à l'aise pour détailler la somp-
tueuse chambre de compagnie de la demeure des Boileau.

Avec ses tapisseries aux murs, ses tapis persans posés sur
le parquet de bois ciré et ses meubles d'acajou, le bourgeois
rivalisait avec la noblesse. Sur un guéridon, des figurines de
plâtre représentaient des personnages de l'Antiquité. Une
belle horloge de bronze, flanquée de deux gros chandeliers,
ornait le manteau de la cheminée d'où pendait une de ces
garnitures fleuries que Salaberry trouvait affreuses. Par
contre, il admira le grand miroir au cadre doré placé au-dessus

de l'âtre qui reflétait la lumière des lustres suspendus au milieu de la pièce, ce qui procurait un éclairage du plus bel effet.

Mais tout ce décor sentait un peu trop le parvenu. Un tapis mité, mais foulé par des générations d'aristocrates, aurait eu plus de valeur pour Salaberry.

Il repéra Julie. Elle bavardait avec le notaire Boileau. Plus loin, Emmélie et le député Papineau étaient penchés sur le livre prêté par monsieur de Rouville, Papineau indiquant un passage du doigt à sa voisine, très intéressée à ses propos. Les petits yeux noirs d'Ovide fixaient la nuque de la brune demoiselle.

« Serait-il amoureux de cette jeune fille ? »

L'officier en était là dans ses réflexions lorsqu'il sentit que quelqu'un tiraillait une manche de sa veste. Surpris par ce sans-gêne, il se retourna pour découvrir une fillette d'environ treize ans dont les yeux clairs le dévisageaient avec curiosité. Elle portait une robe de taffetas bleu pâle qui s'arrêtait à mi-mollet, les cheveux simplement noués par un ruban.

— On ne nous a pas présentés, déclara cette jeune personne pleine d'assurance. Je suis Zoé Boileau.

— Major de Salaberry, à votre service, mademoiselle, répondit-il, d'un ton très sérieux.

Elle se mit à tourner autour de lui en examinant son uniforme d'apparat.

— Votre veste est vert foncé. Les officiers ne portent-ils pas un uniforme rouge ?

— Le vert est la couleur du cinquième bataillon de mon régiment, répondit Salaberry avec sérieux.

— Ne devriez-vous pas porter également un hausse-col ?

— Admettez qu'un col et une cravate sont plus appropriés pour une soirée qu'un ornement de cuivre autour du cou, dit-il à cette petite curieuse qui l'amusait. Et maintenant que nous avons fait connaissance, mademoiselle Zoé, voulez-vous servir de guide à l'étranger que je suis auprès de ces aimables personnes ?

— Ce sera un honneur, major, répondit la fillette d'un ton cérémonieux. Vous avez rencontré ma sœur Emmélie et mon père.

Elle désigna l'un des deux sofas recouverts d'un tissu fleuri assorti aux rideaux.

— Et voici ma sœur Sophie, dit-elle en désignant la pianiste de tout à l'heure qui échangeait des minauderies avec Drolet.

Ce dernier la contemplait avec adoration. Incontestablement, ils formaient un couple harmonieux.

— Quand aura lieu le mariage ?

— À l'automne, répondit Zoé.

Elle soupira.

— Plus tard, j'espère être aussi jolie que Sophie.

— Vous le serez certainement, confirma Salaberry en remarquant la même blondeur de cheveux et une similitude dans les traits. Vous lui ressemblez beaucoup.

Zoé savoura son premier émoi de femme en devenir, et le regard de Salaberry se reporta sur le groupe des jeunes gens. Julie et le notaire avaient l'air de s'amuser et les yeux de sa cousine brillaient avec une telle intensité que Salaberry se surprit à envier René.

— N'est-ce pas votre frère qui cause avec mademoiselle de Rouville ?

— Dans les soirées, on les voit toujours ensemble, affirma spontanément Zoé. Je crois qu'ils sont secrètement fiancés.

Cette révélation déboussola Salaberry.

— Mais je n'en suis pas certaine ! ajouta-t-elle en prenant un air important. Vous comprenez que je ne puis espionner la demoiselle comme si elle était l'une de mes sœurs. Mais, l'été dernier, j'ai entendu madame Bresse demander aux demoiselles de Niverville « si, par le plus grand des hasards, elles étaient au courant de fiançailles ».

Zoé avait prononcé ces derniers mots en imitant le ton d'une commère.

Mais Salaberry ne l'écoutait plus. Il avait bien envie d'aller rosser ce prétentieux qui osait courtiser sa cousine. En fait, René exposait ses projets d'exportation du blé des prochaines récoltes.

— Et comment trouvez-vous du temps pour ces affaires, avec votre étude toujours occupée ? demandait Julie au notaire avec un battement des cils.

— Hélas ! Vous avez entièrement raison, mademoiselle de Rouville. Sur le territoire de la seigneurie de Chambly, il y aurait de quoi occuper quatre notaires, alors que nous ne sommes que deux. Monsieur Pétrimoulx est le notaire assigné du côté de Pointe-Olivier et moi, à Chambly. Ce qui m'oblige à effectuer beaucoup de déplacements pour réussir à tout faire.

— Voilà l'explication de vos absences trop nombreuses, roucoula Julie, ce qui agaça Salaberry.

On lui avait affirmé que Julie était libre. Or, il constatait avec un brin de jalousie qu'elle flirtait outrageusement avec le notaire du lieu.

— Messieurs, interrompit brusquement Ovide. Les propos sérieux ennuient ces aimables demoiselles qui attendent nos compliments. À commencer par la reine de cette soirée, notre charmante hôtesse.

Et, à la surprise de tous, il s'empara de la main d'Emmélie avec des airs de propriétaire et la baisa, sans qu'elle ne puisse esquisser un geste de retrait.

— Oh ! s'écria Emmélie, outrée par cette audace.

— Admirable demoiselle, je porte mes hommages à vos pieds, ajouta-t-il avec la hardiesse d'un amoureux passionné.

— Tout ceci est ridicule, dit Emmélie en le repoussant.

Furieuse, elle s'empara de l'éventail de Sophie qu'elle agita avec vivacité – elle utilisait rarement cet accessoire féminin qui l'encombrait, préférant généralement avoir les mains libres. À tort, le comprenait-elle à l'instant, car le bel objet de corne et de soie permettait d'exprimer des sentiments sans prononcer une parole, comme la rage de s'être fait piéger. Elle referma brusquement l'accessoire sur son épaule droite, ce qui signifiait : « Je vous déteste. »

L'incident fut suivi d'un silence troublant et des regards gênés partaient dans toutes les directions sans savoir où se poser.

— Cousin, ces manières sont indignes d'un gentleman, s'indigna Salaberry. Vous devez des excuses à mademoiselle Boileau.

— Vous avez raison, dit Ovide, en faisant mine d'être contrit.

Mais il avait atteint son but : montrer publiquement qu'il était amoureux d'Emmélie.

— Mademoiselle Boileau, veuillez accepter mes excuses. Mon désir de vous plaire m'a poussé à… un geste inconsidéré.

Emmélie n'eut d'autre choix que de signifier qu'elle pardonnait et Salaberry se demanda pourquoi Ovide cherchait à s'imposer auprès d'une jeune fille qui, visiblement, se montrait si peu intéressée. Lui-même ne ferait jamais le pantin devant une femme.

— Salaberry, intervint monsieur de Rouville, vous m'obligeriez en racontant à nos amis ce fameux duel avec un Prussien.

Son ton joyeux fit diversion. Le récit qu'il réclamait avait fait le tour des salons de Québec grâce à Louis de Salaberry, intarissable au chapitre des exploits familiaux. Mais Salaberry hésitait encore.

— Je crains d'offusquer la délicatesse de ces dames.

— Je vous en prie, major! insista Sophie, l'enjôleuse. Régalez-nous d'une bonne histoire. À Chambly, il ne se passe jamais rien.

— Permettez, père, que Salaberry raconte son aventure du Prussien, supplia à son tour Zoé. Je ne suis pas trop jeune, n'est-ce pas? Ça ne peut pas être pire que les récits de torture des Indiens de l'ancien temps?

— Demandons à ta mère, répondit monsieur Boileau qui désirait connaître l'anecdote pour la consigner dans ses mémoires.

— Monsieur de Salaberry, fit alors la noble dame, si notre ami le colonel le demande, c'est que votre aventure est certainement remarquable et je suis impatiente de l'entendre de la bouche même du héros.

Avant de capituler, Salaberry promena son regard parmi les invités. Julie, toujours assise à côté du notaire, lui adressa un sourire d'encouragement.

— Puisque les dames insistent, j'ai le devoir de les satisfaire, déclara l'officier. Mais à la condition que ma cousine Julie me pardonne à l'avance mes fautes de français, ajouta-t-il dans un sourire charmeur.

Tout le monde se mit à rire et Julie entra volontiers dans le jeu :

— Charles, vous êtes déjà tout pardonné.

Ce dernier s'inclina devant elle d'une manière très théâtrale, suscitant de nouveau les rires. Pendant ses années de collège, Salaberry avait appartenu à une petite troupe et possédait un talent dramatique dont il usait volontiers en société.

— Ma chère cousine, permettez que je vous dédie ce récit.

Et il se tourna vers le père d'Emmélie :

— Ce qui signifie également, cher monsieur, qu'il faut servir au conteur une rasade de votre meilleur rhum.

Devant une assistance qui s'impatientait, monsieur Boileau s'exécuta en brandissant une bouteille et un verre qu'il tendit à Salaberry. Dûment équipé, il leva son verre devant Julie et avala d'un trait le précieux liquide.

— Je suis prêt.

Il entreprit de narrer avec force gestes et mimiques appropriées, ménageant des pauses opportunes qui permettaient à son auditoire de bien s'imprégner de l'atmosphère.

— J'étais affecté aux Indes occidentales, en Jamaïque plus précisément. Mon régiment était composé d'hommes de diverses nationalités : Anglais, Suisses, Prussiens et, bien entendu, quelques Canadiens. Un matin, attablé devant mon petit déjeuner, on m'apprend qu'un des nôtres est mort la veille, des suites d'un stupide duel. La tristesse m'envahit aussitôt dès que j'eus appris son nom : Desrivières, l'un de mes plus chers amis.

— Je me rappelle en effet avoir entendu parler de la mort de ce lieutenant, il y a quelques années, commenta monsieur Boileau.

— Je contemplais mon repas sans appétit, lorsque j'entendis un officier prussien se vanter en ces termes : « J'ai envoyé un Canadien rencontrer son Créateur, pas plus tard qu'hier ! »

— Oh ! s'indigna Papineau. Quel acte ignoble !

— Oui, approuva Julie, choquée. Qui était ce monstre ?

— Chère cousine, vous imaginez sans peine mon indignation, dit Salaberry en la regardant. D'autant que le combat avait été inégal. L'infâme individu était un duelliste redouté et expérimenté. Or, il n'avait pas hésité à provoquer mon ami qui ne manquait pas de courage, mais était bien mauvais bretteur.

— Alors, qu'avez-vous fait ? demanda Ovide.

— Il fallait que je sois jeune et impétueux pour avoir répliqué ce que j'ai répliqué, ce jour-là.

— C'est-à-dire ? dit Sophie, suspendue à ses lèvres.

— Eh bien, mademoiselle, mon honneur étant piqué au vif, j'ai répliqué à ce fat, pour le provoquer : « Dès que j'aurai terminé ce déjeuner, vous aurez le plaisir d'en découdre avec un autre ! »

— Ça alors ! échappa Zoé en battant des mains.

— Quel courage ! fit Sophie, admirative. Qu'avez-vous fait par la suite ? Vous l'avez giflé ?

— Mais il fallait faire plus, s'écria Toussaint Drolet. Semblable insolence méritait réparation par l'épée !

Salaberry approuva du chef. Assurément, le jeune marchand ne manquait pas de courage non plus.

— Vous avez compris, monsieur Drolet, que je convoquai l'insolent à m'attendre avec ses témoins sur-le-champ. J'arrivai moi-même entouré de nombreux amis, je retirai ma veste, sortis mon sabre de son fourreau et…

Joignant le geste à la parole, Salaberry prit la position d'un homme décidé à affronter son ennemi, brandissant un sabre imaginaire devant les « Oh ! » affolés des dames. Julie ne quittait pas des yeux son cousin, subjuguée par son audace fougueuse. Il lui adressa un sourire et reprit son histoire.

— C'était pure folie, car j'aurais pu y laisser ma peau. Je m'élance. J'avais affaire à un solide escrimeur qui ne manquait pas de panache, connaissant toutes les feintes de l'art. Il m'agace, teste mes réflexes, maintient ses attaques méthodiques, cherchant à me fatiguer. Et je riposte, la peur au ventre.

Tout en racontant, il jouait la scène du combat. Dans un grand geste, il fit mine de se protéger.

— Soudain, vlan ! Mon assaillant entaille ma tempe gauche et je suis aveuglé par le sang qui jaillit. Mes amis interviennent et demandent l'arrêt du combat pour me panser.

Julie retint un cri d'effroi derrière son éventail et Emmélie, captivée par le récit, poussa un profond soupir de soulagement. Papineau lui tapota une main pour la réconforter tandis que Salaberry reprenait.

— Mouchoir sur la tempe, ivre de douleur et de fureur, je retourne au combat. Je veux découper ce Prussien en quartiers.

— Bien fait ! le coupa madame Boileau.

— Voyons, mère… gronda Emmélie, surprise de voir madame Boileau prendre pareil parti.

— Ma fille, répliqua cette dernière, apprends que dans ma jeunesse, c'est ainsi que les choses se réglaient. Je pourrais vous raconter des histoires édifiantes… Alors que j'étais jeune fille, aux Trois-Rivières, un capitaine, allemand également, s'était épris de moi et ne permettait à personne de m'approcher. Alors, le docteur de Sales Laterrière et un autre ami, son nom m'échappe, n'hésitèrent pas à passer le rustre par la fenêtre.

À ce souvenir, madame Boileau émit un rire de couventine.

— Heureusement, ajouta-t-elle en minaudant, il y avait suffisamment de neige pour recevoir l'Allemand. Ma foi, si je me rappelle bien, le pauvre avait trop bu.

— Vous ne m'aviez jamais raconté cela, lui reprocha son époux.

— Mon bon ami, c'était bien avant le temps de nos amours… Seriez-vous jaloux ? gloussa la dame.

En guise de réponse, son mari afficha une moue de dépit qui fit sourire tout le monde.

— Il est vrai que de nos jours, les incidents de ce genre sont devenus rares, intervint René. Mais je vous en prie, Salaberry, poursuivez.

— Mais oui, approuva madame Boileau. Visiblement, vous vous en êtes sorti. Allez-y, expliquez-nous comment.

Salaberry reprit le fil de son récit.

— Insouciant, je jouais ma vie au nom de l'honneur. Un combat acharné s'ensuit. Je prévois ses coups. Mais je sens que je m'épuise à parer les attaques.

— Mon Dieu! se troubla Julie.

— C'est là que ma jeunesse me sauva la vie, dit doucement Salaberry, comme pour la rassurer.

— Mais comment? demanda Papineau.

— L'homme, plus âgé que moi, commence enfin à montrer des signes d'essoufflement. Je suis moi-même épuisé, mais j'ignore ma fatigue, je me crois invincible.

Salaberry reprit sa pose de combat.

— Je feinte à droite, s'emporta-t-il en faisant le geste. Et avant même qu'il puisse riposter, je lui assène un coup de revers dans les côtes. Coupé en deux, l'homme s'écroule.

— Mort? demanda une voix horrifiée qui fit sursauter Emmélie.

— Mort, conclut Salaberry, tout en cherchant son mouchoir.

Il avait le visage couvert de sueur et dans sa poitrine, son cœur battait violemment.

— Je tremble encore à la pensée que vous avez risqué votre vie, laissa tomber Julie d'une voix blanche, comme si le combat venait réellement de se dérouler sous ses yeux.

— C'était une question d'honneur, je n'avais pas le choix, expliqua Salaberry. Croyez-vous que le chevalier des Grieux eût agi de même? demanda-t-il en riant.

— Non, je ne le crois pas, répondit-elle, encore tremblante.

— Ma chère cousine, voyez, je suis bien vivant, dit-il, attendri de la voir bouleversée.

— Je suis sotte! déclara Julie.

— Pas du tout. Vous avez eu peur pour moi et j'en suis touché.

Pour toute réponse, elle lui offrit un sourire qu'il trouva délicieux.

Moins émue que la demoiselle de Rouville – elle désapprouvait les duels –, Emmélie avait dirigé son regard vers les portes du salon. À sa grande surprise, elle aperçut Françoise Bresse – c'était bien elle qu'Emmélie avait entendu s'exclamer –, entourée de son époux et de messire Bédard. Derrière eux, Marie-Josèphe lui adressait des signes de la main en se haussant sur la pointe des pieds. Les nouveaux venus n'avaient pas manqué un mot du récit de Salaberry, mais personne n'avait remarqué leur arrivée tant tous étaient captivés.

— Par tous les saints! s'exclama le curé sous le choc en se tamponnant énergiquement le front.

Sa présence imprévue jeta un grand silence parmi les invités.

Pour sa part, Emmélie ne savait plus si elle devait rire ou pleurer.

— Oh! Chère madame Bresse, s'écria-t-elle finalement en se précipitant vers sa voisine qu'elle étreignit sans réserve. Je n'ai jamais été aussi heureuse de vous voir.

— Moi aussi, ma chère Emmélie, répondit Françoise, essuyant furtivement une larme tout en détaillant Salaberry, ses beaux yeux noirs pleins de questions. Je crois que j'aurais manqué la meilleure soirée de l'année. Mais je vous en prie, présentez-moi ce splendide gaillard qui découpe les gens en morceaux.

Emmélie s'exécuta. Mais il y avait menace de guerre dans le salon des Boileau. Le plaisir de revoir ses amis s'estompa lorsqu'elle croisa le regard furibond de monsieur son père. Paniquée, elle chercha des yeux le colonel de Rouville. Heureusement, ce dernier était déjà à l'affût : pas question de laisser les belligérants s'étriper et transformer les lieux en champ de bataille.

— Bédard ! tonna-t-il de sa voix de stentor en interceptant le curé pour l'entraîner de force à une bonne distance de Boileau. Vous avez enfin délaissé vos patenôtres et votre prie-Dieu ?

Salaberry, qui avait immédiatement saisi les intentions de Rouville, se précipita vers le prêtre en lui présentant ses civilités.

Muselé, le curé Bédard afficha une politesse de salon tout à fait digne de ses attributions, pendant qu'à l'autre bout de la pièce, René s'ingéniait à entourer son père d'une véritable forteresse humaine, grâce à la complicité de Papineau, de Drolet et même d'Ovide.

— De quel droit ces gens se présentent-ils chez moi ? protesta le maître de maison avec vigueur.

— Père, ils ont tous été invités par Emmélie, répliqua René, enjoignant ce dernier au calme.

— Votre fils a raison. Vous n'avez rien à craindre de vos ennemis, puisque vous êtes chez vous et entouré de vos meilleurs amis, dit Ovide.

Ses paroles eurent pour effet d'apaiser le bourgeois.

— Monsieur Boileau, intervint alors Papineau, puisque messire Bédard a son avocat, pourquoi n'auriez-vous pas le vôtre ? Si vous le permettez, je me mets immédiatement à votre disposition.

— Cette offre est pleine de sens, murmura René à l'oreille de son père.

Ovide darda Papineau d'un regard outré : « De quoi se mêle-t-il, celui-là ? »

— Ce n'est pas le moment de faire un esclandre, conseilla Papineau. Bédard est extrêmement habile et pourra s'en servir contre vous. Faites bonne figure pour le reste de la soirée en allumant le calumet de paix.

— C'est bien ce que je disais, ajouta Ovide qui souhaitait s'attirer les grâces du père d'Emmélie.

Pendant qu'on s'occupait de tenir les protagonistes à bonne distance, les dames s'éparpillaient dans la pièce, heureuses de se retrouver enfin. Emmélie eut une soudaine inspiration qui rassemblerait tout le monde.

— Des huîtres nous attendent à la cuisine. Qui m'aime me suive ! lança-t-elle d'un ton joyeux.

— Des huîtres ! répéta Marie-Josèphe avec une expression gourmande.

— J'en suis, déclara Françoise Bresse, qui souhaitait ardemment retrouver la bonne entente d'autrefois.

— Comptez sur moi, s'empressa de dire Ovide.

— Allons, venez, dit Sophie en attrapant son fiancé Toussaint Drolet par la main. Nous allons nous régaler.

∾

La cuisine d'Ursule fut prise d'assaut par les invités. Les messieurs ouvraient les huîtres, puis les demoiselles les disposaient sur de larges plateaux. Les verres se remplissaient de cidre gris et le tout se déroulait dans une atmosphère enjouée. Emmélie se félicitait d'avoir eu l'idée d'en commander plusieurs caisses, car tout le monde raffolait des huîtres.

— Rien n'est plus amusant qu'une activité improvisée, disait Charles à Julie. Elles sont exquises, fit-il en en avalant une.

— Il y a longtemps que nous n'avons eu autant de plaisir, approuva-t-elle.

Le regard pétillant et les cheveux légèrement défaits, l'excitation la rendait jolie. Il lui sourit, puis son visage prit un air songeur.

— Julie, dit-il, le général de Rottenburg me réclame. Je repars à Montréal sous peu. J'avoue que j'aurai peine à vous laisser.

— Je vous regretterai également, répondit-elle spontanément.

Elle constatait avec étonnement qu'elle souhaitait le voir prolonger son séjour afin que durent les moments agréables que sa présence apportait.

— Rien ne pouvait me faire plus plaisir que d'entendre cela, prétendit Salaberry. Penserez-vous de temps en temps à votre cousin Charles ?

— Je ne vous oublierai pas, répondit-elle en baissant les yeux devant son air séducteur. Reviendrez-vous nous voir ?

— Je vous le promets. Entre-temps, pourquoi ne pas nous écrire ?

Il s'empara de sa main et la serra dans la sienne. À ce contact, elle frissonna.

— C'est d'accord, écrivons-nous, répondit-elle timidement.

Au-dessus de la grande table qui trônait au milieu de la cuisine, son regard croisa celui de René qui les observait. Elle rougit de plus belle.

❧

— Alors, mademoiselle Boileau, la tournure des événements vous convient ? demanda Papineau à Emmélie.

Depuis le début de la soirée, il attendait l'occasion de lui parler seul à seul.

— J'ai craint que notre maison ne se transforme en champ de bataille, et je préfère nettement ce désordre-là, ajouta-t-elle en montrant les invités qui se régalaient joyeusement.

Louis-Joseph Papineau observait son hôtesse. Elle n'était pas une de ces beautés à la mode, avec son teint bistré et ses yeux sombres, mais il avait rarement vu un regard aussi intelligent chez une femme. Emmélie Boileau s'intéressait aux arts et à la politique avec beaucoup de sérieux, et non pas par simple curiosité mondaine.

— Chère demoiselle. Nous n'avons guère eu le temps de nous connaître et il me plairait d'échanger nos points de vue sur un certain nombre de sujets.

Il hésita, se rappelant comment elle avait éconduit Rouville tout à l'heure, puis se risqua :

— J'aimerais vous écrire lorsque je serai à Québec. Puis-je ?

Une onde de chaleur envahit Emmélie. Elle aussi se sentait attirée par cet homme grave et réfléchi, au demeurant fort séduisant, qui souhaitait entreprendre une correspondance avec elle.

— Monsieur Papineau, j'attendrai vos lettres, répondit-elle simplement.

Papineau eut un sourire radieux et soudain, Emmélie n'eut plus d'appétit.

⌘

En refermant la porte sur les derniers invités, Emmélie, Sophie et René émirent de concert un soupir de soulagement et pouffèrent d'un rire complice.

— Qui aurait pu imaginer que de simples caisses d'huîtres possèdent un si grand pouvoir de raccommodement ? fit remarquer Sophie.

Cependant, la porte du cabinet de monsieur Boileau claqua avec fracas.

— Ne vous en faites pas, mes enfants, les rassura madame Boileau avec philosophie. L'orgueil est un péché, ce qui ne signifie pas qu'un bon chrétien comme votre père en soit exempt. Pour ma part, déclara-t-elle, j'ai passé une excellente soirée et je vais me coucher. D'ailleurs, vous devriez tous faire de même. Autant d'émotion épuise et je dois avouer que ce soir, nous avons rempli notre canot à ras bord.

— Mais demain, mère, vous devrez nous parler de ce fameux capitaine allemand, fit Emmélie avec un sourire malicieux.

Pour toute réponse, la bonne dame se mit à rire et disparut dans l'escalier avec Zoé. Sophie et Emmélie regagnèrent également la chambre qu'elles partageaient.

Resté seul, René approcha un fauteuil pour être plus près du feu qui diminuait dans l'âtre.

Une ride profonde se creusa sur son front. L'attitude empressée d'Ovide de Rouville auprès de sa sœur Emmélie était beaucoup plus inquiétante. Le notaire était bien placé pour connaître sa nature malfaisante, l'ayant vue à l'œuvre. Autrefois, Rouville avait délibérément provoqué l'incendie de l'église de Chambly en soudoyant un misérable voyou pour accomplir cette besogne criminelle. Messire Bédard connaissait ce fait, mais les preuves manquaient pour accuser le fils d'un seigneur. À part lui-même et le curé, qui savait à quel point Rouville pouvait être dangereusement rusé ? Il avait bien manœuvré ce soir. Le fils Rouville entretenait les rumeurs de possibles fiançailles avec Emmélie afin de flatter la vanité de son père. Tout cela augurait des ennuis plus difficiles à résoudre que ceux provoqués par la reconstruction d'un ponceau au-dessus d'un fossé.

Chapitre 8

Le rêve de Salaberry

Depuis un quart d'heure, Salaberry faisait antichambre. De passage à Montréal, le gouverneur et commandant en chef des troupes en poste au Canada, Sir George Prévost, l'avait fait appeler, mais il était toujours enfermé dans un cabinet avec son secrétaire militaire, Noah Freer.

— Salaberry, si seulement vous consentiez à vous asseoir plutôt que de faire les cent pas, se plaignit le baron Francis de Rottenburg, général de brigade du 60th Foot et supérieur immédiat de Salaberry, également convoqué par le gouverneur. À vous voir vous agiter ainsi, je vais attraper le tournis.

— Savez-vous ce que nous veut Son Excellence ?

— Je l'ignore autant que vous, mon ami. Mais vous avez entendu parler du discours de Sir George, à la fin de février, prononcé pour l'ouverture de la nouvelle session de la Chambre d'assemblée ?

— Si je me rappelle bien, il souhaitait accroître la vigilance face à une invasion ou à des agressions insidieuses. En résumé, il demandait de se tenir prêt à faire la guerre.

— Selon moi, c'est la raison pour laquelle nous nous morfondons ici, sur ces sièges inconfortables.

Il désigna la place libre à côté de lui, une chaise avec un fond tissé de babiche sur laquelle Salaberry se décida enfin à prendre place.

Le général était âgé de cinquante-cinq ans. Cet aristocrate d'origine polonaise avait fait ses classes dans l'armée française où sa réputation était demeurée sans tache. Mais avant que la Révolution en France ne tourne au cauchemar, il avait choisi de mettre ses talents et son intelligence au service de l'armée britannique. Rottenburg avec consigné son expérience militaire dans un ouvrage sur l'entraînement des troupes légères : *Regulations for the exercice of riflemen and light infantry*[1]. À la manière d'un curé avec son bréviaire, Salaberry avait lu et relu, à maintes reprises, le fameux petit livre qui faisait école.

— Mais en attendant d'apprendre ce que nous veut Sir George, donnez-moi les toutes dernières nouvelles de votre famille, mon cher Gun Powder, dit Rottenburg.

Le général l'avait surnommé ainsi pour illustrer le tempérament volcanique de son aide de camp, et ce dernier avait suffisamment d'humour pour ne pas s'en offusquer. Il faut dire qu'une forte estime liait les deux hommes.

— Dans sa dernière lettre, mon père déclare se porter à merveille, sinon que sa vieille blessure de guerre à une jambe le tourmente, certains jours plus que d'autres. Ma mère a toujours cette faiblesse au cœur, et la mort de Maurice l'a considérablement affaiblie, mais mon père et mes sœurs veillent sur elle.

— Et... avez-vous des nouvelles de votre autre frère, Chevalier de Salaberry ?

— Pas encore, Sir. Mais à l'heure qu'il est, je l'imagine à la veille d'arriver en Angleterre, supposa Salaberry, qui

---

1. *Règles pour l'exercice des carabiniers et de l'infanterie légère.*

anticipait la joie qu'il aurait à revoir son cadet. Nous aurons sans doute le bonheur de le voir débarquer à Québec au retour des premiers bateaux.

— Puisque tout va bien à Québec, racontez-moi comment s'est passé votre séjour à Chambly ?

— J'espère un jour vous présenter monsieur de Rouville, répondit avec enthousiasme Salaberry.

Il évoqua le vieux militaire qui avait eu pour lui une affection toute paternelle, mais exempte du flot de recommandations et de conseils que lui prodiguait systématiquement son propre père.

— Il vous plaira, Sir. Saviez-vous qu'il a été dix ans dans le régiment du Languedoc ? Rappelé en France en 1760, son régiment a été en garnison à Toulon et appelé à combattre Paoli, en Corse.

— Ce même Paoli qui a chassé la famille Bonaparte de leur île natale, les contraignant à vivre à Marseille ? Grand dommage ! Est-ce à dire que nous devons à votre cousin Rouville ce petit général qui s'est couronné empereur et nous a tous mis dans le pétrin ?

Salaberry se mit à rire.

— Je ne crois pas que monsieur de Rouville goûterait votre plaisanterie, il déteste Napoléon Bonaparte autant que nous.

— Parlant de Rouville, n'a-t-il pas une fille en âge de se marier ?

— Il s'agit de ma cousine Julie.

— Et… comment est-elle ?

Avant de répondre, Salaberry hésita. Comment avait-il trouvé Julie ? Il y avait presque un mois qu'il avait quitté Chambly, et plusieurs fois ses pensées s'étaient tournées vers elle. Mais il ne lui avait pas encore écrit, négligeant en cela sa promesse.

— C'est une demoiselle intéressante, finit-il par dire.

— C'est un peu court comme remarque. N'est-elle pas jolie ou charmante?

Rottenburg regarda avec bienveillance et amitié son subalterne. Il connaissait la déception amère qu'avait laissée son amour irlandais, mais croyait comme tout le monde qu'il était grand temps que Salaberry tourne la page et songe à son avenir.

— Salaberry, votre père s'est confié à moi. Oh! Je vois à vos yeux que cette idée vous déplaît, ajouta-t-il en le retenant par le bras. Mais avant de vous rebiffer, écoutez le conseil d'un ami. Voyez. Vous venez de me parler de son père en termes élogieux et mademoiselle de Rouville représente un beau parti, une alliance qui vous sera probablement très utile dans les jours qui viennent. Vous avez enfin atteint un grade qui vous permet de songer au mariage, et à votre âge, cet état vous procurera une stabilité que vous apprécierez à sa juste valeur. Et je ne parle pas de tous les autres agréments qu'apporte la vie conjugale, ajouta-t-il avec un clin d'œil entendu.

Salaberry n'eut pas la chance d'exprimer le fond de sa pensée au général, car Freer, engoncé dans la veste rouge de son uniforme, les invitait à entrer dans le cabinet où le gouverneur les attendait.

Des yeux bruns, avec une chevelure en bataille et un visage avenant encadré de longs favoris fournis, Prévost ne faisait pas ses quarante-cinq ans. Petit, mince et délicat, c'était un beau parleur qui pouvait rivaliser de galanterie avec n'importe quel Français. Il s'exprimait aisément dans cette langue, sa famille étant d'origine suisse, mais son père s'était établi en Nouvelle-Angleterre où Prévost était venu au monde. Grâce à la fortune d'un grand-père banquier, il avait atteint les échelons supérieurs de l'armée britannique et des états de service irréprochables lui avaient valu le titre de baronnet.

Prévost et Salaberry se connaissaient depuis des années. Et ils se détestaient. Le différend opposant les deux hommes remontait à l'époque où Prévost n'était que major et Salaberry, un jeune capitaine récemment promu qui avait réussi à recruter avec une facilité déconcertante plus de cent cinquante hommes pour son protecteur, le duc de Kent. Jaloux, Prévost avait manœuvré pour nuire à Salaberry, mais il avait échoué. Aujourd'hui, Prévost occupait la haute fonction de gouverneur du Canada, mais sa vieille rancune était demeurée intacte. Malgré ce ressentiment qui subsistait, Rottenburg avait quand même insisté auprès du gouverneur pour que son aide de camp assiste à l'entretien, sûr que l'expertise de ce dernier était nécessaire pour établir un plan de défense. Des jours difficiles s'annonçaient et le pays avait besoin d'un homme de la trempe de Salaberry.

« De plus, il est Canadien, avait insisté le général Rottenburg à Prévost, et sa famille jouit d'une grande notoriété au pays. »

Le gouverneur était visiblement de mauvaise humeur et ce n'était pas la présence de Salaberry dans son cabinet de travail qui le troublait.

— Je viens de recevoir les dernières instructions de Londres. Figurez-vous, Rottenburg, qu'en haut lieu, on refuse encore de croire à l'imminence d'une guerre en Amérique. Tout cela, par la faute de cet imbécile de Henry !

— Je ne comprends pas, fit le général avec un geste dédaigneux. Comment peut-on se fier à ce traître ?

— Henry a été l'espion de mon prédécesseur, le gouverneur Craig. Mécontent de son traitement, il est allé raconter au secrétaire d'État américain que l'Angleterre rêvait de détruire les États-Unis. Imaginez la réaction des

Yankees, surtout ceux qui sont déjà bien montés contre nous.

— Elle ne pouvait qu'accentuer le désir des va-t-en-guerre, assurément. Et comment Londres a réagi ?

— Évidemment, on n'a rien trouvé de mieux que de clamer haut et fort notre grande indignation face à ces propos irresponsables. Nos diplomates ont affirmé au président américain, James Madison, ignorer totalement les agissements de cet individu qui colportait des faussetés. Lord Liverpool, le ministre des Finances, croit naïvement que ces protestations suffiront à calmer les États-Unis et à maintenir la paix.

— C'est la politique de l'autruche ! Je comprends votre inquiétude, Sir, fit Rottenburg, stupéfié par l'aveuglement des autorités britanniques. Nous avons appris que dans nombre d'États, et particulièrement ceux du Sud, ne retentit qu'un seul cri : « Emparons-nous du Canada ! »

— Pour ma part, ajouta gravement Prévost, je suis persuadé que le prochain acte du président Madison sera de soumettre au Congrès une déclaration de guerre au Canada.

— Je partage votre point de vue, reconnut volontiers Rottenburg. Ce jour approche et il faut nous y préparer avant qu'il ne soit trop tard. Agir et ne pas attendre les instructions de Londres, qui prendront des mois à venir.

— Ce qui explique, messieurs, la raison pour laquelle je vous ai convoqués ce matin. Je veux éviter les erreurs d'autrefois, affirma Prévost.

— Ce qui veut dire ? interrogea Rottenburg.

— Que nous devons par tous les moyens gagner la confiance des Canadiens afin de les enrôler. Les troupes régulières sont en nombre insuffisant pour contrer une attaque et tant que Londres n'aura pas une déclaration de guerre dans les formes, la situation ne changera pas. Comme vous le disiez si bien, Rottenburg, avant que des renforts arrivent, il faudra des mois.

— Je suis persuadé que mes compatriotes voudront défendre leur pays, affirma Salaberry.

Prévost le gratifia d'un rictus de profond dédain.

— Permettez-moi d'en douter. Lors de l'invasion de 1775, l'armée des colonies rebelles a traversé nos frontières et il s'en est fallu de peu que le peuple canadien se laisse séduire par les artifices républicains, rappela le gouverneur d'un ton amer.

Ces derniers mots furent dits avec des yeux braqués sur Salaberry, un peu comme si ce dernier avait été responsable de cette situation alors qu'il n'était pas né. C'était bien le genre de Prévost que de chercher une occasion de l'humilier. Il s'amusait à éprouver ses nerfs, connaissant son caractère impétueux et sachant bien qu'il n'était pas en position de répliquer.

Voyant le visage de Salaberry commencer à s'enflammer, Rottenburg chuchota :

— Retenez votre souffle, mon cher Gun Powder.

Heureusement, Salaberry n'avait pas l'intention de se laisser entraîner sur le sentier de la guerre et il se contenta de rétorquer poliment :

— Depuis la première guerre contre les Yankees, les Canadiens ont appris à apprécier les valeurs de la civilisation britannique. J'ai l'intime conviction qu'ils sont prêts à se battre.

Il articulait lentement, énonçant son idée en appuyant sur chacun des mots, comme autant de coups de massue sur la tête de Prévost qui venait de l'insulter.

— Pour nous, Canadiens, le Canada est beaucoup plus qu'une colonie. C'est notre pays, la terre de nos ancêtres.

Nous y sommes nés, nous y mourrons aussi, tout comme nos enfants et nos petits-enfants le feront à leur tour.

— Cet acte de foi ne peut pas suffire, répliqua Prévost. Comment croire au patriotisme d'une populace indolente ? Qui ne peut respirer sans l'autorisation de ses prêtres ! D'ailleurs, voilà ce qu'il faut faire. S'allier le clergé qui, lui, saura guider ce peuple d'indisciplinés.

— Croyez-vous que les prêtres mèneront leurs ouailles à la guerre ? demanda Rottenburg à Salaberry.

— Je ne saurais dire, répondit l'officier en se rappelant la réflexion du curé Bédard, à Chambly. Par contre, les religieux craignent les républicains par-dessus tout, et ces satanés Yankees le sont. Le souvenir de la Révolution française qui a envoyé des centaines de prêtres à la guillotine est encore vif et cela suffira à les mettre de notre côté. Toutefois, si je peux me permettre d'ajouter ceci, Sir, je vous assure qu'avec ou sans leurs curés, les Canadiens se battront. Les Américains se sont moqués d'eux, au cours de la dernière guerre, ne laissant après leur passage qu'un amas de ruines et de dettes. Croyez-moi, mes compatriotes ne manqueront pas de courage face à l'ennemi et se lèveront pour défendre leur patrie.

Attentif aux propos de Salaberry, Rottenburg était fier de son aide de camp. L'impétueux officier avait retrouvé son sang-froid, ignorant les insultes et les airs de supériorité de Prévost.

— Mais il faut plus que du courage pour gagner une guerre, il faut des soldats bien entraînés et, surtout, disciplinés, riposta Prévost.

— Il est vrai que les milices locales ne suffiront pas à soutenir l'armée, ajouta Rottenburg. Et que Londres devra faire appel à des régiments de mercenaires. Sinon, aussi bien signer immédiatement la reddition.

Salaberry acquiesça à cet énoncé. Ce n'était pas avec les milices de paroisse qu'on réussirait à repousser l'envahisseur lorsqu'il se présenterait aux frontières. Il faudrait des régiments de volontaires. Et l'Angleterre n'aurait d'autre choix que de faire appel à un régiment de mercenaires, comme elle l'avait fait pendant la première guerre contre les Américains en faisant venir au Canada des régiments allemands qui s'étaient bien adaptés au pays. De nombreux mercenaires allemands avaient même décidé de s'y établir en épousant des Canadiennes. Une grande partie de l'armée britannique était actuellement au Portugal avec le général Wellington, à se battre contre les Français, ce qui laissait prévoir de maigres effectifs pour lutter contre un nouvel ennemi de l'Empire.

Restaient les régiments formés avec les hommes du pays.

— Si je peux me permettre, Sir, dit Salaberry, plein de déférence, j'aimerais vous soumettre une idée.

— Je vous écoute, Salaberry, répondit Prévost, avec une morgue que l'aide de camp de Rottenburg préféra ignorer.

— *Thank you, Sir!* Je propose de lever un corps d'infanterie légère, des voltigeurs, entièrement constitué de volontaires, uniquement des Canadiens, des hommes qui recevront un entraînement militaire. Un régiment qui aura la souplesse nécessaire pour faire la guerre à la mode de ce pays – avec un talent particulier que nous tenons de nos ancêtres pour les embuscades sur un terrain couvert de forêts. Encadré et dirigé par des officiers formés par l'armée britannique, ce corps deviendra redoutable.

— Difficile de trouver de bons officiers qui accepteront de commander une milice extraordinaire, objecta Prévost. Les rares Canadiens formés par les Britanniques ne veulent pas occuper ces postes qui sont de moindre valeur que leur rang habituel dans l'armée, avec la solde à l'avenant... Enfin, vous connaissez tous les obstacles.

— Mais ces obstacles peuvent disparaître avec des mesures appropriées. Des officiers canadiens recruteront plus facilement des soldats canadiens. Je songe à mes cousins Juchereau-Duchesnay.

Jean-Baptiste et Michel-Louis Juchereau-Duchesnay avaient été également formés dans l'armée britannique. Michel-Louis était même le beau-frère de Salaberry, puisqu'il avait épousé sa sœur Hermine.

— Je me porte aussi garant de ces officiers, déclara Rottenburg. L'idée de Salaberry est excellente, Sir, et vous ne pouvez que l'appuyer.

Il voyait là une belle occasion pour son protégé de s'illustrer et de montrer aux autorités militaires l'étendue de son talent.

De son côté, le gouverneur George Prévost était déterminé à tout mettre en œuvre pour gagner la guerre, s'il y en avait une, avec les honneurs et la gloire qui suivraient. Un régiment de voltigeurs placés sous les ordres de Salaberry, pourquoi pas? Il avisa le calendrier au mur. «Nous sommes début mars, se dit-il, il reste suffisamment de temps pour recruter et entraîner des hommes avant que les Yankees ne se montrent à la frontière cet été.»

— Fort bien, messieurs, reprit le gouverneur après réflexion. Salaberry, vous étiez récemment à Chambly, m'a-t-on dit. Un endroit où l'on peut s'attendre à voir passer l'armée américaine qui souhaite atteindre Montréal.

— *Exactly*, approuva Salaberry. C'est le chemin qu'avaient emprunté les Yankees, en 1775.

Prévost tira une carte du petit meuble vitré qui se trouvait derrière lui et l'étala sur le bureau.

— Voyez, messieurs. Autour du fort, tout ce territoire est vierge, déboisé et inutilisé depuis plus de cent ans.

— Les Français l'appelaient la « banlieue du fort ». Le mot a subsisté, expliqua Salaberry. Le village de Chambly est curieusement divisé en deux, de part et d'autre de cet espace entourant la fortification.

Sur la carte, il voyait l'emplacement du manoir de Rouville et ses pensées vagabondèrent vers Chambly. Le visage calme et souriant de Julie lui apparut en esprit. Il fit un effort pour se concentrer.

— Je sais tout ça, aboya Prévost.

— Mais pourquoi choisir cet endroit ? demanda Rottenburg.

— Expliquez-lui, Salaberry, ordonna Prévost. Après tout, c'est vous l'habitant du pays.

Salaberry se raidit. Le gouverneur traitait de paysan le noble descendant d'une lignée d'officiers. Cette fois, Rottenburg crut que le cher « marquis de la poudre à canon » allait exploser. Il saisit discrètement le poignet de son aide de camp dans un serrement qui signifiait : « calme-toi », tout en cherchant à comprendre pourquoi Prévost persistait à tenir une allumette enflammée sous un tel baril de poudre. Salaberry suivit ce conseil silencieux et, imperturbable, entreprit de démontrer à ses supérieurs qu'il avait bien étudié les lieux lors de son passage dans la région.

— En 1711, lorsque les Français reconstruisirent le vieux fort de Chambly, à l'origine un simple ouvrage en pieux, pour lui donner la solide maçonnerie qui persiste encore de nos jours, ils ordonnèrent la mise en place d'une banlieue. Le fort étant situé au pied d'importants rapides qui forcent le portage entre Saint-Jean et Chambly, la banlieue permettait donc de voir venir l'ennemi au loin. Après quelques réparations d'usage, le fort nous sera très utile pour entreposer armes et marchandises, sinon pour loger des soldats.

— Une armée en provenance du lac Champlain et transportant de l'artillerie lourde empruntera obligatoirement la route de la rivière Chambly, ajouta Prévost, car il y a peu de chemins praticables qui mènent à Montréal. Chambly est au confluent de trois routes d'importance. Voyez, Rottenburg, fit le gouverneur en pointant sur la carte Saint-Jean, La Prairie, puis Chambly. C'est pourquoi j'envisage d'utiliser la banlieue du fort et d'y faire construire un nombre suffisant de bâtiments : baraques, logements d'officier, écuries et même un hôpital, afin d'y installer un quartier général.

George Prévost réintégra son fauteuil.

— Votre idée, Salaberry… d'un corps de volontaires, entraînés sous vos ordres. Mettez tout cela sur papier et laissez-moi y réfléchir. *You may retire, now*[1].

Sur ces dernières paroles, Prévost parut s'intéresser à ce qui se passait dehors. On voyait tomber une désagréable neige mouillée, faite de gros flocons qui fondaient en touchant le sol.

Ignorant l'attitude offensante, Salaberry fit le salut militaire.

— Major, je vous félicite, dit alors Rottenburg, même si désormais la préparation de votre régiment prendra tout votre temps. Surtout si vous songez en même temps au mariage avec une demoiselle de votre connaissance, aimable et bien pourvue. Croyez-vous que nous pourrons disputer une partie d'échecs avant la guerre ?

Un fin sourire accompagnait ces paroles.

---

1. Maintenant, vous pouvez vous retirer.

— Je l'espère de tout cœur, général. Ce plaisir me manque.

— Je n'en doute pas, plaisanta Rottenburg. Il y a un certain contentement à battre son supérieur aux échecs, ajouta-t-il en désignant du coin de l'œil Prévost qui ne pouvait le voir.

— Une grande satisfaction, admit Salaberry à la blague. Gouverneur, mon général, je suis à vos ordres, salua-t-il finalement en claquant des talons.

❧

— Quelle nouvelle concernant le grade de lieutenant-colonel pour Salaberry? demanda Rottenburg à Prévost, une fois que son jeune protégé fut parti.

— Aucune, répondit abruptement Prévost en fuyant son regard.

— Comment cela est-il possible? s'écria Rottenburg. Lorsque j'étais à Londres, le duc de Kent m'avait pourtant affirmé que...

— Vous n'êtes pas sans savoir que c'est le duc d'York, son frère, qui commande l'armée. Et tout ce que fait Kent est aussitôt défait par York.

Le roi d'Angleterre George III souffrait d'une cruelle maladie mentale et le jour n'était pas loin où son fils aîné, le duc d'York, serait appelé à exercer la régence.

— Qui peut l'ignorer? remarqua Rottenburg avec compassion. Le duc de Kent est le fils mal aimé d'un père qui l'a toujours tenu loin de lui. Certains de ses frères aînés le protègent, mais les autres s'emploient à lui nuire.

Prévost haussa les épaules. Il n'avait guère d'affection pour le duc de Kent, le protecteur de Salaberry, des Juchereau-Duchesnay et autres Canadiens de la noblesse.

— Ainsi, conclut le gouverneur, vous comprenez que Salaberry attendra. Par contre, s'il accepte de commander les futurs voltigeurs, il aura droit au grade de lieutenant-colonel de milice !

— Vous n'êtes pas sérieux ! Mais ce sera une insulte pour un officier de cette valeur !

Rottenburg était atterré. Lieutenant-colonel de milice était un grade élevé… dans la milice, mais en aucun temps, il n'équivalait à celui de la hiérarchie militaire de l'armée.

— Pourquoi se plaindrait-il ? s'objecta Prévost. Avec un corps de voltigeurs, il exercera les fonctions de commandant. N'est-ce pas ce qu'il souhaite ?

— Mais il pourrait se retrouver dans une situation où un de ses officiers posséderait un grade plus élevé. Par exemple, un major avec plus d'ancienneté que lui.

— S'il ne veut pas d'un régiment, il n'a qu'à rester avec vous, Rottenburg. Et maintenant, vous pouvez disposer.

En tirant la porte derrière lui, Francis de Rottenburg se demanda si la lueur de joie qu'il avait cru voir dans l'œil de son supérieur était bien réelle. Que craignait donc Prévost ?

❧

— Tout va pour le mieux, major ? demanda Antoine en aidant son maître à retirer ses bottes.

Un sourire indéfinissable ornait le visage de Salaberry qui savourait sa victoire. Comme il avait bien fait de ne pas réagir aux railleries de Prévost destinées à le faire sortir de ses gonds.

Le domestique entreprit de nettoyer les bottes de l'officier. Il cracha sur le cuir avant de frotter d'un bras vigoureux, la meilleure méthode pour faire reluire, pendant que son maître poursuivait.

— Après tant d'années, j'ai enfin l'impression d'atteindre mon but!

Antoine, qui avait fini d'astiquer les bottes, s'employa à préparer le repas: une tourte à la viande achetée au marché, servie avec un morceau de fromage et du vin. Salaberry sortit son couteau et s'installa devant son assiette. Il se restaura, tout en se confiant à Antoine qui le servait.

— Tu vois ça d'ici? Un régiment uniquement composé de nos compatriotes. Mon régiment: les Voltigeurs canadiens!

— Les Voltigeurs canadiens! Un beau nom, major, si je peux me permettre. C'est monsieur votre père qui sera heureux de l'apprendre.

— Un nom qui résonne dans la poitrine, un nom qui suscite la fierté! J'espère recruter d'abord trois cents hommes, c'est-à-dire six compagnies de cinquante. Et si tout va bien, j'ajouterai deux compagnies de plus.

Et tout irait bien. Ses soldats s'illustreraient, à tel point que son régiment pourrait être intégré à l'armée régulière britannique, en service sur le territoire canadien. Ce qui permettrait d'assurer ainsi son avenir et celui de ses officiers qui n'auraient pas à subir le sort qu'on avait réservé au Royal Canadian Volunteers, le régiment colonial dans lequel avait servi son père Louis de Salaberry et qu'on avait démobilisé. Plus tard, en prenant sa retraite, Salaberry pourrait même revendre la commission rattachée à son régiment moyennant une bonne somme d'argent.

De sa fenêtre, il pouvait voir la rive du Saint-Laurent et, par beau temps, il apercevait à l'horizon la montagne de Belœil. Il savait qu'à quelques lieues de là se trouvait Chambly, le manoir des Rouville et la noble demoiselle Julie.

Les sages paroles de Rottenburg lui revinrent. Le mariage! Salaberry hésitait encore à se lancer dans cette aventure. Monsieur de Rouville lui avait proposé d'avancer de l'argent pour son régiment. Toutefois, la condition rattachée à cette offre était sans aucun doute un mariage avec sa fille. Salaberry avait été séduit par Julie, mais ne se croyait pas encore amoureux. Il allait y réfléchir. En attendant, un travail urgent l'attendait.

— Antoine ! Mon écritoire ! ordonna-t-il.

Le domestique débarrassa l'unique table de leur logement des reliefs du repas avant d'y déposer l'objet désiré.

Du plat de la main, Salaberry lissa le bois patiné de la mallette devant lui : son écritoire, fidèle compagne de ses années d'errance. Il actionna la ferrure et l'ouvrit. Sur le tapis vert de la surface destinée à écrire aisément – et qui avait grandement besoin d'être remplacée tant il était usé –, il avait couché là ses angoisses dans des lettres à son père, des encouragements à ses frères, de tendres propos à sa mère et à ses sœurs ainsi que des mots d'amour à une bien-aimée. Il choisit une feuille de papier qu'il retira d'un compartiment dissimulé sous la première moitié de l'écritoire. Un tiroir s'ouvrant sur le côté contenait son sceau personnel, un canif, une règle, une agate et un grattoir, tout ce qu'il fallait pour écrire.

Il rassembla ses idées. Puis, d'un seul jet, quoique avec quelques ratures, il décrivit dans les moindres détails son futur régiment. C'était facile pour lui de jeter sur le papier ce qu'il avait en tête : en avait-il rêvé, de ce corps d'armée ! Il examina une dernière fois le tout, ajouta un détail ici et là avant de se déclarer satisfait.

Après avoir fait ce travail, son avenir lui apparut avec plus de netteté : un régiment et un mariage. Il rangea le document dans le tiroir de l'écritoire et en retira un nouveau feuillet.

Il était temps pour lui d'écrire à Julie.

Chapitre 9

Des amours naissantes

Au manoir de Rouville, Joseph frappa discrètement à la porte de la chambre de sa p'tite mam'zelle, avec, à la main, un plateau sur lequel se trouvait un pli portant un cachet de Montréal. La jeune fille tressaillit, croyant reconnaître l'écriture fortement penchée qu'elle avait lue dans le registre de l'auberge. C'était bien une lettre de Charles! Après son départ de Chambly, elle s'était mise à attendre les lettres de son cousin qui n'arrivaient pas. Un mois plus tard, elle n'y croyait plus. Elle contempla longuement le rectangle de papier plié avant de faire sauter le sceau de cire.

Montréal, 1ᵉʳ mars 1812

Très chère Julie,

Vous vous rappelez votre cousin Charles, n'est-ce pas? Vous n'avez pas encore oublié mon prénom? Je me plais à penser que vous songez parfois à ce lointain cousin qui vous a rendu visite en janvier. Moi, Julie, je pense souvent à vous. Depuis mon retour de Chambly, mon service m'a laissé peu de loisirs, d'où mon retard à vous écrire. Une mauvaise excuse. Vous me pardonnerez? Mais aujourd'hui, j'ai été convoqué chez le gouverneur Prévost. Je lui ai proposé de former un corps de voltigeurs, et l'idée a été acceptée.

Mon propre régiment! Si vous saviez tout ce que cela représente pour moi. Il me faudra attendre avant de mettre mon projet à exécution, mais c'est d'abord avec vous que je tenais à partager cette joie. À votre tour, vous pouvez annoncer cette nouvelle à votre père. Je suis persuadé qu'elle l'intéressera.

Pour le reste, depuis que j'ai goûté au bon air de la campagne de Chambly, ce bel endroit où je me suis découvert de nouveaux amis, je trouve la vie de caserne tout comme ma modeste chambre triste et grise. Je pense à ma charmante cousine qui est là-bas. Écrivez-moi, chère Julie. Vos lettres seront comme autant de rayons de soleil. Racontez-moi tous ces petits riens qui agitent votre charmant village. Vos historiettes sauront distraire celui à qui vous manquez. Je vous laisse déjà, car je dois aussi écrire à mon père qui, comme toujours, s'impatiente sûrement de ne pas avoir reçu de mes nouvelles.

J'espère une lettre de votre belle main et demeure votre serviteur le plus fidèle,

Charles de Salaberry

Émue, Julie replia avec précaution la lettre de Charles, chavirée par les mots qu'elle contenait… Qu'est-ce que tout cela signifiait au juste? Jamais René ne lui avait envoyé de lettre, même pas un mot de courtoisie. Pourquoi ne l'avait-il pas fait? C'était toujours sa mère ou ses sœurs qui se chargeaient de transmettre les civilités de la famille. Elle éprouva le désir soudain de se confier à quelqu'un.

∽

Julie avait trouvé Emmélie seule à la maison rouge. En fait, Zoé faisait ses devoirs et la confection du trousseau de la fiancée accaparait madame Boileau et Sophie. Ce n'était pas encore l'heure des visites.

— Votre cousin a… beaucoup d'estime pour vous, déclara Emmélie après avoir lu la lettre de Salaberry.

Julie semblait profondément perturbée et Emmélie comprenait pourquoi elle était accourue aussitôt la lettre reçue. En janvier, les attentions de Salaberry avaient provoqué un émoi nouveau chez Julie, mais depuis, il n'avait plus donné de nouvelles et René avait rapidement repris sa place dans le cœur de la demoiselle de Rouville. De cela, Emmélie n'avait guère de doute. Des regards furtifs, des rougeurs soudaines et combien d'autres signes lui avaient appris que Julie nourrissait de tendres sentiments pour son frère et tentait désespérément de le lui faire comprendre.

Pauvre Julie! L'indifférence de René face aux choses de l'amour cachait le fait qu'il ne voulait pas se marier et Emmélie assistait, silencieuse, aux vaines tentatives de son amie pour séduire son frère. Mais voilà qu'un homme semblait vouloir s'engager dans une relation sérieuse et Julie, qui songeait beaucoup trop à René, ne pouvait faire autrement que d'être chavirée. Emmélie laissa là ses réflexions.

— Je ressens une étrange impression, lui confia Julie. Croyez-vous que Charles me voit… comme l'une de ses sœurs? Si vous saviez à quel point il les estime… Je ne sais quoi penser.

— Il me semble pourtant que certains mots dépassent ce qu'un frère peut dire à une sœur, même chérie. Je crois plutôt que le major de Salaberry sonde votre cœur. Il vous demande même si vous avez de tendres pensées à son égard.

— Vous croyez? protesta faiblement Julie qui avait, bien entendu, envisagé la question sous cet aspect, mais sans pouvoir l'affirmer hors de tout doute.

— Et si vous lui répondez dans le sens qu'il espère, poursuivit Emmélie avec assurance, le major vous écrira certainement d'autres lettres aussi charmantes et, je dirais, plus explicites sur ses sentiments. Ce qui me réjouit, puisque je suis votre amie.

Cette lettre de Salaberry était peut-être une occasion de mettre fin au rêve fumeux de Julie. «Mais comment s'y prendre pour lui apprendre la vérité sans douleur?» se demanda la jeune fille, non sans une certaine angoisse.

Emmélie réfléchissait rapidement pour élaborer une tactique. Elle tira de sa poche une lettre qu'elle tendit à Julie.

— C'est curieux, fit Emmélie avec un sourire engageant. Voyez, moi aussi, j'ai reçu du courrier.

Mademoiselle Emmélie Boileau, Chambly
Québec, 6 mars 1812

Chère demoiselle,

Je me permets de vous écrire pour me rappeler à votre amitié. Comme j'avais promis de vous tenir au courant des péripéties de notre vénérable assemblée, me voici prêt à remplir mon devoir de correspondant de la Chambre et à satisfaire votre curiosité. Une première nouvelle fera plaisir à votre curé: son frère, non pas l'avocat, mais bien monsieur Pierre-Stanislas Bédard, le chef du Parti canadien, un homme que je vénère, est enfin de retour à la Chambre après deux ans d'absence. Vous vous rappelez sans doute son arrestation et son emprisonnement décrétés par l'inique gouverneur Craig, en 1810. Cet homme a laissé un si mauvais souvenir au pays que j'ai été nommé à un petit comité chargé d'enquêter sur les agissements de l'ancien gouverneur, mais je crains fort que notre rapport soit dédié à la poussière plutôt qu'à la justice. Au contraire de Craig, Sir George Prévost, le nouveau gouverneur, semble sympathique à notre peuple. À Québec, la possibilité d'une guerre retient aussi l'attention de tous et Prévost a ouvert la session avec un discours qui nous fait croire qu'elle aura bel et bien lieu.

Une résolution en vue de verser des indemnités aux membres de l'Assemblée a été présentée. Saviez-vous que nous, pauvres députés, siégeons à Québec à nos frais, sans compensation aucune? Ce qui fait honneur à notre sens du devoir et du service public, mais allège nos bourses! Malheureusement, cette résolution a été reportée et je crois qu'il faudra encore plusieurs tentatives avant qu'elle ne soit un jour acceptée.

Et vous, chère demoiselle, caressez-vous toujours ce rêve d'ouvrir une école, comme vous me l'aviez confié? Je vous encourage à poursuivre ce noble projet d'éducation.

Mon père, à qui j'ai écrit pour raconter mon séjour à Chambly, me charge de transmettre ses meilleures salutations au vôtre. Dites-lui que je suis son affaire de près et lui écrirai prochainement les détails qu'il attend. Rappelez mon bon souvenir à votre mère, ainsi qu'à vos sœurs et votre frère, le notaire Boileau. Et vous, chère demoiselle, préservez votre belle santé pour vos amis, dont fait partie votre humble et obligeant serviteur,

L. J. Papineau
P.-S. Vous pouvez m'écrire chez monsieur Bruneau, à Québec.

— C'est une lettre fort plaisante, commenta Julie. Il raconte avec beaucoup d'esprit ce qui se passe à la Chambre. Très intéressant, ajouta-t-elle sans conviction.

Elle préférait nettement sa lettre à celle d'Emmélie qu'elle trouvait d'une navrante banalité. Cette dernière retourna la missive de Papineau dans sa poche. Contrairement à ce que pouvait penser Julie, les mots du député lui avaient procuré une émotion nouvelle. Elle devinait chez Papineau le désir d'entreprendre une relation qui pourrait un jour se transformer en engagement. Mais ce jour était encore loin et elle préférait garder la tête froide. Les amours de Julie lui apparurent plus importantes pour l'heure, d'autant que dans la lettre du major de Salaberry, elle discernait des intentions précises. Cet homme appartenait à son milieu et Julie ne pouvait laisser passer cette chance.

— Vous voyez bien que ce que m'écrit monsieur Papineau relève de l'amitié, alors que la lettre du major est une lettre galante. *Vos lettres seront comme autant de rayons de soleil… celui à qui vous manquez…* Ce sont là des mots d'amour et c'est ce qui vous trouble tant, n'est-ce pas?

En rougissant, Julie hocha la tête.

— Que dois-je faire, Emmélie?

— Interroger votre cœur, osa la jeune fille tout en priant pour que les intentions de Salaberry soient sérieuses. Et y répondre rapidement, ajouta-t-elle avec assurance.

Elle se pencha vers Julie pour prendre ses mains dans les siennes.

— Puisque vous m'honorez de votre confiance et de votre amitié, permettez-moi d'être franche avec vous.

— Que voulez-vous dire?

— Je crois que vous le savez parfaitement. Vous êtes venue ici pour entendre ce que je vais vous dire. Vous vous bercez de chimères en pensant à mon frère, je vous assure.

— Que dites-vous là? insista Julie, suffoquée.

Elle se libéra violemment des mains d'Emmélie. Comment pouvait-elle prétendre connaître des sentiments qu'elle tenait profondément cachés?

— Vous vous trompez! nia-t-elle farouchement.

C'était pourtant un aveu. La panique dans les yeux de Julie prouvait à Emmélie qu'elle avait fait mouche. Salaberry venait jeter le trouble dans ce cœur qui s'illusionnait depuis trop longtemps d'un amour impossible.

— Bien sûr, pour nous, femmes, il est naturel d'aspirer au mariage et de souhaiter la meilleure union qui soit pour assurer notre bonheur, puisque c'est cela qui détermine le reste de notre vie, dit Emmélie pour l'apaiser. Qui voudrait entreprendre pareille aventure sans avoir la certitude que son choix sera le bon ? C'est pourquoi la perspective de se tromper est terrifiante.

— Ce qui signifie ? demanda Julie, tremblante.

— Considérez le major de Salaberry comme un prétendant à votre main. Car René n'est pas pour vous, Julie. Il ne veut pas se marier, ni avec vous ni avec personne d'autre, d'ailleurs.

Emmélie venait de lui asséner un dur choc. Comme de fait, Julie se leva brusquement, le visage plein de colère et de frustration. Emmélie s'arrogeait le droit de lui certifier que le notaire ne l'aimait pas.

— Jamais je n'oublierai l'affront… et la peine que vous me faites, affirma la demoiselle de Rouville d'une voix blanche.

— Pourtant, Julie, il n'y avait qu'une amie sincère pour prononcer les mots que vous ne vouliez pas entendre et vous ouvrir les yeux. Un jour, je l'espère ardemment, vous me pardonnerez.

Mais Julie repartit sans même un mot d'adieu. Un violent tremblement secoua Emmélie qui ne put retenir ses larmes. À cause de sa franchise, elle venait peut-être de perdre une amie.

∾

Emmélie n'avait jamais envisagé le mariage pour elle-même, trop accaparée par ses responsabilités familiales. Elle secondait sa mère pour la bonne marche de la maisonnée, mais la tâche à laquelle elle consacrait beaucoup de temps était l'éducation de Zoé, à qui elle enseignait tout ce qu'elle-même avait appris au couvent. Instruire sa jeune sœur lui plaisait au point qu'elle caressait le rêve d'ouvrir une école pour jeunes filles.

Mais l'apparition de Papineau dans sa vie lui ouvrait des perspectives nouvelles, sans qu'elle puisse dire encore si elle était amoureuse. Elle avait cru fermement qu'une fois arrivé à Québec, Papineau ne penserait plus aux gens de Chambly, et encore moins à elle, demoiselle Emmélie Boileau.

C'est pourquoi elle était heureuse de s'être trouvée seule à lire sa lettre arrivée par le dernier courrier, la pressant ensuite sur son cœur, les joues couvertes d'un léger incarnat.

Il lui fallait évidemment faire part de cette correspondance à toute la famille, le contraire aurait de toute façon été impensable. Plus tard, à la table familiale, Emmélie entreprit de lire la lettre de Papineau sans omettre un seul mot.

— Ce petit avocat a osé t'écrire sans mon autorisation, constata sévèrement son père. Après toutes ses belles promesses, il m'a complètement abandonné dans l'affaire du ponceau.

Déclaration qui ne reflétait pas tout à fait la vérité. En réalité, monsieur Boileau n'avait pas voulu écouter les conseils de son avocat. Papineau était désormais à Québec où il avait repris son siège à la Chambre d'assemblée.

René leva le nez de la *Gazette de Montréal*.

— Père, Louis-Joseph Papineau promet de devenir un grand politicien. Sans compter qu'il héritera un jour de la seigneurie de la Petite-Nation que son père, mon éminent collègue le notaire Joseph Papineau, a achetée il y a quelques années.

— Sans doute, sans doute, grommela monsieur Boileau, sans conviction.

— Monsieur Papineau veut simplement poursuivre par écrit les conversations que nous avions ici même, devant mère et devant vous, se défendit Emmélie. Il fait une belle description du début de la session parlementaire. Je croyais que ces choses-là vous intéressaient également.

Comme piqué au vif, monsieur Boileau se jeta dans une furieuse algarade qui surprit tout le monde.

— Sacrelotte ! Je te croyais plus intelligente, ma pauvre fille. Pourquoi penses-tu que Papineau s'intéresse à toi, sinon parce qu'il croit, à tort évidemment, que tu auras droit à une dot importante ? Cet homme, ton frère l'a dit, n'a d'autre intérêt que la politique et n'a rien à faire avec une simple demoiselle de Chambly.

— Ce que vous dites est parfaitement odieux, l'interrompit René, stupéfait par ces propos virulents. Je ne vous comprends pas, père.

— Ce qui est certain, c'est que si les Rouville apprennent ces… échanges épistolaires, ils croiront que ta sœur a un engagement et ne voudront pas entendre parler d'un mariage entre elle et leur fils.

« Ah ! Nous y voilà ! » se dit René tandis qu'Emmélie ripostait.

— Mais où êtes-vous allé chercher cette idée ? Il n'a jamais été question que j'épouse Ovide de Rouville !

— Faut-il que tu sois aveugle ! L'autre soir, ce jeune homme te dévorait des yeux. Il recherche constamment ta compagnie.

— Emmélie, intervint Sophie. Je me demande en quoi le fils Rouville te déplaît. Si, autrefois, il m'avait fait une demande, je veux dire avant de rencontrer Toussaint, je l'aurais certainement acceptée. Imagine ! Tu pourrais devenir seigneuresse de Rouville, renchérit l'insouciante. Tu serais vraiment sotte de laisser passer pareille occasion. Pourquoi ne pas l'encourager à venir accrocher sa lanterne, comme disent les habitants ?

Pour toute réponse, Emmélie jeta un regard furieux à sa sœur. De quoi se mêlait-elle?

— Je n'ai aucune inclination pour le fils Rouville. Et il en va de même pour lui, malgré ses prétentions. La seule chose qui l'intéresse, à mon avis, c'est exactement ce que vous reprochiez tout à l'heure à monsieur Papineau: une dot qu'il croit substantielle.

Découragé, monsieur Boileau arracha sa perruque pour se gratter le crâne.

— Ce que tu dis est parfaitement insensé! Ce garçon n'a pas besoin d'argent. Sa famille est riche et il héritera un jour d'une seigneurie. Mais il est vrai que si tu acceptais d'épouser le fils du colonel, tu aurais droit à une dot… heu… en conséquence, déclara le père, quoique avec hésitation, ne voulant pas trop s'avancer devant Sophie.

Les ententes avec les Drolet n'étant pas conclues, sa fille préférée pourrait se révéler gourmande. Le père se tourna plutôt vers sa femme:

— Vous devriez lui faire entendre raison.

— Mon ami, fit calmement madame Boileau, je crois, tout comme vous, qu'Ovide de Rouville est un parti inespéré. Mais comme nous aurons déjà à faire la dépense d'une noce cette année, rien ne presse.

— Rappelez-vous ses frasques de jeunesse: fainéantise, dettes de jeux, tout cela est connu, intervint René qui ne tenait pas à ce que cette idée absurde fasse trop de chemin.

— Calomnies!

— Calomnies? Et ce goût immodéré pour les servantes? Mère, pardonnez mon langage, mais on ne compte plus le nombre de pauvres filles qu'il aurait culbutées. Je suis contre cette idée de mariage, à moins qu'Emmélie elle-même ne le souhaite, dit le notaire en repliant la *Gazette de Montréal*.

— Je ne tiens pas du tout à me marier, déclara Emmélie. Et si un jour je le fais, ce sera en suivant mon inclination.

— Nous verrons bien ! gronda le père.

Tout en rangeant la lettre controversée dans sa poche, Emmélie coupa court à tout autre argument en se tournant vers sa sœur :

— Tu te rappelles ? Nous avons promis une visite à Marguerite, après dîner.

— Je n'ai pas oublié, répondit vivement Sophie qui n'aimait pas les disputes. J'ai hâte de revoir la petite Marie-Anne qui doit être ronde comme une pomme.

— Je peux aller avec vous ? supplia Zoé qui sirotait son chocolat. J'ai terminé mes devoirs, même celui de géographie, que je déteste.

Emmélie consulta sa mère du regard.

— Mais oui ! N'est-ce pas, Sophie ?

Cette dernière se leva et entoura la petite sœur de ses bras tendres.

— Bien sûr, ma jolie ! Viens, allons nous apprêter pour sortir.

Depuis que la date du mariage était arrêtée, Sophie débordait d'affection pour ses proches. Mais il restait encore de longs mois à profiter de sa famille, la cérémonie étant prévue pour le 26 octobre.

— Pauvre Talham ! fit monsieur Boileau en se levant de table. Lorsque vous le verrez, rappelez-lui de ma part qu'il est plus difficile d'élever des filles que des garçons.

— Mon mari ! Mais comment pouvez-vous dire de telles choses, et devant nos filles, par-dessus le marché ! Décidément, mes enfants, votre père n'a pas tous ses esprits ces derniers temps, critiqua madame Boileau. Je ne reste pas une seconde de plus dans cette maison, ajouta-t-elle, excédée par l'attitude de son époux. Mes filles, je vous accompagne.

«Mon père et ses airs de matamore!» soupira René. Lui qui pouvait être de si agréable société. Mais on aurait dit que l'affaire du ponceau en faisait un homme acariâtre. Et voilà que même Emmélie s'attirait son animosité. René se dit qu'il n'en pouvait plus de l'entendre déblatérer sur les uns et sur les autres et qu'il avait besoin d'air, lui aussi. Il se retira pour aller préparer son paquet. Vivement Montréal!

Emmélie attrapa son chapeau et son manteau, et sortit rejoindre sa mère et ses sœurs qui l'attendaient. Elle répondrait à Papineau, comme le réclamait la politesse la plus élémentaire. D'ailleurs, fallait-il commencer sa lettre par *Monsieur Papineau* ou *Cher monsieur Papineau*, ou plutôt par *Mon cher monsieur Papineau*?

∾

Les demoiselles bessonnes vivaient toujours dans l'ancien manoir des Niverville. C'était une maison trapue aux murs chaulés, écrasée par un toit à quatre versants recouverts de vieux bardeaux de cèdre qui manquaient par endroits. L'humidité résultant de cet état des choses accélérait la décrépitude de la demeure centenaire et plus rien ne subsistait du lustre d'autrefois. Deux lucarnes de dimension modeste éclairaient les combles, ajoutant un peu de fantaisie à cette architecture ancienne. La lutte constante pour contrer le froid était irrémédiablement vouée à l'échec : deux cheminées peu efficaces, ainsi qu'une pratique de l'économie restreignant l'achat de bois de chauffage expliquaient cet état de fait.

Ce matin-là, une expression scandalisée ne quittait pas le visage de Thérèse, l'une des demoiselles, qui tirait sur sa mitaine afin de mieux saisir une tasse contenant un café amer et sans sucre, privation due à la période du carême.

— Sais-tu ce que Marie-Desanges vient de m'apprendre ? Le notaire Boileau épouserait notre Julie.

— L'ignoble famille ! s'offusqua sa sœur qui trempait du pain dur dans la même insipide boisson. Mais d'où tient-elle cela ?

— D'Ursule, la cuisinière des Boileau.

— Et si cette prétentieuse a pu apprendre cette nouvelle, c'est bien parce qu'elle l'a entendue de la bouche même de ses maîtres, fit Madeleine. Sinon, Julie et madame de Rouville auraient pris la peine de nous informer.

— Il semble plutôt que la servante ait écouté aux portes. Rien ne peut me surprendre, venant de ces gens. Cette Emmélie, que tout le monde prend pour une sainte, aurait servi d'entremetteuse. Et tu ne sais pas tout. L'aînée des Boileau espère épouser le frère de Julie.

— Oh ! Ma sœur, je crois que je vais avoir une crise de nerfs !

À l'idée du notaire posant ses affreuses pattes pleines d'encre sur leur chère petite, Madeleine frémissait d'indignation. Le sort du fils Rouville la laissait indifférente. S'il se laissait prendre par les artifices de la séduction d'une fille Boileau, c'était tant pis pour lui. Elle n'était pas près d'oublier qu'il avait attaqué un jour Marie-Desanges et que celle-ci était passée à un cheveu de leur rendre son tablier.

Les demoiselles de Niverville lapèrent bruyamment le café chaud, avant d'y tremper leur pain durci.

— Toutes ces rumeurs démontrent que les Boileau complotent pour s'emparer de la fortune des Rouville ! affirma Madeleine.

— Nous l'avons toujours dit. Ils sont d'une insatiable avidité. Le grand-père a plongé notre famille dans la misère, au point que Louise, notre chère petite sœur, a dû se résoudre à épouser le marchand David Lukin, se lamenta Thérèse, justifiant par le fait même un mariage qu'elles avaient toujours désapprouvé, tout en passant sur le fait que leur cadette ne manquait ni de toilettes ni d'argent.

— Et avec l'affaire du ponceau, le père Boileau s'en prend maintenant à notre beau-frère Lukin. Il souhaite sans doute le mettre sur la paille.

— Dans quel monde vivons-nous, je me le demande! s'écria Madeleine après s'être tamponné les lèvres avec une vieille serviette.

— Et surtout, comment faire pour empêcher ces gredins d'arriver à leurs fins?

— Notre Julie! Une âme si innocente! Je suis persuadée que le major Salaberry s'est épris d'elle. Ils sont faits l'un pour l'autre, c'est l'évidence. Marie-Desanges a appris, par Joseph, que la chère enfant entretient une correspondance secrète avec le major.

— Ma sœur, déclara Thérèse, notre devoir est de la tirer des doigts crochus de ces aigrefins.

Les demoiselles convinrent de commencer leur mission par une visite chez Marguerite Talham, qui avait l'avantage d'être à la fois une parente des Boileau et une amie de Julie. Prétextant qu'elles n'avaient pas encore eu le bonheur de contempler la dernière-née de la famille du docteur, il fut facile de convaincre Julie de leur présenter sa filleule.

ॐ

Les dames Boileau étaient installées dans la chambre de compagnie chez Marguerite à broder une nappe lorsque Lison annonça :

— Les demoiselles de Niverville et mademoiselle de Rouville, madame.

— Bonté divine ! laissa tomber Marguerite.

— Que viennent-elles faire ici ? demanda Sophie, déçue de devoir abandonner son ouvrage.

L'après-midi devait être consacré à la confection du trousseau de Sophie et aux joyeux bavardages. La présence imprévue de madame Boileau et de Zoé ne dérangeait nullement Marguerite, bien au contraire. Elle aimait sincèrement sa tante Boileau, toujours reconnaissante de lui avoir procuré une éducation de demoiselle, alors qu'elle n'était qu'une simple fille d'habitant.

Mais l'arrivée des augustes bessonnes et de Julie obligea Marguerite à filer vers la cuisine afin de parlementer avec Lison. Il fallait improviser une collation digne de ce nom. Emmélie la suivit, ne tenant pas à se retrouver en petit comité avec Julie, même si elle déplorait le froid qui s'était installé entre elles depuis leur dernière conversation.

— Puisque nous sommes arrivées en force, j'ai pensé que tu aurais besoin d'un petit supplément.

Dans un torchon se trouvait un pain confectionné par Ursule le jour même. Marguerite remercia Emmélie avec gratitude.

— Je vais faire des tartines, ce sera parfait.

— Alors, pourquoi as-tu l'air si désespérée ? demanda Zoé en pénétrant à son tour dans la cuisine avec Sophie. Il y a assez de chaises. Je les ai même comptées. N'est-ce pas, Lison ?

— Pour sûr, mademoiselle. Ces dames sont bien installées, soupira la petite bonne qui n'aimait guère les demoiselles.

— Retourne puiser de l'eau fraîche, ordonna Marguerite à Lison en ignorant la question de Zoé. Tu la fais chauffer sur le poêle, mais sans la bouillir, rappelle-toi. Ah! Voici le thé et ma grande théière, mais est-elle propre? se demanda-t-elle en examinant fiévreusement l'ustensile.

— Tu sembles bien nerveuse, remarqua à son tour Sophie, peu habituée à voir sa cousine perdre son sang-froid.

— Mais c'est une véritable troupe qui vient d'arriver! Il ne manque plus que madame Bresse, sa sœur Clémence, ainsi que Marie-Josèphe, pour que toutes les dames de Chambly se trouvent chez moi. Non pas que je me plaindrais si la sœur du curé était avec nous. Notre chère Marie-Josèphe a grand besoin de distraction, avec son frère qui l'empêche de sortir.

— Je l'ai trouvée pâle, l'autre jour à la messe, approuva Sophie en hochant la tête. J'ai même cru qu'elle était malade.

— Elle est triste d'être confinée au presbytère depuis que son frère lui refuse la permission de nous fréquenter, expliqua Emmélie.

— Je me demande ce que viennent faire ici les demoiselles, dit Marguerite. Je ne me rappelle plus à quand remonte leur dernière visite. Elles refusent les soins et remèdes d'Alexandre et font venir le docteur Mount, de Belœil, pour les soigner.

— C'est la curiosité qui a poussé ces chipies jusqu'ici, suspecta Sophie. Il fallait qu'elles constatent par elles-mêmes à quel point ta petiote est belle comme un cœur. Et que dire de Julie? Serait-elle malade? Elle a une mine d'enterrement.

«Une mine d'enterrement qui lui est venue en me voyant», songea Emmélie en coupant le pain dont Marguerite tartinait les tranches de beurre et de confiture. «Elle est toujours fâchée», conclut-elle avant que toutes ne retournent à la chambre de compagnie.

Quelques minutes plus tard, pendant qu'Emmélie et Marguerite servaient les dames, ces dernières admiraient l'air de bonne santé de la petite Marie-Anne, bien grasse et de bonne humeur. Réveillée, la pouponne gazouillait devant ses admiratrices.

— N'est-ce pas que ma filleule est ravissante ? dit Julie avec un enthousiasme qui sonnait faux.

La présence d'Emmélie la gênait. N'avait-elle pas été trop dure avec elle, l'autre jour ? Julie avait eu le temps de réfléchir et s'en voulait d'avoir heurté son amie qui l'avait pourtant mise en face de la vérité. Elle pourrait peut-être se rattraper aujourd'hui.

— Elle te ressemble, Marguerite, dit madame Boileau en retirant d'autorité l'enfançon des bras de Sophie. Elle aura tes yeux, et sans doute ton bon caractère. Rien ne semble la déranger.

— Merci, ma tante. Tant mieux si elle a bon caractère, comme vous dites. Elle en aura besoin, ma mignonette, avec trois chenapans pour l'endêver.

À leur tour, les demoiselles examinèrent l'enfant avec de vagues sourires satisfaits avant de passer au sujet qui les intéressait.

— Dites-nous, chère petite, demanda Thérèse en se tournant vers Julie, avez-vous eu des nouvelles de votre cousin ? Votre père racontait l'autre jour que *Sir George* – la vaine tentative de prononciation à l'anglaise fit surgir quelques sourires –, le gouverneur lui-même, recevrait Salaberry, et qu'il avait de grands projets pour lui.

— Salaberry est un nom aussi ancien que le vôtre, chère madame de Gannes de Falaise, dit Madeleine en redonnant à madame Boileau son nom de jeune fille.

Elle connaissait par cœur la généalogie des grands personnages et prononçait le nom des Salaberry avec une vénération telle qu'on aurait cru que surgissait dans la pièce le fantôme du bon roi Henri IV, à cheval et s'écriant : *Force à superbe ! Mercy à faible !* la devise ornant les armoiries de cette noble famille.

— Mère remonte au xive siècle, renchérit la sentencieuse Zoé qui avait toujours été impressionnée par le blason maternel.

— Ce n'est pas mère qui remonte au xive siècle, mais son nom, s'esclaffa Sophie en échangeant un regard amusé avec Emmélie.

Pour sa part, madame Boileau se méfiait toujours lorsque les demoiselles de Niverville étalaient les quartiers de noblesse des uns et des autres. En général, c'était pour lui rappeler à quel point elle avait « déchu » le jour de son mariage. Elle se retourna vers Marguerite pour la complimenter sur le goût exquis du pain… sachant pourtant bien qu'il provenait de sa propre cuisine.

Mais rien ne pouvait empêcher les demoiselles de faire l'éloge du major de Salaberry, le seul homme digne de Julie. Elles étaient déterminées à écraser les prétentions de quiconque pourrait avoir des visées sur leur *chère petite*.

— Et les yeux de ce grand guerrier ! Impossible de les oublier.

— Ce sont là les yeux d'un héros ! approuva sa sœur d'emblée.

Sophie ne put retenir un sourire malicieux en entendant la dernière exclamation. Sans contredit, les demoiselles de Niverville avaient été subjuguées par Salaberry. L'une d'entre elles rêvait peut-être d'en faire son époux ? Son sourire s'amplifia à cette pensée saugrenue. Au fait, quel âge avaient-elles ? Au moins quarante ans, sinon cinquante. Impossible de leur donner un âge précis.

— Ma chère Julie, dit alors la première demoiselle, quelle chance exceptionnelle que la vôtre !

— Assurément ! renchérit la seconde. Tout ce bonheur qui vous attend. Comment ne pas vous envier ?

— Mais, que voulez-vous dire ? demanda Julie, son regard allant de l'une à l'autre.

— Ne soyez pas aussi cachottière.

— Moi, cachottière ?

— Eh bien ! Eh bien ! Il semble qu'il y ait des projets de mariage dans l'air. N'auriez-vous pas reçu une lettre de Montréal ?

« Comment ont-elles su ? » se demanda Julie, estomaquée. Elle jeta un regard noir du côté d'Emmélie. Aurait-elle trahi leurs confidences pour se venger ?

— Je savais bien que René épouserait la demoiselle de Rouville ! s'écria alors Zoé d'un air triomphant.

Julie rougit violemment et madame Boileau faillit s'étouffer avec son thé.

— Notre Zoé a beaucoup d'imagination, dit prestement Emmélie.

— Mais, Emmélie ! protesta la fillette. J'ai entendu les demoiselles le dire à madame Bresse.

— Zoé, tu sais que c'est très vilain de proférer ainsi des mensonges, la réprimanda à son tour sa mère, pour mieux dissimuler son embarras. Je vous prie d'excuser ma fille, ajouta-t-elle précipitamment en se tournant vers Julie. Comme le dit Emmélie, notre Zoé se plaît à inventer des romances propres à son âge.

La fillette dévisageait sa mère avec des larmes dans les yeux. Elle n'avait pourtant dit que la vérité.

— Viens, Zoé, allons voir ce que font les garçons, intervint Sophie en empoignant sa jeune sœur, pressentant que la conversation allait tourner au vinaigre. Ils seront déçus si nous n'allons pas leur dire bonjour.

Une fois Zoé hors de vue, Madeleine de Niverville émit une sorte de glapissement et Thérèse, après avoir délicatement attrapé avec sa langue un morceau de beurre resté sur la commissure de ses lèvres, revint à la charge.

— Chère madame Boileau, dit-elle, comme je vous l'ai souvent rappelé, cette enfant doit impérativement aller au couvent.

— Voyez les effets néfastes d'une éducation donnée trop librement, ajouta Madeleine en tirant un mouchoir d'une lointaine poche avec une mine de tigresse ayant enfin trouvé sa proie.

Madame Boileau se retenait pour ne pas riposter. Dans la famille, tous avaient été d'accord pour garder Zoé à la maison afin d'épargner du chagrin à une mère qui avait perdu de nombreux enfants en bas âge. Zoé, la dernière de ses dix-sept enfants, resplendissait de santé : c'était la petite miraculée de la famille.

— Notre sœur est très bien éduquée, rétorqua Emmélie. À tour de rôle, Sophie et moi lui faisons la classe. Je lui enseigne le français, l'anglais, l'arithmétique, l'histoire et la géographie. Et comme Sophie est la plus habile dans les arts, elle lui apprend le dessin et la musique… ainsi que l'usage des bonnes manières.

Emmélie ne put s'empêcher d'appuyer sur les derniers mots.

«La peste soit des demoiselles! se dit alors Marguerite, désespérée de voir son après-midi tourner à la catastrophe. Emmélie est outrée, Julie embarrassée et ma tante Boileau se retient de lancer leurs quatre vérités.» Car il semblait bien que les chipies s'étaient levées aujourd'hui pour livrer bataille. Thérèse croassait comme une vieille corneille en attaquant encore sa tante.

— Et, malgré tout le respect que nous avons pour monsieur le notaire, votre fils, il ne doit pas se faire d'illusions. Comprenez qu'en aucune façon, notre Julie ne peut lui être destinée.

Devant le visage rembruni de madame Boileau, elle détourna résolument le regard comme pour ne pas voir le fin lainage de la jupe de la dame ni admirer le châle de cachemire qui recouvrait ses rondes épaules, châle que la frêle demoiselle aurait bien aimé posséder, comme l'aurait permis autrefois la fortune des Niverville. Mais elle était heureuse d'avoir enfin trouvé l'occasion de rappeler à l'ancienne demoiselle de Gannes de Falaise à quel point celle-ci avait commis une grave erreur en épousant un roturier.

— Quand à vous, mademoiselle Boileau, susurra Madeleine en s'adressant à Emmélie, n'espérez pas vous marier au-dessus de votre rang en cherchant à prendre dans vos filets le jeune monsieur de Rouville.

Jusque-là, madame Boileau avait contenu sa colère. Mais cette fois, les insupportables jacasseuses allaient trop loin pour son orgueil de noble dame.

— Rassurez-vous, ce que vous craignez est tout à fait impossible, répliqua-t-elle froidement, avec un sourire forgé par des années de mondanités. Avec l'éducation qu'ils ont reçue, mes grands enfants n'ont nul besoin d'outrepasser leur classe, comme vous semblez le croire. Et ceux qui osent le prétendre ont menti.

— Au moins, vous connaissez votre rang, au contraire de votre époux qui fait chanter toute la paroisse avec son pont. Est-ce à dire qu'il n'a plus les moyens de le réparer à ses propres frais ? insinua perfidement Thérèse.

Madame Boileau serra les dents sous l'affront. Voilà où menaient les querelles de son époux! Jamais auparavant, les demoiselles de Niverville n'auraient osé lui tenir des propos aussi offensants!

Ayant jeté tout leur fiel, celles-ci se levèrent en chœur, annonçant leur départ. Madame Boileau les ignora superbement.

— Ma chère petite, dit Madeleine à Julie, je crois qu'il est l'heure.

— Madame Talham, fit Thérèse à Marguerite avec un air parfaitement hypocrite, votre enfant est remarquablement calme. Recevez toutes nos félicitations. Je vous prierais de faire avancer la carriole de mademoiselle de Rouville, ajouta-t-elle comme si elle s'adressait à une domestique.

Loin de s'en offusquer, Marguerite se hâta d'appeler. «Qu'elles disparaissent, et surtout, qu'elles ne reviennent plus!» songea-t-elle.

Mais le pire n'était pas encore arrivé. Julie dévisagea Emmélie en lui disant:

— Toutes vos belles paroles ne cherchaient qu'à me cacher la vérité. Jusqu'à ce jour, je n'ai jamais voulu croire que vous vous intéressiez à mon frère. Mais j'ai l'impression que ce qu'on dit de votre famille finit par s'avérer.

— Tout cela est faux, je vous l'assure… babutia Emmélie, désemparée.

Et Marguerite, voyant ses amies se déchirer de plus belle, ne put s'empêcher de penser qu'Ovide de Rouville, même absent, avait l'art de semer la zizanie.

∾

Dans la carriole qui les ramenait au faubourg, les demoiselles se vidaient le cœur : « La prétention des Boileau est révoltante ! C'est dire à quel point cette famille devient infréquentable. Pauvre Julie ! Vous devriez vous méfier, chère petite. Les jeunes filles sont certes fort agréables, mais inclassables, puisque nées Boileau. Voyez le père : il finira par nous mettre tous sur la paille. »

Assise auprès de Joseph, Julie n'entendait même pas ces propos. Qui d'autre spéculait sur son mariage, avançant même le nom des prétendants ? Quelqu'un avait-il seulement songé à lui demander son avis à elle, Julie de Rouville, la principale intéressée ?

Ce soir-là, l'esprit entraîné dans un dédale de pensées obscures, Julie refusa de manger à la table au souper et fit monter à sa chambre un peu de bouillon et du pain, prétextant un malaise. Elle ne voulait plus penser à René, ni à Emmélie, ni à aucun autre des Boileau. Et son cousin Charles ? Que faisait-il ? Quand reviendrait-il à Chambly ?

Tôt le lendemain, Julie s'installa à son écritoire pour rédiger de sa plus belle écriture une première lettre à Charles où elle lui disait à quel point elle avait été heureuse d'avoir de ses nouvelles et, surtout, qu'elle en espérait d'autres prochainement.

Chapitre 10

L'ordre de Rottenburg

Les hauts bancs de neige disparaissaient peu à peu sous les ardeurs du soleil de mars. Désormais, des lettres de Julie et de Salaberry voyageaient entre Montréal et Chambly avec la même régularité que la malle-poste – lorsqu'il n'y avait pas de retard dans la livraison du courrier –, c'est-à-dire deux fois par semaine.

Julie se surprenait à attendre les lettres de Charles. Sur la petite commode de sa chambre se trouvait un coffret dont elle souleva le couvercle gravé pour y ranger la dernière missive de son cousin. Elle avait pris son temps pour la lire, afin de consigner chaque mot dans sa mémoire. En vaquant à ses occupations habituelles, elle se rappellerait les phrases de Charles, s'en laisserait bercer. Sans être explicites, ses lettres étaient empreintes d'une délicate affection. Il évoquait ses yeux de velours et son désir de les revoir, se rappelait la douceur de sa main *si semblable à celle de la soie* et affirmait dans chacune à quel point il regrettait de ne pouvoir reprendre le chemin de Chambly *ne fût-ce que pour entendre le son de votre voix*. En lisant ces mots, elle frémissait. René avait été relégué dans un coin obscur de son cœur.

Elle n'avait plus revu Emmélie ni aucun membre de la famille Boileau depuis cette visite chez Marguerite qui avait si mal tourné à cause de l'indiscrétion des demoiselles. Même si elle s'était finalement avoué qu'elle avait été sévère avec Emmélie, Julie recommençait à lui reprocher sa brutale intervention. Elle avait également espacé ses visites à Marguerite, mais comme elle ne pouvait se passer trop longtemps de l'atmosphère chaleureuse qui régnait chez les Talham, elle s'assurait auparavant de ne pas s'y retrouver face à face avec son ancienne amie. Mais si les événements donnaient raison à cette dernière, ne devrait-elle pas faire amende honorable ? Épouser Charles... C'était la première fois que Julie évoquait cette éventualité.

◊

— Tu es bien certain de ne pouvoir rester un peu plus longtemps ? demanda madame de Beaumont à l'homme qui s'étirait avec délices dans son lit.

Louise de Beaumont, que ses intimes surnommaient Lisette, était une veuve sans enfants, ce qui expliquait sans doute pourquoi elle avait su préserver sa sveltesse, de même que son indépendance financière. D'un mari mort trop tôt et qu'elle avait aimé passionnément, elle avait tout appris sur un monde sans pitié et interdit aux femmes : celui de la fourrure. Son époux lui avait laissé une affaire prospère et madame de Beaumont avait compris que son statut de veuve était la seule condition acceptable pour une femme qui tenait à préserver sa liberté. Malgré l'insistance des prêtres, elle avait fermement refusé de se remarier et les hommes d'Église s'étaient finalement lassés de chercher un bon mari à cette entêtée qui gérait elle-même sa fortune et déployait son intelligence pour demeurer à l'abri du besoin sans le concours d'un homme.

Mais elle avait aussi un tempérament ardent et ne voulait pas se priver des joies de l'amour pour autant. Elle se choisissait des amants parmi les hommes de la bonne société, appréciant les esprits raffinés et indépendants. Femme apparemment sans protection, elle possédait pourtant un moyen infaillible pour éviter les incidents malheureux. Un domestique dévoué, tiré autrefois de l'esclavage par ses soins, à la fois majordome et gardien, la garantissait des ennuis. Si, d'aventure, un homme s'était risqué à vouloir la violenter, il aurait pu se retrouver au fond du Saint-Laurent. Et pour ce qui était des ennuis d'un autre genre, elle connaissait ce qu'il fallait faire et les messieurs admis dans son intimité devaient se plier à ses exigences.

Lorsqu'elle accordait ses faveurs, madame de Beaumont mettait aussi d'autres conditions : elle ne tolérait aucune arrivée à l'improviste, ni qu'on exige d'elle une quelconque exclusivité. En retour, elle était d'une discrétion absolue.

— Tu espaces tes visites, ce qui me navre infiniment, mon cher et beau ténébreux, fit-elle en enfouissant ses doigts effilés dans la chevelure brune de René Boileau, avant de lui donner un baiser.

— Mon travail me prend tout mon temps, Lisette aux yeux d'or, répondit le notaire de Chambly, en caressant à son tour les cheveux ondulés de la belle dame.

Madame de Beaumont avait franchi récemment le seuil de la quarantaine, mais René se souciait peu des années qui les séparaient, car, à la fréquenter, il jouissait de plaisirs qu'aucune demoiselle de la bonne société ne pouvait même imaginer. Ses rencontres avec Lisette lui procuraient toutes les satisfactions possibles : une amante expérimentée et une épaule accueillante où il faisait bon se réfugier à l'occasion.

— Depuis ton arrivée, tu sembles plus préoccupé qu'à l'habitude, dit-elle.

— T'aurais-je déçue ? demanda-t-il, craignant ne pas avoir su la combler durant les dernières heures qui venaient de s'écouler.

— Il ne s'agit pas de cela. Tu es encore trop jeune, trop vigoureux pour que les soucis qui t'accablent influencent tes splendides capacités, répondit-elle avec une certaine langueur dans la voix. Je note simplement, en te voyant froncer les sourcils, que quelque chose te tourmente. Tu peux m'en parler. Rien de ce que tu me diras ne franchira cette alcôve.

Les yeux perdus dans une sorte de chose mousseuse, arachnéenne et absolument féminine qui servait de ciel de lit, mains croisées sous la tête et nu comme un ver, René se détendit. Un feu brûlait dans l'âtre de la cheminée. Au mur, une Vénus voluptueuse se faisait enlacer par un Cupidon au regard tendre. La pièce était décorée avec un raffinement manifestement conçu pour abriter des ébats amoureux. Sa maîtresse se leva et René put de nouveau admirer son corps souple et épanoui avant qu'elle enfile un ravissant déshabillé dont la fine toile de batiste laissait transparaître ses charmes, ne permettant pas à sa propriétaire de s'en revêtir ailleurs que dans la stricte intimité de sa chambre. Assise maintenant devant une coiffeuse, elle rassemblait ses cheveux en un chignon relâché en s'observant dans un miroir de Venise au cadre de bois doré et sculpté, ses beaux bras relevés formant d'exquises courbes dans la lumière voilée des chandeliers.

— Si tu m'offres un peu de ton excellent café, je te raconterai.

Dans le miroir, un sourire qui exprimait le contentement de prolonger leur rencontre lui répondit.

— Voilà une excellente idée. J'en ai plus qu'assez de boire cette insipide boisson qu'est le thé – même lorsqu'il s'agit des meilleurs thés indiens.

Pendant qu'elle parlait, René s'était enfin redressé pour passer sa chemise blanche et enfilait ses longs bas de laine qu'il attacha avant de remettre sa culotte et ses bottes. Il reboutonna son gilet, mais laissa de côté sa redingote noire qu'il enfilerait plus tard. Avec un peigne fin, qu'il traînait toujours avec lui, il recoiffa soigneusement ses cheveux et annonça :

— Me voilà fin prêt, chère belle.

Madame de Beaumont appela son domestique qui revint bientôt avec le café.

— Viens, dit-elle en s'assoyant à une petite table près d'une fenêtre ornée de longs rideaux qui laissaient filtrer paresseusement la lumière du jour.

Elle lui désigna la chaise, en face d'elle, servit le café et l'écouta avec toute l'attention voulue. René entreprit de lui raconter les dernières péripéties qui agitaient Chambly, lui faisant part de ses inquiétudes au sujet de sa sœur Emmélie. Madame de Beaumont avait été présentée un jour à Ovide de Rouville, un jeune homme superficiel et suffisamment outrecuidant pour qu'elle ne désire pas en apprendre plus sur lui.

— Tu as sans doute raison de te méfier. Mais ne t'inquiète pas outre mesure, ta sœur me semble pourvue de moyens pour se défendre et le remettre à sa place.

Mais comme elle ne connaissait pas la demoiselle en question et doutait de la rencontrer un jour dans sa lointaine campagne, elle n'eut pas d'autre commentaire. Elle contempla René, songeant qu'il était un homme pour qui elle aurait peut-être entrouvert la porte de son cœur, si elle ne craignait pas tant les meurtrissures de l'amour.

L'espace d'un instant, Lisette se rappela l'existence d'un autre homme de Chambly qu'elle avait fréquenté autrefois : Alexandre Talham, qui l'avait quittée pour épouser une très jeune fille de son village. Elle soupira et revint à René qui s'apprêtait à lui dire adieu… jusqu'à la prochaine fois.

∾

Québec, 15 mars 1812

Mon cher fils,

Je viens de recevoir ta dernière lettre et je m'empresse de te répondre, car je veux aller porter sans tarder ce billet à la poste. Tu devras payer les frais, je m'en excuse, mais je ne connais personne qui parte pour Montréal aujourd'hui et il est urgent que tu reçoives ma lettre.

Je te prie instamment de faire ta demande de mariage à mademoiselle de Rouville. Son père m'écrit que vous correspondez, ce qui est bien, mais qu'il attend toujours une nouvelle visite de son « jeune et digne cousin ». Il ne souhaite d'autre gendre que toi. Et moi, je te rappelle ce que signifie ce mariage pour ta famille à qui vont tes premiers devoirs, après Dieu et ton roi. Il est nécessaire pour l'avancement de ta carrière. Tu auras besoin d'argent pour tes Voltigeurs et songe à l'imminence de la guerre. Qui sait ce que nous réserve l'avenir ? Il est impératif que tu te déclares et j'insiste même pour un mariage tout aussi rapide. Ta mère dit comme moi : n'attends pas !

Reçois toute l'affection de ton père, Louis de Salaberry, qui espère une lettre de ta part prochainement.

P.-S. Nous sommes toujours sans nouvelles de Chevalier, mais une lettre d'Édouard m'est arrivée par la poste de New York. Il partait au camp de Ciudad Rodrigo, au Portugal, tout près de la frontière espagnole, rejoindre l'armée de Wellington. « Son Altesse Royale est très fière de son filleul », écrit-il. À l'heure qu'il est, j'ignore s'il a quitté l'Angleterre, sa missive datant d'octobre dernier, mais j'en apprendrai certainement plus à l'arrivée des bateaux, en mai, le courrier venant de New York se faisant de plus en plus rare.

D'un geste vif, Louis saupoudra la feuille de la seiche qu'il récupéra dans un petit bol destiné à cet usage et la plia soigneusement avant d'y faire fondre un peu de cire rouge pour la cacheter et y apposer son sceau. Il enfila manteau chaud et chapeau, saisit sa canne-gourdin et sortit de sa résidence de la rue Sainte-Anne où la famille Salaberry passait une partie de l'hiver. Dans les rues de Québec, les pavés encore glacés rendaient la marche périlleuse, ce qui n'empêcha pas le seigneur de Beauport de descendre jusqu'au port malgré un léger boitillement pour remettre sa lettre à la prochaine carriole de la malle-poste en partance pour Montréal.

❧

— Damnation !

En lisant les propos de son père, avec les mots « mariage », « nécessaire » et « besoin d'argent » soulignés par deux traits, Salaberry ne put réprimer un mouvement d'agacement : il suffisait de parler pour être obéi, croyait son père qui dictait ses ordres comme si son fils n'était encore qu'un simple collégien, oubliant le fait qu'il avait passé la moitié de sa vie dans l'armée et célébrerait ses trente-quatre ans en novembre prochain.

Néanmoins, Salaberry se laissait charmer par les lettres de Julie. Les feuillets couverts de sa petite écriture si féminine révélaient un caractère plein d'une douceur qui lui plaisait, même s'il n'entrevoyait encore que de loin la perspective de déposer sa saberdache – comme on appelait la sacoche du soldat– au pied d'une femme qui pourrait être Julie de Rouville.

— Antoine ! appela-t-il. Mon manteau et mon chapeau, je te prie. Je sors.

Le domestique revint avec le long manteau noir en forme de cape et un bicorne. En chemin, Salaberry reprit le fil de ses pensées.

Que penser du mariage ? Les fiançailles brutalement rompues avec Mary Fortescue avaient eu pour effet qu'il raye à jamais ses projets de mariage. Mais depuis son retour au Canada, Salaberry avait délaissé la vie de caserne et son entourage se composait principalement d'officiers mariés, à commencer par ses cousins Juchereau-Duchesnay et son supérieur et ami, le général de Rottenburg. Même Lady Prévost avait suivi son mari à Québec. Cette tendre correspondance avec Julie de Rouville venait donc tout changer.

Il avait commencé à lui écrire presque par jeu, mais surtout par intérêt. D'une part, pour donner le change à son père, et de l'autre, plus indirectement, pour maintenir un lien solide avec les Rouville, suffisamment pour que le colonel lui prête les sommes nécessaires lorsqu'il en aurait besoin afin de mettre sur pied ses Voltigeurs. Mais il constatait qu'il attendait avec impatience l'arrivée du courrier et son entêtement face au mariage commençait à faiblir, comme une lézarde affaiblissant les plus solides maçonneries. « Arrivera-t-elle à endurer mon mauvais caractère ? se demandait parfois l'officier. Comment une jeune fille qui mène une existence paisible à la campagne pourra-t-elle s'accommoder d'une vie d'officier ? Que ferait-elle, elle si attachée à son village, s'il fallait se rendre en Angleterre ? »

Ces questions se bousculaient dans sa tête au point qu'il avait parcouru toute la longueur de la rue Notre-Dame sans s'en rendre compte, et était arrivé chez Dillon, où il avait rendez-vous pour souper avec Rottenburg.

❧

Charles de Salaberry et le général de Rottenburg venaient de s'attabler dans la salle à manger de l'hôtel de monsieur Dillon. Le *Montreal Hotel*, situé près de la nouvelle église Notre-Dame, n'avait guère changé depuis que le docteur Talham y avait amené sa jeune épouse, dix ans plus tôt. L'endroit s'enfumait : les convives, venus pour y souper, tiraient sur leur pipe avant d'être servis. L'heure était à la détente et les deux hommes savaient ces instants précieux comptés. Bientôt, la machine de guerre se mettrait en branle : réunions de l'état-major, élaboration des stratégies de défense et combats accapareraient tout leur temps.

— Vous avez fait preuve d'une impressionnante maîtrise pour qui vous connaît, mon cher Gun Powder, l'autre jour, devant notre respectable gouverneur. J'avoue avoir cru un moment que vous alliez lui tordre le cou.

Salaberry éclata d'un rire retentissant qui traversa la salle à la manière d'un obus sur un champ de bataille, pendant qu'un serviteur à la mine grave, affublé d'une perruque et de gants blancs, se présentait à leur table.

— Dites-moi, mon brave, monsieur Dillon sert-il encore de son excellent punch au rhum ? lui demanda Rottenburg.

— Nous avons en effet un Planter's Punch, mon général, le meilleur que vous pourrez trouver à Montréal.

— Apportez-nous un pichet et deux verres, avant de nous présenter le menu de ce soir. Mais faites vite, vous avez ici deux hommes assoiffés et, pour ma part, je meurs de faim.

Le serviteur revint rapidement avec la boisson convoitée, composée de rhum, de madère, de thé vert, de sirop de fruits tropicaux et d'épices, avant d'énumérer le menu.

— Ces messieurs pourront commencer par une soupe écossaise. Par la suite, ils peuvent choisir entre un poulet au cari ou un pâté de mouton et un saumon, sauce homard.

— Va pour la soupe, le pâté de mouton et le saumon, commanda le général. Et pour vous, Salaberry ?

— Après la soupe, je ne prendrai que le saumon, puisque nous sommes en plein carême. Mais apportez-moi aussi du Welch Rabbit – il aimait particulièrement ce mélange de fromages fondus qu'on servait sur des tranches de pain grillé. Pour finir, je me permettrai un morceau de tarte aux carottes.

— Ah ! Ces catholiques ! Pas question de déroger en mangeant de la viande pendant le carême.

— On ne peut pas dire que le saumon accommodé d'une sauce au homard soit une grande pénitence, mon général. Et je me gâte avec cette tarte aux carottes. Mais si vous saviez à quel point le fait de manquer aux devoirs de la religion chagrine ma chère mère, vous comprendriez pourquoi je m'y conforme volontiers, ajouta Salaberry, avec un accent de sincérité qui ébranla Rottenburg.

La famille Salaberry était reconnue comme étant fort pieuse et ses membres pratiquaient rigoureusement leur religion. Salaberry était aussi franc-maçon, il avait été initié à cet ordre plus ou moins secret par le duc de Kent lui-même. Ce dernier était grand maître. Les francs-maçons regroupaient protestants et catholiques qui acceptaient leur différence religieuse dans un esprit d'humanisme, intéressés surtout à la recherche de connaissances, et prônant la philanthropie et les vertus morales.

— Salaberry, dit alors Rottenburg, j'ai pour vous une bonne nouvelle. Le gouverneur vous accorde la permission de mettre sur pied vos Voltigeurs. C'est même un ordre. Vous voyez que votre patience envers Prévost a porté ses fruits.

— Ah ! Sir, quelle bonne nouvelle, en effet, vous m'apprenez là ! déclara Salaberry. Et que dites-vous de ceci ? demanda-t-il en exhibant un document de sa poche.

Rottenburg examina avec attention et satisfaction la description détaillée du futur régiment des Voltigeurs canadiens.

— Mon cher major, je vois que je n'ai plus rien à vous apprendre, approuva le général. Vous êtes nés pour l'art militaire, vous autres, les Salaberry. Encore récemment, je n'ai entendu que du bien de votre jeune frère, Édouard. Il serait avec l'armée de Wellington ?

— Il vient d'achever sa formation d'ingénieur militaire, confirma Salaberry. La campagne d'Espagne sera pour lui une belle occasion de montrer ce qu'il sait faire.

— Dure campagne que celle-là, fit Rottenburg en fronçant des sourcils.

La guerre ravageait le vieux continent. Les Britanniques se battaient en Espagne contre les Français, mais ces derniers tenaient toujours tête aux armées européennes qui cherchaient à abattre Napoléon, dont les visées expansionnistes semblaient démesurées. Au Portugal, l'armée anglaise et ses alliés portugais luttaient férocement pour empêcher les armées napoléoniennes d'atteindre ce pays par la frontière hispano-portugaise. Les Britanniques tentaient d'entrer en Espagne. L'objectif était Badajoz, une forteresse frontalière occupée par les Français et qu'on prétendait imprenable.

— On dit que Wellington manque d'effectifs, commenta Rottenburg.

— Et si les États-Unis déclarent la guerre à l'Angleterre, au Canada, nous en manquerons encore plus.

— D'où l'importance de vos Voltigeurs, Salaberry.

Leur conversation s'interrompit : trois messieurs s'approchaient de leur table, visiblement pour les saluer. Salaberry reconnut non sans irritation le notaire Boileau. L'un de ses compagnons, un jeune homme pas très grand aux traits disgracieux, mais au regard vif et intelligent, lui sembla vaguement familier. L'autre était un bel homme à la démarche assurée, vêtu avec une élégance recherchée. «Un authentique dandy», songea Salaberry.

— Ainsi, notaire, il vous arrive de quitter votre village ? fit Salaberry. Mon général, permettez que je vous présente le notaire René Boileau, de Chambly. Comment se porte votre famille, monsieur Boileau ?

— Fort bien, je vous remercie.

— Et la charmante cousine de mon aide de camp ? demanda Rottenburg d'un ton espiègle avec un clin d'œil à Salaberry. Les jeunes filles de Chambly sont des plus avenantes, m'assure-t-on.

— Mademoiselle de Rouville se portait à merveille aux dernières nouvelles, Sir.

— Vous l'avez vue récemment ? demanda Salaberry, soudainement suspicieux.

— Pas dans les derniers jours, répondit simplement le notaire, puisque je suis à Montréal pour affaires depuis une semaine, déjà.

Salaberry s'irritait. Bêtement, le fait que Boileau donne des nouvelles de sa cousine l'exaspérait. Lorsqu'il s'agissait de Julie, le notaire avait le don de réveiller chez lui un sentiment de jalousie inexpliquée.

À son tour, le notaire présenta ses compagnons :

— Mon vieil ami, confrère de collège et avocat de Montréal, monsieur Louis-Michel Viger, dit-il en désignant le dandy. Et ce monsieur est son cousin, Jacques Viger.

Ce dernier, visiblement heureux de rencontrer Salaberry, secouait déjà sa main.

— Major de Salaberry, c'est un honneur et un vif plaisir de serrer la main de l'un des rares Canadiens à s'illustrer dans l'armée britannique, dit Jacques Viger. Admirable, admirable, répétait-il avec ferveur.

— Vous m'en voyez ravi, monsieur Viger.

— J'ai bien connu votre père du temps que je vivais à Québec, il y a trois ans de cela. J'étais alors rédacteur au journal *Le Canadien*.

— Mon père a en effet évoqué votre nom devant moi, fit Salaberry en se rappelant ses propos élogieux à propos du jeune journaliste. À l'époque, vous veniez d'épouser madame Lennox.

— Lennox? fit Rottenburg. Celui qui est mort à La Barbade?

— J'ai cet honneur, messieurs les officiers, confirma Jacques Viger avec un drôle de petit salut. Et je vous assure que la veuve du major Lennox, devenue madame Viger, est toujours la plus délicieuse des femmes.

«Il ne manque ni de charme ni d'esprit», se dit Rottenburg qui connaissait Viger de réputation: un érudit, malgré son jeune âge. Ce dernier allait bientôt célébrer ses vingt-cinq ans. Curieux de tout, fin causeur, c'était un être à la personnalité originale qui avait épousé, quatre ans auparavant, une dame de trente-trois ans et mère de quatre enfants, née Marguerite de La Corne, veuve d'un major de l'armée britannique et parti le plus convoité du pays. Apparentée aux plus grandes familles canadiennes, elle était d'une beauté à faire tourner les têtes. Le couple, disait-on, formait un ménage très heureux.

— Je suppose, mon général, poursuivit Viger, que les grands de ce monde en sont à organiser notre défense. J'espère qu'ils invitent monsieur de Salaberry à participer à leurs préparatifs. Nous aurons besoin d'officiers comme lui pour en découdre avec l'ennemi. Pour ma part, major, ajouta-t-il en se tournant vers Salaberry, je vous suivrai au bout du monde.

Ce n'était un secret pour personne que Jacques Viger, fasciné par la vie militaire et l'armée, rêvait d'un poste d'officier. Mais sa petite taille ne lui permettait guère d'avoir beaucoup d'ambition de ce côté.

— Je m'en souviendrai en temps et lieu, répondit Salaberry.

D'emblée, l'homme lui plaisait.

— Major, général, nous ne souhaitons pas vous retarder plus longtemps, surtout si votre faim égale celle qui me grignote les talons. Messieurs, fit Viger en se tournant vers ses compagnons, saluons la fine fleur de l'armée britannique et allons nous mettre à table.

René Boileau et Louis-Michel Viger se contentèrent de sourire à cet énoncé pompeux. Théâtral, Jacques Viger s'inclina finalement dans une grande révérence de cour en déclarant : « Messieurs, serviteur », tandis que ses amis riaient franchement de sa pavane.

Le notaire s'apprêtait à rejoindre ses amis lorsque Salaberry l'arrêta.

— Permettez que je vous dise un mot en particulier ?

Le ton était à peine aimable. Que lui voulait Salaberry ?

— Je n'irai pas par quatre chemins, notaire. Des rumeurs affirment que vous souhaitez épouser ma cousine, mademoiselle de Rouville.

Offusqué par ce langage direct, René dévisagea le militaire.

— Je n'ai rien à vous dire à ce sujet, major, sinon que ce n'est guère l'endroit pour parler de choses aussi intimes.

La réponse, qui n'en était pas une, eut pour effet de provoquer Salaberry. Il empoigna René par le revers de sa veste.

— Ainsi, c'est vrai ?

— Major de Salaberry, vous vous rendez ridicule avec vos manières de malotru. Je vous en prie, lâchez-moi.

— Que se passe-t-il, Salaberry ?

Rottenburg s'était approché et Salaberry relâcha René.

— Un simple malentendu, mon général, fit René qui replaçait ses vêtements avant de dire à Salaberry : Puisque vous y tenez, sachez que ces rumeurs sont sans fondement. Est-ce suffisant pour que je puisse regagner ma table sans me faire assommer ?

— Quelle mouche l'a piqué ? demanda Jacques Viger avec stupéfaction, lorsque René fut assis. Tu lui as sans doute dit quelque chose qui lui a déplu. Ces Salaberry sont très susceptibles.

— On pourrait dire ça, même si ce n'est pas exact, répondit le notaire en faisant comprendre à ses compagnons que le sujet était clos.

— Salaberry t'offrait peut-être une place dans son régiment que tu as osé refuser ? plaisanta Louis-Michel Viger. Messieurs, méfions-nous. La gent militaire grossit ses rangs et bientôt, plus personne ne sera surpris d'apprendre que la guerre est déclarée.

Le « beau Viger » plaisantait. On le surnommait ainsi, par contraste avec son cousin, Jacques, qui ne s'en offusquait pas. Même s'il ironisait, le beau Viger participait activement à la milice de Montréal et n'hésiterait pas à s'engager.

— Pour ma part, je n'ai aucun goût pour la chose militaire, répondit le notaire de Chambly à son ancien confrère de collège. Malheureusement pour moi, j'ai bien l'impression que je n'aurai guère le choix et ferai partie des conscrits. Surtout que je suis célibataire. Attendons de voir ce que nos stratèges nous réservent.

— J'espère que tu t'engageras, comme nous tous. N'oublie pas, cher notaire, que l'honneur de notre classe est en jeu et qu'il nous faut montrer l'exemple au peuple.

Jacques Viger renchérit :

— Ma parole ! Mes amis, rappelez-vous que dans vos veines coule le sang de nos valeureux ancêtres français, les braves des régiments de Carignan et des troupes franches de la Marine, qui n'ont jamais connu la peur.

— Tu parles de la guerre comme un curé, toi qui ne crois ni à Dieu ni à diable, se moqua son cousin Louis-Michel. Tu sais qu'il meurt d'envie de se faire donner du capitaine, ajouta-t-il à l'intention de René, d'où ses courbettes devant Salaberry.

— Bah ! Nous verrons bien comment tout cela se terminera, dit Jacques Viger.

— Au fait, demanda Louis-Michel à Jacques, as-tu reçu dernièrement des nouvelles du cousin Papineau ?

— Oui, il s'est enfin trouvé une chambre à Québec. Tu peux lui écrire chez le marchand Pierre Bruneau.

— J'ai eu le plaisir de le voir à Chambly en janvier, rappela René.

— Et l'une de tes sœurs, la belle brune, a battu des cils en le voyant, m'a rapporté ma cousine Rosalie.

— Ce que les rumeurs peuvent propager dans ce pays est tout simplement prodigieux, fit René d'un ton vague. Et je te prie d'être respectueux en parlant de ma sœur.

— Alors, parlons plutôt de toi, sieur Boileau, apostropha Louis-Michel Viger, le ton plein de sous-entendus. Quelle est cette mystérieuse affaire qui procure à tes vieux amis la joie de te voir à Montréal, endroit de perdition où tous les chats sont gris la nuit, et, par conséquent, fort dangereux pour les notaires de la campagne ?

— Justement, si l'affaire est mystérieuse, c'est qu'elle doit demeurer secrète, répondit René.

— Ah ! le taquina Jacques Viger, je sens qu'il s'agit d'amour. Ainsi, notaire, au-delà de la sagesse que vos meilleurs amis vous prêtent, vous cachez une âme butineuse auprès de la gente féminine ?

René eut un sourire évasif. L'amour ! Il n'y avait rien de tel entre Lisette et lui, sinon une tendre affection entre deux êtres qui éprouvaient du plaisir à se rencontrer au lit.

— Messieurs ! dit-il à ses compagnons en levant son verre, buvons aux dames qui agrémentent nos vies.

Les trois hommes se mirent à rire et entamèrent le repas en conversant joyeusement, laissant libre cours au plaisir de leurs agapes amicales, et largement arrosées bien entendu, par les vins français de la cave du *Montreal Hotel*.

De son côté, Salaberry était retourné à sa table, visiblement contrarié.

— Voulez-vous me dire ce qui vous a pris de vous attaquer à ce pauvre notaire ? l'interrogea Rottenburg.

En rougissant, Salaberry émit de vagues paroles de mécontentement sur le fait que le « petit notaire » courtisait mademoiselle de Rouville.

— Et vous vous demandez encore si vous êtes amoureux ? s'esclaffa le général. Mon cher ami Gun Powder, je n'ai qu'un conseil à vous donner : retournez à Chambly pour conquérir votre belle. Je dirais même que c'est un ordre de votre général !

Chapitre 11

Les nouvelles de Québec

La maison du marchand Pierre Bruneau était avantageusement située sur la place du Marché, à deux pas de la petite église Notre-Dame-des-Victoires, dans la Basse-Ville de Québec. Son magasin, qui occupait tout le rez-de-chaussée de l'édifice, était un endroit fréquenté. Louis de Salaberry poussa la porte avec la familiarité d'un habitué.

— Madame Bruneau, je vous offre le bonjour, dit-il aimablement, à l'intention de la dame assise derrière une pile d'épais registres.

À toute heure du jour, quelqu'un entrait ou sortait de chez les Bruneau, qui un fournisseur, qui un client, qui un ami de la famille passant saluer comme venait le faire monsieur de Salaberry. On était certain d'y trouver madame Bruneau, une femme affable semblant toujours avoir le mot pour rire, mais dont l'apparente bonhommie dissimulait une redoutable commerçante. Ses débiteurs de Québec ou de Trois-Rivières en savaient quelque chose et personne à ce jour ne pouvait se vanter d'avoir réussi à la berner. Les affaires de monsieur Bruneau, élu député du comté de la Basse-Ville en 1810, étaient donc entre bonnes mains.

— Et comment se portent madame de Salaberry et vos demoiselles? s'informa madame Bruneau d'un ton jovial. Ces dames vous auraient-elles abandonné?

— C'est la pure vérité, plaisanta le nouveau venu, mais puisque c'est pour rendre visite à une des femmes les plus dignes de la ville, ma sœur Louise-Geneviève, appelée Saint-Michel en religion, je ne peux pas leur en vouloir. Vous savez à quel point madame de Salaberry y est attachée?

Louis de Salaberry avait en effet deux demi-sœurs beaucoup plus âgées que lui, nées d'un premier mariage de son père. Angélique vivait en France où elle s'était mariée, mais la seconde avait pris le voile chez les hospitalières de l'Hôpital général de Québec.

— Ma sœur était souffrante, ces derniers jours, expliqua-t-il. Mon épouse tenait absolument à lui rendre visite, ainsi que nos filles. Mais donnez-moi plutôt des nouvelles de vos enfants, madame Bruneau. Votre belle grande fille, est-elle toujours chez les ursulines?

— Oui, mais je dirais qu'elle a appris tout ce qu'il y avait à apprendre au couvent. Et puis, je ne serai pas fâchée de l'avoir avec moi pour m'aider.

La fille aînée des Bruneau avait maintenant dix-sept ans. Cette famille comptait neuf enfants. Les garçons en âge d'être au collège fréquentaient le Séminaire de Québec, sauf l'aîné, Pierre-Xavier, destiné à prendre la relève du père dans l'entreprise familiale. Son cadet, René-Olivier, avait choisi la voie ecclésiastique. Du magasin, on entendait les cris et les jeux des enfants qui étaient encore trop jeunes pour être aux études.

— Déjà! Comme le temps passe! Et votre fils qui est prêtre vient d'être nommé vicaire à Rivière-Ouelle?

— Il y est depuis deux mois et nous donne bien du contentement, dit avec fierté madame Bruneau. J'avoue que je m'ennuie déjà de *mon* curé... Mais, pour une mère, donner un de ses enfants à l'Église est une grande consolation.

— C'est dur, n'est-ce pas, de savoir ses enfants au loin ?

— Dans le pays, personne ne peut l'affirmer plus que vous, monsieur de Salaberry, approuva la marchande. Mais dites-moi, avez-vous des nouvelles de vos fils ?

— C'est la raison qui m'amène chez vous, outre le plaisir de vous saluer. J'ai appris que du courrier était arrivé des États-Unis et comme monsieur Bruneau est fidèle à ses habitudes, il a sans doute mis la main sur la *London Gazette*.

Madame Bruneau gloussa. C'était la vérité. À Québec, Pierre Bruneau réussissait toujours à apprendre les nouvelles importantes avant tout le monde. Un atout inestimable, lorsqu'on était dans le commerce.

— Mon mari ne saurait tarder, monsieur de Salaberry. Mais prenez ce fauteuil et assoyez-vous confortablement pendant que je vais vous préparer un petit quelque chose à boire, dit la bonne dame en quittant ses précieux registres pour se mettre au service du gentilhomme que tout le monde appréciait à Québec.

Elle disparut derrière un épais rideau de serge verte qui dissimulait le passage menant à la partie logement de l'édifice. Lorsqu'elle revint, ce fut pour apercevoir son mari et Louis-Joseph Papineau qui revenaient d'une séance de la Chambre, les bras chargés de documents.

— Vous rentrez tôt ! apprécia-t-elle.

— C'est vrai ! répondit Pierre Bruneau. Il arrive trop souvent que nous ne sortions de là avant les premières heures de la nuit. Mais dites-moi, monsieur de Salaberry, quel bon vent vous amène ?

— Le vent, c'est bien dit. Il aurait apporté des nouvelles de New York, m'a-t-on appris.

— Et encore, c'est quasiment un miracle, affirma le commerçant. Nombre de bateaux partis d'Angleterre pour New York ne sont jamais arrivés à bon port. Des marchandises et du courrier égarés, perdus à jamais.

— Une situation qui perdurera, j'en ai bien peur, déplora Papineau.

— Qui ne sera réglée que par une guerre, vous voulez dire. Vous savez que mon fils, Salaberry, a reçu l'autorisation de mettre sur pied ses Voltigeurs ?

— J'ai même ouï-dire que vos cousins Juchereau-Duchesnay recruteront facilement à Québec, ajouta monsieur Bruneau. Je pourrais nommer nombre de jeunes hommes prêts à s'engager. Mais… je vous connais, monsieur de Salaberry, et je parierais que vous veniez emprunter les derniers numéros de la *London Gazette*.

L'air du gentilhomme indiquait que c'était ce qu'il espérait.

— Je vous les prêterai volontiers, comme je le fais toujours, fit Bruneau, l'air désolé. Mais si vous pouviez attendre à demain, cher monsieur, cela m'accommoderait de les lire ce soir. On y parle de nouveaux marchands londoniens avec qui j'aimerais peut-être faire des affaires.

Il était plein d'hésitations.

« Que signifie tout à coup ce ton faussement enjoué, cet air de faux jeton ? se demanda sa femme. Et Papineau, qui ne sait plus s'il doit contempler le plafond ou le bout de ses bottes. »

— Monsieur Bruneau, je ne veux pas vous priver de votre lecture, répondit Louis, sans cacher sa déception. Lorsque vous en aurez terminé, faites-les porter chez moi.

Il étirait le temps, cherchait une raison de s'attarder, se disant que Bruneau finirait peut-être par le faire changer d'avis.

— Monsieur Papineau, pendant que j'y songe, n'étiez-vous pas à Chambly en même temps que mon fils ? Je l'ai appris dans une lettre de mon cousin de Rouville.

Papineau raconta comment Salaberry les avait divertis au cours d'une petite réception donnée par mademoiselle Boileau.

— Depuis, notre pensionnaire reçoit du courrier de là-bas… Adressé par une main trop élégante pour ne pas être celle d'une demoiselle, révéla madame Bruneau.

Papineau rougit comme un collégien avant de déclarer :

— Mademoiselle Boileau, la sœur du notaire, une jeune fille remarquable.

Monsieur et madame Bruneau s'entre-regardèrent. Voilà qui confirmait leurs soupçons. Papineau avait fait de cette demoiselle de Chambly sa dulcinée. Grande déception, surtout qu'ils caressaient depuis quelque temps l'idée de voir leur fille épouser un jour l'ambitieux député.

— Ah ! Chambly. Joli coin de pays, propice aux amours, lança comme une boutade monsieur de Salaberry.

Dans son cas, il espérait surtout qu'une autre fille de Chambly, Julie de Rouville, réussisse à faire une autre belle conquête. Puis, voyant que personne ne se rendait à ses désirs, le gentilhomme décida de partir.

— Mon cher Bruneau, j'ai eu grand plaisir à converser avec vous.

Papineau s'avança, comme mu par une inspiration soudaine.

— Monsieur de Salaberry, si vous le permettez, j'ai des fourmis dans les jambes et grand besoin de me dégourdir. Je serais heureux de vous raccompagner jusqu'à votre maison.

Louis de Salaberry accepta volontiers, ravi d'avoir si bonne compagnie. Papineau lui donnerait le bras pour remonter l'abrupte côte de la Montagne, la plus dangereuse de Québec. Il en profiterait pour questionner habilement le député qu'il trouvait beaucoup trop admiratif de Pierre-Stanislas Bédard, le chef du Parti canadien. Ce dernier noircissait le parti des Anglais de la pire manière, et Dieu seul savait combien d'autres balivernes Bédard pouvait proférer devant Papineau, jeune homme intelligent, mais encore influençable. En chemin, Louis se promit de faire l'éloge de son royal ami, le duc de Kent, grand protecteur des Canadiens.

∾

— Je vous assure, monsieur de Salaberry, que je suis un admirateur des institutions anglaises, insistait Papineau en réponse aux conseils du noble personnage.

Ils arrivèrent devant la maison des Salaberry, rue Sainte-Anne, et Louis l'invita à entrer un moment, invitation que le député s'empressa d'accepter. Sinon, Papineau l'aurait sollicité, se doutant fortement de ce qui attendait monsieur de Salaberry.

Il ne fut pas surpris de trouver un officier en tunique rouge qui faisait le pied de grue dans un petit boudoir. Le pauvre diable avait pour pénible mission de remettre en mains propres un pli bordé de noir : une lettre du gouverneur Prévost communiquant une funeste nouvelle au père de famille.

Une appréhension douloureuse envahit ce dernier. Des scénarios insensés lui vinrent à l'esprit : Édouard, blessé à mort dans une embuscade, ou François, noyé, le navire qui le ramenait à la maison ayant fait naufrage. La missive ne pouvait concerner que ses fils cadets puisque Salaberry était au pays, bien à l'abri à Montréal, à une courte distance du cocon familial. Louis se tourna vers Papineau avec une interrogation terrifiée dans le regard.

Qui ? demandaient ces yeux affolés.

La canne-gourdin tomba brutalement sur le sol. L'attitude bizarre de Bruneau, et Papineau qui avait tenu à l'accompagner ; ils connaissaient le contenu de cette lettre !

— Les nouvelles de Londres, murmura Louis, le visage défait. Ainsi, vous saviez, misérable, et vous vous taisiez !

C'était vrai. L'annonce d'une autre mort chez les Salaberry avait couru dans les couloirs du palais épiscopal où se tenaient les séances de la Chambre d'assemblée. En redescendant la côte de la Montagne, les deux parlementaires plaignaient de tout cœur la famille éprouvée. Quelle stupeur, en arrivant chez les Bruneau, d'y découvrir monsieur de Salaberry ! À Québec, tout le monde compatissait avec cette famille. Et tous ressentiraient l'annonce d'une nouvelle disparition comme une immense tragédie.

La colère et le chagrin décuplant ses forces, Louis agrippa le manteau du député à deux mains et souleva le pauvre Papineau qui commençait à avoir peur.

— Lequel ? hurla le père en le secouant. Dites-moi lequel de mes fils est mort ?

Il finit par relâcher sa victime, foudroyé par une douleur extrême.

— Il s'agit de Chevalier, monsieur, fit Papineau, soulagé de sentir à nouveau le sol sous ses pieds. Je vous exprime mes plus sincères condoléances.

— Vos condoléances ! Mais je n'ai que faire de vos condoléances ! Que vais-je pouvoir dire à sa mère ? Cette nouvelle la tuera. Et ses pauvres sœurs ! Ah ! François, mon cher petit, mon cher petit…

Cette voix brisée était insupportable. Puis, Louis de Salaberry s'écroula. Il se mit à sangloter comme un enfant. Papineau se précipita pour empêcher l'hercule de s'effondrer sur le plancher de bois que des bottes boueuses avaient sali. Il appela à l'aide, confondu par cette peine sans nom. Avec le domestique, il guida monsieur de Salaberry et voulut l'allonger sur un sofa afin de lui faire respirer des sels d'ammoniac.

Mais Louis se débattait farouchement. Et le pire arriva lorsque Catherine et ses filles rentrèrent de leurs visites. À peine eurent-elles franchi le seuil de leur demeure que Catherine vit l'état misérable de son mari ; elle comprit immédiatement qu'un nouveau malheur l'attendait. Louis murmura « François » et la pauvre mère perdit connaissance entre les bras de ses filles qui n'avaient pas eu le temps de retirer manteaux et chapeaux.

Impuissant à consoler cette famille éplorée, Papineau seconda du mieux qu'il put les jeunes filles obligées de soulager leurs parents malgré leur immense chagrin. Le député fit mander un médecin de toute urgence, l'état de madame de Salaberry inspirant les pires craintes.

Une simple phrase, écrite plusieurs mois auparavant dans le numéro du 23 novembre 1811 de la *London Gazette*, banale et froide, possédait le terrible pouvoir d'anéantir toute une famille : *1ˢᵗ Regiment of Foot, Ensign Willam Orrock to be Lieutenant, vice De Salaberry, deceased*[1]. Profondément secoué, Papineau quitta la maison endeuillée en promettant de voir personnellement à ce qu'un courrier urgent soit acheminé au major Charles de Salaberry sans délai.

Sur le chemin du retour, il dénicha facilement un messager et deux jours plus tard, la triste missive arrivait à Montréal.

☙

---

1. Premier régiment d'infanterie, l'enseigne William Orrock devient lieutenant, remplaçant Salaberry, décédé.

En remettant à Salaberry la lettre au cachet noir, la main d'Antoine tremblait. Le serviteur retenait son souffle en attendant le verdict fatal.

— Il s'agit de Chevalier, mon pauvre Antoine, lui apprit la voix blanche de son maître. On le croyait bien vivant, on apprend qu'il est mort depuis presque un an. Je ne peux pas y croire !

Il se dirigea vers l'armoire pour en sortir une bouteille d'esprit de la Jamaïque, un mauvais rhum, afin d'en avaler une longue rasade à même le goulot.

— Tiens, dit-il en tendant la bouteille au domestique, tu en as besoin autant que moi.

Antoine ne se fit pas prier. La famille Salaberry était un peu la sienne, la seule qu'il connaissait. Combien de fois, son ouvrage terminé, avait-il partagé les jeux des petits messieurs, autrefois ?

— Tu te souviens, Antoine ? Sa gentillesse, son humeur égale. C'était le seul qui arrivait à nous faire entendre raison, à Maurice et à moi, toujours prompts à nous battre.

Chevalier, qui recevait toutes les confidences de ses frères avec humour et affection.

« Comme j'aimerais moi aussi cueillir une fleur d'Irlande, lorsque je serai capitaine ! Mais j'aurai sans doute des cheveux blancs ce jour-là », avait plaisanté son frère dans une lettre où il évoquait la jolie cousine Fortescue qui régnait sur le cœur de Salaberry. Plus tard, Chevalier avait consolé son aîné. Et avec quelle chaleur il l'avait félicité, lorsqu'il avait appris sa promotion au poste d'aide de camp de Rottenburg !

Soudainement, le chagrin devint révolte. La fatalité avait décidé que Maurice et Chevalier acceptent une affectation au bout du monde, dans un endroit où le climat insalubre décimait les régiments. Du haut de leur jeunesse, ses cadets s'étaient crus invincibles. Avec la perspective d'une solde plus élevée, ils n'avaient pas hésité à partir.

Pendant ce temps, le destin avait épargné leur aîné qui avait survécu aux coups de sabre des batailles, aux miasmes mortels des cantonnements et même à un naufrage. Devenu aide de camp de Rottenburg au Canada et désormais commandant des Voltigeurs, il était gras comme un cochon.

— *Goddamn!* jura-t-il en frappant la table de son poing.

Des morts inutiles! Abominable injustice avec laquelle il devrait vivre. Et tout cela à cause du manque d'argent! Incontestablement, la pauvreté avait tué ses frères.

— *Why in God's name were they sent to India*[1] *?* hurla-t-il en avalant une nouvelle gorgée de rhum.

— Monsieur, ne dites pas cela, fit doucement Antoine.

Sans trop comprendre la langue anglaise, il voyait bien que Salaberry culpabilisait.

— Pourquoi eux et pas moi? Chevalier aurait dû se marier avec une belle fille et lui faire une ribambelle d'enfants. Ah! Antoine, il fallait le voir, en Angleterre. Il était la coqueluche des demoiselles. Elles en raffolaient toutes! Et c'est à moi qu'on demande de se marier! Maurice et François ne se marieront jamais. Ils ne nous donneront jamais de beaux petits Salaberry.

— Vous blasphémez, monsieur, dit Antoine. Il n'y a que la Divine Providence pour décider de la vie ou de la mort.

— La Divine Providence a erré, Antoine! Encore une fois, elle a enlevé le mauvais candidat. La Divine Providence, et le duc. *His Royal Highness Duke of Kent*[2], que le diable l'emporte!

---

1. Pourquoi, nom de Dieu, se sont-ils retrouvés aux Indes?
2. Son Altesse Royale le duc de Kent.

Il saisit une chaise et Antoine se protégea de ses bras, croyant qu'elle finirait en pièces détachées sur le plancher. Mais Salaberry y installa plutôt son écritoire et s'empara d'une plume.

— Je demande qu'Édouard rentre au pays sur-le-champ. François devait revenir. Le duc s'y était engagé. Vraisemblablement, il n'a pas tenu sa promesse. Et il n'a même pas pris la peine de nous prévenir. Comment a-t-il pu faire une chose pareille à mes pauvres parents ? Dire que c'est Prévost qui s'en est chargé par une lettre officielle...

Il réfléchissait à voix haute, écrivant sans retenue, et sa plume rageuse consignait le fond de sa pensée d'un seul jet. Une fois terminée, la lettre ne fut ni relue ni recopiée. Salaberry la plia, puis la cacheta de noir, avant d'inscrire au dos : *His Royal Highness Duke of Kent, Kensington palace*. Puis, il ordonna à Antoine d'aller la porter immédiatement à l'état-major, avec le courrier de l'armée destiné à l'Angleterre.

Une fois cette tâche accomplie, Salaberry se trouva apaisé. La bouteille vidée, le silence s'installa dans le petit logement, à peine troublé par le retour du domestique qui vaquait à son ouvrage tout en jetant à l'occasion un regard inquiet vers son maître.

Le visage de Salaberry exprimait maintenant une profonde perplexité : il réfléchissait. Au bout d'un interminable moment, il dit :

— Je me rends à tes arguments silencieux, Antoine. Il est inutile de pleurer sur mon sort. Crier ma peine comme un veau qu'on égorge ne ramènera pas mes frères.

Il se leva brusquement. Antoine eut tout juste le temps de redresser la chaise qui menaçait de se renverser.

— Qu'allez-vous faire, major ?

— Agir ! déclara-t-il rudement à son domestique, interloqué par cette curieuse déclaration.

Le lendemain, Salaberry semblait rasséréné. Après avoir griffonné un court billet destiné à avertir Rottenburg de son départ, il entreprit de commencer une lettre à son père qu'il laissa à l'état de brouillon, mais la glissa dans sa veste, se promettant de la finir à son retour.

— Antoine, ordonna-t-il, prépare mon bagage pour deux jours. Je retourne à Chambly.

— Mais, monsieur, protesta faiblement le domestique, je…

— Qu'y a-t-il ? Tu es malade ?

— C'est que… aujourd'hui, le cirque de monsieur Codet est en ville, expliqua-t-il en sortant d'un tiroir une affiche froissée, récupérée dans un cabaret. Il y aura les exploits équestres de cavaliers, un funambule et je ne sais combien d'autres merveilles. Rappelez-vous, major, vous m'aviez permis de m'y rendre.

— Arrête de geindre. Rien ne t'empêchera d'aller à ton cirque. Je pars seul à Chambly et ce soir, je souperai en ville.

Après un regard reconnaissant à son maître qui semblait avoir retrouvé ses esprits, Antoine entreprit de brosser la veste de l'uniforme de Salaberry en sifflotant. Marion, la fille de la logeuse, lui avait laissé entendre qu'elle se laisserait embrasser pendant le feu d'artifice, s'il payait son entrée.

Chapitre 12

La demande en mariage

En cette fin d'hiver, le colonel s'ennuyait ferme. Depuis une heure, en son for intérieur, se déroulait un terrible combat : résister farouchement à l'appel de la lecture, alors qu'il devait de toute urgence vérifier les comptes de sa seigneurie et de ses fiefs de Pointe-Olivier, comme l'en avait pressé le notaire Boileau. À cette époque de l'année, le blé avait été battu et vanné, et des sacs de grains prêts à moudre remplissaient les greniers, lui avait-il rappelé. Le moment était bien choisi pour réclamer aux retardataires leurs cens et rentes. Cette seule pensée rendait las monsieur de Rouville. Aussi, il soupira d'aise lorsqu'on annonça le major de Salaberry.

— Ça par exemple ! Depuis le temps que j'espérais votre visite !

— Je vous dérange, colonel ? fit l'officier en tendant la main.

— Si vous me dérangez ! Bien au contraire, jeune homme. Votre venue me réjouit ! Mais assoyez-vous. Je vous sers un verre de rhum ?

Salaberry refusa d'un geste. Pas de rhum aujourd'hui !

— Je préférerais un peu de thé pour me réchauffer, de crainte d'avoir attrapé froid dans cette exécrable voiture de poste !

Il souffrait parfois de rhumatisme – la vie militaire n'allait pas arranger ça – et craignait toute forme de fièvre plus que n'importe quel ennemi.

— Serait-ce indiscret de vous demander comment se passent les choses au quartier général ?

— *The orders will not be delayed*[1], colonel, tenez-vous prêt !

— C'est-à-dire ? fit monsieur de Rouville, subitement très intéressé.

Salaberry l'avertit qu'on ferait certainement appel à ses services pour le rassemblement des milices, puis résuma les ambitieux projets de Prévost. Si tout se déroulait comme prévu, nombre de bâtiments destinés à accommoder l'armée seraient construits sur la banlieue du fort.

— Construire sur la banlieue ? Vraiment ? Diantre, je veux bien avaler mon bicorne si je m'attendais à voir ça ! Bah ! Ce n'est peut-être pas une mauvaise idée. Voilà un événement qui amènera de gros changements à Chambly.

— Prévost espère voir les premiers chantiers vers la fin de l'été. Attendez-vous à un grand branle-bas.

— La réparation de ce satané ponceau deviendra pressante, constata monsieur de Rouville.

— Comment, cette histoire court toujours ? Bresse s'était rallié à Boileau, ce me semblait, lorsque j'ai quitté Chambly la dernière fois.

Le colonel raconta comment Boileau et Bédard campaient sur leurs positions respectives.

— Rien ne bouge. Quant à Bresse, sa femme ne supporte plus d'être privée de la compagnie des demoiselles Boileau.

1. Les ordres ne tarderont pas.

Et Julie, Dieu seul sait pourquoi, a cessé de fréquenter ces jeunes filles, quoique ce ne soit certainement pas pour ce motif. En fait, mon cher Salaberry, je trouve à ma fille un air bizarre, ces jours-ci. Je me demande même si les lettres qui arrivent de Montréal avec une fréquence que je qualifierais… heu, de militaire… n'y sont pas pour quelque chose. Et que dire de votre visite improvisée à Chambly, et par des chemins aussi misérables, ajouta le colonel avec un sourire dans la voix. J'ajoute pour ma part que rien ne me rend plus heureux.

Cette allusion directe à ses intentions fit rougir Salaberry jusque dans le blanc des yeux.

— Il est vrai, monsieur, que je viens vous demander la permission de m'entretenir avec mademoiselle votre fille. Mais auparavant, j'ai de bien tristes nouvelles à vous communiquer.

Et Salaberry d'apprendre à monsieur de Rouville la mort de son frère.

— Quel malheur affreux ! Mes pauvres amis, Dieu ne les épargne guère. Et Catherine, votre mère, comment supporte-t-elle tout cela ? s'inquiéta le colonel.

— Elle est au plus mal, m'écrit mon père. Elle ne quitte plus le lit et mes sœurs sont tout aussi inconsolables. Seul le retour de mon jeune frère Édouard pourra apporter quelque consolation. Et… je ne sais comment vous dire…

Il ne pouvait avouer à un homme, alors qu'il s'apprêtait à lui demander la main de sa fille, que c'était la mort même de François qui avait précipité sa décision. Le colonel l'observait. Puis Salaberry eut le désagréable sentiment que celui qu'il considérait déjà comme son futur beau-père devinait ses pensées.

— Je vous comprends, mon cher Salaberry. Vous-même souhaitez apporter un peu de bonheur à votre famille, n'est-ce pas ? Et je ne suis pas sans savoir, moi qui suis le confident de votre père, que l'annonce d'un mariage que tous espèrent sera une consolation.

— *Right!*

— Et une grande joie pour madame de Rouville et moi-même, ajouta le père de Julie avec ferveur.

Ému par l'attitude compréhensive du colonel, Salaberry quitta brusquement son fauteuil, pris d'une envie subite de se dégourdir les jambes. De la fenêtre qui donnait sur la grande cour du manoir, il apercevait la vaste écurie de pierre où l'engagé avait mené son cheval en arrivant. Les toits des autres bâtiments, hangar, grange, remise et glacière, ruisselaient sous le soleil qui faisait fondre la neige et la glace. « À Beauport, l'hiver est sûrement encore bien pris », se dit-il avec nostalgie. La voix de monsieur de Rouville l'extirpa de ses pensées.

— Vous êtes sans doute descendu chez Vincelet ? Pourquoi ne pas faire transporter votre bagage ici ? Je vous ferai préparer une chambre.

Salaberry quitta son poste d'observation.

— Je vous remercie, mais Vincelet est plus approprié dans les circonstances. Je n'ai pas encore décidé si je retournais à Montréal ce soir ou demain.

— Alors, arrêtons de tourner autour du pot. Je fais mander Julie ?

De retour dans sa bibliothèque avec le même sourire qu'un général devant la victoire, monsieur de Rouville fut incapable de se remettre à ses comptes.

❧

On les avait laissés seuls dans le petit boudoir du rez-de-chaussée. En dehors de sa propre chambre, Julie aimait se réfugier dans l'intimité de cette pièce dont l'un des murs était couvert d'une vieille tapisserie poussiéreuse que madame de Rouville songeait à remplacer. Il n'y manquait qu'un instrument de musique comme un petit clavecin ou un piano-forte. Elle avait appris la musique au couvent et aurait volontiers joué d'un instrument pour se distraire. Mais les Rouville croyaient qu'il y avait à Chambly un nombre suffisant de musiciennes pour martyriser les oreilles de la société et Julie s'était vu refuser ce plaisir.

Assise sur le rebord d'un sofa aux motifs fleuris, elle servait le thé. Salaberry avait pris place dans l'un des deux grands fauteuils d'acajou recouverts de crin noir.

Salaberry appréciait cette modestie touchante de demoiselle de bonne famille qui lui allait si bien. Il l'observait comme s'il la voyait pour la première fois. Elle possédait un visage agréable, quoiqu'un peu anguleux, offrant un profil gracieux avec son nez droit. Le front était charmant, à peine légèrement bombé. Un air aimable, agrémenté par des yeux doux et une fine silhouette... Comme elle était différente de celles qu'il avait jadis connues ! Il la désirait, il la voulait pour lui seul. Elle représentait une oasis de sérénité et lui, qui avait si longtemps bourlingué, pourrait enfin se reposer auprès d'elle.

Julie s'attendait-elle à une demande en mariage ? Dans ses lettres, il avait cru lire entre les lignes que l'amour n'était pas loin. Soudain, un étau resserra son estomac et il eut peur de perdre ses moyens.

Le visage de Julie était devenu triste, car il venait de lui apprendre la disparition de son frère. Elle lui avait offert ses condoléances.

— Votre frère, Charles, c'est si cruel, compatit-elle tout en lui tendant une tasse de porcelaine chinoise.

— Seriez-vous surprise si je vous disais que j'ai ressenti fortement un grand besoin de venir vous voir ?

— Oh! laissa-t-elle échapper, désarmée par cette déclaration. Votre confiance me touche. Vous prenez du sucre
et du lait, n'est-ce pas?

— *Yes, thank you.* Vous vous rappelez comment je prends
mon thé?

Elle avait toujours de ces délicates attentions pour les
autres. Il remua la boisson chaude en silence et Julie omit
de sucrer son propre thé. Curieusement, elle ne fut pas
incommodée par l'amertume. En fait, elle ne goûtait rien.
La présence inopinée de Charles lui causait un plus grand
plaisir qu'elle ne l'aurait admis.

— Je vous ai vu arriver par le vieux chemin, remarqua
Julie, pour dire quelque chose.

Elle faisait allusion à l'ancien chemin, appelé aussi
« chemin d'en bas », qui longeait les rapides en passant
derrière le manoir. Salaberry acquiesça.

— Cet endroit est particulier, dit-il, en évoquant les
remous. On le croirait indomptable, mais il est plein de
charme.

— C'est vrai, approuva-t-elle. L'été, j'aime à me pro-
mener de ce côté. Je suis heureuse que Chambly vous plaise,
Charles, et je souhaite que vous y reveniez plus souvent.
Pour ma part, je ne me vois pas vivre ailleurs.

Ses phrases s'enfilaient les unes derrière les autres.

« Mon Dieu! supplia-t-elle intérieurement. Faites
que je trouve quelque chose de spirituel ou d'intelligent à
dire. »

Elle contempla les tasses vides sur le plateau.

— Je crois que mes parents viendront nous rejoindre.

— Vous craignez d'être seule avec moi?

— Non! protesta-t-elle vivement, avec un sourire gêné.
Mais… les convenances, vous comprenez. J'imagine qu'ils
ne vont pas tarder, ajouta-t-elle, certaine de son fait.

On ne laissait pas une jeune fille seule avec un homme, à moins que celui-ci n'ait une déclaration à faire… avec l'assentiment des parents. Elle chassa pourtant cette pensée aussi vite qu'elle était venue. C'était impossible. Elle n'était qu'une petite provinciale effarouchée, comme on disait dans les romans français. Puis elle se rappela Manon et le chevalier des Grieux. Ils s'étaient aimés au premier regard. Mais Julie songea que ce n'était qu'un roman, que la vie était ô combien différente, comme le lui avait appris sa déconvenue avec René.

— Dommage que vous repartiez si vite, dit-elle avec nervosité. Les demoiselles de Niverville, qui vous auront certainement aperçu sur le chemin d'en bas, seront désolées de vous avoir manqué.

— Vos amies possèdent des yeux qui traversent les murailles, constata le militaire.

Elle sourit à l'exactitude du portrait.

— Il semble que je sois doué pour vous faire rire. J'aime votre sourire, vous le savez.

Il hésita.

— Et vous, Julie, n'êtes-vous pas heureuse de me revoir ?

— Oh, oui, Charles, avoua-t-elle. Votre visite me fait plaisir.

— Voilà une réponse qui me plaît. Chère Julie, savez-vous que nos familles souhaitent une alliance entre elles ?

Julie tressaillit et Salaberry se troubla. Croyant d'abord qu'il n'avait qu'à lui présenter ses arguments pour la convaincre du bien-fondé de leur mariage, il se rendait compte, tout à coup, qu'il souhaitait aussi connaître ses sentiments à son égard. Faire d'elle sa confidente, sa complice.

— Je dois vous faire un aveu, dit-il au bout d'un long moment de silence qui mit Julie sur un feu ardent. Depuis des années, j'avais totalement oublié votre existence. Il y a de cela quelque temps, mes chers parents ont rappelé à ma mémoire les cousins Rouville. Alors, j'ai eu la curiosité de venir vous voir, vous, Julie.

Cet aveu estomaqua Julie.

— Vous voulez dire que votre visite à Chambly, en janvier dernier, avait pour seul but de me rencontrer?

Salaberry acquiesça, puis entra prudemment en territoire inconnu, étant beaucoup plus à l'aise sur un champ de bataille que sur le terrain des sentiments.

— J'envisage prendre ma retraite de l'armée d'ici quelques années. Après avoir obtenu le grade de lieutenant-colonel… qui ne saurait tarder s'il y a la guerre.

— Je vous félicite, dit-elle, un peu décontenancée par cet étalage.

— *Please! Do not interrupt me*[1]! Je vous prie… Ce que j'ai à vous dire est difficile et je cherche mes mots. Avec mon avancement, je serai en mesure de faire vivre une famille.

Elle souriait, mais ce calme n'était qu'apparence, car elle avait l'estomac noué. Soudain, Salaberry vint s'asseoir près d'elle, sur le sofa.

— Charles… gémit-elle.

— J'aime votre façon de prononcer mon nom, dit-il avec une douceur qui contrastait curieusement avec sa brusquerie, l'instant auparavant. J'aime aussi le son de votre voix.

Gagnée par l'angoisse, Julie déposa sa tasse sur la soucoupe d'une main hésitante.

Sans un mot de plus, Salaberry plongea ses yeux dans son regard sombre, saisit délicatement entre ses mains son visage qui rosissait et se pencha vers elle. Julie frémit lorsqu'il posa ses lèvres sur sa bouche, l'espace d'un instant qu'elle jugea trop court. Puis il se redressa, gêné comme un

---

1. S'il vous plaît, veuillez ne pas m'interrompre!

enfant pris sur le fait en commettant une bêtise. Et elle, chavirée par l'audace de son geste, se demanda si elle n'avait pas rêvé. Il l'avait embrassée si soudainement !

— Il y a longtemps que je voulais connaître le goût de ces lèvres.

Elle tressaillit. Il se releva et entreprit d'arpenter la pièce de long en large pour se donner une contenance.

— Je retourne à Montréal demain. Mes supérieurs m'attendent. J'ignore quand je pourrai revenir à Chambly, surtout avec ces chemins impraticables à cause du dégel.

— C'est toujours ainsi au mois de mars, remarqua-t-elle machinalement, bouleversée par ce qui venait de se passer.

— *My goodness !* explosa-t-il. Julie, vous et vos incroyables remarques ! Ah ! Diable ! Mais, aidez-moi, supplia-t-il. Vous vous doutez bien de ce que je veux vous dire.

— Il y a un instant, vous me demandiez de me taire. Que dois-je faire ?

Pour toute réponse, il se mit à rire.

— *Incredible*[1] *!* Vous possédez l'art de me surprendre ! *It pleases me*[2], ajouta-t-il, redevenu sérieux. Julie, lorsqu'on m'a rappelé votre existence, ce qu'on me disait de vous, de votre famille et de votre éducation, tout cela a piqué ma curiosité. Je suis donc venu à Chambly et…

Il fit une pause et se racla la gorge, embarrassé.

— … je l'avoue, vous m'avez charmé.

— Charmé ?

— Arrêtez de jouer au chat et à la souris, voulez-vous ? Vous êtes décidée… comment dit-on cela, à me faire languir ? Charmé n'est pas le mot exact. Séduit, conquis, à mon avis, conviendrait mieux.

---

1. Incroyable !
2. Ça me plaît.

— Ce que vous me dites est si… inattendu, dit-elle en regardant le sol comme s'il allait se dérober sous ses pieds.

Mais en prononçant ces paroles, Julie se rendit compte qu'en fait, il n'y avait rien d'inattendu dans cette déclaration. Toutes les lettres de Charles poursuivaient ce but précis : la préparer à une demande en mariage.

— Voilà : Julie, vous me plaisez et je veux vous épouser.

Julie demeura sans voix.

— Vous ne dites rien ?

— Vous parlez comme un colonel de l'armée, répondit-elle, amusée par le ton sans réplique dont il avait usé.

Il s'élança pour reprendre ses mains dans les siennes.

— Je vous brusque, mais l'approche de la guerre m'oblige à le faire. J'aurais voulu prendre le temps de vous courtiser longuement, afin de permettre à mes sentiments de se faire un chemin jusqu'à vous. Mais pourquoi perdre du temps quand tout semble clair ? Depuis mon retour à Montréal, je n'ai cessé de penser à vous. De vous imaginer auprès de moi, à Beauport ou à Québec. Je possède une petite maison là-bas. Je l'ai acquise récemment, par l'entremise de mon père, en prévision de ma retraite de l'armée. Vous aimerez la société de Québec, plus brillante que celle de Montréal. Dans cette belle ville, tout est différent : beaucoup de bals et de réceptions. Vous verrez… Songez-y ! À Beauport, vous aurez aussi des sœurs, vos trois cousines, avec qui vous vous entendrez à merveille, j'en ai l'intime conviction. Nous resterons d'abord quelque temps à Chambly, pendant l'entraînement des Voltigeurs. Et, bien sûr, nous aurons plusieurs enfants qui vous rendront heureuse. N'est-ce pas là votre souhait le plus cher ?

Il débitait tout cela sans reprendre haleine, comme si sa vie en dépendait, pendant que Julie écarquillait les yeux comme pour mieux absorber ce flot de paroles. Puis elle baissa la tête, subitement plongée dans la contemplation des guirlandes et des corbeilles de fleurs qui parsemaient le tapis de Bruxelles couvrant le plancher de la pièce. Il prit cela pour de la timidité, s'émouvant de la voir fuir son regard, l'imaginant bouleversée par l'émoi que lui causait sa demande en mariage.

— Mais il n'y a que moi qui parle, dit-il en riant avant d'ajouter, d'un ton suppliant : Je vous en prie, Julie, dites-moi quelque chose.

— À Beauport ? finit-elle par articuler, tout en fouillant sa mémoire afin de retrouver ce paysage qu'elle avait connu, enfant.

Elle ne se rappelait plus. Beauport était près de Québec. Que venait faire ici ce détail alors qu'elle recevait la grande demande ? Elle nageait dans la confusion. Le mariage n'avait existé que dans ses rêves romanesques. Jamais encore, elle ne l'avait envisagé de manière aussi concrète. « Mon Dieu ! Mon Dieu ! Mais que dois-je faire ? Que dois-je répondre ? » Heureusement, sa bonne éducation vint à son secours et lui dicta les mots qu'il fallait. Elle ramassa tout son courage.

— Je suis sensible, Charles, à l'honneur que vous me faites et ce serait vous faire offense que de m'engager à la légère, dit-elle le plus calmement du monde, malgré son cœur qui battait à tout rompre. Permettez que je prenne le temps d'y réfléchir.

Immédiatement, le visage du jeune homme exprima une intense satisfaction. Il saisit sa main et la pressa sur sa poitrine.

— Mon ange, dit-il en l'appelant ainsi pour la première fois. Je vous ai bousculée et surprise, je le comprends, mais je repars le cœur rempli d'espoir. Votre réponse définitive ne saurait tarder – d'ailleurs, je la connais déjà –, mais je sais que vous choisirez des mots pleins de cette délicieuse sensibilité féminine que vous incarnez à merveille. Ah ! Julie, épousez-moi ! Je sais ce qu'il vous faut pour votre bonheur. Et par conséquent, vous ferez de moi un homme heureux. Votre père a déjà consenti à notre mariage, poursuivit Charles, rempli d'enthousiasme. Et ma famille ! Oh, Julie ! Imaginez seulement la joie que nous pouvons leur donner, après… la triste nouvelle que vous savez. Je reviendrai vous voir dès que possible, dès qu'il fera beau. Vous m'écrirez bientôt, n'est-ce pas ?

— Oui, Charles, répondit Julie, étourdie et remuée par tout ce qu'il disait.

Elle parvint à se relever, avec toute la dignité dont elle était capable, comme pour lui signifier la fin de leur entretien. En réalité, elle se sentait faiblir, mais elle n'allait tout de même pas s'évanouir, même si cela aurait été approprié, dans les circonstances.

Salaberry lui sourit, à la fois heureux de ses réponses et soulagé. L'officier avait retrouvé son assurance et éprouvait soudain la nécessité d'être seul : il lui fallait bouger, sortir au grand air pour dissiper les restes d'angoisse. Il étouffait dans cette petite pièce. Plus tard, l'âme apaisée, il repasserait tous les détails de leur conversation, revoyant en pensée chacune des expressions de son visage.

Avant de la quitter, Charles saisit la petite main de Julie où il posa ses lèvres, s'attardant avec insistance. Puis, la retournant, il baisa longuement son poignet délicat. Elle tressaillit à cette caresse inconnue, une sensation nouvelle, indéfinissable et profondément troublante. Il l'embrassa encore.

— Je vous prie de présenter mes excuses à vos parents, je dois partir immédiatement.

Sans se retourner, il sortit de la pièce.

Ahurie, Julie demeura immobile, figée par l'émotion.

౿

Salaberry réclama son cheval, quitta précipitamment le manoir et une fois sur le chemin du Roi, lança sa monture au galop. Il venait de jouer son va-tout, mais en s'éloignant, il avait le cœur plein d'espoir. «Elle acceptera, se répétait-il. Elle ne peut faire autrement qu'accepter, parce qu'elle comprendra que je suis ce qui peut lui arriver de mieux.» Julie allait bientôt atteindre l'âge où les possibilités de faire un bon mariage s'amenuisaient et il venait lui offrir ce dont elle rêvait sûrement: un mari avec qui elle fonderait un foyer.

Arrivé à un point où le chemin du Roi se divisait, l'officier dirigea son cheval vers l'ancienne route qui passait derrière la demeure des Rouville, plutôt que d'emprunter la petite rue du faubourg Saint-Jean-Baptiste. C'était un vieux chemin peu achalandé, qui reliait autrefois les forts de Chambly et de Sainte-Thérèse, remplacé depuis nombre d'années par le «chemin neuf» que les habitants appelaient aussi «chemin d'en haut». Plus pratique, cette nouvelle route contournait les habitations du faubourg Saint-Jean-Baptiste et l'ancien moulin des seigneurs de Niverville, pour se rendre à Saint-Jean, petit bourg situé à quelques lieues de Chambly.

L'ancien chemin n'était donc plus fréquenté que par les résidants du faubourg. Les domestiques venaient y puiser de l'eau fraîche, la plus pure qu'on puisse trouver dans la région. Mais les vieux habitants se méfiaient toujours de l'onde traîtresse qui réclamait régulièrement son tribut. Plus d'un y avait trouvé la mort, emporté par l'impitoyable courant, tandis que d'autres s'y étaient jetés, attirés dans ses tourbillons par quelque maléfice, ou un accès de folie. On disait même que le diable se cachait sous le lit de pierre, avec pour preuve le grondement incessant de l'eau qui se faisait entendre très loin dans le faubourg, été comme hiver.

Pourtant, Salaberry aimait cet endroit qu'il avait découvert à son premier séjour pour être venu y flâner quelquefois, fasciné par l'impétueux remous. L'eau vive offrait un spectacle saisissant, refusant de se laisser prendre par le froid et filant à vive allure jusqu'au pied du vieux fort français entre les rives enneigées et glacées, décor figé où le temps semblait suspendu.

Le rythme de son cœur s'accéléra pendant qu'une joie inconnue lui traversait le corps. Salaberry ferma les yeux pour mieux rêver. Julie! Ses lèvres roses avaient un goût de framboises. Il l'imaginait revêtue d'une chemise de fine toile blanche, une bordure de dentelle avant la naissance des seins, dissimulant ses longues jambes, mais laissant voir de fines chevilles avec leurs jolis pieds minces. Sa peau devait être douce et légèrement parfumée. Il se demanda comment elle était avec les cheveux dénoués, libre coulée brune étalée sur un oreiller blanc… À cette évocation, son corps réagit au point qu'il en aurait été gêné, s'il n'avait pas été seul.

Cette fois, il ne laisserait pas s'échapper la chance de bonheur qu'elle représentait. Il était bien décidé à se battre pour cela, s'il le fallait, se dit-il en jetant un dernier regard à la fougueuse rivière qui emportait avec elle les espoirs anciens pour faire place nette à l'avenir. Cette manière charmante qu'elle avait de baisser les yeux… «Elle acceptera parce qu'elle m'aime.» Fort de cette certitude, il talonna sa monture et traversa Chambly le sourire aux lèvres.

Julie, beaucoup trop troublée pour arriver à réfléchir à quoi que ce soit, chercha des yeux son éventail. Où l'avait-elle posé ? Elle l'aperçut sur le guéridon. C'est alors qu'elle vit que quelque chose avait glissé sous le sofa. Elle se pencha pour ramasser ce qu'elle crut être un bout de papier. C'était en fait une lettre pliée, mais non adressée. Elle s'apprêtait à la lire pour savoir à qui elle appartenait lorsqu'elle entendit du bruit. Julie n'eut que le temps de glisser la lettre dans son corsage avant que ses parents n'entrent dans la pièce, avec l'air réjoui de gens venant d'apprendre une bonne nouvelle.

— Pourquoi Salaberry est-il parti ? demanda madame de Rouville, inquiète à la vue du visage bouleversé de sa fille.

L'entretien entre les deux jeunes gens ne s'était donc pas déroulé comme prévu ?

— Tu ne l'as pas retenu à souper ?

— Julie, ça ne te ressemble pas, cette attitude impolie, la réprimanda gentiment le colonel. Pourquoi Salaberry a-t-il disparu sans dire au revoir ?

— Il m'a assuré qu'il devait retourner à Montréal le plus tôt possible, bafouilla celle qui arrivait difficilement à rassembler ses idées. Il est venu sans son domestique et avait son paquet à refaire. Il tient d'ailleurs à vous présenter ses excuses.

— Rien ne l'empêchait de souper avec nous, répliqua madame de Rouville. S'il est reparti sans nous saluer, c'est qu'il était mécontent.

— Mais non ! Ce n'est pas cela. Il n'était pas fâché du tout.

Déçue, madame de Rouville se tourna vers son mari, comme si le départ de Salaberry lui incombait.

— Que vous avais-je dit?

— Salaberry t'a demandé en mariage et, bien entendu, tu as répondu que tu acceptais? insista le colonel. N'est-ce pas?

— J'ai promis d'y réfléchir, répondit-elle, simplement, et lui ferai ma réponse par écrit.

— Comment? explosa le colonel. Mais c'était tout réfléchi! Charles de Salaberry te fait l'honneur d'une demande en mariage et tout ce que tu trouves à répondre est: «Je vais y réfléchir»? Un nom honorable, officier valeureux de l'armée britannique et ton cousin, de surcroît. Pardieu! Mais, comment as-tu pu nous faire ça?

Julie comprit que pour ses parents, tout était décidé depuis longtemps, les sentiments de la principale intéressée ne pesant pas lourd dans la balance. Exprimer, ne fût-ce que l'ombre d'une hésitation, s'apparentait à un crime de lèse-majesté. Ils la regardaient comme si elle venait d'infliger à sa famille le pire des déshonneurs.

Pourtant, le mariage était une chose sérieuse à ne pas prendre à la légère. Certes, Salaberry était un homme plein de mérite qui prétendait ressentir pour elle de l'inclination, mais encore fallait-il que ces sentiments soient partagés. Et puis, inclination ne signifiait pas nécessairement amour. Cet amour lui manquait tant, à elle, Julie de Rouville, alors que son propre père était tombé sous le charme de Salaberry dès le premier jour, au point de souhaiter en faire son fils par alliance!

Quant à sa mère… Il n'y avait rien à attendre d'elle. Sa mère voyait sans doute dans ce mariage une bonne occasion de se débarrasser d'elle.

— Je vous avais prévenu qu'elle était incapable de décider par elle-même, répétait cette dernière à son mari. Mais vous avez insisté pour que cela vienne d'elle. Votre fille… dit-elle en pointant Julie du doigt, n'avait pas à se prononcer, elle devait obéir.

— Marie-Anne, calmez-vous! ordonna le colonel à sa femme.

Puis, en se tournant vers Julie, avec un ton plus doux:

— Tu as accepté, n'est-ce pas? Nous avons mal compris?

— Mais non, père, j'ai bel et bien répondu que je réfléchirais. Et Charles n'en a pas été offusqué.

— Une oisonne! maugréa madame de Rouville, les yeux furibonds. Aucun bon sens lorsqu'il s'agit de soupeser les enjeux. Je me demande comment tu peux faire la fine bouche, se récria-t-elle. Il n'a rien d'un vieillard malodorant! Avenant, beau, jeune, cultivé, intéressant... Jamais il ne se représentera un parti aussi avantageux.

Mère et fille étaient aussi éloignées l'une de l'autre que deux continents pouvaient l'être. Julie se mit à trembler, comme transie par un vent glacial venu on ne sait d'où. Dieu et l'Église prescrivaient d'honorer ses parents. Elle obéissait à cette loi, résignée depuis l'enfance à ne plus réclamer leur affection.

Le colonel jeta un regard désemparé sur le visage fermé de la jeune femme.

— Je me rends à vos arguments, dit-il à son épouse en haussant les épaules. Elle est incapable de saisir l'importance de cette union.

— Mais moi, je crois comprendre, riposta la noble dame. Ce petit notaire trotte depuis trop longtemps dans sa pauvre cervelle.

— Que voulez-vous dire?

— Vous êtes désespérément aveugle! Pourtant, ses airs enamourés pour le fils Boileau sont, pour ainsi dire, de notoriété publique. Même les demoiselles de Niverville croient qu'il y a anguille sous roche puisqu'elles m'en ont parlé. Si je vous presse tant, c'est aussi pour éviter que les rumeurs à ce propos ne prennent trop d'ampleur.

— Vous perdez la raison, ma femme, la houspilla Rouville. Le notaire Boileau? Malgré les folies de grandeur du père, le fils a trop de bon sens pour convoiter la main de Julie.

— J'en conviens, dit madame de Rouville. Ce n'est pas les ambitions du notaire qui me font peur, mais bien l'absence de jugeote de cette demoiselle, comme elle vient de nous le démontrer avec éclat.

— Mais je ne pouvais accepter sur-le-champ, se défendit fermement Julie. Personne n'a même daigné m'informer de ces projets de mariage, pourtant déjà entendus par les familles, si j'ai bien compris? De quoi suis-je coupable, à vos yeux? J'ai simplement demandé à réfléchir. Il me semble que c'est raisonnable.

La colère la gagnait.

— Tout devait se dérouler naturellement… reprocha madame de Rouville à son mari. Vous disiez qu'il ne manquerait pas de l'éblouir, tout comme il vous a ébloui.

Julie suffoquait et, pour la première fois de sa vie, elle s'affirma :

— Mère, cessez de parler de moi comme si je n'étais pas dans la pièce. Quant à vous, père, avouez que mère a raison. Salaberry a eu droit à toutes vos attentions. Plus que je n'en ai jamais reçues de votre part.

Bouleversée, elle fit mine de sortir, mais son père lui barra le chemin.

— Tu vas immédiatement écrire à Salaberry pour lui dire que tu acceptes sa demande.

— Ah non! se rebiffa Julie. C'est hors de question!

— Pas de discussion, tonna le colonel en attrapant le bras de sa fille. C'est un ordre!

— Laissez-moi! hurla Julie en voulant se libérer de la poigne encore solide du père.

Elle réussit à passer la porte, mais trébucha, aveuglée par les larmes. Ils ne tentèrent pas de la retenir et elle s'engagea dans l'escalier. Mais avant de monter, elle se retourna, dans un ultime élan d'affirmation.

— Je demande du temps et je le prendrai.

— Puisque c'est comme ça, je l'écrirai moi-même, cette damnée lettre! s'emporta le colonel.

— C'est ma réponse qu'il attend, pas la vôtre!

Le colonel serra les poings. Il était allé trop loin, mais il refusait de perdre la bataille.

— Je t'interdis de sortir de cette maison tant que tu n'auras pas accepté la demande en mariage de Salaberry. J'ai dit!

— Petite ingrate! Quand je pense à la difficulté que nous avons eue pour rassembler ta dot, dit alors madame de Rouville.

— Ma dot? Que voulez-vous dire? se troubla Julie. Salaberry m'épouserait pour ma dot?

Tout cela était trop sordide, à l'opposé de ses espoirs et de ses rêves, et elle tourna le dos à ceux qui avaient réussi à tout gâcher.

❧

Julie regagna sa chambre avec tristesse. Ce jour, qui aurait dû être parmi les plus beaux de sa vie, s'était transformé en cauchemar. Elle fit un effort incommensurable pour se rappeler uniquement le beau visage de Charles et l'intensité de son regard lorsqu'il lui parlait. Sa tristesse, en évoquant son frère disparu, semblait si sincère. Elle ne pouvait mettre en doute ce qui s'était dit dans le petit salon.

Épuisée par ce trop-plein d'émotion, elle voulut se reposer en s'allongeant sur son lit. Quelque chose l'incommoda. Dans son corsage se trouvait la lettre découverte sous le sofa. Qu'est-ce que cela pouvait être ? Elle déplia la feuille. Quelques lignes raturées, le brouillon d'une lettre bonne à jeter, ce qu'elle s'apprêtait à faire lorsqu'elle reconnut l'écriture de Charles. De grands passages étaient rédigés en anglais. Comme elle connaissait les rudiments de cette langue, elle entreprit de la déchiffrer. *My dear father*, lut-elle. Ainsi, Charles écrivait à son père en anglais. Ce fait lui arracha un sourire attendri. Elle reprit sa lecture et traduisit :

La mort de François m'a bouleversé, mais elle a mis fin à mes hésitations. Il n'y a qu'une façon pour moi de vous consoler. Je cède à vos instances et pars demain pour Chambly demander la main de mademoiselle de Rouville. Je ne doute pas de l'approbation de monsieur et madame de Rouville, puisque nos familles souhaitent ce mariage et se sont accordées. Par contre, mademoiselle de Rouville semble tout ignorer de ces ententes et je crois que c'est mieux ainsi. Je préfère qu'elle croie que je me suis attachée à elle depuis que je la connais. (Ici, plusieurs mots raturés étaient illisibles.)

Il est certain que la dot de mademoiselle de Rouville me permettra d'avantager ma situation. Je suis persuadé qu'elle accueillera favorablement ma demande, car j'ose croire qu'elle a fini par s'éprendre de moi. Et moi, je me sens bien avec elle. (D'autres mots raturés.) *Vous avez eu raison autrefois de m'empêcher d'épouser Mary. Ma passion immodérée pour cette cousine m'aurait mené à la ruine. En épousant mademoiselle de Rouville, c'est la raison qui dicte au cœur et...*

La lettre s'achevait là.

... c'est la raison qui dicte au cœur. Ainsi, c'était vrai ! Salaberry voulait l'épouser pour sa dot. Comment avait-elle pu penser qu'il avait des sentiments pour elle ? Elle avait presque cru à son amour. C'était un bon acteur, comme il l'avait prouvé dans le salon d'Emmélie. Ses attentions, ses

lettres… Tout cela était faux. Seule comptait sa dot pour regarnir la bourse des Salaberry. Et elle savait où menaient ces mariages d'argent! Au néant. La mésentente de ses parents était là pour le prouver.

Et tout à coup, il lui vint à l'esprit que pas une fois, tout à l'heure, Charles ne lui avait avoué qu'il l'aimait. «Vous me plaisez et je veux vous épouser», telles avaient été ses paroles.

Le cœur en lambeaux, Julie était effondrée.

Chapitre 13

Derrière les portes closes

Le notaire René Boileau était plongé dans la perplexité. Il relisait ses notes, ne sachant plus à quel saint se vouer pour dénouer une situation d'apparence simple, qui pourtant se compliquait de jour en jour. Ses longs doigts, perpétuellement tachés d'encre, se croisaient et décroisaient nerveusement, signe de préoccupation chez lui. Le forgeron John Lynch avait fait appel à ses services pour rédiger un protêt contre le menuisier Nicolas Proteau. Il accusait ce dernier de ne pas avoir terminé dans les délais convenus un travail qu'il lui avait confié. C'était un simple malentendu, comme il y en avait tant, mais qui, immanquablement, finissait par aboutir entre les murs de son étude. À titre de notaire, il servait souvent d'intermédiaire entre deux parties, ce qui évitait d'avoir recours à un tribunal. Cette fois, le conflit dégénérait. Le protêt de l'un répondait à celui de l'autre et le notaire cherchait vainement une solution à proposer aux protagonistes.

Ce qui lui rappela que l'avocat Bédard avait réussi à obtenir l'annulation du premier procès-verbal de l'affaire du ponceau par un jugement de la cour du banc du Roi, avant même que Papineau n'ait pu prononcer un seul mot! Inutile de se rappeler la fureur de son père à l'annonce de cette nouvelle. La pauvre Emmélie avait eu droit à un chapelet de reproches immérités pour son amitié avec l'avocat député. Puis un nouvel arpenteur s'était annoncé à Chambly. René avait proposé à son père d'assister à ce deuxième arpentage à sa place. Celui-ci avait accepté, au grand soulagement du notaire. Si ce différend n'était pas bientôt réglé, il craignait que des mots impardonnables ne soient prononcés et que des familles amies depuis toujours cessent de se parler.

«À croire que le vent de la discorde souffle sur Chambly chaque jour que Dieu fait. Père devra faire des concessions», se dit-il en choisissant sur sa table de travail une plume neuve et un canif. Il taillait lui-même ses plumes, une opération délicate qu'il aimait effectuer; elle occupait les mains tout en permettant à l'esprit de réfléchir. Pour cette raison, il n'avait pas encore adopté les nouvelles plumes avec une pointe de métal. Difficile de modifier une ancienne habitude.

Soudain, la porte s'ouvrit et Julie pénétra en coup de vent dans le cabinet du notaire. Pour préserver la discrétion de son étude, René avait fait aménager une entrée distincte de la porte principale de la maison rouge.

— Mademoiselle de Rouville! la salua ce dernier, surpris par cette arrivée à l'improviste.

Personne n'osait franchir le seuil – de ce qu'il désignait lui-même comme l'«antre du lion» – sans s'annoncer, pas même monsieur Boileau, son père, alors que l'étude du notaire logeait dans la maison familiale.

— Mais venez, je vous prie, dit-il en lui offrant un fauteuil.

Julie refusa le siège d'un signe de tête, triturant nerveusement les cordons d'un réticule, ce petit sac féminin de tissu fermé par une courroie coulissante, assorti à une robe de couleur puce. Elle était pâle et semblait en proie à une vive émotion. Que pouvait-elle lui vouloir ? Jamais il ne l'avait vue ainsi.

— Monsieur de Salaberry m'a demandée en mariage, lui apprit-elle, d'une voix angoissée.

— Je me réjouis de cette excellente nouvelle ! dit aimablement René. Permettez-moi de vous féliciter, fit-il en s'avançant vers elle.

Julie s'agitait. Ses yeux erraient dans la pièce, examinant avec un intérêt subit la bibliothèque aux rayonnages garnis d'ouvrages juridiques et s'arrêtant devant le recueil de lois civiles *Coutume de Paris*, de Ferrière, un livre imposant de plusieurs pouces d'épaisseur posé sur un présentoir. Elle évitait ainsi de croiser le regard intrigué de René qui l'observait en silence.

— Je comprends que vous soyez émue, avança-t-il, pris au dépourvu par son comportement bizarre. Vous venez sans doute annoncer votre bonheur à mes sœurs ?

— Non ! coupa-t-elle. Ce n'est pas cela.

— Vous avez besoin d'un conseil ? Mais je suis persuadé que monsieur votre père saura…

— Ah ! Taisez-vous ! l'interrompit-elle, hors d'elle.

Elle refusa de nouveau un siège.

— Monsieur Boileau… René… insista-t-elle, la voix suppliante.

Le notaire tressaillit. Cette familiarité ne lui ressemblait pas. En aucune façon, Julie de Rouville, demoiselle de la noblesse, se serait permis de l'appeler par son prénom. Elle réservait ce privilège à ses sœurs, Emmélie et Sophie, du même âge qu'elle et avec qui elle avait des relations plus intimes.

— Sauvez-moi de ce mariage ! Je n'en veux pas.

Et avant même que René ne puisse esquisser le moindre geste, elle fut près de lui, posant ses lèvres sur les siennes. Décontenancé par cette Julie qu'il ne reconnaissait pas, René l'enlaça, plus pour l'empêcher de s'effondrer que pour répondre à son baiser. Elle tremblait, émouvante de fragilité entre ses bras.

— Je vous en prie, épousez-moi, gémit-elle en s'abandonnant.

Désarmé par cet aveu, il se laissa aller à la douceur de ses lèvres, prolongeant le baiser. Mais qu'était-il en train de faire ? Il se ressaisit et s'éloigna d'elle avec douceur, se refusant à la brusquer.

Julie devait être au désespoir pour agir ainsi. Il lui était arrivé de croire qu'il plaisait à la demoiselle de Rouville, mais il avait refusé de s'interroger plus avant sur la nature de ses sentiments, conscient qu'ils possédaient tous les deux un tempérament semblable les portant à se tenir en retrait, à être plus attentifs aux désirs de leur entourage qu'à leurs propres besoins. Il éprouvait du plaisir en sa compagnie, voyant là une complicité tranquille qui les poussait tout naturellement à être ensemble, à la manière d'un ami qui se reconnaissait dans l'âme de l'autre. Car c'était bien de l'amitié qu'il ressentait pour elle, et non pas de l'amour. Ce sentiment profond, il l'éprouvait pour Marguerite Talham, la seule femme qu'il aurait voulu épouser, et la présence de cet amour l'empêchait de répondre aux attentes de Julie, ou de toute autre femme.

— Julie. Vous permettez que je vous appelle Julie ? Il me semble que les circonstances le permettent, ajouta-t-il, dans un sourire bienveillant.

Il prit ses mains dans les siennes pour la forcer à s'asseoir. Elle tremblait de tout son corps, dépassée par l'audace inconsidérée de son geste. René posa un genou à terre, sans lâcher ses mains gantées.

— Je ne sais quoi vous dire, Julie. Vous me voyez honoré d'être l'objet de votre affection. Jamais je n'ai imaginé un seul instant que vous aviez pour moi de tels sentiments. J'aurais dû comprendre. Mais je répondrais bien mal à cet honneur en écoutant vos élans.

— Je veux vous épouser, déclara-t-elle avec une fermeté déroutante.

— Tout ceci est insensé, dit-il d'une voix amène. Vous savez bien qu'un mariage entre nous est impossible. Songez aux conséquences. Il nous faudrait nous enfuir, partir très loin, dans les États-Unis ou ailleurs, quitter Chambly et nos familles à jamais. Nous serions mis au ban de la société. Dans de pareilles conditions, comment pourrais-je vous offrir l'existence confortable à laquelle vous avez droit ?

— Je n'ai pas pensé à tout cela. Mais qu'importe ! Je vous aime, avoua-t-elle avec une intensité qui l'ébranla.

« Ai-je été aveugle à ce point ? » s'interrogea-t-il, plus effrayé qu'ému par l'ardeur de ses sentiments.

— Julie, croyez-moi, vos révélations me touchent. Mais je vous en prie, ne prononcez plus ces mots.

— Il m'épouse pour ma dot ! Une alliance entre nos familles, dit-il. Il ne m'aime pas. René, implora-t-elle, aimez-moi ! Aimez celle que je suis ! Je sais que vous le pourriez. Vous n'avez que faire d'une dot ou d'une alliance avantageuse.

René, qui était toujours à ses genoux, se releva pour tirer une chaise et s'asseoir près d'elle. Il comprenait sa douleur. Avoir le sentiment d'être un simple objet de marchandage, c'était… sordide. Pourtant, lui-même avait cru Salaberry sincèrement attiré par elle. Surtout après l'altercation de l'autre jour, chez Dillon.

Julie s'était mise à pleurer. Quelle désespérance dans ses yeux noyés de larmes qui tombaient sans retenue, mouillant son mouchoir et ses gants. René aurait voulu la reprendre dans ses bras pour la consoler, mais il craignait de la blesser davantage et lui tendit son propre mouchoir.

— Prenez. Je vous en prie, cessez vos pleurs, chuchota-t-il, se voulant apaisant.

Julie se tamponna les yeux. Elle hoqueta, puis respira profondément et fit mine de se lever, résolue à partir. Mais il l'obligea à rester assise.

— Je ne vous laisse pas repartir ainsi. Vous êtes si pâle ! Vous êtes venue à pied, n'est-ce pas ? Sinon j'aurais vu votre calèche. Certes, vous n'avez pas la force de rentrer chez vous dans cet état. Et d'abord, il nous faut parler.

— Je suis plus forte que vous ne le croyez, affirma-t-elle, même si sa voix brisée disait le contraire. Je me suis ridiculisée. Je vous en prie, oubliez que je suis venue.

— Quel homme ingrat serais-je si j'oubliais votre visite ! Elle comptera au contraire parmi mes plus chers souvenirs, comme un cadeau précieux offert par une femme de cœur. La sincérité n'est pas ridicule, Julie. Bien au contraire.

Elle baissa les yeux. Tout à coup, il fut pris du désir irrésistible de la protéger, de répondre à ses vœux pour s'enfuir avec elle, loin de Chambly, loin de Marguerite. Il releva son visage et, à son tour, posa ses lèvres sur les siennes. Avec quelle fougue elle répondit à ce baiser ! Mais entre eux, il ne le savait que trop, rien n'était possible et il se dégagea doucement.

— Ne doutez jamais de vous, Julie, dit-il. Vous avez tout pour vous faire aimer d'un homme.

Cette fois, c'est lui qui avait la voix rauque. Il voulait s'excuser de son geste, comme s'il avait profité d'un moment d'égarement, mais il n'en fit rien, car c'était faux. Elle venait de le séduire par sa détresse. Lui affirmer le contraire serait une insulte. Il fit quelques pas pour s'éloigner de cette soif d'amour qu'il ressentait chez elle et qui, malgré tout, l'attirait. Mais il lui fallait impérativement la ramener à la raison. Ce n'était pas d'un preux chevalier dont elle avait besoin, mais d'un confident prononçant des paroles rassurantes et raisonnables.

— Si je répondais à vos vœux, une fois les premiers émois passés, nous nous ferions mutuellement des reproches qui détruiraient tout. Songez à la colère de vos parents, à leur désarroi surtout. Et imaginez ce que l'on dirait de moi ! Malgré mes avoirs personnels, on croirait que je veux m'emparer de votre fortune. De mon côté, il y a mes sœurs, ma mère et même, en dépit de ses rodomontades, mon père : ils ont tous besoin de moi. Je ne peux me résoudre à les abandonner.

Elle le fixait, hagarde, biche poursuivie par un chasseur. L'écoutait-elle seulement ? Il reprit :

— Vous dites que monsieur de Salaberry ne vous aime pas. En êtes-vous si certaine ? C'est un homme valeureux, remarquable même, et il a compris quelle femme exceptionnelle vous êtes. Ces hommes d'action ont tous leurs fragilités, leur talon d'Achille. Un jour, vous découvrirez ses faiblesses et ce jour-là, Julie, vous commencerez à l'aimer. Salaberry a besoin de votre force, de votre courage, bien plus que de votre fortune. Ayez confiance ! Vous êtes une femme intelligente et, permettez-moi de le dire ainsi, diablement séduisante. Croyez-moi, Salaberry n'est pas aveugle.

Il arrêta de parler. L'avait-il convaincue ?

Julie semblait s'apaiser, mais elle n'écoutait pas vraiment ; elle se laissait bercer par la voix chaude et grave de René qui agissait comme un puissant sédatif. Les yeux fermés, elle prolongeait ces ultimes instants d'intimité, sachant qu'il n'y en aurait plus jamais d'autres.

— Je vous promets que vous trouverez toujours en moi un ami sincère, ajouta finalement René tandis qu'on frappait à la porte.

— René, tu es là ? demanda la voix d'Emmélie.

— Entre, Emmélie, répondit René tout en jetant un regard inquiet à la visiteuse.

Mais Julie s'était ressaisie en entendant frapper.

Devant la stupéfaction de sa sœur de le trouver en tête à tête avec Julie, il dit, précipitamment :

— Nous avons la visite de mademoiselle de Rouville.

En la saluant, Emmélie vit tout de suite les yeux rougis de Julie. Les explications viendraient plus tard.

— Vous ne vous sentez pas bien ? Je fais préparer du thé, proposa-t-elle.

— Excellente idée, approuva René.

Mais Julie fit signe que non.

— Je dois repartir… Chez moi, on ignore que je suis ici.

Elle se tourna vers René, le regard suppliant.

— Si je puis vous demander…

— Soyez sans inquiétude, nous ne parlerons à personne de votre visite, la rassura Emmélie. Vous pouvez compter sur notre discrétion, ajouta-t-elle avec chaleur.

Julie se redressa. Elle récupéra son réticule posé sur le bureau du notaire et redevint la fière et noble demoiselle de Rouville. René ramassa un épais châle de laine qui avait glissé sur le sol, le déposa sur les épaules de Julie déjà recouvertes d'un manteau et lui ouvrit la porte.

— Je vous raccompagne, offrit Emmélie.

— Inutile, murmura Julie.

Puis, sans se retourner, elle franchit la porte de l'étude et sortit.

❧

Inquiète, Emmélie suivit Julie du regard, la voyant remonter l'allée par la fenêtre.

— Que s'est-il passé ? interrogea-t-elle, lorsque la demoiselle fut disparue à l'horizon. Pourquoi Julie de Rouville est-elle venue pleurer dans ton cabinet ?

— Comme tu l'apprendras tôt ou tard, je peux t'annoncer que Salaberry l'a demandée en mariage.

— Oh ! s'exclama Emmélie. Épouser le pourfendeur de Prussiens !

Elle réfléchit en se tenant le menton, un geste qui lui était familier.

— Elle est fille de militaire et a beaucoup en commun avec monsieur de Salaberry, continua-t-elle. Je dois dire que je m'attendais à cette demande.

Elle révéla alors à son frère que Julie correspondait avec Salaberry depuis quelque temps.

— Mais cela n'explique pas pourquoi vous étiez tous deux enfermés dans ton cabinet.

— Disons qu'elle sollicitait mon aide pour empêcher ce mariage qu'elle affirme ne pas vouloir, expliqua-t-il avec un air embarrassé, sans en dire plus.

René était naturellement avare de confessions, de par son tempérament et sa profession, et entre les murs de son étude, les secrets des habitants de Chambly se trouvaient bien gardés.

— J'avoue ne pas comprendre, mentit-elle, puisqu'elle connaissait les sentiments de Julie pour son frère.

— D'accord, admit René. Je te dois une explication. Mais promets-moi d'oublier tout ce que je vais te raconter.

Emmélie promit et son frère relata, en omettant toutefois certains détails trop intimes, comment, motivée par le désespoir, Julie l'avait supplié de l'épouser.

— Seigneur! se désola Emmélie. Se précipiter dans tes bras. Il fallait qu'elle soit drôlement bouleversée pour en arriver à cette extrémité. Mais j'admire son courage. Braver sa famille! Voilà où mènent ton charme ténébreux et tes airs de chevalier. Les demoiselles en détresse accourent vers toi, fit-elle, un tantinet moqueuse avant de redevenir sérieuse.

— Ne te moque pas. Son désespoir faisait peine à voir. J'espère avoir réussi à lui faire entendre raison. Elle a peur de l'inconnu, je suppose, comme bien des jeunes femmes dans son cas. Mais elle devra s'y résoudre, sa famille ne lui en laissera guère le choix.

— Sans doute, convint Emmélie. Salaberry appartient à son monde, pas au nôtre. Une évidence à mes yeux et j'espère fortement que d'autres la verront aussi.

Emmélie prononça ces derniers mots sur un ton étrange.

— Que veux-tu dire? demanda René.

— Tu sais bien. Le fils Rouville.

— Oui, c'est préoccupant.

— Notre père n'en voit plus clair. Je dois encourager le jeune homme, m'a-t-il ordonné, l'autre jour.

Emmélie revivait la scène. Elle en avait presque les larmes aux yeux. Son père l'avait solennellement convoqué dans son cabinet. Son attitude distante avec le fils Rouville était déplorable. Certains finiraient par le remarquer et les langues s'agiteraient. Une honte qui éclabousserait toute la famille!

— Ne t'inquiète pas, dit René. Les Rouville ne consentiront jamais à ce mariage.

— Tu connais père. Pour qu'une de ses filles devienne Rouville, il serait prêt à tout.

— S'il le faut, je lui dirai la vérité à propos de Marguerite.

— Il refusera de te croire.

— Nous verrons bien, dit René. Je ferai intervenir le curé.

— Le curé ?

— Il est au courant.

— Oh ! fit Emmélie. Je l'ignorais.

— Notre curé a toujours su la vérité, à propos de…

René hésitait. Il n'arrivait pas à trouver les mots, tant il lui répugnait d'évoquer le viol de Marguerite.

— À propos du malheur de Marguerite, l'aida Emmélie.

— C'est ça.

— J'espère surtout qu'Ovide finira par se désintéresser de ma modeste personne, dit Emmélie. Je fais tout pour le décourager, mais je crains quelques manigances de sa part. Même le chantage ne le rebute pas. Imagine seulement ce qu'il pourrait faire, s'il se savait le père naturel de Melchior.

— Après tout, le fils Rouville n'est pas si bête, finit par dire René en replaçant une plume dans son plumier.

— Je souhaite ardemment, pour notre tranquillité à tous, qu'il ne le découvre jamais, dit Emmélie. Autrement, ce serait terrible pour les Talham.

— Le colonel serait profondément choqué. Et il ne pourrait plus regarder le docteur dans les yeux. Cette révélation pourrait très bien signifier la fin de leur vieille amitié. Mais revenons à Julie. Je peux compter sur ta discrétion ?

— Bien entendu ! Ne sommes-nous pas dans la caverne où se terrent les mystères de Chambly ? fit-elle avec une tendre ironie, rappelant le jour où, dans ce même cabinet, tous deux avaient découvert le secret de leur cousine Marguerite.

Pour toute réponse, René tira lentement un tiroir situé sous la table de travail pour en sortir une petite pochette de cuir usé. Enveloppé dans un vieux mouchoir brillait un saphir en cabochon.

— Tu te rappelles ? demanda-t-il à sa sœur.

Émue, elle enlaça affectueusement son frère. Lui qui gardait habituellement souvenirs et sentiments dans les replis les plus profonds de son âme, se livrait à elle en toute confiance.

— Tu l'as toujours ? Je me demandais ce que tu en avais fait. Tu pourrais revendre cette pierre à bon prix.

Il secoua la tête.

— Jamais je ne m'en départirai. Toi seule sais ce que ce caillou représente pour moi.

— Marguerite. Tu l'aimes toujours, constata-t-elle simplement.

— Je n'ai jamais cessé, avoua-t-il en prenant un air distant qui, en réalité, en disait long sur ses sentiments.

— Je sais, dit Emmélie avec bienveillance.

Elle songea à Papineau. Elle aussi devait se préserver d'une déception et plaignit sincèrement René.

— On dirait bien que tu n'as pas de chance avec les femmes.

— Sauf avec mes chères sœurs… répondit-il dans un sourire affectueux.

Emmélie lui envoya un baiser du bout des doigts avant de quitter la pièce et de refermer la porte sur elle.

René resta immobile devant la porte close. Marguerite, Julie… L'amour n'était pas pour lui. Finalement, il attrapa un lourd manteau de drap chaudement doublé, une longue écharpe qu'il enroula deux fois autour de son cou, ainsi que son chapeau et ses gants. En empoignant sa canne de marche, il annonça qu'il ne fallait pas l'attendre pour le prochain repas. Fidèle à son habitude, il allait marcher pendant des heures. Un jour, il avait parcouru presque tout le vieux chemin qui menait à Longueuil. Il était allé si loin qu'il avait passé la nuit dans une auberge avant de revenir à Chambly, le lendemain, par la malle-poste qui heureusement passait ce jour-là. Marcher, c'était le seul moyen qu'il connaissait pour réussir à évacuer la charge d'émotions qui venait de l'assaillir.

❦

Avec mille précautions, Julie avait réintégré le manoir familial, en catimini. Puisqu'on l'avait confinée à sa chambre, elle avait emprunté l'escalier de service des domestiques, ne craignant pas d'être dénoncée si l'un d'eux la découvrait. Elle s'était rendue à pied chez les Boileau, ce qui voulait dire qu'elle avait marché une bonne lieue, à l'aller comme au retour, devant les saluts ahuris des villageois qui ne voyaient pas souvent la demoiselle circuler autrement qu'en voiture. Avec pour résultat qu'elle avait crotté ses belles bottines de cuir et maculé de boue le léger manteau qui recouvrait sa jupe dont elle avait également sali l'ourlet, ainsi que ceux de ses jupons. Elle regagnait discrètement sa chambre lorsqu'elle tomba face à face avec Joseph, le domestique de la famille qui la protégeait depuis l'enfance. Joseph avait toujours vécu chez eux. Il était né dans leur demeure, quarante ans auparavant, d'une femme de race noire appartenant à madame de Rouville.

— Vos pauvres bottines, mam'zelle Julie, la plaignit-il en voyant dans quel état se trouvait sa jeune maîtresse. Donnez, je vais les nettoyer.

— Merci, mon bon Joseph, dit Julie en délaçant ses chaussures boueuses.

— Qu'avez-vous, ma p'tite mam'zelle ? Vos yeux me disent que vous avez du chagrin. C'est la faute au colonel qui a crié, l'autre jour ?

— J'apprécie ta sollicitude, Joseph. Ne t'en fais pas pour moi, mais je t'en prie, ne dis rien à personne de mes bottines crottées et fais monter un peu de bouillon à ma chambre. Si on me cherche, tu diras que je suis indisposée.

— Du bouillon ? Mais c'est un repas de prisonnière, ça ! Pourquoi pas du pain et de l'eau ? Je vous fais préparer un plateau convenant à une demoiselle et je le monterai moi-même.

Julie le congédia avec un regard reconnaissant. Dans ce grand manoir de pierre, il était bien le seul à lui témoigner une réelle affection. Elle retira ses vêtements. « Ma robe est fichue, découvrit-elle en contemplant les lambeaux de mousseline. Une solide jupe de serge aurait mieux convenu. » La fin mars était le pire temps pour se déplacer à pied.

Elle enfila les vieux escarpins de soie qui lui servaient de pantoufles et un déshabillé d'intérieur, puis libéra ses cheveux des épingles qui retenaient sa coiffure. Joseph frappa pour déposer sur le guéridon un plateau garni de pain, de beurre, de bouillon chaud avec quelques morceaux de viande, le tout accompagné d'un verre de vin. Il attisa le feu, remit une bûche et promit de revenir dans quelques heures.

Julie remercia le vieux domestique, heureuse d'être seule. Elle n'avait pas très faim, mais le bouillon chaud la réconforta. Une fois restaurée, elle se dirigea vers la fenêtre qui donnait du côté des rapides. À cette époque de l'année, la débâcle haussait le niveau de l'eau et la rivière tumultueuse se déversait dans le bassin de Chambly en un bruyant fracas. Le cœur de Julie n'en faisait pas moins.

Du bout des doigts, elle caressa lentement les lèvres qu'avait embrassées René. Était-ce cela, les artifices du démon évoqués par le curé? C'était toutefois un baiser délicieux qui avait éveillé dans son corps des sensations nouvelles, inattendues. René qui, pourtant, l'avait repoussée… René, qu'elle devait maintenant oublier. Tout comme Charles, qui lui avait honteusement menti.

La jeune fille s'agenouilla à son prie-Dieu, sachant que la prière apaiserait son âme. «Je vous salue, Marie, pleine de grâce…» Les grains patinés de son chapelet nacré glissaient sur ses doigts, au fur et à mesure qu'elle enchaînait les *Ave* et les *Pater*. Après avoir récité un rosaire, Julie se sentait déjà mieux et savait ce qu'elle devait faire. Elle leva les yeux sur une Madone à l'enfant qui ornait le mur et la vue de la sainte image acheva de la consoler. Les mains jointes, elle récita une ultime prière avant de se relever: «Priez pour moi, Marie, sainte mère de Dieu, éclairez mon esprit et donnez-moi le courage dont j'ai besoin.»

Un bâillement interrompit ses méditations. Rompue par la fatigue d'une journée éprouvante, Julie enfila une chemise de nuit et, sans même natter ses cheveux comme elle en avait l'habitude, elle s'écroula sur le matelas de plumes.

Lorsque Joseph revint, Julie avait sombré dans le sommeil depuis longtemps. Le fidèle domestique attisa le feu, puis se retira en refermant soigneusement la porte derrière lui.

Chapitre 14

La réponse de Julie

Rue Saint-Paul, à Montréal, au quartier général de l'armée, Salaberry avait terminé son service auprès de Rottenburg et dîné au mess des officiers avant de réintégrer la chambre qu'il occupait, à quelques pas de là. Retirant veste, épée et baudrier pour se mettre à son aise, il se retrouva en bras de chemise dans le modeste logement qu'Antoine tenait bien chauffé en alimentant un petit poêle.

Salaberry reprit *Manon Lescaut*, le livre qu'il avait promis à Julie de lire. Le style de l'auteur lui plaisait, tout comme l'intrigue, rondement menée à son avis, mais les lamentations du chevalier des Grieux l'insupportaient. Jamais il n'aurait accepté les misères que Manon faisait vivre à son amant. Dans un ménage, c'est l'homme qui doit porter la culotte! Julie l'avait bien jugé, le personnage du roman avait un caractère très différent du sien.

Il sourit en pensant à celle qu'il considérait déjà comme sa fiancée et demanda à Antoine s'il y avait du courrier.

— Oui, major, répondit le domestique. Il est devant vous, dit-il en désignant les lettres sur la table et en priant de tout cœur pour qu'il y ait dans cette malle la lettre que son maître semblait attendre.

Depuis qu'il était revenu de Chambly, celui-ci faisait preuve d'une fébrilité pour le moins excessive. Cela avait commencé dès son arrivée. Salaberry s'était mis à fredonner de vieux refrains français où il était toujours question d'amour, puis à examiner fiévreusement le courrier dès qu'il arrivait. Antoine en avait conclu que le major était amoureux. Le temps passant, la belle humeur de son maître avait fini par décroître au point d'épuiser la patience d'un saint et le domestique craignait que le rare mobilier du logis ne subisse les foudres du maître de maison qui rongeait son frein.

Salaberry écarta d'un geste ce qu'il savait être des notes ou des factures, comme celle du tailleur Benaïah Gibb, chez qui il avait fait confectionner son nouvel uniforme ; d'ailleurs, il n'avait pas de quoi payer. Sur l'une d'elles, il reconnut l'écriture familière de son père, missive contenant les habituelles remontrances : *... tes lettres se sont sans doute perdues à moins qu'elles ne soient en route vers Beauport.* Louis de Salaberry dépensait une énergie considérable à distribuer ses recommandations aux uns et aux autres. Il lirait plus tard ce que son père avait à lui dire. Finalement, sur la dernière lettre courait une écriture féminine et délicate qu'il reconnut, et son cœur se mit à battre violemment. Enfin, la réponse de Julie !

Le sceau de cire rouge céda sous ses doigts pressés pendant qu'il récitait mentalement une prière. « Dieu tout-puissant, faites qu'elle dise oui ! » Il écarta avec précaution les plis du feuillet d'où tomba une deuxième lettre qui visiblement avait été chiffonnée puis défroissée. Dans sa lettre, Julie n'avait écrit que quelques mots :

Charles,
Si pour vous, c'est la raison qui dicte sa loi au cœur, pour moi,
il ne peut y avoir de mariage sans amour.
Vous avez compris que ma réponse est : NON !
Marie-Anne-Julie de Rouville

— *Goddamn !* hurla-t-il.

Et Salaberry fit une boulette de la lettre avant de la jeter au feu sous les yeux effarés d'Antoine.

— C'est non, et sans aucune explication.

— Je ne peux pas croire qu'une dame aussi bien éduquée que mademoiselle de Rouville fasse preuve d'une telle indélicatesse sans raison, major, si je peux me permettre.

— De quoi te mêles-tu ? rugit son maître, frustré. Qu'est-ce tu peux bien connaître aux choses de l'amour et aux dames ? D'ailleurs, ce n'est pas une dame, c'est une belle idiote.

— Monsieur ! Ne laissez pas la colère vous aveugler ainsi. Je persiste à croire qu'il y a quelque chose qui vous échappe. Vous devriez songer à retourner à Chambly pour en avoir l'explication.

— Jamais ! beugla Salaberry. Un Salaberry, dédaigné par une simple demoiselle de campagne, n'ira pas la supplier, et encore moins s'agenouiller devant elle !

— Ceci va également au feu, major ? demanda Antoine, imperturbable, en montrant à son maître la deuxième lettre. C'était avec le mot de la demoiselle, mais curieusement, je dirais que c'est votre écriture.

— Tu déraisonnes, mon pauvre Antoine. Montre-moi ça !

Et il arracha, plutôt qu'il prit des mains du domestique, le papier chiffonné.

— *Goddamn !* répéta-t-il, catastrophé.

Salaberry avait complètement oublié ce brouillon d'une lettre destinée à son père. Comment ce document s'était-il trouvé en possession de Julie ? Il chercha dans sa mémoire. Par mégarde, la lettre était sans doute tombée de sa poche chez les Rouville. Julie l'avait trouvée et, de toute évidence, l'avait lue.

∽

— Mon cher Salaberry, je crois que vous avez été bien maladroit d'égarer ainsi votre courrier, déclara Caroline de Rottenburg en servant le café.

Salaberry avait porté son désespoir jusque chez les Rottenburg, et l'épouse de ce dernier l'avait immédiatement retenu à souper pour le distraire de sa peine. Il n'avait touché aux mets servis que du bout des lèvres.

Le général observa son aide de camp qui souffrait d'amour puis consulta sa femme du regard : que faire ? Salaberry qui n'avait jamais eu froid aux yeux, qui pouvait en découdre avec son sabre si on l'insultait. Il l'avait vu serrer fortement les poings pour éviter de répliquer aux provocations d'un aussi haut personnage que le gouverneur. Et voilà qu'il s'effondrait devant le refus d'une demoiselle.

Les Rottenburg se désolaient pour Salaberry, qu'ils voyaient comme un ami. Eux-mêmes formaient un couple qui s'entendait à merveille, malgré une importante différence d'âge. Caroline était d'origine italienne, la fille d'un général napolitain, Johan von Orelli. Rottenburg l'avait rencontrée dans un de ces pays slaves baignés par la mer Adriatique et il l'avait épousée. Ils avaient maintenant deux enfants, un garçon et une fille, cette dernière n'étant encore qu'une adorable bambine de deux ans qui promettait d'être

290

aussi jolie que sa mère. Les traits fins du visage de la dame au teint bistré évoquaient une lointaine origine orientale tout comme son abondante chevelure noire et épaisse. La silhouette souple était mise en valeur par une élégante robe faite de pâle mousseline.

— Vous avec eu tort de brûler la lettre de mademoiselle de Rouville, reprocha aimablement madame de Rottenburg à Salaberry avec son français teinté d'un indéfinissable accent étranger. J'aurai bien voulu la voir et j'aurais pu peut-être en tirer quelques conclusions. Et si, comme vous le croyez, elle a lu ce brouillon malencontreux, je n'ai aucun doute qu'elle ait été profondément choquée.

— Je ne comprends pas, fit Salaberry, totalement dépassé par les événements. Cette lettre… ce n'était qu'une simple ébauche. D'ailleurs, comme elle ne lui était pas destinée, elle n'aurait pas dû la lire, se rebiffa-t-il. Je voulais simplement tenir mon père au courant de mes démarches.

— Ah! Les hommes! se découragea la dame devant tant d'aveuglement. Mettez-vous à la place d'une jeune fille qui vient de recevoir une demande en mariage pour lire, l'instant d'après, en toutes lettres et de la main même de son prétendant, qu'il l'épouse pour son argent. Si mademoiselle de Rouville a le cœur aussi pur que vous le prétendez, j'imagine facilement à quel point elle s'est sentie dupée en lisant cela. Je la plains!

Elle hochait la tête, compatissante, imaginant le profond état d'accablement de la jeune femme.

— *My goodness!* s'exclama Salaberry, de rage et de dépit. Pourtant, je tiens à elle.

Les yeux cernés du soupirant éconduit indiquaient un manque de sommeil.

— Vous l'aimez, Salaberry? demanda soudainement Francis de Rottenburg.

— Si je l'aime, Sir ? *Yes, I love her!*

— Alors, il ne vous reste plus qu'à livrer combat.

— Que voulez-vous dire ?

— Partir sur-le-champ pour le lui dire, mon cher Salaberry, lui conseilla madame de Rottenburg de sa voix douce mais ferme. Tenter votre dernière chance. Vous n'avez guère d'autre choix.

❧

Salaberry arriva à Chambly, fourbu et mouillé. Il avait chevauché entre Longueuil et Chambly sous une pluie froide et parfois mêlée de neige. En chemin, il ne s'était arrêté que deux fois chez des habitants. La première, pour réclamer un cheval frais ; et la seconde, pour se faire offrir un peu de bouillon chaud, tant il était transi. À cette dernière étape, l'habitante lui avait même offert le gîte pour la nuit, mais il avait refusé. Ce jour-là, personne n'aurait pu lui faire entendre raison et il ne se reposerait, si cela était possible, qu'une fois arrivé chez les Rouville, et pas avant d'avoir parlé à Julie. Il ne pensait qu'à elle. Tout au long du chemin il se répétait les mots qu'il avait choisis pour la convaincre de sa bonne foi.

Enfin, les premières maisons de Chambly apparurent. Ce n'était pas trop tôt. Il était gelé.

Dans la cour du manoir, il rencontra le docteur Talham qui s'apprêtait à partir après avoir déposé dans sa charrette la petite armoire portative contenant les médicaments et instruments médicaux et qu'il apportait toujours avec lui.

— Quelqu'un est malade ? demanda Salaberry avec inquiétude.

— Ah ! Major !

Le docteur venait à sa rencontre.

— Il s'agit de mademoiselle de Rouville. Et je suis inquiet, pour ne rien vous cacher.

Salaberry blêmit.

— Que voulez-vous dire?

— Elle a toujours eu une certaine tendance à la mélancolie, par contre cet hiver, jusqu'à votre visite en janvier, je dirais, elle m'avait semblé plus vive, plus animée. Elle respirait la joie de vivre. C'était un véritable plaisir que de la voir ainsi et je m'en réjouissais.

— Qu'en est-il aujourd'hui, docteur?

— Elle est extrêmement affaiblie. Je lui ai prescrit un fortifiant. Son visage exprime parfois une tristesse qui me bouleverse et me fait craindre une de ces fâcheuses maladies de langueur, expliqua le docteur.

La proximité avec ses patients dans des moments où ils étaient le plus vulnérables l'avait rendu sensible à la nature humaine. Il avait appris que les maux du corps dissimulaient parfois ceux de l'âme.

— Je vous avoue que je me demande ce qui s'est passé pour la mettre dans cet état, poursuivit le docteur qui se perdait en conjectures. Mon cher major! J'aurais bien voulu ne pas vous accabler avec ces nouvelles, surtout que je vous sais déjà très éprouvé par la perte de votre frère. Mais quel médecin je fais! se reprit-il en voyant l'officier qui grelottait. Je vous retiens alors que vous êtes gelé. Entrez, et allez vite vous réchauffer. Monsieur et madame de Rouville sont si bouleversés par l'état de leur fille, ils apprécieront le réconfort de votre présence.

Salaberry salua Talham et entra vite dans le manoir, plus mort que vif, et pas seulement parce qu'il était transi de part en part, mais surtout parce qu'il se savait responsable de la détresse de Julie. S'il y avait un coupable à blâmer, c'était lui. Et il craignait le pire: qu'elle refuse de le voir.

— Pauvre major, tout trempé, fit Joseph en l'accueillant.

Le visage du serviteur avait perdu sa bonhommie habituelle et Salaberry aurait pu jurer que l'homme avait pleuré.

— J'avertis mon maître que vous êtes là et je vais dire à Rose de vous trouver des vêtements secs. Sinon, major, vous allez attraper la mort. Y'a bien assez de not' p'tite mam'zelle qui est malade.

Et Joseph disparut vers l'intérieur du manoir en l'abandonnant près du petit salon où il avait fait sa demande à Julie. Lorsque monsieur de Rouville vient l'y rejoindre, au grand désespoir de Salaberry, il n'avait pas du tout l'air ravi de le voir.

— Vous avez tous les culots de vous présenter chez moi, aboya le colonel de Rouville. Après ce que vous lui avez fait !

— Je viens de croiser le docteur Talham qui m'a appris, pour Julie. Comment se fait-il que personne ne m'ait prévenu ? Est-elle malade depuis longtemps ? Que s'est-il passé ?

Il avait l'air si malheureux que monsieur de Rouville se radoucit.

— Je ne peux pas vous en dire plus que ce que j'en sais. Sinon que vous êtes pour quelque chose dans cet accablement qui l'a frappé. Après votre départ, l'autre jour, Julie semblait pourtant heureuse, même si je lui en voulais qu'elle ait négligé de vous donner une réponse. Le lendemain, elle est sortie seule et sans voiture. Et le surlendemain, ma fille prenait le lit pour ne plus le quitter. Je sais qu'elle vous a écrit. Je veux bien être damné si je me trompe, parce que j'ai questionné Joseph qui lui est fort dévoué, comme vous le savez. Depuis, misérable, vous ne lui avez pas donné de nouvelles et je crois que c'est ce qui la tue.

— Je l'admets, colonel, fit piteusement Salaberry, je ne suis qu'un misérable.

— Que faites-vous ici ? demanda alors la voix sèche de madame de Rouville.

La mère avait l'air épuisée. Jamais elle n'avait tant craint pour la santé de sa fille. Elle aussi en voulait à Salaberry.

— Julie a prononcé votre nom plus d'une fois. Au début, je lui ai demandé si elle voulait que je vous fasse venir, croyant qu'elle vous réclamait à son chevet. Mais elle a repoussé avec horreur cette proposition.

Salaberry ne pouvait croire tout ce qu'il entendait. Il comprit qu'il devait aux parents de Julie la vérité et raconta dans quelles circonstances il avait reçu sa réponse, ainsi que ce qu'il en avait déduit.

— Je ne me pardonne pas ce malheureux incident, déplora-t-il avec sincérité. Madame de Rottenburg a eu l'amabilité de m'écouter et elle m'a ouvert les yeux en me faisant comprendre l'urgence de la situation. C'est pourquoi je suis ici, vous suppliant de me laisser la voir pour la convaincre de la sincérité de mes sentiments, ajouta-t-il, penaud, en espérant avoir réussi à faire tomber les défenses de madame de Rouville.

— Suivez-moi, dit subitement cette dernière.

Tous montèrent à l'étage. Devant la porte de la chambre, la mère les fit attendre pendant que Julie faisait un brin de toilette avec l'aide de la vieille Rose. Au bout de ce qui apparut comme une éternité à Salaberry, la domestique sortit enfin et l'amoureux soupira.

— Venez, l'invita madame de Rouville.

En pénétrant pour la première fois dans cette chambre de jeune fille où était alitée celle en qui il mettait tant d'espoir, il eut un choc. Julie était pâle et amaigrie, maintenue assise par de nombreux oreillers, et sous un bonnet propre et festonné d'une broderie, ses longs cheveux défaits avaient été brossés et tressés. Monsieur et madame de Rouville les laissèrent seuls et, avec la vieille domestique, ils se blottirent tous derrière la porte fermée. La visite de Salaberry rendrait-elle la santé à Julie ?

— Dites-moi maintenant pourquoi vous êtes revenu, fit cette dernière plutôt froidement.

Salaberry s'approcha. Il tremblait dans ses vêtements humides et de tout le beau discours qu'il avait répété en chemin, il ne restait plus rien.

Il s'agenouilla auprès du lit, prit la main de la jeune femme dans la sienne et il la serra avec ferveur :

— Je suis venu vous dire que je vous aime.

Ce furent les seuls mots qui réussirent à franchir ses lèvres.

Elle lui sourit faiblement.

— J'ai besoin de vous, Julie. Depuis que j'ai reçu… votre billet, je ne vis plus.

Sa voix s'étrangla.

Mais il devait garder sa contenance, car il avait encore autre chose à ajouter :

— Chaque jour que Dieu voudra bien m'accorder, je veux vivre à vos côtés. Je vous en prie, Julie, épousez-moi. C'est bien moi, Charles de Salaberry, qui vous en supplie à genoux : dites oui !

Pendant qu'il parlait, Julie se rappela les mots de René. Elle avait vaguement l'impression que c'était il y a long-temps, car le temps lui avait échappé. « Ces hommes d'ac-tion ont tous leurs fragilités, leur talon d'Achille. Un jour, vous découvrirez ses faiblesses et ce jour-là, Julie, vous commencerez à l'aimer. Salaberry a besoin de votre force, de votre courage, bien plus que de votre fortune. »

Oui, c'est ce qu'avait dit René qui l'avait repoussée. Emmélie aussi avait affirmé quelque chose dans ce sens. Elle ne leur en voulait plus, ni à l'un ni à l'autre. D'ailleurs, en revenant de chez les Boileau, après cette scène qui l'avait déchirée, elle s'était étrangement sentie libérée de cet amour qui lui pesait. Car elle aimait Charles. Mais demeurait l'affront que consistait la fameuse lettre égarée.

Et Charles était venu. Il était agenouillé près d'elle et son regard bleu la suppliait.

Julie se décida à lui répondre.

— Qu'attendez-vous pour m'embrasser ?

La joie qu'elle lut dans ses yeux ! Julie ferma ses paupières pendant qu'il posait ses lèvres sur les siennes. Elle savoura pleinement ce baiser : Charles de Salaberry l'aimait, et pour dire vrai, elle l'aimait aussi.

DEUXIÈME PARTIE

Le Léonidas canadien

C'est le sort d'un héros que d'être persécuté.

VOLTAIRE

Chapitre 15

Le salut d'Ovide

En ces premiers jours d'avril, après la fin des grandes crues printanières et alors que la rivière et le bassin réintégraient leur lit, un murmure joyeux flottait dans l'air radouci du printemps, se répandant de porte en porte et de chemin en chemin par toute la seigneurie de Chambly. Grand honneur ! Mademoiselle de Rouville allait épouser le major de Salaberry, le commandant des Voltigeurs canadiens.

Et après ce mariage, tout changerait. Les braves petits gars appelés à former les Voltigeurs canadiens convergeaient déjà vers Chambly, venant d'un peu partout au Bas-Canada, et, bientôt, une forêt de tentes réglementaires couvrirait la banlieue du fort. Plus tard, de grands bâtiments logeraient des centaines, voire des milliers d'officiers et de soldats.

Madame Bresse, qui n'aimait guère le changement, ne cessait de répéter à son mari :

— Depuis que les Bostonnais ont détalé comme des lapins devant les troupes du général Burgoyne, Chambly était l'un des endroits les plus paisibles du pays. Mais je crois que c'est la fin de ce bonheur.

— On dit même que des jeunes de chez nous s'engagent, commenta Joseph Bresse, qui admettait toutefois que leur village sortait de la torpeur dans laquelle il se complaisait depuis quarante ans, depuis 1776 plus précisément.

Ils n'étaient pas les seuls à déplorer le changement. Dans les jours qui avaient précédé Pâques – qui cette année était arrivé tôt dans l'année, soit le 29 mars –, le curé Jean-Baptiste Bédard avait confessé un nombre inespéré de mécréants. Ces déserteurs de la Sainte Église craignaient désormais pour leur âme et réclamaient la grâce de la sainte communion, le jour de l'office pascal.

«À tout prendre, c'est toujours un pas en avant pour le salut des âmes», s'était dit messire Bédard devant ce brusque mouvement de repentir, causé plus par l'approche d'une guerre que par la profondeur de la foi chrétienne de ses ouailles.

Le regain spirituel de ses paroissiens avait épuisé le curé qui demeurait sans vicaire pour le seconder, malgré les multiples demandes adressées aux autorités ecclésiastiques. Pourtant, monseigneur n'était pas sans savoir que Chambly était une paroisse difficile, avec sa garnison et son vaste territoire. Mais l'évêque s'enfermait dans un imperturbable mutisme. Aussi bien vouloir faire une brèche dans une muraille avec une fronde!

Messire Bédard soupira. Il n'avait que faire de ces Voltigeurs. Mais qui serait leur aumônier, sinon le curé de Chambly? Et monsieur et madame de Rouville qui s'étaient annoncés ce matin par un billet au ton impérieux...

«Seigneur, épargnez votre serviteur», implora le curé, une prière qui revenait trop souvent pour que Dieu ne l'ait pas encore entendue.

∾

La calèche menant les Rouville au presbytère venait de s'immobiliser.

— Que se passe-t-il, Joseph ? Pourquoi t'arrêtes-tu en chemin ?

— Y'a que je ne peux plus avancer, monsieur le colonel. Le passage est bloqué. Impossible de passer.

Joseph désigna un assemblage de madriers posés sur le ponceau.

— V'là-t'y pas m'sieur Boileau qui s'amène. Il nous fait signe, dit le cocher.

Monsieur Boileau sortait en effet de la chapelle de dévotion dans laquelle il semblait avoir installé ses quartiers. L'accompagnaient deux habitants plutôt costauds. Monsieur de Rouville reconnut immédiatement les frères Robert apparentés aux Boileau, qui s'occupaient des fermages du bourgeois.

— Qu'est-ce qui vous prend ? demanda le colonel, la moutarde lui montant furieusement au nez. Vous vous êtes levé le derrière en premier ?

— Madame, monsieur ! salua le bourgeois avec une amabilité sournoise en levant son chapeau, comme un homme qui se sait assuré de son droit. Voyez-vous, on clame haut et fort que ce pont est le mien. On se plaint qu'il doit être réparé. Fort bien. J'ai tout simplement décidé d'établir un péage. Désormais, il en coûte un sol par personne, deux pour une voiture à un cheval, trois pour un attelage. Ce qui vous fait six sols en tout.

Le colonel le foudroya du regard.

— Vous n'avez pas le droit de vous arroger ce privilège.

— Croyez-vous ? fit Boileau en agitant une petite bourse pleine de pièces. Peu importe ce qu'en dit messire notre curé, ce n'est pas le Saint-Esprit qui m'aidera à réparer le pont, mais de l'argent sonnant et trébuchant.

— C'est du délire ! clama madame de Rouville. Le printemps vous monte à la tête, monsieur Boileau. Je doute que vous ayez pris l'avis de votre épouse si pleine de bon sens.

— Comme vous le savez, madame, c'est au mari de décider des affaires de la famille.

— Dommage ! riposta la dame. Cela empêcherait certains hommes de se rendre ridicules.

— Suffit ! hurla le colonel. Dégagez-moi tout ça ! ordonnat-il en désignant les acolytes de Boileau. Quant à vous, Boileau, mieux vaut pour votre carcasse que je ne trouve aucun obstacle sur le chemin à mon retour du presbytère. Sinon, je vous jure qu'il vous en coûtera.

— Vous allez chez le curé ? Surtout, ne manquez pas de lui annoncer la bonne nouvelle. « Aide-toi et le ciel t'aidera. » Eh bien, voilà, je m'aide.

— Si je n'étais pas si pressé, grogna le colonel, je m'arrêterais pour vous tordre le cou. Allez, Joseph, on y va, ordonna-t-il.

La calèche passa sans encombre, car les Robert avaient libéré la voie, n'osant désobéir au seigneur de Rouville, plus grand personnage à Chambly que leur cousin le sieur Boileau, quoi que pouvait en penser ce dernier.

Au presbytère, le curé accueillit ses nobles paroissiens en anticipant un flot de nouvelles contrariétés. Les visages de madame et monsieur de Rouville exprimaient en effet un profond mécontentement. Le curé constata par contre que cela n'avait rien à voir avec le motif de leur visite.

— Il faut faire intervenir le capitaine de milice avant que tout ceci ne dégénère, et je m'en charge personnellement.

— Vous me soulagez d'un grand poids, colonel.

— Mais en contrepartie, engagez-vous à faire entrer Lukin et Vincelette dans le rang. C'est vous, Bédard, qui avez contribué à semer la discorde en contestant le procès-verbal de l'arpenteur avec l'aide de votre frère avocat. À vous maintenant de ramener la paix dans la paroisse. Prenez exemple sur Bresse !

— Monsieur de Rouville, dois-je vous rappeler que vous n'avez pas à dicter sa conduite à votre pasteur ? Dites-moi plutôt ce qui vous amène.

— Voici : Charles de Salaberry désire presser son union avec ma fille. Le gouverneur Prévost a confié à mon futur gendre la mise sur pied du corps des Voltigeurs canadiens – un honneur ! dit le colonel de Rouville en guise de préambule.

— Je vois, dit le curé, impassible, mais qui en fait ne voyait rien du tout. En quoi la constitution du régiment des Voltigeurs devait-elle hâter le mariage du major de Salaberry ?

— L'union de ces chers enfants doit être célébrée le plus tôt possible, insista madame de Rouville avec une exigence dans la voix qui hérissa encore plus le curé.

Elle venait de s'asseoir en étalant ses jupes avec la dignité d'une reine mère, lèvres pincées, toisant le curé.

« Nous y voilà, se dit ce dernier. Demande de dispenses, lettre à monseigneur, et *tutti quanti*. »

— On s'attend à une déclaration de guerre avant le début de l'été et à la possibilité d'une invasion de l'ennemi dès l'arrivée du beau temps, expliqua son époux. Salaberry doit donc former ses Voltigeurs.

— Et « le plus tôt possible » signifie ?

— En mai, déclara madame de Rouville d'un ton péremptoire.

— Mais nous sommes en avril ! Vous voulez dire qu'aucune proclamation de ban ne sera faite au prône paroissial, ni à Chambly ni à Beauport ? Pourquoi ne pas attendre à la fin de l'automne, en novembre, par exemple ? Les combats auront sûrement cessé et l'armée se retirera dans ses quartiers d'hiver. Le mariage est une affaire suffisamment sérieuse pour prendre le temps de le faire dans les règles.

Cette bousculade de l'ordre et de la tradition offusquait le curé. «Pourquoi faut-il qu'on cherche toujours des exceptions quand il s'agit de mariage? se dit-il. Les règles édictées dans le *Rituel* de monseigneur de Saint-Vallier sur la publication des bans sont pourtant claires: les trois dimanches précédant le mariage.»

— Les familles étant d'accord et le mariage entendu, il faut que cette union soit bénie rapidement, ordonna sèchement le colonel. Rien ne s'y oppose.

Ravalant sa salive, le curé dévisagea avec une sévérité tout ecclésiastique le seigneur de Rouville qui faisait ingérence dans le domaine spirituel. Les curés se mêlaient-ils de stratégie guerrière?

— Messire Bédard, la famille de notre futur gendre est en deuil, insista le colonel. Or, par patriotisme et conscients de ce que leur fils peut apporter à notre pays dans ces temps difficiles, monsieur et madame de Salaberry autorisent un mariage anticipé. Sans égard à leur profonde affliction. Vous n'allez tout de même pas faire moins que ces braves gens, n'est-ce pas, Bédard?

Le visage du curé ne broncha pas d'un pli, mais ses yeux dardaient de lances le colonel. Ce dernier se radoucit: rendre messire Bédard griche-poil se révélait une mauvaise tactique. Il y avait bien assez de ce satané Boileau!

— Lady Prévost elle-même a fait parvenir ses amitiés à notre pauvre cousine, madame de Salaberry, l'assurant qu'elle partageait sa douleur, renchérit la seigneuresse comme pour démontrer à messire Bédard à quel point il était tatillon.

— Et le gouverneur a envoyé une dépêche à Londres pour faire hâter le rapatriement du jeune Édouard de

Salaberry, actuellement cantonné à la frontière espagnole, afin d'offrir une consolation à sa pauvre mère. Ce qui est en jeu, en vérité, c'est le bonheur d'une famille éplorée.

— Je comprends, répondit le curé en hochant gravement la tête, l'air de compatir à ce grand malheur, alors qu'en réalité, il ne voyait toujours pas pourquoi il y avait urgence.

Et si Charles de Salaberry se faisait tuer à la guerre ? Toute cette précipitation n'aurait servi à rien. Quant à monsieur de Salaberry père, qu'on disait bon Canadien et homme fort pieux, il n'aurait plus assez de larmes pour pleurer. Quatre fils ! Belle sottise que de les envoyer tous à l'armée ! C'était, comme qui dirait, mettre tous ses œufs dans le même panier. Si le noble père avait dirigé l'un de ses garçons vers le service de Dieu… Dans les nobles familles, on donnait les filles au couvent et à Dieu, mais on offrait les garçons en pâture à Mars, le dieu païen de la Guerre.

— Si je résume, fit le curé, il nous faut une dispense pour non-publication des bans de mariage, ce qui fera cent livres. Et en ce qui concerne la parenté des fiancés, une dispense pour quatre degrés de cousinage est essentielle.

L'Église, qui prohibait le mariage entre cousins, étendait les degrés de cousinage à l'infini.

— À mon avis, c'est une formalité nettement exagérée, s'écria le colonel en oubliant sa bonne résolution de ne pas contrarier le curé.

— Monseigneur fixera lui-même le prix de la dispense de cousinage. J'ai déjà vu six cents livres pour deux degrés.

— Aussi bien acculer à la ruine un futur père de famille. Ma parole ! Il n'y a pas pire usurière que l'Église !

— Les laïcs n'ont pas à critiquer les saintes décisions de l'Église, rappela le curé à son paroissien.

— Mon ami, intervint alors madame de Rouville en posant sa main sur le bras de son époux pour lui rappeler qu'il fallait ménager la susceptibilité du prêtre, messire Bédard ne fait qu'appliquer les règles.

— Nous disions donc en mai, reprit le curé. Le temps d'acheminer les demandes de dispenses à monseigneur de Québec. Que diriez-vous du 5 ?

Avant de répondre, le colonel exhiba un bout de papier sur lequel figuraient une série de chiffres.

— Impossible, Salaberry n'est pas libre.

— Allons-y pour le 12, offrit le curé qui regardait les dates des mardis, jour convenu pour se marier au Bas-Canada. Cela convient-il ?

On évitait les mariages le lundi, sinon les familles consacraient le dimanche, jour du Seigneur, à préparer la noce. Le vendredi étant maigre, il était exclu, de même que le samedi, afin d'éviter que les noces ne débordent sur le dimanche. On réservait le mercredi et le jeudi, précédant le vendredi, aux mariages qu'on voulait discrets. Restait donc le mardi.

— Impossible, répéta le colonel. Salaberry doit être à Montréal ce jour-là. Mais le jeudi suivant me semble parfait. Ne me regardez pas comme ça, Bédard. C'est que Salaberry a besoin de deux jours : un pour la signature des conventions de mariage et l'autre pour la célébration, et il court après son temps. C'est dit, ce sera le jeudi 14 mai, conclut-il.

— Il y a aussi autre chose, ajouta madame de Rouville. Le mariage doit avoir lieu à onze heures, pour un repas de noces à midi. Ne me parlez pas d'un mariage à sept heures ou neuf heures, messire Bédard. De grands personnages seront à la noce et on ne peut pas leur demander de se lever si tôt le matin !

Le curé, qui s'était gardé de répliquer devant la liste des exigences des Rouville, afficha une longue mine désapprobatrice qui irrita le père de la future mariée.

— Bédard, cessez vos simagrées. Salaberry n'a guère le choix de la date ni même de l'heure. Ni moi d'ailleurs. Depuis que je suis chef du deuxième bataillon de la milice d'élite, je suis débordé. L'armée est pire que l'Église quand il s'agit de paperasse ou de procédure ! Et elle ne nous épargnera pas la rédaction d'un rapport sous prétexte que Salaberry se marie. Cela dit, il ne reste plus qu'à écrire à monseigneur pour satisfaire votre fichue manie ecclésiastique d'ergoter sur tout. Après tout, mon cher Bédard, reprit-il avec un peu plus de douceur dans le ton, n'est-ce pas là une excellente idée ? Le mariage du commandant des Voltigeurs, en plein jour, avec la plus noble jeune fille de la région ! Quel exemple pour les jeunes gens de Chambly ! Ils voudront tous s'engager.

Manifestement, cette heureuse coïncidence qui enthousiasmait tant le colonel de Rouville n'émouvait pas le curé.

— Y aurait-il autre chose pour votre service ? ironisa messire Bédard, narquois. Il avait hâte d'en finir. Lui aussi était passablement occupé.

— Heu ! Justement, curé, pendant que nous y sommes… Comment vous dire ? Il y a longtemps que je veux vous parler de la situation de notre fils.

— Plaît-il ? laissa tomber le curé, plein d'innocence.

Les mains jointes par le bout des doigts, il s'appliqua à demeurer stoïque, tout en se demandant en quoi consistait cette nouvelle faveur qu'on voulait lui soutirer.

— Messire Bédard, dit alors madame de Rouville d'un ton pincé. Je ne sais pas à quel saint me vouer pour avoir la joie de voir mon fils fréquenter de nouveau son église paroissiale. Vous refusez la confession à Ovide qui ne peut plus se présenter à la sainte table et communier. Vous pouvez facilement comprendre la désolation d'une mère chrétienne qui voit son curé refuser les sacrements à son enfant, et cela, sans raison apparente.

Le curé se rembrunit à mesure qu'elle parlait.

— Mon fils ne s'explique pas votre mépris à son endroit, ajouta-t-elle, d'un ton faussement navré, bien qu'il ait la générosité de vous excuser… Il affirme être l'objet d'une terrible méprise. Et que… vous ne pouvez pas… ou ne voulez pas le reconnaître.

Elle s'arrêta pour reprendre son souffle.

— Bédard, il est impératif de corriger cette situation, renchérit le colonel, sur un ton presque suppliant. Je veux voir mon fils s'agenouiller à la sainte table et communier au mariage de sa sœur! Un capitaine des Voltigeurs se doit d'offrir le meilleur exemple à ses hommes, notamment en assistant aux saints offices prescrits par la religion.

— Il ne faudrait pas, monsieur le curé, que mon fils perde sa commission à cause de votre obstination, ajouta madame de Rouville d'un ton sec.

Le curé se leva de son siège pour dégourdir ses longs membres, mais surtout pour dissimuler à quel point les propos des Rouville l'accablaient.

«Seigneur! Comment révéler à cette mère la conduite ignominieuse de son fils?»

Des cris d'enfants l'attirèrent à la fenêtre qui donnait sur le chemin. Les gamins du village couraient, libres et joyeux comme le printemps, savourant le plaisir de s'amuser sans les contraintes imposées par l'hiver. Le curé songea alors au jeune Melchior Talham, en réalité le petit-fils du couple Rouville. Que dirait le colonel, s'il apprenait la vérité? Il frémit à cette terrible éventualité. «Misère de misère!»

— Bédard, votre courroux envers mon fils est sans doute justifié. Par amitié pour notre famille, je vous supplie de lui accorder une dernière chance.

— Je vous entends, mon cher Rouville.

Il était d'autant plus ébranlé que la supplique des Rouville venait réveiller ses propres démons. Le cas d'Ovide le hantait. Le salut de l'âme de cet homme reposait sur sa capacité de pénitent à reconnaître ses fautes. Autrefois, le curé de Chambly lui avait tenu la dragée haute. Il avait exigé une confession complète et un repentir sincère, mais le jeune homme s'était ri de lui. Le curé avait alors relégué l'insolent parmi les âmes irrécupérables. Sauf qu'en faisant son examen de conscience, messire Bédard admettait qu'il avait manqué à son devoir en tenant le délinquant à distance.

En fait, il y avait deux causes en suspens. Jadis, le notaire Boileau avait eu vent d'un témoignage qui accusait le fils Rouville d'être l'instigateur de l'incendie criminel de l'église de la paroisse. Mais ni le curé ni le notaire n'avaient obtenu de preuves concrètes de sa culpabilité et l'affaire n'avait pas eu de suites. Restait l'autre déplorable histoire. Ovide avait forcé Marguerite Lareau, sans l'ombre d'un doute. Pas question d'y revenir sans compromettre une famille respectable et blesser un enfant qui ne devait jamais apprendre la vérité sur ses origines. En voulant régler seul ce problème délicat, plutôt que de s'en ouvrir à son évêque en sollicitant un conseil, avec toute l'humilité d'un prêtre devant son supérieur, il avait failli à sa tâche de pasteur et péché par orgueil.

— Tout cela demande réflexion, hésita le prêtre coincé dans son dilemme.

Malgré sa tendance à vouloir imposer sa volonté à tout un chacun, même à son curé, messire Bédard comprenait l'espoir immense de ce père face à son fils, et le plaignait.

— Réfléchir à quoi, messire Bédard, je vous le demande ? s'offusqua madame de Rouville. En célébrant le mariage de notre fille dans *votre* église, vous pourrez vous vanter de bénir une union entre des familles parmi les plus prestigieuses du

Bas-Canada. Remerciez le ciel que je sois si bonne chrétienne, respectueuse des lois de l'Église qui dit qu'une jeune fille doit se marier dans sa paroisse. Recevez Ovide. Sinon, je vous jure par le ciel que ma fille épousera Salaberry à Montréal!

— Madame! répondit le curé, courroucé. À titre de pasteur, votre fils m'inspire du chagrin, et à ce chapitre, il sait très bien à quoi s'en tenir. Mais si vous réussissez à le convaincre de venir se confesser, je le recevrai comme je le fais avec n'importe lequel de mes paroissiens. En échange, cher colonel, vous irez chez Lukin et Vincelette pour les convaincre de votre point de vue sur cette pénible affaire dont nous parlions plus tôt.

— Quoi? s'offusqua le colonel.

— C'est donnant, donnant! riposta le curé.

Ses paroissiens apprendraient qu'ils ne le manipuleraient pas à leur gré sous prétexte qu'ils étaient de la noblesse.

— Madame de Rouville, j'attendrai la visite de votre fils.

Pour toute réponse, monsieur de Rouville attrapa son chapeau et disparut sans un mot d'adieu.

«Ingrats! Pas même un remerciement, songea messire Bédard en soupirant. Sauver des âmes est un bien dur métier.» Et pour le pasteur, l'occasion de soigner la brebis galeuse du troupeau était arrivée.

Le curé trempa sa plume dans l'encrier pour écrire à monseigneur Plessis, évêque du diocèse de Québec. Une fois la lettre paraphée et cachetée, messire Bédard éprouva le besoin impérieux de prier. Il allait convoquer Ovide de Rouville, mais quel serait le compromis satisfaisant pour tous? Une forme de contrition acceptable pour Dieu, son Église et son curé, afin que le jeune Rouville retrouve le droit chemin. «Seigneur, implora le curé, éclaire-moi de tes divines lumières!»

❧

À Montréal, Salaberry terminait en vitesse une lettre à son père pour l'informer de la date du mariage avant de la remettre à Michel-Louis Juchereau-Duchesnay, son cousin et beau-frère. Juchereau-Duchesnay – de même que son frère Jean-Baptiste – avait passé des années au régiment avec Salaberry.

— Puisque tu seras à Québec avant moi, je te confie cette lettre.

— Comme convenu, je reviendrai avec Hermine et les enfants à temps pour les noces, dit Juchereau-Duchesnay dont le visage étiré paraissait encore plus long que nature à cause d'énormes favoris lui allant jusqu'au menton.

— Au moins, une de mes sœurs sera présente à mon mariage, soupira Salaberry. Amélie et Adélaïde ont renoncé à ce bonheur! L'une d'entre elles se devait de demeurer près de notre mère, encore trop faible et qu'on ne peut laisser seule. Elles ont donc décidé ensemble de rester là-bas, ne voulant privilégier l'une ou l'autre. Tout ce chagrin qui s'est emparé de la maison de Beauport! Vivement l'arrivée d'Édouard! Plus encore que mon mariage, la présence de mon frère devrait finir par consoler ma mère.

— Quelles sont les nouvelles à ce propos?

— Aucune. Ce qui est étrange, c'est que nous sommes sans nouvelles du duc depuis deux ans. Il faut dire que mon père ne lui pardonne pas d'avoir appris la mort de Chevalier par les voies officielles et, depuis, il refuse de lui écrire. Figure-toi qu'il s'est même adressé à Prévost pour le supplier d'intervenir en haut lieu afin de ramener Édouard. Depuis, il ne cesse de me chanter les louanges de ce noble gentilhomme.

— Rien pour te plaire, commenta Juchereau-Duchesnay avec un sourire en coin.

— *My goodness!* Tu me connais bien, Juchereau, déclara le commandant des Voltigeurs en gratifiant son cousin d'une tape amicale dans le dos. Mais je crois surtout que père a inutilement offensé le duc en agissant ainsi.

— Et toi, tu ne te fais aucun reproche?

Juchereau-Duchesnay rappelait ainsi à Salaberry sa lettre rageuse au duc après avoir appris la nouvelle de la mort de Chevalier.

— J'ai agi sous l'impulsion du moment et je le regrette, fit Salaberry, l'air sincèrement désolé. Mais je vais écrire à Son Altesse Royale pour lui annoncer mon mariage afin d'atténuer la mésentente.

— Et Édouard finira par revenir, ajouta Juchereau-Duchesnay.

— Le pauvre! Je ne suis pas certain que ce retour forcé lui plaise. Il commence une brillante carrière chez les ingénieurs royaux.

— Mais songe surtout à ta mère, Salaberry. Elle n'a pas vu grandir Maurice et François. Pour elle, Édouard n'est encore qu'un petit garçon sans poils au menton. Lorsqu'elle sera mieux, Édouard pourra repartir. Il n'a pas encore vingt ans.

— C'est pourquoi je prie pour qu'il revienne vite. Cela dit, il faut que je te laisse, mon vieux! Ah! Je te jure que je ne sais plus où donner de la tête, se plaignit Salaberry. Sais-tu que je n'ai pas revu ma fiancée depuis des semaines? Et nous sommes déjà le 11 avril. Tu arriveras à Québec deux jours avant moi. Pour ma part, j'ai rendez-vous avec Prévost le 15. Il me remettra les confirmations officielles concernant les Voltigeurs. Mais partons, je suis en retard!

Salaberry enfila sa veste d'uniforme. À l'angle de la rue Notre-Dame, il continua vers l'ouest jusqu'à l'église du même nom, sur la place d'Armes, Juchereau-Duchesnay se dirigeant vers l'est, à la recherche d'une voiture en direction de Québec.

❧

Au *Montreal Hotel*, ou chez Dillon, comme disaient communément les Montréalistes, Ovide de Rouville était installé devant une pinte de bière.

— Me voici, fit Salaberry en se laissant tomber sur une chaise de bois cependant qu'un homme cintré d'un tablier se présentait à la table.

— *I will have the same thing*, fit-il en désignant le verre d'Ovide. *What kind of beer do you have*[1] ?

— Nous avons les bières de monsieur Molson, Sir, répondit le commis en français. Je peux vous offrir une bière en fût ou en bouteille : bière forte, ale douce, bière de table ou petite bière.

— Je pendrai une pinte de bière douce, commanda le commandant des Voltigeurs avant d'ajouter, à l'intention de son futur beau-frère : Viger n'est pas encore arrivé ? Si vous le permettez, Rouville, nous l'attendrons. Ce que j'ai à vous dire le concerne également.

Une fois servi, Salaberry resta silencieux quelques minutes en savourant la bière à laquelle il associa un sentiment de réconfort, bien apprécié au cœur de son existence agitée des dernières semaines.

— Alors, heureux d'être au service du roi comme le fut votre père autrefois ?

— Au service du roi ?

Ovide affichait un manque d'enthousiasme si évident que Salaberry en demeura bouche bée.

---

1. Je prendrai la même chose. Quelle sorte de bières avez-vous ?

Il aurait voulu se persuader que son futur beau-frère était de la même étoffe que le colonel de Rouville, mais il en doutait fortement, comme il doutait des capacités d'Ovide à commander. Dire qu'il n'avait pas le choix de le compter parmi ses capitaines! Ce cousin, si différent des Juchereau-Duchesnay sur qui il pouvait compter les yeux fermés. La famille avait ses bons et ses mauvais côtés, comme il l'avait écrit à son père qui ne cessait de lui recommander l'un ou l'autre des membres de leur parenté, même la plus éloignée :

Il est trop difficile de commander à des membres de sa propre famille... et je me vois placé dans une situation insoutenable où l'on discute mes ordres, ou pire, où l'on refuse de m'obéir. Convenez, dear father, *que ce n'est pas de cette manière que j'arriverai à former de bons soldats.*

Son père, qui voulait diriger les Voltigeurs par procuration, nuisait parfois à son commandant.

— Ah! Viger.

Salaberry se leva pour faire signe au jeune homme qui le cherchait du regard. C'était presque impossible de s'y retrouver dans cette salle enfumée.

— Enfin, vous voici! Alors, que dites-vous de mon offre?

— Major de Salaberry, je suis à vos ordres, lui répondit Jacques Viger avec un enthousiasme qui réchauffa le cœur de Salaberry, bien plus que la bière.

Cet homme déterminé plaisait beaucoup à Salaberry qui, sous des apparences de bon viveur, faisait montre d'esprit et de rigueur. Comme il l'avait annoncé à Rouville, ce qu'il avait à dire les concernait tous les deux :

— Messieurs, vous êtes autorisé à commencer le recrutement de votre compagnie. Votre commission certifiant votre titre de capitaine vous sera confirmée lorsque vous aurez déniché trente-six volontaires. Je vous ai choisi comme capitaine puisque vous répondez aux exigences de la fonction :

vous avez de l'instruction et une bonne connaissance de l'anglais. Comme vous le savez, la plupart des ordres seront rédigés et devront même être donnés dans cette langue.

— Mazette! commenta Viger. Ce n'est pas une mince affaire que ces Voltigeurs.

En examinant les deux hommes assis en face de lui, Salaberry entrevit soudain l'immensité de sa tâche. Pourtant, il n'avait pas le choix. Il devait faire de Rouville et de Viger – des hommes habitués au confort douillet de leur foyer et dont la pire épreuve avait sûrement été quelques coups de baguette sur les doigts lorsqu'ils étaient au séminaire – des officiers dignes de ce nom. À leur tour, ces officiers auraient la charge d'entraîner des hommes pour en faire des soldats, et ce, en l'espace de quelques mois. Comme si le fait de respirer un peu de poudre sur un champ de bataille pouvait miraculeusement transformer un homme en soldat!

Il poursuivit ses explications.

— Les engagements devront être dûment signés chez les notaires qui ont en main les formulaires. Et à chacune des recrues, vous remettrez la somme de quatre livres.

— Mais avec quel argent? demanda Ovide, décontenancé.

— À titre de capitaine, c'est vous qui assumez cette dépense. L'armée compensera plus tard par une allocation. Si vous manquez d'argent, je verrai ce que je peux faire.

À Québec, Salaberry avait déjà pourvu à l'engagement de plusieurs hommes.

— Et les hardes? demanda Viger.

— Nous allons fournir l'uniforme complet: redingote, veste, pantalon, souliers de bœuf, casque et fourrure d'ours, capote, couverture, havresac, sac d'ordonnance et fusil, répondit Salaberry. Par ailleurs, je vous conseille de recommander à vos recrues de se munir d'une couverture, si elles en ont les moyens. Rien n'est plus rare qu'une couverture, en temps de guerre. *All right?* L'entraînement des premières recrues débutera dans quelques jours à Chambly. Mais je doute que les compagnies soient complètes d'ici là. Quoiqu'à Québec, le recrutement va bon train.

«Eh bien! se dit Ovide. Me voilà embarqué dans une belle gabare.»

— C'est bon, dit-il en faisant mine de partir. Si vous le permettez, messieurs, je vous laisse.

— Vous ne restez pas? Je croyais que nous souperions ensemble. J'ai même invité Viger à se joindre à nous.

Salaberry aurait voulu profiter de l'occasion pour faire plus ample connaissance avec Ovide. Peut-être arriverait-il à se débarrasser de la fâcheuse mauvaise impression que lui causait toujours sa présence?

— Je vous remercie, mais j'ai à faire, répondit Rouville qui semblait pressé.

— Quand retournez-vous à Chambly?

— Pas avant demain. J'ai d'ailleurs une petite affaire à régler là-bas avant de commencer à recruter, soupira-t-il avec exaspération, l'air de dire qu'on l'accablait. En attendant, je présume que vous avez une lettre pour ma sœur?

À la pensée de Julie, le visage de Salaberry s'éclaira d'un grand sourire. Il tira effectivement une lettre de sa veste qu'il remit à Ovide.

— Merci de me rendre ce service.

— Puisque c'est ainsi, dit alors Viger, je vous invite chez nous, major. Madame Viger se fera une joie de nous faire servir à souper.

— *All right!* J'accepte avec plaisir.

— Messieurs, je vous souhaite bon appétit. Viger, ne corrompez pas mon futur beau-frère avec vos gauloiseries, ironisa Ovide avec un air de faux dévot. Rappelez-vous qu'il épouse ma sœur.

— N'ayez crainte, Rouville. Je suis moi-même bien placé pour connaître les responsabilités du mariage.

~

Ovide reprit sa monture et se dirigea vers l'ouest de la ville, un sourire de satisfaction flottant sur ses lèvres minces. Enfin, un titre honorable ! Et un pas de plus vers la conquête d'Emmélie Boileau et sa belle dot. Capitaine chez les Voltigeurs, beau-frère de Salaberry… À bien y penser, il y avait là de quoi faire saliver le sieur Boileau qui n'en serait que plus pressé de lui livrer sa fille.

D'ailleurs, ils étaient devenus presque intimes, Boileau et lui, depuis qu'il lui avait habilement suggéré l'idée du barrage. « Ce pont vous appartient et vous rendez service à tous en l'entretenant. Puisqu'il passe sur le chemin du Roi, il devrait vous rapporter quelque chose », avait-il insinué à l'oreille attentive du bourgeois. Avant que le colonel de Rouville ne fasse intervenir le capitaine de milice, Boileau avait eu le temps de ramasser un petit pécule. Ovide ne doutait plus qu'il viendrait à bout de la résistance d'Emmélie, en se servant du père. Décidément, ses affaires allaient bon train.

Mais en attendant de prendre épouse, un homme devait trouver de quoi contenter sa nature, n'est-ce pas ? Or il était plutôt las des soubrettes et des servantes. Récemment, une de ces garces s'était plainte à son maître et ce rustre, pourtant une vieille connaissance, lui avait interdit sa porte. La fille s'était tout de même retrouvée à la rue, bien fait pour elle !

Ovide avait déjà fait connaissance d'une veuve, une libertine que fréquentaient un ou deux gentilshommes de sa connaissance. Une courtisane expérimentée au lit, c'était quand même mieux que des petites bonnes apeurées qui ne faisaient que retrousser leurs jupons. Il avait eu du mal à obtenir son adresse pour lui rendre visite.

Il venait de dépasser le faubourg Saint-Laurent pour arriver devant une maison blanche de modestes dimensions. La couleur jaune des portes et des volets était fraîche, les bâtiments adjacents, hangar, remise, glacière, caveau et écurie, semblaient propres, solides et bien entretenus. La demeure se trouvait à l'abri des importuns, entourée d'un jardin et d'un verger bien clôturés qui conféraient à l'ensemble l'allure bourgeoise d'une propriété de campagne.

«La belle ne se refuse rien», se dit-il en contemplant le coquet domaine.

Madame de Beaumont avait la réputation de tenir farouchement à son indépendance. Elle menait une vie retirée, mais ne se gênait pas pour fréquenter des endroits réservés aux hommes, si ses affaires l'exigeaient. Sinon, en société, elle demeurait fort discrète et il y avait longtemps qu'Ovide espérait faire sa connaissance… intimement. Une fois ou deux, il avait eu le plaisir de la rencontrer et elle l'avait salué avec amabilité. La diablesse avait du panache! S'imaginant déjà glisser une main dans son corsage pour tâter un sein épanoui, il était assuré qu'elle le recevrait à l'annonce de son nom.

Il attacha son cheval avant de se diriger vers la maison dont la façade s'ornait d'une galerie et toqua à la porte. Une servante lui répondit. La fille n'était pas laide, mais plus très jeune. C'était une bonne chose, car il ne serait pas tenté par elle lorsqu'il deviendrait l'amant de sa maîtresse.

— Le capitaine de Rouville souhaite adresser ses compliments à madame, déclara-t-il en entrant.

Chose rare dans ce type de maison, la porte d'entrée donnait sur un vestibule fermé comportant une patère, un porte-canne et un petit guéridon. Au fond, une deuxième porte donnait accès à un genre de salon. Ovide posa son chapeau sur le guéridon et, tout naturellement, voulut franchir la porte qui menait au salon. Mais la servante l'en empêcha.

— Vous n'avez pas rendez-vous, monsieur, dit-elle avec un regard droit qui frôlait l'insolence, comme si elle était son égale.

— Ta maîtresse te jettera à la rue si elle apprend que tu ne m'as pas laissé entrer, fit-il en la rabrouant.

Et il força la porte, se retrouvant enfin dans le salon. Curieusement, la servante fit comme si rien ne s'était passé.

— Très bien, monsieur, si vous voulez bien attendre un instant.

«Voilà ! Rien de plus facile que de remettre les basses classes à leur place», fanfaronna Ovide. Il s'attendait à voir reparaître la servante, qui le conduirait auprès de sa maîtresse, ou mieux, madame de Beaumont viendrait elle-même et s'empresserait de l'inviter à s'asseoir.

À sa grande surprise, ce fut plutôt un grand gaillard noir qui se présenta. «Tiens, tiens, madame de Beaumont possède un esclave», se dit-il. Évidemment, ce n'était pas criminel, et chez lui, Joseph était la propriété personnelle de sa mère. Mais de la part d'une femme aussi indépendante que Louise de Beaumont, et de qui on s'attendait à des idées antiesclavagistes, c'était surprenant. «Un héritage de son défunt mari, sans doute», se dit Ovide.

— Merci, mon brave. Ta maîtresse m'attend, sans doute ?

— Madame de Beaumont ne se rappelle pas vous avoir invité, déclara le géant, impassible. Et elle vous prie de quitter les lieux sur-le-champ, monsieur.

— Tu n'as pas d'ordre à donner au capitaine de Rouville, insolent ! Je te ferai fouetter, le nègre !

Toujours imperturbable, le Noir s'avança d'un pas et se planta devant Ovide qui se retrouva devant une masse de nerfs et de muscles qui le dépassait d'un bon pied. Avec cet instinct propre aux couards, il comprit qu'il devait détaler avant que ce colosse ne le jette à la rue comme un malpropre.

Il se retrouva à détacher son cheval, frustré. «Pour qui se prend-elle, cette putain?» Tout en maugréant, il flâna quand même dans les alentours de la propriété, comme s'il refusait de rendre les armes. Finalement, il allait talonner sa monture lorsqu'il reconnut sur le chemin, approchant à cheval de la maison, le notaire Boileau. Il se dissimula derrière un bosquet d'arbres.

«Le misérable! L'impudent! Que fait-il là?»

Ce qu'il faisait là n'était pas la bonne question. Ovide se demanda surtout depuis quand Boileau était l'amant de madame de Beaumont avant de repartir dans une galopade effrénée la rage au cœur.

Chapitre 16

La surprise de Marguerite

Marguerite Talham avait entrepris un grand ménage avec le retour du beau temps, profitant du fait que son époux le docteur était parti quelques jours à Belœil, ce dernier détestant les journées consacrées au branle-bas annuel qui visait à nettoyer la maison salie par l'enfermement des longs mois d'hiver. L'homme engagé avait démonté les encombrants tuyaux des poêles de chauffage. Charlotte était venue donner un coup de main et Marguerite en avait profité pour sortir les tapis de la chambre de compagnie afin de les faire battre par l'homme engagé. Lison avait lavé le plancher à grande eau.

Charlotte faisait pour ainsi dire partie de la famille. Devenue madame Jean-Baptiste Ménard par son mariage, elle habitait une petite maison construite sur un lopin de terre cédé par le docteur Talham au jeune ménage, en reconnaissance des services rendus par la domestique qui était entrée chez lui à douze ans à peine. Charlotte aidait toujours aux corvées saisonnières et rendait service en gardant les enfants qu'elle avait connus au berceau. En échange, les Ménard recevaient chaque année un cochon engraissé sur la ferme des Lareau aux frais du docteur.

— M'est avis, madame Talham, que vot' mère doit en avoir par-dessus la tête des enfants, dit Charlotte. Si vous n'avez plus besoin de moi, j'vais aller voir ce qui en est.

— Nous en avons assez fait pour aujourd'hui, approuva Marguerite en retirant son tablier. Ma mère peut ramener les enfants.

Comme toujours, madame Lareau s'était échappée de la ferme, pendant que son mari prêtait main-forte à leur fils, Noël. Après l'hiver, mais avant les semailles, il y avait toujours des réparations ou des petits travaux négligés à l'automne à effectuer. Noël, l'aîné des garçons de la famille Lareau, hériterait un jour de la terre familiale. Il venait de se marier avec Sophie Tétrault et le jeune couple s'était installé à la ferme du rang de la Petite Rivière. La cohabitation belle-mère et bru se montrant chaotique, ce qui servait de prétexte à Victoire pour multiplier ses visites chez les Talham. Car elle était fière et se refusait à jouer le rôle de la belle-mère acariâtre auprès de sa jeune bru. Ne voulant pas prêter flanc à la critique, elle se réfugiait chez sa fille aînée où elle se sentait parfaitement à l'aise, laissant ainsi le champ libre à la jeune madame Lareau.

À l'intérieur, Marie-Anne dormait dans son berceau tandis que Melchior et Appoline, les grands, avaient pour tâche de retirer les cailloux qui surgissaient mystérieusement de la terre, chaque printemps. Pour ne pas nuire au travail des trois femmes, la grand-mère gardait Eugène et Charles chez les Ménard.

Marguerite avait remis au lendemain la corvée de la grande lessive, c'est-à-dire faire bouillir tout le linge de la maison et le faire sécher dehors. De son côté, Lison avait entrepris la fabrication du savon, et il fallait ouvrir grand les fenêtres pour aérer. Le gras animal, récupéré pendant l'hiver, avait bouilli avec du lessi, un mélange de cendre de bois et d'eau, et de la résine, ce qui exhalait une odeur répugnante. Ce travail avait occupé la jeune domestique une grande partie de la journée. Charlotte repartie, madame Talham vaquait à l'intérieur et Lison décida qu'elle avait droit à un peu repos.

Assise sur une des marches menant à la vaste galerie qui entourait la maison, la jeune fille se prélassait sous les chauds rayons du soleil d'avril avant de retourner à la cuisine pour préparer le souper. Sur le chemin du Roi, un cavalier avançait au trot. À la grande surprise de Lison, il mit pied à terre devant la maison et attacha son cheval au poteau prévu à cette fin.

Lison se releva prestement en replaçant son bonnet et son tablier. Ce monsieur ne lui était pas inconnu, mais elle n'arrivait pas à le situer. Il portait de beaux habits, une redingote bleu foncé dont les longues basques cachaient la culotte, des bottes noires luisantes, une large cravate nouée négligemment sur le col et un chapeau de castor qui avait l'air neuf.

— C'est ainsi que les domestiques du docteur flânent en son absence, dit-il en s'approchant.

Lison s'inclina dans une révérence respectueuse en ignorant le ton railleur.

L'homme se planta devant elle et la saisit par le menton qu'il serra fortement entre deux doigts, l'examinant avec une appréciation grossière.

— Joli tendron, observa-t-il en la lâchant alors que des larmes commençaient à couler sur les joues rebondies. Allez, ouste, cesse de pleurnicher et va dire à ta maîtresse qu'un gentilhomme veut lui parler.

À moitié morte de peur, la fillette s'enfuit dans la maison en courant. Ovide en profita pour entrer. Il s'était toujours tenu loin des Talham et jamais encore il n'avait osé pénétrer dans la demeure du docteur. Si sa santé nécessitait des soins quand il était à Chambly, le chirurgien de la garnison suffisait pour une saignée. Pour le reste, il y avait les potions concoctées par la vieille Rose, la suivante de sa mère. Et lorsque le docteur venait au manoir pour s'informer de la santé des dames ou disputer une partie d'échecs avec le colonel de Rouville, Ovide se trouvait rarement dans les parages. D'ailleurs, s'il avait choisi ce jour-là pour se présenter chez les Talham, c'est qu'il savait le mari absent. Messire Bédard lui avait ordonné de revoir Marguerite. « Maudit curé retors ! » jura-t-il. Son avenir chez les Voltigeurs dépendait de cette paysanne qui lui avait déjà causé tant d'ennuis.

— J'exige que vous demandiez sincèrement pardon à madame Talham pour le crime que vous avez commis autrefois, avait exigé le prêtre.

C'était là le prix de son absolution, et du billet de confession qui viendrait avec elle.

— Impossible, avait-il objecté. Cette femme me fuit. D'ailleurs, je ne comprends pas de quoi vous parlez.

— Vous le savez très bien. Débrouillez-vous ! Une fois cette démarche accomplie, je considérerai la possibilité d'une confession, avait dit le curé. Mais à cette seule condition.

Il était inconcevable que ce rongeux de balustres détienne pareil pouvoir sur lui, Ovide de Rouville ! Au moins, le curé n'avait pas évoqué l'incendie, se rappela-t-il. Les prétendues preuves, évoquées autrefois, et la mystérieuse lettre contenant la confession d'une misérable qui avait eu l'audace de l'accuser, tout cela n'était sans doute qu'une invention.

« Que fait donc la paysanne ? » s'impatienta-t-il, subitement mal à l'aise d'être au milieu de cette chambre de compagnie. À l'intérieur, une jolie voix de soprano fredonnait *J'ai cueilli la belle rose, qui pendait au rosier blanc...* Il allait repartir, trop heureux d'échapper à la corvée, lorsque le chant s'arrêta brusquement.

Un cri d'effroi le tira de ses réflexions.

— Vous ! Comment osez-vous vous présenter chez moi ?

Marguerite était devant lui et il la voyait moins ébranlée qu'il ne se l'était imaginé. Autrefois, il suffisait qu'il apparaisse pour qu'elle se transforme en pauvre petite chose tremblante. Son attitude le décontenança.

— Croyez-moi, on ne m'a pas laissé le choix, dit-il avec dédain en essuyant sa veste du revers de la main, comme si l'odeur nauséabonde de la fabrication du savon allait coller à ses coûteux habits. Sinon, jamais je n'aurais mis les pieds ici, dans la...

Il retint ses dernières paroles.

— ... la soue de Cendrillon ? poursuivit Marguerite. C'est ce que vous alliez dire, sans doute. Vous voyez que je n'ai rien oublié. Maintenant, sortez d'ici.

— Holà ! Madame, vous n'avez pas d'ordre à me donner. Je suis ici à la demande du curé.

— Du curé ?

Il l'examina. Elle avait changé et perdu son accent campagnard. Elle était très différente de la paysanne apeurée d'autrefois. La jeune fille dont il avait si facilement abusé dans l'écurie du manoir avait fait place à une femme qu'il ne pouvait s'empêcher de trouver belle. Elle portait toujours ses cheveux coiffés en une longue natte qui lui balayait le creux des reins comme une tentation du diable. Et elle le détestait ! Sa poitrine voluptueuse frémissait sous la colère qui faisait également briller ses yeux, attisant son désir. Un désir si violent qu'il devait faire un effort inouï pour ne pas avancer la main et la toucher. Cette femme l'ensorcelait. Elle le provoquait et il aurait voulu la posséder, là, sur le plancher même. La domestique s'était sauvée et il n'entendait aucun bruit, comme s'il n'y avait personne d'autre dans la maison. Où se cachait sa demi-douzaine de morveux ? Pourtant, il devait y avoir un enfançon, une petite fille dont son idiote de sœur était la marraine… Puis il se rappela soudain pourquoi il était venu. Il avait besoin d'elle et devait maîtriser ses pulsions. Un autre jour, se promit-il…

— Partez ! ordonna-t-elle de nouveau.

L'hostilité profonde contenue dans sa voix le figea et, l'espace d'une seconde, il eut peur.

— Madame Talham…

Il prononçait avec difficulté le nom du mari, l'homme qui se prétendait le père de son fils. Il avait bien envie d'avouer à cette femme qu'il savait, pour l'enfant. Qu'il allait le lui reprendre pour lui faire mal, la voir pleurer, s'agenouiller pour le supplier. Mais, par prudence, il se dit que la flatterie serait probablement plus efficace dans l'immédiat. Plus tard, il pourrait la faire chanter, la contraindre à se donner pour qu'elle puisse continuer à garder son fils.

— On dit que vous êtes une dame aimable. Messire Bédard vante votre tolérance et votre bonté.

— Si vous ne partez pas, je crie, dit-elle en serrant les dents, espérant ne pas mettre sa menace à exécution.

Elle se retenait de crier. Appoline et Melchior devaient être à jouer autour de la maison.

— Attendez, répondit-il précipitamment. Je suis venu pour obtenir votre pardon…

Dieu que tout cela était difficile à dire ! Mais il avait prononcé les paroles exigées par ce satané curé !

— … pour ce que je vous ai fait, jadis.

— Jamais ! cria-t-elle en le toisant.

Il haussa les épaules. Peu importait la réponse, il avait réussi. Le curé avait exigé qu'il demande pardon, mais pas nécessairement qu'il l'obtienne. Lorsqu'il se décida à sortir, il tomba nez à nez avec Victoire qui venait d'entrer en maintenant fermement par la main deux bambins, les fils cadets de Marguerite et du docteur.

— Monsieur de Rouville ? Vous permettez ?

Elle fit passer Eugène et Charlot devant elle.

— Allez, filez à la cuisine voir si Lison a fait des tartines au sucre du pays.

À la pensée de la délicieuse collation, les enfants disparurent en courant.

— Je crois que vous n'avez rien à faire ici, dit Victoire sur un ton qui lui donna froid dans le dos.

— En effet, madame, j'allais partir. L'affaire qui m'amenait en ce lieu est réglée.

— Mémé Lareau, maman ? Hou hou !

Arrivant du jardin, Appoline et Melchior admiraient le cheval posté devant la maison.

— Oh ! gémit Marguerite. Seigneur, épargnez-moi ! Melchior ! hurla-t-elle. Je t'interdis de toucher à ce cheval. Allez-vous-en, ordonna-t-elle à Ovide. Elle se sentait encore plus forte, avec la présence de sa mère. Et ne remettez plus jamais les pieds ici.

— Qui sait ce que nous réserve l'avenir ? brava-t-il en remettant son chapeau.

Il s'approcha du jeune garçon avec la curieuse impression de se contempler dans un miroir. Les yeux de cet enfant ! Ainsi, ce petit bonhomme était son fils. Jamais encore il ne lui avait adressé la parole.

— Salut, dit-il à l'enfant.

Melchior sourit.

— Vous êtes le frère de tante Julie, n'est-ce pas ? dit-il joyeusement. C'est vrai qu'elle va se marier avec le major Salaberry ?

— C'est bien vrai. Approche.

Melchior, qui ne demandait pas mieux que d'obéir, s'empressa de rejoindre Ovide.

— C'est une belle bête, n'est-ce pas? demanda ce dernier en caressant le museau du cheval.

— Oh, oui! approuva Melchior, admiratif tant de l'animal que de ce monsieur qui l'attirait sans qu'il sache trop pourquoi.

Par contre, Appoline ne ressentait pas la même confiance.

— Venez, les enfants, intervint alors Victoire sur un drôle de ton. Ce monsieur s'en retourne chez lui.

Melchior aurait voulu protester, mais sachant qu'il ne fallait pas contrarier Mémé Lareau lorsqu'elle avait cet air-là, il obéit.

— Allons, viens, dit Appoline en l'agrippant par la main.

Sans savoir pourquoi, elle avait peur. Mais Melchior s'échappa et courut en direction du jardin. La fillette le suivit. Victoire se retrouva face à Ovide.

— Si jamais vous osez revenir ici, monsieur, je vous jure que je vous tue de mes propres mains. Sois maudit, Ovide de Rouville, ajouta-t-elle en le tutoyant tout à coup, sur un ton mystérieux. Que Dieu te fasse brûler en enfer.

Et elle murmurera des paroles obscures en algonquin, langue qu'elle tenait de ses ancêtres maternels. Ovide se mit à trembler, comme si les mânes de ces femmes mortes depuis longtemps jetaient sur lui leurs imprécations.

Il pâlit.

— Sorcière! Tais-toi, vieille folle.

Il enfourcha son cheval et, d'un coup de bride, repartit en direction du village. Victoire le suivait des yeux, proférant sa malédiction.

— Sois maudit jusqu'à la fin des temps!

Stupéfiée, Marguerite contemplait sa mère.

— Mon Dieu ! Vous saviez que c'était lui ? s'étrangla-t-elle. Mais comment l'avez-vous appris ?

— Tu oublies que je suis ta mère, que mon sang coule dans tes veines comme dans celles de ton fils. Oui, je suis au courant depuis longtemps. Du moins, je m'en doutais fortement, à ta manière de l'éviter. Et puis, il n'y a qu'à voir les yeux de Melchior, trop semblables aux siens. Deux parents aux yeux bleus ne peuvent avoir un enfant aux yeux aussi noirs. Mais rassure-toi, la ressemblance n'est pas si évidente, et bien peu de gens remarquent ce genre de détails. Il ne t'a pas fait de mal, cette fois-ci ?

— Oh ! Mère, fit Marguerite en se jetant dans les bras de Victoire.

Ces confidences lui procuraient un tel soulagement ! Soudain, elle fut secouée par d'irrépressibles sanglots. Des sanglots contenus depuis dix ans.

Victoire la laissa s'épancher un moment.

— Allons, Marguerite ! C'est fini, maintenant. Ressaisis-toi. Il ne faut pas que les enfants et Lison te voient dans cet état.

Marguerite acquiesça en silence et sortit son mouchoir. Dans le petit cabinet du rez-de-chaussée, il y avait un meuble de toilette avec un pichet rempli d'eau. Elle se bassina longuement les yeux, encore tremblante d'avoir revu de près son agresseur. Elle avait réussi à lui tenir tête et se sentait envahie par une étrange fatigue, comme si elle avait parcouru un long chemin sans jamais avoir pu s'arrêter. Toutefois, lorsqu'elle eut séché ses larmes, Marguerite constata que sa vieille peur l'avait quittée. Dans quelques jours, ce seraient les noces de la demoiselle de Rouville et de Salaberry. Les Talham étaient invités et, cette fois, elle aurait la force de lui faire face.

De son côté, Victoire demeura quelques instants sur la galerie, le regard vague, comme si elle observait les nombreuses embarcations qui sillonnaient le bassin. Quelque chose l'agaçait. On aurait dit qu'Ovide de Rouville savait, pour Melchior. Mais Victoire conserva cette pensée par-devers elle. Inutile d'inquiéter Marguerite. Il était temps de préparer le souper avant de mettre les enfants au lit.

Chapitre 17

Les noces de mai

Le matin de ses noces, la demoiselle de Rouville fut hors de son lit dès potron-minet. De sa fenêtre, elle voyait le paysage se teinter des lueurs roses de l'aurore annonçant une belle journée. Encore six heures à attendre ! La rivière cascadait joyeusement entre les pierres et à cette distance, le grondement des rapides n'était plus que le doux bruissement familier qui la berçait depuis l'enfance. Désormais, elle s'endormirait entre les bras de celui que le destin avait mené à elle ; et les chimères caressées si longtemps s'étaient évanouies comme l'eau vive des rapides devenant eau calme en se jetant dans le bassin de Chambly.

Petite, elle aimait observer le passage des cages de bois que des hommes appelés cageux faisaient habilement flotter sur le remous à l'aide de leurs longues gaffes, pour atteindre sans encombre le bassin. La plupart d'entre eux ne savaient pas nager, croyant farouchement que leur survie dépendait de leur bonne étoile. Des héros qui accomplissaient leur devoir au péril de leur vie ! Son fiancé, Charles de Salaberry, était de cette trempe.

— Jeanne ! appela-t-elle.

Une jeune fille de seize ans accourut. Marguerite lui avait recommandé cette sœur de Lison comme femme de chambre, et Julie avait jugé son âge raisonnable pour l'emploi. Plus tard, lorsque la future madame de Salaberry aurait sa maison – Dieu seul savait quand cela arriverait, les temps étaient si incertains ! –, elle reprendrait également à son service le cher Joseph que sa mère avait promis de lui donner.

— L'eau chaude est prête, mademoiselle.

— Il me faut aussi une grande bassine et des serviettes. Allons, dépêche-toi. Il est temps, déclara la maîtresse d'un ton enjoué.

Le jour de son mariage serait inoubliable, ainsi en avait décidé Julie.

Après s'être lavée et parfumée, elle revêtit une courte chemise en linon de lin à laquelle était assorti un de ces pantalons féminins qui servaient de sous-vêtements, avant d'enfiler des bas fins et brodés. Jeanne laça le corset en serrant légèrement la taille. Par la suite, la soubrette aida sa maîtresse à passer les bras de la robe à la traîne fleurie.

— Oh ! Que vous êtes belle, mademoiselle, s'extasia Jeanne, en admirant les plis flous de la mousseline retombant avec une grâce princière autour de la fine silhouette.

Une capeline retenue par un large ruban en pou-de-soie encadrait des cheveux noirs et brillants divisés en bandeaux serrés, et un front perlé de minuscules bouclettes. Une pelisse bleue compléterait la toilette de la mariée au moment de partir.

Devant la psyché, Julie contempla l'image d'une jeune femme résolue.

— Tout est parfait, déclara-t-elle à son miroir.

Jeanne acquiesça d'un sourire, fière de servir une aussi grande dame.

ᕬ

À l'auberge de monsieur Vincelet, Salaberry se hâtait de mettre le point final à un document concernant des instructions sur l'entraînement des Voltigeurs destinées à son remplaçant pendant son absence. Il avait rendez-vous avec Prévost à Québec dans quelques jours. Entrepris la veille, dans son logement de Montréal, Salaberry avait dû interrompre ce travail et prendre le chemin de Chambly où il était attendu chez les Rouville afin de signer le contrat de mariage. Son père, fraîchement débarqué de Québec, avait voyagé avec lui. Il avait glissé le document dans son écritoire en se promettant de le terminer tôt le lendemain, ce qu'il venait de faire.

La veille, dans la voiture qui les conduisait à Chambly, Louis n'avait pas manqué de lui faire plusieurs suggestions. «Il aimerait tant être à ma place», s'était dit Charles sans s'offusquer. Puis il s'était mis à somnoler et les trois heures de voyage offrirent au commandant des Voltigeurs la possibilité de se reposer.

Les Salaberry père et fils n'étaient pas aussitôt arrivés chez les Rouville que Julie s'était élancée dans les bras de Charles qui l'avait entraînée dans un coin pour l'embrasser, son père retrouvant quant à lui son vieil ami.

— Mon ange, j'adore tes baisers. Tu m'as tellement manqué, avoua-t-il en la tutoyant pour la première fois.

Complices rougissants, les fiancés avaient fait leur apparition les derniers dans la bibliothèque du colonel où les attendait le notaire Louis Guy, un cousin de madame de Rouville. Outre les parents des mariés, la signature des conventions de mariage réunissait tous ceux qui avaient pu se déplacer pour y assister, même de lointains cousins, en plus des amis intimes de la famille. Et tous ces gens apposeraient leur signature au bas du document notarié. Car le mariage confirmait aussi les alliances entre les familles, alliances qui se renouvelaient de génération en génération.

Un repas fastueux avait suivi. De retour à l'auberge, épuisé par la fatigue du voyage et ces premières réjouissances, Salaberry s'était écroulé dans son lit et le travail à compléter avait attendu au lendemain matin.

« Enfin ! Nous y voilà ! » se dit Salaberry en saupoudrant le document de poudre sèche.

— Antoine ! appela-t-il.

Le domestique apparut en apportant le sabre de parade, la poignée bien astiquée, les bottes cirées et reluisantes ainsi que la veste de son uniforme d'apparat.

— Il est temps, monsieur ?

— *All right*, mon vieil Antoine !

❧

Les cloches de Saint-Joseph-de-Chambly carillonnaient à pleine volée. Les villageois qui n'avaient pu entrer dans l'église se pressaient sur le parvis et lorsque les nouveaux mariés apparurent, une haie d'honneur se forma au son des cris et des vivats : « Hourra ! Vive la mariée ! Vive Salaberry ! » On entendait même des « Vive les Voltigeurs canadiens ! » La clameur était telle que le lendemain, exagérant à peine, certains diraient l'avoir entendue jusqu'au fort, de l'autre côté du bassin.

Chambly en liesse assistait à la métamorphose de la timide demoiselle de Rouville qui, au sortir de l'église, était devenue la fière madame de Salaberry, radieuse et sereine au bras de son mari, le commandant des Voltigeurs canadiens, droit comme un i dans son uniforme de parade et saluant la foule.

Du beau monde se pressait sur le parvis de l'église, décorée de brassées de branches de lilas, de pommiers ou de cerisiers, tout comme la salle de l'auberge où aurait lieu le repas de noces. Des messieurs arborant les habits les plus chics et des chapeaux hauts de forme, plusieurs officiers en uniforme avec bicorne sous le bras, accompagnés de dames et de demoiselles en grande toilette et coiffées de chapeaux aux rubans de couleurs pastel.

L'allégresse fut à son comble lorsque le couple prit place dans une calèche ornée de banderoles pour se rendre à l'auberge. En guise de cortège, les invités suivaient à pied la voiture nuptiale : il fallait voir l'air réjoui de l'Honorable Melchior de Rouville, sa dame à son bras. Suivaient leur fils, promu capitaine d'une compagnie des Voltigeurs, et l'Honorable Louis de Salaberry, noble géant aux cheveux blanchis s'appuyant sur son extravagante canne.

— Nous voici mariés, mon ange ! glissa Charles à l'oreille de Julie en l'embrassant.

« Mon ange ! » Chaque fois qu'elle entendait ces mots, Julie exultait.

— Quel beau mariage, dit madame Bresse aux demoiselles de Niverville qui l'attendaient avant d'entrer dans l'auberge, ces dernières habillées au goût du jour pour une fois – madame Talham ayant réussi l'exploit de retailler de vieilles robes pour en faire des neuves. Encore que je ne vois pas de généraux. C'est curieux, alors qu'on ne parle que de guerre et de régiments. Le marié est pourtant un gradé de haut rang.

Les sœurs Niverville approuvèrent du chef, tout aussi déçues de ne pas y voir la mère du marié et les autres demoiselles de Salaberry. Elles compatissaient, bien sûr, à la douleur de la pauvre femme. Mais enfin ! Aujourd'hui était une occasion de réjouissance pour ce même cœur de mère. Après tout – fallait-il le rappeler? – monsieur de Salaberry épousait *la* demoiselle de Rouville… Même le général de Rottenburg était absent au mariage de leur chère petite.

— Où est-il, celui-là? ergota l'une des demoiselles.

— Mais de qui parlez-vous? demanda Françoise Bresse.

— Nous parlions de ce fameux «Rottenbourg», bien évidemment, affirma l'autre, prononçant à la française le nom du général.

— Il aurait pu se faire remplacer par le gouverneur!

— Voyez-vous ça, dit monsieur Boileau, moqueur. Mais ces grands hommes sont retenus par les affaires de la guerre, chères dames.

L'extravagant personnage salua les bessonnes avec une exagération soigneusement calculée, son nouveau chapeau de castor venu de Londres frôlant le sol, avant de se retrouver en équilibre sur la perruque fraîchement poudrée. Au bras de son époux, madame Boileau ignora totalement les demoiselles, toujours vexée des propos malveillants tenus chez Marguerite.

Le père et la mère étaient naturellement accompagnés de leurs enfants: le notaire et ses sœurs, Emmélie, Zoé et Sophie, cette dernière au bras de son fiancé, Toussaint Drolet, qu'elle épouserait à l'automne si la guerre ne venait pas contrarier leurs projets. Ainsi entouré de sa troupe, monsieur Boileau fit son entrée dans l'auberge de monsieur Vincelet avec l'assurance d'un prince, ignorant superbement le regard courroucé de l'aubergiste qui venait au-devant de son ennemi.

René entraîna Vincelet par le bras.

— Nous sommes d'accord que les prochaines heures appartiennent à vos hôtes. Laissons là nos disputes.

Vincelet protesta pour la forme. Commerçant avant tout, il savait quand il fallait mettre de côté états d'âme et griefs. Les Boileau restaient une famille parmi les plus influentes de la région qui disposait de relations dans tous les milieux. Avec tous ces gens qui affluaient à Chambly à cause de la guerre, le sieur Vincelet n'allait pas se priver d'une clientèle avantageuse.

— C'est bon ! soupira-t-il en sortant de sa poche de redingote un large mouchoir blanc afin d'éponger son crâne dégarni. Vot' père, qu'il laisse ses grands airs à la porte, et tout ira bien. Dites-vous que c'est par faveur pour vot' mère, une dame généreuse à qui jamais je ne fermerai ma porte.

Il s'arrêta pour reprendre son souffle.

— Monsieur Vincelet, je me rappellerai votre amabilité, remercia simplement René, tout en demeurant sur son quant-à-soi.

Aujourd'hui, l'aubergiste avait beau jeu, mais demain, les rancunes ressurgiraient.

Les Boileau pénétrèrent dans la grande salle de l'auberge où étaient installées de longues tables en vue du repas de noces.

— Alors, fit Emmélie à son frère avec bonne humeur. Le bonheur de la nouvelle madame de Salaberry fait plaisir à voir. À partir de maintenant, cher frère, dis-moi vers qui se tournera ton âme chevaleresque ?

— Je me le demande… fit René avec un petit sourire moqueur. N'as-tu pas reçu des nouvelles de Québec par la dernière malle ?

Le front d'Emmélie changea de couleur.

Mais René ne pensait déjà plus à la taquiner. Le sourire carnassier d'Ovide de Rouville s'approchait d'eux.

— Tiens, chuchota le notaire à sa sœur, voici le loup qui vient. Capitaine de Rouville, ajouta-t-il à voix haute, je vous attends bientôt pour l'engagement de vos prochaines recrues ?

— Nous verrons cela demain, notaire. C'est jour de fête et je réclame l'honneur de la compagnie de votre inestimable sœur. Vous devez me suivre, mademoiselle Boileau. Un ordre de la mariée qui a elle-même attribué les places, ajouta-t-il avec un air triomphant, avant qu'Emmélie, ahurie, ne puisse protester.

— Allez, viens, pressa Sophie en bousculant sa sœur. Je suis curieuse de voir ce qu'on nous servira à dîner.

Véritable fleur printanière dans une robe couleur vert d'eau rehaussée d'irrésistibles fanfreluches dont elle seule avait le secret, Sophie maintenait fermement le bras de Toussaint Drolet. Ce dernier s'affichait en parfait dandy, avec une redingote noire dont les basques traînaient jusque sous les genoux, culotte de nankin et ceinture de soie noire, gilet gris perle, chemise, cravate et guêtres blanches.

— Princesse au petit pois, plaisanta galamment le jeune marchand à sa promise. Suivez-moi, que nous trouvions nos places afin que vous puissiez combler votre gourmandise.

Un rire cristallin lui répondit.

— Ne forment-ils pas un beau couple ? déclara Ovide en les suivant des yeux. Il n'en tient qu'à vous pour que nous en fassions autant, très chère, ajouta-t-il, le ton suave.

En guise de réponse, Emmélie déploya son éventail d'un coup sec. Pour une fois, elle se félicita de s'être munie de l'accessoire féminin.

— Vous avez manigancé pour me piéger, affirma-t-elle, une lueur amusée dans l'œil de son compagnon confirmant ses dires. Je serai bonne joueuse pour aujourd'hui, mais soyez averti : vous n'obtiendrez jamais rien de moi.

— Nous verrons bien, ma charmante, riposta Ovide.

Assuré qu'elle ne ferait pas d'esclandre, il attrapa sa main.

— N'abusez pas de votre chance, lui ordonna-t-elle en la retirant.

Il se mit à rire.

— Adorable pimbêche ! Vos yeux sont de braise lorsque vous êtes en colère.

Et sans plus attendre, il la conduisit à la grande table où se trouvaient les mariés et leurs parents. Monsieur de Rouville se leva pour lui présenter celui qui serait son voisin de table.

— Mademoiselle Boileau, impossible d'avoir meilleure compagnie que mon vieil ami, l'assura ce dernier tandis qu'Ovide tirait galamment sa chaise et invitait la jeune femme à s'asseoir.

Déterminée à tenir Ovide à distance, Emmélie s'installa en lui tournant le dos et offrit un sourire gracieux à monsieur de Salaberry.

— Quel plaisir de vous rencontrer ! On m'a raconté tant de choses prodigieuses à votre sujet. Vous vous seriez tiré indemne d'une avalanche grâce à votre force prodigieuse ? Je ne le croirai qu'en l'entendant de votre bouche, ajouta-t-elle en posant ses mains à plat sur la table, comme si elle voulait qu'on admire ses longs gants couvrant ses bras dénudés, mais en fait, c'était pour éviter la main de son voisin qui tentait d'attraper la sienne sous la table.

— Sans mentir, j'ai connu nombre d'aventures, déclara Louis, ravi d'attirer l'intérêt d'une jeune femme.

Ovide se recroquevilla sur sa chaise, attendant la fin du récit épique. Il tenait sa proie à sa portée, c'était tout ce qui comptait pour l'instant.

Se retrouver parmi les membres de la famille des mariés comportait aussi des avantages, finit par constater Emmélie lorsqu'elle put échanger quelques mots avec Hermine, la nouvelle belle-sœur de Julie, assise en face d'elle, et avec qui elle sympathisa facilement. Elle apprit alors avec stupeur qu'Hermine et ses deux enfants vivaient dans les quartiers d'officier avec son mari.

— J'aurai enfin une sœur pour me tenir compagnie, lui confia Hermine en donnant ce doux nom à l'épouse de son frère, comme c'était l'usage. Avec la guerre, nous ne savons pas ce qui nous attend.

Pendant qu'Emmélie découvrait les dessous de la vie de femme d'officier, René observait la porte où les invités se faufilaient avec difficulté. Des dames agitaient déjà leurs éventails pour lutter contre la chaleur.

— Tiens, voici les Talham, fit remarquer Marie-Josèphe Bédard tout près de lui. Dieu que notre madame docteur est jolie aujourd'hui !

Marguerite retirait son spencer, une petite veste s'arrêtant à la taille, pour ne garder sur ses épaules qu'un joli châle à motifs, bordé de longues franges. Elle était adorable dans sa robe d'un modèle très simple, taille haute prise sous les seins, petite manche courte et bouffante sur l'épaule et jupe droite légèrement évasée, confectionnée dans un tissu de mousseline rose pâle qui seyait à son joli visage parsemé de taches de son. De longs gants habillaient ses bras. Sous un chapeau de paille garni de rubans d'une nuance plus foncée que la couleur de la robe, son interminable tresse blonde allait se perdre dans les fronces de la jupe.

René ne pouvait détacher ses yeux de la jeune femme. Était-ce cette ambiance de noce qui le remuait ainsi ? Son cœur battit violemment dans sa poitrine.

— Ma foi ! dit Marie-Josèphe, intriguée par l'expression étrange qu'elle voyait sur le visage de son voisin de table. On dirait que vous venez de voir une apparition.

— Une nymphe, murmura-t-il.

— N'est-ce pas ? approuva candidement la sœur du curé. Quelle chance, les Talham ont leurs places près des nôtres.

Voilà mon frère qui fait de grands gestes. Mais où donc est passé le docteur ? Ah ! Je le vois là-bas, en compagnie de vos parents.

Le curé s'approchait en effet de Marguerite pour l'entraîner à l'écart.

— Ma chère madame Talham !

— Bonté divine ! sursauta Marguerite.

Elle n'avait pas entendu le curé s'approcher. Figée sur place, elle contemplait le spectacle d'Emmélie et Ovide, assis ensemble. Épouvantée de les voir sourire, elle imaginait le pire : le fils Rouville séduisant Emmélie.

— Vous êtes resplendissante de santé ! dit le curé avec bonhomie, sans voir son trouble. Et on ne cesse de me faire des compliments sur la beauté de vos enfants.

— Merci, monsieur le curé. Le docteur et moi-même faisons de notre mieux, répondit machinalement Marguerite.

— Votre bonheur fait plaisir à voir, chère enfant. N'ai-je pas eu raison, autrefois ?

Le curé faisait évidemment allusion au mariage de Marguerite avec le docteur, arrangé par ses soins et ceux de son oncle Boileau. Il concevait cette union comme une de ses grandes réussites. Mais il avait mal choisi les circonstances pour en faire la démonstration.

— Vous avez eu raison autrefois, dit-elle brusquement. Mais l'autre jour, *vous savez qui* s'est présenté chez moi, et à votre suggestion, paraît-il.

Le visage de messire Bédard s'allongea d'un coup.

— Pourquoi avez-vous fait cela, monsieur le curé ?

— Il s'agissait de secourir une âme en grande perdition, Marguerite, pontifia le curé. Vous aviez certainement compris l'importance de cette démarche.

Mais l'air de sa paroissienne disait tout le contraire. Elle était furieuse.

— Comprendre quoi ? Avez-vous seulement envisagé le mal qu'il aurait pu provoquer ? Fort heureusement, si je puis dire cela, il est venu à l'insu de mon mari. Et mon petit garçon qui n'était pas loin…

Elle parlait à voix basse afin que personne n'entende ce qu'elle avait à dire, mais tremblait d'une rage difficile à contenir.

— Allons, allons, Marguerite, vous exagérez, fit le pasteur sur un ton qui se voulait conciliant. Pourquoi ne pas oublier cette histoire ancienne ? Vous avez maintenant une famille, et un mari qui vous protège.

— Qu'en savez-vous ? Alexandre ignore tout de ce démon, qui en a profité pour effrayer ma servante. Je n'ai qu'une chose à vous dire, monsieur le curé, jamais je ne pardonnerai à… cet homme ce qu'il m'a fait. Vous m'entendez ? Jamais.

— Certes, le crime était grand, mais je peux vous assurer qu'il a fait preuve d'un sincère repentir.

— Des mensonges !

— Comment vous convaincre ? Voyez votre cousine, dit-il en désignant Emmélie. Cette jeune femme pleine de bon sens ne craint pas d'être en compagnie du jeune Rouville.

— Elle ne sait pas… Il ne faut pas la laisser seule avec lui !

— Allons, allons, mon enfant, je vois bien que je vous ai blessée. Je réclame à mon tour votre pardon, ajouta-t-il, mielleux. Me l'accorderez-vous ?

Médusée, elle braqua ses yeux clairs sur l'homme de Dieu. Austère et enclin à faire la morale, comme l'exigeait son ministère, le curé était généralement juste. Il avait bon cœur et il était difficile de lui en vouloir. Mais cette fois, Marguerite estimait qu'il avait gravement erré et, même, qu'il l'avait trahie.

— Ne m'infligez plus jamais pareille torture, répliqua-t-elle.

La jeune femme se tenait droite, oubliant cette humilité de bonne chrétienne qui faisait naturellement baisser les yeux devant un prêtre.

Enfin, le docteur vint la rejoindre. Soulagée, elle agrippa le bras de son mari.

— Mon cher Bédard, permettez que je vous enlève cette jolie dame ? Marguerite, on nous attend pour manger. Vous aussi, monsieur le curé.

Dépité, le curé se dirigea vers la table d'honneur où on lui avait réservé une place. En voulant accommoder le colonel, il avait peut-être sacrifié la quiétude de Marguerite. Il avait voulu bien agir, mais les reproches de sa paroissienne semaient le doute dans son esprit.

Le fils Rouville s'était présenté au presbytère et avait enfin avoué sa faute en confession, et plusieurs autres de même nature. À force de confesser les âmes, le curé avait souvent réfléchi à la nature du bien et du mal. Débusquer la faiblesse humaine était devenu sa grande spécialité. Aussi, il avait cru lire la crainte de l'enfer dans les yeux du pénitent et accepté la sincérité de son repentir. Ovide de Rouville avait récité avec ferveur les nombreux rosaires exigés ; il avait accompli cinq chemins de croix avec trois *Pater* et un *Ave* à chaque station, sa pénitence comprenait également des aumônes aux pauvres de la paroisse. Messire Bédard s'était déclaré satisfait. Il ne pouvait exiger plus, après dix ans, pour un crime qui n'avait jamais été rendu public. Sinon, il aurait ordonné au fils Rouville de faire amende honorable en pleine messe du dimanche, à genoux sur le sol, un cierge à la main. Restait en suspens l'affaire de l'incendie de l'église. L'âme de ce jeune homme comportait encore des zones grises, mais le curé, qui croyait fermement aux vertus de la confession et de la contrition pour les grands pécheurs, n'attendait qu'une nouvelle occasion pour obliger Ovide à finir de réparer tous ses torts.

Après cette conversation avec le curé, Marguerite avait vu son plaisir s'envoler, elle qui avait mis tant d'entrain à se coudre une robe neuve et à se confectionner un chapeau en prévision de la noce.

— Ma petite fleur, c'est le sort de notre chère Marie-Anne qui te préoccupe ? se méprit son mari en la voyant troublée.

— Nenni, Alexandre. Je l'ai bien nourrie avant d'aller à l'église. Elle en a pour quelques heures à dormir et s'il le faut, Lison viendra me chercher.

— Je sais bien que tu n'aimes pas abandonner nos enfants, fit Alexandre, croyant que c'était là le motif de son visage inquiet, mais ils sont entre bonnes mains, avec Charlotte qui les aime comme les siens. Songe plutôt à t'amuser, ma jolie. Viens, allons prendre nos places. Vois, le notaire se lève pour tirer ta chaise. Trop aimable de sa part.

Marguerite approuva. Cette fois, elle décida de tenir le passé à distance et de s'amuser, en commençant par offrir un grand sourire à René.

❧

Impossible de trouver, dans tout le Bas et le Haut-Canada réunis, deux pères plus heureux que Louis de Salaberry et Melchior de Rouville. Ils contemplaient leur œuvre en vieux complices : Julie et Charles, mariés, souriant à leurs invités.

— Il y a longtemps que je n'ai pas vu mon père de si belle humeur, dit Charles à Julie. Regarde-le causer avec ton amie Emmélie ! On dirait qu'il a rajeuni de trente ans.

— Emmélie, je vois que vous avez trouvé un homme à votre mesure en la personne de mon beau-père, plaisanta Julie.

Après ses fiançailles avec Salaberry, Julie s'était présentée un jour chez les Boileau, voulant faire amende honorable. Plus rien ne devait entacher son bonheur. Elle avait trop souffert de l'indifférence des autres pour se priver d'une amitié à laquelle, dans le fond de son cœur, elle tenait. Heureuse de la retrouver, Emmélie l'avait simplement serrée dans ses bras, faisant taire les mots d'excuse. Et lorsque son frère lui avait suggéré que mademoiselle Boileau soit sa compagne de table pour les noces, Julie, croyant faire plaisir à son amie, avait approuvé sans réserve l'idée d'Ovide.

Déposant son verre de vin sur la nappe blanche, Louis de Salaberry s'apprêtait à narrer un nouvel épisode de sa jeunesse à sa charmante auditrice.

— À Montréal, les bals se succédaient les uns aux autres et toute la jeunesse du pays s'y donnait rendez-vous. Avec ce monsieur, fit-il en désignant le colonel de Rouville, un jeune homme continuellement entouré d'un essaim de belles dames et de jolies demoiselles, on pouvait danser toute la nuit.

Le curé, assis à la table d'honneur à gauche de madame de Rouville, toussota pour exprimer sa désapprobation.

— Ah! Messire Bédard, le taquina monsieur de Salaberry d'un air faussement contrit. Je sens sur moi votre regard sévère. Je sais, je sais. Les hommes de Dieu dénoncent le plaisir de la danse, y voyant une occasion de dévergondage.

— Que voulez-vous, mon cher Bédard, dit monsieur de Rouville. Pendant qu'on vous abreuvait de patenôtres au Séminaire de Québec, à Montréal, la jeunesse avait besoin de frivolités. Ah! C'était la belle époque! soupira-t-il en vidant son verre.

Julie avait le cœur léger. Jamais son père n'évoquait sa jeunesse autrement que par ses exploits militaires. Elle découvrait avec amusement qu'il avait été un jeune homme insouciant.

— Et vous, mère, dansiez-vous également toute la nuit?

— Personne n'a couru les bals autant que moi! Sinon, comment aurais-je pu rencontrer ton père? avoua Marie-Anne de Rouville, elle aussi d'humeur joyeuse.

— Je me rappelle... fit le colonel de Rouville avec un regard pétillant en direction de son épouse.

Surprise par la scène de marivaudage, Julie n'en croyait pas ses yeux et ses oreilles. Ses parents avaient donc été amoureux? L'espace d'un instant, elle crut même que sa mère allait rougir comme une jeune fille surprise à revenir du bal à une heure indue.

— Que dire de vous, mon ami, avec ma chère cousine Souris? lança le colonel à Louis en donnant à Catherine son surnom. De ma prison d'Albany, où je fus détenu pendant la première guerre contre les Bostonnais, je lui avais adressé quelques vers de mon cru. Écoutez cela, mon gendre.

Rien ne plaisait plus au colonel que de prendre la vedette. Il se leva pour réciter, avec une grandiloquence digne du siècle précédent:

— *Et toi Souris, ma chère cousine / Toi qui souvent me fis la mine / Prends garde qu'en ces calamités / Un gros matou mal avisé / En profitant de notre absence / De son côté fit pencher la balance.*

— La belle tirade que voilà! s'esclaffa Louis de Salaberry. Tu vois, mon fils, à quel point le cousin prenait *garde* de veiller sur la vertu de ta mère, me décrivant, moi, son fiancé, sous les traits d'un gros matou...

— Mon ami, je vois bien que vous en souffrez encore, riait le colonel. Mais comme vous fûtes blessé à cette guerre, et bien étendu sur un lit de l'Hôpital général de Montréal, vous étiez à l'abri de ma pauvre versification.

— Et sous bonne *garde*, dit Louis. J'avais chaque jour la visite de ma chère Souris, mais avec pour chaperon un de ces satanés Bostonnais qui se tenait à ma porte, puisque j'étais quand même prisonnier.

— Désormais, c'est votre fils qui aura la *garde* de ma fille, dit le colonel avec un sourire guilleret.

— Je n'ai jamais vu mes parents s'amuser ainsi, avoua Julie à son mari.

Salaberry eut un regard tendre pour sa nouvelle épouse.

— Mon ange, c'est signe que le bonheur nous attend.

Et il l'embrassa.

— Ah, bravo! applaudirent les invités.

Des accords de violon se firent entendre.

— Salaberry, dit joyeusement Ovide à son beau-frère, les mariés doivent ouvrir la danse.

Charles s'inclina devant Julie et ils gagnèrent le milieu de la salle qu'on venait de débarrasser pour permettre aux danseurs d'évoluer sans contraintes.

— Venez, jolie diablesse, dit Ovide en attrapant la main d'Emmélie. Vous allez danser en ma compagnie.

Devant l'impossibilité de refuser sans provoquer un scandale, Emmélie se leva pour se joindre aux autres danseurs. Le curé eut beau rouspéter sur l'immoralité de ce divertissement, personne ne sembla entendre, et même Marie-Josèphe accepta l'invitation du capitaine Juchereau-Duchesnay.

Les musiciens attaquèrent les premières notes d'une contredanse anglaise et les danseurs se saluèrent.

Marguerite observait ces réjouissances. Le jour de ses noces, elle n'avait pas eu droit à la fête. On l'avait traitée en pécheresse et son mariage avait été célébré à l'abri des regards. Elle était assise à côté de son cousin René, qu'elle avait tant aimé autrefois et avec lequel elle avait toujours préféré garder ses distances, même si ce dernier venait parfois chez les Talham, et toujours en sachant que le docteur était à la maison. Après tant d'années, c'était la première fois qu'ils se retrouvaient ainsi, à bavarder amicalement de choses et d'autres, comme s'il ne s'était jamais rien passé sur le chemin de la Petite Rivière, ce jour où elle avait promis de l'attendre. Avant ce voyage en Angleterre et en France d'où René était revenu pour retrouver sa bien-aimée mariée au docteur Talham et mère d'un enfant…

Aujourd'hui, les yeux inquiets de Marguerite étaient rivés en direction de sa cousine Emmélie qui formait un couple élégant avec Ovide de Rouville.

— Je vois que cela te déplaît, dit René en se penchant vers Marguerite.

— Je me méfie du fils Rouville. Ce monsieur est venu chez moi l'autre jour, et s'en est pris à Lison, dit-elle, en guise d'explication.

— À Chambly, on sait qu'il faut tenir les servantes loin de ses griffes, répondit René. Mais inutile de te faire du souci pour Emmélie, la rassura-t-il avec douceur. Elle sait se défendre. Au fait, que venait-il faire chez vous ? Consulter le docteur ? Ce serait bien la première fois.

— C'est vrai. Je crois même qu'il nous méprise. D'ailleurs, ce jour-là, Alexandre était absent. C'est plutôt à cause du curé, lâcha-t-elle en se mordant les lèvres.

— Le curé ? Étrange… Très étrange, répéta René.

Marguerite était consciente d'en avoir trop dit. Pourtant, elle aurait tant voulu lui confier ses craintes, lui révéler ce qui s'était passé, jadis, dans l'écurie. Mais elle ne le pouvait pas, elle évitait toute conversation pouvant mener à ce genre de confidences.

Plutôt que de la laisser s'embrouiller dans des explications confuses, René se tut. Emporté par l'ambiance de la noce, il ne voulait surtout pas gâcher le plaisir qu'il éprouvait d'être à ses côtés et de pouvoir la contempler sans détour. Elle était encore sa Marguerite, avec ses yeux pailletés d'or et cette petite mèche de cheveux qu'elle repoussait constamment par nervosité, geste adorable qui le séduisait toujours. Longtemps, René avait voulu la détester, croyant qu'elle l'avait trahi. Mais ni le temps ni les autres femmes qu'il avait connues, et parfois aimées jusqu'à un certain point, n'avaient réussi à faire taire le sentiment qu'il éprouvait pour Marguerite.

— Pour moi, dit-il soudainement, tu resteras cette jeune fille, avec son panier de framboises, sur le chemin de la Petite Rivière.

Elle frémit. Et il voyait, à ses yeux brillants, qu'elle avait compris qu'il lui avouait son amour.

René se leva.

— Docteur, permettez que j'invite madame Talham pour cette danse.

Pris au cœur d'une discussion animée avec les Bresse sur les changements qui se produiraient bientôt à Chambly, le docteur s'empressa d'acquiescer avec reconnaissance.

— Faites, mon ami. Ma petite fleur sera heureuse de danser. Pour ma part, je me fais un peu vieux pour ce genre de distraction.

« Personne ne remarque le trouble de Marguerite et du notaire », se dit Françoise Bresse. La voisine des Boileau avait un don particulier pour déceler les secrets des autres et considérait que le docteur avait toujours fait preuve d'une déconcertante naïveté à propos de sa femme. Que restait-il de l'amour qu'il y avait eu entre René Boileau et Marguerite Lareau ? se demanda Françoise. Ne connaissant pas la réponse, elle regarda René mener Marguerite au milieu des danseurs, manœuvrant habilement pour s'éloigner du couple formé par Emmélie et Ovide.

— Marguerite, lui dit-il d'une voix sibylline lorsqu'ils tournoyèrent une dernière fois. Peu importe ce qui arrivera, je veux que tu saches que tu peux toujours compter sur moi.

La danse finissait. Il la reconduisit auprès de son mari, sans lâcher sa main. Puis ses yeux se détachèrent d'elle.

Plus personne ne revit le notaire ce jour-là. Il était parti pour une de ses longues promenades solitaires dont il avait l'habitude.

Le cœur en émoi, Marguerite se retrouva au milieu de tous ces gens qui riaient, buvaient ferme et se régalaient des nombreux plats du banquet – monsieur de Rouville avait fait tuer un veau et un cochon pour la circonstance. Heureusement, Alexandre était là. Sans égard aux convenances, elle appuya sa tête sur son épaule. Son mari était son refuge. Encore ce soir, il s'allongerait à ses côtés et s'endormirait paisiblement, après avoir posé sa joue sur ses longs cheveux et respiré leur odeur. Il la prendrait dans ses bras et se blottirait contre elle, l'appelant sa chère petite fleur. Comme il l'aimait ! Marguerite en avait le cœur chaviré.

∿

Salaberry s'impatientait, songeant à la chambre où ils passeraient leur première nuit, à l'étage de l'auberge. Julie y avait fait porter ses bagages. Il avait profité du fait que le manoir de Rouville était plein à craquer pour passer outre l'insistance de ses beaux-parents qui souhaitaient que les nouveaux mariés occupent la chambre de jeune fille de Julie. Il avait préféré l'intimité qu'offrait l'auberge, où Julie et lui se retrouveraient seuls, à l'abri des regards attendris mais curieux de la parenté, le lendemain matin.

Après la deuxième danse, les mariés avaient repris leurs places à table. Les conversations et les rires animés créaient un joyeux brouhaha dans la grande salle de l'auberge. Charles observa à la dérobée celle qui était sa femme depuis quelques heures. Elle eut conscience de son regard, et lui sourit.

— Pendant la messe, j'ai bien prié pour que Dieu préserve mon frère Édouard. Je n'ai pas pu m'en empêcher. Mais, par la suite, j'ai prié pour que nous ayons un fils, ajouta-t-il en souriant.

— C'est mon plus cher souhait, Charles, chuchota-t-elle pendant qu'il saisissait sa main pour la baiser.

— J'aurais voulu t'offrir une vie plus paisible que celle qui sera la nôtre. Tu devras me suivre dans mes quartiers d'armée. Dire que je ne peux même pas te donner un logement décent…

À l'entendre évoquer ce que serait leur vie dans les jours à venir, elle songea surtout qu'après la nuit, elle deviendrait pour de bon madame de Salaberry. Cette pensée la fit rougir.

— Que signifie ce joli rose sur tes joues ?

— Il me tarde d'être à Québec et à Beauport, répondit-elle, rappelant le voyage prévu pour l'empêcher de deviner ses pensées intimes.

Prévost avait convoqué Charles à Québec et Julie l'accompagnait, ce qui lui donnerait l'occasion de rencontrer sa belle-mère et ses belles-sœurs. Mais les Salaberry ne resteraient pas longtemps à Beauport. Charles devait revenir à Chambly et il avait été convenu que Julie suivrait son mari partout où il se rendrait.

— Encore des formalités à régler et nous partirons. Quelques jours encore à abuser de ta patience, soupira-t-il.

— J'en profiterai pour faire mes visites d'adieu, dit Julie, conciliante.

— En attendant, il me tarde de me retrouver seul avec toi, murmura-t-il à son oreille.

Elle frissonna, anticipant le moment où elle se dévêtirait, là-haut, dans la chambre. Tout à l'heure, dans le chaos qui avait précédé le dîner, Charles l'avait entraînée en douce dans un coin désert. Le baiser ardent qui s'était prolongé avait provoqué de délicieuses sensations.

L'orchestre annonçait un cotillon et Charles tendit la main à Julie. Après cette dernière danse, ils filèrent à l'anglaise, avec des mines de conspirateurs.

❧

L'aubergiste Vincelet s'avança vers la table des Boileau pour remplir les verres, la mine longue comme un sabre.

— Monsieur Vincelet, dit alors madame Boileau, tout sourire et amabilité. Je disais à mon mari que cette noce était fort réussie et que nous nous en souviendrons lorsque viendra le temps du mariage de notre fille Sophie.

Le visage de l'aubergiste s'éclaira, au contraire de celui de monsieur Boileau.

— Mais tu n'y penses pas, ma chère Falaise. Nous n'en avons pas encore parlé et… hésitait-il, nous ne pouvons rien promettre, puisque Sophie décidera, comme elle le fait toujours.

La danse reprenait et madame Boileau s'avança.

— Monsieur Vincelet, que diriez-vous d'être mon cavalier ?

Jacques Vincelet, qui n'était plus tout à fait un jeune homme, rougit de la tête aux pieds.

— C'est trop d'honneur ! balbutia-t-il.

Il se souviendrait de l'invitation de la noble dame de Gannes de Falaise pour le reste de ses jours.

— Je crois que vous devriez déposer cette carafe sur la table, ajouta cette dernière en souriant avec la grâce unique que conféraient des siècles de noblesse.

— Bien sûr, bien sûr, bégaya Vincelet, toujours écarlate. Mais permettez, madame, que je retrouve ma veste, ajouta-t-il en dénouant avec maladresse les cordons de son tablier taché de vin et de sauce.

— Ma parole, ma femme ! lui reprocha son époux. Mais qu'est-ce qui vous prend ? Danser avec mon ennemi ! Je me fais l'impression d'un bas malodorant que vous venez de laisser tomber.

— Mesurez vos paroles, mon ami, car on pourrait vous entendre, rétorqua la dame, sans tenir compte du ton courroucé de son époux. Seriez-vous aveugle à ce point ? Je vous sauverai peut-être du bel argent. Alors, cessez de grognasser et attendez la suite.

— Sacrelotte !

Désarçonné, monsieur Boileau tira un mouchoir noir de sa poche pour s'éponger le front jusque sous la perruque, pendant que son épouse allait rejoindre le brave Vincelet qui, littéralement, ne savait plus sur quel pied danser.

Les dernières notes envolées, la noble dame remercia d'une révérence son cavalier tremblant d'émotion, puis retourna à son mari pour lui raconter qu'elle avait convié l'aubergiste à dîner pour le lendemain. L'espace d'une danse, madame Boileau avait fait beaucoup plus pour la cause de son mari que tous les avocats du Bas-Canada réunis. Malgré cela, son cher époux se plongea dans une bouderie qui l'empêcha de desserrer les dents pour le reste de la réception.

Dans leur coin, les demoiselles de Niverville, que personne n'avait encore invitées à danser, s'empressèrent de commenter l'événement.

— Pauvre femme! Nul doute qu'elle commence à perdre la raison, chuchota Thérèse à sa sœur.

— Nous l'avons toujours dit, approuva Madeleine. Se marier hors de sa classe ne peut finir autrement que par un désastre. Danser avec l'aubergiste! Je me demande quand s'arrêtera sa chute.

— On pourra dire qu'elle a bien choisi son occasion! renchérit Thérèse. Le jour d'un mariage historique, sans conteste! Heureusement, on parlera plus longtemps de la prestigieuse alliance entre *la* demoiselle de Rouville et un monsieur de Salaberry, que des folies de cette pauvre vieille.

— Cette noce est digne de notre chère petite, déclara sa sœur.

— Lorsque la fête se poursuit jusqu'au soir, on peut déjà dire que c'est une réussite.

— Il est évident que dans un contexte aussi particulier que la veille d'une guerre, il serait indécent que la noce dure deux ou trois jours.

— Espérons que le major n'abandonne pas sa femme dès le premier jour. Mais au fait, où sont passés les tourtereaux? Je ne les vois nulle part.

Les demoiselles de Niverville ne pouvaient croire que Julie soit disparue sans même saluer ses vieilles amies. Ses bonnes manières lui interdisaient pareille impolitesse. Serait-ce l'influence de ces Salaberry qui se faisait déjà sentir?

— Ne vous en faites pas, chères dames, les rassura le docteur Talham. Ils se sont probablement éclipsés sans le dire à personne. Il n'y a rien de plus épuisant pour de nouveaux mariés que le jour de leur noce. D'ailleurs, je crois que nous allons aussi saluer nos hôtes, ajouta-t-il en consultant Marguerite du regard. Mais qu'arrive-t-il à notre curé ?

Messire Bédard s'était simplement endormi, bercé par la musique, et ronflait avec sérénité sur le coin d'une table. Ni la danse de la noble dame et de l'aubergiste ni les regards enamourés de Marguerite et de René n'avaient pu le scandaliser. Dieu veillait sur son serviteur qui se reposait, lui évitant d'inutiles tourments, sachant qu'une lourde besogne l'attendait. Demain arriveraient les premières recrues des Voltigeurs à Chambly et le régiment n'avait toujours pas d'aumônier.

∾

— Jeanne, tu peux disposer, fit Salaberry à la soubrette en entrant dans la chambre. Madame n'aura plus besoin de tes services jusqu'à demain.

Il encouragea la jeune fille à rejoindre les autres domestiques qui festoyaient quelque part dans l'auberge, non sans avoir donné à Antoine la mission de veiller sur elle.

« Enfin, se dit-il, nous sommes seuls. »

Charles s'approcha de Julie. Un sentiment fait d'un mélange d'angoisse et d'excitation s'empara de la jeune femme. Jeanne l'avait aidée à retirer sa robe et à délacer son corset avant qu'elle ne revête une fine chemise de batiste brodée sous un élégant déshabillé.

— C'est moi qui te servirai de femme de chambre ce soir, susurra-t-il d'une voix câline qu'elle ne lui connaissait pas.

Il entreprit de retirer les épingles qui retenaient ses cheveux et la longue chevelure brune se déroula avec grâce

357

sur les épaules de Julie. À sa manière d'être prévenant, elle voyait que son mari avait l'expérience de l'intimité avec une femme et cette pensée la rassurait et l'intimidait à la fois. Mais en lisant dans ses yeux le plaisir qu'il avait à la contempler, elle découvrit l'heureuse sensation de séduire l'homme qui était son mari. Il s'était déshabillé à son tour, ne gardant pour tout vêtement qu'une chemise qui dévoilait des genoux rugueux et il l'enlaça pour l'embrasser longuement, son corps musclé tout contre elle, avant de la mener vers le lit.

Comme il était encore tôt, la clarté de cette soirée de mai pénétrait dans la chambre tamisée par les rideaux des fenêtres, doux clair-obscur qui jetait des reflets fauves dans les cheveux de Julie.

— Que tu es belle, dit-il en dénouant les rubans du déshabillé. Enlève ça.

Julie était maintenant en chemise, tremblante devant lui. Elle ferma les yeux. Charles la contempla de nouveau puis la caressa longuement, glissant ses mains sous son vêtement, et Julie se laissa porter par cet heureux prélude vers l'inconnu qui éveillait ses sens. Puis, la douceur fit place à une précipitation passionnée. Sans permission, son mari souleva le fin vêtement de nuit brodé avec tant de soin pour la dévêtir totalement. Ses puissantes mains se posèrent sur ses seins avant de les mordiller et elle fut surprise par cet appétit soudain pour son corps, chose qu'elle n'aurait pu imaginer, même dans ses pensées les plus audacieuses. Charles murmura des mots anglais qu'elle n'arrivait pas à comprendre. Après… Oh ! Ce qu'il fit par la suite était indescriptible et lorsqu'il la pénétra, Julie ressentit une douleur vive mais brève, se disant tout à coup qu'elle ne pourrait penser à tout cela le lendemain sans rougir. Charles commença à s'agiter furieusement en elle jusqu'à ce qu'il s'apaise en la serrant très fort. Il soupira, se retira, puis se laissa glisser sur le côté.

Après un court instant, il se retourna vers elle avec un sourire bienheureux, ses doigts jouant dans ses cheveux. Elle avait envie de cacher sa nudité mais n'osait le faire. Comme s'il avait compris, il remonta doucement le drap sur son corps.

« Ainsi, c'est cela, l'acte conjugal ? » se dit Julie en découvrant cette forme d'intimité avec laquelle elle n'était pas encore tout à fait à l'aise. Toutes les épouses se prêtaient, au creux d'un lit, à ces gestes nécessaires pour avoir des enfants. Elle se rappela avoir surpris parfois chez des époux des regards langoureux qui en disaient long sur l'amour qu'ils éprouvaient l'un pour l'autre. Ces mêmes personnes accomplissaient aussi ce rituel sauvage !

— Mon ange, dit alors Charles. Je t'ai fait mal sans le vouloir, mais c'est toujours ainsi la première fois. Je m'en excuse, j'étais si impatient.

Elle frémit à cette déclaration.

— Ne t'excuse pas, Charles, c'était agréable.

— Vraiment, ma petite femme ? susurra-t-il.

Puis, il recommença à lui prodiguer des caresses, cette fois avec beaucoup plus de douceur, comme pour l'apprivoiser.

Plus tard, après une autre étreinte, il la serra dans ses bras et avant de s'endormir, il chuchota :

— Merci pour ce bonheur.

Ces mots la touchèrent et elle sombra dans le sommeil.

Chapitre 18

On engage les Voltigeurs canadiens

René Boileau attendait une recrue du capitaine de Rouville qui devait venir signer son contrat d'engagement. À sa grande surprise, il connaissait le jeune homme en question. Avec un sourire d'une oreille à l'autre, l'un des frères cadets de Marguerite venait d'entrer dans son étude.

— Ça parle au diable ! C'est bien toi, Godefroi Lareau, recruté par le capitaine de Rouville ? Mais assieds-toi !

Blond comme l'étaient tous les Lareau de la paroisse, il devait avoir environ vingt-cinq ans, estima René qui s'y perdait dans le compte des naissances et des âges des membres d'une famille qui comptait des dizaines de cousins. Godefroi était un cadet, toujours célibataire, coincé entre l'aîné qui hériterait et les benjamins encore dans l'enfance.

— J'ai le goût de voir du pays, proclama Godefroi.

— Je peux comprendre ça. À ton âge, rien de plus naturel. À propos, tes parents savent que tu es ici ?

— Par ma vie, bien sûr que non ! Personne ne s'en doute ! Je leur dirai la vérité quand j'aurai mon papier entre les mains, affirma le jeune homme avec une lueur de fierté dans les yeux, en parlant de son contrat d'engagement. J'irai le montrer à Marguerite. Tu t'imagines sa surprise, hein, René? Et mon beau-frère, le docteur? Lui aussi a déjà servi dans l'armée.

— Pour sûr, le docteur ne pourra que t'approuver et ta sœur sera certainement fière de te savoir aussi brave, affirma le notaire, tout en se demandant comment Marguerite accueillerait la décision de son frère.

Non seulement il risquerait sa vie comme soldat, mais il s'engagerait dans la compagnie d'Ovide de Rouville, sans savoir que ce dernier était le pire ennemi de sa sœur. Il n'eut pas le temps d'y réfléchir plus longuement, car ledit capitaine arrivait.

— Mon capitaine, fit Godefroi, avec un salut militaire.

Touché par la candeur du garçon, René ne put retenir un sourire. Par contre, Ovide n'était pas d'humeur à apprécier l'enthousiasme de sa recrue. La veille, à la noce, il avait continué à boire bien après le départ des invités et Vincelet avait été obligé de le faire raccompagner chez lui par un domestique, une manière polie de mettre un fils de famille à la porte.

— Alors, notaire, que pensez-vous de ma recrue? railla Ovide en se laissant lourdement tomber sur le fauteuil des visiteurs.

— Je connais bien Godefroi. Un de nos meilleurs garçons dans la paroisse, dur à l'ouvrage et dévoué.

— Ça fait au moins deux Saint-Jean que votre père m'engage pour l'entretien de ses jardins et de son verger. Quand j'ai su que vous étiez nommé capitaine des Voltigeurs du major Salaberry, j'ai fait ni une ni deux et me voici! déclara Godefroi.

— J'imagine que le mariage de votre sœur avec le commandant des Voltigeurs suscitera des vocations militaires chez les jeunes gens de la paroisse, fit remarquer le notaire en consultant ses notes. Déjà quatre contrats à conclure dans les prochains jours. Félicitations, capitaine de Rouville.

— Vous ne pourrez pas dire que je ne vous donne pas de bonnes affaires, notaire. Voyez comme j'ai l'esprit de famille, le nargua-t-il.

— Que voulez-vous dire ?

— Votre charmante sœur, hier, m'a comblé d'espoir.

— À mon avis, capitaine de Rouville, je crois que vous vous faites des illusions à propos d'Emmélie.

— Notaire, votre opinion m'importe peu, seule compte celle de votre père qui, j'en suis persuadé, me sera favorable.

— Si nous passions à ce qui vous amène, proposa René.

— Pas si vite, le coupa Ovide.

Il fit mine d'hésiter, puis gratifia le notaire d'un regard sournois et plein d'arrogance.

— Je me demandais si… monsieur votre père avait une quelconque connaissance de la nature de vos fréquentations, à Montréal. On vous a vu sortir de chez une certaine veuve…

René accusa le coup.

— J'ignore totalement de qui vous voulez parler, dit-il en le dévisageant froidement.

Comment avait-il su, ce misérable ? L'abominable personnage ne pouvait être un invité de madame de Beaumont. Mais il se promit d'être sur ses gardes au cours de son prochain séjour en ville.

— Bon, assez de bavardage et commençons, fit grossièrement Ovide. Maintenant qu'il avait lancé sa pique au notaire, il avait hâte d'en finir.

— Viens par ici, dit René à Godefroi, qui attendait passivement la fin du curieux échange entre les deux hommes, auquel il ne comprenait mot.

René déroula un ruban à mesurer.

— Mets-toi dos au mur, demanda-t-il. Comme ça. Et ne bouge pas.

Le notaire fit une marque sur le mur, retourna à sa table de travail et nota la mesure sur un formulaire déjà imprimé, servant à l'engagement des futurs soldats.

— Mesurer la taille, c'est obligatoire pour n'importe quel corps d'armée, expliqua-t-il à un Godefroi surpris. Les hommes trop petits sont refusés. Écoute attentivement ce que je vais te lire.

Le notaire prenait son temps. Il voulait s'assurer que son cousin comprenne bien ce dans quoi il s'engageait. Il lisait tout en inscrivant les renseignements exigés dans les espaces laissés en blanc sur le formulaire imprimé, ce qui simplifiait singulièrement son travail. Ainsi, il n'aurait pas besoin de retranscrire entièrement l'acte pour produire les trois exemplaires nécessaires : un pour le capitaine, un autre pour l'enrôlé et le document original, destiné à demeurer dans son greffe.

Engagement de Godefroi Lareau au capitaine de Rouville, le 15 mai 1812.

Par-devant le notaire public pour la province du Bas-Canada, résidant à Chambly sur la rivière Chambly soussignés, furent présents Godefroi Lareau, fils de François Lareau, demeurant dans la paroisse Saint-Joseph-de-Chambly, âgé de 25 ans, ayant cinq pieds et huit pouces et demi de haut, de complexion blanche, les cheveux blonds, les yeux bleus, d'une part, et Sieur Ovide de Rouville, écuyer, demeurant à Chambly, d'autre part.

Lequel dit sieur Godefroi Lareau désirant donner des marques de son attachement au gouvernement de Sa Majesté britannique, s'est, par ces présentes, volontairement engagé et s'engage à servir fidèlement Sa Majesté Notre Souverain Seigneur, le Roi…

René fit une pause à cet endroit. Godefroi écoutait béatement.

— Je t'invite à poser toutes les questions que tu voudras. Ovide s'impatienta.

— Vous voyez bien, notaire, que ce jeune homme n'est pas sot.

René ignora la remarque de Rouville.

— Les Voltigeurs seront soumis aux règles militaires, expliqua-t-il. Quoiqu'elles soient moins sévères que celles de l'armée régulière, on dit le major de Salaberry strict en matière de discipline.

— T'inquiète pas, René. J'ai compris. Je vais devenir un Voltigeur canadien ! Un soldat de Salaberry !

— C'est ça, dit le notaire avec un dernier regard à son jeune cousin.

Rassuré par l'attitude de Godefroi, le notaire reprit la lecture :

… à ce présent et acceptant, pour et au nom de notre dit Souverain, Seigneur le Roi, ledit Godefroi Lareau, dans le corps des Voltigeurs canadiens pour l'espace de temps que durera la guerre avec les États-Unis de l'Amérique ou jusqu'à ce que le Gouvernement de cette Province, ou le Lieutenant Gouverneur, ou la Personne ayant l'administration d'icelle, déclare par Proclamation, que l'appréhension de telle guerre avec les États-Unis de l'Amérique a cessé.

— Voilà, c'est tout. Tu signes ici, Godefroi. Tu sais écrire ton nom, n'est-ce pas ?

— Par ma vie, René. Je sais signer mon nom, ma sœur Marguerite m'a appris. Je pourrais même lire mon engagement au père. Quant à la mère, elle lit des livres !

Il se tourna fièrement vers Ovide.

— Ma sœur, c'est la femme du docteur, vous la connaissez, capitaine ?

— Mais bien sûr, jeune Lareau. Qui ne connaît pas la belle madame Talham ? gouailla Rouville.

René sursauta avant d'ajouter :

— Comme le sait le capitaine, madame Talham est une honorable mère de notre paroisse qui jouit de l'amitié de madame de Salaberry, dit-il. Et à titre de parente, elle a droit à ma protection. Rappelez-vous de cela, capitaine de Rouville !

— Holà ! Notaire, un peu de respect ! Vous parlez à un capitaine du régiment des Voltigeurs canadiens !

— C'est-à-dire un homme d'honneur, n'est-ce pas ? répondit René.

Mais l'esprit brumeux d'Ovide manquait singulièrement de subtilité en ce lendemain de noce.

— L'honneur ! Qu'est-ce qu'un simple roturier peut comprendre à l'honneur ?

— Les roturiers, capitaine, en savent suffisamment à ce chapitre pour distinguer celui qui est gentilhomme de celui qui ne l'est pas.

— Insolent ! Auriez-vous oublié le nom que je porte ?

— Que non, monsieur de Rouville, et je souhaite que vous-même ne l'oubliiez jamais.

— Et vous, notaire ? Comptez-vous vous engager bientôt ?

— Le gouverneur parle de mettre sur pied des milices spéciales qu'il appelle milices d'élite et incorporées.

— Mais ce n'est pas comme être un Voltigeur ! s'écria Godefroi qui pouvait enfin placer son mot.

— Tu as bien raison, Godefroi, ton choix est le meilleur qui soit. On dit que Salaberry recrutera entre trois et quatre cents hommes pour son régiment. Néanmoins, les valeureux Voltigeurs seront en nombre insuffisant pour repousser l'ennemi et les milices spéciales, comme la milice d'élite qu'on est en train de mettre sur pied, pourront soutenir celles des paroisses. Je me porterai volontaire dans le deuxième bataillon de la milice d'élite, celui dirigé par le père du capitaine ici présent, monsieur de Rouville. Le docteur Talham m'a affirmé qu'il ferait de même.

— C'est bon, notaire, nous sommes touchés par votre patriotisme, dit Ovide qui bâillait. Passons au suivant.

Manifestement, la vaillance du nouveau capitaine des Voltigeurs consistait pour l'heure à trouver le moyen de regagner son lit au plus vite. Mais le notaire avait encore quelque chose à dire à son cousin.

— Godefroi, je veux que tu me promettes solennellement d'obéir aux ordres et de ne pas suivre les mauvaises têtes. Il y en a toujours, dans l'armée, et l'indiscipline est sévèrement punie. Tu te rappelleras mon conseil ?

Le ton de René était grave. Godefroi posa sa main droite sur son cœur.

— Je promets que toujours, j'obéirai aux ordres.

Le notaire approuva, puis se tourna vers Rouville.

— Au fait, capitaine, n'avez-vous pas une somme à remettre à votre recrue ?

— Ah ! oui, se rappela le capitaine en fouillant dans ses poches.

Et il lui remit quelques pièces dans la main.

— Combien cela fait-il ? demanda le notaire.

— Une livre et quatre chelins, répondit Godefroi, l'air déçu.

— Il me semble que le montant prévu pour l'engagement est de quatre livres, rappela le notaire avec un regard plein de suspicion.

— Heu ! Voyez-vous, je n'ai pas encore tous les fonds nécessaires, répondit Rouville, gêné. Mais ne t'inquiète pas, mon gars. Tu auras le reste dans quelques jours.

— J'vous crois, répondit Godefroi, confiant. Et maintenant, que dois-je faire ?

— Eh bien ! Fais tes adieux à ta famille, prépare ton baluchon, et présente-toi au fort. Avec le capitaine Perrault, on a commencé à monter les premiers campements de Voltigeurs. Sois là demain, à la première heure.

— À vos ordres, mon capitaine.

Ovide voulut imaginer la tête de madame Lareau, lorsqu'elle apprendrait l'engagement de son fils. Malheureusement, les coups qui martelaient douloureusement son crâne l'empêchaient de savourer cette situation qui, en temps normal, lui aurait arraché quelques ricanements.

Le notaire était déjà de retour avec un autre garçon qui se présenta :

— Louis Charland, à vos ordres, mon capitaine.

René ne put s'empêcher de sourire. Comme pour tous ceux de sa génération, la guerre était quelque chose d'inconnu. Et si ces garçons avaient tous autant de cœur au ventre que Godefroi et Charland, les Américains n'auraient qu'à bien se tenir. La fierté de ces jeunes gens qui s'engageaient volontairement dans les Voltigeurs canadiens éveillait en lui un sentiment de patriotisme tout à fait nouveau.

— Allez, notaire, faites votre office, dit Ovide en bâillant encore.

Le notaire Boileau mesura la recrue, reprit sa plume et nota : yeux bleus, cheveux bruns…

～

Le jour n'était pas encore levé que Charles s'apprêtait à partir sur la pointe des pieds, croyant Julie endormie.

— Charles, où vas-tu ? demanda une voix ensommeillée.

— Mon ange, souviens-toi. Le devoir m'appelle au fort. J'ai encore plusieurs choses à régler avant de partir pour Québec. Je te retrouve chez tes parents pour le dîner, dit-il en posant de légers baisers sur ses joues. Rendors-toi, madame de Salaberry.

Julie savoura les gestes de tendresse et referma les yeux en se pelotonnant dans son lit. De la cour monta le son des voix étouffées d'Antoine et de Charles, suivi du bruit des sabots sur le chemin qu'elle n'entendit même pas, car le sommeil l'avait déjà reprise.

Lorsque Julie s'éveilla enfin, elle était seule dans cette chambre qui lui apparaissait encore plus petite que celle qu'elle occupait au manoir familial. Mais il lui plaisait d'être pensionnaire à l'auberge de monsieur Vincelet avec cette impression exaltante d'être au début d'une longue aventure.

Elle se leva pour tirer les rideaux. Le soleil montait maintenant à l'horizon et les eaux du bassin se couvraient d'une couleur argentée, robe de fée drapée dans la lumière pâle du matin. Julie vit dans cette beauté céleste un présage de félicité et elle s'étira longuement avant de farfouiller dans son coffre de voyage pour en retirer un déshabillé de jour qu'elle enfila sur sa chemise de nuit. Un léger accroc à la manche lui rappela ce qui s'était passé, la nuit précédente.

Charles de Salaberry, son époux. L'aimait-il avec autant d'ardeur que cette nuit le laissait supposer ? Entre eux s'était déjà installée une forme de complicité qu'elle ressentit si fortement qu'une joie bienfaisante la parcourut. Désormais, ils n'existeraient plus l'un sans l'autre, croyait-elle.

Julie s'examina longuement dans un petit miroir qu'elle avait glissé dans sa trousse de voyage. La mallette de cuir brun comportait de nombreux compartiments pour ranger une brosse à cheveux, des peignes, une boîte de faïence renfermant une brosse à dents, de la poudre à dents, un peu de savon, du lait de rose pour laver le visage et les mains, un flacon de parfum et un autre de sels volatils, ses bijoux, ainsi que de petits ciseaux et du fil. Elle offrit un pâle sourire à l'image que lui renvoyait le miroir. Cela se voyait-il dans son visage ? Non, rien ne semblait avoir changé depuis hier, sinon qu'elle avait les traits légèrement tirés.

Elle appela sa soubrette qui n'était pas loin. Jeanne se présenta avec un plateau sur lequel étaient disposés café, pain, beurre frais et confitures, suivant les ordres du major qui avait veillé à ce que le confort de sa dame soit parfait.

— Madame ? fit Jeanne avec une petite révérence et un sourire qu'elle croyait de circonstance, devant une jeune mariée.

— C'est l'heure de m'habiller et de me coiffer. Mais auparavant, débarrasse ceci, dit Julie d'un ton ferme en désignant le drap souillé.

— À vos ordres, madame.

La jeune fille s'empressa de défaire le drap. Julie se détourna pour jeter un dernier regard par la fenêtre pendant que disparaissaient les traces de son innocence perdue.

∾

Malgré l'heure matinale, il régnait aux alentours du fort de Chambly une activité frénétique qu'on n'avait pas vue depuis longtemps. Des régiments y affluaient et l'appel du matin avait annoncé le début de la journée pour les soldats. Des charrettes de victuailles, viandes, pains, barils de pois, de rhum, charretées de foin, de bois et combien d'autres marchandises circulaient sur le chemin du Roi en direction du campement. Bientôt, le manque de logement au village n'allait pas tarder à se faire sentir.

Mais ce n'était pas tous ces détails – qui devaient être réglés par les maîtres de baraque et les autres fonctionnaires, militaires ou non – qui préoccupaient le commandant des Voltigeurs canadiens, en ce lendemain du jour de ses noces, où il devait se priver du plaisir de se prélasser avec sa femme, mais bien l'arrivée des premières compagnies pour l'entraînement.

À peine formé, le corps des Voltigeurs suscitait beaucoup d'enthousiasme chez les Canadiens âgés de dix-neuf à trente ans et quelques capitaines, notamment le capitaine Joseph Perrault, convoqué le matin même par Salaberry. Le major l'avait désigné pour le remplacer pendant une quinzaine de jours, car il devait s'absenter pour un voyage à Québec où l'attendait le gouverneur Prévost. « Arrivez au plus tard le 23 mai », mentionnaient les ordres. Mais cette fois, Julie l'accompagnerait et ils se rendraient tous les deux à Beauport.

Au froncement de ses sourcils, on voyait tout de suite que le commandant des Voltigeurs était préoccupé. Il devait s'assurer que l'entraînement des premières recrues se déroule selon ses vœux. Et seul un officier d'expérience pouvait le remplacer convenablement, ce pour quoi il avait convoqué l'homme qu'il avait devant lui.

Perrault entra et se mit au garde-à-vous. Sachant que le major s'était marié la veille, le voir avec la mine grave, si peu conforme à l'état de nouveau marié, surprit le capitaine.

— Assoyez-vous, l'invita Salaberry en lui désignant une chaise.

Le visage rond et l'air satisfait de celui qui avait réussi sa vie, à l'aube de la soixantaine, Perrault était un recruteur zélé ; il avait été l'un des premiers à obtenir la commission de capitaine d'une compagnie dans le régiment de Salaberry.

Toutefois, les autorités militaires avaient dû mettre un frein à son enthousiasme patriotique. Perrault exagérait parfois, promettant par exemple que les engagés auraient droit à des terres après la guerre. Mais aux yeux du commandant en chef des Voltigeurs canadiens, le plus grave défaut du capitaine Perrault était surtout qu'il dépensait outre mesure. En octroyant une allocation beaucoup plus élevée que prévu à ses recrues, afin de les attirer, il s'était retrouvé par la suite sans argent pour acheter des provisions, provoquant du mécontentement dans les troupes. Par contre, c'était le seul homme expérimenté à sa disposition pour le remplacer pendant qu'il serait à Québec.

Salaberry désigna les feuillets sur la table. Il s'agissait des instructions détaillées pour l'entraînement des Voltigeurs, qu'il avait complétées le matin de son mariage. Tout était prévu, constata Perrault. Même les détails sur la propreté des chambres et des tentes étaient notés : chaque jour, les paillasses des lits devaient être aérées.

— Les ordres ont été écrits expressément en français afin que tous les comprennent, ce dont vous devez vous assurer, expliqua le major. C'est pourquoi vous exigerez de vos subalternes qu'ils les lisent matin et soir.

— Chaque jour ?

— Chaque jour, répéta Salaberry d'un ton sans réplique.

Ils repassèrent une à une les diverses étapes de l'entraînement des soldats : l'exercice, la parade, le rôle des officiers subalternes.

— L'appel du matin est à cinq heures et une demi-heure plus tard, les officiers sont convoqués à l'entraînement. Après le dîner, les capitaines enseignent à leur tour ce qu'ils ont appris le matin aux membres de leur compagnie. Le dernier appel est prévu à neuf heures du soir.

— Mais les hommes seront crevés ! protesta Perreault.

— Possible, répondit Salaberry, imperturbable, connaissant la recette pour transformer un homme en bon soldat. Ainsi, ils n'auront guère l'envie d'aller au cabaret.

— À vos ordres, major, conclut Perrault, les yeux rivés sur le document de quatre pages couvertes d'une petite écriture serrée.

— Bien. Une dernière chose, capitaine. Dimanche, messire Bédard, le curé de la paroisse, célébrera une messe supplémentaire pour nos hommes. Veillez à ce que tous soient présents à l'église. Je serai absent une dizaine de jours, au plus. Soyez à la hauteur de la tâche.

— Partez sans crainte, major, assura le capitaine en se mettant au garde-à-vous.

Salaberry le congédia et consulta sa montre de gousset : huit heures. Il se demandait ce que faisait Julie. Était-elle réveillée ? Il la reverrait chez les Rouville, où ils étaient attendus pour le repas de midi. Il avait de quoi s'occuper jusqu'à cette heure, avec le nombre de tâches qui l'attendaient. Mais le temps lui apparut infiniment long avant qu'il ne la retrouve. Il soupira.

— Antoine ! cria-t-il.

— Major ?

— Charrette ou calèche, réquisitionne ce que tu trouveras, et retourne chez Vincelet. Dès que madame de Salaberry sera prête, ramène-la ici même, que je puisse lui dire bonjour ce matin.

— À vos ordres, major ! C'est comme si c'était fait, répondit le domestique.

Arrivé dans la cour intérieure du fort, Antoine partit à la recherche d'un véhicule approprié en réfléchissant aux bienfaits du mariage. « Mon maître semble bien amoureux de sa charmante petite femme », songea-t-il. Il souriait en franchissant la porte cochère.

Un peu plus tard, dans la matinée, une calèche menée par le domestique quittait l'enceinte du fort avec à son bord une Julie rougissante, recoiffée à la hâte.

❦

De bon matin, Emmélie Boileau se présenta à la porte de la maison des Talham. L'heure était inhabituelle pour faire des visites, mais elle tenait à s'expliquer auprès de Marguerite qui l'avait vue au bras d'Ovide, le jour des noces chez Vincelet. Tout en agitant le heurtoir de bronze de la porte, elle ignorait encore comment elle aborderait le sujet. Ces derniers temps, il lui semblait que les émotions s'amoncelaient et que ses épaules, pourtant solides, s'affaissaient. Son père se faisait insistant pour qu'elle accepte les hommages du fils Rouville. Et sa sœur qui allait bientôt se marier et partir à Saint-Marc, la laissant seule avec l'éducation de Zoé et leurs parents vieillissants. Heureusement, les lettres qu'elles recevaient de Louis-Joseph Papineau, toujours à Québec, lui apportaient réconfort et distraction.

Aurai-je le bonheur de vous revoir cet été, chère demoiselle ? J'ignore quand, tant mon emploi du temps est rempli, mais je ferai tout pour aller à Chambly. Il me tarde de vous revoir, avait-il écrit la dernière fois. Emmélie aussi aurait aimé sa visite, mais elle ne se faisait guère d'illusion. Célibataire, Papineau serait probablement invité à joindre un bataillon de la milice d'élite, avec pour résultat qu'il serait encore moins libre.

Des jeunes gens défilaient sur le chemin du Roi qui passait devant la maison des Talham, marchant dans la direction du fort afin de rejoindre leur compagnie de voltigeurs. Par dérision, quelques-uns d'entre eux chantaient même *Yankee Doodle*, l'hymne patriotique des Américains depuis la guerre de Sept Ans.

— Demoiselle, un baiser pour un brave qui fera la chasse aux Bostonnais ? osa un insolent qui avait l'air de ne pas avoir plus de dix-huit ans.

— Voyez, ajouta l'autre en désignant sa cartouchière, je vous défendrai, la belle, j'ai des pilules contre les Yankees !

Emmélie s'efforça de sourire en les chassant, puis leur envoya la main en signe d'encouragement, nullement intimidée par l'insolence des volontaires. Mais lorsque Lison vint ouvrir, son apparition déclencha des sifflements admiratifs, et la servante s'en offusqua.

— Entrez vite, mademoiselle Boileau, avant que ces garnements ne montent sur la galerie. Ils en seraient bien capables. Apparence qu'ils ont rencontré le fond de leur gobelet plus d'une fois en chemin.

— Mais non, Lison, ils n'oseront pas, la rassura Emmélie tout en sachant que rien n'arrêtait ces jeunes débordant d'enthousiasme.

« Sa peur est certainement la meilleure défense devant ces audacieux », se dit Emmélie. Les idées de grandeur venaient facilement à ces garçons, au départ pas malicieux pour deux sous, qui endossaient pour la première fois un uniforme, devenant ainsi irrésistibles aux yeux de plus d'une demoiselle. C'était connu.

Emmélie trouva Marguerite assise dans son fauteuil préféré, à allaiter sa petite Marie-Anne. Des bruits au-dessus de sa tête confirmèrent que les autres enfants jouaient à l'étage. Mais la rumeur de la visite de tante Emmélie chez les Talham se répandit rapidement et bientôt Melchior, Eugène et le petit Charlot se précipitèrent sur elle.

— Tante Emmélie, ça fait longtemps que tu n'es pas venue ! s'écria Melchior.

— Tante Mélie ! émirent aussitôt les petites voix d'Eugène et de Charles qui prononçaient ainsi son prénom.

Elle ouvrit les bras et accueillit avec joie les baisers mouillés de Charles. Eugène y alla même d'un salut très étudié pour un petit bonhomme de six ans.

— J'ai quelque chose pour vous, dit-elle d'une voix douce, en sortant de son réticule des bâtons de sucre d'orge.

Melchior leva sur sa mère des yeux interrogateurs.

— Maman, est-ce que nous avons la permission ?

Marguerite acquiesça d'un hochement de tête.

— Mais auparavant, voyons voir si vous méritez ma petite surprise, fit Emmélie. Melchior, tu peux me lire une page du *Petit Carême* ?

Le garçon sortit de la pièce en courant pour revenir avec le livre de prières qu'avait écrit l'abbé Massillon pour le jeune Louis XIV, et qui faisait partie de l'éducation des enfants.

— Je t'écoute, fit Emmélie.

Melchior lut la page sans effort.

— Voilà qui est bien. Et toi, Eugène, peux-tu me tracer les lettres de l'alphabet sur l'ardoise ?

Le bambin traça un « A » laborieux en se concentrant.

— Que voilà des enfants bien élevés ! complimenta Emmélie en se déclarant satisfaite. C'est un plaisir que d'avoir d'aussi gentils neveux, ajouta-t-elle en distribuant les friandises aux enfants ravis.

Puis elle tendit les bras vers Marguerite qui berçait sa petite.

— Avant que cette merveille ne retrouve son berceau, j'aimerais la prendre un peu dans mes bras. Je n'ai pas eu la chance de la dorloter par les temps qui courent et son aimable marraine qui vient de se marier risque d'être souvent absente.

Le visage de Marguerite se troubla.

— C'est vrai que tu sembles passablement occupée. Depuis la naissance de Marie-Anne, je ne crois pas que tu sois venue ici plus de trois ou quatre fois.

Dans la voix de sa cousine, il y avait plus que des reproches amicaux et Emmélie constata qu'elle avait trop tardé pour lui rendre visite ; l'amitié qui les liait depuis leur enfance était peut-être menacée.

— Demande à Lison de préparer du bon café, proposa-t-elle. Allez, ouste ! Les enfants, retournez à vos jeux. Votre mère et moi souhaitons bavarder sans être dérangées.

Les enfants se sauvèrent et Emmélie se demanda par où commencer. Une fois Lison disparue après avoir laissé sur la table basse tout ce qu'il fallait pour le café, Emmélie servit une tasse à Marguerite avant de se servir elle-même. Madame Talham ne faisait aucun effort pour être aimable.

— Je ne sais pas comment te dire… commença Emmélie avec maladresse.

— Alors, ne dis rien, grogna Marguerite.

— Je t'en prie, fit Emmélie, déterminée à aller jusqu'au bout de cette conversation, ne te comporte pas comme Sophie qui me rabroue dès qu'elle est contrariée. Tu désapprouves le fait que je me sois trouvée avec Ovide de Rouville le jour des noces de Julie.

Marguerite la dévisagea. Chagrinée par la perspective d'un mariage entre Emmélie et cet homme – ce qui l'éloignerait à jamais de sa cousine –, elle ne pouvait s'empêcher de craindre pour celle-ci et ne savait comment l'exprimer sans se trahir.

— Certains vont jusqu'à dire qu'il y a une promesse d'engagement entre vous. Je suppose que tes parents voient cela d'un très bon œil, ajouta-t-elle, pleine d'amertume.

— Mais je suis persuadée que ce n'est pas ton cas, je me trompe ? riposta Emmélie avec une nuance inhabituelle dans la voix.

Marguerite se renfrogna.

— Ce ne sont que des rumeurs, Marguerite, alimentées par le fait que le fils Rouville multiplie les occasions pour se trouver près de moi. L'autre jour, je n'ai pas eu d'autre choix que d'accepter sa compagnie, au risque de provoquer un scandale devant tout le monde. Et ce n'est pas la première fois. Mais cet homme ne m'intéresse pas. En fait, je le déteste.

— Oh ! laissa échapper Marguerite, soulagée. Je ne l'aime pas non plus. Il est méchant.

— Sois sans crainte, je sais exactement à quoi m'en tenir sur son compte. Mais j'ai le sentiment de me débattre dans une cage comme un animal pris au piège. Mon père se flatte de voir un Rouville me faire ouvertement la cour. Pour ma part, je ne vois qu'une seule explication à ce mystère : il convoite une dot, qu'il surestime sans doute. Car il sait exactement à quoi s'en tenir sur mes sentiments. Je ne me suis pas gênée pour le lui dire, crois-moi.

— J'ai si peur pour toi ! s'exclama spontanément Marguerite.

Par cet aveu involontaire, elle entrouvrait la porte des confidences pour Emmélie. Mais cette porte se referma aussitôt.

— Et de quoi ma petite fleur a-t-elle si peur ? demanda la voix d'Alexandre qui venait d'entrer.

— Docteur Talham, le salua Emmélie, déplorant le retour inopiné du docteur qui coupait court aux révélations.

Celle-ci était venue dire à Marguerite qu'elle connaissait son secret, mais il semblait bien que le moment n'était pas encore venu. Toutefois, l'essentiel avait été dit et Marguerite cesserait de se tourmenter à propos des prétentions d'Ovide.

— Quel plaisir de vous voir, chère demoiselle Boileau, dit aimablement le docteur. Ce qui nous donne droit à du café ! Et il est chaud, par-dessus le marché. Je suis épuisé. La vie militaire n'est pas faite pour un homme de cinquante-trois ans... et de ma panse, ajouta-t-il en se tapotant le ventre.

— Docteur Talham, je crois que vous cherchez à vous faire flatter, répondit Emmélie avec espièglerie. Vous avez encore votre taille de jeune homme.

— Hum ! murmura le docteur avec une fausse hésitation. Bon, j'accepte le compliment.

Et il se servit lui-même du café.

— Alors, dites-moi, quelles sont ces craintes qui viendraient troubler ma femme ? J'ai été mobilisé pour être le chirurgien du bataillon du colonel de Rouville, je ne cours pas un grand risque.

— Eh bien... hésita Emmélie. Marguerite, je n'ai pas eu le temps de t'annoncer que Godefroi s'est engagé comme Voltigeur... dans la compagnie de monsieur de Rouville.

— Non ! se glaça d'effroi Marguerite.

Le docteur s'approcha pour l'entourer de ses bras.

— Voyons, il faut aussi des braves pour défendre notre pays. Tu dois être fière de ton frère et nous prierons tous pour qu'il revienne indemne de la guerre. Mais je vous comprends, mesdames. C'est en quelque sorte une vérité universelle qu'en temps de guerre, les femmes ne cessent de s'inquiéter pour les hommes. Comment faire autrement ?

— Ce sont de sages paroles, docteur, soupira Emmélie qui partageait les sentiments de sa cousine. Nous n'y pouvons rien. La guerre sera bientôt là.

Après avoir bu son café, et convaincu d'avoir rasséréné sa « petite fleur », le docteur se dirigea vers son apothicairerie pour y préparer les remèdes qu'il apporterait demain à certains de ses patients, à moins que ces derniers ne viennent les quérir à domicile. Marguerite l'avait déjà secondé dans cette tâche. Mais, de plus en plus, l'éducation des enfants prenait tout son temps et elle se rendait moins souvent dans le cabinet de son mari qu'au début de leur mariage.

— Mon Dieu, Emmélie, ce pauvre Godefroi ! gémit Marguerite.

— Cesse de te tourmenter, nous sommes tous logés à la même enseigne. René a été conscrit. Le colonel de Rouville lui a confié le poste de quartier maître, mais aux dépens de monsieur Lukin qui convoitait la place.

— Oh ! s'écria Marguerite. Le beau-frère des demoiselles ! Nous ne sommes pas au bout de nos peines ; elles ne pardonneront pas cet affront.

— En effet, soupira Emmélie.

Son frère lui avait raconté la scène qui s'était déroulée au manoir où le colonel l'avait convoqué ainsi que David Lukin, un homme de haute stature à la chevelure poivre et sel.

— Le notaire est tout désigné pour occuper cette fonction qui consiste à s'occuper de l'approvisionnement du bataillon, avait expliqué le colonel au marchand. Je vous réserve un autre emploi.

— Tout le monde sait que vous favorisez vos amis Boileau, avait répondu le marchand, outré, surtout depuis l'affaire du ponceau où vous avez refusé de défendre ceux de votre classe. Ce revenu aurait été le bienvenu pour ma famille qui est nombreuse. Je me plaindrai à mon parent, Vassal de Monviel, l'adjudant général de la milice.

— Le colonel n'est pas homme à se laisser influencer par des menaces, remarqua Marguerite.

— Je suis persuadée qu'il a choisi mon frère pour ses qualités, et non par favoritisme. Mais je ne crois pas que les Niverville et les Lukin voient les choses de cette façon.

— Monsieur Lukin est un parent de monsieur Vassal de Monviel ? Comment cela se fait-il ?

— C'est un lien bien ténu, expliqua Emmélie. Tu te rappelles que madame de Niverville mère était une Baby ? Les Baby sont apparentés par alliance aux Perrault et le capitaine Perrault est le beau-frère de Vassal de Monviel. Les liens de famille comptent pour l'octroi des postes qui rapportent dans les bataillons de la milice d'élite.

❧

Emmélie partie, Marguerite reprit son ouvrage abandonné. Mais il lui était impossible de bien se concentrer pour faire les points invisibles destinés à raccommoder la culotte d'un des garçons. Dans sa tête, ses pensées se livraient à une course désordonnée. L'arrivée d'Alexandre avait interrompu Emmélie. N'avait-elle pas dit qu'elle partageait ses appréhensions à propos du fils Rouville ? Que savait-elle exactement ?

Son secret s'éventait… Que ferait-elle, s'il parvenait un jour aux oreilles d'Alexandre ? Elle redoutait ce moment et faisait tout pour qu'il n'arrive jamais. Laissant tomber son raccommodage, elle se dirigea vers la cuisine pour voir aux repas de la journée. Marguerite avait grandement besoin de se changer les idées.

❧

À la ferme des Lareau, sur le chemin de la Petite Rivière, Victoire ne décolérait pas.

— Nous sommes des cultivateurs, pas des soldats ! pestait-elle furieusement. Laisse donc ça aux gars de la ville qui sont sans ouvrage. Ceux-là, ils ne savent pas quoi faire de leurs dix doigts. Tu aurais dû nous en parler avant. Jamais je n'aurais donné mon accord, ajouta-t-elle, oubliant que son fils, majeur, pouvait se passer de sa permission.

— Mais vous étiez là, l'autre dimanche, à la porte de l'église, quand le capitaine de milice a lu l'annonce : *braves et loyaux compatriotes, le sang qui animait vos pères coule encore dans vos veines, pour le salut de vos propriétés et de votre religion*, rappela le jeune homme, déçu de la réaction de sa mère.

« C'est vrai », se dit Victoire qui s'en voulait maintenant de ne pas avoir prêté plus d'attention aux réactions de Godefroi quand on lisait l'appel de volontaires pour le corps des Voltigeurs. Godefroi, qui répétait à qui voulait l'entendre que sa sœur Marguerite avait assisté au mariage du major Salaberry. Jamais elle ne s'était doutée que cet enthousiasme se traduirait par un engagement.

— Et qui m'aidera à faire les moissons ? demanda avec aigreur Noël, l'aîné des fils, qui faisait désormais office de chef de famille depuis que ses parents lui avaient fait donation de la terre et de la ferme.

— Sacrédié ! intervint François Lareau. Je ne suis pas encore bon pour la tombe.

Noël observa son père. François Lareau avait passé toute sa vie à cultiver la terre et à prendre soin des troupeaux à la ferme ancestrale des Lareau, sur le chemin de la Petite Rivière, ce qui ne l'avait jamais empêché de s'intéresser à ce qui se passait ailleurs, à Québec ou à Montréal. Il avait beaucoup vieilli, ces derniers temps, et se plaignait à l'occasion de rhumatisme que n'arrivait pas à soulager le docteur Talham. Mais dans le regard bleu de l'habitant, brillait une lueur d'orgueil.

— Pour ma part, je suis fier que tu défendes notre pays, dit-il à son cadet. Si c'est pas beau ! Un régiment uniquement composé de courageux Canadiens, tous nés au pays ! J'te comprends pas, ma femme. Faut encourager notre Godefroi.

Il se tourna vers l'aîné.

— Toi, Noël, tu es marié. Personne ne viendra te chercher. Mais dans le cas de Godefroi, aussi bien qu'il s'engage volontairement.

— Mais il devra aller se battre ! poursuivit Victoire. Là-bas, en Europe, on dit qu'il en meurt des milliers comme notre Godefroi. Ces jeunes-là, ils ne savent rien de la guerre. La faim, le vol, les récoltes dévastées, les fermes pillées par les uns, le fort incendié par les Bostonnais.

— Justement, mère, il faut des volontaires pour aller se battre et empêcher les Yankees de brûler nos fermes.

— Mais pourquoi t'engager avec le capitaine de Rouville ?

— Par ma vie, mère ! lâcha Godefroi. C'est le beau-frère du major de Salaberry. Et madame de Salaberry est une amie de Marguerite et du docteur. La marraine de ma nièce Marie-Anne !

— Je savais bien que cette affaire-là tournerait mal, maugréa la mère pour elle-même.

— Sacrédié, ma femme ! Mais qu'est-ce qu'il a, le capitaine de Rouville ?

— Il a le mauvais œil, marmonna-t-elle, n'ayant aucune autre réponse à lui faire. Voilà ce qu'il a !

— Superstition, répliqua François Lareau, que l'entêtement incompréhensible de sa femme choquait parfois.

— Moi, ça me suffit ! riposta Victoire.

Comment expliquer à François ce qu'il fallait taire, pour leur salut à tous ? Sans compter que si jamais son mari apprenait que Rouville était l'agresseur de Marguerite, le choc pourrait bien le tuer. À moins que l'infâme ne soit le premier des deux à mourir, de la main du père outragé qui serait alors pendu pour meurtre. Le doux François Lareau pouvait avoir des réactions imprévisibles si on attentait à sa dignité. Autrefois, il avait terriblement souffert de la prétendue faute de Marguerite et vouait une reconnaissance éternelle au docteur Talham qui l'avait épousée, évitant ainsi que sa déchéance soit étalée au vu et au su de tout le village et préservant la bonne réputation dont jouissaient les Lareau dans la région.

Victoire ne pouvait s'empêcher d'en vouloir également au notaire Boileau. René aurait tout de même pu empêcher son fils de faire cette bêtise. À quoi avait-il pensé de laisser Godefroi signer ce maudit papier ?

— Moi, je suis d'accord avec vous, mère, affirma alors la petite Appoline du haut de son poste d'observation privilégié, c'est-à-dire l'une des marches de l'escalier qui menait aux combles où se trouvaient les paillasses des enfants.

La fillette n'avait rien perdu de la conversation.

— Je l'ai vu l'autre jour, chez Marguerite, ton capitaine de Rouville, dit-elle à son grand frère. C'est un homme méchant. Je le déteste. Et Marguerite le déteste aussi.

Sur ces paroles, la petite fille remonta à sa chambre, laissant sa mère stupéfaite.

— Par ma vie ! Mais qu'est-ce qu'elle connaît, celle-là ? s'exclama Godefroi.

Il attrapa plutôt une bûche pour s'asseoir au côté de son père qui fumait sa pipe, près du foyer, et entreprit de décrire en détail l'uniforme des Voltigeurs :

— J'aurai un capot, une veste, un shako en poil d'ours, une paire de souliers, une couverture et aussi un pantalon ! L'uniforme des Voltigeurs canadiens sera gris.

— Un pantalon ? Tu veux dire que tu ne porteras pas de culotte ? demanda son frère, par curiosité.

— C'est nouveau dans l'armée, le pantalon, répondit Godefroi avec l'air d'un connaisseur, et beaucoup mieux pour marcher. Et j'aurai aussi un havresac, pour mettre mes affaires, et un fusil!

François Lareau observa Godefroi. Il avait l'air décidé, sans la moindre crainte sur son visage.

— Dieu te garde, mon fils, dit François Lareau. C'est un état honorable que de vouloir servir sa religion et sa patrie, comme disent si bien les bourgeois. Dame! Je suis fier de toi, répéta-t-il.

Ces dernières paroles arrachèrent un cri à Victoire.

— Les bras de nos garçons sont plus utiles à la ferme qu'à tenir un fusil, lâcha-t-elle. Aller se faire tuer loin de chez soi! Et pour qui?

— Mère! Faut chasser les Bostonnais. Avec le major de Salaberry, y'a aucune crainte à y avoir. Il sait comment faire la guerre. Vous verrez, on les chassera, les Yankees.

Godefroi s'approcha d'elle et lui tendit une pièce.

— Voyez, je rapporterai aussi de l'argent.

Victoire jeta un coup d'œil à la pièce d'une livre.

— Rappelle-toi que je ne t'ai pas mis au monde pour que tu meures bêtement, dit-elle en s'efforçant de dissimuler son émotion.

— Je m'en souviendrai, mère.

Victoire baisa brièvement le front de son fils qui fila à l'étage pour rassembler quelques affaires dans sa besace. Puis elle s'en retourna brasser le contenu du chaudron qui pendait à la crémaillère. Des larmes furtives se mêlèrent au ragout qui mijotait depuis le matin.

Chapitre 19

Les débuts d'une jeune mariée

Salaberry avait réservé une des rares cabines destinées aux passagers de l'*Accomodation*, propriété du brasseur de Montréal John Molson, le seul bateau à vapeur à offrir une liaison fluviale entre Montréal et Québec. Julie n'avait encore jamais voyagé sur cet étrange bâtiment à faible tirant d'eau qui naviguait au moyen de deux grandes roues à aubes et que tous désignaient sous le nom de *steamboat*.

— C'est formidable ! dit Charles qui avait déjà fait plusieurs fois l'aller-retour entre les deux grandes villes du Bas-Canada. Ne t'inquiète pas, le bateau possède aussi des voiles. Nous dormirons à la hauteur de Trois-Rivières et demain, nous serons à Québec. Rends-toi compte du temps gagné par rapport à ce qu'il en était autrefois !

Mais naviguer à la voile entre Montréal et Québec, à la merci des courants et des vents contraires, demandait parfois plusieurs jours.

— Tant que tu es avec moi, je ne crains rien, dit Julie en passant son bras sous celui de son mari, soupirant d'aise du seul fait d'être à ses côtés.

Julie s'habituait facilement à la vie commune, au bonheur de partager le lit de l'auberge de monsieur Vincelet avec Charles, de respirer son odeur musquée quand il l'enlaçait avant de s'endormir. On le disait dur et sévère avec les hommes, impitoyable même, mais avec elle, il se révélait plein d'égards, l'entourant de soins délicats comme si elle était une porcelaine précieuse, et c'était une sensation merveilleuse que de se sentir ainsi le centre de l'Univers. La vie d'épouse d'officier se révélait grisante, exaltante.

En arrivant à Montréal, peu de jours avant leur départ pour Québec, Julie avait rencontré les Rottenburg que Charles lui avait présentés comme des amis, et elle avait immédiatement succombé au charme de Caroline qui n'avait que trois ans de plus qu'elle.

— Ainsi, c'est vous qui avez conquis notre cher major, la complimenta l'épouse du général de Rottenburg en l'embrassant avec chaleur.

— Quant à moi, j'aurai plaisir à faire plus ample connaissance, chère madame de Salaberry, puisque je voyagerai avec vous jusqu'à Québec, ajouta le général.

Caroline avait tenu à accompagner Julie pour d'indispensables emplettes rue Saint-Paul, et ces dames avaient sympathisé pendant que Julie commandait de la vaisselle et de l'argenterie pour son nouveau foyer, un logement plus spacieux que la petite chambre de célibataire de Charles. Antoine s'occuperait de meubler le logis pendant leur absence puisque les Salaberry résideraient principalement à Montréal, avec de longs séjours à Chambly où étaient cantonnés les Voltigeurs et d'autres régiments placés également sous le commandement du major de Salaberry.

Tout à sa découverte de sa vie de femme mariée, la guerre n'était encore qu'une vague menace pour Julie, même si le nombre de soldats et de miliciens circulant dans les rues de Montréal augmentait un peu plus chaque jour.

Aujourd'hui, la jeune madame de Salaberry découvrait une autre passion de son mari : il était fasciné par les nouveaux bateaux à vapeur.

Ils venaient à peine d'embarquer sur l'*Accomodation* que Charles désigna un homme qui s'apprêtait à monter à bord.

— Ma parole, Julie, voici monsieur Molson !

Venu faire une inspection de son bateau, John Molson reconnut à son tour le commandant des Voltigeurs canadiens et s'empressa de se diriger vers eux pour les saluer.

— Major ! Bienvenue à bord.

Le regard clair de John Molson illuminait un visage buriné, marqué par l'existence trépidante d'un entrepreneur aux multiples facettes.

— Monsieur Molson, permettez que je vous présente mademoiselle de Rouville, de Chambly, désormais madame de Salaberry depuis quelques jours. Figurez-vous qu'elle n'est encore jamais montée à bord de votre vapeur.

Le ton admiratif de son mari en parlant au personnage intrigua Julie et plus tard, lorsqu'ils auraient regagné leur cabine, Charles lui raconterait ce qu'il savait sur John Molson et ses affaires.

Né en Angleterre, celui-ci était orphelin, mais issu d'une famille relativement aisée. Doté d'un tempérament aventurier, le jeune homme avait choisi d'immigrer à dix-huit ans, et en peu de temps, il avait acquis Caldwells Manor, une grande terre au sud de Montréal, pour découvrir assez vite que l'état de *gentleman-farmer* ne lui convenait pas. Tout avait alors été revendu.

Molson était plutôt taillé du bois dont on fait les grands fondateurs d'entreprise. Il voyait loin. Le commerce des fourrures périclitait et l'import-export se révélant trop hasardeux, parce que soumis aux aléas des traversées maritimes, il avait fondé une brasserie et encouragé la culture de l'orge chez les propriétaires terriens en achetant leur récolte. À l'est de la ville, dans le faubourg Québec, l'édifice en pierre de la brasserie faisait désormais partie du paysage de l'île de Montréal. Téméraire à plus d'un chapitre, il avait épousé sur le tard sa compagne Sarah Insley Vaughan, bien après la naissance de leurs trois fils, le jour où il devint impératif de légitimer les héritiers d'un empire promis à un avenir florissant. Le mariage avait été célébré alors que l'aîné, prénommé John comme le père, avait déjà quatorze ans.

Dans la foulée des premiers *steamboats* qui sillonnaient le lac Champlain dans la région de Burlington, Molson avait rapidement saisi tous les avantages qu'il y avait à tirer d'un monopole du transport sur le Saint-Laurent. Pour faire construire le premier navire à vapeur au Canada, il avait acquis les plans du constructeur américain Robert Fulton. L'entreprise, risquée, avait englouti la somme faramineuse de deux mille livres. Mais le 1er novembre 1809, l'*Accomodation* affrontait le fleuve dans son premier périple vers Québec à la vitesse folle de cinq milles à l'heure.

— Madame de Salaberry, vous me voyez enchanté de faire votre connaissance, dit Molson en la saluant, et si vous le permettez, je serais très heureux de combler votre curiosité. Mon *Accomodation* n'a rien d'un rafiot, mais il sera bientôt remplacé par un nouveau bâtiment, le *Swiftsure*, que nous mettrons à l'eau cet été. Avec tous ces déplacements de troupes de Québec vers Montréal, un bateau plus récent s'avère nécessaire.

— Avec la guerre, ce type de bateau à fond plat se développera rapidement et nous n'aurons rien à envier aux États-Unis, approuva Salaberry.

— Le *Swiftsure* offrira tous les avantages de la modernité. Vous pourrez vérifier mes dires lors d'un prochain passage, ajouta Molson.

— Comment fonctionne votre machine ? demanda Julie. Je vois pourtant deux mâts et des voiles.

Molson se tourna vers la grève pour montrer, d'un large geste de la main, les nombreux amoncellements de bois cordés.

— Du pin rouge et d'autres essences de bois franc alimentent la machine pour produire la vapeur qui actionne cet ingénieux système de roues gigantesques. Mais rien n'empêche d'utiliser également la force du vent pour gagner de la vitesse. Venez, les invita Molson.

Il s'effaça pour les laisser passer. Un escalier étroit menait à la salle où se trouvaient la machine et les chaudières. Au milieu du bateau s'élevait une haute cheminée. « On dirait plutôt un gigantesque tuyau de poêle », songea Julie.

— Est-ce possible d'envisager qu'un jour, on arrivera à naviguer sans voilure ? demanda Salaberry.

— Certains en doutent mais moi, j'y crois ! affirma John Molson. Avec les progrès de la science, tous les espoirs sont permis.

L'espace d'un instant, Charles s'imagina être propriétaire d'un bateau porteur de marchandises et de passagers. Son grand-père, Michel de Salaberry, n'avait-il pas été capitaine de navire marchand avant de faire la guerre ? Un rêve extravagant qu'il chassa vite de son esprit. Il était un officier de l'armée britannique et son rôle était de défendre le pays.

— On dit que vous avez soumis une demande à la Chambre d'assemblée pour obtenir le monopole du transport sur le fleuve, avança l'officier en espérant en apprendre un peu plus sur cette question qui avait été chaudement débattue par les députés.

Lui-même jugeait la concurrence comme un excellent stimulant. Mais Molson envisageait les choses autrement.

— Voyez-vous, major, mon désir était de regrouper les forces de ce marché, cependant j'ai malheureusement l'impression que ces messieurs de la Chambre d'assemblée ont une tout autre opinion, soupira Molson qui en avait néanmoins pris son parti.

Monopole ou pas, rien ne l'empêcherait d'en mener large sur le fleuve Saint-Laurent.

— Je songe à faire construire un quai à Montréal. Vous serez d'accord avec moi qu'il est invraisemblable qu'une ville située sur une île en soit toujours dépourvu.

Il y avait bien, devant une taverne du faubourg Québec, une misérable jetée, un ouvrage indigne de porter le nom de quai où accostait le bac en provenance de Longueuil. Les rives de l'île de Montréal n'étant pas aménagées, charger ou décharger les bateaux au moyen de canots s'avérait une tâche hasardeuse. Pourtant, de grands voiliers comme l'*Everetta*, un bateau de haute mer qui appartenait à la Compagnie du Nord-Ouest, se rendaient jusqu'à Montréal pour livrer les marchandises de traite après avoir fait escale à Québec.

Monsieur Molson prenait déjà congé.

— Il ne faut pas trop accaparer les jeunes mariés, salua-t-il aimablement.

Charles et Julie lui dirent au revoir avant de partir à la recherche de leur cabine, du côté de la poupe. Sur un mur, un écriteau attira le regard de la jeune femme. Il s'agissait des consignes et des règlements. En résumé, il était interdit de fumer ou de se laver dans les cabines, de cracher sur le sol ou de se mettre au lit avec des souliers. Julie fit une prière intérieure pour que les draps du lit de la cabine soient propres.

Le voyage se déroula sans anicroche, si ce n'est qu'à l'embouchure de la rivière Chambly, le vapeur évita de justesse un train de bois. Pour le reste, les Salaberry arrivèrent enfin à Québec où ils étaient attendus par la mère de Charles et ses sœurs, avec une impatience qu'on imaginait facilement.

❧

Au manoir de Beauport, les demoiselles Adélaïde et Amélie s'émerveillaient d'avoir enfin une belle-sœur. Toute la journée, le joyeux bavardage des trois jeunes femmes qui papotaient faisait oublier la tristesse des habits de deuil et Julie passa rapidement du statut de « très chère belle-sœur » à celui, plus affectueux, de « chère sœur ».

— Mon ange, tu arrives comme un rayon de soleil dans la vie de ma famille, dit Charles à Julie, lorsqu'ils se retrouvèrent, le soir, à l'heure du coucher. En quelques heures, tu as fait plus que tous les toniques et les remèdes des médecins.

Sa pauvre mère avait renoncé à dormir. Dès qu'elle fermait les paupières, Maurice et François lui apparaissaient avec leur visage d'enfant, gémissant de fièvre, leurs mains tremblantes tendues vers elle, ils l'appelaient et elle ne pouvait venir. Un cauchemar terrifiant, insupportable ! Mais depuis l'arrivée de Salaberry et Julie, les habitants du manoir de Beauport constataient que ses nuits s'allongeaient. Au bout de quelques jours, le teint de madame de Salaberry avait repris quelques couleurs et on pouvait croire que le malheur était enfin chose du passé.

Son époux la voyait reprendre goût à la vie avec soulagement. Monsieur de Salaberry devait bientôt partir avec son bataillon. Et comme toujours en de telles circonstances, Catherine s'occuperait de gérer la seigneurie en son absence.

Il était environ quatre heures de l'après-midi et les jeunes dames, au retour d'une promenade dans Beauport, se détendaient autour d'une collation. Charles était à Québec pour une réunion avec l'état-major et Louis était allé prendre ses instructions auprès de monsieur Vassal de Monviel, l'adjudant des milices. Le père et le fils devaient être à la veille de rentrer.

— Ainsi, demanda Amélie à Julie, vous n'étiez pas venue à Québec depuis votre enfance ?

— Maintenant que je revois votre belle maison, les souvenirs me reviennent, répondit Julie en posant sa tasse sur une table basse. Par contre, j'avais oublié Québec, toute cette agitation au port et dans la Basse-Ville ! Pour moi qui suis habituée à la vie tranquille de Chambly, je dois dire que je suis tombée sous le charme de ces rues grouillantes et animées. Et les dizaines de bateaux ancrés face au port et partout sur le fleuve ! On dirait un spectacle à grand déploiement ! Je suis émerveillée.

— Il faut dire qu'à cette période de l'année, il entre des bateaux chaque jour, précisa Adélaïde. Et depuis le blocus et avec l'approche de la guerre, ils ne se déplacent plus qu'en convoi, de crainte d'une attaque.

Allongée sur son divan habituel, au milieu de nombreux coussins, Catherine de Salaberry tendit la main à Julie.

— Votre mariage me comble de joie. Charles a eu raison de vous épouser et de me donner une nouvelle fille. Approchez, ma chère enfant, et donnez-moi des nouvelles de la santé de mon cher cousin. Comment va votre père ?

La belle dame lui fit une place auprès d'elle sur son divan et Julie respira une subtile odeur de violettes.

— Il va bien, *mère*, dit-elle, appuyant sur ce mot pour que brillent encore les yeux de Catherine, surtout depuis qu'il a repris du service. Je crois qu'il a rajeuni d'un seul coup. Il en a oublié ses rhumatismes et se comporte comme s'il avait encore vingt ans !

— Cher Melchior ! Il a toujours été un homme courageux. Je me rappelle, lorsque nous étions jeunes, pendant cette autre guerre avec les Bostonnais, mon cousin n'était pas aussitôt revenu de son long emprisonnement d'Albany qu'il avait empoché une commission de capitaine. Son lieutenant était votre père, mes filles, mon fiancé. Et les voilà tous deux repartis guerroyer au siège de fort Stanwix, dans la vallée de la rivière Mohawk, dans l'État de New York. Ces deux bandits, ajouta-t-elle en riant, ils m'en ont fait voir de toutes les couleurs.

Son rire sonnait faux, lui rappelant que toute sa vie, elle avait tremblé en attendant le retour d'êtres chers. Julie ne perçut pas la nuance dans la voix de sa belle-mère. Elle se trouvait si bien dans ce vieux manoir aux planchers craquants dont les habitants déployaient entre eux des trésors d'affection. Et Catherine, qui lui offrait tout naturellement sa tendresse maternelle…

— Comme tout change, soupira madame de Salaberry avec une voix lointaine, perdue dans ses souvenirs. Et à Québec, l'*Ewretta* n'était pas encore au port, disiez-vous ?

À Beauport, d'où elle voyait passer sur le fleuve les bateaux arrivant de la lointaine Angleterre, chargés de voyageurs et d'impressionnantes cargaisons, Catherine savait que l'*Ewretta* lui apporterait des nouvelles d'Édouard. C'était le bateau le plus attendu de tous, avec tout le courrier et la *London Gazette*, journal officiel qui donnait les derniers faits du gouvernement et toute l'information concernant l'armée. Car l'Angleterre était en guerre depuis des années et les affaires militaires faisaient partie de la vie quotidienne des Britanniques.

— C'est Charles lui-même qui me l'a fait remarquer, poursuivit Julie, car je ne prête guère attention aux noms des bateaux, comme le font les gens de Québec. À Chambly, nous lisons ces noms dans les gazettes, lorsqu'on annonce leur arrivée, et je crois que nous les oublions aussitôt, ajouta-t-elle en riant.

— J'aime bien que vous appeliez mon fils par son prénom, dit Catherine de sa voix douce. À part ses sœurs et moi, plus personne ne semble se rappeler qu'il se nomme Charles. Même son père et ses frères l'appellent Salaberry…

À cette évocation, Adélaïde et Amélie tressaillirent. Leur mère allait-elle retomber dans une de ses crises de neurasthénie ? Mais si elle avait eu une faiblesse, madame de Salaberry s'était déjà ressaisie.

— Il est temps de voir ce que nous réserve la cuisinière pour le souper, car nos hommes ne tarderont pas à arriver. Allons, mes filles ! dit-elle en incluant Julie. Il faut nous bouger.

Et joignant le geste à la parole, elle se leva avec énergie. Ces dames se dirigèrent vers la cuisine dans un bruissement de tissus soyeux et légers ; avec la fin mai, le temps était de plus en plus chaud. Juin approchait et l'été, qui serait inévitablement mouvementé, car la guerre serait déclarée, s'annonçait quand même avec ses promesses de douceurs ensoleillées.

❧

Sur les hauteurs de Québec, au château Saint-Louis qui servait de résidence à Son Excellence le gouverneur, une partie de l'état-major s'était réunie. Outre le gouverneur

George Prévost, commandant en chef des troupes du Canada, étaient également présents l'adjudant général des milices du Bas-Canada, François Vassal de Monviel, le général Francis de Rottenburg et le major Charles de Salaberry.

— Messieurs, j'attends votre bilan, dit Prévost.

François Vassal de Monviel parla le premier. C'était un homme qui avait déjà entamé la cinquantaine, un militaire aguerri et consciencieux, à qui il était impossible de reprocher quoi que ce soit.

— Votre Excellence, le 20 mai dernier, j'ai ordonné la levée de deux mille hommes pour former les quatre premiers bataillons de la milice d'élite. D'autres suivront. La conscription s'effectue par un tirage au sort parmi les célibataires des milices sédentaires, appelées le plus souvent milices de paroisse. Avec les nombreux engagements volontaires, sauf exception, le recrutement des hommes va bon train.

— Oui, en oubliant les déplorables événements de Pointe-Claire et de Lachine, fit remarquer Prévost en faisant allusion à un mécontentement qui avait tourné à l'émeute dans ces paroisses de l'île de Montréal.

— Mais les esprits échauffés ont fini soit par entendre raison, soit par prendre le chemin de la prison, expliqua Monviel, embarrassé, car certains l'avaient accusé de ne pas avoir bien expliqué la loi.

— Peu importe la nation, une conscription est rarement bien reçue par le peuple, nota avec philosophie le général de Rottenburg.

— *Right!* dit Salaberry. Mais les Canadiens ont à cœur de défendre leur pays, comme je vous l'avais prédit.

— Nous devons surtout vous féliciter de l'enthousiasme dont fait montre la population, *Excellency*, ajouta sans flagornerie Monviel.

Prévost accepta le compliment avec un sourire satisfait. Après le passage du détesté gouverneur Craig et son arrogance hautaine, les députés de la Chambre appréciaient l'intelligence de Prévost. Ce dernier avait su s'attacher l'estime des parlementaires et, par conséquent, la sympathie de la population.

— Je viens de confier à monsieur de Salaberry, père, le commandement du premier bataillon de la milice d'élite, poursuivit Monviel. Il partira sous peu pour Blairfindie. Et le lieutenant-colonel de milice Melchior de Rouville regroupe le deuxième bataillon à Chambly.

— Voilà ma famille fort bien pourvue, dit Salaberry en riant.

Personne ne s'offusquait de voir les liens familiaux influencer les nominations. Monviel lui-même était apparenté à nombre d'officiers de la nouvelle milice d'élite.

Salaberry redevint sérieux.

— J'ajoute que malgré leur âge, ces deux gentlemen ont pour eux la force de l'expérience. Nombre de nouveaux officiers n'ont qu'une simple expérience dans la milice sédentaire, dans le meilleur des cas.

Il pensait à Viger et à son beau-frère Rouville.

— Et vous, Salaberry, où en êtes-vous ? l'interrogea Prévost. Rottenburg m'a appris que vous avez trouvé le temps de vous marier, ajouta-t-il, mi-figue mi-raisin.

— Mais sans négliger mes Voltigeurs, Sir.

— Je vous offre mes félicitations, dit Vassal de Monviel en lui tendant la main. J'espère que nous aurons bientôt le bonheur de rencontrer madame de Salaberry.

— Moi de même, Salaberry, moi de même, grogna Prévost. Alors, où en est votre régiment ?

— En trois semaines, nous avons recruté deux cent soixante-quatre hommes, *Excellency*.

— Ah ! Mais c'est très bon, ça, Salaberry, le félicita Rottenburg.

— Les Glengarry Fencibles recrutent également, annonça le gouverneur. Vous arrêterez ce nombre à trois cents !

— Mais nous avions prévu en recruter quatre cents, protesta Salaberry.

— C'est ainsi, coupa court Prévost.

Le gouverneur songeait à tous ces hommes qu'il fallait équiper de pied en cap pour la guerre et aux moyens d'y parvenir. Des difficultés d'approvisionnement étaient à prévoir et il préférait favoriser cet autre régiment de volontaires qui regroupait surtout des Britanniques.

Salaberry échangea un regard avec Rottenburg qui était tout aussi déçu de cette décision que son aide de camp. C'est à ce moment-là que l'adjudant général Edward Baynes entra précipitamment. Retenu ailleurs, il n'avait pu participer à la réunion d'état-major et un officier qui savait suffisamment écrire prenait des notes pour lui, installé à une petite table dans un coin de la pièce.

L'individu à la mine chafouine qui venait de faire son apparition était l'homme de confiance du gouverneur, son porte-parole en quelque sorte, puisque c'était lui qui rédigeait les ordres généraux pour l'armée. Baynes avait derrière lui une belle carrière d'officier et détestait les Canadiens pour les pendre, à commencer par les Salaberry qui, à son avis, jouissaient de faveurs indues.

— Veuillez m'excuser, Sir, mais je viens tout juste d'apprendre des nouvelles de Lisbonne.

Salaberry sursauta.

— Lisbonne ? Vous auriez donc des nouvelles de Badajoz ?

— Je m'adressais à Son Excellence, s'offusqua Baynes, du haut de sa supériorité britannique.

À ses yeux, les états de service de Salaberry n'effaçaient pas le crime d'être un *native*, un de ces papistes qui flattaient le duc de Kent, ce prince qui était la honte de l'Angleterre en vivant en concubinage avec une Française et s'était entiché de ces *damned Canadians*. Diantrement révoltant ! Des Canadiens qui osaient rêver des hautes sphères de l'armée.

Salaberry s'était frotté plus d'une fois aux préjugés des Britanniques. Et Baynes, un individu mesquin, était certainement le pire de tous. De son désaccord avec Prévost, Salaberry voyait surtout un affrontement entre deux personnalités. Mais la haine de Baynes à son égard était carrément raciale. Il se méfiait de ce lèche-bottes plus que de n'importe qui.

— Alors ? s'impatienta Prévost. Cessez de nous faire languir. Quelles sont les nouvelles ?

— Badajoz est une victoire, Sir, dit Baynes en s'adressant uniquement à Prévost, comme s'il n'y avait que lui et le gouverneur dans la pièce.

— Mais comment l'avez-vous appris ? demanda Vassal de Monviel. L'*Ewretta* n'est pas au port.

— Par le capitaine d'un bateau irlandais, un nommé Patrick, qui vient d'entrer au port. En mer, il aurait croisé un navire venant de Lisbonne et obtenu un journal de là-bas daté du 18 avril dans lequel on affirme que Wellington est vainqueur.

— C'est tout ? demanda Salaberry d'un ton impatient. Vous n'avez pas d'autres détails ?

De nouveau, Baynes s'abstint de répondre.

— Monsieur Baynes, dit alors le général de Rottenburg, le major Salaberry est anxieux d'avoir des nouvelles. Vous savez tout comme nous qu'il a un frère là-bas.

Baynes n'osa pas pousser sa hargne plus loin.

— Mon général, il semble que ces informations soient déjà entre les mains des gens du *Quebec Mercury*. Tout sera écrit dans le prochain numéro du journal.

— Voyez, Salaberry, nous n'en saurons guère plus aujourd'hui, dit Rottenburg. Allez retrouver votre adorable épouse. Vous savez qu'il ne faut pas laisser une jolie femme seule trop longtemps, ajouta-t-il avec un clin d'œil coquin.

— Quant à vous, *mister* Baynes, vous pouvez disposer, clama Prévost. Monviel, vous êtes libéré également. Beau travail, messieurs. Rappelez-vous, Salaberry, que je serai à Chambly dans quelques semaines pour la revue des troupes.

— Un honneur, Sir! Les Voltigeurs seront prêts, déclara Salaberry.

Sa rancœur et sa déception avaient fait place à l'angoisse d'avoir des nouvelles d'Édouard.

D'un geste, Prévost les congédia mais retint Rottenburg.

— J'ai encore besoin de vous.

— *Excellency?*

Le château Saint-Louis était situé sur les hauteurs de Québec. Prévost apercevait la pointe de Lévis, sur l'autre rive. Entre les deux, le Saint-Laurent était couvert de bateaux.

— Vous allez vous rendre au bureau du *Quebec Mercury* et lire cette fameuse gazette de Lisbonne. Tâchez d'en apprendre le plus possible sur la victoire de Badajoz. Il y avait de nombreux Canadiens là-bas, et vous savez comme moi que cette victoire n'a pas dû être facile. J'anticipe des pertes nombreuses.

— Je pense comme vous, Sir. Il faut savoir au plus tôt.

— Je prie pour que les Salaberry soient épargnés, dit Prévost.

Il avait l'air affligé. Son différend avec le major de Salaberry ne l'empêchait pas de compatir aux malheurs de sa famille. Et Louis de Salaberry jouissait d'un grand prestige. À Québec, c'était quelqu'un qui comptait, et maintenir de bonnes relations avec lui ouvrait bien des portes. Le duc de Kent l'avait compris autrefois, et Prévost n'était pas un sot.

— Dans ces circonstances, dit Rottenburg, permettez-moi de prendre immédiatement congé pour me rendre au bureau du journal.

— S'il le faut, rappelez-leur que même si la guerre n'a pas été officiellement déclarée, je n'hésiterai pas à faire appliquer la censure.

— Je comprends, Sir. Nous avons le devoir de prévenir les familles éprouvées avant que tout ne soit imprimé dans les journaux. Heu… j'ai encore une ou deux questions, si vous le permettez.

— Faites vite, répondit Prévost.

— Pourquoi limiter le nombre des Voltigeurs à trois cents ? Au départ, nous avions estimé que ce corps pouvait facilement comporter quatre à cinq cents hommes.

— Je croyais avoir été clair. On recrute pour le Glengarry Fencibles et il nous sera impossible de réussir à équiper tous ces régiments.

— Très bien, dit Rottenburg. Je présume que la limite de trois cents recrues vaut aussi pour les Fencibles.

— Actuellement, ce régiment n'en a aucune, avoua le gouverneur.

— Et qui est pressenti pour être à leur tête ?

— J'ai pensé que Baynes méritait cet honneur.

Prévost favorisait le fidèle Baynes aux dépens de Salaberry, comprit Rottenburg.

— Et pour l'avancement de Salaberry ?

— Il aura une commission de lieutenant-colonel de milice lorsque le nombre de recrues chez les Voltigeurs atteindra trois cents.

— Mais ce grade va ralentir son avancement dans l'armée !

— Si j'étais vous, je ne m'en ferais pas trop. Salaberry ne laissera personne lui marcher sur les pieds. Je ne vous cache pas que même si votre protégé m'exaspère, je suis capable de reconnaître qu'il mérite mieux. Mais rassurez-vous, Rottenburg, nous avons besoin de votre « marquis de la poudre à canon » et s'il le faut, pour grader votre ancien aide de camp, j'inventerai. Sur ce, courez voir ce qui se passe avec les gens des gazettes.

Rottenburg quitta le château Saint-Louis pour prendre la direction du *Quebec Mercury*. L'armée britannique ne faisait que tolérer dans ses rangs ceux qui n'avaient pas eu la chance de naître en Angleterre, fussent-ils la fine fleur de leurs officiers. Lui-même aurait eu droit au même traitement s'il n'avait pas été de religion protestante, tout comme Prévost, d'ailleurs. Mais Salaberry, brillant officier entre tous, possédait la double tare d'être à la fois canadien et catholique romain. Dans les rues de Québec, inquiet de ce qu'il allait apprendre, le général hâta le pas.

Chapitre 20

Avril 1812, à Badajos…

À la frontière de l'Espagne et du Portugal, l'armée anglaise et ses alliés portugais assiégeaient la forteresse de Badajoz depuis le 16 mars 1812. Située sur un haut plateau et adossée au fleuve Guadiana, la fortification réputée imprenable constituait la porte d'entrée du Portugal, pays qui tenait tête à l'empereur des Français.

En janvier, deux mois avant le siège de Badajoz, Édouard de Salaberry avait rejoint le général Wellington qui avait entrepris de chasser les Français de la péninsule ibérique. Il avait fait ce choix en dépit du fait que son protecteur, le duc de Kent, avait promis, dans une lettre à son frère aîné Salaberry, qu'Édouard retournerait au Canada dès la fin de l'hiver. Mais le jeune ingénieur royal avait passé outre les supplications de madame de Saint-Laurent et de Son Altesse Royale. Diplômé de la Royal Military Academy de Woolwich, il ne voulait pas manquer l'occasion qui se présentait d'aller se battre sur le terrain, surtout sous les ordres d'un aussi grand général que Wellington.

L'armée britannique avait d'abord fait capituler Ciudad Rodrigo après un long siège. La ville avait cédé sous l'assaut de l'armée britannique et les soldats s'étaient livrés à des actes abominables : viols, pillage, beuveries, n'hésitant pas à s'en prendre à certains de leurs officiers. Après ces événements navrants, tout était finalement rentré dans l'ordre et l'armée s'était déplacée vers Badajoz, au grand soulagement d'Édouard de Salaberry qui déplorait ces excès, malheureusement fréquents en temps de guerre.

Dans la soirée du 5 avril, dans le camp de l'armée britannique devant Badajoz, il régnait une étrange atmosphère faite de recueillement et de fébrilité. Des brèches avaient été ouvertes dans les murailles réputées inébranlables par les ingénieurs militaires qui avaient accompli là un véritable prodige.

Dans une des tentes du campement, le lieutenant Édouard de Salaberry rédigeait des lettres. C'était un très beau jeune homme – il célébrerait ses vingt ans au mois de juin –, avec des cheveux blonds qui accentuaient ses traits encore juvéniles et ses grands yeux bleus, brillants d'une intelligence vive, contenaient toutes les promesses du monde. Il était apprécié de tous ses compagnons d'armes sans exception.

L'assaut était prévu pour dix heures du soir. Conscient de la gravité du moment, Édouard finissait d'écrire à ceux qu'il aimait. Avec la confusion qui suivrait le combat, il ignorait si toutes ses lettres se rendraient jusqu'à ses correspondants : ses parents bien-aimés, son frère Charles et ses sœurs, Adélaïde et Amélie, qu'il chérissait par-dessus tout. Mais pour la dernière missive, il était convaincu que celle-là parviendrait à destination puisqu'elle était adressée au duc de Kent, prince d'Angleterre, et à madame de Saint-Laurent.

Une fois cette tâche terminée, Édouard s'agenouilla, les coudes appuyés sur le lit de camp, exactement comme il le faisait lorsqu'il était enfant, sous le regard aimant de sa mère, avant de s'endormir. Les mains jointes, il ferma les yeux et pria avec ferveur, car il ne lui restait que peu de temps avant l'appel.

❧

Le signal de l'assaut fut donné à vingt-deux heures. Contre une armée de vingt-cinq mille hommes, les cinq mille Français sous les ordres d'Armand Philippon ne pouvaient gagner. Mais la victoire coûta très cher à l'armée anglo-portugaise. Dans la brèche creusée dans la muraille, deux mille soldats et officiers trouvèrent la mort en moins de deux heures, et ce nombre atteignit cinq mille en peu de temps. Des ruisseaux de sang coulaient dans les tranchées. Et le lendemain, les Britanniques, en bandes furieuses, se livrèrent à la pire mise à sac de leur histoire militaire. Pendant soixante-douze heures, les soldats qui s'étaient mis à boire commirent des atrocités sans nom, massacrant des civils, femmes et enfants compris, allant même jusqu'à assassiner leurs propres officiers qui voulaient les ramener à la raison.

❧

Dans la nuit du 23 au 24 avril, des nouvelles de Badajoz arrivèrent au palais de Kensington. Le duc de Kent venait d'apprendre que la forteresse était tombée entre les mains anglaises mais sur le visage royal, il n'y avait pas même l'ombre d'un sourire à l'annonce de cette victoire anglaise. Le prince relisait une lettre de Salaberry remplie de remontrances à demi exprimées à propos de la disparition de François de Salaberry.

Sir, mes parents ne sont pas en mesure de vous écrire. La douleur d'avoir appris qu'un nouveau coup du sort affligeait notre famille par les gazettes est encore vive. Que s'est-il passé pour que Votre Altesse Royale n'ait pas fait prévenir la famille de la mort de notre pauvre Chevalier? Y a-t-il une explication à votre silence? Je ne sais plus ce qui pourra consoler mes parents, sinon le retour de mon jeune frère Édouard.

La lettre se terminait par une froide formule de salutation.

— *My God!*

À sa première lecture, le duc de Kent avait été atterré. Chacun des mots que contenait cette lettre était comme autant de coups de poignard qui lui allaient droit au cœur.

Tous ses efforts avaient été anéantis. Il avisa le domestique qui faisait le pied de grue dans la pièce, prêt à répondre à tout instant aux désirs du prince.

— Faites chercher Madame, ordonna-t-il.

Dans sa lettre, Salaberry laissait entendre que Madame et lui semblaient indifférents à leur malheur. C'était parfaitement injuste. Le prince ne pouvait ignorer le désespoir de ses amis du Canada et il allait répondre immédiatement à Salaberry.

L'instant d'après, madame de Saint-Laurent avait terminé son repas du matin et venait le rejoindre.

— Voyez, ma chère, la lettre remplie de reproches que m'écrit Salaberry en date du 20 mars dernier. Le secrétaire militaire Ryland s'embarque aujourd'hui sur l'*Eweretta* qui quitte Portsmouth, à destination de Québec. Je lui ai confié la copie de ma correspondance du 18 novembre 1811 pour qu'il la remette à Salaberry.

— Pauvres et chers amis… soupira Madame. Quoi que nous fassions, rien ne pourra les consoler. Et quand je pense que vous avez laissé partir notre bien-aimé Édouard! Ne vous avais-je pas demandé de vous montrer plus ferme ? Je suis sa marraine et, à ce titre, je remplace sa mère. Et je sais ce que peut éprouver le cœur d'une mère.

— Vous, les femmes, ne pouvez comprendre l'honneur des hommes, riposta le prince.

— Vous, les hommes, ignorez à quel point les femmes souffrent d'attendre jour après jour des nouvelles de leurs fils, rétorqua Madame.

— Édouard ne m'aurait jamais pardonné de l'avoir retenu en Angleterre, alors que ses compagnons se battaient en Espagne et au Portugal. Et voyez que j'avais raison ! Nous venons d'apprendre que les Français ont fui Badajoz. J'attends d'autres communications au cours de la journée.

Madame de Saint-Laurent préféra ne pas répondre. Tous les exploits réunis de l'armée anglaise contre les troupes de Napoléon ne lui seraient d'aucun réconfort. Édouard de Salaberry aurait dû être à Portsmouth, prêt à s'embarquer pour le Canada.

Elle-même était épuisée. Elle ne vivait plus que dans l'attente fiévreuse d'une bonne nouvelle. Madame de Saint-Laurent avait passé une grande partie de la nuit à prier et à espérer. Soudain, l'aide de camp du duc de Kent se fit annoncer et le regard de la digne dame se dirigea vers la porte pendant que son cœur bondissait furieusement dans sa poitrine.

— Votre Altesse Royale, voici de nouveaux rapports sur Badajoz, et une lettre du colonel Fletcher qui appartient aux corps des ingénieurs royaux.

— Le supérieur d'Édouard ? s'écria madame de Saint-Laurent.

Vu l'épaisseur du pli, il semblait contenir d'autres lettres. Le prince décacheta. Un papier sur lequel était griffonné un mot s'échappa. Reconnaissant l'écriture d'Édouard de Salaberry, Madame s'en empara.

Camp devant Badajoz, 5 avril 1812

— Mon Dieu! murmura-t-elle avec effroi en lisant la date. En rédigeant ce mot, Édouard a-t-il remarqué que c'était la date anniversaire de la mort de Chevalier? Un an, jour pour jour.

Elle lut avidement la suite. À la veille du terrible assaut, avec sa délicatesse coutumière, Édouard écrivait un mot de reconnaissance à son parrain et à sa marraine qui allait droit au cœur:

J'ai reçu ordre de monter à l'assaut d'une des brèches cette nuit. Comme ce service est plutôt dangereux, et qu'il est possible que je puisse ne pas en revenir, je désire assurer à Votre Altesse Royale ainsi qu'à Madame que, quoi qu'il m'arrive, je resterai éternellement reconnaissant de tout ce que je vous dois. Veuillez croire que même à mes derniers moments, je vous souhaiterai tout le bonheur que vous méritez à tant de titres.

J'ai l'honneur d'être, avec une gratitude éternelle, le très obéissant et reconnaissant serviteur de Votre Altesse Royale,

Édouard-Alphonse de Salaberry

— Que signifie tout cela? demanda-t-elle avec angoisse. Pourquoi le colonel Fletcher nous envoie-t-il cette lettre de notre cher garçon?

Le duc avait fini de lire la missive de Fletcher. Il leva sur madame de Saint-Laurent un visage inondé de larmes et dut faire appel à toute la maîtrise de soi qu'on inculquait aux princes pour parvenir à articuler quelques mots:

— Ma très chère, préparez-vous à entendre le pire. Notre bien-aimé Édouard est tombé au champ d'honneur, la nuit de l'assaut.

Madame de Saint-Laurent cria, puis sombra. Des domestiques se précipitèrent à son secours, mais elle resta inconsciente suffisamment longtemps pour affoler l'entourage du prince. On envoya quérir tous les médecins pouvant se trouver au palais. Le duc ne fut d'aucune aide. Il resta prostré, sanglotant sans retenue, mouillant de ses pleurs la lettre du colonel Fletcher.

Édouard de Salaberry avait été tué d'une balle de mousquet dans la nuit du 6 avril. On avait retrouvé son corps parmi les milliers de Britanniques morts dans l'assaut de la forteresse, empilés les uns sur les autres dans la brèche ouverte par les canons de leur armée.

D'autres nouvelles arrivaient. Les Britanniques avaient mis l'armée française en déroute et le général Wellington se dirigeait vers Salamanque, ce qui ouvrirait le chemin pour libérer Madrid. Mais aucune victoire ne pouvait consoler le prince d'Angleterre. Cet enfant, Edward Augustus duc de Kent et de Strathearn et madame de Saint-Laurent l'avaient aimé comme leur propre fils. Édouard avait été choyé : une montre en or, de beaux habits, une éducation raffinée acquise dans les demeures princières puis des études brillantes. Il avait répondu à ces bienfaits avec autant de reconnaissance et d'affection que le meilleur des fils. Si la douleur de Madame était celle d'une mère, la sienne était égale à celle d'un père : incommensurable.

Au bout d'un très long moment pendant lequel le duc demeura sans bouger, comme tétanisé par ce nouveau drame, il finit par réclamer une plume, du papier, et se mit à écrire. Avec difficulté. Il devait faire des pauses, car sa main tremblait et sa vue se voilait, mais il n'avait pas le choix, il fallait que cette lettre à Salaberry puisse partir sur l'*Ewretta* avec toutes les autres lettres qu'il avait confiées à Ryland.

Palais de Kensington, 24 avril 1812

Cher Salaberry,

Je ne pensais jamais, quand l'autre jour j'ai mis dans les mains de monsieur Ryland, venu me saluer, l'original de la lettre du lieutenant Gordon décrivant les détails de la mort de ce pauvre Chevalier, ainsi que copie du courrier que je vous ai expédié le 18 novembre par les États-Unis, qu'il me reviendrait aussi tôt le terrible devoir de vous communiquer ce que je crois un coup du sort plus dur encore pour mes vieux amis, la mort prématurée de votre jeune frère, dans l'assaut de Badajoz.

Je ne peux pas en dire plus. Savoir qu'Édouard a voulu, de sa propre volonté, se rendre au Portugal rejoindre l'armée de Lord Wellington doit être une consolation. Je n'ai rien fait pour favoriser cela. Ce fut son propre désir… Vous saurez exprimer à vos parents affligés que madame de Saint-Laurent et moi-même partageons leur immense peine et donnez-leur l'assurance de notre inaltérable amitié.

Depuis toujours, le duc de Kent dirigeait des régiments et ce n'était pas la première fois qu'il devait remplir le cruel devoir d'annoncer la mort d'un brave à sa famille. Mais aujourd'hui, la pénible tâche dépassait tout entendement. Les mots s'égaraient dans son esprit, il était incapable de les rassembler, de former les phrases nécessaires pour exprimer sa douleur sur le papier. Il refusa l'aide de son secrétaire, car il lui appartenait, et à lui seul, d'écrire cette lettre. Il ne sut jamais comment il avait finalement apposé son paraphe au bas de la feuille. Le secrétaire fit le reste : un messager attendait, prêt à chevaucher bride abattue jusqu'à Portsmouth, afin d'atteindre l'*Ewretta*, le navire de la Compagnie du Nord-Ouest qui avait la réputation d'arriver le premier à Québec après l'hiver et sur lequel se trouvait Ryland.

Mais lorsque le messager arriva à destination, la lettre du duc fut finalement confiée à un autre navire. L'*Ewretta* était déjà parti depuis trois jours. Aucune nouvelle n'arriverait au Canada avant le mois de juin. Et pendant que les nouvelles, bonnes et mauvaises, cheminaient sur mer, la vie continuait, à Beauport comme à Chambly.

❧

Catherine de Salaberry avait donné ses ordres à la cuisine avec une fermeté qui pouvait laisser croire que les deuils avaient fait leur temps.

Ses chers enfants, elle y pensait chaque jour, elle se désolait de ne pas avoir eu le temps de mieux les connaître, mais elle apprenait à taire son chagrin, car il y avait les autres.

Lorsqu'elle était seule, elle évoquait ses souvenirs, tout ce qu'on avait dit de ses garçons partis au loin et jamais revenus. Maurice, doué d'une force herculéenne, et François, qui avait atteint la haute stature de Louis à qui il ressemblait à s'y méprendre, comme l'avait rapporté dans une de ses lettres madame de Saint-Laurent. « Le portrait tout racopié du père », disaient les habitants. Et son petit Édouard ! Il venait à peine d'avoir quatorze ans quand elle l'avait vu la dernière fois, alors qu'il s'embarquait sur le *Champion*, vers l'Angleterre, pour rejoindre ses frères qui l'attendaient là-bas. Bien sûr, ses lettres affectueuses et pleines d'humour arrivaient régulièrement à Beauport ou à Québec. Mais cet enfant était le dernier qu'elle avait mis au monde et il lui manquait plus encore que tous les autres.

Ses lèvres murmuraient inlassablement une prière. « Dieu, vous qui avez voulu m'éprouver en m'enlevant Maurice et François, accordez-moi la grâce de revoir mon petit Édouard. »

Louis et Charles étaient revenus de Québec et la famille allait bientôt se mettre à table.

∾

L'édition du 25 mai du *Quebec Mercury* rapportait la victoire du général Wellington à Badajoz ainsi que le triomphe de l'armée anglaise et de ses alliés portugais. Les prisonniers français étaient nombreux, affirmait-on, sans parler des morts. Tous les détails en provenance de Lisbonne concernant Badajoz feraient l'objet d'un numéro spécial du journal qui sortirait des presses dans quelques jours, précisément le 5 juin.

La veille de la parution de cette édition extraordinaire du *Quebec Mercury*, numéro dans lequel se trouvait la liste exhaustive de tous les officiers canadiens tombés à Badajoz, un officier se rendit à Beauport. L'homme demanda à voir le major Charles de Salaberry d'un ton laconique et présenta les condoléances de circonstances en remettant entre les mains tremblantes de l'officier la missive que le gouverneur Prévost avait lui-même rédigée. Atterré, Charles demanda à ce qu'on réunisse la famille au salon avant d'apprendre à Catherine et à Louis, au milieu des cris et des pleurs, la mort glorieuse de leur plus jeune fils au siège de Badajoz.

Julie était pétrifiée de voir autant de chagrin. La fatalité s'acharnait sur cette famille comme une maladie dont on ne pouvait se défaire. Dieu ne pouvait avoir permis autant de malheurs pour cette mère qui venait de retomber dans un état de neurasthénie inquiétant.

Amélie et Adélaïde étaient inconsolables. Salaberry avait envoyé chercher sa sœur Hermine et son époux, Michel-Louis Juchereau-Duchesnay, qui résidaient dans leur maison de la rivière Saint-Charles. Hermine ne fut d'aucun secours, s'effondrant dans les bras de son mari en apprenant la nouvelle.

Mais celui qui causa le plus d'inquiétudes fut Louis. C'était un affligeant spectacle que de voir le noble père vociférer, proférer les pires injures à l'endroit du duc de Kent, l'accusant d'avoir envoyé ses fils à la mort. Et l'instant d'après, il refusait de croire la terrible réalité.

— Tu mens! cria-t-il en s'en prenant à Charles. Vous êtes tous des menteurs. Édouard est sur un bateau, il navigue sur l'estuaire du fleuve, il arrivera sous peu.

Et le géant frappait le plancher de sa canne, terrorisant la maisonnée en faisant tournoyer l'instrument dans les airs. Les domestiques étaient partis se cacher.

— Il faut le laisser, dit Juchereau-Duchesnay.

Rempli de tristesse, Charles opina, mais son père l'empoigna par le revers de sa chemise.

— Tes frères! Ils sont tous morts et toi, tu es vivant, s'écria-t-il en le secouant comme si tout était de sa faute. Ton ami, là-bas, en Angleterre, il a tué mes enfants.

— Allons, mon oncle, reprenez-vous, fit Juchereau-Duchesnay en venant libérer Charles. Il ne sait pas ce qu'il dit, souffla-t-il à Salaberry qui s'était effondré dans un fauteuil, anéanti par les paroles de son père. Il souffre, la douleur est insupportable et c'est pourquoi il agit ainsi. C'est par la suite, lorsqu'il se taira, qu'il nous faudra craindre le pire.

Juchereau avait peut-être raison, Louis déparlait, mais il avait prononcé des mots fatidiques qui résonnaient dans sa tête. Incapable d'en supporter plus, Salaberry se réfugia dans sa chambre.

Julie ne savait que faire pour mettre fin à ce désarroi collectif. Mais comme il fallait que quelqu'un reprenne les guides, elle se décida à agir pour faire bouger les domestiques de la maison qui traînaient misérablement leur peine sans savoir quoi faire. Elle ordonna à une servante d'apporter du thé pour tout le monde. De son côté, Juchereau-Duchesnay partit à la recherche d'une bouteille de rhum et de deux verres avant d'aller retrouver Salaberry qui en avait bien besoin.

Au bout de ce qui sembla durer des heures, une certaine accalmie revint. Julie demanda qu'on appelle un médecin pour madame de Salaberry. Ce dernier prescrivit à Catherine un opiacé plus fort que l'habituel laudanum qu'elle prenait pour soulager sa douleur et son chagrin. Il le recommanda également aux jeunes filles. «Pauvres, pauvres cousines», se disait Julie.

Un calme relatif revint et tous regagnèrent leur chambre. Louis avait disparu et la nuit apporta un peu de repos. Charles et Julie sanglotèrent jusqu'à épuisement. Mais le lendemain matin, à la stupéfaction générale, on trouva Louis habillé de pied en cap, son bagage posé à côté de lui.

— Père, que faites-vous? demanda Salaberry.

— Je pars rejoindre mon régiment à Blairfindie, annonça-t-il à la volée.

— Mais… le curé sera bientôt là pour…

La douce Amélie tentait de raisonner son père.

— … pour dire une messe en mémoire d'Édouard, ajouta Charles. Vous devez rester.

— Je n'ai que faire de messe et de prières, déclara Louis, hagard.

Il sortit, grimpant dans une voiture qui l'attendait, sans même s'informer de l'état de madame de Salaberry ni embrasser ses filles, ordonnant qu'on le conduise au port de Québec. Une fois arrivé, il s'embarqua sur le premier bateau en partance pour Montréal.

Louis avait mis en ses fils tout ce qu'il avait de fierté et d'orgueil : l'honneur du nom, la descendance, la dynastie. Ni la présence de sa femme, ni celle de ses filles ou de Charles et Julie ne pourraient jamais le consoler de ce qu'il avait perdu. Quant à Catherine, elle venait de s'enfermer dans une peine qui ne trouverait consolation que dans la prière. Dans l'attente du dernier souffle qui mettrait fin à ses souffrances, ce serait le seul soulagement qui restait à cette mère pour l'aider à vivre les années qui lui restaient à passer dans ce monde, sachant que ses chers fils l'attendaient dans l'autre. À jamais voilés de noir, le manoir des Salaberry les ensevelirait tous dans un abîme de tristesse. Ils étaient tous condamnés.

— Charles, demanda Julie, que pouvons-nous faire ?

— Tu as fait tout ce qui était en ton pouvoir, mon ange. Et nous devons repartir, car le devoir m'appelle.

— Mais je ne peux pas abandonner ta mère et tes sœurs ! Que deviendront-elles ?

À cette terrible évocation, Julie frissonna, les larmes aux yeux.

— Je sais, dit Charles d'une voix rauque. Mais nous n'y pouvons rien.

Ils étaient dans leur chambre, allongés sur le lit. Soudain, Charles se leva.

— Il faut nous en aller d'ici, Julie. Une malédiction pèse sur ma famille, il faut nous en échapper. Je n'en peux plus de tout ce chagrin. Ils sont morts et moi, je suis vivant. Vivant ! hurla-t-il. Même mon père me reproche d'être toujours en vie.

Plein de colère et de désarroi, il avait envie de tout casser. Seule la pensée qu'il allait effrayer sa mère et ses sœurs l'arrêtait. Alors, il s'agenouilla près du lit et frappa le matelas de plumes en y enfonçant ses poings.

— Ne dis pas ça, Charles ! Ton père accuse tout le monde, toi comme le duc de Kent.

Mais Charles n'écoutait pas.

— Pourquoi eux et pas moi ? reprit-il. J'ai survécu à un naufrage, à un duel, à je ne sais combien d'assauts. Cent fois, Julie, j'ai risqué ma vie. J'ai hérité de la chance de mon grand-père Michel de Salaberry que rien n'a pu abattre. Et le jeune Édouard qui se fait tuer après trois mois de campagne ! Mon père m'en veut d'être vivant. Il me voudrait mort comme mes frères. Mes frères… Je les aimais tous les trois !

Sa douleur et sa colère entremêlées dans sa tête et son corps, il croyait que tout allait exploser.

— Ce n'est pas ta faute, Charles. Ton père… C'est la douleur qui le fait délirer. En réalité, il n'a plus que toi.

Hagard, Salaberry se releva.

— Tais-toi et sors d'ici ! vociféra-t-il avec une violence qu'elle ne lui connaissait pas.

Désespérée, elle quitta leur chambre en pleurant pour tomber sur Amélie qui accourait, ayant entendu des cris.

— Demain, il sera mieux, dit-elle en voyant le désarroi de sa belle-sœur qui lui décrivit l'état de Charles. Je vais vous faire préparer une chambre, si vous voulez. Vous avez besoin de vous reposer.

— Amélie, nous devons repartir et je m'en veux de vous abandonner.

— Ne vous en faites pas, ma chère Julie, fit doucement Amélie. Puisque vous tenez tant à nous aider, accompagnez-moi demain matin. Votre départ attendra bien un peu. Je vais à Québec, quérir notre tante Louise-Geneviève, qui est religieuse. Elle saura s'occuper de notre mère. Ensemble, elles prieront.

✲

L'*Ewretta* accosta à Québec le 10 juin avec, à son bord, *mister* Ryland. L'ancien secrétaire de l'infâme gouverneur Craig était l'envoyé du duc de Kent qui lui avait confié des documents concernant la mort de François de Salaberry. En débarquant, Ryland apprit en même temps que les citoyens du Bas-Canada la victoire anglaise de Badajoz et la mort d'Édouard de Salaberry.

Badajoz fut la plus sanglante bataille des guerres napoléoniennes, mais Ryland n'allait tout de même pas pleurer longtemps les nombreux Canadiens qui y avaient trouvé la mort. Et encore moins ceux qui portaient un nom français. Il venait de passer deux années entières en Angleterre, employées surtout à défendre Craig dont le mandat de gouverneur au Canada avait été tant critiqué. On lui reprochait surtout de s'être mis à dos la population. Ryland excusait son ancien patron, pointant du doigt le clergé des Canadiens : *French and roman catholics!* Des papistes ! À ses yeux, c'étaient les mêmes qui avaient assis sur le trône de France le petit Corse, ce Napoléon qui avait eu l'outrecuidance de se couronner lui-même devant le pape. Tous ces morts, tout ce sang répandu en Europe, c'était par la faute de cet ogre insatiable. Et ce carnage allait se transporter en Amérique du Nord.

À peine débarqué, Ryland, un homme d'âge moyen habillé à la dernière mode de Londres – haut de forme et longue veste dont les basques frôlaient les talons – s'était informé auprès de nombreuses personnes de sa connaissance, à savoir si le major de Salaberry était à Québec. On l'informa que ce dernier était reparti pour Chambly avec sa jeune épouse.

L'envoyé du duc de Kent aurait consenti à se déplacer jusqu'à Beauport pour accomplir sa mission. Mais se rendre jusque dans l'arrière-pays, il n'en était pas question. Il confia les lettres du duc au premier venu, sans s'assurer qu'elles parviendraient sans faute à leur destinataire.

Chapitre 21

Branle-bas à Chambly

L'annonce de la déclaration de guerre, qu'on put enfin lire dans la *Gazette de Montréal* du 29 juin, jeta la terreur dans les esprits. D'un trait de plume, un président américain détenait le pouvoir de semer le trouble aussi loin que dans la tranquille paroisse de Chambly.

— Te rends-tu compte, Joseph, que ce monsieur Madison, dans les États-Unis, nous a déclaré la guerre le 18 juin, et qu'il nous a fallu plus de dix jours pour l'apprendre !

Madame Bresse noua le ruban de son chapeau, prête à se rendre à l'église – où le curé Bédard prévoyait chanter une grand-messe –, pour se joindre aux autres paroissiens gagnés par la panique.

— Ma Fanchette, on ne peut même pas considérer cela comme une nouvelle ! Depuis un mois, Chambly se remplit de soldats ! Impossible d'aller nulle part au village sans croiser un voltigeur ou un milicien.

— Ne me parle pas de ces gens qui nous dérangent à toute heure du jour ou de la nuit. Je ne comprends pas que tu puisses ainsi conserver ton calme.

Françoise soupira. C'en était fait de la vie d'autrefois. Au va-et-vient continuel de charrettes, de cavaliers et de troupes sur le chemin du Roi, c'est-à-dire juste sous ses fenêtres, s'ajoutaient les bruits des marteaux des ouvriers, les cris des mariniers déchargeant marchandises et provisions destinées à nourrir les troupes – et il fallait voir le nombre considérable d'embarcations sur le bassin : barques, canots, goélettes et sloops ; les abords des quais n'avaient jamais été aussi achalandés. Chambly grouillait de monde comme des abeilles de monsieur Boileau autour de leur ruche : on aurait affirmé à madame Bresse que tous les travailleurs journaliers du Bas-Canada convergeaient vers Chambly et elle l'aurait cru bien volontiers. Sans compter les séances d'exercices de tir qui se succédaient d'heure en heure sur la banlieue, et qui, chaque fois, la faisaient sursauter.

— Cela ne sert à rien de s'agiter comme tu le fais, fit l'imperturbable Joseph Bresse. Il faut plutôt voir comment tirer profit de cette guerre et, pour le reste, s'en remettre à la Divine Providence.

Françoise s'apprêtait à franchir le seuil de leur demeure quand il l'arrêta d'un geste.

— Heu… À ce propos, ma bichette…

Joseph hésitait en se triturant le menton.

Françoise s'arrêta net sur le pas de la porte. Son mari n'avait jamais la conscience tranquille lorsqu'il l'appelait « ma bichette ».

Elle le connaissait, son Joseph, et se méfiait de sa propension à faire le bien. Issu d'un milieu modeste, il possédait pourtant un don inné pour gagner de l'argent, à croire qu'il en fabriquait secrètement la nuit ! Et il ne tenait même pas à afficher sa réussite. Posséder une belle demeure, avec l'assurance que sa famille ne manquait de rien, lui suffisait. Autrement, il était la bonté même. Monsieur le curé pouvait toujours compter sur les largesses de son grand cœur pour soulager les miséreux de la paroisse. Mais son mari était un homme si honnête et si aimable qu'il ne voyait pas toujours qu'on pouvait l'exploiter et Françoise soupçonna qu'il y avait anguille sous roche.

— Qu'y a-t-il? demanda-t-elle, méfiante.

— Eh bien, voilà… L'autre jour, le docteur Stubinger me faisait des compliments sur notre maison.

— Le docteur Stubinger? Tu parles de ce cousin par alliance des demoiselles qui vient d'arriver à Chambly afin d'usurper les droits de *notre* docteur Talham à titre de médecin militaire de l'armée? Que veut-il à notre maison, celui-là?

— Il la trouvait solidement bâtie, admirant la solidité de la maçonnerie en pierre, remarquant qu'elle était à l'abri des incendies. Le docteur n'a pu s'empêcher de noter aussi la belle dimension des pièces.

— Et… en quoi la dimension des pièces de notre maison peut-elle intéresser à ce point le docteur Stubinger?

Françoise soupira bruyamment. Ombrelle à la main, elle attendit la suite.

— Eh bien, ma Fanchette, le docteur Stubinger m'expliquant l'urgence d'installer un hôpital à Chambly afin de soigner les soldats blessés, j'ai moi-même offert, assuré bien entendu de la largesse de ton grand cœur, de louer notre maison à l'armée. Inutile de te dire qu'il a immédiatement accepté, ajouta-t-il avec un air satisfait.

— Inutile, en effet!

Françoise darda Joseph d'un regard furieux.

— Et où logerons-nous, si notre maison est remplie de blessés gémissants?

— Nous aurons droit à deux chambres, à l'usage de la cuisine et des bâtiments. Bien sûr, je conserve mon cabinet de travail et…

— Cohabiter avec ces gens ? Mais je n'ai rien d'une Jeanne Mance, moi ! Surtout au profit de ce Stubinger. Les demoiselles font grand cas de lui parce qu'il est marié à une de leur nièce mais à moi, il me déplaît avec ses petits yeux de fouine. Vois ce qu'il a fait à *notre* docteur Talham !

Monsieur Bresse aurait pu s'étonner de voir, et par deux fois, Françoise s'approprier ainsi le docteur Talham. Elle l'aimait surtout parce qu'il autorisait Marguerite à faire de la couture et qu'elle-même profitait largement de l'ouverture d'esprit du docteur. Joseph songea qu'il n'aurait pas aimé voir sa femme s'occuper de cette manière.

— Crois-moi, nous reparlerons de tout cela, dit-elle en enfilant prestement ses gants. Messire Bédard ne m'attendra pas pour célébrer sa messe et tu viens de me donner une raison de plus de prier. D'ailleurs, ajouta-t-elle, le regard plein de suspicion, puis-je savoir ce qui te retient d'assister à la messe ? Si l'ennemi qu'on nous annonce entre dans Chambly pour nous découper en morceaux, tu seras bien avancé.

— J'aurais voulu t'accompagner, ma jolie bichette, s'excusa faiblement Joseph, mais j'ai rendez-vous avec Boileau et Vincelet pour examiner les plans de reconstruction du ponceau et…

Les yeux noirs de madame Bresse auraient pu foudroyer une armée de Bostonnais !

— Quand je pense que j'ai eu droit aux hauts cris tout l'hiver, aux innombrables turpitudes de monsieur Boileau, et voilà que tu es avec lui comme cul et chemise, jaspina la bourgeoise.

— Mais Fanchette… fit Joseph d'un ton suppliant, même s'il n'avait aucune intention de reculer.

Il ne pouvait supporter qu'elle se fâche ainsi. Il adorait sa femme et avait besoin qu'elle fasse corps avec lui. Comme ils n'avaient pas d'enfants, elle était sa raison de vivre.

Sans ajouter un mot, Françoise tourna les talons et passa la porte de leur demeure.

— Sainte Vierge Marie! implora Bresse, en levant les yeux au ciel.

Boileau et son maudit pont! Que d'ennuis il avait causés. Heureusement, ce pénible malentendu était presque réglé. Le curé s'en était bien tiré, grâce au colonel de Rouville qui avait fait changer Boileau d'avis: la Fabrique ne dépenserait pas un sou pour l'ouvrage. Vincelet aussi avait viré son capot de bord: madame Boileau avait réussi à le convaincre qu'il faisait fausse route. Restait le marchand Lukin qui était en froid avec tout le monde.

Il attrapa le petit chapeau rond et informe qui lui servait de couvre-chef, prit sa canne et partit sur le chemin du Roi rejoindre son voisin de la maison rouge.

❧

Après avoir assisté à la messe dite par le curé Bédard et spécialement destinée aux Voltigeurs, Godefroi Lareau et Louis Charland regagnèrent leur tente sur la banlieue du fort. Engagés le même jour, les jeunes gens avaient immédiatement sympathisé.

— Ces damnés uniformes! soupira Charland en examinant l'accroc fait à son pantalon. Une séance d'exercice et le voilà de nouveau bon à être ravaudé. Le tissu ne vaut rien.

— Ouais! dit Godefroi, tout aussi découragé, en regardant sa tunique mal cousue. J'ai entendu le capitaine de Rouville, pas plus tard qu'hier, dire au sergent Peltier que le major harcèle l'intendance.

— Les promesses du major… ronchonna Louis. On manque de bois, de paille pour nos couches et de viande.

— Mais il paraît qu'il se démène. Il n'aime pas voir ses hommes en pantalon bleu plutôt que l'uniforme gris prévu et fabriqué avec du tissu de qualité. Pour les provisions, ma famille y pourvoit, dit Godefroi avec philosophie. Encore hier, mon neveu Melchior a apporté un panier bien garni de la part de ma sœur, la femme du docteur.

— Heureusement, oui! grogna Louis.

Les deux voltigeurs partageaient tout.

— Sans compter qu'on sait d'où ça vient, ajouta Godefroi avec un sous-entendu dans la voix.

À l'intérieur du camp s'était installé un trafic clandestin de porc salé, de la viande provenant des États-Unis en contrebande.

— J'espère que tout va s'arranger, dit Louis, l'air effarouché. Parce que j'peux dire, Lareau, que les combines pas catholiques, moi, j'aime pas ben ça.

Charland faisait allusion à la mutinerie qui avait éclaté pendant l'absence du major de Salaberry. Les coupables avaient été arrêtés pour la plupart et envoyés à Montréal pour être jugés en cour martiale. En général, on évitait de tenir les procès sur les lieux mêmes des délits.

— Des têtes brûlées, approuva Godefroi. Mais il y a de la faute du capitaine Perrault qui a été négligent en tout: pas de pain, pas de foin et pas d'argent pour ses hommes…

— Et que dire de ces souliers qui ne valent pas tripette, ajouta Louis en montrant sa semelle usée.

Le jeune homme déchantait un peu plus chaque jour, sa vie de voltigeur étant loin de ce qu'il avait imaginé. Godefroi haussa les épaules et s'employa à ranimer leur feu lorsque deux sergents de la milice d'élite surgirent d'entre les tentes et s'emparèrent d'un homme appartenant au premier bataillon. Augustin Boucher protestait violemment de son arrestation.

— Bande de pendards, lâchez-moi ! Palsambleu ! J'ai rien fait ! gueula le géant.

Et dans un cri semblable à un hennissement, il se dégagea de l'emprise des sergents et se planta sur ses pieds en agitant ses poings devant lui.

— Que se passe-t-il ici ? tonna une voix forte.

C'était Salaberry, flanqué du capitaine de Rouville. Louis et Godefroi écarquillèrent les yeux pour ne rien manquer de la suite.

— Capitaine de Rouville, qu'a fait cet homme ? demanda le major en toisant sévèrement son beau-frère.

— C'est un des meneurs de la mutinerie, major, s'empressa de répondre Ovide. On le cherchait.

Il voulait rentrer dans les faveurs de Salaberry qui n'avait pas du tout aimé apprendre, à son retour à Chambly, que des hommes de sa compagnie avaient participé à la mutinerie. Furieux, il avait aussi appris que Rouville n'avait pas versé la totalité des quatre livres dues à ses recrues, d'où leur révolte. Le major devait établir son autorité.

— Tu n'arranges pas ton cas, dit Salaberry en toisant la forte tête. Tu sais ce qu'il en coûte de s'attaquer à un sergent ?

— C'est pas un officier maigrelet qui va me faire peur, brava Boucher en se plantant devant lui avec insolence.

— C'est ce que nous allons voir, répondit le major.

Il attrapa le bras du rebelle pour le tordre jusque dans son dos. L'homme se contorsionna, puis s'agenouilla sous la douleur. Une clameur mêlée d'admiration et d'effroi parcourut miliciens et voltigeurs qui avaient accouru, alertés par les cris.

— Eh bien ! chuchota Louis à Godefroi. Mieux vaut pour sa santé ne pas trop se frotter au major.

— Silence! ordonna Salaberry. Et il relâcha celui qu'il maintenait toujours à genoux. Sergents, faites votre travail.

Vaincu, l'homme se laissa emmener. Salaberry s'adressa à ceux qui observaient la scène.

— J'exige de l'ordre et de la discipline. Nous ne savons pas quand l'ennemi arrivera, mais il faut s'entraîner à pouvoir le jeter hors de nos murs.

Un nouveau murmure, approbateur cette fois, se répandit parmi les hommes. Voyant qu'il avait regagné leur confiance, Salaberry radoucit le ton.

— Je sais, nous manquons de tout. Mais cette situation ne durera pas. Je vous demande d'être patients. Je n'ai nulle envie de vous voir crever de faim. Entre-temps, mes amis, le gouverneur arrivera dans quelques jours pour la revue et nous allons l'impressionner.

— Hourra pour les Voltigeurs! cria quelqu'un.

— Oui, hourra pour les Voltigeurs et notre major! reprit à son tour Godefroi. Par ma vie, not' major, c'est quelqu'un, tout de même, ajouta-t-il à l'intention de Louis, une fois que Salaberry et les deux capitaines eurent disparu.

Rien ne pouvait faire faiblir son admiration pour Salaberry.

— Mouais… Y paraît que de nouvelles compagnies arrivent encore.

— Y'a plus de place nulle part! observa Godefroi en jetant un regard circulaire tout autour de lui, où il n'y avait qu'une forêt de petites tentes blanches réglementaires, semblables à celle qu'il partageait avec Louis. Je me demande où on va loger tout ce monde-là!

~

À Montréal, rue Bonsecours, le capitaine Jacques Viger avait rassemblé son gréement guerrier : le havresac, le fusil et l'impressionnant shako recouvert de poil d'ours. Prêt à partir, il embrassait à pleine bouche l'exquise Marguerite de La Corne, devenue madame Viger, son épouse.

— Mon ami, fit celle-ci en se retirant avec difficulté des bras tendres de son mari, vous allez manquer le bac et faire attendre tous ces hommes que vous avez recrutés et que vous menez à Chambly.

— Je vous enverrai quelque pécune dès que je recevrai ma paye, dit finalement Jacques Viger qui avait largement fait appel à sa bourse pour le recrutement en avançant de l'argent à plusieurs de ses hommes qui en étaient sans ressources. Ma pauvre amie, il ne nous reste plus grand-chose après avoir payé tout ce barda. Je n'ai pas un denier à vous laisser.

Il apportait également des victuailles – on n'est jamais trop prudent ! – et de rares effets personnels.

— Partez tranquille. L'argent finira bien par arriver. Je sais à quel point votre service sera dur et je suis confiante que vous aurez assez de courage et de patience pour aller jusqu'au bout. C'est ainsi qu'on est vraiment un homme.

Fille de militaire et veuve d'un major de l'armée britannique, madame Viger connaissait sur le bout de ses doigts son rôle d'épouse d'officier.

— Surtout, rappelez-vous de ce que je vous ai confié sur le caractère du major de Salaberry. Il est exigeant et prompt, mais aussi franc que brusque. Si vous lui plaisez, il ne dira que du bien de vous. Et vous avez déjà fait plusieurs pas dans cette direction, puisque c'est lui qui vous a invité à joindre les Voltigeurs.

— Je me rappellerai vos conseils, ma mie. Adieu, ma toute belle !

— Écrivez-moi dès que vous serez arrivé à Chambly.

— Je vous régalerai de si longues épîtres qu'elles occuperont toutes vos soirées. Et faites de même en adressant vos lettres chez le docteur Talham.

Viger embrassa une dernière fois son épouse avant de descendre la rue Bonsecours jusqu'au fleuve. Il s'arrêta, l'espace d'un instant, pour faire le signe de la croix devant la petite église qui donnait son nom à cette rue de Montréal. Conscient qu'il laissait derrière lui les lieux familiers pour un temps indéterminé, il s'imagina être l'un des voyageurs du Pays d'en Haut – comme on appelait l'ensemble des territoires de traite de fourrure situés au nord et à l'ouest des Grands Lacs –, le cœur plein de l'espoir de revenir un jour après une longue route. Il se retourna une dernière fois pour envoyer la main à sa femme bien-aimée qui agitait son mouchoir à la porte de leur maison et se dirigea vers le pied du courant Sainte-Marie, où se trouvait le bac pour traverser à Longueuil. Demain, il serait à Chambly.

Jacques Viger se réjouissait de sa bonne fortune. Fort d'une recommandation de sa voisine, la demoiselle Rosalie Papineau, il avait trouvé à se loger chez les Talham.

∾

Marguerite finissait de se sécher les mains avec un essuie-tout, ces linges de maison qu'on utilisait à la cuisine comme à la table où elle prit place avec un sourire de contentement.

— Je suis bien contente que vous soyez notre pensionnaire, monsieur Viger, plutôt qu'un inconnu qu'on nous aurait imposé. Comme vous le savez, la loi militaire nous oblige à loger les officiers et même, s'il le faut, des soldats.

— Chère madame Talham ! Il n'y a plus une seule chambre libre dans tout Chambly. Et, si je peux me permettre, docteur, je ne pouvais trouver plus jolie logeuse que madame votre épouse.

Le chef de famille, qui présidait le repas à un bout de la table, accueillit cette déclaration d'un grand sourire.

— Vous entendez ça, les garçons ? déclara-t-il à ses trois fils qui dévoraient avec appétit le contenu de leur assiette tout en dévisageant avec curiosité le nouveau venu. Monsieur Viger fait un compliment à votre mère.

— J'aime madame Viger de toute mon âme, poursuivit son invité. Mais contempler une femme aussi agréable que la vôtre, ma foi, me fait encore plus m'ennuyer de la mienne.

Le docteur ne put s'empêcher de rire. Leur pensionnaire ne manquait pas d'esprit, et converser avec lui se révélait une expérience des plus agréables.

— Pour ajouter à ses aimables attraits, madame Talham est de surcroît une cuisinière hors du commun, fit le capitaine Viger en se tamponnant délicatement avec sa serviette après s'être visiblement régalé. Ce plat en sauce était succulent et cette salade à la crème, tout à fait délectable.

— Ce n'est pourtant rien de bien compliqué, répondit Marguerite avec quelques rougeurs aux joues provoquées par l'avalanche de compliments. Des légumes frais, quelques herbages de notre potager et le tour est joué.

— Et que dire de votre pain ! Une croûte légère, une mie moelleuse. Ce n'est pas l'armée britannique qui en servira du pareil. Docteur Talham, je déclare que nous sommes des hommes heureux, proclama Viger en étirant gracieusement sa fine moustache.

L'ornement intriguait fortement les enfants et semblait provoquer une vive discussion. Talham décocha un regard sévère à Melchior et Eugène qui avaient commencé de s'asticoter, un comportement qu'il ne tolérait pas à table.

— Cessez immédiatement de vous chamailler, sinon la fessée vous attend.

— Mais c'est Eugène, père! protesta Melchior. Il dit que la moustache du capitaine Viger est fausse, mais moi, je suis sûr qu'elle est vraie.

Amusé, Viger fit signe à Eugène de s'approcher.

— Tu peux vérifier en tirant sur mes moustaches.

— Oh, non, monsieur, fit l'enfant, piteux, tandis que Melchior affichait un air triomphant.

— Cette moustache est tout ce qu'il y a de plus authentique, jeune homme, poursuivit Viger en tiraillant lui-même les pointes. Et je vous interdis d'en douter.

Il les regarda d'un air sévère et lança:

— Messieurs, garde à vous! fit-il.

Les deux garçons obéirent instantanément. Viger tourna autour d'eux, avec le sérieux d'un officier qui fait la revue.

— Hum! Hum! Le dos bien droit, comme il sied à un voltigeur. C'est bon, je vous engage.

Et il éclata d'un grand rire en voyant la mine sérieuse des enfants. Melchior et Eugène ne savaient plus s'ils devaient rire aussi. Viger fit une révérence comique à Marguerite.

— Admirez, madame Talham, la simplicité de ma méthode d'éducation.

— Vous êtes capitaine comme le capitaine de Rouville? demanda par la suite Melchior, en le voyant sortir une longue pipe au fourneau d'argile et une tabatière.

— C'est la vérité. Tu connais donc le capitaine de Rouville?

— Ça oui! Il est venu chez nous l'autre jour. Saviez-vous que ma tante Julie est la sœur du capitaine de Rouville? Elle a épousé le commandant Salaberry.

Jacques Viger alluma sa pipe et en tira quelques bouffées.

— Ça parle au diable! Tu es drôlement bien renseigné, jeune Talham. Eh bien! Voilà sans conteste une autre preuve que je fréquente une bonne maison.

— Quand le capitaine de Rouville a-t-il fait cette visite? demanda Alexandre à Marguerite, intrigué de ne pas en avoir eu des échos.

— Oh! fit-elle en cherchant vivement une excuse plausible à son silence. C'était pour la robe de la demoiselle, je veux dire, de madame de Salaberry. Il était passé s'informer si elle était prête, mentit-elle.

— Capitaine Viger, vous allez tuer des Bostonnais? interrompit alors le petit Eugène.

— C'est la guerre, mon garçon, expliqua son père qui sentait l'enfant inquiet. Et lorsqu'il y a la guerre, les hommes ont le devoir de défendre leur pays. Pour cela, il faut tirer du mousquet et tuer des ennemis.

— Et l'ennemi, est-ce qu'il tire également du mousquet?

— Bien entendu, répondit Melchior, du ton de celui qui sait tout.

— Mais vous n'allez pas mourir, papa, n'est-ce pas? demanda Eugène.

L'enfant semblait terrorisé. Le docteur lui fit signe de venir tout près de lui et le fit grimper sur ses genoux.

— Ne t'en fais pas, fiston. Les régiments ont besoin des médecins pour soigner les blessés et je n'irai pas au front. Je reste à Chambly, car ici est mon devoir.

— Pourquoi a-t-on demandé à Stubinger d'organiser l'hôpital du camp, et non pas à vous, docteur Talham? l'interrogea Viger.

— Je ne sais trop, dit Talham.

Il avait l'air déçu. Ce poste aurait apporté un petit supplément à la bourse d'une famille qui comptait déjà quatre enfants.

— Vous savez, je ne suis qu'un simple médecin de campagne. J'ai quitté l'armée il y a plus de vingt ans, reprit Talham. Stubinger y est toujours resté et je ne peux lui en vouloir pour cela. Au contraire, je l'aiderai du mieux que je peux, comme mon devoir l'exige. Il se débat comme un diable pour organiser l'hôpital avec des moyens de fortune et certains vont jusqu'à prétendre qu'il est trop vieux pour venir à bout de cette tâche. Aussi bien dire que je le suis également puisque Stubinger et moi sommes du même âge. On parle même de confier l'hôpital à un médecin plus jeune. Mais je suis au bataillon de monsieur de Rouville, comme vous savez.

— Quelle ingratitude! s'offusqua Viger.

— Au contraire, vive la jeunesse! continua Talham. Sur le front, ce sont les hommes jeunes comme vous qui risquent leur vie, car ils sont vifs comme l'éclair et n'ont pas froid aux yeux.

— Mais ceux qui possèdent l'expérience de la guerre valent aussi leur pesant d'or, protesta Viger. Ce n'est pas pour rien que l'état-major a fait appel à des hommes comme monsieur de Salaberry père et le colonel de Rouville, qui ont connu le baptême du feu. Prenez mon exemple: je suis jeune et vaillant, mais c'est tout juste si je sais marcher au pas. Au fait, ce fameux hôpital n'est-il pas situé loin du fort et du campement?

— Le gouvernement projette de faire construire de nombreuses bâtisses sur la banlieue, mais rien n'a encore été entrepris à ce jour, ce que vous pouvez constater par vous-même, et actuellement, le chaos règne.

— C'est comme pour les clôtures de perche des habitants, fit alors remarquer Marguerite. Mon oncle Boileau s'est fait dérober celles qui délimitaient son verger par des soldats qui s'en sont servis pour faire du feu. Il était fou furieux et a déjà envoyé sa réclamation à l'adjudant général.

— Chambly est joli, ma foi, mais quelle chienne de vie on y mène! déclara Viger.

Les garçons qui écoutaient attentivement éclatèrent de rire en entendant cette expression. « Chienne de vie! » répétèrent-ils jusqu'à ce que leur père les avertisse du regard qu'ils allaient trop loin. Ils s'enfuirent en riant.

— Il y a eu une mutinerie! rappela Marguerite. J'ai peine à croire que pareille chose se produise chez nous.

— Que dire, chère madame, fit Viger. C'est la vie militaire et ces mutins sont bons pour la cour martiale. À peine arrivé, je suis convoqué demain, à la première heure, à siéger à une cour martiale qui décidera du châtiment de ces hommes qui ont osé commettre un délit : fouet, bastonnade ou prison. Tout un menu n'est-ce pas? Mais avant cela, je dois être à cinq heures du matin sur le champ d'exercices. C'est pourquoi je commettrai l'impolitesse de me retirer pour m'aller coucher. En attendant, si j'ai un conseil, tenez vos légumes à l'œil si vous ne voulez pas qu'un de ces pauvres diables vous en débarrasse. Que voulez-vous, quand les hommes ont faim, le chapardage devient à la mode!

Le docteur se leva pour aller avertir son engagé de dormir dans la grange pour veiller sur leur butin et tout le monde gagna son lit.

❧

Depuis le matin, les demoiselles de Niverville ne tenaient plus en place, veillant à ce qu'il y ait exceptionnellement du feu dans tous les poêles et les âtres de la maison. Elles allaient dans tous les sens, distribuant des ordres contradictoires, à tel point que Marie-Desanges, leur petite bonne, craignit d'attraper le vertige.

Thérèse de Niverville explorait fiévreusement le contenu de l'armoire à linge.

— Voyons, où est-elle ? Cette friponne de Malou, notre ancienne bonne, l'aurait-elle ajoutée à son baluchon avant de partir ?

Elle cherchait, parmi la pile des nappes de tous les jours, l'unique nappe brodée de la maison, la plus jolie… quoiqu'un peu mitée.

— Ah ! la voici enfin ! s'écria-t-elle en l'extirpant du fond de l'armoire. Dieu du ciel ! La nappe est fripée et tachée par endroits. Marie-Desanges, lui commanda-t-elle, fais chauffer les fers.

Mais la pauvre Marie-Desanges ne pouvait entendre puisque l'autre maîtresse des lieux, Madeleine de Niverville, l'inondait de conseils sur la manière de faire un gâteau convenable.

— Il faut du beurre et non du suif. Et n'oublie pas d'ouvrir des pots non entamés de confiture, un de fraises et un de framboises. Tu m'as bien comprise, Marie-Desanges : assure-toi que la crème soit bien fraîche. Surtout, cache ce vulgaire sucre du pays et utilise le pain de sucre blanc qu'il faut râper fin.

Les derniers mots de la phrase se perdirent dans l'escalier qui menait à l'étage, la demoiselle étant repartie à la recherche de ses mitaines brodées. À son tour, Thérèse fit son apparition dans la cuisine.

— Voici la nappe à repasser et les serviettes. Fais attention de ne rien brûler, recommanda-t-elle en brandissant un doigt menaçant.

La petite bonne fit signe qu'elle avait compris, tout en se disant que l'auguste maison des Niverville ne résisterait pas longtemps au tourbillonnement de ses maîtresses. Mais comme il fallait que tout soit fin prêt bientôt, elle entreprit de frotter les taches de la nappe, puis attrapa le premier des fers à repasser qui chauffaient sur le poêle.

Marie-Desanges avait reçu l'ordre de se surpasser. Or la pauvrette n'avait pas l'expérience de la cuisinière de madame Boileau ! La veille, ces demoiselles avaient fortement suggéré d'aller prendre conseil auprès d'Ursule. Obéissante, elle avait tremblé en traversant d'un bout à l'autre Chambly au milieu des charrettes et des militaires, toute une lieue parcourue à pied, soit la distance qui séparait le vieux manoir de la maison des Boileau, tout cela afin d'apprendre la manière de confectionner le fameux gâteau de la célèbre cuisinière. Heureusement, Ursule avait eu pitié de Marie-Desanges et ordonné à Augustin d'atteler la vieille carriole. Le domestique des Boileau ne s'était pas fait prier pour ramener la jeune fille au canton, profitant de l'occasion pour la faire rougir en lui disant qu'elle avait de jolis yeux.

Rêveuse, mais ragaillardie, la domestique avait suivi consciencieusement les instructions d'Ursule, priant que la pâte du gâteau lève. Après avoir chauffé le vieux four pour y cuire le pain, elle avait enfourné le gâteau. Une fois cuit et saupoudré de sucre fin, elle avait essuyé ses mains sur son tablier en contemplant fièrement son chef-d'œuvre. La pâtisserie avait bonne mine.

Sur le poêle, l'eau avait été mise à chauffer en prévision du thé.

— Crois-tu qu'elle aimera ce thé vert acheté à Montréal ? demanda Thérèse à sa jumelle. Il paraît qu'il est nettement supérieur au thé noir habituel.

— Il est certain qu'elle l'appréciera, ma sœur, la rassura Madeleine. Il s'agit d'une dame, d'une personne raffinée. Tous les gens de Boucherville sont des gens bien et... de biens, comme le disait souvent notre défunt père, ajouta-t-elle en riant à sa plaisanterie.

— Oh ! Comme j'ai hâte de la revoir ! se réjouit sa sœur, fébrile.

— Elle était si mignonne, petite. J'espère que le mariage ne lui a pas trop gâté le teint…

— … et la taille.

— Mesdemoiselles, mesdemoiselles ! les avertit soudain Marie-Desanges. J'entends une charrette qui entre dans la cour.

Les bessonnes défroissèrent vivement leurs jupes du même geste de la main, tout en jetant un dernier coup d'œil au tablier de la domestique, celle-ci se tenant bien droite à côté de la porte, parée à ouvrir. La première demoiselle refit le nœud du ruban qui retenait sa coiffure, tandis que la deuxième enfilait prestement ses mitaines des grands jours finalement retrouvées.

Enfin, le visage souriant d'une femme d'environ quarante ans, pleine de dignité, apparut dans l'embrasure de la porte. Madame Stubinger retira l'ample coiffe de calèche qu'elle portait pour voyager avant d'embrasser ses cousines, découvrant ainsi un lourd chignon noir paré d'une gracieuse coiffe de mousseline, le tout contrastant aimablement avec d'admirables yeux, très grands et très bleus. Née Anne-Charlotte de Labroquerie, elle était une lointaine parente des Niverville de Chambly. Ces familles constituaient deux lignées distinctes parmi les nombreux descendants du célèbre Pierre Boucher, seigneur de Boucherville : les Boucher de Labroquerie et les Boucher de Niverville. Son mari, le chirurgien George Stubinger, était un homme de taille moyenne, approchant de la soixantaine, dont l'allure martiale trahissait les années de régiment.

Lorsque tous furent installés autour de la théière fumante, les demoiselles manifestèrent leur joie de voir les Stubinger s'installer dans leur village natal.

— La bonne société trouvera bien des avantages à votre installation, docteur.

— Pour tout dire, il était plus que temps que nous disposions d'un deuxième avis médical, avança sa sœur, la mine indignée. Depuis des années – je n'ose même pas vous l'avouer tant c'est honteux –, nous ne sommes soignés que par des charlatans. C'est tout à fait scandaleux !

— On m'a pourtant affirmé que le docteur Talham, que je connais de réputation, a établi sa pratique à Chambly depuis nombre d'années, s'étonna le docteur. On m'avait mal renseigné, sans doute.

Les demoiselles de Niverville s'empressèrent de rétablir les faits.

— Il habite Chambly depuis au moins vingt ans. Mais vous ignorez sans doute que c'est un Français, ajouta la première demoiselle d'un ton entendu.

— Un de ces républicains régicides, renchérit sa jumelle en guise d'explication.

Le docteur Stubinger contint difficilement un sourire ironique. Ce n'était pas la première fois qu'il entendait ces préjugés tenaces. Lui-même, d'origine allemande, prononçait le français et l'anglais avec un léger accent guttural, et avait subi ce genre de discrimination. Les Britanniques considéraient les praticiens français ou allemands avec hauteur et mépris. Mais Stubinger avait réussi à s'imposer. Arrivé au pays avec le prestigieux régiment des Chasseurs Hesse-Hanau, il avait fait des débuts modestes comme assistant-chirurgien. En recevant sa licence de chirurgien, il avait consolidé sa réputation par un mariage avantageux et venait d'obtenir le poste envié de maître chirurgien des troupes, couronnement d'une carrière bien remplie.

— J'aurai plaisir à secourir des parentes. Et il est certain que lorsque mes obligations me le permettront, je pourrai consacrer un certain temps à soigner la population en prêtant main-forte à mon collègue, avança prudemment le médecin, se disant qu'il pourrait peut-être se tailler une intéressante clientèle à Chambly.

— Quel honneur que de se faire traiter par un médecin de l'armée, déclara en minaudant la première demoiselle. Une deuxième part de gâteau, cousin Stubinger?

— Volontiers, répondit le médecin en tendant son assiette. Un véritable délice! Charlotte, dit-il en se tournant vers son épouse, il faut demander la recette à nos cousines.

— Oh! docteur Stubinger! Vous nous flattez…

La première demoiselle agita son mouchoir pour s'essuyer la commissure des lèvres en rosissant de plaisir.

— C'est une recette de famille…

— … qu'il nous fera plaisir de vous transmettre dès que vous serez installés, compléta la deuxième, confirmant le petit mensonge forgé par sa sœur.

Minuscule péché véniel qu'elles avoueraient à leur confesseur à la première occasion.

— Nous devons vous laisser, mesdames.

— Nous aurions tant aimé vous offrir le logement, déplora Madeleine, mais nous avons déjà un pensionnaire, un sergent de la compagnie du capitaine de Rouville.

— Par contre, si vous insistiez auprès du maître de baraque du campement, alléguant bien entendu que nous sommes parents, vous pourriez loger chez nous et le sergent Peltier, ailleurs?

— Nous aurions été honorés de profiter de votre hospitalité, dit le docteur d'un ton navré, tout en observant discrètement quelques traces de pauvreté : meubles brisés et non réparés, objets usuels obsolètes qu'on ne songeait pas à remplacer par de plus modernes.

— Mais on nous a déjà assigné un logement et nous sommes attendus chez monsieur et madame Boileau, expliqua madame Stubinger.

— Oh ! laissa échapper Thérèse.

— On m'a assuré que nous y serions très bien, chère cousine, voulut la rassurer la femme du médecin, croyant qu'on s'inquiétait de son sort.

Les demoiselles dirent adieu aux Stubinger en dissimulant leur dépit. Thérèse aurait aimé insister afin que le docteur use de son influence auprès des autorités pour pensionner chez elles, les débarrassant du sergent Peltier. Sans compter qu'en hébergeant les Stubinger, elles auraient profité de suppléments de foin et de bois plus importants. Mais telle était sans doute la volonté de Dieu et il fallait s'y conformer.

La mine du sergent Peltier – un visage amène, mais des yeux dédaigneux –, n'inspirait guère confiance aux demoiselles. Ces dames convenaient toutefois que ce dernier savait être utile en rendant de menus services. L'appentis adjacent à la maison était toujours rempli à ras bord de bois fendu, et plus personne n'entendait Marie-Desanges se plaindre de la dure tâche. Et pour remercier les demoiselles de leur hospitalité, même forcée, Peltier avait passé des heures à réparer et à consolider le vieux hangar.

Certains soirs, à l'insu des propriétaires et de la bonne qui dormaient, un curieux manège se déroulait justement autour de ce hangar qui abritait, habilement dissimulés dans un coin, des barils de viande salée. L'endroit était idéal. Dans le silence de la nuit, le grondement incessant des rapides de la rivière qui faisaient face à la vieille maison des Niverville suffisait à masquer le va-et-vient d'individus charroyant les tonnelets en provenance du Vermont. Un soir que le sergent Peltier, venant à peine de congédier ses complices, s'employait à placer le dernier arrivage, une lanterne tenue par une main inconnue éclaira soudain le hangar.

— Ainsi, on m'avait bien informé !

C'était la voix du capitaine de Rouville.

— Parbleu ! lâcha le sergent. Capitaine, vous m'avez fait peur.

— Tu aurais eu encore plus peur si cela avait été mon beau-frère, le major, qui avait surpris ton petit commerce.

— Que voulez-vous dire, capitaine ? demanda innocemment Peltier.

— Que si tu veux faire des affaires sur mon terrain, tu dois m'en demander la permission. Ces demoiselles qui t'hébergent sont de vieilles amies de ma famille. Aussi bien dire que tu es chez moi.

Peltier cracha par terre. Se voyant découvert, le sergent comprit immédiatement qu'il allait devoir rogner sur ses profits. Il avait toujours soupçonné le capitaine de Rouville d'avoir la conscience plus ou moins nette. Entre filous, on se reconnaît.

— Ça rapporte ? demanda Rouville, à l'instant où le sergent commençait à calculer mentalement la part de profit qu'il était prêt à sacrifier. Certes ! Suffisamment de « la belle argent », car un homme comme toi est trop malin pour risquer la cour martiale pour quelques misérables deniers. Combien ?

— Une livre le baril, répondit Peltier.

— C'est tout?

— Une livre pour vous, capitaine, précisa le contrebandier, ce qui représentait déjà une somme rondelette. Je vous offre la moitié de ce que ça me rapporte, une fois tous les frais payés, bien entendu.

— Une livre? Je te trouve bien avare.

— Je dois payer passeurs et revendeurs, plaida le sergent, et tous les risques sont pour moi.

— Tu m'en donnes deux et je ferme les yeux. Voyons voir combien tu as de barils. Douze, compta-t-il. Tu me dois donc vingt-quatre livres.

Rouville devait toujours de l'argent à ses hommes. Des sommes qu'il tentait de gagner en passant sa soirée chez Bunker à parier ou à jouer. En découvrant le trafic de viande à l'intérieur du camp, il avait vite compris qu'il pourrait en tirer profit.

— Une livre, dix chelins le baril, négocia Peltier en soupirant.

Il fallait vingt chelins – mot francisé par les Canadiens pour désigner le shilling – pour faire une livre anglaise…

— Sinon j'y perds trop et il ne me restera plus qu'à abandonner mon petit commerce. Je peux vous donner la moitié de cette somme dès demain, ajouta-t-il en sachant que Rouville était à court.

— Soit, accepta Rouville, et quand viendra le reste?

— La semaine prochaine, capitaine.

— C'est dire qu'il y aura un nouvel arrivage bientôt. Tiens-moi au courant, ordonna-t-il.

Tout en rageant intérieurement, Peltier entreprit de dévoiler à son capitaine suffisamment d'informations pour endormir sa méfiance. La marchandise de contrebande voyageait sur la rive droite de la rivière Chambly pour traverser le cours d'eau à la hauteur du chemin Sainte-

Thérèse grâce à des complices aux pattes bien graissées et Peltier recevait sa livraison avant de l'écouler dans le camp de Chambly par l'entremise de quelques revendeurs à sa solde.

Peltier avait modifié légèrement la vérité, assuré que Rouville ne se risquerait pas à tremper dans des manigances qui menaceraient sa quiétude. «Rusé, mais couard», estima Peltier. Après tout, il était le beau-frère du commandant des Voltigeurs et se devait de garder les mains relativement propres. Quoi qu'il en soit, désormais, Peltier se méfierait.

Chapitre 22

La revue du gouverneur

Au mois d'août, le gouverneur Prévost honora Chambly de sa présence. Son Excellence avait élu domicile au presbytère, suivant la tradition voulant que les personnages importants soient hébergés au presbytère. Un secrétaire, un aide de camp et trois domestiques formaient la suite du gouverneur. À tout ce monde, il fallait ajouter des voitures chargées de coffres et de malles, sans compter les chevaux qu'on devait loger à l'écurie de monsieur Boileau, celle du curé ne pouvant suffire à la tâche. Ainsi, par la seule présence du commandant en chef des forces britanniques de l'Amérique du Nord, le presbytère devenait le quartier général de l'armée. Un honneur dont la pauvre Marie-Josèphe se serait bien passé avec le surcroît de travail pour veiller au confort de cet encombrant invité. Pour l'aider, les Talham avaient gentiment offert les services de Lison.

Son frère le curé devait également faire face à une tâche décuplée : messes supplémentaires pour les catholiques des régiments cantonnés à Chambly, multiplication des confessions destinées à purifier l'âme des communiants. Même le nombre des baptêmes augmentait, les officiers et soldats mariés étaient souvent accompagnés d'épouses prêtes à faire leurs couches. Dans ces conditions, il devenait impossible à messire Bédard de s'accorder un seul instant de loisir. Le soir, il s'écroulait sur son lit, épuisé au point de négliger ses prières quotidiennes.

— À propos, messire Bédard, le major de Salaberry m'a fait part de votre extrême dévouement envers nos soldats, commenta le gouverneur en savourant une deuxième tasse de son thé matinal. J'ai écrit à mon adjudant général de vous faire parvenir une somme suffisante à titre de compensation.

— Que Votre Excellence soit remerciée, répondit le curé avec déférence, tout en espérant ne pas avoir trop à attendre avant de recevoir l'argent.

Il suffisait de voir les soldats assister à la messe en rangs bien droits, mais dans une tenue dépenaillée. Le fatras administratif qui régnait, et peut-être, même, une certaine injustice, retardaient la confection d'uniformes dignes de ce nom.

Le curé Bédard avait appris à quel point le major Salaberry se démenait pour obtenir le minimum requis afin d'équiper ses Voltigeurs, alors qu'étrangement, les hommes du Glengarry Fencibles ne souffraient pas du même mal. Les soldats de Baynes étaient bien nourris, et équipés en neuf, de pied en cap.

Un peu partout dans les paroisses de la région, la confusion régnait. Dans sa dernière lettre à messire Bédard, le curé Boucher Belleville, de La Prairie, racontait comment son presbytère avait été dévasté par le passage continuel des troupes qui logeaient chez lui. Son collègue lui confiait ses angoisses : une partie des troupes, et notamment les Voltigeurs canadiens, prendraient leurs quartiers d'hiver à Saint-Philippe, le village voisin de La Prairie.

— Monsieur le curé, je n'ai qu'à vous louer pour votre hospitalité, dit le gouverneur après avoir avalé les dernières gorgées de la bienfaisante boisson chère aux Anglais. Sans oublier l'obligeance de votre charmante sœur, ajouta Son Excellence avec un regard aguicheur en direction de la jeune femme.

Marie-Josèphe remercia d'un léger hochement de la tête. Prévost la gênait avec ses amabilités insistantes qui ne ressemblaient guère à celles d'un véritable gentleman. À l'insu de son frère, le gouverneur avait tenté de lui prendre la taille, comme s'il voulait la serrer contre lui, et cela, en dépit de l'existence d'une Lady Prévost demeurée à Québec. Dieu merci, Sir George repartait à Montréal le lendemain. Bon débarras! Un jour de plus et c'était elle, Marie-Josèphe Bédard, qui quittait le presbytère pour s'en aller vivre en ville chez son autre frère. Elle commençait à en avoir par-dessus la tête de jouer à la servante du curé et se prenait parfois à rêver d'un gentil mari avec une maison bien à elle.

L'aide de camp du gouverneur entrait.

— *Our mounts are ready, Sir*[1] *!* dit-il à Prévost qui arbora un air satisfait.

— Messire Bédard, il est temps pour moi d'aller retrouver le major de Salaberry pour la revue des troupes, déclara le gouverneur en tamponnant ses lèvres avec une serviette. Mais comme demain je dois partir avant l'aube, je tiens à vous remercier de votre hospitalité dès maintenant.

Il se leva de table.

— Et pour ce faire, je vous invite, avec votre sœur, à venir souper chez Vincelet, où les officiers du mess tiennent à régaler leur commandant en chef.

Prévost attrapa son couvre-chef et se tourna vers la jeune fille qui se tenait en retrait de son frère.

---

1. Nos montures sont prêtes, monsieur!

— Très chère demoiselle Bédard, je vous présente mes hommages respectueux, et j'espère vous revoir ce soir.

Et il s'inclina sur sa main un peu plus longuement que la bienséance ne le permettait, mais pas suffisamment pour alerter le curé, trop occupé à récapituler mentalement l'horaire chargé de sa journée.

Dégoûtée par les manières du gouverneur, Marie-Josèphe se précipita vers le puits après son départ pour y tremper ses mains dans l'eau pure.

～

À quelque distance de la fortification, les villageois s'étaient massés autour du champ de parade en attendant la revue des troupes. Les divers régiments en étaient à se regrouper sur la banlieue : la milice de la paroisse Saint-Joseph-de-Chambly, les premier et deuxième bataillons de la milice d'élite, les Voltigeurs canadiens et le 100th Regiment of Foot de l'armée. Les hommes regagnaient leur rang pour former des alignements impeccables.

Marguerite était venue admirer le spectacle avec ses enfants et ses parents, François et Victoire Lareau, ces derniers accompagnés bien entendu d'Appoline.

— Voici nos cousins, dit Victoire en désignant Emmélie, Sophie, Zoé, ainsi que monsieur et madame Boileau qui venaient vers eux.

— Là, je vois René et le docteur, cria Zoé en désignant le deuxième bataillon de la milice. Hou, hou ! Regarde, Melchior, dit-elle à son cousin.

— Maman, je vois père, s'emballa le jeune garçon en désignant un homme du doigt. Et voici mon parrain, le colonel de Rouville. Vive le colonel !

— Ils ne peuvent pas t'entendre, dit Emmélie en riant.

— Là ! Là ! Les Voltigeurs, s'enthousiasma encore Melchior. Regarde, Appoline, c'est mon oncle Godefroi.

— Eh bien ! dit François Lareau, la voix étranglée par l'émotion de voir son fils en uniforme défiler dans le régiment du major de Salaberry.

— As-tu des nouvelles de monsieur Papineau ? demanda pendant ce temps-là Marguerite à Emmélie en chuchotant.

— Il a rejoint le cinquième bataillon de milice, mais cet été, il était à Québec pour la session. Ces jours-ci, il doit être avec son régiment, lui apprit la jeune fille. Il est incapable de revenir à Chambly.

— Alexandre disait l'autre jour que son bataillon sera sans doute cantonné à Coteau-du-Lac. C'est très loin de nous.

— Oui, soupira Emmélie, déçue.

— Ne crains rien, tu le reverras, ton amoureux, la réconforta Marguerite avec un petit sourire.

— Ce n'est pas mon amoureux, c'est un ami, protesta Emmélie en rougissant. Mais voici madame de Rouville et sa fille, madame de Salaberry.

— Et madame Juchereau-Duchesnay, la belle-sœur de Julie, dit Sophie.

— Mesdemoiselles, mesdames, comment allez-vous ? les salua Julie.

— Tante Julie ! s'égaya Melchior en apercevant madame de Salaberry.

— Alors, jeune chenapan, qu'est-ce que tu attends pour m'embrasser ? lui dit Julie en lui ouvrant les bras. Et toi aussi, Appoline, viens près de moi. Ah ! Quel bonheur de vous revoir tous !

Julie salua vivement à la ronde, trop heureuse de retrouver ses amies, et rafraîchissait la mémoire de sa belle-sœur Hermine qui se rappelait vaguement les demoiselles Boileau.

Son teint avait légèrement pâli, tout en laissant un peu de rose sur ses joues, et avec sa mince silhouette et ses yeux brillants, Julie avait embelli, constata Sophie.

— Le mariage vous va comme un gant, affirma-t-elle sans détour. J'éprouve un réel plaisir à vous voir ainsi. Avouez que c'est de bon augure pour mon propre mariage ! ajouta-t-elle en riant.

— C'est bien aimable de votre part, répondit simplement Julie, dissimulant un serrement au cœur.

À Québec, le lendemain de la crise de Charles, tout était redevenu comme avant, ce qu'avait prédit sa belle-sœur Amélie. C'était du moins le cas pour son mari, qui avait retrouvé son attitude attentionnée, mais à l'intérieur d'elle-même, un malaise persistait et elle n'arrivait plus à croire en l'amour de son mari sans un doute. Les mots « sors d'ici » lui revenaient sans cesse. Et Julie de Rouville, qui possédait une longue expérience en matière de dissimulation de sentiment, malgré sa désillusion, affichait en façade le visage d'une jeune épouse parfaitement satisfaite de son sort.

— Quelles sont les nouvelles de votre fiancé ? s'informa-t-elle à Sophie.

— Mon cher Toussaint demeure dans la milice de paroisse à titre de major de la division de Saint-Denis, répondit-elle vivement, mentionnant son grade et la milice à laquelle il appartenait afin que tous sachent que son fiancé participait à l'effort de guerre. Il est également fournisseur de l'armée : du foin pour les chevaux, de la farine pour les boulangers chargés de cuire le pain pour les soldats.

Sur ces paroles, le clairon sonna, annonçant l'arrivée du gouverneur.

— Votre époux est aux côtés de Son Excellence, fit remarquer Emmélie à Julie.

Le commandant des Voltigeurs canadiens affichait sa satisfaction devant l'ordonnance de ses hommes parfaitement alignés et disciplinés, la tenue impeccable malgré les manquements de l'intendance – les pantalons étaient bleus, alors que le gris était la couleur réglementaire de l'uniforme des Voltigeurs. Plusieurs d'entre eux portaient une carabine plutôt qu'un fusil. En dépit de leur différend, Julie ressentit de la fierté pour l'œuvre de son mari.

— Sacrelotte! admira monsieur Boileau, pantois. Eh bien, mesdames, je vous jure que de mémoire, je n'ai jamais assisté à un tel rassemblement sur la banlieue du fort, moi qui peux me vanter d'avoir connu l'invasion des Bostonnais et vu défiler les troupes du général Burgoyne sur le chemin du Roi.

— Ça, tu peux le dire, l'approuva le vieillard édenté qui venait de lui donner un coup de coude amical dans les flancs.

Assis sur une chaise à laquelle on avait ajouté de longs bras de bois pour la travestir en chaise à porteurs – en l'occurrence ses deux fils –, celui qu'on appelait familièrement le père Robert venait de surgir, dégageant une légère odeur de suri qui fit reculer les dames d'un pas.

— Ma parole! s'écria le bourgeois en reconnaissant un vieux cousin qui ne sortait guère de son rang dans la campagne éloignée. Même vos rhumatismes ne vous feraient pas manquer l'événement? Vous me faites l'effet d'une apparition.

— Vrai, mon gars, répéta le vieux avec l'accent ancien du français parlé à l'époque de la Nouvelle-France, qui s'entendait encore dans les coins reculés. Ah! dit-il en désignant l'édifice du fort d'un doigt crochu. Si ces murailles-là pouvaient parler… Sûr que j'm'en rappelle, quand ces saudits Anglois sont arrivés. Ça se vantait que le fort s'était rendu sans combat. Le major Rodger – de la graine de pendu juste bon pour l'enfer! –, y'avait pris femmes et enfants pour en faire une barrière vivante autour du fort. Et j'en étais, moi, tremblant de peur qu'on nous tire dessus. Ma foi, c'était hier. Et ta pauvre tante Gaboriau qui en est morte, Boileau. Quand j'pense que ces tuniques rouges s'pavanent toujours chez nous. Ça parle au diab'! Plus d'Anglois que j'en avions vus dans ma vie.

Et le vieillard de brandir son poing en hurlant dans la foule :

— Vive le roi! Vive la France! Vive notre bon sire Louis le quinzième!

Des rires fusèrent dans la foule. Tous connaissaient le père Robert et sa nostalgie de la France d'autrefois.

— Taisez-vous, père Robert! l'adjura monsieur Boileau, scandalisé. Ces gens-là finiront par vous mettre aux fers.

— T'es ben comme ton père, toujours prêt à tirer son bordage du bon bord, rétorqua le vieux. Pis le bon bord, c'est l'bord des Anglois.

— Mais taisez-vous donc, le père, supplia monsieur Boileau en regardant hâtivement autour de lui de crainte qu'un officier entende les propos du vieux. Voyez, notre demoiselle de Rouville, l'épouse du major des Voltigeurs, qui est là. Ah! Madame de Salaberry, pardonnez à mon vieux cousin. Il a vécu des heures pénibles dans sa jeunesse.

— Ne vous en faites pas, le rassura Julie qui riait de bon cœur. Qui ne connaît pas le père Robert et sa nostalgie du monde d'avant, comme il le dit souvent?

— Il est tout à fait inoffensif, renchérit madame Boileau qui s'amusait aussi des divagations du vieil homme. Quel mal y a-t-il à se rappeler la France que nous portons toujours dans nos cœurs?

— Ah! Mam'zelle de Rouville, grand hommage! la salua le père Robert en la reconnaissant. Vous pouvez être fière de vot' major. C'est un Basque, et vous savez c'qu'on dit?

— Nenni, sieur Robert. Que dit-on ?

— On dit « malin comme un Basque ». Voilà c'qu'on dit.

— Est-ce un compliment, père Robert ? demanda Emmélie.

— Finaude pas pour rire, ton Emmélie, ricana le vieux en direction de monsieur Boileau qui se grattait sous sa perruque à cause de la chaleur. Ça veut dire, belle dame, que ce gars-là, sous son habit d'Anglois, y va bouter hors de chez nous les Bostonnais, ajouta-t-il à l'intention d'Emmélie. V'là c'que j'dis, moi, Antoine Robert.

Ébaudi, les yeux écarquillés, le jeune Melchior écoutait attentivement l'ancêtre parler de la vieille France, ce lointain pays où était né son père.

— Vive le roi ! lança encore le vieux.

— Hourra pour le major ! cria le garçon à la suite du mal avenant.

— Vive le roi George ! fit à son tour monsieur Boileau, soulagé de pouvoir faire la démonstration de sa loyauté.

Une fois ces considérations patriotiques réglées, madame de Rouville se tourna vers madame Boileau pour lui confier les difficultés qu'elle avait à organiser un repas en l'honneur du gouverneur.

— Vous savez que les officiers offrent le repas à Sir George, ce soir.

— Nous manquons de tout, expliqua Julie : vivres, ustensiles, assiettes, plats, verres. La plupart des habitants ont l'obligation d'héberger les pensionnaires et ne possèdent plus chez eux que le strict nécessaire. Même l'aubergiste est dépourvu. Si je ne vous avais pas rencontrée à la revue, je me proposais de vous rendre visite, pour vous demander le même service.

Hermine, Julie et madame de Rouville s'étaient vu confier la mission de trouver un nombre suffisant de couverts en faisant appel à toutes les bonnes volontés de Chambly.

— Notre maître d'hôtel et la cuisinière ont emballé ce que nous pouvions prêter de vaisselle et d'ustensiles, et une charrette est partie chez Vincelet, confia madame de Rouville à madame Boileau, que la situation amusait.

— Ainsi, nota-t-elle à Julie avec un brin d'espièglerie, votre nouveau rôle consiste également à compter les fourchettes de vos voisins. Assurez le major de notre collaboration. Je ferai donner des ordres pour faire préparer le nécessaire à apporter chez Vincelet, et le gouverneur verra que les gens de Chambly savent recevoir.

— Et si j'osais, chère madame, vous demander une autre faveur... dit Julie en hésitant un peu. Le fameux gâteau d'Ursule nous garantirait un succès certain.

— Ma chère, dit madame Boileau, c'est comme si c'était fait. Et je serai ravie de revoir votre beau-père.

Louis de Salaberry était en effet présent à Chambly. Tout comme son fils, il était en campagne. Le vieux gentilhomme était enfin redevenu lui-même et s'ennuyait de sa chère Souris et de ses filles. Après la revue et le souper en l'honneur du gouverneur, il prendrait la tête de son régiment pour se rendre au cantonnement de Blairfindie, un endroit situé à mi-chemin entre Chambly et La Prairie.

La revue terminée, la foule se dispersa et on se salua gracieusement en se disant «à ce soir». Madame Boileau courut donner ses ordres à Ursule.

&

— Viens, dit Melchior en entraînant Appoline. Allons voir où est ton frère, mon oncle Godefroi.

Les enfants circulaient à travers la centaine de petites tentes blanches dressées aux alentours du fort. Appoline aurait préféré rentrer immédiatement chez Marguerite où s'était rendue la famille Lareau, incapable de partager la fascination de Melchior pour les militaires. Être au milieu de tous ces hommes n'avait rien de rassurant pour la fillette. Mais son neveu – c'était le lien qu'il y avait entre les deux enfants, même s'ils avaient le même âge – exerçait sur elle une emprise telle qu'elle-même ne pouvait la comprendre.

— Mais c'est mon ami, le jeune Talham! fit une voix railleuse qu'Appoline identifia comme étant celle du capitaine de Rouville.

— Et voici la jeune demoiselle Lareau, ajouta-t-il en dévisageant la fillette inquiète qui tirait sur la manche de la blouse de Melchior en disant: «On s'en va.»

Hélas! Melchior semblait ravi de revoir le capitaine de Rouville.

— Est-ce que l'armée vous a permis de garder votre beau cheval? demanda le garçon. C'était un étalon noir, je m'en rappelle très bien.

— Tu aimes les chevaux, n'est-ce pas?

— Pour sûr! Je vais souvent à l'écurie de mon oncle Lareau qui est éleveur de chevaux.

Ovide observait attentivement cet enfant qu'il savait être son fils avec un étrange sentiment. Il lui vint tout à coup l'idée de mieux le connaître. Son regard croisa celui d'Appoline dont les traits évoquaient ceux de sa sœur aînée, Marguerite, la mère de Melchior. La petite baissa les yeux, tout comme l'autre avait fait, autrefois, dans l'écurie du manoir.

Et s'il existait un moyen d'enlever Melchior à Marguerite? Ce ne serait pas la première fois que les Rouville prendraient la charge d'un fils bâtard. Ovide avait eu vent d'un secret de famille similaire. Son grand-père, René-Ovide de Rouville, avait eu un enfant dans sa jeunesse, avant d'épouser sa grand-mère, la belle Louise André de Leigne. Le petit bâtard avait été élevé à l'intérieur de la famille par une tante célibataire des Rouville, et l'éducation de l'illégitime rejeton s'était faite à la manière des nobles seigneurs d'autrefois qui prenaient soin de leurs bâtards, preuves tangibles de leur virilité. Lorsque ce Voligny s'était marié, à Trois-Rivières, René-Ovide avait signé le contrat de mariage et le registre paroissial, sans préciser, toutefois, qu'il était le père naturel du marié. Ovide caressa un moment l'idée de faire de même avec Melchior.

— Je suis comme toi, jeune Talham. Le cheval est un animal magnifique, qui sert bien son maître. Tu aimerais voir le mien ?

— Ça alors ! se réjouit Melchior, les yeux brillants de plaisir. Pour sûr que je veux voir votre cheval, capitaine de Rouville. Allons-y, s'écria-il.

Mais Appoline ne voulait pas suivre. Elle était de ces enfants qui savent, d'instinct, que l'adulte qu'ils ont devant eux est foncièrement mauvais. Apparemment, Melchior était tout à fait dépourvu de ce mécanisme de défense et son enthousiasme à accepter l'offre du capitaine le prouvait.

— Mais nous devrons remettre ça à un autre jour, dit alors le capitaine, au grand soulagement de la fillette. Je suis trop occupé aujourd'hui, mais si tu reviens, je t'emmènerai à l'écurie de mon père, ton parrain. Tu pourras même monter la jument.

— Ça alors ! répéta Melchior. Tu entends ça, Appoline ? Je vais monter le cheval du capitaine.

— Que cela reste un secret entre nous, mon gars. Des gens pourraient s'en trouver jaloux. C'est bon pour toi aussi, jeune fille, ajouta-t-il en toisant la petite d'un regard sévère.

Appoline, trop contente de retourner chez elle au village, promit tout ce qu'on lui demandait.

— Viens, dit-elle à Melchior. Il est temps de rentrer, sinon Marguerite sera fâchée et nous serons punis.

Ovide les regarda partir. Après la guerre, il réfléchirait à la manière de reprendre ses droits sur son fils. Mais pour l'heure, il venait de reconnaître Emmélie Boileau qui marchait sur le chemin du Roi et partit à sa rencontre.

༄

Emmélie s'était arrangée pour se retrouver seule, à l'écart de sa famille. Elle voulait relire en paix la dernière lettre de Papineau reçue la veille. Leur rencontre avait eu lieu plus d'un an auparavant et, depuis, la correspondance avait été leur seul lien. Emmélie refusait de mettre son cœur en attente, mais dès qu'arrivait une lettre, il palpitait furieusement. Papineau avait été recruté par le cinquième bataillon de milice, ses lettres se faisaient encore plus rares que lorsqu'il était à Québec. Il avait noirci deux feuillets entiers d'une écriture serrée de faits et d'anecdotes qui la faisaient autant rire que frémir d'effroi pour lui, comme le récit qu'elle relisait.

Ma chère confidente et amie, il m'est arrivé une drôle d'aventure que je m'empresse de vous raconter.

Vous avez sans doute appris que Détroit est tombé en juillet dernier grâce aux Hurons du valeureux chef Tecumseh. Ma compagnie avait reçu la mission d'escorter le général américain Hull et quelques prisonniers saisis au cours de cette bataille pour la dernière partie du trajet qui les menait à Montréal. En approchant de la ville, une compagnie de «réguliers», c'est-à-dire des soldats appartenant à l'armée, se joignit à nous et certains d'entre eux, pour se moquer ou insulter les prisonniers, se mirent à jouer Yankee Doodle. *Moi, comme d'autres Canadiens de ma compagnie, avons été si indignés par cette attitude outrageante que nous avons rompu les rangs. Ces malheureux se rendaient par la suite à Québec, et de là, à Halifax et même, pour certains, en Angleterre. Tel est le sort des prisonniers de guerre.*

Emmélie tremblait en lisant la suite de la lettre. Elle était fière du comportement des Canadiens qui connaissaient le respect dû à l'ennemi vaincu au combat, mais les hommes de Papineau avaient commis un acte de désobéissance. De retour au camp, comme le racontait Papineau, ils furent réprimandés.

Si nous avions été des réguliers, on nous aurait sévèrement punis, concluait celui qui se proclamait *son bon et doux ami.*

Emmélie relut plusieurs fois les derniers mots. D'une lettre à l'autre, Papineau se montrait plus affectueux, et elle-même se permettait des audaces dans ses réponses. Elle avait conclu sa dernière missive par *votre tendre amie de Chambly.* Elle replia avec précaution le pli pour le glisser dans son réticule et allait reprendre sa route lorsque Ovide de Rouville surgit devant elle.

— Encore des nouvelles de mademoiselle Papineau ? ironisa-t-il, sarcastique, lui montrant ainsi qu'il n'était pas dupe.

Elle rougit, mais ne se laissa pas décontenancer.

— En quoi cela vous regarde-t-il, monsieur de Rouville ?

— Mais tout ce qui vous touche me regarde, ma chérie. Vous sembliez préoccupée. Les nouvelles seraient-elles mauvaises ?

— Que voulez-vous ? éluda Emmélie qui commençait à s'habituer à sa manière insolente de lui donner du « ma chérie » en alternance avec « adorable pimbêche ».

— Lorsque je vous ai aperçue sur le chemin, coiffée de votre chapeau de paille, avec cette robe qui vous va à ravir en montrant vos bras à peine cachés par ce châle choisi avec soin, j'ai eu envie de venir vous dire à quel point je vous trouvais charmante. Et puis, comment résister au plaisir de revoir vos yeux ?

Il saisit sa main et voulut la porter à ses lèvres, mais elle la retira vivement.

— Monsieur de Rouville, vous m'agacez prodigieusement ! s'impatienta Emmélie.

— Mais moi, je vous adore, répondit Ovide, le sourire un tantinet moqueur.

— Mensonges ! répliqua-t-elle en ouvrant son ombrelle. Et elle le planta là, se dirigeant vers la maison rouge d'un pas vif.

Il riait. Ces conversations badines lui plaisaient de plus en plus. Ovide regarda la fine silhouette qui s'éloignait sur le chemin du Roi sans se retourner, puis regagna le campement en sifflotant.

❧

La soirée donnée en l'honneur du gouverneur réunissait officiers et personnes élégantes et se déroulait de manière si agréable qu'il était impossible de croire que dehors, la guerre était là. Sir George Prévost dispensait ses amabilités avec la prodigalité d'un grand seigneur.

— Monsieur de Salaberry, je n'entends que des louanges à votre sujet, dit-il à Louis qui se rengorgea.

— Votre Excellence, si je peux me permettre, elles sont largement méritées, approuva le colonel de Rouville. La tenue de son bataillon est impeccable et ses hommes le chérissent comme un père.

Monsieur Boileau, qui venait de faire valoir au gouverneur qu'il possédait les meilleures terres du pays et pouvait fournir du grain à l'armée en grande quantité, s'informa de la stratégie prévue pour les jours à venir.

— Nous poursuivons les ouvrages de défense au sud-ouest, afin d'assurer la protection de Montréal, expliqua le gouverneur. Il est certain que l'ennemi tentera de franchir la frontière dans la région du lac Champlain, soit du côté de Plattsburgh, soit par celui de Lacolle, pour ensuite remonter la rivière Chambly. Il faut prévoir chacune des éventualités. Le major de Salaberry sera affecté au commandement des forces du côté de Lacolle.

L'état-major avait déjà augmenté la tâche de Salaberry. Outre son régiment de Voltigeurs, il avait sous ses ordres des bataillons de milice et toutes les compagnies d'autres régiments comme les Chasseurs, les Voyageurs et les Canadians Fencibles, en poste dans la région.

— Pour ma part, j'ai ordre de détruire les ponts et de rendre les chemins impraticables entre la frontière et l'arrière-poste Blairfindie, expliqua à son tour Louis de Salaberry à son ancien collègue de la Chambre.

— S'il faut démolir les ouvrages là où on attend l'ennemi, ceux des chemins d'arrière-postes, où passent obligatoirement les troupes pour aller au combat, doivent au contraire être solidifiés. J'ai remarqué qu'un petit pont sur le chemin principal de Chambly est dans un état lamentable, ajouta-t-il en se tournant vers monsieur Boileau. On m'a affirmé que ce pont vous appartenait et que vous refusiez de le réparer ?

Le visage poupin de monsieur Boileau prit subitement une couleur vive. De son côté, le curé ne put retenir un sourire, un petit air de vengeance dans le regard. Le colonel de Rouville, qui surveillait les réactions du bourgeois, se préparait à contenir l'assaut lorsqu'une main gantée de dentelle noire se posa fermement sur son bras. À sa manière, madame Boileau intimait à son mari de se tenir coi, assurant elle-même la ligne de défense.

— Votre Excellence, on vous a sans doute mal informé, dit-elle, la voix ferme et hautement distinguée, offrant au gouverneur le plus aristocratique de ses sourires.

Tous les convives retinrent leur souffle. Madame Boileau n'avait pas l'habitude de s'interposer ainsi publiquement.

— Certes, il est vrai que des délais imprévus ont retardé le début des réparations, expliqua la noble dame, mais je vous fais grâce de ces détails sans importance.

Cette précision dite avec un lourd regard en direction du curé provoqua chez ce dernier une attaque de toux intempestive.

— Je peux vous assurer que ce matin même, le meilleur charpentier du pays concluait une entente avec mon mari. Monsieur Bresse, ainsi que notre hôte de ce soir, monsieur Vincelet, étaient présents à titre de copropriétaires du pont en question. Croyez-moi, la cause est entendue et les travaux commenceront à la première heure, demain.

— Je me réjouis de cette bonne nouvelle, déclara le gouverneur.

— Qu'en dites-vous, messire Bédard ? fit le colonel de Rouville.

— Je dis que Notre-Seigneur a enfin envoyé ses divines lumières sur les esprits obscurcis de notre paroisse, rétorqua le prêtre qui tenait à avoir le dernier mot de l'histoire.

Devant autant de mauvaise foi, madame Boileau se leva brusquement de table et fit signe à ses filles de faire de même.

— J'espère, messire Bédard, que ce pont réparé fera disparaître tous les fossés qu'il peut y avoir à combler dans Chambly, lança-t-elle, d'un ton qui n'admettait aucune réplique. Et que *tous* les esprits obscurcis verront la lumière.

Ce fut au tour du visage du curé de changer de couleur. Pendant que ce dernier digérait les reproches de sa paroissienne, celle-ci demanda à Son Excellence la permission de se retirer.

L'autorité de cette dame était telle que le gouverneur acquiesça avec grâce et la plupart des femmes présentes se préparèrent à quitter la table, croyant que madame Boileau donnait le signal de se retirer et de laisser les hommes seuls, comme le voulaient les bonnes manières.

Julie allait faire de même, mais soudain, malgré l'épaisseur de sa robe et de ses jupons, une main ferme empoigna sa cuisse gauche sous la table.

— Oh! échappa-t-elle, à la fois surprise et offusquée.

— Restez encore, chère madame de Salaberry, dit Prévost. Nous n'avons pas encore eu la chance de causer et j'aimerais faire plus ample connaissance avec l'épouse du meilleur de mes officiers.

Discrètement, Julie repoussa la main libidineuse du représentant de Sa Majesté au Canada et se leva, le visage empourpré. Ce geste ne ressemblait en rien à l'hommage d'un homme pour une femme, et le mépris qu'il contenait l'atteignit au plus profond d'elle-même.

— Je suis persuadée que nous aurons d'autres occasions, répondit-elle d'une voix étranglée.

— Tout va bien, mon ange? s'inquiéta Salaberry devant l'air étrange de sa femme.

Hermine vint immédiatement au secours de Julie.

— Une faiblesse, sans doute, avec cette chaleur et après une journée épuisante, expliqua madame Juchereau-Duchesnay à l'oreille de son frère. Je m'occupe d'elle.

— Quelle admirable solidarité! dit le gouverneur à Hermine, avec un air hypocrite.

— N'est-ce pas, Votre Excellence? répliqua Hermine avec aplomb. Il est toujours bon de pouvoir compter sur quelqu'un de sa famille. Venez, ma chère, ajouta-t-elle en prenant le bras de Julie.

Julie comprit alors qu'Hermine avait peut-être elle aussi eu droit aux attentions particulières du gouverneur.

— Voilà une grande vérité, souffla le gouverneur. Je ne doute pas que madame de Salaberry pourra être d'un grand soutien pour son mari.

Julie tressaillit en entendant ces mots, se demandant ce qu'ils pouvaient signifier. Mais entraînée par Hermine, elle n'eut la réponse que le lendemain.

❧

Un personnage installé dans le petit salon du manoir de Rouville avait demandé madame de Salaberry. Intriguée, car ce n'était pas l'heure des visites mondaines, Julie sursauta en voyant le gouverneur. Que venait-il faire chez ses parents d'aussi bon matin?

— Votre Excellence, le major de Salaberry, mon époux, est déjà parti au fort.

— Mais c'est vous que je venais voir, madame. Je ne pouvais quitter Chambly sans vous faire mes adieux.

— C'est me faire trop d'honneur, Sir, répondit Julie. Puis-je vous offrir un rafraîchissement? Du thé, peut-être?

— Inutile, ma chère, j'ai ici tout ce qu'il me faut, dit-il en s'approchant d'elle pour saisir sa main et la baiser longuement.

Les avertissements servis par Hermine, la veille – cette dernière connaissant bien le goût du gouverneur pour les femmes de ses officiers –, lui revinrent en mémoire.

— Sir, je vous en prie, vous me gênez, dit-elle en retirant sa main.

— Madame de Salaberry! Aurais-je provoqué chez vous le même émoi délicieux que j'éprouve en vous voyant? J'ai toujours été sensible à l'éclat irrésistible que dégage une jeune mariée. Attribuable, sans doute, à la découverte récente des joies de l'amour. Avez-vous déjà songé à ce qu'une épouse peut faire pour l'avancement de son mari?

Troublée par cette entrée en matière, Julie commençait à comprendre ce que signifiait l'étonnante conduite du gouverneur.

— Je lis de l'incrédulité dans vos beaux yeux. Mais n'ayez crainte, madame, je venais simplement vous proposer... un marché, en quelque sorte.

— Un marché?

Stupéfaite, Julie dévisageait le gouverneur avec un sentiment croissant de honte.

— Une jolie femme comme vous, dit-il en contemplant l'échancrure de son corsage, comprend certainement ce que je veux dire.

— Monsieur! protesta Julie en le repoussant. Ceci m'est parfaitement odieux. Et sachez que je ne suis pas une femme de... ce genre.

— Mais qu'allez-vous chercher là? Je ne fais qu'évoquer... hum! Comment dirais-je? Les prémices d'une grande amitié, à l'image de celle qu'eut autrefois madame de Péan pour monsieur l'intendant Bigot. Vous avez sans doute entendu parler de cette intéressante histoire. Les Françaises sont réputées pour leur tempérament. Et... les occasions de nous voir ne manqueront pas, insinua-t-il en s'approchant si près d'elle qu'il la touchait presque.

Son doigt glissa lentement sur ses lèvres, comme pour en dessiner le pourtour. Horrifiée, Julie recula au point de basculer sur le sofa. Il s'approcha et se pencha sur elle.

— Une bouche gourmande! Qui donne envie de la croquer.

Elle tremblait. Jusqu'où pousserait-il l'audace? Mais il se releva.

— Vous êtes une femme intelligente, madame de Salaberry. Et je suis patient. J'attendrai que mon idée commence à faire son chemin dans votre charmante tête. J'aime les femmes consentantes.

— Je ne peux croire ce que j'entends! Je frémis devant votre demande… inqualifiable, s'indigna bravement Julie qui se demandait comment mettre fin à l'entretien. Maintenant, Sir, vous allez sortir de la maison de mon père, l'intima-t-elle, tremblante, mais refusant de céder à l'ignoble chantage.

— Réfléchissez, fit le gouverneur en se levant avec mauvaise humeur. Sinon, il pourra en coûter à votre mari.

«Ces Canadiennes, toutes des saintes nitouches!» grommela-t-il pour lui-même.

Il allait partir lorsque madame de Rouville fit interruption dans le petit salon. Jamais Julie n'avait été aussi contente de voir apparaître sa mère.

— Sir Prévost, on vient de m'apprendre l'honneur de votre visite!

Elle se retourna vers Julie avec un air de reproche.

— Comment, ma fille, tu ne nous as pas fait prévenir que Son Excellence était ici?

Qu'avait pu voir ou entendre sa mère? se demanda Julie avec effroi. Le gouverneur n'avait pris aucune précaution pour s'assurer qu'il serait seul avec elle. Les portes du salon étaient demeurées grandes ouvertes. Et si un domestique était entré?

— Chère madame, la faute m'en revient, je ne lui en ai pas laissé le temps, répondit le gouverneur avec aplomb. Je passe en coup de vent, mais je tenais à saluer la famille de mon meilleur officier avant de repartir à Montréal. Ma voiture m'attend.

— C'est trop d'honneur, Votre Excellence. Mais je vous saurais gré de bien vouloir ménager ma fille qui est épuisée ces jours-ci. La soirée d'hier l'a fatiguée.

Rien dans le ton de madame de Rouville ne laissait entendre qu'elle avait pu voir ou entendre quoi que ce soit.

— Mon mari est absent. Mais il sera heureux d'apprendre votre intérêt pour notre fille et notre gendre, ajouta madame de Rouville avec un sourire impassible.

Elle n'était pas dupe de ses intentions.

— Je vous raccompagne ? insista-t-elle.

Prévost s'inclina gracieusement.

— Comme je le disais à madame de Salaberry, j'allais partir. Mesdames, mes hommages. Chère madame, j'aurai plaisir à vous revoir bientôt, fit-il en baisant la main de Julie.

Madame de Rouville raccompagna elle-même le gouverneur jusqu'à sa voiture. Lorsqu'elle revint au petit salon, le visage de Julie avait perdu toutes ses couleurs.

— Allonge-toi, dit-elle d'un ton inquiet en désignant le sofa. J'envoie Joseph quérir le docteur Stubinger.

— Ce n'est rien, mère, répondit faiblement Julie. Un simple étourdissement.

Plus que son malaise, l'attitude de madame de Rouville la déconcertait totalement. C'était bien la première fois que sa mère prenait sa défense.

— Vous avez tout entendu ?

— Suffisamment pour comprendre, répondit madame de Rouville. Mais laisse-moi te donner un conseil. Même si tu cédais à ses avances, ton mari n'obtiendrait rien de plus. Ce genre de personnage ne cherche que son propre intérêt.

Julie se releva brusquement.

— Je n'ai jamais eu l'intention de faire ça, mère !

— Cela ne te ressemblerait pas, convint sa mère dont la voix était beaucoup plus douce qu'à l'accoutumée. Mais trop souvent, la peur ou la crainte pousse des femmes à commettre certaines imprudences.

— Je ne savais plus quoi faire pour m'en débarrasser.

— Avec le temps, tu apprendras à éviter ce genre d'importun, tout gouverneur soit-il.

Julie dévisagea sa mère qui lui souriait.

— Vous avez changé, mère. Je ne vous reconnais plus.

— Je ne crois pas avoir changé à ce point, j'ai seulement appris à te faire confiance. Depuis que tu as accepté Salaberry comme époux, j'ai compris que tu me ressemblais beaucoup plus que je ne l'aurais jamais cru. Mais tu es bien pâle, s'inquiéta-t-elle, à la seconde même où Julie tournait de l'œil. Joseph ! cria-t-elle. Va chercher le docteur Stubinger !

$$\sim$$

Stubinger recommanda plutôt qu'on fasse quérir une sage-femme qui pourrait ausculter Julie, confirmant ce dont cette dernière se doutait depuis un certain temps : elle était enceinte. Julie ressentit une joie indicible à la pensée de porter un enfant. La nouvelle procura un motif suffisant de réjouissance au manoir pour effacer le souvenir de la visite matinale de Prévost.

— Je… Je vais être père, balbutia Charles, plus tard, lorsqu'on lui apprit la nouvelle. Je vais être père !

Le regard azur de l'inflexible commandant des Voltigeurs canadiens devint subitement humide. Il s'agenouilla auprès de Julie qui était allongée sur le sofa.

— Mon ange ! Un petit Salaberry ! Rien ne pouvait davantage me combler de bonheur.

Les larmes de joie coulaient librement et Julie, profondément touchée par cette émotion sincère, oublia toute trace de ressentiment et tendit les bras vers son mari en lui offrant un doux baiser.

Chapitre 23

L'expédition de la rivière Lacolle

Aussitôt la grande revue du gouverneur passée, ordre fut donné aux compagnies de Voltigeurs de se rendre à Blairfindie. Six bonnes lieues à marcher sous un soleil ardent.

— En avant, les gars ! Comme dit le capitaine, marcher, toujours avancer, c'est ça la vie de soldat ? pesta Louis Charland, s'adressant à Godefroi.

— Par ma vie, j'ai jamais eu aussi chaud, soupira Godefroi.

— On a sué plus d'eau que peut en contenir un puits, déclara Charland en grattant les dernières piqûres que des moustiques voraces avaient laissées un peu partout sur son corps.

— Plus d'eau qu'on en trouve dans le bassin de Chambly ! renchérit Godefroi en dénouant le mouchoir qui lui ceignait le front pour s'éponger le visage.

Dans la touffeur du jour, les chemises collaient à la peau.

De Chambly, pour se rendre au campement de Blairfindie, il fallait suivre le chemin de la Petite Rivière, ce qui permit à Godefroi de s'arrêter à la ferme familiale pour serrer sa mère dans ses bras.

— Bonté divine ! s'écria Victoire, à la fois étonnée et heureuse de voir son fils. Mais tu as maigri ! Que t'a-t-on fait ?

— Faut dire qu'une platée de votre ragoût nourrit mieux son homme que les rations de l'armée. Mais on manque pas de pain, répondit le fils à sa mère.

Cette dernière détailla l'accoutrement du voltigeur.

— Eh bien! En voilà une belle cochonnerie bonne à rien, dit-elle en constatant l'état misérable des semelles de ses chaussures percées en plusieurs endroits. Tu n'iras pas loin avec ça, mon garçon.

— Rien ne vaut des souliers faits à la maison, décréta à son tour François Lareau en entrant dans la maison pour donner l'accolade à son fils.

On venait de l'avertir de la venue de Godefroi. L'habitant était au champ, la récolte de foin battait son plein et il ne fallait pas manquer un jour de beau temps. Mais le passage de son fils voltigeur valait bien un accroc à la règle. Le père promit de confectionner une solide paire de souliers de bœuf dès qu'il en aurait le temps, pour remplacer les mauvaises chaussures fournies par l'armée.

— Et je suppose que les tiennes sont en aussi mauvais état? demanda-t-il à Charland. Toi aussi, tu en auras une paire neuve, déclara le généreux habitant, mais en revanche, je compte sur toi pour veiller sur mon fils.

— C'est trop de bonté, père Lareau! Et vous n'avez pas à vous en faire. Godefroi et moi, on est comme les deux doigts d'une même main.

— Dès qu'elles seront prêtes, je les ferai porter au camp. Tiens! On vient.

D'autres voltigeurs venaient de pénétrer dans la cour. Au milieu d'eux, François distingua un cavalier. Il reconnut le supérieur de son fils et sortit.

— Capitaine de Rouville, fit-il en touchant du doigt le rebord de son chapeau. Salutations!

Rouville était à cheval, en compagnie d'un homme qui allait à pied et semblait épuisé. C'était Jacques Viger. Peu habitué à parcourir une longue distance sur ses deux jambes, il haletait alors que les troupes avaient à peine parcouru une lieue sur le chemin de la Petite Rivière. Godefroi ne semblait pas surpris de les voir là.

— Le capitaine Viger a logé chez Marguerite et le docteur. Il cherche un cheval pour continuer la route, expliqua-t-il à son père. Je lui ai dit que vous pourriez peut-être l'accommoder.

— Vous êtes un ami de mon gendre ? demanda Victoire en dissimulant derrière un faible sourire sa méfiance envers ce compagnon du fils Rouville, qui avait l'audace de s'arrêter chez elle. Dans les circonstances, il lui fallait tolérer la présence de l'homme maudit.

« La vieille sorcière me déteste toujours », constata toutefois Ovide qui conservait un très mauvais souvenir de leur dernière rencontre. Mais aujourd'hui, en la voyant dans sa simple jupe indienne, il se demandait comment une pauvre femme d'habitant avait pu lui flanquer la frousse. Pendant que Victoire et Rouville échangeaient un regard hostile, Viger répondait à la question de la fermière avec sa grandiloquence habituelle :

— Chère madame, j'ai cet honneur ! Ce jeune voltigeur me dit que vous auriez peut-être un cheval à me vendre. Or je dois avouer que je ne sens plus mes jambes.

— C'est votre jour de chance, déclara François Lareau en soulevant son chapeau de paille pour s'éponger le front de son mouchoir. Vous ne pouviez pas mieux tomber.

Les Lareau étaient une famille d'éleveurs. François s'occupait du cheptel bovin et son frère Joseph élevait des chevaux, en association avec le notaire Boileau.

— J'ai justement une belle bête qui devrait faire votre affaire. Elle est bien domptée, avec un caractère doux. Venez, dit-il en l'amenant à l'écurie.

— Monsieur Lareau, vous me sauvez la vie ! remercia Viger en voyant l'habitant entraîner par son licou une paisible jument grise.

— Qu'en dites-vous ?

— Affaire conclue, déclara le bourgeois, visiblement ravi. Ainsi, j'arriverai avec tous mes membres à Blairfindie. Vous aviez raison, Rouville, de dire que je trouverais ici une bonne monture.

— Je considère ces bonnes gens comme étant presque de la famille, fanfaronna Rouville.

Victoire eut un frisson d'effroi. Que voulait dire ce satané capitaine ? Marguerite l'avait pourtant assurée que les rumeurs d'un mariage avec Emmélie Boileau étaient fausses.

— Ah ! soupira Jacques Viger, une fois hissé sur sa monture. Je me sens devenir un autre homme.

Pour leur part, les deux jeunes voltigeurs dissimulaient un sourire moqueur.

— Ces bourgeois ! ricana en douce Charland.

— Des jambes molles, pis la couenne de lard douillette ! ajouta Godefroi. Pour vivre à la dure, rien ne vaut un habitant ! Hein, mon Louis ?

Les jeunes gens s'esclaffèrent puis reprirent la route en chantant le dernier air composé sur le major de Salaberry : *C'est un major / Qui a le diable au corps / Il nous causera la mort / Il n'y a ni diable ni tigre / Qui soit si rustique / Sous la rondeur du ciel / Y'a pas son pareil.*

— Voilà bien l'âme française du Canadien, fit observer Viger à Rouville en riant. Il peste, il crie, mais avec lui, tout finit toujours par une chanson.

Et il s'empressa de répéter les paroles du couplet afin de les rapporter à son épouse, dans sa prochaine lettre.

Bientôt, on fut en vue de Halfway House, une vieille taverne située au carrefour du chemin de la Petite Rivière et du chemin de Saint-Jean. Aux alentours, les arbres avaient été coupés, dégageant ainsi le terrain afin de permettre aux troupes d'y installer leurs tentes. On projetait de construire des casernes sur cet emplacement, mais aucune construction n'émergeait encore du sol lorsque les compagnies de Rouville et Viger arrivèrent sur les lieux.

Au cours de l'été de 1812, les milices d'élite et les corps de volontaires comme les Voltigeurs étaient appelés à couvrir le territoire au sud de l'île de Montréal. Des cantonnements s'installaient un peu partout sur la vaste plaine du Saint-Laurent comprise entre le fleuve, la frontière américaine et la région de la rivière Chambly, et au-delà, formant un triangle dont la pointe nord était Montréal, la cible de l'ennemi. Ce dernier viendrait-il par l'ouest ou par l'est? Le lac Champlain, où se jetait la rivière Chambly, s'avérait une voie naturelle de pénétration au sud-est. Mais les troupes américaines pouvaient choisir de bifurquer vers l'ouest, empruntant le réseau des rivières Lacolle ou Châteauguay.

Outre ses Voltigeurs, Salaberry commandait désormais les milices et autres régiments de volontaires pour assurer la défense de Montréal. Les troupes étaient réparties pour surveiller les chemins et les voies d'eau susceptibles d'être empruntés par l'ennemi. Jusqu'à La Prairie, village situé en face de l'île de Montréal sur la rive sud du fleuve, où se trouvait une traverse pour atteindre l'île, c'était le branle-bas de combat.

Au confluent des grands chemins entre Chambly et La Prairie se trouvait la paroisse Sainte-Marguerite-de-Blairfindie. En cette fin d'été, Salaberry et la plupart des compagnies de Voltigeurs s'y trouvaient; l'entraînement s'intensifia, et rondement à part de ça !

— Le major n'est jamais content, se plaignit Charland un soir, lorsque les hommes regagnaient leur tente.

Ils étaient exténués par l'exercice et les travaux destinés à démolir les chemins ou à construire des abattis, ces ouvrages grossiers constitués de troncs d'arbres abattus, ébranchés de manière à laisser des pointes avant d'être entassés et croisés sur les chemins et les routes, pour empêcher quiconque de passer.

— C'est que nous ne sommes pas encore de vrais soldats, répondit Godefroi qui prenait l'entraînement très au sérieux.

C'était rude et ardu, mais il se disait qu'il fallait toujours en faire plus, afin qu'un jour, le major se déclare satisfait de ses hommes.

— Moi, ce que je trouve le pire, ce sont les ordres en anglais, reprit-il. Je n'y entends rien, et je dirais même que le sergent Peltier ne comprend pas un seul mot non plus.

C'était l'heure du déjeuner. Voltigeurs et miliciens venaient de se découper un bon morceau dans une lourde miche de pain – c'était la base de leur alimentation et chaque homme avait droit à deux pains pesant quatre livres par semaine –, quand Louis poussa Godefroi du coude.

— Hé ! V'là le major. Il est avec notre capitaine et les capitaines Perrault et Viger.

Les hommes lâchèrent tout pour se mettre en rang.

— Soldats ! cria Salaberry. Entre Blairfindie et Lacolle, il ne doit plus y avoir un chemin en état. Il y a encore de l'ouvrage à abattre.

— Encore ? geignit Louis. Ça serait-y que les Américains s'en viennent ? demanda Louis au sergent Peltier.

— J'ai pas à te répondre, le rabroua Peltier. Les ordres sont de démolir les chemins. On démolit.

— Ça va. Allez, mon Louis, on apporte le godendart, dit Godefroi en se munissant de l'immense scie à deux manches. Quand je pense qu'ici, on détruit, alors qu'à Chambly, on n'arrêtait pas de parler de refaire le pont de mes cousins Boileau.

— Me semble qu'il a été refait à neuf cet été, fit son compagnon.

— T'as raison. Même que mon père a fourni du bois.

— Coudonc! nota Charland. Vous autres, les Lareau, vous pouvez fournir tout ce qu'on vous demande? Un cheval pour le capitaine Viger, du bois pour les riches Boileau…

— C'est comme ça! répondit Godefroi en riant, découvrant une dentition exceptionnellement parfaite puisque, par miracle, il avait encore toutes ses dents. Mais je comprends ce que tu veux dire, mon Louis. Par ma vie, les habitants du coin ne seront pas contents de nous voir saccager leurs ponts et leurs chemins. Ils ont travaillé dur pour les construire. On a même démoli des ouvrages tout neufs!

— Faut leur faire comprendre que c'est pour empêcher l'ennemi d'avancer. Mais si l'ennemi ne peut plus bouger, eux non plus ne pourront plus sortir de chez eux.

— Que veux-tu, c'est la guerre, déclara Godefroi tout en priant que le chemin de la Petite Rivière soit épargné.

Mais ces ouvrages préventifs à peine terminés, les compagnies se remirent en route vers la paroisse de Saint-Philippe qui se trouvait au sud du village de La Prairie. La rumeur voulait qu'à cet endroit, on établirait les quartiers d'hiver des Voltigeurs, rumeur qui s'avéra et les hommes de Salaberry purent déposer leur havresac. De mémoire d'homme, l'automne de 1812 était l'un des plus mauvais que l'on ait connus, froid et pluvieux, transformant ce qui restait de chemin en une boue détestable. On commençait même à se dire que la guerre serait peut-être remise à l'année prochaine.

☙

Pendant que le Bas-Canada demeurait relativement paisible, des combats se déroulaient dans le Haut-Canada, et la région des Grands Lacs était fortement attaquée. Puis, soudain, le 23 octobre 1812, les Américains attaquèrent le village indien de Saint-Régis situé au confluent des provinces du Bas et du Haut-Canada et de la frontière américaine. Une violente attaque remportée par les Américains et qui fit de nombreux prisonniers.

L'état-major – dont Salaberry faisait désormais partie – comprit alors que subsistait le risque de voir l'ennemi se présenter avant les neiges. Et à l'aube du 17 novembre, dans la paroisse de Saint-Philippe où la plupart des officiers de Salaberry avaient loué des maisons pour l'hiver, une grande agitation sortit les habitants de leur fausse quiétude.

Un bruit sourd de bottes martelant le plancher de bois, accompagné d'éclats de voix, de hennissements et de pas de chevaux dans la cour tirèrent Julie de son sommeil. Passant une robe de chambre, elle se rendit à la cuisine en bâillant, les yeux à peine entrouverts. Jeanne activait le feu et préparait du café. Antoine entrait et sortait de la maison en réponse aux ordres de Salaberry, déjà vêtu de son uniforme, capot et bicorne posés près de la sortie. Seule sa vareuse d'officier, bien étalée sur le dossier d'une chaise, attendait d'être enfilée par son propriétaire. Assis à son écritoire, son mari écrivait fébrilement un billet après l'autre, des ordres destinés aux capitaines de compagnie de Voltigeurs et aux bataillons de milice : tous devaient se tenir prêts à partir. Des messagers entraient et sortaient de la demeure que Salaberry avait louée à un résidant de la région.

C'était une simple maison d'habitant comprenant une pièce principale assez grande, dans laquelle se déroulaient les activités quotidiennes de la maisonnée. Une seule chambre fermée donnait sur cette pièce, servant de chambre à coucher pour Julie et Charles ; en haut, les combles, divisés par des cloisons qui formaient deux chambrettes, logeaient Jeanne et Antoine. Mais le plus souvent, Antoine dormait devant le poêle, enroulé dans une couverture de laine. Lorsque le froid le réveillait, il ranimait le feu.

— Quel chahut ! fit Julie d'une voix ensommeillée. Que se passe-t-il ?

— On vient de m'apprendre que l'ennemi a passé la frontière sur le chemin d'Odelltown, lui expliqua son mari. Huit cents hommes d'infanterie et trois cents cavaliers, sous les ordres de Pike et Clarke. Nous partons vers Lacolle sur-le-champ. Je te laisse Antoine. Il veillera sur Jeanne et toi. Si tu as besoin de me joindre, il se chargera de faire la commission.

— L'ennemi risque-t-il d'arriver jusqu'ici ? demanda-t-elle avec effroi.

— Nous le repousserons et il ne viendra pas, la rassura Salaberry.

Il s'approcha de sa femme et la serra dans ses bras.

— Mais j'aimerais que tu regagnes Chambly avec nos domestiques. Fais préparer tes effets et va passer quelques jours chez ton père.

— Charles, est-ce vraiment nécessaire que je reparte par des chemins boueux et mauvais ? Il pleut sans cesse et nous arriverons trempés.

— Je serais plus tranquille de te savoir à Chambly, dit-il en l'entraînant à l'abri des regards indiscrets.

Il la contempla un instant. Un de ses doigts s'enroulait autour d'une mèche de ses cheveux et descendait lentement jusqu'à ses épaules, puis sa main caressa l'arrondi de son ventre et il l'embrassa longuement. Julie s'accrocha à cette bouche rude comme pour l'empêcher de partir, mais Salaberry mit fin au baiser.

— D'ailleurs, tu n'as pas le choix. Tu pars, c'est un ordre, ajouta tendrement son mari avant de la laisser.

Les yeux de Julie s'embuaient. La réalité de la guerre apparaissait tout d'un coup et une peur sourde vint se nicher dans le creux de son estomac. Que deviendrait-elle si Charles ne rentrait pas? Elle avait besoin qu'il reste auprès d'elle, qu'il les protège, elle et leur enfant.

— Jure que tu reviendras, supplia-t-elle en s'accrochant à lui.

— Jamais je ne pourrai te promettre une telle chose, mon ange. Un général ne peut rester à l'arrière de ses troupes, c'est lui qui les mène au combat. Mais tu sais que j'ai deux excellentes raisons de tenir à la vie, ajouta-t-il en la caressant du regard. Prie pour moi et Dieu veillera à ce que nous soyons ensemble dans quelques jours.

« Charles a-t-il déjà oublié de quelle manière Dieu a veillé sur ses frères? » ne put s'empêcher de penser Julie.

— Je partirai à Chambly, mais dès que les nouvelles seront bonnes, je reviendrai à Saint-Philippe, s'écria-t-elle avant que son mari ne disparaisse, la laissant seule avec sa peur au milieu de la cuisine.

Dans les compagnies de Voltigeurs et celles des milices qui marchaient sur le chemin d'Odelltown en direction du village de Lacolle, une rumeur se répandit à la vitesse de l'éclair. On disait qu'il y avait onze mille Américains massés sur la frontière dans la région du lac Champlain et qu'un grand nombre d'entre eux avaient franchi la rivière Lacolle pour ensuite remonter la rivière Chambly. La troupe canadienne qui avançait vers eux ne comprenait que deux cents hommes.

En réalité, les Américains étaient six cent cinquante, et les Voltigeurs, une centaine, mais leurs Indiens alliés qui les accompagnaient étaient deux fois plus nombreux et d'une redoutable efficacité.

— Les Yankees les craignent plus que tout, expliqua Godefroi à Louis Charland.

— Je les comprends. À moi aussi, ils me font peur.

— Bien au contraire ! Grâce à eux, nous gagnerons la guerre.

Godefroi avançait en sifflotant, déterminé à flanquer une sacrée frousse aux Yankees. Mais son enthousiasme n'était plus partagé par le sergent Peltier qui ne cessait de se lamenter.

— En voilà une belle vie ! Satanés Voltigeurs ! Se faire crier des ordres par la tête du matin au soir, abattre des arbres en travers des routes, le ventre creux ; démolir des ponts, pour ensuite repasser dans les chemins ruinés par nos soins afin d'aller crier sus à l'ennemi. Et en plus, avoir un incapable pour capitaine. La peste soit de ce pendard !

Godefroi ignorait que Peltier devait partager avec le capitaine les profits d'un certain commerce, mais concédait volontiers au sergent qu'il n'avait pas tout faux à propos du capitaine de Rouville. Ce dernier était peut-être le beau-frère du major – il se corrigea, car désormais, il fallait dire colonel de Salaberry puisqu'on lui avait attribué le grade de lieutenant-colonel –, mais il était certainement le pire officier des compagnies de Voltigeurs canadiens. La preuve était que la compagnie de Rouville connaissait le plus grand nombre de désertions. Godefroi n'approuvait pas ces déserteurs, mais si on lui laissait le choix, il changerait bien volontiers de compagnie. Servir sous les ordres du capitaine Juchereau-Duchesnay, par exemple, le cousin du major. Dans l'esprit de Godefroi, Salaberry restait affectueusement le *major*. Il n'arrivait pas à en faire un colonel.

— Les Yankees sont dix fois plus nombreux, maugréait Peltier. On nous envoie à la boucherie.

Ignorant les récriminations du sergent, le voltigeur Lareau suivait ses compagnons en entraînant son ami Charland dont l'ardeur avait diminué.

— Viens, mon Louis, l'encourageait-il.

Avancer permettait d'ignorer la pluie et le vent glacé de novembre. Pardieu qu'il faisait froid ! Mais Godefroi gardait le sourire, même s'il grelottait sous la capote de laine et malgré la boue du chemin et les arbres abattus en travers d'une route aux larges ornières, autant d'obstacles qu'il fallait franchir pour avancer.

— Moi, marmonna le sergent Peltier, à la première occasion, je me sauve de cet enfer !

— Vous n'y pensez pas sérieusement, sergent ? s'exclama Godefroi. Déserter, ça peut coûter cher. Tous ceux qui se sont fait attraper ont reçu la bastonnade ou se sont ramassés en prison. Et il y a pire, comme vous savez ! Très peu pour moi, sergent.

— Moins fort ! l'intima Peltier, on pourrait t'entendre. Ceux qui se sont fait prendre n'étaient pas bien malins, si tu veux mon avis. Tu verras que moi, on ne me prendra pas.

— Par ma vie ! Comptez pas sur moi pour vous suivre, affirma fermement Godefroi.

Il n'avait nulle intention de se sauver lâchement. Il était trop fier d'être un voltigeur, même s'il fallait coucher à la dure ou marcher dans des marais où l'on s'enfonçait parfois jusqu'aux genoux. Rien de comparable à celle qu'on menait à la ferme familiale, qui lui apparut comme un cocon chaud et douillet. Mais être un soldat de Salaberry, un Canadien à son image, et non pas un de ces Anglais arrogants, «ça, par ma vie, ça vaut tout l'or du monde», se disait le voltigeur Lareau pour s'encourager.

Néanmoins, le major-lieutenant-colonel n'avait pas d'autres choix que de s'exprimer presque toujours en anglais puisqu'il appartenait à l'armée de Sa Majesté George III. Ce roi qu'on disait fou. En réalité, c'était son fils, le prince de Galles, qu'on appelait aussi prince régent, qui gouvernait l'Empire en attendant la mort du roi. Un autre prince d'Angleterre était l'ami de Salaberry. Dire que Salaberry avançait avec eux, sur le chemin d'Odelltown, avec les Voltigeurs qui allaient enfin se battre !

— Nous allons chasser les Bostonnais, sergent ! affirma Godefroi. Ping ! Ping ! fit-il en faisant mine de tirer. J'ai tout ce qu'il faut dans ma giberne, ajouta-t-il en faisant allusion aux cartouches que contenait son sac. Et les Yankees ont tellement peur de nos Sauvages, qu'ils vont s'enfuir dès qu'ils commenceront à hurler. On croit qu'il y en a cent, là où il n'y en a qu'un seul.

— Et notre major est le meilleur pour les mener comme un grand chef ! déclara Charland qui reprenait confiance.

— Par ma vie, t'as encore raison, mon Louis. Y paraît que monsieur de Salaberry, le père de notre major, a été surintendant des Indiens et que nos Sauvages le vénèrent.

— Maudit vinyenne !

Le sergent Peltier venait d'échapper un juron. En voulant enjamber des arbres couchés sur le chemin – trois immenses troncs de pruche grossièrement ébranchés et hérissés de chicots pointant dans toutes les directions –, il avait déchiré sa veste, puis trébuché, s'étalant de tout son long dans la vase.

— Attention où vous marchez, l'avertit Godefroi en riant.

Peltier lui jeta un regard mauvais. Pauvre imbécile! Il en avait assez et à la première occasion, il disparaîtrait dans le bois sans demander son reste. Pardieu, on ne le verrait pas à Odelltown!

Peltier commença à ralentir le pas. Déjà, Charland et Lareau l'avaient devancé en sifflotant. :

— *C'est un major, qui a le diable au corps, il nous causera la mort…*

❧

— Hein, mon Louis! On les a eus, les Yankees.

— Ouais, ils ont déguerpi comme des lapins en entendant hurler nos Sauvages. Ils ont mené un chahut du diable.

Godefroi s'esclaffa.

— Avec le plomb de nos fusils dans les fesses.

La bataille de Lacolle fut une belle victoire pour les Canadiens. Les Américains s'étaient avancés sur le chemin d'Odelltown afin de franchir la rivière Lacolle. Inférieurs en nombre, les Canadiens avaient bravement repoussé l'ennemi, avec l'aide d'environ quatre-vingts Indiens.

— Ils ont certainement cru que nous avions une horde de mille Sauvages avec nous, riait Godefroi.

— Faut dire que c'est effrayant de les entendre crier. Même à moi, ça me donne des frissons.

— Les Yankees se sont même tiré dessus les uns les autres, victimes de leur propre souricière, et ont détalé en laissant leurs fusils derrière eux.

— C'est comme ça, déclara Louis Charland. La nuit, tous les chats sont gris et les Yankees aussi.

Les jeunes hommes pouffèrent de rire, provoquant des «chut!» de leurs compagnons qui cherchaient le sommeil.

— C'est une sacrée chance qu'on puisse dormir dans cette grange, chuchota Godefroi à son ami.

L'odeur familière du foin les réconfortait, ce foin qui allait les tenir au chaud pour la nuit.

— C'est une chance encore plus grande d'être tombés sur d'aussi bonnes gens, ajouta son compagnon dont l'haleine formait une buée tandis qu'il parlait tout en attisant le feu.

À l'aide d'une misérable gamelle – bonne fortune ramassée sur les abords d'une route –, les deux voltigeurs faisaient preuve de beaucoup d'ingéniosité pour tenter de faire cuire des pommes de terre et du chou, gracieuseté du cultivateur du rang Saint-André qui les hébergeait dans sa grange avec quelques autres.

— Je me dis qu'il aime mieux donner que se faire voler, philosopha Godefroi en parlant de leur hôte, tout en consacrant son attention à faire griller au bout d'une simple branche les morceaux de lard de leur ration.

— Au moins, ce soir, pas question de coucher à la belle étoile. On gèle tellement dans nos guenilles, et c'est pas la petite couverture qu'on nous donne qui y change grand-chose.

Le repas terminé, ils entreprirent de réparer tant bien que mal leurs vêtements décousus ou déchirés. Mais la faible lueur du feu de bois mit rapidement fin à leur entreprise et la délicate opération fut remise au lendemain.

Godefroi commençait à préparer sa couche pour la nuit en entassant du foin lorsque du bruit se fit entendre. À la lueur du feu, il reconnut le capitaine de Rouville. Ce dernier était accompagné du capitaine Ferguson, du régiment des Canadian Fencibles, une formation semblable à celle des Voltigeurs, et de deux soldats qu'il ne reconnaissait pas. Les voltigeurs encore debout se mirent immédiatement au garde-à-vous.

— Capitaine, firent-ils en chœur.

— C'est lui, dit Rouville en désignant Godefroi.

— Emparez-vous de cet homme, ordonna le capitaine Ferguson.

Godefroi eut à peine le temps de jeter un coup d'œil par-dessus son épaule pour savoir de qui il était question que les soldats étaient sur lui. Ne comprenant pas ce qui se passait, il se débattit comme un diable, et comme il était fort – les travaux de la ferme avaient musclé son corps –, il arriva à les repousser.

— Lâchez-moi, cria-t-il en agitant les bras. Qu'est-ce qui vous prend? Mon capitaine, dites-leur de me lâcher, implora-t-il.

Les soldats firent une nouvelle tentative pour le maîtriser, sans y arriver. Godefroi refusait de se laisser emmener.

— Toi, cria Rouville à Louis Charland, aide-les.

— Mais… mon capitaine. C'est mon ami et…

— Obéis, sinon tu seras accusé de complicité.

— De complicité? répéta Godefroi.

Le voltigeur reprit alors ses esprits et cessa de résister, évitant à son compagnon de régiment l'odieux d'avoir à intervenir. Il y avait certainement erreur sur la personne et il lui serait facile de démontrer son innocence.

— Tu es accusé d'avoir voulu déserter et d'avoir incité à la désertion, déclara Ferguson. Tes complices, Peltier et une dizaine d'autres, ont été arrêtés, de même que l'un de mes fencibles, Étienne Desautels.

— Desautels et Lareau viennent de la rivière Chambly. Ça ne me surprend pas qu'ils soient complices, ajouta Rouville.

En entendant ces mots, Godefroi devint blanc.

— Sacrédié! Mais c'est faux! se défendit-il. Je ne suis pas un déserteur. Vous me connaissez, capitaine de Rouville. Vous savez bien que c'est un mensonge.

— Suffit! ordonna le capitaine Ferguson.

— Amenez-le, ajouta Rouville.

Abattu, Godefroi garda le silence. Mais dans la lueur du feu, en voyant son ami partir les mains liées derrière le dos, Louis Charland vit se dessiner l'ombre d'un sourire sur les lèvres minces du capitaine de Rouville.

Chapitre 24

Aux quartiers d'hiver de Saint-Philippe

Les gazettes avaient finalement annoncé le mariage de la demoiselle Sophie Boileau avec monsieur Toussaint Drolet, le 26 octobre.

Avant que sa sœur bien-aimée ne monte dans la voiture qui l'amenait vers sa nouvelle demeure de Saint-Marc, un village sur la rivière en aval de Chambly, Emmélie avait longuement étreint Sophie et des larmes avaient coulé, impossibles à contenir. Sophie gagnait un mari, une vie nouvelle, mais Emmélie perdait celle avec qui elle avait toujours tout partagé. N'ayant plus que Zoé pour lui tenir compagnie, avec des parents qui vieillissaient, elle se trouvait bien seule. Quant à son très cher frère René, sa profession de notaire lui permettait d'avoir une vie remplie, bien différente de celle de ses sœurs.

La correspondance avec Papineau se poursuivait à l'insu de la famille, exception faite de son complice, René. Contrairement à son père, ce dernier voyait d'un œil favorable le mariage de sa sœur avec l'avocat député, persuadé que Papineau avait un bel avenir devant lui. René ne voulait surtout pas qu'Emmélie devienne par la force des choses prisonnière de son statut de fille aînée et d'un célibat imposé, consacré à veiller sur la famille.

Déjà plus d'un mois s'était écoulé depuis le départ de Sophie, et Emmélie souffrait d'un manque d'entrain. Même une lettre de Papineau, reçue le matin même, n'arrivait pas à chasser sa mélancolie.

Coteau-du-Lac, 30 novembre 1812

Ma chère amie,

Ma sœur m'écrit que vous vous inquiétez de mon sort. Vous êtes bien bonne, alors qu'elle se moque de moi, se demandant ce que je fais dans cette gabare de milice incorporée ! J'accomplis mon devoir, simplement. Et vous, Emmélie, je sais que vous me comprenez. Je vous écris pour vous annoncer que j'ai été nommé juge-avocat pour l'armée. Et que le gouverneur veut convoquer la Chambre pour la fin décembre. Avec ces deux emplois, quand pourrais-je retourner à Chambly ? Je vous avoue, je me languis de vous, ma douce amie. Il me tarde de vous revoir, de poursuivre une discussion animée avec une jeune femme belle et intelligente comme vous l'êtes. Puisse cette guerre, qui à mon avis ne rime à rien tant les causes en sont ridicules, que cette guerre, dis-je, cesse un jour afin que nous puissions reprendre nos relations sous un meilleur jour.

Transmettez mes meilleures amitiés à votre frère, ainsi qu'aux autres membres de votre famille, en espérant que monsieur votre père ne m'en veut plus. J'ai appris avec bonheur que l'affaire ponceau s'est réglée à l'avantage de tous et je m'en réjouis. Écrivez-moi, très chère Emmélie. Écrivez à ce pauvre soldat qui rêve de vous, parfois, et qui reçoit vos lettres le cœur battant.

Votre ami le plus sincère, Louis-Joseph Papineau

Les derniers mots firent surgir des papillons dans son estomac ! Papineau avait utilisé tout le papier et au bout du feuillet, sa signature était illisible. Elle replia la lettre et la glissa dans sa poche. Leurs relations épistolaires prenaient une nouvelle tournure. Cette fois, Papineau était explicite. Il s'engageait auprès d'elle comme il poursuivait son engagement dans la milice : avec assurance et fermeté.

René et le docteur Talham avaient déjà démissionné de la milice d'élite en septembre, après seulement cinq courts mois de service. Une période insuffisante pour devenir un héros de guerre, mais cette pensée ne semblait pas tourmenter les deux hommes, trop heureux de retrouver la vie civile où ils se sentaient plus utiles.

Dehors, le mauvais temps sévissait, mais Emmélie s'obligea quand même à sortir pour une visite chez les Talham.

— Tu viens avec moi ? proposa-t-elle à Zoé qui accepta.

Les jeunes filles se couvrirent de chauds vêtements de laine, puis Emmélie fit atteler avant de se munir d'un parapluie. Pas question d'aller à pied par ce temps.

Dès que Lison les eut fait entrer au salon, Emmélie aperçut Marguerite épongeant des yeux rougis et l'air catastrophé du docteur, comme si une maladie grave venait d'atteindre tous les habitants de la maison. Enfoncés dans un sofa de la chambre de compagnie, François et Victoire ne payaient pas de mine non plus. Jamais Emmélie n'avait vu sa tante dans cet état. Victoire ne retenait même pas ses larmes ; incroyablement frêle, elle sanglotait, le visage enfoui dans l'épaule de son mari.

— Que se passe-t-il ? s'alarma la jeune femme.

— Emmélie, Zoé, entrez, les invita le docteur Talham. Vous tombez à point nommé. Nous ne serons pas de trop pour décider de la marche à suivre.

— Docteur Talham, expliquez-nous, insista Emmélie avec angoisse.

— On a arrêté Godefroi, laissa tomber François Lareau, la voix presque inaudible.

Emmélie ne reconnaissait pas le fier époux de Victoire. L'habitant avait vieilli de dix ans.

— Godefroi! Arrêté! s'écria Zoé qui n'en croyait pas ses oreilles. C'est certainement une erreur. Il ne peut avoir commis une mauvaise action.

— C'est l'être le plus franc que je connaisse, approuva Emmélie. Je crois que nous devrions aller chercher mon frère, suggéra-t-elle, consternée par le désarroi ambiant.

— C'est ce que je m'apprêtais à faire quand vous êtes entrées, dit le docteur. Le notaire est à la maison?

— Oui, répondit Emmélie. Puisque vous y allez, Zoé et moi allons nous rendre utiles en attendant votre retour. Zoé, va à la cuisine et dis à Lison de préparer quelque chose de réconfortant. Du thé, du café.

— Mais avant tout, servez un verre de rhum à mon pauvre beau-père, murmura le docteur à la jeune fille. Sans oublier madame Lareau qui en a bien besoin. Le choc qu'ils ont reçu est terrible. Godefroi est accusé de désertion devant l'ennemi.

— C'est impossible! s'indigna Emmélie.

— Et comme vous le savez, ajouta le docteur à voix basse, un verdict de culpabilité dans un tel cas peut être passible de peine de mort par fusillade. Le rhum, ajouta-t-il en refermant la porte derrière lui. N'oubliez pas.

Médusée, Emmélie se dit qu'une bonne rasade d'alcool ne lui ferait pas de mal à elle non plus.

Le docteur ne tarda pas à revenir avec le notaire. Ils étaient accompagnés de monsieur et madame Boileau venus prêter main-forte.

— Tenons un conseil de famille, suggéra le bourgeois. Il doit exister un moyen de tirer ce jeune homme de la périlleuse ornière dans laquelle il a eu le malheur de tomber.

— Docteur, je vous prie, rapportez-nous tous les faits, demanda René avec un calme destiné à empêcher la panique d'envahir la maison des Talham.

Marguerite tremblait. Les larmes de Victoire avaient fait place à l'hébétude et son visage naturellement bistré présentait une pâleur inquiétante. Mais le pire était sans conteste François Lareau. Un chêne qu'on venait d'abattre. Madame Boileau s'était approchée de lui et lui tapotait doucement la main. Son mari avait entouré sa cousine Victoire d'un bras fraternel. Ils avaient été élevés ensemble et avaient toujours conservé, l'un envers l'autre, une affection particulière. Jadis, lorsqu'était arrivé le drame de Marguerite, c'était vers son cousin Boileau que Victoire s'était tournée.

Maintenant qu'un autre drame se dessinait, les Boileau se constituaient en rempart autour des Lareau. En cet instant, peu importait que l'un soit habitant et l'autre bourgeois, les liens du sang étaient plus forts que tout.

— Le lendemain de la bataille de Lacolle, commença le docteur, c'est-à-dire le 21 novembre dernier, on a arrêté Godefroi dans le rang Saint-André. Il est accusé d'avoir déserté devant l'ennemi.

— Il était en fuite ?

— Non, répondit le docteur. Au contraire, il se préparait à se coucher pour la nuit dans la grange d'un des habitants de la région. Il était avec Louis Charland.

— Ce garçon a signé son engagement avec Rouville le même jour que Godefroi, se rappela le notaire. Mais vous disiez qu'il n'était pas en fuite. Comment a-t-on pu l'accuser d'avoir déserté ?

— Un certain sergent Peltier, lui-même accusé de désertion et repris par la milice, l'aurait dénoncé, expliqua Talham.

— C'est Rouville qui a arrêté Godefroi, leur révéla alors Victoire d'une voix blanche.

— Rouville ? tressaillit René.

Il aurait juré qu'Ovide y était pour quelque chose dans cette arrestation. Une ride profonde creusa son front.

— Et Ferguson, capitaine au régiment des Canadian Fencibles, ajouta le docteur. Lui-même était à la recherche d'un déserteur, un certain Étienne Desautels, de la paroisse de Saint-Denis.

— Connaissez-vous ces gens ? demanda Talham.

— Une famille de cultivateurs, dit monsieur Boileau. Je songe au père. Le pauvre homme, il ne s'en remettra pas.

— Sans doute. Ce Desautels vivait d'expédients, un journalier comme il y en a tant, et il s'était engagé pour améliorer son sort.

— Curieux que Rouville ait arrêté Godefroi, commenta monsieur Boileau, songeur. Il est pourtant connu dans la paroisse comme un garçon honnête et vaillant.

— Vous avez raison, père, l'approuva Emmélie. Il y a quelque chose d'incompréhensible dans cette affaire.

— Je me demande comment Rouville est impliqué dans tout ça, fit le notaire.

— On lui a donné l'ordre et il a obéi, intervint Zoé pour qui l'explication était simple.

— Cet homme apporte le malheur. Qu'il soit maudit ! proféra Victoire.

François Lareau dévisagea sa femme.

— Tu avais bien dit qu'il avait le mauvais œil, l'autre jour. Dire que je ne voulais pas te croire…

— La vérole soit sur lui.

— Le malheur vous égare, ma cousine, s'indigna monsieur Boileau. Le fils Rouville a sans doute voulu tirer Godefroi d'un mauvais pas, mais la présence d'autres officiers, confondus par quelque mensonge, l'aura empêché d'agir.

— J'ai moi aussi mes raisons de me défier de cet homme, dit René, en regardant Victoire.

— Peut-on les connaître ? demanda le docteur, intrigué.

— Des récits d'événements que je ne peux vous révéler sont parvenus à ma connaissance. Rouville y a été mêlé, c'est tout ce que je puis dire.

— À t'entendre, mon garçon, il ne vaut pas mieux que la corde pour le pendre !

Monsieur Boileau s'indignait des propos de son fils qui rabaissait l'héritier du seigneur de Rouville au rang de truand.

— C'est un fourbe, père.

Le ton assuré de René ne laissait aucun doute sur le fond de sa pensée.

— Considère toutefois qu'il pourrait devenir ton beau-frère.

La dernière affirmation de son oncle provoqua chez Marguerite un cri d'effroi.

— Père ! le rabroua Emmélie avec véhémence, il est temps de vous enlever cette idée de la tête.

— Nous verrons cela un autre jour, trancha madame Boileau.

Pour sa part, ce garçon lui avait toujours semblé plutôt insignifiant. Mais, cette fois, l'aversion de Victoire et de Marguerite pour le fils Rouville venait s'ajouter aux réticences de ses grands enfants. Elle se promit de tirer cette affaire au clair tandis que René ramenait la conversation sur le sujet qui les réunissait.

— Docteur, en écoutant votre récit, j'ai eu l'impression qu'il n'y a que des apparences contre Godefroi.

— Ce serait vrai si le dénommé Peltier ne l'avait pas formellement désigné comme étant un de ceux ayant incité à la désertion.

— C'est embêtant, mais ce Peltier peut mentir. Godefroi est détenu à Chambly, avez-vous dit ? demanda le notaire.

— C'est exact.

— Je vais tenter de lui parler dès aujourd'hui pour connaître sa version des faits. Par la suite, docteur, je propose que vous et moi nous rendions le plus rapidement possible à Saint-Philippe, rencontrer Salaberry. Il y a certainement un malentendu et peut-être qu'il sera possible de le dissiper par une simple conversation avec le commandant des Voltigeurs, résolut René.

— Je vais avec vous, décida son père en approuvant la démarche.

— Ah, non ! s'écria madame Boileau avec un air décidé qui déconcerta son mari. Depuis l'histoire du ponceau… Je n'en dirai pas plus. Tu restes à la maison.

— Merci, mon cousin, pour votre offre généreuse, dit alors Victoire en voyant le visage de Boileau, vexé d'être rabroué publiquement par sa femme.

— Mon cher ami, je reconnais là votre grand cœur, dit alors le docteur, mais je crois qu'une imposante délégation risquerait d'irriter Salaberry.

— C'est fort sage, l'appuya René, coupant court aux excuses destinées à ménager l'orgueil de son père. Nous partirons à la première heure demain.

— Et si nous sollicitions l'aide du colonel de Rouville ? avança Boileau qui n'aimait pas être de reste.

— Hum… fit Emmélie, dubitative. Monsieur de Rouville sera sans doute outré que l'on mette en doute la parole de son fils.

— Par contre, madame de Salaberry nous connaît depuis toujours. Elle est la marraine de notre petite Marie-Anne et elle nous aidera certainement à convaincre son mari.

Tous se rangèrent à l'opinion du docteur, le cœur plein d'espoir.

∾

Après la bataille de Lacolle, Salaberry avait reçu les félicitations de l'adjudant général Baynes. Mais après ces dix jours cantonné avec ses Voltigeurs dans les bois entourant Lacolle, Charles était rentré chez lui épuisé et souffrant de rhumatisme et Julie s'inquiétait de la santé de son mari. L'état-major l'accablait de nouvelles responsabilités. Elle le voyait constamment occupé à rédiger des ordres, des autorisations, des réquisitions et des rapports à ses supérieurs. Il fallait ajouter à cela le courrier destiné à la famille. Louis de Salaberry se révélait un véritable tyran, reprochant sans cesse à son fils de ne pas lui écrire, sans tenir compte du fait que de son côté, Julie entretenait une correspondance assidue avec sa belle-mère et ses belles-sœurs. À Beauport, personne ne pouvait prétendre manquer de nouvelles récentes.

Par contre, depuis qu'il s'était installé avec Julie à Saint-Philippe, Salaberry vivait des jours heureux. La petite maison abritant les débuts de leur vie conjugale était modeste. « Ce n'est qu'une humble chaumière », déclarait-il aux visiteurs en désignant le poêle qu'il avait fait installer pour en améliorer le confort. Auparavant, il n'y avait que la cheminée pour chauffer les lieux, avec une vieille crémaillère suspendue dans l'âtre de la cuisine pour faire à manger. Il expliquait cela, un brin de fierté dans la voix. Et chaque jour, il s'émerveillait de voir le visage épanoui de Julie, et ce ventre qui rondissait.

Plus rien ne subsistait de la timide jeune fille rencontrée l'année précédente. Julie était radieuse et sa grossesse ne lui causait aucun ennui de santé. Elle aussi aimait leur petite maison et tenait son ménage avec l'aide de Jeanne et d'Antoine.

Les canons guerriers s'étaient tus pour l'hiver – la saison froide et enneigée se prêtant difficilement au déploiement des troupes –, et les armées belligérantes avaient regagné leurs quartiers. À Saint-Philippe, loin des plaisirs de la ville, la principale distraction consistait à se recevoir entre gens de bonne société. En dépit des restrictions imposées par l'hiver et la modeste solde de Charles, qui n'était même pas versée régulièrement, les Salaberry arrivaient à tenir une table honorable, comprenant vins et mets de choix. Discrètement, monsieur de Rouville faisait parvenir de petites sommes au jeune couple, mais les Salaberry tenaient leur rang sans ostentation. Le commandant des Voltigeurs préconisait même une certaine frugalité chez lui, s'attirant ainsi le respect de ses hommes qui se nourrissaient de la ration du soldat faite de pois, de pain et de viande salée.

Ce soir-là, Charles et Julie avaient à souper Hermine, la sœur de Charles, et son mari Michel-Louis Juchereau-Duchesnay, qui étaient eux aussi cantonnés à Saint-Philippe.

— Julie, je me régale, déclara Hermine, en avalant une bouchée d'un rôti de bœuf que Jeanne avait fait cuire à la broche, accompagné de légumes racines et d'oignons. Vous ferez mes compliments à Jeanne. À propos, j'ai reçu des nouvelles de la famille, dit-elle à son frère. Notre mère se porte mieux. C'est du moins ce que notre père m'écrivait dans sa dernière lettre. Lui-même se rétablit tranquillement.

Louis avait abandonné le commandement du premier bataillon de milice d'élite à la fin de l'été, victime d'un forte attaque de paralysie. Le gouverneur avait ordonné qu'il rentre chez lui. Le vieux militaire louangeait Prévost qui l'avait traité avec égard et sollicitude, ce qui agaçait Salaberry.

— Il ne tient pas à être le responsable d'un nouveau drame, avait-il confié à Julie, non sans cynisme, lorsqu'il avait appris en septembre le retour de son père à Beauport.

Et Julie ne pouvait qu'approuver son mari. Elle-même avait de bonnes raisons de se méfier de Prévost.

Le repas se déroulait agréablement, dans l'intimité de la famille. Cousins et beaux-frères, les deux hommes s'étaient toujours bien entendus et Julie appréciait la compagnie d'Hermine. Malheureusement, l'arrivée d'un messager troubla leur quiétude. Celui-ci déposa entre les mains de Salaberry un paquet portant la marque familière d'un lion et d'une licorne, les armoiries du duc de Kent.

— Qu'est-ce que cela ?

— Tu devrais peut-être l'ouvrir, suggéra Hermine, curieuse d'en connaître le contenu.

Interrogeant sa sœur d'un regard sombre, Salaberry fit sauter le sceau princier et glisser le ruban noir qui retenait le papier recouvrant une boîte de carton. Celle-ci contenait une importante liasse de lettres dont la première était de la main du duc, sans doute les explications concernant l'expédition d'une telle masse de courrier. Mais immédiatement sous cette missive, Salaberry reconnut sur plusieurs lettres l'écriture de ses frères. Le duc avait cru bon de faire parvenir à Salaberry toutes les lettres que les frères Salaberry lui avaient adressées durant les dernières années.

— Les Salaberry, surtout le père mais aussi le fils, me reprochent de ne pas les avoir avertis personnellement de la mort de François et d'Édouard, avait expliqué le prince à madame de Saint-Laurent en préparant le paquet. J'expédie toute la correspondance au Canada, à l'attention de Salaberry.

Avec les lettres originales et les dates, il pourra reconstituer ce qui s'est passé.

Madame de Saint-Laurent n'avait pu qu'approuver cette tentative de réconciliation. Il ne fallait pas laisser ce terrible malentendu perdurer.

Sur le dessus du paquet, un petit pli attira l'attention de Charles. Sa main trembla lorsqu'il retira de la liasse la lettre qu'Édouard avait adressée au duc de Kent la veille de sa mort. Un sanglot l'étrangla. Pour Salaberry, c'en était trop. Le retour des lettres ravivait sa douleur et il repoussa violemment la boîte, rattrapée de justesse par Juchereau-Duchesnay avant que les documents ne soient souillés par le contenu d'une bouteille de vin qui venait de se renverser.

— Donne ! ordonna Charles à son cousin en désignant le paquet, que je le jette au feu.

Mais Hermine, connaissant son frère, avait déjà mis le colis hors de portée, tout en conservant la lettre d'Édouard qu'elle lut en pleurant. Son petit frère, celui qu'elle avait bercé jadis, était allé à la mort avec un courage qui la bouleversait.

Salaberry tenta de reprendre le paquet de lettres.

— Tu n'as pas le droit de faire ça, clama Hermine avec véhémence en protégeant son précieux butin. Crois-tu être le seul à avoir mal, le seul à pleurer nos frères ? Nous avons aussi le droit de savoir et de lire ces lettres, revendiqua-t-elle rageusement en parlant autant pour elle que pour ses sœurs, Adélaïde et Amélie.

— Le duc a voulu bien faire, dit alors Julie avec douceur, dans une tentative d'amoindrir leur souffrance et de dissiper l'atmosphère oppressante qui s'était installée.

Son audace lui valut un regard outré de son mari.

— Comment peux-tu dire ça ? cria Salaberry, hors de lui. Tu ne le connais même pas. Malgré ses démonstrations d'amitié et ses promesses… François et Édouard ne sont jamais revenus !

— Mais, Charles, ne vois-tu pas qu'en retournant leurs lettres, le duc rend une forme d'hommage à tes frères ? intervint Julie.

— Tu ne sais rien de mes frères, riposta brutalement son mari.

— Comment le pourrais-je puisque tu n'en parles jamais ? répondit Julie, non sans une certaine aigreur.

— Que veux-tu dire ? Que je les ai oubliés ? tonna Salaberry. Que je n'ai plus de chagrin ?

Charles devenait odieux. Bien sûr, il était impossible pour Julie de ressentir la peine extrême de sa belle-famille, mais cela ne l'empêchait pas de compatir à leur malheur. Elle posa ses mains sur son ventre arrondi. Ce petit Salaberry qui remuait en elle était le seul qui lui importait pour l'heure. Furieuse, elle se leva de table, et sans même un mot d'excuse, s'enfuit vers sa chambre.

— Julie a raison, approuva alors Hermine. Plus personne ne prononce le nom de Maurice, de François et d'Édouard. C'est à croire qu'ils n'ont jamais existé. Ce silence, c'est le mur de l'oubli. Et si personne ne veut de ces lettres, je les garde pour moi.

Sur ces mots, Hermine sortit pour aller rejoindre sa belle-sœur, emportant le paquet avec elle.

Julie était assise sur son lit, complètement catastrophée, et Hermine s'installa près d'elle.

— Je ne l'ai jamais vu aussi déchaîné, dit Julie en tremblant. Il est terrifiant.

— Ces coups de colère, ils saisissent comme la foudre mais ne sont rien de plus qu'un feu de paille, la rassura Hermine. Savez-vous que le général de Rottenburg l'a surnommé le « marquis de la poudre à canon » ?

Julie ne put s'empêcher de rire.

— Vous me conseillez d'attendre que l'orage passe ? Je ne sais pas… dit-elle en redevenant sérieuse. J'ai été élevée auprès d'un père qui s'enflammait à la première irritation, et d'une mère qui attendait patiemment que le feu s'éteigne de lui-même. Elle se contentait d'un regard sarcastique.

Julie n'avait jamais approuvé l'attitude de sa mère dans laquelle se glissait une forme de mépris.

— Je ne veux pas que mon mariage prenne ce genre de tournure.

— Alors, ma chère, affirmez-vous. Charles vous respectera d'autant plus. Mais je vais vous dire ce qui m'inquiète, ajouta Hermine. Mon père voit dans la mort de mes frères une trahison du duc de Kent. Il ne faut pas que Charles le suive sur cette voie. Si la rancune commence à s'incruster, je redoute les conséquences sur la carrière de mon mari tout comme sur celle du vôtre, ma chère Julie. Cette guerre qui devait apporter son lot de gloire tourne en rond.

— Le gouverneur pourrait-il démobiliser les Voltigeurs plutôt que d'en faire un corps régulier ? demanda Julie.

— C'est une possibilité. Et si c'était le cas, Juchereau-Duchesnay et Salaberry se retrouveraient Gros-Jean comme devant, l'influence du duc de Kent ayant disparu dans une mésentente.

— Je vois, comprit Julie qui cernait des enjeux lui ayant jusqu'alors échappé.

Elle admira sa belle-sœur et l'entoura de son bras.

— Et pendant que vous gardez la tête froide, très chère Hermine, vous souffrez également, ma pauvre.

— Oh ! lui confia-t-elle, se laissant aller à sa peine. Julie, si seulement vous aviez connu Édouard. Cet enfant était un ange descendu du ciel. Au contraire des autres, jamais il ne se mettait en colère. Il était si affectueux et devant lui, même mon père et Salaberry fondaient littéralement. Je vous souhaite un enfant comme celui-là.

Enlacées, elles pleurèrent, et Julie ressentit alors l'immense bonheur d'avoir enfin une sœur avec qui partager peines et joies.

Pendant que les deux femmes apprenaient à s'apprécier, Charles s'était barricadé dans un silence farouche, puis il avait enfilé son manteau et était sorti dans le soir. « Pour me calmer », avait-il grommelé à son beau-frère.

Juchereau-Duchesnay avait remis du bois dans le poêle avant d'allumer tranquillement sa pipe. Bientôt, à travers la porte de la chambre, les murmures étouffés des femmes laissèrent passer quelques rires. Soulagé, Juchereau-Duchesnay donna le signal du départ, le fatidique colis du duc en sécurité entre les mains d'Hermine.

Les Juchereau-Duchesnay avaient regagné leur logis depuis plusieurs heures lorsque Salaberry rentra. Julie s'était endormie. Tout à l'heure, il irait s'allonger près d'elle et cette pensée le rasséréna quelque peu. À ses côtés, il arriverait peut-être à trouver le sommeil et demain, il ferait amende honorable pour son accès de colère.

❧

Il n'y avait pas pire saison pour voyager. Ce qui expliquait pourquoi l'ennemi restait sagement chez lui, de l'autre côté de la frontière. Un vent du nordet soulevait le chapeau à larges bords dont s'était coiffé René Boileau pour se prémunir contre la pluie fine qui glaçait les visages. En ce début de décembre, impossible de sortir les carrioles parce que leurs patins ne pouvaient glisser en l'absence de neige et les charrettes s'embourbaient sur les routes détrempées. René et le docteur Talham n'avaient eu d'autre choix que de faire à cheval la route entre Chambly et Saint-Philippe, se réchauffant au hasard d'une tasse de thé ou un bol de bouillon chaud généreusement offerts par un habitant.

Le vent refusait de lâcher prise. Las de maintenir en place son couvre-chef d'une main et les guides de l'autre, René avait troqué son chapeau pour une tuque de laine à la mode du pays qu'il avait eu la précaution d'enfouir dans les profondeurs de la sacoche de cuir qui pendait sur le flanc du cheval. À quelques pas derrière lui, le docteur Talham suivait, lui aussi emmitouflé dans un foulard et un chaud bonnet rouge. Ils arrivèrent ainsi, fourbus et transis, au village de Saint-Philippe où on leur indiqua facilement la maison du lieutenant-colonel de Salaberry et de sa dame.

Julie ne cacha pas sa stupéfaction à l'arrivée inopinée des visiteurs.

— Vous venez de Chambly? Et par ce temps? Mais entrez vous réchauffer près du poêle, offrit la maîtresse de maison en les voyant se cantonner sur le pas de la porte. Je suppose que vous êtes affamés. Jeanne, appela-t-elle, servez une collation à ces messieurs.

— Chère madame de Salaberry, dit le docteur avec un regard de reconnaissance tout en se frottant les mains. Vous nous voyez moulus de fatigue, au point que j'oublie de m'informer de votre santé, quoique… l'œil du médecin constate que vous êtes dans une forme excellente, ajouta-t-il dans un sourire.

— Merci, docteur, répondit Julie tout en dissimulant sa gêne. Sa grossesse commençait à paraître et il lui déplaisait qu'on la voie ainsi.

Ils dévoraient le pain et la soupe apportés par Jeanne sur la modeste table de cuisine et Julie constata à quel point ses amis de Chambly lui manquaient. Toutefois, se retrouver face à face avec René la troublait. Il était pourtant loin, le jour où elle l'avait supplié de l'épouser. Le notaire de Chambly comprit que sa présence provoquait un certain malaise et se fit discret. Le docteur Talham donnait les dernières nouvelles.

— Votre filleule a déjà dix mois. Elle fait la joie de la maisonnée et nous espérons que sa marraine viendra bientôt la voir. Les garçons sont de véritables petits diables, sauf notre Charlot qui est bien tranquille. Mais vous comprenez qu'à cause des pénibles circonstances qui nous ont amenés jusqu'ici, j'ai laissé ma chère petite fleur dans un grand état d'agitation.

— Marguerite serait-elle malade, docteur Talham ?

— Non, soyez sans crainte. Mais… sans doute n'êtes-vous pas au fait de notre malheur ?

— Un malheur ?

Julie pâlit.

— Quelqu'un est mort ? Vous m'inquiétez, docteur Talham. De quoi s'agit-il ?

Le docteur allait répondre lorsque la porte s'ouvrit sur Salaberry.

— Mon ange ? lança-t-il d'un ton joyeux, l'air content de lui-même.

Comme l'avait prédit Hermine, la mésentente de la veille s'était évanouie et il retira son bicorne d'un geste vif, avant d'apercevoir les visiteurs assis à la table. Salaberry prit un air contrarié, comme si on lui avait coupé son élan.

— *My goodness!* Eh bien, quelle surprise ! Je n'ose dire quel bon vent vous amène, il fait un temps de chien ! Vous êtes dans la région pour affaires ?

En même temps, il s'interrogeait. Que faisaient-ils chez lui, ceux-là ? René Boileau, en qui il avait vu autrefois un rival, et le docteur… Il n'avait guère eu le temps de faire sa connaissance, mais l'air honnête et franc de Talham lui plaisait. Il éprouvait pour le vieux médecin une de ces sympathies spontanées qui chauffent le bois de l'amitié.

Pourtant, une tension s'était installée entre les Salaberry et leurs visiteurs. René se sentait sur des charbons ardents. Il fallait bien qu'ils expliquent le motif de leur visite à l'improviste.

— Colonel… avança-t-il prudemment. Nous voulions vous parler du cas de mon jeune cousin, Godefroi Lareau, qui se trouve à être le beau-frère du docteur Talham.

— Hum! Ce nom me dit vaguement quelque chose.

Salaberry cherchait dans sa mémoire.

— Il fait partie de la compagnie du capitaine de Rouville.

— Sans doute, mais ce n'est pas pour cette raison que ce nom m'est familier, commenta Salaberry, songeur. Il me semble qu'on l'a prononcé devant moi récemment, mais je n'arrive plus à me rappeler à quel sujet.

— Il a été arrêté, expliqua simplement René.

Médusée, Julie écarquilla les yeux.

— Arrêté, le jeune Lareau?

Salaberry se rappela aussitôt l'objet de l'arrestation.

— Vous n'avez tout de même pas fait tout ce chemin pour venir plaider la cause d'un déserteur?

— Le gentil Godefroi, un déserteur? C'est impossible, plaida Julie.

— Voyez, colonel, même madame de Salaberry qui connaît ce garçon ne peut croire qu'il soit coupable d'une telle infamie, affirma le docteur Talham.

— Monsieur Boileau, docteur Talham, on vous a sûrement confondus, dit Julie. Vous avez cru que le jeune Lareau avait été arrêté, alors qu'il s'agit vraisemblablement d'un autre. Mon mari pourra vous rassurer.

— Malheureusement, madame de Salaberry, mon cousin Godefroi Lareau est actuellement détenu au fort de Chambly à la suite d'accusations, malveillantes croyons-nous, expliqua René.

Salaberry comprit qu'on venait solliciter une faveur. Il s'approcha de sa femme et la prit par la main pour la conduire jusqu'à la chambre.

— Je crois, ma chère, que tu devrais te retirer, dit-il avec une insistance qui laissa Julie pantoise.

Le ton était courtois, mais c'était un ordre.

— Tes amis vont très bien comprendre, vu ton état, que tu as besoin de repos. D'ailleurs, ils s'en vont.

Salaberry s'éloigna pour les mettre carrément à la porte.

— J'ai parlé à Godefroi, dit René. Un dénommé Peltier ainsi qu'un autre appelé Étienne Desautels tentent de lui faire porter la responsabilité de leur faute. Godefroi ne connaît même pas ce Desautels. Il n'a pas déserté. Mon cousin était sous le feu de l'ennemi à Lacolle, des témoins peuvent l'attester.

— Je vous en prie, colonel, ne laissez pas commettre cette terrible erreur, implora le docteur Talham.

— Suffit ! s'écria Salaberry d'un ton rogue. Pour un soldat, rien n'est plus lâche que de déserter devant l'ennemi. Et vous osez user de l'amitié que vous porte ma femme pour défendre un misérable ? Sortez de chez moi. À partir de ce jour, considérez que vous n'êtes plus les bienvenus.

— Parmi tous vos Voltigeurs, vous n'en trouverez aucun plus dévoué, riposta René en endossant son capot de laine trempé. Croyez-moi, colonel, s'il le fallait, Godefroi Lareau serait le premier à donner sa vie pour vous, ajouta-t-il sur un ton amer, en se rappelant la fierté du jeune homme dans son cabinet. Venez, docteur, dit-il en soutenant Talham, anéanti par la réaction de Salaberry. Nous n'avons plus rien à faire ici.

Ils ne furent pas aussitôt repartis que Julie sortit de la chambre où son mari l'avait si odieusement consignée. Il avait même décidé sans la consulter de biffer d'un trait de vieilles amitiés auxquelles elle tenait. Elle ne le laisserait pas faire.

— Ils ont raison, Charles.

— Je t'ai demandé de ne pas t'en mêler, répondit froidement son mari. Il s'agit d'une affaire de cour martiale et tu n'as rien à y voir.

— Mais je connais Godefroi Lareau et je suis persuadée qu'on l'accuse à tort.

Le regard que Charles posa sur elle la glaça.

— Julie, c'est ton frère qui l'accuse. Ce Lareau sera certainement fusillé. Et maintenant, j'en ai assez entendu. Ne m'attends pas pour souper.

Il attrapa son manteau et son chapeau puis il sortit en claquant la porte derrière lui.

Chapitre 25

Le prisonnier de Chambly

Salaberry s'était levé tôt et Antoine avait disparu dans le sillage de son maître. Julie était seule avec sa servante qui lui apportait un petit déjeuner : du pain, des confitures et du beurre frais baratté par Jeanne la veille, avec du chocolat chaud et sucré. La servante redressa le traversin et les oreillers.

— J'ai apporté votre châle de laine, madame, dit la jeune fille en déposant le plateau sur le lit. C'est qu'il ne fait pas chaud ce matin. Je vais laisser la porte de votre chambre ouverte pour faire entrer la chaleur, si vous le voulez bien.

C'était vrai qu'il faisait froid. Le souffle de la servante provoquait une légère buée. Julie resserra le châle sur ses épaules et enfila de vieilles mitaines maintes fois reprisées.

— Mon mari est déjà parti ?

— Le colonel fait dire à madame qu'il ne rentrera pas de la journée et soupera chez le capitaine de Rouville.

— Merci, Jeanne, tu peux t'en aller.

Julie soupira. Des pensées se bousculaient dans sa tête. Après six mois de mariage, les déceptions s'accumulaient. Salaberry la laisserait seule toute la journée. Il faisait toujours ainsi lorsqu'ils se disputaient et elle en avait assez de le voir fuir à la moindre contrariété. Le caractère prompt de son mari, qu'Hermine avait bien décrit la veille, la déconcertait : des éclairs dans un ciel d'été disparaissant aussi vite qu'ils apparaissaient. Mais cela lui donnait-il le droit d'être si déplaisant ? La veille, Charles lui avait clairement signifié qu'elle ne devait pas intervenir dans les affaires militaires. Il avait sans doute raison, même si, du temps qu'il la courtisait, ses lettres étaient pleines de ses rêves quant à sa carrière militaire. Mais elle tenait à ce que Charles lui témoigne du respect, à ses yeux, la plus belle preuve d'amour.

Elle revint à leur sujet de discorde. Godefroi Lareau en cour martiale ! Julie se rappela le regard ingénu d'un jeune homme qui balayait le sol de son chapeau en la saluant, l'été précédent. Le fils de François et Victoire était venu seconder le jardinier de son père pour planter pommiers, pruniers et poiriers dans le verger. Impossible de voir une trace quelconque de duplicité en lui.

Et avec quel plaisir elle avait reconnu, parmi les voltigeurs qui cantonnaient à Saint-Philippe, un garçon de son village ! Elle l'avait même présenté à son mari en lui rappelant qu'il était le frère de madame Talham. Et les soirs où les hommes des compagnies du capitaine Perrault et même ceux appartenant à son frère venaient chanter sous leurs fenêtres la fameuse chanson – *C'est un major qui a le diable au corps* –, Godefroi s'en abstenait. Julie se doutait bien que c'était par égard pour elle, même si ces aubades singulières l'amusaient. Le jeune homme faisait partie des gens dont personne ne pouvait douter du bon cœur et quelqu'un de mal intentionné avait sans doute abusé de sa candeur.

Elle avait espéré un tête-à-tête avec son mari pour s'expliquer, bien décidée à ne pas laisser s'installer entre eux des zones d'ombre. Charles n'était pas le personnage dur et froid que certains se plaisaient à dépeindre. Elle songea au jeune Vincent, un Huron de Lorette qui s'était absenté de son régiment sans permission. Charles était intervenu pour lui éviter la cour martiale. Lui seul pouvait sauver le frère de madame Talham. Julie préféra ne pas envisager les pénibles conséquences si le contraire arrivait et se décida à réciter un chapelet. La prière ne pouvait pas nuire afin d'aider son mari à découvrir le fin mot de l'histoire.

Jeanne revenait pour prendre son plateau.

— Il y a du feu dans la chambre de compagnie, madame. Vous y serez mieux pour travailler.

— Tu as raison, Jeanne. Je vais m'habiller.

Après avoir revêtu une robe toute simple qu'elle recouvra d'un tablier, Julie reprit l'ouvrage laissé de côté la veille. Elle ourlait des langes destinés à son futur enfant, un travail fastidieux qui demandait une bonne dose de patience, exactement ce qu'il fallait pour aider à passer les heures et attendre le retour de son mari.

⁓

De son côté, Salaberry était vivement contrarié : sa femme s'était permis de prendre parti contre lui. Bien sûr, Julie n'avait pas eu l'audace de le contredire devant tout le monde. Par contre, il fallait se l'avouer, le désarroi du docteur Talham avait ébranlé sa certitude, bien plus que les paroles du notaire Boileau alléguant l'innocence du jeune Lareau. On verrait bien ce que Rouville en dirait.

— Ça par exemple ! s'exclama Ovide en voyant arriver son beau-frère. Mais vous auriez dû prévenir, Salaberry.

Ce dernier n'avait justement pas voulu prévenir. Récemment, quelqu'un avait laissé entendre que la table était bien garnie chez le capitaine de Rouville, malgré la cherté des victuailles. L'état de guerre faisait grimper les prix.

— Je me suis dit que vous trouveriez facilement une croûte de pain pour moi, répondit le mari de Julie. Mais je vois que je ne suis pas le seul à m'être invité chez vous, ajouta-t-il en voyant les visages réjouis des capitaines Viger et Perrault.

— Votre beau-frère a tenu à nous faire voir son nouveau logement. Après avoir partagé ensemble une misérable chambre à nous trois, c'était la moindre des choses, expliqua Viger en riant, ravi de voir Salaberry qui prenait place à table.

— On peut dire que Rouville sait régaler ses amis, déclara Perrault en enfournant dans sa bouche un énorme morceau de viande piqué à la pointe de son couteau, avec l'appétit d'un homme qui n'avait pas mangé depuis trois jours.

Salaberry retint un mouvement de dégoût devant les mauvaises manières de Perrault. Il fit miroiter le vin qu'on venait de lui verser, le humant longuement avant d'en prendre une gorgée. Décidément, Rouville ne se privait de rien. Le commandant des Voltigeurs n'ignorait pas qu'avec quelques pièces glissées dans la bonne main, il y avait toujours moyen de bien s'approvisionner, mais jamais il n'aurait adopté ces méthodes douteuses pendant que ses hommes se contentaient de leur ration, misérable pitance du soldat.

— D'où tenez-vous ce vin ? demanda-t-il.

Ovide rougit. Généralement, quand il recevait son beau-frère, il évitait de surcharger la table, le sachant tatillon sur des détails qui lui importaient peu. Lorsqu'on avait les moyens, pourquoi se priver ? se disait Rouville sans éprouver l'ombre d'un remords.

— Oh ! Il vient de la cave de mon père, mentit effrontément l'hôte en répondant la première chose qui lui passa par la tête. Quant au reste, disons que je connais une fermière des environs qui, comment dirais-je ?... sait faire preuve d'une belle largesse d'esprit.

Perrault émit un ricanement égrillard.

— Celle qui, disiez-vous, cache ses jambes de reine sous un jupon troué ? Rouville, vous vous y connaissez en affaires !

— Pour ma part, les jambes de ma reine sont bien au chaud à Montréal, dit Viger en dégustant le vin.

Salaberry parcourut la table d'un regard sévère.

— J'espère qu'aucun d'entre vous ne cherche à profiter de son rang d'officier pour obtenir des faveurs indues. Je tiens à ce que mes capitaines soient honnêtes.

— Honnêtes, cher colonel, mais pauvres, grâce à ces maîtres de paye qui déclarent ne pouvoir nous payer. À l'intendance ! trinqua Viger en levant son verre.

— Capitaine, je ne peux vous contredire sur ce point, l'appuya Salaberry qui n'était pas plus choyé que ses hommes. Changement d'à-propos. Figurez-vous que j'ai eu de la visite de Chambly : le notaire Boileau et le docteur Talham, dit-il, une fois les verres déposés sur la table.

— Deux excellentes personnes de ma connaissance, affirma Viger. Sont-ils repartis ? J'aurais eu grand plaisir à les saluer.

— Ils venaient plaider la cause d'un certain Lareau.

— N'est-ce pas un des déserteurs de Lacolle ? demanda Perrault. Il me semble qu'il appartient à votre compagnie, Rouville.

— Pour mon plus grand malheur, répliqua ce dernier.

— Mais en quoi ce mauvais drôle concerne vos visiteurs ? demanda Viger à Salaberry.

— Lareau est le frère de madame Talham. Tous deux sont des cousins des Boileau, expliqua Rouville. Ces gens-là se serrent les coudes, même devant la lâcheté.

— Vos affirmations me renversent, Rouville, commenta Jacques Viger avec sérieux, après avoir essuyé ses moustaches et déposé sa serviette repliée sur la table. Je ne connais pas le Lareau dont il est question, mais j'ai rencontré sa sœur, l'épouse du docteur Talham, une petite femme douce et agréable. Quant au docteur, c'est un homme qui force le respect.

— Talham jouit également de l'estime de votre père, Rouville, ajouta Salaberry, et même votre sœur croit ce soldat innocent du crime dont on l'accuse.

— Ma sœur est naïve, Salaberry. J'imagine que vous vous en êtes rendu compte, après quelques mois de mariage. Elle se laisse facilement berner par ses amis.

Ovide prenait un air important, comme s'il détenait des informations dont personne n'avait encore connaissance. «Nous y voilà, se disait-il. Le plan fonctionne à merveille. »

Lorsqu'il avait eu vent de l'arrestation de Peltier, il s'était arrangé pour se trouver seul avec lui. Il avait été facile de le convaincre d'accuser Lareau contre la promesse de le tirer de là. N'était-il pas le beau-frère du commandant des Voltigeurs ? Peltier avait accepté le marché, se disant qu'à la rigueur, il pourrait faire chanter le capitaine de Rouville.

— Pour ma part, je me suis toujours méfié des Boileau, dit Ovide. Ils ont trop d'influence. La moitié de la seigneurie de Chambly leur est apparentée et ils ont plutôt tendance à vouloir s'élever plus haut que ne le permettra jamais leur naissance.

Salaberry se rappela en effet la désagréable impression de parvenu qu'il avait ressenti dans la maison du sieur Boileau et sa méfiance envers le notaire. Mais encore une fois, Viger ne semblait pas de cet avis.

— Voilà qui me surprend encore plus. Le notaire Boileau est un ami intime de mon cousin Louis-Michel Viger. Par ailleurs, notre voisin, le notaire Papineau, fait grand cas de cette famille. Ce sont des témoignages qu'on ne peut négliger.

— D'ailleurs, Rouville, je crois me rappeler que vous-même vous intéressez de près à mademoiselle Emmélie Boileau ? rappela Salaberry avec une ombre de soupçon dans le regard.

— Ce qui prouve qu'il y a toujours de bons éléments dans une famille, rétorqua Ovide. Lorsque je dis que les Boileau veulent s'élever, je parle surtout du père, évidemment. Et vous n'êtes pas sans savoir que le notaire convoitait la main de ma sœur. Mais la mère est de très haute noblesse et j'ai remarqué, en effet, à quel point la fille aînée tient de la mère. Vous-même, Salaberry, avez succombé au charme de son esprit quand vous l'avez rencontrée. Mais, messieurs, rassurez-vous, je n'ai aucune intention de me marier dans un avenir prochain, déclara-t-il à ses invités qui se mirent à rire comme s'il s'agissait d'une bonne plaisanterie.

Sauf Salaberry, qui n'avait pas apprécié la remarque à propos du notaire. Mais il n'était pas d'humeur à ruminer un commérage. Il était épuisé. L'année 1812 avait passé à la vitesse de l'éclair pour le commandant des Voltigeurs. Il avait été si occupé, l'esprit absorbé par son mariage, l'armée et les deuils. Maintenant que le rythme infernal semblait s'être interrompu pour l'hiver, il ressentait, un peu plus chaque jour, les excès d'une fatigue qui commençait à le miner. C'était sans doute l'explication pour son accès d'humeur de la veille.

La pensée de sa femme qui attendait leur enfant le submergea et il ressentit le besoin intense de quitter cette table pour aller la rejoindre. S'il se préoccupait du sort de ce Lareau, c'était finalement pour elle.

— Malheureusement, dit Ovide. Les accusations du sergent Peltier sont formelles. Le jeune Lareau a déserté, il aurait même incité les autres à la désertion.

Il disait cela d'un ton assuré, comme si aucun doute ne subsistait dans son esprit.

Salaberry ne put s'empêcher de remarquer l'opulence à la table du capitaine de Rouville, avec des victuailles sans doute achetées de manière illicite. Son beau-frère dissimulait des choses.

L'appétit coupé, Salaberry en avait assez entendu et prit congé.

De retour chez lui, il trouva Julie endormie sur le sofa de la grande chambre, recouverte d'une vieille couverture de laine grise. Antoine n'était pas encore couché. Fidèle à son habitude, le domestique attendait le retour de son maître avant d'aller dormir.

— Madame de Salaberry vous attendait. Mais je crois bien que le sommeil l'a emportée.

— C'est bon, Antoine. Tu peux monter. Je m'occupe d'elle. Inutile de réveiller Jeanne. Mais demain, veillez tous les deux à faire les malles. Nous partons pour Chambly afin d'y passer quelques jours. Nous y resterons jusqu'après les fêtes.

— Madame sera heureuse de l'apprendre, lui confia Antoine. Et Jeanne, bien contente de revoir sa famille ! ajouta-t-il en imaginant la joie de la jeune fille.

Salaberry laissa le serviteur à son enthousiasme et s'approcha de Julie.

— Viens, dit-il en la secouant légèrement. Tu seras beaucoup mieux dans notre lit.

Julie ouvrit ses yeux avec difficulté.

— C'est toi, Charles ? balbutia-t-elle, la voix pleine de sommeil.

— J'irai à Chambly voir ce jeune homme, murmura-t-il à son oreille, lorsqu'il l'eut aidée à se dévêtir et à s'installer dans leur lit. J'ai décidé de vérifier par moi-même la véracité des accusations.

— Oh! Charles! chuchota Julie, soulagée.

Ses appréhensions de la journée envolées, elle se recroquevilla contre lui.

— Mais je te demande quand même de ne pas parler à tes amis tant que je n'aurai pas éclairci le cas de ce Lareau.

— Je te le promets, déclara-t-elle avec un tel accent de reconnaissance et d'admiration dans la voix qu'il en fut retourné.

Il enlaça tendrement son épouse et s'endormit, le cœur tranquille, blotti dans la chaleur de Julie.

❦

Dans la cour intérieure du fort de Chambly, Salaberry faisait les cent pas avec Pierre Robitaille. L'ancien curé de Pointe-Olivier avait été nommé aumônier des troupes en septembre dernier et le commandant des Voltigeurs avait rencontré plusieurs fois le prêtre depuis son entrée en fonction. Il appréciait ce zélé serviteur de Dieu qui ne se plaignait jamais des dures conditions de la vie au bivouac. Dire la messe par mauvais temps dans une simple remise ornée de branchages ne rebutait pas le prêtre qui voyageait continuellement, allant d'un cantonnement à l'autre sans protester. Son dévouement n'avait d'égal que la justesse de son jugement.

— Messire Robitaille, vous avez déjà accompagné des condamnés depuis le début de votre charge d'aumônerie?

— En effet, j'ai prêté assistance à quelques-uns de ces pauvres diables, et dans certains cas, prié avec eux jusqu'à l'ultime moment. Dur devoir que celui-là qui crève le cœur, si je peux me permettre, colonel. On se demande pourquoi ils agissent ainsi, sachant, pour la plupart, qu'ils seront repris et que la punition qui les attend sera sans pitié.

— Que pensez-vous du cas de Lareau? demanda l'officier.

L'aumônier n'avait pas l'air surpris par la question.

— Puisque vous me faites l'honneur de solliciter mes impressions, colonel de Salaberry, je dois vous avouer que la présence de ce garçon au milieu de ces malheureux m'intrigue, dit-il, d'un ton mesuré. Normalement, les prisonniers plaident leur innocence à grands cris, mais pour la plupart d'entre eux, il est bien difficile de croire en leur sincérité. Le jeune Lareau m'apparaît une exception.

Salaberry eut une longue hésitation.

— Messire Robitaille, il n'est pas dans mes habitudes de quémander ainsi des avis. Si je vous interroge, c'est qu'on a réussi à me faire douter des accusations. Par contre, je ne veux pas me tromper. Expliquez-vous.

— Eh bien… Le jeune homme croit, sans l'ombre d'un doute, qu'il sera déclaré non coupable. C'est troublant. Voyez-vous, colonel, ou bien cet homme est innocent du crime dont on l'accuse, ou c'est un dissimulateur comme on en voit peu.

Des misérables et des truands, Pierre Robitaille en avait connu. Il avait sondé nombre de consciences au cours de son apostolat et avait appris à déceler le mensonge même dans les âmes les plus noires.

— Pourtant, il a été dénoncé par le dénommé Peltier et celui-ci affirme qu'il a incité les autres.

L'officier et le prêtre s'étaient arrêtés devant la lourde porte de bois d'un cachot dans lequel s'entassaient plusieurs prisonniers. Salaberry jeta un coup d'œil par l'étroite ouverture garnie de barreaux.

— C'est ce jeune homme blond, lui apprit Robitaille en désignant celui qui se tenait debout, au fond du cachot, les bras croisés. Il ne se mêle pas aux autres et ses compagnons de misère semblent le mépriser.

Salaberry était visiblement embarrassé. La perspicacité de l'aumônier avait achevé de le persuader que Lareau était possiblement innocent. Rouville avait-il manigancé pour le faire condamner ? Peut-être ne trouverait-il jamais la réponse.

— Je vous suggère simplement de le rencontrer pour vous faire votre opinion, disait l'aumônier. Vous serez à même de mesurer mes impressions.

— C'est bon, messire Robitaille, fit Salaberry, la mine dubitative. Je verrai, ajouta-t-il, d'un ton brusque, avant de tourner les talons.

ॐ

— Je ne sais pas si j'ai réussi à le convaincre, mon cher Bédard, affirmait Pierre Robitaille à son collègue.

La nouvelle de l'arrestation de Godefroi Lareau avait anéanti le curé de Chambly.

— Et vous ? Quel est le fond de votre pensée ?

— Je ne devrais pas vous dire ça, mon ami, mais je suis persuadé de son innocence, confia l'aumônier Robitaille. Voyez-vous, je crois que l'accusateur a été acheté. On a dû lui promettre qu'on le ferait sortir de là, qu'il serait quitte pour une autre punition ou une peine de prison.

Le curé Bédard frissonna d'effroi en apprenant que le fils Rouville était impliqué dans l'affaire. Il avait le sentiment atroce de s'être fait avoir par ses belles paroles au confessionnal. Comme il avait été niais ! Il méritait les reproches que Marguerite Talham lui avait jetés au visage le jour du mariage de Salaberry.

— Il ne reste plus qu'à espérer que Salaberry se décide à le rencontrer, dit Robitaille.

— Venez, dit le curé Bédard. Allons voir ce que nous a préparé Marie-Josèphe.

— Avec plaisir. Il y a trop longtemps que je suis privé des joies de la famille.

Ils s'installèrent et Marie-Josèphe déposa fièrement un poulet bien rôti sur la table.

— Confidence pour confidence, mon ami, je vous raconterai comment ma sœur et certaines dames de Chambly dissimulent la volaille dans leurs caves pour empêcher les soldats de s'en emparer.

Pierre Robitaille se mit à rire.

— Je jure de déguster ce magnifique volatile sans dire un mot de sa provenance à quiconque.

Le curé s'empressa de découper la bête et d'en déposer une belle tranche dans l'assiette de son invité, que celui-ci apprécia comme si c'était son dernier repas sur terre, tout comme les légumes racines que Marie-Josèphe servit glacés au beurre. Le gâteau à la confiture qui suivit contribua à augmenter la félicité de l'aumônier des Voltigeurs. Le réconfort d'un foyer, c'était un don de Dieu. À la demande de son hôte, repu, il récita les grâces avec cœur.

❧

— Mais, colonel, ces prisonniers sont déjà passés en cour martiale ! protestait le commandant du fort. Le verdict sera rendu ce matin et, à mon avis, ils seront tous condamnés.

Le colonel Salaberry s'était présenté à l'aube pour rencontrer des déserteurs dont la cause venait d'être entendue. Il terminait tout juste la lecture du compte rendu de la cour martiale.

— On ne vous demande pas votre avis, répondit sèchement Salaberry. Amenez-moi le dénommé Peltier.

Quelques minutes plus tard se tenait devant Salaberry un homme enferré des pieds et des mains qui le défiait d'un air frondeur.

Le prisonnier fit mine de s'asseoir.

— Tu restes debout !

L'autre cracha par terre avec mépris.

— Tu as déclaré, au cours de l'interrogatoire, que le voltigeur Godefroi Lareau, de la compagnie de Rouville, t'avait incité à te sauver. Il aurait fait de même avec les douze autres qu'on a attrapés avec toi et Étienne Desautels.

— C'est pas ça qui est écrit ?

— C'est exactement ça qui est écrit. Et… quand cette incitation à déserter s'est-elle produite ? Avant ou après la bataille ?

— Ma foi, colonel, ça tombe sous le sens que c'était avant.

— Tu le jures ?

Peltier éclata de rire. Lui qui ne croyait ni à Dieu ni à diable pouvait jurer n'importe quoi.

— Jurer ? Certain que je le jure. Tiens, sur la tête de ma défunte mère.

— Où étiez-vous, exactement, lorsque Lareau vous a donné cette idée ?

— Ben, on marchait sur le chemin, en direction de Lacolle, quand Lareau m'a dit que lui, on ne l'y reprendrait plus, et qu'il s'en irait à travers champ. Il semblait savoir ce qu'il faisait. Un gars de la place, vous comprenez, Sir, ça fait que moi, je l'ai suivi.

Peltier répéta la fable inventée par le capitaine de Rouville. Ce dernier lui avait promis qu'il ne serait pas fusillé s'il réussissait à faire condamner Lareau.

— Comment expliques-tu qu'on ait retrouvé Lareau dans une grange, le lendemain de la bataille de Lacolle ?

— J'dirais, mon colonel, que c'est un malin, ce gars-là. Il nous a menés un bout de temps pour nous indiquer le bon chemin, puis, tout d'un coup, il a disparu. Connaissait ben le pays, qu'il disait. Maudit venyenne, il nous a eus.

Salaberry toisa l'homme. Une fripouille dont l'unique peur était la mort.

— Pour quelqu'un qui risque d'être condamné, on ne peut pas dire que tu fais montre de repentir.

— Pour sûr, colonel, on peut se sortir vivant d'une centaine de coups de fouet. J'crérais que c'est ce qui va m'arriver.

— Comment peux-tu être aussi sûr de toi ?

— Y'a quelqu'un qui m'a juré que c'est ce qui m'arriverait.

— Quelqu'un ?

— Ben oui, affirma-t-il dans un rire mauvais. Quelqu'un ben proche de vous, mon colonel.

Il cracha de nouveau.

— Qu'on le sorte, ordonna Salaberry.

Peltier fut emmené. Mais avant de franchir la porte, il se retourna et gratifia Salaberry d'un regard torve qui provoqua un frisson de dégoût chez le commandant des Voltigeurs. « Celui-là, son compte est bon ! » se dit Salaberry.

— À ton tour, mon mignon, dit Peltier à Godefroi qu'il croisa devant la porte. Ton cher colonel t'attend.

Au contraire de Peltier, l'homme qui se présenta devant lui faisait peine à voir. Ses vêtements étaient en loques, et s'il tremblait, ce n'était pas de froid mais bien de honte, celle de se tenir devant Salaberry fers aux pieds et aux mains, les yeux rivés au sol.

— Ainsi, c'est toi, le dénommé Godefroi Lareau ?

— Oui, mon colonel, répondit faiblement le jeune homme.

— Regarde-moi lorsque tu parles à ton colonel, le somma Salaberry.

— Je ne peux pas, mon colonel.

— C'est un ordre, soldat Lareau.

— Oui, mon colonel, obéit Godefroi en relevant péniblement ses yeux fiévreux.

— Connais-tu Étienne Desautels ?

— Non, je ne le connais pas. Je ne l'avais jamais vu de ma vie avant d'être enfermé avec lui, ici.

— Connais-tu le sergent Peltier ?

— Oui, mon colonel. C'était not' sergent dans la compagnie de Rouville.

— Tu es accusé d'avoir incité à la désertion, mais tu as tout nié en cour martiale. À tel point que les jurés ont cessé de t'interroger.

— Je suis innocent, colonel.

— Prouve-le !

— Mais, colonel, j'étais à la bataille, à Lacolle. Comment j'aurais pu déserter ?

— Tu affirmes que tu étais à Lacolle ? Qui peut le confirmer ?

— Demandez à Charland, il était avec moi. On était près du moulin, à Odell's Inn. Les Indiens ont entendu du bruit dans les bois. Vous savez, le clic que font les chiens des fusils lorsqu'on s'apprête à tirer. C'était des Yankees, cachés, qui se préparaient à décocher. Nos Sauvages se sont mis à hurler et les Yankees, effrayés, ne voyaient plus rien et tiraient dans la mauvaise direction, ils se sauvaient partout, tant ils avaient peur de nos Sauvages. J'étais en avant, mon colonel, et j'ai tiré. Plusieurs coups.

À mesure qu'il racontait, Godefroi s'animait. Sa description était celle d'un soldat qui avait participé à la bataille.

— C'était ma première bataille, mon colonel. C'est vrai qu'au début, j'avais peur, mais par la suite, je ne sentais plus rien. Et on l'a gagnée. Je peux dire que j'étais fier d'être un voltigeur ! Je suis innocent, mon colonel, j'ai pas déserté. Mon pauvre père, qu'est-ce qu'il va penser ? Si je meurs, il mourra aussi.

À cette pensée, Godefroi se mit à pleurer. Quant à Salaberry, il venait de comprendre ce que le père Robitaille avait voulu dire.

Il rappela la sentinelle.

— Va me chercher le commandant du fort.

— Colonel ! salua l'officier en question en entrant dans le bureau du commandant des Voltigeurs.

— J'ordonne que Lareau soit isolé des autres. Trouvez-lui une autre cellule. Et, de grâce, ôtez-lui ses fers !

— Mais colonel ! Il sera condamné à mort tout à l'heure et nous manquons de place pour les nombreux prisonniers. C'est pas croyable, le nombre de déserteurs !

— Commandant, discutez-vous mes ordres ?

Salaberry s'était levé d'un bond, renversant la chaise sur laquelle il était assis. Le grand corps du commandant du fort se redressa aussi vite.

— La sentence est suspendue jusqu'à nouvel ordre. Et faites appeler immédiatement le capitaine de Rouville. Je veux le voir ici dans quinze minutes. Pas une de plus.

Le commandant du fort venait à peine de sortir que Rouville était déjà devant lui.

— Salaberry, mon vieux, je vous cherchais.

— Je vous rappelle qu'ici, je suis votre supérieur, capitaine de Rouville. Comme c'est curieux, moi aussi, je vous cherchais.

— Il s'agit de l'affaire Lareau, colonel.

— Vraiment ? fit Salaberry, sarcastique.

— Un témoin important dans cette cause a été oublié. Il s'agit du voltigeur Louis Charland, de ma compagnie. Ce dernier a des révélations importantes à vous faire.

— Le voltigeur Louis Charland n'est-il pas à Saint-Philippe ? J'allais justement vous donner l'ordre de le faire venir à Chambly le plus rapidement possible.

— Sachant que la cause était urgente, j'ai pris sur moi de le faire chercher, déclara Ovide. C'est ce que je voulais vous dire. Il vient d'arriver.

— Rouville, vous n'aviez pas à faire revenir ce voltigeur ici sans mon autorisation, mais étant donné qu'il est un témoin capital dans cette cause et que je dois l'interroger, je passerai outre, pour cette fois.

— Je m'en souviendrai, mon colonel, fit Ovide, faussement humble.

— Amenez-le ici.

Ovide sortit, dissimulant un sourire.

❧

Lorsqu'on le fit entrer dans la pièce aux vieux murs de pierre qui évoquait plus un cachot que le bureau du commandant du fort, Charland tremblait comme une feuille. Sa confiance dans le corps des Voltigeurs avait été émoussée depuis l'arrestation de son ami Lareau. En apprenant que le capitaine de Rouville le faisait venir à Chambly, il s'était demandé tout le long du chemin si ce n'était pas pour l'arrêter à son tour. Et voilà qu'il était devant le colonel de Salaberry, se demandant toujours pourquoi on l'avait fait appeler.

— Quel est ton nom ?

— Louis Charland, colonel, de la compagnie du capitaine de Rouville.

— Connais-tu le voltigeur Lareau ?

— Heu…

Charland avait si peur qu'il hésitait à répondre à cette simple question, craignant de s'incriminer.

— Réponds ! ordonna Salaberry.

— Oui, colonel, nous sommes dans la même compagnie.

— Je n'ai pas besoin de t'apprendre qu'il a été arrêté et de quoi on l'a accusé.

— C'est impossible, mon colonel, s'écria subitement Charland, la peur au ventre. Lareau et moi, on était toujours ensemble. Il ne peut pas avoir déserté.

— Pourtant, le sergent Peltier a déclaré sous serment que ton ami Lareau l'avait incité à le faire.

— Faut pas le croire, colonel Salaberry. C'est Peltier qui voulait déserter, il n'arrêtait pas de le répéter. Il nous a même demandé de venir avec lui, mais on a dit non.

Charland n'en pouvait plus de toutes ces questions. Il se demandait à chaque fois s'il ne serait pas accusé à son tour d'un crime qu'il n'avait pas commis.

— Faut pas croire Peltier, mon colonel, insista-t-il sans attendre que Salaberry l'interroge de nouveau. À Chambly, il trafiquait de la viande, c'était même un des meneurs de l'émeute, l'été passé, lorsque vous étiez parti. Mais personne ne l'a dénoncé.

— Et toi, pourquoi tu ne l'as pas fait, si tu étais au courant ?

— Il ne cessait de nous menacer avec son couteau, fit Charland en faisant mine de se trancher la gorge.

Salaberry commençait à entrevoir ce qui avait pu se passer. L'armée était un univers dur et brutal, et on pouvait être certain d'y retrouver de la canaille. Et parmi ces hommes de sac et de corde se trouvaient aussi des âmes sincères comme Charland et Lareau.

— C'est Noël. On m'a dit que tu es de Chambly. Puisque tu es chez toi, prends trois jours de permission pour aller voir ta famille avant de t'en retourner à Saint-Philippe.

La reconnaissance qu'il y avait dans les yeux de Charland valait tout l'or du monde pour le commandant des Voltigeurs.

— Merci, mon colonel ! répondit le jeune homme, franchement soulagé. Et pour Lareau ?

— Je ne vais pas me priver des services de deux bons voltigeurs comme Lareau et toi, le rassura Salaberry.

— Ah ! À vos ordres, colonel.

— En attendant de revoir ton ami, que tes lèvres restent scellées, demanda par contre Salaberry. Il t'apprendra lui-même ma décision.

Louis Charland avait le cœur si léger, qu'il promit tout ce qu'on exigeait.

ॐ

Parmi ceux que la dernière cour martiale à avoir siégé à Chambly avait condamnés se trouvait le sergent Peltier, dont la peine de mort fut commuée en neuf cents coups de fouet. Il ne s'en releva pas et Ovide de Rouville respira. « Bon débarras » fut la seule pensée chrétienne qui lui vint à l'esprit.

Puis, le 4 janvier 1813, sur la banlieue du fort de Chambly, une foule se rassembla pour assister à l'exécution d'Étienne Desautels, de la paroisse de Saint-Denis, sur la rivière Chambly, du régiment des Canadian Fencibles, trouvé coupable de désertion devant l'ennemi et condamné à mort. Malgré le froid et l'heure matinale, il y avait foule pour assister au funeste spectacle.

Devant un cercueil de bois, une fosse avait été creusée.

— Prévost aurait hésité longuement, avant d'approuver la condamnation, confia monsieur Boileau à Joseph Bresse, l'air profondément dégoûté devant ces arrangements macabres.

Ce dernier s'en voulait d'avoir accepté de suivre son voisin, qui voulait assister à l'événement sous prétexte qu'il le consignerait dans ses mémoires.

— Partons, suggéra Bresse en tirant sur la manche de Boileau. Il fait froid. Et je ne veux pas voir ça.

— Ça ne sera pas très long, répondit monsieur Boileau. D'ailleurs, on ne verra pas grand-chose, avec tous ces hommes en rang.

En effet, toutes les troupes présentes à Chambly assistaient à la mise à mort afin que celle-ci serve d'exemple à ceux qui auraient envie de se risquer à leur tour à faire de même.

— Voyez, le condamné vient de sortir du fort, poursuivait Boileau qui commentait chaque détail de l'événement. Robitaille l'accompagne. Je ne voudrais pas être à sa place.

— Songez à ses pauvres parents, fit Bresse avec compassion.

Malgré le froid, on installa Desautels, revêtu d'une mince chemise et d'une culotte, les mains liées derrière le dos, à genoux sur son cercueil.

Des soldats désignés au hasard formaient le peloton d'exécution et se mirent en joue. Puis, l'ordre vint :

— *Fire !*

❧

— Prions pour le repos de l'âme d'Étienne Desautels. Que Dieu l'accueille dans sa miséricorde, pria le curé Bédard pendant la messe.

Le reste de la prière s'étrangla dans la gorge du curé Bédard et un murmure d'effroi traversa l'église. On était le jour des Rois, qui aurait dû être un jour de réjouissance. Or le seul motif de contentement de messire Bédard résidait dans le soulagement de ne pas avoir eu à accompagner le condamné à mort dans ses derniers moments. Son confrère avait passé trois longs jours en prison avec ce pauvre Desautels jusqu'à l'heure de l'exécution. «Si les militaires ont voulu frapper les imaginations, ils ont réussi», songea le curé, profondément attristé. La population de Chambly apprenait qu'en temps de guerre, la mort venait de partout, de la main des siens comme de celle de l'ennemi.

L'exécution d'un jeune homme d'une paroisse voisine avait plongé les habitants de Saint-Joseph-de-Chambly dans la consternation. Plusieurs d'entre eux connaissaient des membres de cette famille et les condamnations à mort constituaient un fait rare au pays. Il y avait bien eu, autrefois, l'exécution à Québec de David McLane, condamné pour haute trahison. On l'avait pendu, mais pas jusqu'à ce que mort s'ensuive, car on lui avait ouvert les entrailles alors qu'il était encore vivant, puis coupé la tête et le corps en quatre quartiers. C'était en 1797. À l'époque, le jeune Jean-Baptiste Bédard avait vu dans ce supplice moyenâgeux une infamie indigne d'un siècle qui se targuait d'être celui des Lumières, c'est-à-dire celui de la raison, de la foi et de la philosophie!

Ce qui se produisait autour de lui depuis quelques mois ne valait guère mieux. Du fait de la loi martiale, les sentences se multipliaient pour les pauvres bougres qui osaient déroger aux règles ou faisaient preuve d'indiscipline : fouet ou bastonnade publique, exposition du coupable à moitié nu, les mains liées dans le dos, à califourchon sur un cheval de bois qui rappelait au curé l'abject pilori qu'on voyait encore à Québec, lorsqu'il était élève du Séminaire. Les plus chanceux étaient incarcérés, détenus dans n'importe quel endroit pouvant servir de prison à Montréal ou à Chambly. Même des bateaux amarrés servaient à cette fin, à Saint-Jean ou encore à l'Île-aux-Noix, située en aval du lac Champlain dans la rivière Chambly. Et encore, il fallait voir les conditions de détention dans ces lieux humides et froids.

« Profondément barbare », se disait le curé qui gardait ses réflexions pour lui. La justice des hommes lui apparaissait plus dure que celle de Dieu et le curé tremblait pour ceux qui condamnaient à mort leurs semblables. Colonels, majors ou capitaines, des hommes comme les autres à qui on adjugeait un droit de vie ou de mort sur leurs frères. Ils en pâtiraient un jour devant le tribunal de Dieu, croyait fermement messire Bédard. Mais ce qui le troublait le plus, en ces jours de tourmente, était le grand nombre de villageois qui avaient assisté à la triste fin d'un homme par les armes. Ses propres paroissiens ! Aussi bien dire ses enfants !

« Seigneur, donnez-moi la force de poursuivre mon ministère en ces temps troublés et éclairez-moi sur la conduite à suivre. Je me soumettrai humblement à Votre Volonté, Seigneur. *Amen.* »

Chapitre 26

Un cadeau pour Emmélie

Le 19 mai 1813, à midi quarante-cinq, Melchior-Alphonse de Salaberry, premier descendant de la quatrième génération des Salaberry d'Amérique, fit son entrée dans ce monde, à Saint-Philippe, «dans les quartiers d'hiver des Voltigeurs», précisa le curé de la paroisse. Julie avait accouché grâce aux mains expertes d'une sage-femme, et avec l'aide de sa belle-sœur Hermine, mais sans la présence de sa mère, maintenant auprès d'elle, qui n'avait pu arriver à temps.

Trois heures plus tard, la nouvelle parvenait à Chambly afin que l'heureux grand-père et parrain se présente à temps pour le baptême prévu le lendemain. Monsieur de Rouville n'était pas seul. L'accompagnait une voisine de Chambly, madame Grisé, désignée pour servir de marraine de remplacement à Catherine de Salaberry.

En bras de chemise, Charles contemplait son fils, petit être minuscule qui reposait au creux de ses bras, les yeux noyés par une inexprimable émotion. Pendant que la sage-femme emmaillotait le nourrisson et lui donnait de l'eau sucrée, le commandant des Voltigeurs s'agenouilla auprès du lit où reposait l'accouchée, lavée et changée.

— Mon ange, merci pour ce bonheur!

Épuisée mais ravie, Julie souriait. Charles était encore près d'elle lorsqu'elle nourrissait l'enfant, émerveillé par le simple fait de voir son fils téter le sein de sa mère.

— Charles, dit Julie, profitant de sa présence auprès d'elle, je suggère que nous le nommions Melchior-Alphonse. Melchior, en l'honneur de son parrain, comme le veut la coutume, et Alphonse, pour rappeler à la fois ton cher frère Édouard, qui portait ce prénom, et madame de Saint-Laurent dont l'un des prénoms est Alphonsine. Avec la naissance de notre fils, il est temps d'oublier définitivement, non pas le chagrin, mais les mésententes inutiles.

— Tes paroles sont sagesse, adorable petite maman, approuva Charles avec un regard tendre pour sa femme.

Julie savait que son mari était prêt à pardonner au duc. Depuis leur séjour à Chambly, alors qu'il s'interrogeait sur la culpabilité de Godefroi Lareau, et plus tard, lorsque tous deux furent de retour dans leur maison de Saint-Philippe, après les fêtes, son mari avait découvert un auditeur attentif en la personne de l'aumônier Pierre Robitaille. Jamais encore Salaberry n'avait pu parler aussi librement de ses tourments : la mort de ses frères et la tyrannie paternelle qui faisaient peser lourd sur ses épaules le fardeau de la transmission du nom, et de l'obligation de s'illustrer sur un champ de bataille.

À l'aumônier, Salaberry avait décrit son ressentiment face au duc de Kent. Ce faisant, et surtout grâce à la sagesse des propos de Robitaille, la colère de Charles était tombée. Salaberry avait demandé au prêtre de lire pour lui la correspondance du duc de Kent, récupérée des mains d'Hermine, après avoir convaincu cette dernière qu'il n'avait plus l'intention de la détruire. L'inflexible commandant des Voltigeurs canadiens manquait encore de courage pour lire lui-même la correspondance de ses frères et celle du duc. Mais le jour de la naissance du petit Melchior-Alphonse,

Charles avait compris l'importance de transmettre à son fils l'histoire de ses oncles et de lui rappeler qu'ils avaient été des hommes courageux.

Devant tant de hasards malheureux, le prêtre avait aisément compris que le duc n'y était pour rien et que la colère de Salaberry ne menait nulle part, sauf à lui faire du mal.

— Vous m'avez fait l'honneur de partager les malheurs dont la Divine Providence a voulu affliger votre famille. Pourquoi ne pas pardonner au prince ? avait suggéré Robitaille. Voyez-y plutôt la volonté de Dieu de vous éprouver. Rejeter la faute sur le duc de Kent revient à condamner Dieu lui-même.

Salaberry était désormais prêt à entendre des paroles de réconfort et il prit enfin connaissance de la correspondance de ses frères. Il en avait d'abord été profondément bouleversé. Puis, au fil des lettres, lui revinrent en mémoire des souvenirs heureux : l'affection bienveillante prodiguée par le duc de Kent et madame de Saint-Laurent, les bals londoniens et les succès de François auprès des jolies demoiselles, les soirées à l'opéra qui étaient les préférées de Maurice, les études sérieuses d'Édouard et même sa propre passion pour Mary Fortescue. C'était curieux d'évoquer cette époque fastueuse dans la petite maison de Saint-Philippe. Ses frères lui manqueraient toute sa vie. Mais désormais, avec Julie, il goûtait à une forme de bonheur qu'il n'avait jamais connue.

Et, désormais, il y avait le petit.

— Il faut profiter de cette occasion pour écrire à madame de Saint-Laurent et lui annoncer l'heureuse nouvelle. Par le fait même, tu t'attireras la reconnaissance du duc, conclut Julie, encore affaiblie.

Charles acquiesça, puis remercia Dieu.

La naissance de son enfant arrivait à point nommé pour permettre à Salaberry d'encaisser la défaite d'un raid mené à Sackets Harbor, près de Kingston, sur le lac Ontario, par Prévost, à la tête des troupes britanniques. Lui-même n'était pas sur place, mais quatre compagnies de Voltigeurs s'y trouvaient, y compris celle commandée par le capitaine Jacques Viger.

À l'été de l'année 1813, l'ennemi s'employa à faire des percées dans la région du lac Champlain, mais sans succès. Les affrontements se corsaient dans le Haut et le Bas-Canada. En juillet débarqua à Québec un régiment de mercenaires suisses, engagé par l'Angleterre pour augmenter les forces de défense. Les compagnies du régiment de Meuron furent cantonnées à Blairfindie, à La Prairie, ainsi qu'à Chambly où leur arrivée provoqua tout un émoi chez les habitants.

— Vous vous rendez compte que la plupart d'entre eux sont d'anciens soldats de la Grande Armée de Napoléon ? Ils étaient prisonniers des Anglais, à Gibraltar, expliquait le docteur Talham aux Boileau père et fils qui assistaient avec lui au défilé de ces régiments dont le drapeau affichait la devise *Fidelitas & Honor, Terra & Mare*.

Baudriers et revers bleu clair – la couleur du régiment – bariolaient les vestes rouges, et c'est avec émotion que le docteur voyait défiler ces hommes à la tête haute, fièrement coiffés d'un shako de cuir. Parmi eux se trouvaient des Espagnols et des Italiens, mais aussi des Français et des Belges à qui on avait promis, lorsqu'ils s'engageaient dans ce régiment de mercenaires à la solde des Britanniques, de les envoyer se battre en Amérique et non pas contre leurs frères d'Europe.

— Le général de Rottenburg a été affecté au Haut-Canada, dit à son tour le notaire. On a fait appel à un autre

Suisse, le général Louis de Watteville, qui vient aussi d'arriver avec son régiment.

— Mais j'ai appris récemment qu'il avait été nommé major général par Londres, souligna Boileau père. Il doit passer le commandement de son régiment à un autre même s'il en demeure propriétaire.

— Ce Watteville sera le nouveau supérieur immédiat de Salaberry ? demanda Talham.

— C'est exact, affirma le bourgeois. Et madame de Salaberry a confié à ma fille Emmélie, à qui elle a écrit pour lui annoncer la naissance de son fils, que Salaberry s'entendait très bien avec son nouveau commandant.

— Tant mieux ! se réjouit le notaire. Il servira de tampon entre Salaberry et Prévost. On dit qu'ils sont comme chien et chat.

— Espérons que leur mésentente n'entraînera pas d'effets déplorables, soupira son père. Vaudreuil et Montcalm ne pouvaient se souffrir, pendant la guerre de Sept Ans, ce qui nous a fait du tort.

— C'est bien vrai, approuva le docteur. Et on ne sait toujours pas ce qui nous attend. Il y a eu une première tentative de pénétrer le Bas-Canada en juin dernier, qui s'est traduite par la capture de deux *sloops* américains à l'Île-aux-Noix, qui n'est pas loin de chez nous. Et trois semaines plus tard, les troupes américaines connaissaient une autre défaite à Saint-Régis.

— Ce qui est certain, c'est que les Américains souhaitent prendre Montréal avant l'hiver. Quel chemin emprunteront-ils ? s'interrogea Boileau.

— Puisque les tentatives par Lacolle ont échoué, ils essaieront de passer là où l'eau est à son niveau le plus bas, avança René.

— Ce qui veut dire ? demanda le docteur.

— Qu'ils essayeront de passer par la Châteauguay !

Le défilé venait de prendre fin et les trois hommes retournèrent à leurs occupations respectives.

❧

— Ça parle au diable ! s'exclama René en découvrant sur le seuil de son étude Amable Boileau, un cousin éloigné qui vivait dans la région du lac Champlain, aux États-Unis. Mais comment as-tu fait pour arriver jusqu'ici ?

— Je suis passé par les bois, répondit le jeune homme avec un fort accent américain.

— As-tu oublié que nos deux pays se font la guerre ? dit le notaire en riant. Surtout qu'avec ton accoutrement, tu ne passes pas inaperçu, ajouta-t-il en désignant les plumes de perdrix qui pendaient à la ceinture du visiteur.

René avait l'impression d'être devant l'une de ces gravures anciennes représentant un voyageur du Pays d'en Haut. Avec son teint bistré, son chapeau à large bord et ses mitasses nouées par une lanière en cuir d'orignal, Amable avait hérité de l'allure de son aïeul, un grand-oncle des Boileau de Chambly, personnage métissé parlant aisément l'abénaquis et l'algonquin. Ce Boileau-là connaissait par cœur les forêts entourant le lac Champlain et servait de guide aux ingénieurs royaux qui recherchaient le bois précieux destiné à la construction navale. Et comme son ancêtre, Amable pouvait passer des semaines en forêt sans se perdre.

Malgré son apparence, le cousin Amable était aussi doué pour les affaires que ses cousins de Chambly et servait d'intermédiaire à René pour écouler le foin de ce dernier sur le marché américain.

— *Yes, my friend !* Tu te rappelles la bataille qui a eu lieu au lac Champlain, au mois de juin ?

— Oui, bien sûr. La marine américaine voulait empêcher que des radeaux de bois destinés aux chantiers maritimes de Québec ne parviennent jusqu'ici.

— Un de ces cageux m'appartenait, figure-toi. J'espérais passer les lignes pour arriver à Chambly. À partir de là, toi ou mon oncle vous seriez chargés d'acheminer ma cage jusqu'à Québec.

Comme le père Robert, il utilisait un français désuet, celui qu'on parlait quarante ans auparavant.

— Bigre ! dit René avec un sifflement admiratif. Tu ne manques pas d'audace.

Lui-même préférait attendre la fin de la guerre pour reprendre des relations commerciales avec les régions du sud. Les Boileau de Chambly avaient toujours maintenu des liens étroits avec ceux qui habitaient la région du lac Champlain. Autrefois, ce territoire faisait partie de la Nouvelle-France. Dans certaines familles, on agissait toujours comme s'il n'y avait pas de frontière.

— Mais c'était peine perdue ! Avec des hommes massés tout le long de la frontière, ta cage n'avait aucune chance de passer, constatait René.

— Oui, mais ces hommes-là sont les nôtres, non ?

— Tu veux dire les Canadiens ?

— *Yes sir !* dit Amable avec un sourire qui montrait ses dents jaunies par la chique de tabac.

Américain, il restait fier de ses origines françaises et canadiennes.

— Mais tu oublies les Britanniques et les Yankees. Tu aurais pu te faire arrêter comme espion. Par les temps qui courent, on fusille pour moins que ça.

— Celui qui m'attrapera n'est pas encore né, répondit Amable qui se riait des soldats. La preuve, c'est que je suis ici, et pour les beaux yeux de ta sœur, par-dessus le marché !

— Tu veux parler d'Emmélie ?

Amable tira de l'intérieur de sa veste un colis adressé à *Miss Emmelie Boileau, care of Mr. Boileau, notary, Chambly.*

— Ça vient de New York. En fait, il y avait un premier papier qui enveloppait le paquet, marqué à mon adresse.

Justement, Emmélie entrait dans le cabinet de son frère.

— Qu'est-ce que j'apprends ? dit-elle, d'un ton amusé. Les domestiques sont morts de peur. Ils ont aperçu un Sauvage. Mais viens donc m'embrasser, Amable Boileau, ajouta-t-elle en reconnaissant son cousin qui ne se fit pas prier pour s'exécuter.

— C'est pour toi, dit René en montrant le paquet à Emmélie.

— De qui cela peut-il bien être ? demanda la jeune femme en défaisant l'étroit ruban bourgogne qui attachait le colis.

Elle fut encore plus déroutée lorsqu'elle découvrit le livre qui se cachait sous des épaisseurs de papier. Non sans ravissement, elle admira l'édition reliée comme un trésor précieux et l'ouvrit avec précaution avant d'arriver, émue, à la page titre : *La Princesse de Montpensier.*

— Il y a une lettre qui accompagne l'envoi, nota René.

— Curieux, dit-elle en parcourant les quelques lignes. Il s'agit d'un mot du marchand.

Mademoiselle Boileau,
Dans l'espoir que ce livre vous plaise, nous vous remercions d'encourager notre humble librairie à partir de votre lointaine contrée.

Monsieur Bossange, Paris

— De plus en plus étrange, ajouta Emmélie. Par quel prodige un livre d'une librairie parisienne peut-il parvenir jusqu'ici, en pleine guerre, avec un blocus sur les mers ?

— Oh! Tu sais, ce n'est pas si difficile que ça de contourner le blocus, dit Amable. Pour le reste, le courrier circule toujours entre Chambly, Albany et New York. Et pas seulement le courrier. De l'argent, des denrées et même des colis, comme tu vois.

— Ce n'est pas le chemin que le livre a parcouru qui m'intrigue, mais plutôt qui a passé la commande à Paris, commenta René.

Il s'enfonça dans sa chaise avec un air songeur. Emmélie, elle, réfléchissait, le cœur battant. Parmi ses connaissances, elle ne voyait que Papineau pour avoir une pensée aussi délicate qu'extravagante. Ce grand collectionneur commandait des livres de Londres et de Paris. Un roman français! Il avait voulu lui offrir ce cadeau pour se faire pardonner le fait qu'il ne pouvait venir la voir à Chambly aussi souvent qu'il le souhaitait, comme il le disait si bien dans sa dernière lettre. Pendant son bref séjour à Chambly, Papineau s'était intéressé à la bibliothèque familiale. Il avait remarqué que l'œuvre de madame de La Fayette n'y figurait pas. En rougissant, Emmélie fit part de l'hypothèse à son frère.

— C'est l'explication la plus vraisemblable, approuva René. Mais pourquoi n'a-t-il pas pris la peine de te prévenir? Cela ne lui ressemble guère.

— C'est certainement lui, insista Emmélie.

— Tu as raison, sans l'ombre d'un doute. Lorsqu'un jeune homme est amoureux, il est prêt à tout, ajouta-t-il pour sa sœur qui devenait de plus en plus écarlate. Si tu veux mon avis, il ne tardera pas à se dévoiler. Ce qui ne t'empêche pas de profiter de ce beau présent en le lisant, dit-il en lui offrant un coupe-papier afin qu'elle puisse défaire les pages. Je ne connais pas de meilleure méthode pour le remercier.

Emmélie opina avec un sourire et partit annoncer à ses parents qu'ils avaient de la visite imprévue, mais qu'il fallait la tenir secrète sous peine d'être accusés d'espionnage.

— Eh bien! fit Amable, curieux. Puis-je savoir qui est ce merveilleux monsieur Papineau qui réussit à faire battre le cœur de l'indomptable Emmélie?

— C'est elle qui te répondra si elle le veut bien, répondit René avec un indéfinissable sourire. Mais sois discret. Ses amours ne sont pas encore publiques, ajouta le frère, attentionné, pour éviter qu'Amable ne commette un impair en famille.

∽

Capitaine Papineau, Coteau-du-Lac,

1ᵉʳ septembre 1813

Ma chère Emmélie,
Votre dernière lettre a mis du baume sur mon cœur, car j'ai appris récemment la triste fin de mon ami Janvier Kimber, mort de fièvre et de dysenterie après cette marche de quinze lieues dans une expédition au lac Champlain, commandée par ce «fou d'Estimauville». Bilan: huit morts, provoqués par le manque de jugement d'un des nôtres. Quelle désolation!

Je vous annonce un événement tout aussi important, mais beaucoup plus heureux. J'espère vivement aller vous voir à Chambly avant la fin de l'automne. M'attendez-vous toujours, chère amie?

Votre Papineau qui en a assez de cette guerre et vous espère, un peu plus chaque jour…

Emmélie relut plusieurs fois la trop courte lettre, le cœur gonflé d'espoir. Sans égard à la distance, Louis-Joseph Papineau lui demeurait fidèle. «Louis-Joseph», murmura-t-elle pour elle-même. Il fallait répondre tout de suite pour l'assurer de ses sentiments. Mais devait-elle faire mention du cadeau ? Indécise, elle décida d'attendre que lui-même évoque le présent. Installée à l'écritoire de son frère, la jeune femme trempa sa plume dans l'encrier. Son écriture à la calligraphie bien ourlée courait sur le papier à un rythme régulier.

Au capitaine Papineau, Coteau-du-Lac
Chambly, 6 septembre 1813
Ces événements du lac Champlain se sont passés relativement près de chez nous, mais ils n'ont pas affecté vos amis de Chambly. Nous nous sentons parfaitement en sécurité. Voyez plutôt : plus de deux mille cinq cents hommes sont cantonnés ici. Vous ne reconnaîtriez plus notre paisible village. On y entend le bruit des marteaux et des scies nuit et jour, que seul celui des parades et des exercices militaires arrive à couvrir. Adieu la tranquillité de jadis ! Mais les bâtisses construites sur la banlieue embelliront assurément Chambly si l'ennemi ne les détruit pas.

J'admire encore plus le courage qui vous a conduit à vous enrôler dans nos milices d'élite et prie Dieu chaque jour afin qu'il veille sur vous. Je vois d'ici votre petit sourire narquois en lisant ma dernière phrase, mais la prière apporte une bonne dose de réconfort en ces jours difficiles. Votre sœur Rosalie m'a rapporté les craintes de votre tante Lartigue qui vous enjoint d'assister à la messe. Ainsi, vous négligez vos devoirs envers la religion ! Je vous reconnais bien là, mais je refuse de vous juger, même si moi aussi, je m'inquiète pour la sauvegarde de votre âme.

Je ne peux croire en la vitesse à laquelle passe le temps et comprends que la guerre vous empêche de vous rendre à Chambly. Sachez qu'on vous y attend.

Que Dieu vous garde, mon cher monsieur Papineau, pour la joie de vos amis et, surtout, celle de votre Emmélie Boileau.

P.-S. Le croiriez-vous ? Le capitaine de Rouville organise un pique-nique !

∾

Au manoir de Rouville, pendant qu'on remplissait une charrette de victuailles destinées au pique-nique, Salaberry, qui s'apprêtait à repartir, bousculait tout sur son passage, jetant des regards venimeux aux domestiques qui s'affairaient.

Il avait fait un voyage éclair à Chambly, accompagnant lui-même sa femme qu'il voulait savoir en sécurité au manoir de Rouville. La situation se détériorait dans les régions du sud-ouest de Montréal qui étaient placées sous sa responsabilité. Les hommes du général Wade Hampton avaient commencé à se masser le long de la frontière et abandonné la route d'Odelltown, c'est-à-dire Lacolle, pour la rivière au Saumon et le lac Saint-François. Il y avait un gué facile à passer, sur la rivière Châteauguay, et il devait préparer la défense.

— Je ne sais pas ce qui a pris à ton frère d'organiser un pique-nique, alors que toutes les troupes se rassembleront bientôt sur la frontière et à Montréal. Comme si la guerre n'existait pas ! fulmina Charles, sa colère surtout dirigée vers Ovide.

Rouville ! Il s'était plaint à Vassal de Monviel de la discipline trop dure des Voltigeurs et demandait son transfert dans les milices d'élite. Dire que cette mauviette était son beau-frère ! Il se retourna vers sa femme.

— Je réprouve fortement l'idée de ce pique-nique. *My God !* Julie, tu es l'épouse du commandant des Voltigeurs et à ce titre, tu dois donner l'exemple.

— Charles, se défendit Julie dans une dernière tentative pour qu'il lui accorde ce plaisir. Se divertir pour oublier la guerre n'est pas interdit. La plupart des officiers de la milice d'élite qui sont actuellement à Chambly n'y voient aucun mal et ils ont accepté l'invitation de mon frère. Pense que la plupart de mes amis y seront.

Un regard furibond lui répondit.

Son mari attrapa sa longue cape noire qu'Antoine s'apprêtait à plier soigneusement pour la déposer dans son coffre de voyage et l'envoya au travers de la pièce.

— Je ne suis pas un de tes Voltigeurs à qui tu donnes des ordres, se rebiffa-t-elle. J'irai à ce pique-nique, avec ou sans ta permission.

Les vagissements du petit Salaberry réclamant à boire mirent fin à la discussion. Julie retira doucement le nourrisson de son berceau pour le présenter à son père, mais Charles avait déjà quitté la pièce sans dire adieu, laissant sa femme au bord des larmes. «Quand reviendra-t-il?» se demanda-t-elle, le cœur gros.

∽

— Ma sœur! s'écria Thérèse de Niverville, excitée comme une puce en lisant le mot qu'on venait de lui remettre. Le capitaine de Rouville enverra une voiture nous chercher. Quelle charmante attention de sa part! fit-elle en oubliant que le personnage avait tenté autrefois de s'en prendre à leur servante.

Elle en gloussait de plaisir en buvant son chocolat du matin.

— Hum! Hum! toussota Madeleine pour manifester sa désapprobation.

Elle avait toujours été la plus prudente des deux et jugeait sévèrement l'organisation d'un pique-nique au moment même où la plupart des hommes en âge de porter des armes étaient cantonnés aux frontières pour les protéger de l'ennemi.

— Un pique-nique ! Mais à quoi pense-t-il ? Avec le blé à quatre piastres le minot, qui peut se targuer de manger du pain aujourd'hui ? Les habitants se sont nourris de mauvaises pommes de terre tout le printemps. Et maintenant que la plupart des hommes valides sont mobilisés dans les milices, on se demande qui fera la récolte. Bientôt, nous en serons réduits à mourir de faim.

— Mais le capitaine de Rouville est si débrouillard, répliqua Thérèse qui ne comprenait pas l'indignité de sa sœur. Sans compter que notre cousine Stubinger et son mari le docteur sont également invités.

— Je me demande ce que pense le colonel de Salaberry d'une activité aussi frivole. On m'a dit que monsieur de Rouville n'y sera pas.

— C'est qu'il est très occupé avec les moissons et les vergers qui commencent à donner. Mais madame de Rouville accompagnera sa fille, m'a dit Marie-Desanges.

— Malgré ces quelques réserves, il est évident que nous ne pouvons pas refuser l'invitation, déclara Madeleine après avoir soupesé le pour et le contre, la perspective d'un bon repas gratuit l'emportant sur tout.

— Évidemment, ma sœur. Le nom des Niverville doit être associé à cet événement. Malheureusement, les jeunes Boileau, ainsi que leurs parents, seront aussi de la partie. C'est inévitable, se désola-t-elle, dépitée par ce déplorable constat. Impossible de se débarrasser de cette fichue famille.

Dans la paroisse, des mauvaises langues prétendaient que le fils Rouville était épris d'Emmélie, mais les demoiselles avaient fait subir un long examen à cette hypothèse absurde pour conclure que la faute en revenait sans contredit à mademoiselle Boileau. C'était certainement elle qui convoitait un aussi beau parti, l'inverse étant tout simplement impensable. Et le pauvre jeune homme était tombé dans le piège, ébloui par l'assurance de cette demoiselle qui prétendait tout savoir. Toujours un livre à la main, plutôt que d'occuper utilement ses doigts en cousant et brodant, à l'exemple de sa cousine madame Talham. Quoique cette dernière faisait payer ses services…

— Je me demande si la chère madame Bresse y sera, conclut Thérèse.

❧

— Irez-vous au pique-nique du capitaine de Rouville ? demanda madame Bresse à Marguerite en la croisant au marché où elles étaient venues faire provision de légumes frais auprès des fermières de Pointe-Olivier, le village d'en face, qui tenaient leurs étals sur le parvis de l'église de Chambly.

— Tout est hors de prix, soupira Marguerite en examinant la marchandise. Si je n'avais pas les ressources de ma famille, je crois qu'on se passerait de viande. Pour répondre à votre question, non, nous n'irons pas, lui apprit madame Talham sans ajouter qu'elle et son mari n'étaient pas invités.

— Je n'irai pas non plus, confia madame Bresse d'un ton faussement indifférent.

En réalité, les Bresse non plus n'étaient pas invités, mais jamais Françoise n'aurait révélé à quiconque à quel point cela l'offensait.

❧

— Père, si vous le permettez, je préfère ne pas sortir. Vous m'excuserez en disant que je suis souffrante.

— Comment ? Mais l'invitation du capitaine spécifie qu'il souhaite expressément ta présence !

Emmélie allait appeler sa mère à son secours lorsque Zoé arriva avec un billet à la main.

Chère Emmélie,
J'espère vous voir aujourd'hui au pique-nique. J'y serai avec mon petit. J'ai si hâte de vous le présenter. À plus tard.
Julie de Rouville de Salaberry

— Tu vois ! triompha monsieur Boileau. Tu ne peux pas faire faux bond à la femme du commandant des Voltigeurs sous prétexte d'une migraine, toi qui ne t'en plains jamais !

— René, marmonna Emmélie à son frère, tu ne me quittes pas d'une semelle.

ॐ

Les coches chargés de victuailles, de nappes immaculées, de vaisselle et de domestiques s'ébranlèrent finalement sur des chemins ombragés menant à la montagne de Boucherville et qui avaient eu la chance de ne pas voir tous leurs beaux arbres sacrifiés pour la construction d'abattis. La compagnie était nombreuse, des officiers provenant de la fine fleur des familles canadiennes avaient accepté l'invitation du capitaine de Rouville : les La Bruère, Deschambault, Fraser, Frémont, Grisé, Mailhot et Mondelet, pour n'en nommer que quelques-uns. Ces messieurs avaient délaissé leurs uniformes pour mieux profiter du décor champêtre de cette montagne dont les pentes douces s'étalaient au confluent des paroisses de Boucherville, de Belœil et de Chambly. Un endroit idéal pour oublier la guerre le temps d'un repas sur l'herbe.

C'était une de ces journées de septembre où le temps était encore chaud, la douceur de l'air exhalait des parfums suaves et les arbres des vergers environnants étaient chargés de leurs fruits, bien qu'on ait commencé à remplir des paniers des premières pommes et de poires bon-chrétien. Coiffées de leur chapeau de paille qu'elles exhibaient sans doute pour la dernière fois de l'été, les dames se gardaient des rayons du soleil qui abîmaient le teint sous des ombrelles colorées.

Sur place, Ovide de Rouville s'était attribué le rôle d'un chef d'orchestre en distribuant les tâches aux domestiques, ordonnant la disposition harmonieuse des nappes blanches déployées sur l'herbe, comme les convives s'installaient à qui mieux mieux, certains ayant trimballé chaises ou tabourets pour les dames qu'on cherchait à installer confortablement.

Mais après quelques verres de cidre, on en vit perdre l'équilibre et bientôt, toutes se retrouvèrent en riant sur des coussins posés à même le sol et le repas se poursuivit dans une atmosphère de plaisir et de convivialité.

Les demoiselles Boileau entouraient Julie, ravie de les retrouver. Leur présence la consolait de la mésentente survenue entre elle et Salaberry. «Avec le temps, Charles ne m'en voudra plus», se dit-elle en respirant avec bonheur l'odeur fraîche de foin coupé.

— Goûtez-moi ce jambon, disait monsieur Boileau à l'un des convives qui l'invitait à partager un morceau de fromage.

— Cette tarte est exquise! apprécia un autre, et les compliments fusaient pendant qu'on dégustait les spécialités de chacun.

Bientôt, la jeunesse eut des fourmis dans les jambes.

— Oh! comme c'est excitant, Emmélie! Allons nous promener dans les bois, veux-tu?

Zoé pour qui c'était le premier pique-nique avec une aussi belle société, ne tenait pas en place.

Emmélie consulta Julie du regard.

— Ne vous gênez pas pour moi, fit-elle. D'ailleurs, j'ai à faire. Elle désigna son nourrisson et chercha un endroit à l'écart pour le faire téter.

— Je verrai si tu as bien appris tes leçons de botanique, dit Emmélie à sa sœur.

Ovide s'approcha de monsieur Boileau. Ce dernier avait le cidre joyeux et bavardait aimablement avec le capitaine Pierre Grisé, le fils de feu Antoine Grisé, autrefois notaire à Chambly, un homme apprécié de tous.

— Cher monsieur, je suis ravi de voir que vous vous amusez.

— Jeune homme, je n'avais pas vu pareil événement depuis des années. Riche idée que vous avez eue. Tous ces vieux amis que je n'avais pas croisés depuis des lustres !

— Nous organisons une promenade dans les sentiers. Vous permettez que mademoiselle Boileau m'y accompagne ?

À peine formulée, la demande fit relever plusieurs têtes.

Le regard de madame de Rouville montrait son mécontentement, cependant qu'Emmélie, la principale intéressée, roulait des yeux effarés en direction de son frère, le suppliant d'intervenir.

De son côté, madame Boileau hésitait à accorder sa permission, en voyant l'air de sa fille, mais son époux, gorgé de compliments et de cidre, s'empressa d'accepter.

— Monsieur de Rouville, vous nous faites grand honneur et, bien entendu, ma fille accepte, répondit-il en se trémoussant.

— C'est impossible, protesta Emmélie. J'ai promis à Zoé de faire la promenade avec elle.

— Monsieur de Rouville est plus de ton âge.

— J'accompagnerai Emmélie et Zoé, s'interposa René.

— Allons, Emmélie n'est plus une fillette, objecta le père qui souhaitait favoriser un rapprochement entre les jeunes gens.

— Ce ne serait pas convenable qu'Emmélie se trouve seule avec un monsieur, déclara alors madame Boileau en coupant court à tout autre argument. René doit l'accompagner, et Zoé peut se joindre à eux si elle le désire.

— Chère madame Boileau, vos paroles sont pleines de sagesse, avança Ovide, dégoulinant d'onctuosité.

Mais Emmélie n'était pas d'accord.

— Ah, non ! se récria-t-elle. Cela suffit ! Je ne tiens pas à vous accompagner. Viens, Zoé !

Et elle entraîna sa sœur en direction d'un groupe de pique-niqueurs partis explorer les sentiers qui traversaient le sous-bois. Ovide ravala sa déception. Il avait organisé le pique-nique uniquement pour avoir l'occasion de se promener avec Emmélie à son bras en public.

— Ne vous en faites pas, lança-t-il à monsieur Boileau. Je la rattrape. Et il s'élança sur le sentier.

Rendus mal à l'aise par le sans-gêne de leur fille, monsieur et madame Boileau se retournèrent vers madame de Rouville pour excuser la grossièreté d'Emmélie.

— Votre fille ne manque pas d'audace, nota Thérèse de Niverville.

Elle-même, tout comme sa sœur, n'avait jamais eu pareille chance. Et dans leur temps, on ne refusait pas un jeune homme de cette classe.

— Il faudrait savoir ce que vous souhaitez, répondit sèchement madame Boileau, qui leur tenait toujours rigueur. Ma fille est insolente si elle lorgne du côté de monsieur de Rouville, mais elle est une ingrate si elle repousse ses avances.

— Que se passe-t-il? demanda Julie qui était déjà de retour avec son enfant dans les bras.

— Je vous en prie, ma chère petite, permettez que je vous débarrasse de votre fardeau, demanda Madeleine, ravie de prendre l'enfant dans ses bras.

Jamais elle n'avait envisagé sa vie autrement qu'avec son inséparable sœur jumelle. Mais, parfois, le regret lui prenait de ne s'être jamais mariée, de se contenter de serrer furtivement contre son cœur les enfants des autres, sachant qu'elle n'en aurait jamais et qu'elle mourrait peut-être dans une extrême solitude, si Thérèse disparaissait avant elle.

Madame de Rouville, qui de son côté avait tout entendu, ruminait son mécontentement. Elle s'approcha de madame Boileau.

— Je tiens à vous prévenir que les manigances de votre fille et de votre mari ne mèneront à rien. Jamais je ne consentirai à ce mariage.

La morgue de madame de Rouville agaça prodigieusement la mère de famille. Elle en avait par-dessus la tête de ces gens qui se servaient de ses enfants pour parvenir à leurs fins.

— Ce n'est pas ma fille qui manigance, mais bien votre fils qui tente d'embobeliner mon mari pour obtenir la main d'Emmélie.

— Votre fille court après la particule, répliqua Marie-Anne de Rouville. En cela, elle ne fait que suivre l'exemple de son père, ajouta-t-elle, non sans hargne.

— Soyez sans crainte, la nargua la mère d'Emmélie. Boileau elle est, Boileau elle restera. Elle n'a aucune inclination pour un être aussi futile que votre fils. Quant à mon mari, sachez qu'il devra me passer sur le corps pour que je permette une pareille union!

Madame de Rouville se raidit sous l'insulte.

— Je vois que nous sommes d'accord, conclut la seigneuresse sur un ton cassant.

❧

Ovide avait couru. Il s'approcha d'Emmélie, encore essoufflé, pour lui offrir son bras.

— Allons, petite chatte effarouchée, votre père vous a confiée à moi, je ne vous ferai aucun mal.

— Monsieur de Rouville, il suffit, je ne veux pas de votre compagnie.

— Rouville, veuillez laisser ma sœur, demanda simplement René.

— Voyez-vous ça ! Le petit notaire qui sort de ses gonds. Vous voulez boxer ? Mais je vous préviens, j'ai subi l'entraînement des Voltigeurs.

— Fi de vos rodomontades, Rouville. C'est la pire méthode pour faire la conquête d'Emmélie.

— Pourquoi faut-il toujours que vous provoquiez sans raison ? s'écria alors Emmélie à Ovide, excédée.

— Ne vous mêlez pas de ça, ma jolie. Votre frère est incapable de tirer l'épée.

— Gare à vous, Rouville, je ne tire pas l'épée, mais je suis bon tireur et je peux vous envoyer mes témoins dès demain.

Les deux hommes se toisaient et Zoé vint se réfugier contre sa sœur.

— Vous êtes complètement fous ! s'interposa Emmélie. Je vous ordonne de cesser immédiatement ce jeu stupide.

Ovide émit un rire narquois.

— Je suis à vos ordres, ma charmante. Loin de moi l'idée de répandre le sang de votre frère. Mais c'est votre faute, belle Emmélie, car vous me faites languir. C'est pourquoi j'ai décidé de donner un pique-nique en votre honneur. Que diriez-vous, ma chère, si nous annoncions nos fiançailles à nos amis ?

— Ne soyez pas ridicule, clama-t-elle, toujours aussi furieuse.

Il éclata de rire et lui prit le bras pour la serrer contre lui, en l'entraînant sur le sentier.

— Vous n'êtes jamais aussi belle que lorsque vous vous fâchez. Vos beaux yeux noirs ! Comme je les aime ! Du charbon dont la braise ne demande qu'à être ranimée.

C'est qu'elle commençait à lui plaire, la diablesse, songeait-il en marchant. Emmélie la brune chassait de son esprit l'image de l'autre, l'obsédante et blonde Marguerite. Comme il aurait plaisir à faire la comparaison, un jour prochain... Mais Emmélie se dégagea.

— Vous partez, ma mie ? Quel dommage !

Et il la salua d'un grand coup de chapeau, avant d'aller rejoindre ceux qui marchaient plus loin.

— Venez, dit René à ses sœurs. Je crois qu'il est temps de rentrer.

— Emmélie, tu es fiancée avec le fils Rouville ? demanda Zoé.

— Non, Zoé. Jamais je n'épouserai cet homme. Alors, ne commence pas à répandre de fausses rumeurs.

— C'est bon, Emmélie, ne te fâche pas. Je ne dirai rien, promit la fillette avant de s'échapper en courant pour retrouver ses parents et tout leur raconter.

— Père ! Mère ! Je crois qu'Emmélie est secrètement fiancée avec le fils Rouville, comme l'a fait Sophie avant de tout nous révéler.

Monsieur Boileau allait applaudir à la nouvelle, mais son épouse demanda :

— Est-ce Emmélie qui l'affirme ?

Zoé regarda le sol.

— Non, répondit-elle, l'air piteux. Mais ce serait formidable si c'était vrai. Le fils Rouville veut l'épouser, j'en suis certaine. Il voulait se battre pour elle contre René.

— Zoé, je ne veux plus jamais entendre de tels propos. Tu as bien compris ? Et si j'apprends que tu m'as désobéi et que tu parles du mariage d'Emmélie sans en avoir la certitude, tu seras sévèrement punie.

— Oh, mère ! Mais pourquoi ?

— Parce que ce serait un mensonge qui nuirait gravement à la réputation de ta sœur. Allons, aide-moi un peu à ramasser, dit-elle en remettant les restes de nourriture dans le panier prévu à cet effet. Les domestiques ne sont pas obligés de tout faire.

— Il faudra, madame, que vous m'expliquiez pourquoi vous refusez de considérer le parti extraordinaire que constitue le fils Rouville, fit monsieur Boileau que l'attitude incompréhensible de son épouse déconcertait.

— Mon ami, nous avons toujours convenu de laisser nos enfants choisir selon leurs inclinations. Et visiblement, Emmélie ne veut pas de lui.

Le sujet était clos et les Boileau remontèrent en voiture pour retourner à Chambly.

❧

Sur le chemin du retour, madame de Rouville se rua sur son fils.

— J'exige de savoir quelles sont tes intentions à propos d'Emmélie Boileau. Par ta faute, je me suis fait humilier !

— Ma chère mère, je ne vois pas pourquoi vous vous en faites pour si peu, répondit Ovide avec désinvolture.

— Si peu ? Mais je frémis à la pensée de voir une simple Boileau devenir un jour seigneuresse de Rouville.

— J'épouserai mademoiselle Boileau, mère, et plus tôt que tard. Parce que son imbécile de père offrira une belle dot pour que sa fille porte le nom de Rouville et qu'il ajoutera des terres dans la corbeille de noces. Des terres et de l'argent, tout ce qui me manque.

— Mais c'est parfaitement stupide. Tu seras un jour seigneur de Rouville. Qu'as-tu à faire de quelques terres à Chambly ?

— Le père Boileau possède les plus fructueuses de la région, avec des fermiers à sa botte. Je n'en peux plus de cette rente minable que m'octroie mon père, sous votre conseil d'ailleurs, car, en réalité, c'est vous qui détenez les cordons de la bourse. Et puis, chère mère, qu'y a-t-il de déshonorant à épouser une riche héritière ? Je suis l'exemple de mon père autrefois : choisir une dot. Et Salaberry n'a pas fait autrement en épousant ma sœur !

Madame de Rouville frissonna de rage sous l'insulte. Son mari avait toujours eu confiance en son jugement et n'avait jamais négligé un bon conseil pour la gestion de sa seigneurie. Et puis, en dépit des apparences, ils s'étaient aimés, autrefois. Son fils n'était qu'un imbécile ! Quelle grave erreur de l'avoir protégé contre la trop grande autorité du père.

Elle regarda sa fille et son enfant, que les soubresauts de la calèche avaient endormis. Désormais, la seigneurie de Rouville pouvait compter sur un autre héritier et Ovide devrait faire ses preuves avant de pouvoir reprendre son apanage. « Vivement la fin de cette guerre », se dit-elle.

Chapitre 27

Dans le bois de Châteauguay

Après l'avoir fait sortir de prison, le commandant des Voltigeurs avait affecté Godefroi Lareau à la compagnie de Juchereau-Duchesnay. Salaberry appréciait l'ardeur du jeune soldat, ainsi que sa solide carrure qui en faisait un homme recherché pour les compagnies de flanc, celles qui marchaient sur les côtés des troupes pour les protéger. Le voltigeur Louis Charland avait suivi le même chemin pour des raisons similaires. L'automne de 1813 s'annonçait plus mouvementé que le précédent d'où l'importance de s'entourer d'hommes valeureux et prêts à combattre.

Quelques jours auparavant, sous la pression de ses supérieurs, Salaberry avait donné à ses hommes, postés aux alentours de la rivière Châteauguay, la mission d'aller harceler l'ennemi sur son territoire. Mais l'opération se montrait plus épuisante qu'efficace.

— Drôle de mission, déclara Godefroi.

— Marcher une douzaine de lieues pour tirer quelques coups de fusil aux avant-postes, tuer cinq ou six Yankees puis se sauver, c'est pas la gloire !

La déception de Charland se lisait sur son visage.

— Surtout qu'aucune troupe de réserve n'aurait pu nous porter secours si l'ennemi avait riposté avec plus de vigueur.

— Vrai de vrai, Lareau, toi et moi, on n'aurait peut-être plus été là pour en parler.

— Sacrédié! Sans compter qu'on a maintenant l'air de lâches qui s'enfuient devant l'ennemi. Faut qu'il se passe quelque chose, une véritable action.

Plusieurs voltigeurs ressentaient une grande frustration, sentiment partagé par Salaberry qui avait l'impression qu'on utilisait ses hommes inutilement. Mais tous venaient à peine de réintégrer leurs baraques qu'ils apprenaient que sept à huit mille Américains marchaient le long de la frontière pour camper en un lieu appelé Four Corners, une fourche entre quatre routes principales sur le territoire américain, tout près de la frontière.

Dans le presbytère du village de Châteauguay, le général Louis de Watteville, le lieutenant-colonel de Salaberry et le capitaine Michel-Louis Juchereau-Duchesnay étaient penchés sur une carte de la région. Récemment arrivé au pays, Louis de Watteville était un officier d'expérience qui venait de passer deux années en Espagne, en poste à Cadix.

— Voyez, mon général, expliquait Salaberry. Entre la Châteauguay et la rivière Chambly, le terrain est plat. Les Américains ne peuvent plus passer par l'est et remonter la Chambly à partir du lac Champlain; les chemins et les ponts sont en ruine, et les abattis se sont multipliés depuis un an. Pour tout remettre en état et permettre aux troupes de passer, il leur faudrait au moins trois semaines. Nous sommes aujourd'hui le 21 octobre. Le mauvais temps s'en vient et dans ce pays, il n'est pas rare de voir de la neige en novembre.

— Comme on dit, le froid va bientôt passer du côté des mitaines, ajouta Juchereau-Duchesnay, en montrant les moufles doublées qu'il portait pour se protéger.

— C'est-à-dire que si l'ennemi se décide à passer à l'action, il tentera sa chance par ici, fit Watteville en désignant la rivière Châteauguay.

Juchereau-Duchesnay approuva.

— Et il est certain que l'ennemi descendra du côté nord de la rivière qui est dégagé, alors que le côté sud est boisé.

— Le temps presse. Entre La Prairie, Saint-Philippe, Chambly et Châteauguay, nous avons quatre mille cinq cents hommes en troupes réglées et sept mille cinq cents hommes de milice, confirma Watteville. Mais il nous faut établir notre défense. Que proposez-vous, Salaberry?

— Voyez, mon général.

Sur la carte, le parcours sinueux de la rivière Châteauguay formait des méandres. Salaberry posa le doigt sur un endroit nommé gué Grant.

— L'ennemi n'a pas d'autre choix que de franchir ce gué. Le capitaine Juchereau-Duchesnay et moi avons chevauché ce terrain qui est très accidenté par endroits. Il y a ici des retranchements naturels que nous pouvons solidifier pour protéger le gué. C'est là qu'il faut installer la défense.

— *All right!* déclara Watteville en se rendant aux arguments de ses subalternes. Vous connaissez suffisamment le pays, alors allez-y, Salaberry. Vous avez carte blanche.

— À vos ordres, mon général!

Les compagnies de Voltigeurs furent rassemblées. On écuma les environs pour réquisitionner tout ce qu'on pouvait trouver de haches et de godendarts. Des habitants de la région se proposèrent pour aider à construire les abattis. Même si une pluie glaciale ne cessait de tomber, les hommes de Salaberry installèrent leur campement dans le bois de Châteauguay et se mirent à l'ouvrage.

❧

Malgré la froideur automnale, Godefroi retira sa veste et essuya la sueur de son front. En peu de temps, avec l'aide des habitants, les Voltigeurs avaient abattu des centaines d'arbres dans le bois qui entourait la rivière Châteauguay, dormant sur place en s'abritant dans quelques cabanes montées à la va-vite qui suffisaient à peine à les protéger de la pluie. Sur la rive sud de la rivière, le marais et les arbres qu'on avait fait tomber un peu partout rendaient quasi impossible le passage de troupes à travers la forêt dense.

— Y'a pas une pièce d'artillerie qui passera par là, affirma Godefroi à Louis Charland, le soir du 25 octobre.

— Les Yankees avanceront sur l'autre rive, du côté de la route, pour tenter de franchir le gué à un mille d'ici. S'ils réussissent, ils seront en ligne droite pour atteindre Montréal.

— Avec Salaberry, nous les arrêterons avant, mon Louis, affirma Godefroi, confiant.

— Sinon, ça voudra dire que toi et moi serons peut-être morts pour la patrie, ajouta Louis en avalant la dernière gorgée d'un thé imbuvable et à peine chaud. As-tu peur, Lareau ?

La peur ? Godefroi n'avait guère eu le loisir d'y songer. La peur était-elle pour quelque chose dans l'énergie qu'ils avaient déployée ces derniers jours ? Les Voltigeurs maniaient la hache du matin au soir. Le nombre d'arbres qu'ils avaient abattus en peu de temps… ça ne se disait même pas ! Et le soir, ils s'écroulaient sur le misérable branchage qui leur servait de couche, moulus de fatigue.

Charland et Lareau usaient du godendart comme si leur vie en dépendait. Dotés tous deux d'une force physique équivalente, ils avaient facilement trouvé leur rythme pour manier cette grande scie dotée d'un manche à ses deux extrémités, et travaillaient efficacement. Avec pour résultat qu'un immense abattis formant un mur d'enchevêtrement de branches et de troncs partant de la rive bloquait complètement la petite route de terre qui longeait la rive nord de la rivière. Derrière l'abattis, à une distance d'environ un mille, se trouvait le premier de quatre retranchements, suivant le relief accidenté du terrain, qui serviraient à dissimuler les troupes de réserve. Salaberry avait choisi judicieusement le lieu de la bataille, d'autant qu'il disposait d'une force inférieure en hommes.

— On dit qu'ils sont plus de sept mille hommes à marcher, ajouta Charland.

— C'est peut-être rien que des rumeurs pour nous flanquer la frousse, avança un autre.

— Mouais… Paraît qu'ils ont des pièces d'artillerie itou. Une dizaine, à ce que j'ai entendu. Nous autres, on est à peine quelques centaines, avec nos fusils qui pèsent douze livres. J'ai les doigts aussi gelés que des crottes de chien. Comment vais-je pouvoir charger et tirer?

— Moi, dit Godefroi, je préfère penser à la ferme de la Petite Rivière. Je sens l'odeur de la soupe que ma mère remue dans le chaudron de la crémaillère, mon père et mes jeunes frères qui réparent la grange et les autres bâtiments avant l'hiver. Je songe aussi à ma sœur, la belle madame Talham, comme on dit au village. Mon vœu le plus cher est de les revoir. Alors, j'me dis que le colonel Salaberry, avec sa femme qui l'attend aussi à Chambly, va tout faire pour qu'on revienne chez nous. Allez, mon Louis, faut dormir.

557

❧

Victoire avait convaincu Marguerite de se rendre chez madame de Salaberry. La mère de Godefroi Lareau connaissait les usages de la société. L'obligation de remercier dans les formes l'épouse du lieutenant-colonel de Salaberry, dont l'intervention avait été déterminante pour que son fils ait la vie sauve, en faisait partie. Godefroi leur avait tout raconté. De plus, il était tout à fait séant que Marguerite l'accompagne, en tant qu'épouse du docteur Talham, celui qui avait alerté Salaberry qu'une injustice se préparait. Marguerite devait se rendre à la raison ; cette fois, elle ne pouvait se défiler et elle accompagna sa mère au manoir de Rouville.

— Madame de Salaberry est la marraine de ta fille, dit Victoire à Marguerite. Elle attend le retour de son mari comme nous attendons celui de Godefroi, c'est dire que nous partageons tous le même sort. Il me semble que le moment est bien choisi pour lui rendre visite.

— Je n'y arriverai pas, dit Marguerite, butée. Je crois même avoir épuisé toutes les excuses inimaginables pour éviter de me retrouver là-bas. Et vous savez pourquoi.

— Pour vaincre ta peur, tu dois l'affronter, déclara Victoire. Sinon, c'est comme un démon qui s'empare de ton esprit, et qui décide pour toi. Celui que tu crains est absent, toutes les troupes sont sur le pied d'alerte, à ce qu'on dit. L'occasion est belle, elle ne se représentera pas.

Finalement, ces dames se retrouvèrent assises à déguster la collation offerte par Julie dans le petit salon du manoir, tout en échangeant des compliments sur la beauté de leurs enfants, car la petite Marie-Anne accompagnait sa mère et sa grand-mère.

— Je suis ravie de voir à quel point ma filleule a grandi, dit Julie à Marguerite.

Peu farouche, l'enfant blonde souriait à sa marraine qui s'extasiait de la voir déjà marcher.

— Comme le temps passe… soupira-t-elle, se rappelant de l'époque, pas si lointaine, où elle se désespérait de ne pas être mariée.

— Votre petit garçon est splendide, la complimenta Victoire.

Pendant que les mères énuméraient les exploits de leur progéniture, Victoire repassait dans sa tête ce qu'elle allait dire à Julie.

— Madame de Salaberry, j'oubliais de vous transmettre les meilleures salutations de mon mari.

— La santé de monsieur Lareau est-elle bonne ? s'inquiéta aimablement Julie.

— Elle se maintient, heureusement, je vous en remercie. Mais il est fort occupé ces jours-ci. Avec tous les hommes valides qui sont à la guerre, il ne reste que les plus jeunes ou les vieillards pour aider au champ.

Victoire prit une gorgée de thé pour se donner de la contenance.

— J'aimerais vous dire…

Elle s'arrêta un instant, comme pour se donner un élan, peu habituée de se lancer dans de longs discours.

— Chère madame, je tiens à ce que vous exprimiez à votre mari notre reconnaissance au sujet de notre Godefroi. Vous qui êtes devenue mère, vous pouvez facilement imaginer les craintes et l'angoisse ressenties par une autre mère.

Une ombre passa sur le visage de Julie. Tout en écoutant Victoire, elle revoyait le docteur et René venus à La Prairie pour supplier son mari d'intervenir, et Charles qui refusait, les accusant de soutenir un lâche. Cette triste histoire avait failli la séparer de ses amis, mais tout était rentré dans l'ordre.

En recevant le billet de Marguerite, ce matin, elle avait été heureuse de voir que celle-ci ne nourrissait aucune rancune.

— Chère madame Lareau, dit Julie, je sais bien peu de choses sur ces pénibles événements. J'ai été la première à me réjouir de la libération de votre fils ; plus d'une fois, j'ai eu l'occasion d'apprécier le caractère honnête de Godefroi.

— Oh ! Votre mari a fait plus encore, lui apprit Marguerite. Il a assigné Godefroi à la compagnie de monsieur Juchereau-Duchesnay.

Victoire s'empressa d'ajouter :

— Il en est d'autant plus heureux qu'il a une grande admiration pour le colonel de Salaberry.

— De la vénération, précisa Marguerite en riant.

— Tiens, tiens, tiens ! Je reconnais ce rire argentin. Madame Talham ! Quelle agréable surprise !

Le colonel venait rejoindre Julie pour le thé. Il était accompagné de madame de Rouville.

— Diantre ! Le diable m'emporte si je me rappelle la dernière fois que je vous ai vue chez nous ! Mais il faut tuer le veau gras ! Et voici madame Lareau ! Tous mes hommages, chère dame, ajouta-t-il en s'inclinant pour un baisemain à Victoire.

— Mesdames, salua froidement madame de Rouville.

On ne pouvait pas dire qu'elle était aussi ravie que son mari de les voir assises chez elle à boire son meilleur thé.

— Alors, madame Talham, comment se porte mon vieil ami le docteur ? Et votre petite famille ? J'ai appris que mon filleul Melchior étudie avec application et qu'il sera bientôt en âge d'être inscrit au Collège de Montréal. Cette bonne nouvelle me réchauffe le cœur.

— Certes, colonel, nous sommes fiers des résultats de notre aîné, répondit Marguerite.

— Ce qui me rappelle que j'ai toujours eu le dessein d'offrir à mon filleul des études au collège. Dès la fin de la guerre, nous en reparlerons, dit le colonel.

— Une grande bonté de votre part, remercia Marguerite, un peu embarrassée par cette offre. Mais je ne sais pas si mon mari consentira. Il a son orgueil, vous savez.

— N'ayez crainte, madame Talham, j'arriverai bien à le convaincre. Surtout que votre famille aura à débourser pour les études des autres garçons. Nous reparlerons de cela en temps et lieu.

Madame de Rouville avait sursauté en apprenant la nouvelle lubie de son mari. Étaient-ce les liens du sang qui parlaient aussi fortement ? Elle demeurait persuadée que son époux ignorait tout des origines de l'enfant. Consternée, elle détourna légèrement la tête, et croisa par le fait même le regard réprobateur de Victoire. L'idée ne plaisait pas plus à madame Lareau qu'à elle, semblait-il. Intriguée, madame de Rouville se demanda si cette femme savait quelque chose.

Les visiteuses s'apprêtaient à se retirer.

— J'espère que votre mari vous sera rendu bientôt, dit Victoire à Julie avec sincérité.

— De même que je vous souhaite la joie de revoir votre fils, répondit Julie sur le même ton.

Malgré leur différence de classe, les deux femmes se comprenaient parfaitement. Toutes deux attendaient avec angoisse le retour d'un homme parti à la guerre et craignaient pour sa vie.

Le colonel avala rapidement le contenu de sa tasse de thé et se leva.

— J'ai encore du travail, mes chères, alors vous allez m'excuser.

— Faites, mon ami, le congédia madame de Rouville avec presque de la gentillesse.

Julie dévisagea sa mère. Était-ce l'effet de son éloignement ou avait-elle changé ? Et comme de fait, madame de Rouville se pencha sur le berceau pour prendre son petit-fils dans ses bras avec une tendresse inaccoutumée.

— Je préfère ne pas m'attacher aux nourrissons. J'ai arrêté de compter le nombre d'enfants que j'ai perdus au berceau.

— Mère, bredouilla Julie, troublée par cet aveu. C'est terrible. Et jamais encore vous n'en avez parlé.

— Dieu nous a donné le pire lot à nous, les femmes, répondit madame de Rouville. Enfanter dans la douleur et voir nos enfants mourir les uns après les autres. Tu te demandes pourquoi j'ai toujours été dure avec toi ? Tu as la réponse. Je ne voulais pas m'attacher, de crainte d'avoir trop de chagrin.

— Mais ce n'était pas le cas pour mon frère, rappela Julie.

Madame de Rouville soutint le regard de reproche de sa fille.

— Je ne le nie pas, et je me suis amèrement trompée. Mais lorsque tu as décidé d'épouser Salaberry, j'ai compris alors à quel point tu me ressemblais et j'étais fière que tu sois ma fille. Cet homme a besoin de toi. Plus d'une fois, j'ai constaté que favoriser les inclinations entre jeunes gens d'un même milieu était une recette qui fonctionnait.

Julie restait sans voix.

— J'ai fait le même choix, autrefois, en épousant ton père, poursuivit Marie-Anne de Rouville. Au début de notre mariage, ton père a eu besoin de mon soutien pour l'aider à reconstituer ses fiefs, sa fortune et son nom, et j'éprouve toujours une grande satisfaction d'y avoir contribué. Vois-tu, j'avais tellement d'ambition à ton âge !

Madame de Rouville détestait tout ce qui faisait l'ordinaire des femmes de sa condition, se rappela Julie. Les interminables aiguillées de fils de différentes couleurs destinés à orner le linge de maison, les cols et les poignets des robes des dames, les mouchoirs ou autres chiffons, tout comme l'aquarelle ou ces arts inutiles qu'on enseignait aux filles éduquées la rendaient folle de rage.

— Je vous en prie, mère, racontez-moi votre jeunesse. Jamais vous n'en parlez.

— Comment te dire ? J'ai accédé à la noblesse par mon mariage, et j'aimais mon mari, mais pour cela…

Elle soupira.

Sur son visage, une expression indéfinissable qui s'apparentait à des regrets fit craindre à Julie qu'elle renonce à se livrer, mais sa mère continua :

— Mon père était marchand de fourrures. Enfant, ce que j'aimais le plus, c'était de me tenir au magasin entre les immenses piles de fourrures et entendre les voyageurs de retour du Pays d'en Haut narrer leurs périples. Découvrir comment ils parcouraient des milliers de lieues en navigant sur les rivières pleines de dangers, les menant vers les Grands Lacs, véritables mers intérieures du continent, disaient-ils, et atteindre les postes de Chagouamigon ou de Michilimakinac. Des histoires fabuleuses qu'ils arrosaient à grands coups de rhum de la Jamaïque.

Madame de Rouville semblait très émue.

— Pour moi, le bonheur consistait à compulser les longues colonnes de chiffres des registres faisant foi d'achat, de vente ou d'échange contre marchandises. Ces immenses livres où chaque ligne indiquait des quantités de pelleteries : les peaux de castor, de vison, de martre, d'ours ou les autres richesses prodigieuses transigées dans notre magasin.

Elle éclata de rire.

— La jeune Marie-Anne Hervieux rêvait d'équiper un canot et d'engager des voyageurs en partance pour le Pays d'en Haut ! Je voulais faire comme mes ancêtres, qui s'étaient enrichis jadis grâce au négoce de la fourrure dont Montréal est toujours la capitale. Oui, si on m'avait laissé le choix, j'aurais été marchande de fourrures.

— Mon Dieu ! Mère ! compatit Julie. Je comprends maintenant pourquoi vous vous sentiez périr d'ennui à Chambly, petit village où il ne se passe jamais rien.

Julie avait soudainement le cœur serré. Qui s'était soucié des rêves brisés de la seigneuresse de Rouville ? Plus jamais elle ne verrait sa mère de la même manière.

— Tu comprends pourquoi j'avais placé tous mes espoirs en ton frère ? Toi, ma fille, de par ta nature de femme, tu étais tout aussi impuissante que moi à maîtriser ton destin. Ovide... Ce fut une erreur de lui avoir transmis le prénom de ton grand-père, cet incapable, franchement haï de ses contemporains. Je regrette d'en parler ainsi, mais c'est la vérité. Heureusement, mon époux a été un homme fort différent de son propre père, même s'il a hérité de son incompétence à gérer la seigneurie, ajouta madame de Rouville avec un sourire.

Julie était très émue par les confidences de sa mère. Elle se leva pour la serrer dans ses bras.

— Je t'en prie, fit sa mère avec une certaine rudesse. Tu sais que je n'aime pas les effusions. Les pleurs ne servent à rien. Pense à ton mari qui est sur le champ de bataille. C'est de ton courage dont il a besoin.

Julie se reprit. Et en se rassoyant, ce qu'elle vit la médusa. Sa mère essuyait furtivement une larme.

À l'instant où les Voltigeurs fermaient les yeux dans le bois humide de Châteauguay, l'ennemi, sept mille hommes postés à Four Corners, avait reçu ordre de commencer ses manœuvres.

Le plan des Américains consistait à prendre Montréal dans une souricière. À l'est, à partir du lac Champlain, l'armée de Hampton remontait la rivière Châteauguay pour rejoindre celle du général Wilkinson, qui viendrait de l'ouest en longeant le Saint-Laurent depuis les Grands Lacs. Salaberry disposait d'environ mille sept cents hommes pour retarder Hampton. Pour sa part, ce dernier pouvait compter sur deux mille soldats, avec mille autres en réserve. Tout le reste de son armée était resté à Four Corners.

Le soir du 25 octobre, Hampton décida d'envoyer un millier d'hommes, placés sous les ordres du colonel Pardy, pour tenter d'atteindre la rive sud de la rivière en se taillant un chemin sur un terrain impraticable constitué de forêt dense et de marais. Ces hommes avançaient péniblement. Les pauvres diables erraient dans le noir, se dispersant sans trop savoir où ils allaient. Mais si un certain nombre d'entre eux réussissaient à traverser ce bois, ils pourraient surprendre les Voltigeurs derrière l'abattis.

À l'aube du 26 octobre, ils n'y étaient toutefois pas encore parvenus. Sur la rive nord, le piquet canadien, quelques soldats placés à proximité du campement de l'ennemi pour le surveiller, essuyait les premiers coups de fusil. Les hommes retraitèrent à toute vitesse en direction de la ferme Morrison pour alerter le commandant Salaberry.

— Messieurs, annonça ce dernier à ses officiers réunis, comme prévu, l'ennemi s'avance vers l'abattis. Voici vos positions. Les milices : le capitaine Daly et ses cinquante hommes de la milice d'élite, Brugière et les quarante hommes de la milice sédentaire de Beauharnois, tous postés sur la rive sud pour arrêter l'ennemi qui a pénétré dans le bois et tente de nous prendre par l'arrière. Derrière l'abattis, je veux voir les compagnies de Voltigeurs des deux frères Juchereau-Duchesnay et une partie de la milice sédentaire de Beauharnois avec le capitaine Longtin. Devant l'abattis, capitaine Ferguson avec vos Fencibles : vous ferez la démonstration aux Yankees qu'ils sont attendus de pied ferme. Capitaine Lamothe, une vingtaine de vos Indiens viendront avec moi. Vous garderez les autres en réserve. Quant à vous, Red George, fit-il en donnant son surnom au lieutenant-colonel Macdonell, vous serez à l'arrière avec les mille quatre cents hommes restants. Vous attendrez de voir comment se déroule l'affrontement et n'interviendrez que si nécessaire.

Le lieutenant-colonel Macdonell était à la tête du premier bataillon d'infanterie légère. Il avait sous ses ordres le capitaine de Tonnancour. Ce dernier se retrouverait bientôt avec ses hommes à protéger le gué convoité par l'ennemi.

— Voilà la situation, messieurs. Nous serons environ trois cents sur la ligne de front. C'est peu. On estime que l'armée ennemie est supérieure en force, mais nous avons nos loyaux Sauvages, et la bravoure de nos soldats pour nous. Messieurs, à vos postes ! Allez, mes amis. Nous sommes à un contre cinq, mais, si Dieu le veut, nous les arrêterons.

Ce fut alors le branle-bas de combat. Salaberry endossa la cape qui lui servait de manteau, coiffa son bicorne et enfourcha sa monture pour prendre la tête de ses troupes en direction de l'abattis.

Vers dix heures, un cavalier de l'armée de Hampton s'avança et cria, en prononçant avec un terrible accent américain de vaines paroles destinées à amadouer ceux qu'on croyait prêts à passer chez l'ennemi : « Braves Canadiens, rendez-vous, nous ne vous voulons aucun mal ! »

Aussitôt, Salaberry saisit le fusil le plus proche, tint le messager en joue et tira. Blessé, l'homme tomba sous les acclamations des soldats. Pendant ce temps, des canots, venus de l'arrière avec du ravitaillement pour les hommes derrière l'abattis, s'en retournèrent avec l'ordre d'alerter le général de Watteville dont les quartiers étaient situés à un mille en amont. Ce dernier devait à son tour informer le général Prévost, posté encore plus bas sur la rivière, à la ferme Baker.

Avec sa longue-vue, Salaberry tentait d'estimer le nombre de soldats ennemis postés sur le chemin en attendant de donner le signal de l'assaut.

— Deux bataillons, dit-il à Juchereau-Duchesnay qui était à ses côtés. Là, celui de Hampton, et l'autre, celui de Izard. Ils sont entre deux et trois mille, assurément. Et je ne compte pas les hommes de Purdy positionnés sur l'autre rive.

Les hommes du capitaine Daly avaient commencé à livrer combat à ceux de Purdy qui avaient réussi à traverser les bois et se battaient farouchement. Les Américains avaient perdu une grande partie de leurs troupes qui s'était égarée dans la forêt.

Finalement, l'armée du général américain Hampton s'ébranla.

— Ferguson, vous êtes prêts?

Salaberry donnait ses ordres en français, contrairement à l'usage dans l'armée britannique.

— Prêts, colonel!

— Les clairons? demanda-t-il à son beau-frère Juchereau-Duchesnay.

— À votre signal, colonel.

— Ferguson, dit-il au capitaine des Fencibles posté devant l'abattis, à vos armes!

Le capitaine Longtin se jeta à genoux, fit le signe de la croix et une courte prière, imité par ses miliciens.

— Nous avons fait notre devoir envers Dieu, il nous reste à accomplir celui que nous avons envers notre roi, déclara-t-il en se relevant.

Derrière l'abattis, les voltigeurs Godefroi Lareau et Louis Charland se signèrent à leur tour. Ils entendaient tout ce que disaient les officiers. Autrement, il régnait un silence étrange, presque solennel. Sanglés dans leurs uniformes, chacun son arme à la main, les Voltigeurs attendaient le signal, la peur au ventre. L'instant fatidique approchait et tous les regards étaient dirigés vers Salaberry qui examinait fébrilement la position ennemie avec sa longue-vue. Soudain, son cri retentit :

— Feu !

Les fusils des Fencibles se déchaînèrent, coup après coup, et le devant de l'abattis se couvrit d'un écran de fumée, donnant aux Américains l'illusion d'un grand nombre de combattants. De l'autre côté de la rive, on tirait également. Les balles fusaient de partout.

— Daly ! Brugière ! cria Salaberry. À vos baïonnettes ! Allez-y, à l'assaut ! Faites sonner les clairons !

Immédiatement, des appels sonnant le rassemblement résonnèrent de partout, ce qui renforça chez l'ennemi l'idée de troupes plus nombreuses qu'elles ne l'étaient en réalité.

— Lamothe, au tour de vos Sauvages !

Une vingtaine d'Indiens sous les ordres du capitaine Lamothe se mirent à proférer leurs cris de guerre, remarquables de férocité. Le regard de Salaberry montra un instant sa satisfaction, puis il se concentra sur l'action. Il se déplaçait sans cesse, était partout à la fois, inlassable. Les ordres se donnaient en français, pour confondre l'ennemi qui pouvait entendre. La voix de Salaberry agissait à la manière d'un envoûtement, guidant la main de chaque combattant.

Godefroi et Louis chargeaient leur fusil, tiraient, laissaient la place à celui qui était derrière, attendaient un peu, rechargeaient, et tiraient de nouveau. Ils ne s'appartenaient plus, ne savaient plus s'ils avaient peur ou non. Ils avaient abdiqué toute volonté et faisaient corps avec les autres face au danger. Officiers et soldats, ils étaient tous des camarades qui défendaient chèrement leur vie. C'était un état d'exaltation extraordinaire et l'espace d'un instant, Godefroi se dit qu'aussi longtemps qu'il vivrait, jamais il ne l'oublierait. Il hurla, arma son fusil et tira.

— Le capitaine Daly est tombé, lui apprit Charland qui venait de l'entendre dire.

— Il n'est que blessé, répondit Godefroi. Ça joue dur de ce côté-là, mais on lâche pas, mon Louis.

— Ouais, clama son compagnon en rechargeant son arme en tremblant.

Les hurlements des Sauvages qui exaltaient le courage de Godefroi produisaient l'effet contraire chez Louis. Les effroyables cris de guerre lui glaçaient les sangs tout comme les Américains qui voyaient en ces fils du pays de véritables démons. Louis était mort de peur.

— Tu n'as qu'à crier toi aussi, lui suggéra Godefroi pour le sortir de sa torpeur. Hurle, mon Louis, hurle aussi fort que tu le peux. Hourra !

— Hourra ! Hourra ! vociféra Louis.

Il visa et tira. Puis soudain, ce fut le silence.

— Qu'est-ce qui se passe ? demanda Louis.

— Reste aux aguets, dit Godefroi. Les tirs ont cessé.

— Soldats, ordonna Juchereau-Duchesnay. Chargez vos armes et tenez-vous prêts.

— Par ma vie, laissa tomber Godefroi en faisant signe à son ami. Regarde le commandant.

Debout sur une souche, Salaberry se tenait droit, l'épée à la main. Faisant fi du danger, il offrait une cible facile à l'ennemi.

— Mais il est fou ! s'exclama Charland. Il va se faire tuer par les Yankees.

— Non, répliqua Godefroi, impressionné par le sang-froid de son commandant. Dieu le protège !

De son perchoir, la voix de Salaberry se fit entendre.

— Feu ! Allons, mes braves ! Feu !

Les fusils résonnèrent. L'affrontement faisait rage, puis il cessait pour aussitôt reprendre. Ce scénario se répéta plusieurs fois.

— Feu ! tonna encore Salaberry.

Godefroi aligna une cible, tira et il crut voir un ennemi tomber.

— Je l'ai eu, souffla-t-il, fiévreusement.

Puis il se pencha pour recharger son arme lorsqu'un bruit sourd à ses côtés attira son regard.

— Louis ! s'écria-t-il en se penchant sur son ami qui gisait à ses côtés.

Ce dernier saignait abondamment, mais il râlait, signe qu'il était toujours vivant.

— Brancardier ! hurla Godefroi. Par ici ! Louis, regarde-moi, dit-il en se plongeant dans le regard exorbité de son ami. Hé, mon Louis, tu te rappelles, c'est toi qui devais veiller sur moi. Lâche pas, mon vieux, lâche pas.

Pendant tout le temps qu'il lui parlait, Godefroi s'affairait à faire un pansement de secours pour faire cesser le saignement.

— Allez, mon Louis, lâche pas, répétait-il inlassablement.

Les brancardiers arrivèrent enfin, au son des trompettes venant de l'arrière. Suivant ses ordres, le lieutenant-colonel Macdonell s'était avancé dès le début des combats en entendant les *huzzas*[1] des Voltigeurs stimulés par Salaberry. Cette cacophonie créait de nouveau l'illusion qu'on arrivait de partout pour confondre l'ennemi. Mais Godefroi n'entendait plus rien. Ne comptait que Louis, que deux brancardiers transféraient avec précaution sur une civière.

— Lareau, il est encore vivant, dit l'un deux. Dis-toi que tu l'as peut-être sauvé en l'obligeant à demeurer conscient. On voit ça, parfois. Retourne à ton poste et tire sur ces satanés Yankees. Tu viendras prendre de ses nouvelles à la fin des combats.

Godefroi se releva, rechargea son arme et, malgré son visage plein de larmes, tira avec une rage meurtrière, s'accrochant à la voix de Salaberry qui criait: «Feu!» L'ennemi avait peut-être tué son ami, le seul qu'il n'ait jamais eu, et cette pensée nourrissait une violente fureur, inconnue, plus forte que lui.

～

À l'arrière, le lieutenant-colonel Macdonell était retourné à ses positions. Il devait se tenir en réserve, sur la rive sud de la rivière, prêt à intervenir si l'ennemi arrivait à franchir l'abattis, conformément à la stratégie élaborée par Salaberry.

La bataille continuait de faire rage. Les généraux de Watteville et Prévost n'avaient toujours pas fait leur apparition sur le champ de bataille. Entre le moment où Watteville fut averti du début de l'affrontement et celui où Prévost,

---

1. Hourras.

encore plus éloigné du lieu de l'action, le fut également, la matinée s'était déjà écoulée.

— Il semble que nos avant-postes soient engagés, rapporta Watteville lorsqu'il rejoignit Prévost qui se tourna alors vers son aide de camp.

— Boucherville, allez donc à l'avant voir ce qui se passe. Nous vous suivrons de loin. Venez, Watteville.

Mais Boucherville revint sur ses pas aussi vite qu'il était parti. Il n'était pas allé loin, interceptant un messager qui venait justement à leur rencontre.

— Le commandant Salaberry vous informe que l'ennemi vient de retraiter, Sir. La première ligne a réussi à les arrêter.

Aussitôt, Watteville talonna sa monture en criant à Prévost : « J'y cours ! » Et il s'élança au galop.

Il y avait plus d'un mille à franchir avant d'atteindre l'avant. À son arrivée sur le champ de bataille, tout était paisible. Des hommes nettoyaient leur fusil, d'autres rassemblaient leur gréement de soldat. Salaberry allait de l'un à l'autre, empoignant une épaule ou un bras, félicitant les hommes pour leur bravoure. Watteville attendit avant de se manifester.

— Terminé pour aujourd'hui, finit par annoncer Salaberry à son supérieur. Mais la bataille reprendra sans doute demain. Nous les avons tenus en haleine pendant quatre heures, des deux côtés de la rivière. Daly et Brugière sont blessés, bien que leur vie ne soit pas en danger. La milice de Beauharnois s'est battue avec bravoure. J'ignore encore le nombre de morts, les nôtres tout comme ceux de l'ennemi, pas plus que je ne connais le nombre de prisonniers.

— Mais combien étaient-ils ?

— Au début de la bataille, avec ma longue-vue, j'ai estimé à trois mille le nombre d'ennemis, expliqua le militaire expérimenté. Je dirais maintenant qu'ils étaient sans doute deux mille, sans compter qu'ils disposaient de pièces d'artillerie.

— Vous les avez tout de même repoussés alors que vous n'étiez que trois cents, déclara Watteville, plein d'admiration.

— Un peu plus, Sir. N'oubliez pas les Sauvages. Nous allons rester ici cette nuit. Entre-temps, envoyez des troupes fraîches, les hommes qui se sont battus aujourd'hui auront besoin de repos. Faites venir la compagnie de mon beau-frère de Rouville, s'il n'est pas trop loin d'ici. En attendant, nous allons renforcer les défenses pour être prêts lorsqu'ils reviendront. Je vous écrirai mon rapport tout à l'heure et vous l'aurez dans la soirée.

∾

Le soir du 26 octobre, après avoir reçu le rapport de Salaberry, Watteville s'empressa de le transmettre à Prévost. Le commandant en chef de l'armée britannique en Amérique ne s'était finalement jamais rendu sur le champ de bataille. Il avait simplement réintégré ses propres quartiers installés à la ferme Baker sur la rivière Châteauguay, complètement à l'arrière du front.

Le succès de la bataille est dû tant à la bravoure des troupes, qu'à l'activité et au jugement déployé par leur commandant, le lieutenant-colonel de Salaberry, qui a repoussé une attaque de deux mille hommes avec trois cents Voltigeurs et miliciens, écrivit Watteville.

Le lendemain, Salaberry et ses hommes étaient toujours derrière l'abattis, attendant en vain la reprise des hostilités. L'ennemi avait définitivement retraité. Devant la difficulté, sinon l'impossibilité, de prendre le gué Grant, ce qui aurait ouvert aux Américains le passage vers Montréal, ses supérieurs avaient jugé qu'il valait mieux pour Hampton qu'il se retire dans ses quartiers d'hiver, à Four Corners.

Enfin, l'idée de la victoire apparut à Salaberry.

Chapitre 28

La gifle

Dès le lendemain de la bataille de Châteauguay, par un effet de fierté ressentie dans la population, les chiffres les plus invraisemblables circulaient sur le nombre d'opposants qu'avaient combattus le commandant Salaberry et ses Voltigeurs. Des braves qui avaient stoppé l'avancée de l'ennemi à un contre cinq !

Ce 27 octobre 1813, l'adjudant général Baynes et le général Prévost rédigeaient l'ordre général décrivant la bataille. C'était la version officielle comportant les félicitations d'usage aux principaux officiers, destinée aux journaux… et à la postérité.

— Il faut mettre en évidence le fait que nos troupes ont avantageusement stoppé l'avance de l'ennemi, suggéra Baynes. La possibilité qu'il revienne s'amenuise de jour en jour. À mon avis, les Yankees sont repartis pour l'hiver.

— Vous avez raison, approuva Prévost. Passons à l'estimation des troupes en présence.

— Un prisonnier affirme que son armée comprenait six mille hommes. Je propose de nous appuyer sur cette source et même d'augmenter légèrement ce nombre à sept mille cinq cents soldats.

Prévost n'hésita pas un instant à approuver la proposition de Baynes.

— Un stratagème qui nous avantagera, fit Baynes en poursuivant sa réflexion. Londres comprendra ainsi qu'il faut de nouvelles troupes. Nous aurons besoin de renfort de ce côté-ci de l'Atlantique lorsque la guerre reprendra, l'année prochaine.

Prévost opina gravement. La bataille de Châteauguay arrivait à point nommé pour redorer ses mérites de commandant en chef des forces britanniques en Amérique du Nord. Il avait été critiqué pour sa stratégie du raid de Sacketts Harbour, sur le lac Ontario, dans le Haut-Canada, qui avait échoué. Châteauguay lui permettrait de retrouver l'estime de ses supérieurs, à Londres.

— La victoire de Châteauguay vous revient de droit, Sir. N'êtes-vous pas le commandant en chef des troupes ? soutint encore Baynes pour flatter Prévost.

— Exact, approuva le gouverneur. J'ai eu le flair de choisir Salaberry pour commander cette position. Il faut le dire. Et mentionnez, je vous prie, que Watteville a choisi et approuvé l'emplacement des défenses.

Baynes écrivit volontiers ces mensonges. Surtout que la pensée qu'un Canadien, même s'il était officier britannique, s'enorgueillisse d'une belle victoire indisposait au plus haut point l'adjudant général.

— Rappelez, bien entendu, que le lieutenant Salaberry a mené ses troupes avec bravoure, mais que j'étais sur le champ de bataille pour encourager les hommes.

— Je propose que nous formulions ainsi, dit Baynes en citant : *Tel un père, le général Prévost est arrivé sur le champ de bataille à temps pour insuffler le courage aux combattants.*

— Avec ce talent pour résumer mes pensées, vous devriez vous lancer en littérature, mon cher, ironisa Prévost à qui l'adjudant général répondit par un regard complice.

Déformer légèrement la réalité pour amoindrir le mérite de Salaberry, sans le lui enlever totalement, tout en distribuant les éloges aux uns et aux autres, afin que le commandant des Voltigeurs apparaisse comme un brave parmi eux, sans plus. Ainsi rédigé, l'ordre général, publié dans la *Gazette de Québec*, ajouta à la confusion ambiante.

∾

En furie, Salaberry débarqua chez Watteville en brandissant un exemplaire de la *Gazette de Québec*.

— Avez-vous lu l'ordre, général ? *Les piquets mis à l'avant pour protéger les travailleurs sous la direction du lieutenant-colonel de Salaberry…* À croire que j'étais à la tête d'une bande de bûcherons ! Et il y a pire : *Son Excellence, le gouverneur en chef et commandant des forces, ayant eu la satisfaction d'être lui-même témoin de la conduite des troupes en cette brillante occasion, se fait un devoir et un plaisir de payer le tribut d'éloge qui est si justement dû au major général de Watteville et aux arrangements admirables qu'il a pris pour la défense de son poste.*

Salaberry fulminait.

— Il semble que vous ayez tout fait et moi, je n'ai eu qu'à commander des coups de clairon ! lança-t-il avec un coup de poing sur la table.

La colère de Salaberry se justifiait et Louis de Watteville était gêné. Le texte de Baynes et Prévost n'était en fait qu'un tissu de mensonges, mais agrémenté de vérités et tourné de telle manière qu'il était difficile de les accuser de mauvaise foi.

— J'avoue ne pas comprendre, Salaberry. Dans mon rapport, je vous avais attribué tout le succès de l'affrontement, je peux le jurer. D'ailleurs, vous le savez, vous avez reçu dès le lendemain mon ordre de brigade et mes félicitations. Personne ne doute de votre courage, de la perspicacité de votre jugement. C'est vous qui avez gagné cette bataille, et personne d'autre. Je refuse de me voir attribuer la paternité du système de défense, alors que je n'ai fait qu'inspecter vos installations, puisque cela relevait de ma responsabilité. Et je n'avais rien à y ajouter, puisqu'elles étaient parfaitement planifiées.

Mais la sincérité de Watteville et ses excuses ne servirent à rien. Salaberry était humilié. Et son supérieur cherchait encore à comprendre ce qui avait motivé Prévost à tricher à ce point. Pourtant, il estimait l'homme. Dès son arrivée au pays, l'été dernier, sa femme et lui avaient immédiatement sympathisé avec Sir George et Lady Prévost. Mais il y avait Baynes qui, dans l'ombre, tirait les ficelles.

— Je ne sais pas quoi vous dire, mon ami, sinon que ni vos hommes ni la population canadienne ne s'y tromperont. Cette victoire est la vôtre.

Mais aucune parole ne pouvait effacer l'outrage fait à Salaberry. Châteauguay, c'était la chance qu'il attendait. Et Prévost s'en emparait. Au vu et au su de tous, il lui retirait sa victoire.

Prévost! Comme il le haïssait! Mais il ne l'emporterait pas en paradis. Il lui tordrait le cou, à ce salaud!

☙

De retour à Montréal, Prévost avait convoqué son secrétaire personnel pour dicter une lettre à Lord Bathurst, le ministre de la Guerre en Angleterre. Dans cette lettre officielle que personne ne lirait au Canada, le compte rendu de la bataille de Châteauguay se révélait encore plus mensonger que le texte publié dans la *Gazette de Québec*.

> *Quartier général, Montréal, 30 octobre 1813*
> My Lord,
> *J'ai l'honneur de transmettre mon rapport à Votre Grâce. Le major général Hampton a occupé avec une force considérable une position sur la rivière Châteauguay, près de l'endroit appelé Four Corners. Le matin du 26 courant, sa cavalerie et ses troupes d'infanteries ont découvert nos avant-postes. Le lieutenant-colonel de Salaberry…*

Prévost dictait, décrivant les manœuvres effectuées sous les ordres de Salaberry provoquant le retrait de l'armée de Hampton, reprenant le rapport de Watteville. Il s'arrêta pour faire une pause avant d'ajouter cette petite phrase qui avait déjà été publiée dans les journaux :

> *Heureusement, je suis arrivé sur la scène du combat peu après le début de l'action. J'ai vu la conduite des troupes au cours de cette glorieuse occasion.*

Le secrétaire arrêta le mouvement de la plume et leva la tête.

— C'est donc vrai, Sir ? Vous êtes arrivé au début de l'action ?

— N'est-ce pas exactement ce que je viens de dire ? répondit Prévost.

— Nul doute que votre présence a dû encourager les troupes lorsque vous donniez vos ordres au lieutenant-colonel de Salaberry, commenta le secrétaire, admiratif. Cela vous vaudra sûrement des félicitations de Londres.

— Nul doute, en effet, grommela Prévost pour lui-même.

La gloire de ce fait d'armes lui revenait. Qui allait croire, à Londres, qu'un simple lieutenant-colonel canadien pouvait accomplir un tel exploit sans le soutien d'un général de son envergure ?

— Continuons :

Je remercie le général Watteville pour les sages mesures qu'il avait prises pour défendre sa position et le lieutenant-colonel de Salaberry pour le jugement qu'il a démontré. Et je profite de l'occasion pour solliciter humblement Votre Altesse Royale le prince régent, en signe de sa gracieuse approbation pour la conduite des bataillons de la milice canadienne, de remettre les couleurs aux premier, deuxième, troisième, quatrième et cinquième bataillons de la milice.

— Et aux Voltigeurs canadiens, ajouta le secrétaire.

— Non, l'arrêta Prévost.

Devant la mine stupéfaite de son secrétaire, le gouverneur se justifia.

— Pour les Voltigeurs, nous ferons une demande à part, assura-t-il, tout en ayant fermement l'intention de ne pas le faire.

Aucun scrupule ne retenait Prévost. Il n'allait même pas demander les drapeaux pour les Voltigeurs, c'est-à-dire l'autorisation de faire inscrire le nom de la victoire sur leurs étendards, honneur normalement accordé aux régiments victorieux. Salaberry et ses hommes ne recevraient ni honneur ni médaille pour l'exploit de Châteauguay. Et Salaberry n'obtiendrait aucun secours de la part de son protecteur, le duc de Kent.

Prévost se flattait d'avoir bien manipulé Louis de Salaberry. Il s'était interposé habilement entre le duc et le père éprouvé, sachant que ce dernier rendait Son Altesse Royale responsable de la mort de ses fils. Prévost misait sur le fait que l'ancien protégé de Kent n'aurait pas l'audace de reprendre sa correspondance avec le prince. À Londres, personne en haut lieu n'interviendrait pour le contredire et la version officielle de la bataille de Châteauguay serait la sienne. Le duc de Kent ne connaîtrait jamais la vérité.

Dans cette version où Salaberry tenait quand même un beau rôle, on faisait pourtant comprendre qu'il n'avait pas agi de son propre chef. Salaberry protesterait peut-être, mais lorsque ses récriminations atteindraient l'Angleterre, elles ne convaincraient personne. Les esprits se seraient déjà faits à l'idée que Châteauguay était la victoire de Prévost. On oublierait bien vite ce pauvre officier canadien. Comme Prévost lui-même qui le laissait geler dans les bois, où Salaberry se trouvait toujours avec ses hommes, suivant les ordres qu'il avait donnés. Il avait même neigé ces derniers jours. Mais qui pouvait jurer que l'ennemi ne reviendrait pas ? Il était du devoir du commandant en chef de laisser les Voltigeurs en poste sur le champ de bataille tant qu'il ne serait pas définitivement certain que l'ennemi était rentré chez lui. L'année dernière, n'y avait-il pas eu des affrontements jusqu'au mois de novembre ? Il se devait de jouer de prudence avant de permettre à Salaberry de réintégrer ses quartiers d'hiver.

Prévost avança ses mains auprès du feu comme pour les protéger. Il songea à ces pauvres soldats dans les bois de Châteauguay. Comme ils étaient braves !

ॐ

Près de la rivière aux Anglais, 2 novembre 1813

Ne perds point cette lettre, il y a des idées dont je pourrais me servir plus tard.

Ma chère Julie,
Je t'apprends avec plaisir que l'armée américaine est retraitée à Four Corners, à l'intérieur de leurs frontières, et, en conséquence, je présume que nous prendrons bientôt nos quartiers d'hiver. Cela ne peut point arriver trop tôt pour moi qui brûle de jouir du bonheur de revoir ma chère femme et mon enfant. Je suis actuellement dans les bois près de la rivière aux Anglais, mais mes hommes sont toujours en alerte à l'abattis, aux postes et positions que j'avais pris et où j'ai rossé les Yankees.

J'ai reçu ta lettre du 27 – c'est la dernière qui me soit parvenue de toi. Elle a été longtemps en chemin. J'imagine que, depuis, tu auras appris le détail de mon combat dont on a fait le compte rendu dans les journaux. Les généraux ne sont arrivés qu'après l'affrontement et Sir George a menti lorsqu'il a dit qu'il a été témoin de la conduite des troupes. Le général Watteville est aussi arrivé après le combat. Dans les gazettes, où l'on reproduit le rapport de Prévost, l'on m'ôte une partie du mérite pour en donner au général Watteville et surtout à Sir Prévost, en disant qu'il a été témoin de l'action, ce qui donne à croire que c'est lui qui a gagné. En fait, Prévost n'a jamais été présent sur le terrain tout le temps qu'a duré l'affrontement. Le rapport officiel rédigé par le méprisable Baynes veut faire croire que la victoire n'est pas si importante, qu'elle ne vaut pas la peine que le gouverneur en prenne gloire, tout en laissant entendre exactement le contraire.

C'est une indignité. Voilà les remerciements! J'ai écrit au gouverneur pour protester et si je n'obtiens pas satisfaction de ces injustices, je l'enverrai au diable, lui et son armée.

Je suis enragé et fais le serment de ne plus jamais m'exposer pour eux. Montre cette lettre à ton père. Embrasse mon cher petit pour moi et dis-lui que jamais l'ambition ne m'induira à vous quitter, lui et sa chère maman, pour être le jouet de vils coquins. Écris-moi par Antoine et prie ton père de m'écrire un mot de ce qu'il pense de ces iniquités. Je gagne des batailles pour le profit des autres. Il faut mettre fin à cela. Tous les officiers qui ont servi sous mes ordres sont frustrés. Le général de Watteville ne s'arroge aucunement le mérite du succès: au moins, il me le dit, mais il faut se souvenir que lui et Prévost sont des Suisses...

Il me tarde d'être enfin auprès de toi. Tu me manques terriblement.

Ton fidèle et ardent, Charles de Salaberry

Charles souffla sur ses doigts gelés pour les réchauffer. Il toussait et tremblait, il se sentait fiévreux et souffrait de violentes douleurs arthritiques. L'odieux Prévost, qui n'hésitait pas à proclamer qu'il se comportait comme un «père pour ses enfants», abandonnait les Voltigeurs au froid. Ses hommes étaient dans les bois depuis plusieurs jours, ils avaient creusé les tranchées et, sous la pluie glacée, coupé les arbres pour l'abattis, s'abritant misérablement dans des bâtiments sommaires ou des cabanes. Le sol était maintenant couvert de neige, et les malades allaient par dizaines remplir les hôpitaux de Châteauguay.

— Allez me chercher le voltigeur Lareau de la compagnie Juchereau-Duchesnay.

En attendant l'arrivée du soldat, Charles s'écroula sur le petit lit de camp, harassé. Il avait demandé un congé, mais on tardait à le lui donner. Godefroi Lareau se présenta.

— Comment ça va, mon gars? demanda le commandant avec une douceur surprenante chez lui.

La tristesse se lisait sur le visage du voltigeur.

— Mon ami est mort, fit Godefroi.

Salaberry l'ignorait encore. Il fit un effort de mémoire pour se rappeler qu'il s'agissait sans doute de Louis Charland, celui qui avait témoigné en faveur de Lareau.

— Je suis désolé, fit Salaberry.

— Il était à côté de moi. Il est tombé, blessé. Ça aurait pu être moi.

Salaberry tressaillit. Sans le savoir, Lareau remuait le chagrin d'une douleur encore à fleur de peau.

— Je comprends ta peine, avoua le commandant. Moi-même, j'ai perdu trois frères à la guerre. Mais je ne les ai pas vus tomber comme toi. C'est terrible, n'est-ce pas ? On a l'impression d'être amputé d'une partie de nous-mêmes.

Godefroi eut un long regard de reconnaissance pour ces paroles consolatrices qui lui faisaient du bien. Salaberry exprimait avec exactitude ce qu'il ressentait.

— Comment te sens-tu, voltigeur Lareau ? Suffisamment en forme pour monter à cheval ?

— Par ma vie, oui, mon colonel !

— Alors, trouve une monture pour te rendre à Chambly, et porte cette lettre à madame de Salaberry, qui est au manoir de Rouville. Tu connais cette maison ?

— Pour sûr, mon colonel. Tout le monde dans la paroisse connaît le manoir de votre beau-père.

— C'est bon. Pour ta peine, tu prendras cinq jours de congé pour revoir ta famille.

— À vos ordres, mon colonel, fit Godefroi, ravi. Comptez sur moi ! Merci !

— Lareau, ajouta Salaberry avant de lui signifier qu'il pouvait partir, ne manque pas de transmettre mes amitiés à monsieur et madame Talham. Et fais une visite chez les Charland. Tu dois leur parler du courage de leur fils. Sa famille doit apprendre qu'il n'est pas mort pour rien. Et il n'y a que toi pour le leur dire.

Aussitôt le jeune homme parti, Salaberry l'envia. Il serait à Chambly demain. Et lui, que faisait-il à grelotter de froid dans cette tente de campagne ? Son beau-frère de Rouville était lui-même en congé pour cause de maladie. Rouville ! Son beau-père serait mortifié lorsqu'il apprendrait que son fils avait supplié Vassal de Monviel, l'adjudant des milices, de le transférer dans un bataillon de la milice d'élite. Rouville se plaignait de la discipline chez les Voltigeurs : trop rude. Quelle mauviette !

— Antoine ! Ranime le feu, ordonna Salaberry.

Fatigué, malade et amer, il entoura ses épaules d'une couverture de laine pour se réchauffer.

Chapitre 29

Le retour des héros

À Chambly comme ailleurs, la victoire de Châteauguay avait frappé les esprits. Les Canadiens avaient défendu leur pays. Les détails de la bataille étaient encore peu connus, mais on rapportait un nombre toujours plus incroyable d'ennemis ! Ils étaient onze mille, voire quinze mille à avoir été repoussés par les milices canadiennes et les Voltigeurs – et non par les troupes de l'armée régulière – grâce à une audacieuse stratégie élaborée par Salaberry.

Au manoir de Rouville, l'attente de nouvelles fraîches devenait insupportable. Julie n'avait reçu aucune lettre de son mari depuis des jours.

— Calme-toi, ma fille, l'enjoignit madame de Rouville. Ça ne te sert à rien de t'agiter ainsi, tu vas gâter ton lait.

— Mais il est peut-être blessé ou mort et personne ne veut me le dire. L'année dernière, le général Isaac Brock a été tué au champ de bataille.

Un malheur semblable pouvait arriver à son mari, songea-t-elle. Elle saisit son mouchoir pour étouffer un sanglot.

— Ma fille, si Salaberry était mort, nous l'aurions déjà appris, la rassura monsieur de Rouville. Les mauvaises nouvelles voyagent plus vite que les bonnes, c'est connu. Ton mari t'a écrit tous les jours, je ne vois pas pourquoi il aurait changé ses habitudes. La faute en est certainement au courrier qui circule de façon chaotique depuis Châteauguay.

Mais toutes ces bonnes raisons n'arrivaient pas à faire taire l'angoisse de Julie.

Peu après, Joseph vint lui dire que le voltigeur Lareau avait un message pour elle. Julie se précipita. Soulagée, elle embrassa Godefroi qui avait l'air si heureux de lui apporter de bonnes nouvelles en lui tendant une lettre de Salaberry ! Elle s'empressa de le faire asseoir et de lui demander de raconter la bataille.

— Joseph, appela-t-elle par la suite, amène notre ami à la cuisine pour qu'il se réchauffe avant de repartir.

— Ah ! Ce sera pas de refus ! accepta Godefroi, encore tout rougissant d'avoir été si bien accueilli par madame de Salaberry qui lui avait même offert un verre de sherry.

— Et n'oubliez pas de faire mes salutations à votre mère et votre sœur lorsque vous les verrez, ajouta Julie.

— Alors, demanda le colonel, mis au courant de l'arrivée d'un messager. Que dit-il ?

— Que les Américains ne reviendront pas cette année, mais qu'il doit rester avec ses hommes dans la forêt, parce que les généraux prétendent qu'il y a encore du danger.

— C'est absurde ! dénonça son père. Il fait beaucoup trop froid et plus personne ne songe à se battre l'hiver. Tout cela ne servira qu'à rendre les hommes malades.

— Lisez, père. C'est Charles qui le demande. Voyez comment il est maltraité.

Atterrée, elle y voyait la trace d'une vengeance mesquine de la part du gouverneur parce qu'elle avait refusé ses avances. Mais sa mère qui l'observait l'empêcha de se faire des reproches.

— Non, tu n'y es pour rien.

— Tonnerre! rugit le colonel en terminant la lecture.

La désillusion de Salaberry lui faisait aussi mal que si l'affront lui était personnellement destiné.

— C'est terrible, ce qu'écrit ton mari, ma fille. Je comprends son découragement, mais il ne peut pas quitter l'armée maintenant.

— Je n'ai qu'un désir, dit Julie, c'est qu'il revienne ici pour se soigner. Coucher dehors, alors qu'il fait froid et qu'il neige... Et pour tout dire, mon mari me manque.

— Voilà, l'encouragea madame de Rouville. C'est tout ce qui doit te préoccuper, à partir de maintenant. Le retour de ton mari. Oublie le reste.

Le colonel s'était éloigné en fulminant. C'était une insulte, une ignominie! Il comprenait Salaberry de vouloir quitter l'armée. Mais il ne pouvait pas laisser faire cela sans riposter.

Monsieur de Rouville ruminait une petite idée. Il allait écrire à Louis de Salaberry. Lui seul pouvait empêcher son fils de commettre une aussi grave erreur. Si Salaberry démissionnait, il porterait l'odieux d'abandonner l'armée en pleine guerre. Il ne serait pas le premier à agir ainsi, mais, surtout, il perdrait sa solde de lieutenant-colonel de l'armée, grade qui était encore à venir, mais qui ne saurait tarder avec l'exploit de Châteauguay. Connaissant le caractère impétueux de son beau-fils, monsieur de Rouville craignait que ce dernier n'ait déjà envoyé une lettre de démission à Londres. «Non, se rassura-t-il, il ne ferait pas ce geste sans demander conseil à son père, et même à moi», réfléchissait le colonel. Une chose était sûre, Louis devait laisser tomber sa rancœur et écrire immédiatement au duc de Kent afin que le prince connaisse le véritable récit de la bataille et puisse contrer les manigances de Prévost.

Chez les Talham, les garçons célébraient leur oncle Godefroi, devenu un héros pour ses neveux qui le dévisageaient avec de grands yeux.

Victoire et François, ayant appris que leur fils était au village, avaient accouru. Le père contemplait fièrement son fils. Pendant des générations, chez les Lareau, on parlerait de celui qui avait participé à la fameuse bataille de Châteauguay, aux côtés de Salaberry.

— Et le colonel de Salaberry était debout sur une souche ? demandaient de nouveau Melchior et Étienne.

C'était la troisième fois que Godefroi reprenait le récit du combat, ajoutant chaque fois un détail inédit. L'histoire prenait de l'ampleur, devenait une épopée où le nombre d'ennemis augmentait, exaltant la bravoure des Canadiens, et Châteauguay devenait légende.

— Cela suffit, les enfants, intervint alors Marguerite. Votre oncle Godefroi a besoin de se reposer.

— Si ça continue, riait le docteur, c'est Napoléon lui-même qu'on aura vaincu à Châteauguay.

— Ma femme, dit François, avec un fils qui est un héros, je peux désormais mourir.

— Ne dis pas ça, grommela Victoire tout en le regardant de biais, l'angoisse lui étreignant le cœur.

Victoire maudissait son instinct qui lui disait que François allait bientôt les quitter. Et la préoccupation insistante de son gendre pour la santé de son mari alimentait ses craintes.

— Ne sommes-nous pas ici pour nous réjouir ? dit Marguerite.

Elle était si heureuse de revoir Godefroi vivant qu'elle caressa les cheveux de son frère d'un geste maternel. Appoline regardait avec affection cette grande sœur dont elle se sentait si proche, alors que jamais elles n'avaient partagé une paillasse, sous les combles de la ferme familiale ; Marguerite était déjà mariée lorsque la petite dernière était venue au monde. Sa sœur était aussi la mère de Melchior, son neveu qu'elle aimait comme un frère, et peut-être plus encore. Mais cela, c'était le secret d'Appoline.

— Viens, dit alors Melchior en tirant sur son tablier. Viens jouer avec nous.

La fillette s'en alla rejoindre avec lui Eugène et Charlot, ses autres neveux qui étaient aussi ses compagnons de jeu.

Victoire suivit du regard les deux enfants. Elle se sentait vieille – elle venait d'avoir cinquante ans –, et porta vivement sa main sur sa poitrine.

— Tout va bien, mère ? s'inquiéta Marguerite.

— Mais oui, pourquoi veux-tu que ça n'aille pas ? Avec notre Godefroi qui est de retour…

— Je meurs de faim, proclama ce dernier avec un grand sourire.

— Tu as raison, dit Marguerite, il est temps de passer à table. Je vais voir ce que fait Lison.

∾

— Cela s'est passé comme je vous le dis, mon cher monsieur Boileau. Nous étions trois cents contre les sept mille hommes de l'armée de Hampton.

— Quel prodige ! admira le bourgeois. Mais c'est Léonidas aux Thermopyles ! ajouta-t-il avec emphase, comparant Salaberry à ce héros de la Grèce antique à qui on prêtait l'exploit d'avoir repoussé une invasion perse avec trois cents hommes.

Ovide de Rouville approuva avec un air de félicité, se donnant le beau rôle, comme s'il avait repoussé l'ennemi à lui seul. En fait, il n'était arrivé sur les lieux avec sa compagnie que le lendemain. Voyant les conditions du campement, dans le froid, Ovide s'était simplement déclaré malade et avait obtenu facilement son congé auprès de Watteville. Il n'en avait même pas parlé à Salaberry.

— Les rumeurs font effectivement état d'une armée considérable en nombre, disait justement monsieur Boileau, mais nous n'avons encore aucun rapport officiel sur la bataille de Châteauguay. Bien entendu, nous avons lu les ordres généraux dans la *Gazette de Montréal* et la *Gazette de Québec* qui félicitent votre beau-frère et les autres généraux, poursuivit-il.

Ovide de Rouville s'était présenté chez les Boileau à l'improviste, au milieu de l'après-midi. Il revenait de guerre et souhaitait revoir ses vieux amis, avait-il prétendu. Mais il n'y avait trouvé personne, sinon le père de famille. Auparavant, Ovide s'était assuré que René n'y serait pas. Le notaire était parti à Belœil donner un coup de main à un confrère débordé.

— Les dames de la maison ne devraient plus tarder, expliqua le bourgeois en consultant une montre en or retenue par une chaîne à son gilet. Elles sont chez madame Talham qui vient de recevoir des nouvelles de son frère le voltigeur, celui-là même que vous aviez engagé dans votre compagnie, capitaine de Rouville. Il était à Châteauguay.

— Je n'ai d'ailleurs qu'à me louer de son enrôlement puisque mon beau-frère Salaberry l'a distingué, avança hypocritement Rouville. D'ailleurs, vous savez, il n'a pas eu de plus ardent défenseur que moi lors des incidents déplorables que vous connaissez.

— Votre nom a bien été prononcé, je me rappelle, fit Boileau qui était soulagé d'entendre que, contrairement à ce que René prétendait, le capitaine de Rouville avait aidé

Godefroi. Nous sommes tous très fiers de lui. Le colonel lui a même fait l'honneur de le prendre comme messager personnel. Il est en mission à Chambly pour livrer une lettre à madame de Salaberry.

— Ah! Cher monsieur Boileau! s'épancha Ovide en agrippant l'épaule du bourgeois comme le font les meilleurs amis. Nous avons en effet beaucoup en commun. Cette vieille amitié entre nos familles! Mon père, parrain du jeune Talham, et ma sœur, marraine de la petite Marie-Anne, les enfants de vos cousins.

Monsieur Boileau opina gravement pour montrer l'importance qu'il accordait à ces liens inaltérables.

— Je vous ressers encore un peu de porto, monsieur de Rouville?

— Ah, oui, très volontiers.

Ovide tendit son verre avant de boire délicatement une gorgée et fit claquer sa langue, en connaisseur.

— Il est excellent. Il faut me dire qui est votre fournisseur.

— Heu! Vous savez, j'ai mes petits secrets qui... doivent demeurer secrets, mais qui me permettent de régaler mes amis.

Rouville avait beau le flatter comme le faisait le renard au corbeau de la fable, monsieur Boileau ne révélerait jamais comment ses cousins américains contribuaient à sa provision de bonnes bouteilles. Il conserverait jalousement pour lui sa source d'approvisionnement.

— Très bien, accepta Ovide de bon gré en se penchant vers le bourgeois. Qui sait, peut-être qu'un jour vous aurez toutes les raisons de partager ce secret avec moi, dit-il en laissant sous-entendre qu'il y avait un motif autre à sa visite inopinée.

Monsieur Boileau fit mine de rien, mais Ovide vit tout de suite qu'il avait saisi l'allusion.

— Buvons à votre santé !

Et joignant la parole au geste, Ovide éleva son verre en direction de son hôte et les deux hommes trinquèrent.

— Rappelez-vous que j'étais à vos côtés dans l'histoire du pont du fossé, même si mon propre père préférait demeurer neutre. Et je vous ai suggéré l'idée du barrage !

À cette évocation, le bourgeois se mit à rire.

— J'ai tout de même perçu quelques livres ce jour-là, avant que le capitaine de milice n'intervienne, à la demande du curé.

— Justement, mon cher monsieur Boileau, je n'ai pas hésité à dire au curé ce que je pensais de ses méthodes. Vous savez qu'il m'en tient toujours rigueur.

— J'ai bien remarqué que messire Bédard semble être sur le qui-vive en votre présence. Mais j'ignorais que c'était pour cette raison. S'il en est ainsi, vous avez droit à toute ma reconnaissance.

À ce point de la conversation où Ovide avait épuisé toutes les flatteries à l'égard de Boileau, madame et ses filles rentraient enfin.

— Monsieur de Rouville ! En voilà une surprise ! le salua madame Boileau. J'ai reconnu la calèche, dehors, mais je croyais que nous avions la visite de votre sœur. J'ai d'ailleurs envoyé Joseph se réchauffer à la cuisine. Mais vous me voyez tout de même fort étonnée de vous voir ici ! Ne devriez-vous pas être avec votre compagnie sur le champ de bataille ?

— Chère madame, je me suis fait déclarer malade pour revenir auprès de ma mère qui s'inquiétait de mon sort.

— Vraiment ? Et on vous a laissé partir ? le questionna madame Boileau d'un ton railleur. Je croyais qu'il y avait encore de nombreuses troupes aux environs de Châteauguay.

— C'est en effet la vérité, chère madame.

Emmélie assistait à ces échanges polis en silence. À voir l'air de contentement sur le visage de son père, un nœud se forma dans son estomac.

— Mes chères, monsieur de Rouville me racontait qu'il était à Châteauguay, tout comme notre Godefroi qui a combattu si vaillamment.

— Sur la ligne de feu, père, vous vous rendez compte ? intervint Zoé qui avait été très impressionnée par les exploits de son cousin. Godefroi a tiré sur les Yankees. Avez-vous fait de même, capitaine de Rouville ?

— Certainement, jeune demoiselle, mentit Ovide.

Après tout, sa compagnie et lui avaient permis à ceux qui s'étaient battus de regagner leurs baraquements pour se reposer, et ce n'était tout de même pas sa faute si l'ennemi avait déjà retraité. Avant que la conversation ne s'engage plus avant, Ovide prit un air solennel.

— Monsieur Boileau, madame Boileau, je vous demande instamment la permission de m'entretenir seul à seul avec votre fille, mademoiselle Emmélie.

Estomaquée, Emmélie écarquilla les yeux en faisant signe à sa mère qu'elle ne voulait pas. La demande était explicite : Ovide de Rouville voulait lui parler de mariage.

— Bien sûr, bien sûr, approuva toutefois le père.

Il jubilait en entraînant sa femme et la benjamine à l'extérieur du salon, refermant la porte derrière eux avant d'exprimer sa satisfaction en se frottant les mains.

Juste avant de sortir, madame Boileau chuchota à l'oreille de sa fille :

— Suis les inclinations de ton âme, et tu auras ta mère avec toi.

Dès qu'ils furent seuls, Ovide se précipita devant Emmélie, emprisonna fermement ses mains dans les siennes, et plia un genou devant elle.

— Emmélie, je sais que vous refusez de croire en mes sentiments, commença-t-il précipitamment, mais avant de prononcer une parole, je vous en prie, écoutez ce que j'ai à vous dire.

Stupéfaite, Emmélie constata qu'Ovide était ému. Pour cette raison, sans doute, mais aussi parce que la noblesse de son propre cœur avait ses lois et qu'elle pouvait difficilement être impolie, elle consentit à le laisser s'exprimer.

— S'il vous plaît, monsieur de Rouville, relevez-vous, dit-elle, et rendez-moi mes mains. Je ne peux supporter de vous voir ainsi. Mais je promets de vous écouter.

Il se redressa. La partie ne serait pas facile, il s'en doutait. Mais il venait de marquer un point.

— Chère Emmélie. À peine de retour du champ de bataille, vous étiez la première personne que je tenais impérativement à voir, ce qui explique ma présence aujourd'hui. Vous n'êtes pas sans avoir remarqué mon empressement à votre égard pendant l'année qui vient de s'écouler.

— Comme vous le dites, monsieur de Rouville, je ne pouvais pas ne pas remarquer vos assiduités, répondit Emmélie, narquoise. Vous m'avez assez souvent piégée pour obtenir ma compagnie et sans doute avez-vous remarqué également que je ne recherchais pas la vôtre.

Le prétendant fit mine d'ignorer son ton ironique.

— Pourtant, il y a longtemps que mon cœur est à vous. Aujourd'hui, je le dépose à vos pieds. Épousez-moi, très chère Emmélie.

Elle tressaillit. Jamais elle n'avait pensé qu'il se rendrait jusque-là. Peut-être que lui-même n'y avait jamais cru. Et curieusement, Ovide eut la sensation que la sueur mouillait sa chemise et il s'épongea le front en sortant un élégant mouchoir de soie blanche. Il avait toujours agi par intérêt, usant de manigances pour arriver à ses fins, et longuement répété les actes d'une comédie qu'il croyait avoir habilement ficelée : de belles paroles visant à la fois à flatter le père et à amadouer la mère, cette dernière se méfiant encore de lui. Mais il ne s'était jamais interrogé sur ses propres sentiments et, soudainement, en prononçant les mots préparés pour la grande scène qu'il avait imaginée, il tremblait comme n'importe quel homme avouant son amour à la femme de ses vœux. Et il découvrait avec stupéfaction qu'il était réellement amoureux d'Emmélie Boileau ; que toutes les actions qu'il croyait avoir menées de main de maître avec sa raison avaient été secrètement dictées par le cœur.

Ovide la contempla avec un regard nouveau. Il aimait sa silhouette gracieuse et lorsqu'il était près d'elle, il éprouvait une étrange sensation d'apaisement. Sa seule présence le rendait meilleur. Elle était digne dans sa robe sombre qui accentuait la beauté de ses yeux noirs. Il découvrait qu'il souhaitait ardemment que ce regard ne le quitte jamais. Auprès d'elle, il deviendrait l'homme que son père avait toujours espéré le voir devenir. À tout prix, il fallait qu'elle accepte !

Pourtant, combien de fois l'avait-elle rejeté en se moquant, le narguant de propos acerbes ? Et lui, il avait joué le jeu avec un plaisir grandissant. Ne comprenait-elle pas à quel point il avait besoin d'elle ? Mais comment aurait-elle pu, puisque lui-même venait à peine de le découvrir ?

— Monsieur de Rouville, commença-t-elle avec calme.

Elle dissimulait ses véritables sentiments. Cet homme lui avait toujours inspiré de la répugnance, mais aussi de la peur. Celle, surtout, d'être obligée d'accepter sa demande, contrainte par la pression sociale, par une rumeur insistante qui placerait les siens dans une situation impossible. Mais étrangement, aujourd'hui, elle le trouvait presque touchant, même si elle demeurait persuadée qu'il lui jouait une comédie.

— Monsieur de Rouville, je ne sais quoi vous dire. Votre proposition de mariage honore ma famille, mais vous avez toujours su que je ne l'accepterais pas.

— Emmélie, je vous supplie de prendre le temps de réfléchir. Je vous offre de devenir un jour seigneuresse de Rouville.

— Vous me connaissez suffisamment pour savoir que je ne tiendrai pas compte de cet argument.

— Mais votre père…

— Ce n'est pas lui qui se mariera et, en toute honnêteté, je ne puis accepter. Je n'ai aucune inclination pour vous, monsieur de Rouville.

Pourquoi n'utilisait-elle jamais son prénom ? Cela lui faisait mal. Si seulement elle consentait à dire « Ovide » ?

— Pourtant, Emmélie, je vous aime ! À tel point que je ne peux y croire moi-même, dit-il, le regard exalté. Je vous en conjure, ne me rejetez pas. J'ai tant besoin de vous, gémit-il.

Emmélie tressaillit. Un frisson lui parcourut l'échine, tant il avait l'air sincère. Elle se détourna, préférant ne plus voir son visage, faisant quelques pas dans la pièce pour s'éloigner de lui. Le fait qu'il se tienne près d'elle l'indisposait. Elle connaissait le moyen de faire cesser cette comédie et, cette fois, elle n'hésita pas.

— Je ne vous aime pas. Et jamais je ne pourrai vous aimer. Je sais ce que vous avez fait à Marguerite Lareau.

Il absorba la violence du choc. La blonde venait encore de se mettre en travers de son chemin.

— Puisque vous savez, je ne vous ferai pas l'offense de le nier, confessa-t-il avec un air grave. J'étais jeune et je regrette amèrement mon geste, messire Bédard lui-même pourra en témoigner, si vous l'exigez. Je vous aime, Emmélie, répéta-t-il avec passion. Et si seulement vous vouliez m'aimer un peu, vous feriez de moi un homme neuf.

Il la suppliait, mais elle refusait toujours de le regarder en face et le malaise s'accentuait entre eux. Emmélie s'était légèrement tournée comme pour examiner en détail la décoration de la pièce, à la manière de quelqu'un qui la voyait pour la première fois. Il remarqua, non sans joie, qu'elle avait perdu son aplomb, qu'il avait réussi à la troubler.

— Je ne retire pas ma demande, mais la dépose simplement entre vos douces mains dans l'espoir que la violence de mes sentiments atteigne votre cœur qui est la bonté même.

Il aurait aussi voulu lui dire qu'il savait qu'il était le père de Melchior et qu'il commençait à s'attacher au garçon. Cela lui prouverait qu'il avait du cœur ! Il jugea toutefois qu'il valait mieux se taire pour l'instant. Mais avant de repartir, sa nature fantasque reprit le dessus et il ne put s'empêcher de lui dire :

— N'avez-vous pas reçu un paquet venant de France, récemment ? Qui croyez-vous vous a offert ce présent ? Votre petit Papineau qui ne bouge plus de Coteau-du-Lac, lui qui peut se rendre à Québec pour les travaux de la Chambre, mais n'arrive jamais à trouver le temps de venir vous voir ? *La Princesse de Montpensier*, cette fière dame qui inspire l'amour à plusieurs prétendants, c'était moi.

Elle était pétrifiée par la révélation. Sans aucun doute, il disait la vérité. Retrouvant son aplomb, Ovide poursuivit :

— Ce livre vous a plu, n'est-ce pas ? Ma douce, je savais qu'il vous plairait, parce que je vous aime, Emmélie, et votre bonheur m'importe plus que tout. Je m'en vais, dit-il, mais je reviendrai.

Et il la salua, baisant longuement sa main qu'elle ne songeait même plus à retirer, incapable de réagir.

Ce cadeau qu'elle avait naturellement attribué à Papineau était celui d'Ovide ! Chaque soir, elle le déposait à son chevet, parce qu'elle avait cru y voir le présent d'un homme qu'elle estimait et avec qui elle était prête à partager sa vie. Emmélie se disait que Papineau n'y faisait jamais allusion par une sorte de délicatesse touchante.

Elle s'était amèrement trompée. Le cadeau n'était pas de lui. Entendre les aveux d'Ovide avait été insupportable. Elle ne put s'empêcher de s'interroger sur Louis-Joseph Papineau. Avait-il sincèrement pour elle les sentiments profonds qu'elle lui prêtait ? Ovide avait réussi à semer le doute dans son esprit.

Emmélie entendit la porte qui se refermait et quelques instants plus tard, le bruit d'un cheval s'élançant au galop dans l'allée. Il n'en fallut pas plus pour que ses parents et Zoé reviennent au salon. Emmélie se précipita dans les bras de sa mère en tremblant.

— Allons, ma chérie, c'est fini, dit madame Boileau, voyant que sa fille venait de vivre une forte émotion.

— Pourquoi est-il venu ici ? murmura Emmélie pour elle-même, profondément bouleversée.

— Le fils Rouville t'a demandé en mariage ? demanda son père. Alors, raconte, exigea-t-il, sans voir à quel point elle était défaite.

— C'est exact, répondit-elle d'une voix éteinte. Et j'ai refusé.

— Je ne peux pas croire, Emmélie Boileau, que tu aies dit non à une pareille proposition.

Et il sortit de la pièce, en proie à une grande déception, sous le regard désespéré de sa fille.

— Essaye de comprendre ton père, dit doucement madame Boileau.

— Oh ! Mère, si seulement vous saviez, geignit-elle.

Et elle s'effondra en pleurs dans ses bras, secouée de gros sanglots.

Madame Boileau la laissa pleurer tout son saoul. Lorsque Emmélie sortit enfin son mouchoir pour essuyer ses larmes, sa mère la ramena à la réalité.

— Maintenant, tu me dois une explication claire. Je veux tout savoir à propos de ce monsieur. Pourquoi tu t'en défies, pourquoi il fait si peur à Marguerite. Car s'il revient à la charge, et j'ai bien peur qu'il n'ait pas rendu les armes, il me faudra de solides arguments pour faire face à ton père. Le fils Rouville est un parti inespéré à bien des égards. Un parti qui ne se refuse pas.

— Zoé, va rejoindre notre père, je te prie, demanda Emmélie à sa petite sœur qui avait assisté à la scène et faisait mine de vouloir la consoler.

— Fais ce que dit ta sœur, ordonna la mère.

Dès que Zoé fut hors de portée de voix, Emmélie raconta à sa mère la triste histoire de Marguerite.

〰️

Beauport, 6 novembre 1813

Mon très cher fils,

Je suppose que des lettres de toi sont en route pour Beauport. En attendant qu'elles arrivent, je te félicite avec toute l'effusion d'un cœur paternel. La force de ce sentiment doit t'être connue, surtout à présent que tu es père. Je ne pourrai jamais te peindre la joie que nous avons éprouvée en apprenant les dangers que tu as courus et ta gloire. Ta mère a eu un tremblement universel. Le calme ayant succédé, il n'est resté que la douceur d'une joie pure, mêlée à de la tendresse et à de l'estime. Ton intrépidité ne nous a point étonnés, mais ta conduite et ton habileté en ce jour mémorable sont vraiment dignes d'admiration. C'est le génie même du commandement qui t'a inspiré. C'est inouï. Quoique cela ait l'air fabuleux, il est pourtant vrai que c'est toi qui, avec tes trois cents braves, a sauvé le pays en arrêtant l'invasion de cette armée qui nous menaçait. Une poignée d'hommes pour repousser, mettre en déroute, chasser enfin une armée de plus de sept mille hommes, voilà ce qu'on peut appeler un prodige.

Tu as été particulièrement exposé, monté sur ce coursier de nouvelle espèce. Mais à travers les périls de cette mémorable journée, tu étais du moins exempt de celui de tomber sous un cheval tué ou blessé. Malgré cela, je te conseille et te prie très instamment de ne plus choisir un tel cheval de bataille. Perché là-dessus, c'est être une cible facile. Braver les dangers est digne de ton caractère ; mais il ne faut pas en chercher d'inutiles. Tu es, je crois, le premier général qui ait gagné une bataille en grimpant sur une souche.

Je suis fier de mon fils ! Nos compatriotes doivent partager ce sentiment. Juchereau dit que tu es un bon et excellent général. Et si tu savais tout ce qu'il dit de toi, ta modestie se fâcherait contre lui.

Ne crois pas, mon enfant, qu'à travers toute cette gloire militaire je perde de vue mon cher petit-fils si joli. Je lui souhaite tous les biens et, surtout, qu'il possède l'honneur à un degré aussi élevé que son père. À tous deux, et à l'aimable maman, les plus abondantes bénédictions que la Divine Providence puisse répandre sur les humains ! Qu'elle te préserve des dangers de la guerre. Ta mère s'unit à ces vœux avec toute la tendresse et la candeur de son âme. Elle t'assure de son amitié. Tes sœurs s'y joignent, toutes complimentent le victorieux général, Hermine comprise. Écris-moi. Tu obligeras bien particulièrement quelqu'un qui joint au plus profond sentiment d'attachement celui de l'estime portée au plus haut degré. À cela, mon cher fils, tu reconnaîtras bien…

Ton tendre père et ami, Louis de Salaberry

« Mission accomplie, père », songea Charles en relisant la longue épître. Il avait enfin répondu aux attentes de son père. « Pauvre mère », se dit-il. Le récit de ses exploits lui avait sûrement rappelé le sacrifice d'Édouard. Curieusement, au cours du combat, il n'avait pas pensé un seul instant à sa sécurité, ni à Julie ou à son fils. Il avait été emporté par le feu de l'action. Il voulait vaincre, il avait gagné. La reconnaissance finirait bien par venir. Le contraire était tout simplement impensable.

Il avait sauvé Montréal et on l'avait maltraité. Mais il avait ses défenseurs. Peu après la publication de l'ordre général de Prévost qui l'avait tant blessé, Michael O'Sullivan, un avocat de Montréal présent à Châteauguay, avait publié un compte rendu élogieux des actions de Salaberry, tant dans les journaux anglais que ceux de langue française. Désormais, pas un Canadien ne pouvait croire à la version de Prévost.

Salaberry était las.

Ses pensées finirent par vagabonder vers Chambly.

∾

Ovide de Rouville s'agitait dans son sommeil. Il repoussa violemment le drap et la couverture de laine qui le recouvraient, enfonçant son visage dans l'oreiller de plumes, comme s'il cherchait à se cacher. Il faisait un cauchemar. Marguerite Talham marchait sur le chemin de la Petite Rivière. Elle lui tournait le dos, sa longue tresse caressant le creux de ses reins. Elle portait une mince robe qui brillait au soleil. Soudain, elle se retourna et il y avait à ses côtés un enfant qu'elle tenait par la main. Ce dernier avait son propre visage, ses yeux, comme si c'était lui, l'enfant. Ovide envoya la main joyeusement au garçon. Mais sa mère,

Marguerite, brandit alors le poing en proférant : « Sois maudit, Ovide de Rouville, brûle en enfer pour l'éternité. » Et elle s'éloigna en entraînant son fils sur le chemin.

Il se réveilla, pris d'un tremblement violent. Il refusait de se rendormir de peur de retourner dans ce mauvais rêve. Dans une tentative de se calmer, il voulut faire apparaître la douce image d'Emmélie Boileau pour chasser celle, obsédante et terrifiante, de Marguerite. En vain. La sueur avait trempé les draps. Finalement, il se leva, ranima le feu de la chambre, revêtit sa chaude robe de chambre et mit son bonnet d'intérieur afin de se réchauffer. Il grelottait, incapable de retrouver son calme. Sur une table, le bel exemplaire de *La Princesse de Montpensier* retourné par Emmélie. Pourquoi s'être vanté de le lui avoir offert ? Il aurait dû conserver cet argument pour plus tard, ce qui lui aurait permis de retourner la voir. Du coup, il avait épuisé toutes ses munitions.

Dans la solitude de sa maison, celle qu'avait louée autrefois son père pour se débarrasser de sa présence au manoir, Ovide de Rouville, seul et sans amour, pleura de rage et de désespoir.

❧

— *Goddamn!* Ah, non ! Je ne leur ferai même pas l'honneur de jurer en anglais, disait Salaberry. Pardieu, maudits soient-ils ! Prévost, Watteville… Et Baynes, l'exécuteur des basses œuvres de Prévost, le pire de tous. Qu'ils aillent tous en enfer, ces menteurs ! C'est moi qui ai tout fait…

— Qu'y a-t-il, mon colonel ? cria Antoine.

Inquiet de l'état de son maître, il fit stopper l'attelage. Antoine l'entendait fulminer, en dépit du bruit des deux chevaux lancés au grand galop.

— Ce n'est rien, Antoine.

Une toux violente, causée sans doute par la fièvre, provoqua une sensation de brûlure dans sa poitrine.

— Je me libère de mes soucis, rien de plus.

La voiture bringuebalante qui ramenait Salaberry à Chambly avançait sur d'épouvantables chemins, à moitié détruits. Chaque cahot était assimilé à une frustration, provoquant un accès de rage chez le passager.

En moins de deux ans, il avait vu ses espérances se traduire en déception. Le corps des Voltigeurs, d'abord prévu pour compter quatre cents hommes et que Prévost avait réduit à trois cents, puis son grade de lieutenant-colonel dans l'armée régulière, dont il attendait toujours le brevet de Londres. Lorsqu'il avait appris que Prévost lui-même en avait fait la recommandation, Salaberry avait éclaté de rire. À ses yeux, ce n'était qu'une autre de ses manigances. Belle hypocrisie que d'ajouter sa recommandation à un rang qu'il avait déjà obtenu, mais dont il attendait simplement la confirmation. Que le diable l'emporte et l'armée avec lui !

Parce qu'on lui avait appris que le devoir d'un gentilhomme était de mettre son épée au service de son roi, il avait revêtu l'uniforme britannique. En France, le pays de ses pères, le peuple avait renié son roi et sa foi, pour, plus tard, porter sur un trône un empereur venu de Corse. Cet usurpateur avait assassiné son frère Édouard à Badajoz. En Angleterre, le roi qu'il avait si bien servi l'avait trahi, par le truchement de ses subalternes qui faisaient la loi en terre canadienne, son pays.

Après vingt ans dans l'armée britannique, Charles de Salaberry découvrait avec douleur qu'il n'était qu'un apatride et que jamais il n'avait eu le choix de sa destinée.

La manière dont on l'avait traité commençait à avoir des répercussions au pays. Le capitaine Louis-Joseph Papineau ainsi que les capitaines Lévesque et Desbartzch avaient démissionné des milices d'élite. Son beau-frère Michel-Louis Juchereau-Duchesnay lui avait manifesté son intention de faire de même, profondément dégoûté par l'attitude des généraux. Lui-même songeait à renoncer à ses Voltigeurs, à son rêve d'une armée entièrement canadienne.

Pris d'un frisson, Salaberry se blottit plus profondément sous l'épaisse couverture de fourrure. Les dernières semaines avaient réveillé ses vieux rhumatismes et il souffrait d'élancements pénibles. À Chambly, il pourrait prendre un peu de repos. À Chambly, dans les bras de Julie.

Depuis Châteauguay, le commandant des Voltigeurs canadiens était si mal en point qu'il n'arrivait plus à se réchauffer. Il se révoltait aussi, en songeant à ses courageux Voltigeurs exposés au froid d'un automne comme on en avait rarement vu. Cruauté absurde que de maintenir les hommes sur le terrain. D'ailleurs, la plupart d'entre eux s'étaient ramassés à l'infirmerie.

« Je veux rentrer chez moi ! » se dit alors Salaberry.

« Chez moi. » Deux petits mots. Où était-ce, au fait, chez lui ? Dans son esprit aucun endroit ne correspondait à l'idée qu'il se faisait d'un chez-soi. La petite maison de Saint-Philippe, qu'il conservait encore cette année, et où il ramènerait Julie et leur fils, avait été l'endroit où pour la première fois de sa vie, il s'était senti véritablement heureux. Mais, ce *home* n'était pas ce chez-soi qu'il se prenait à souhaiter avec ardeur. Cette maison était la propriété d'un inconnu et ne ressemblait en rien à celle dont il rêvait. Dans son esprit s'esquissait l'idée de ce que serait un jour *sa* maison. Une demeure pareille à nulle autre au Bas-Canada et qu'il bâtirait de ses mains.

Il avait déjà fait l'acquisition d'une maison à Beauport, en prévision de sa retraite de l'armée. Mais Beauport était devenu un tombeau où son père et sa mère consumaient un chagrin qui durerait jusqu'à la fin de leurs jours. Amélie et Adélaïde étaient également condamnées à vivre dans une prison de larmes, sacrifiées elles aussi à l'honneur des Salaberry, filles dépourvues de dot et dont le père ne consentirait jamais à ce qu'elles épousent un roturier, si riche soit-il.

Pour que cesse la malédiction des Salaberry, Charles était convaincu qu'il devait fuir Beauport et l'affectueuse tyrannie de Louis. Il devait se tenir loin des larmes de sa mère, malgré l'amour filial qu'il éprouvait. Charles aspirait à la liberté, à une vie nouvelle, où ni l'armée, ni le duc de Kent, ni Louis de Salaberry n'auraient leur mot à dire.

Charles de Salaberry renonçait à Beauport, car Chambly l'appelait. Le village de sa chère Julie où il avait trouvé l'amour. C'est là que le bonheur l'attendait.

❧

Le soir se hâtait pour se fondre dans la grisaille de novembre, et lorsque la voiture ramenant Charles de Salaberry auprès de son épouse emprunta le chemin de la Petite Rivière, il faisait noir. Dans moins d'une heure, Charles pourrait serrer Julie dans ses bras. Pourquoi cette voiture n'allait-elle pas plus vite ?

Enfin, la calèche couverte pénétra dans la cour intérieure du manoir de Rouville et s'arrêta. Pendant qu'Antoine appelait un garçon d'écurie et descendait les malles, Salaberry entra dans la maison endormie. Mais le feu avait été entretenu dans l'âtre du petit salon où Julie lisait. En entendant le bruit de la voiture dans la cour, elle se précipita vers lui.

— Mon ange !

Il saisit son visage et embrassa longuement les lèvres douces.

— Comment va le petit ? demanda-t-il.

— À cette heure, il dort, répondit-elle en souriant.

— Alors, je peux encore embrasser sa maman.

Ce qu'il fit avec une ardeur renouvelée. Il n'avait pas encore retiré son épaisse cape, imprégnée d'une odeur de laine mouillée, ni son uniforme, mais il sentait la chaleur du corps de Julie qui le réchauffait enfin.

— Julie, ma chère Julie ! Tu m'as terriblement manqué. Jamais plus je ne resterai séparé de toi, affirma-t-il avec fougue.

Il la regarda encore, plongeant le regard ardent qui avait mené les Voltigeurs à la victoire dans ses yeux de velours.

— Sur mon âme, je t'aime, Julie, dit-il en la serrant encore au point qu'elle dut se dégager pour ne pas étouffer. Dieu seul sait à quel point je peux t'aimer, ajouta-t-il en caressant ses cheveux.

Julie était son havre. Et elle riait de le voir si fou, si amoureux d'elle.

— Tu ne mesures pas ta force, mon cher époux, dit-elle tendrement.

Dans quel état lui rendait-on son homme ? « Lorsqu'ils rentrent à la maison, les héros ont vraiment mauvaise mine », se dit Julie. Charles était épuisé, malade peut-être, ses vêtements étaient sales, boueux, et lui-même avait grand besoin d'eau et de savon.

— Mais toi, m'aimes-tu seulement un peu ? demanda-t-il, à bout de force, presque suppliant.

Ce besoin qu'il avait d'elle !

Julie frémit de bonheur en entendant ces mots. Un moment, elle avait eu peur de le perdre. Elle comprit soudain ce qui lui importait plus que tout : être près de Charles chaque jour que Dieu faisait. « Voilà. C'est certainement cela, l'amour », se dit-elle.

— Charles, tu en doutes encore ? répondit Julie avec ferveur, en se blottissant contre lui.

Il était si heureux qu'il en avait les larmes aux yeux, des larmes de bonheur, mais aussi des larmes d'épuisement.

— Mon cher mari, va te rafraîchir et allonge-toi, l'enjoignit Julie.

Elle avait un étrange sourire et l'œil pétillant.

— J'irai te retrouver tout à l'heure, chuchota-t-elle.

Pour toute réponse, il l'embrassa de nouveau et monta à l'étage.

Il se jeta sur le lit en poussant un immense soupir de soulagement. Entre les draps où avait dormi son épouse flottait une odeur de rose.

Quand Julie pénétra dans son ancienne chambre de jeune fille pour retrouver son mari, l'eau qui remplissait le grand bol servant à la toilette était grise. Elle nota qu'il avait passé une chemise propre avant de s'étendre et semblait dormir. Doucement, de peur qu'il ne s'éveille, elle saisit une mouchette pour éteindre la chandelle qu'il avait laissé brûler à son intention afin qu'elle ait un peu de lumière. Mais lorsqu'elle s'allongea près de lui, il se blottit tout contre elle. Malgré la fatigue, il restait encore des forces au héros de Châteauguay, constata Julie en rendant son baiser à Charles qui lui retirait ses vêtements.

Plus tard, quand Salaberry se fut endormi, elle se releva pour attiser le feu. Dans la lueur, elle contempla l'homme qu'elle avait choisi pour mari. Son destin était désormais lié au sien, et cette pensée lui procurait une délicieuse sensation de bien-être.

— Charles de Salaberry, murmura-t-elle sous le drap, je t'aime.

Pour toute réponse, il émit un vague grognement et l'enlaça.

Dans la pénombre, Julie souriait.

Repères et sources

L'intrigue des *Chroniques de Chambly* est basée sur des faits historiques, mais puisque la fiction a ses propres exigences, certains détails ont été modifiés, par exemple l'âge de plusieurs personnages historiques, afin de mieux s'intégrer à l'intrigue du roman. Suivent plus bas quelques indications sur les personnages, faits principaux et expressions particulières, le tout présenté suivant l'ordre d'apparition dans le roman.

CHARLES-MICHEL D'IRUMBERRY DE SALABERRY (1778-1829)
J'ai choisi d'abréger son nom en Charles de Salaberry, omettant le deuxième prénom Michel, tout comme il le faisait lui-même, puisqu'il signait toujours ses lettres ainsi : *Chrs de Salaberry*. De plus, à cette époque, les Salaberry n'utilisaient pas le « d'Irumberry » dans leur correspondance.

Enrôlé dans l'armée britannique en 1792, Salaberry est enseigne aux Antilles en 1794. Ce n'est qu'en 1803 qu'il peut prétendre au titre de capitaine et à une compagnie dans le 60th Foot. Il revient à Québec en 1804, pour des raisons de santé. La même année, il s'embarque pour l'Angleterre avec ses frères Maurice et François-Louis. Après des séjours en Irlande et en Hollande, Salaberry revient définitivement au pays à l'automne de 1810 comme aide de camp du major général de Rottenburg et obtient le grade de major honoraire. Dans le roman, nous avons situé le retour de Salaberry au Canada en 1811. À Chambly, en 1812, Salaberry avait pris ses quartiers chez l'aubergiste Vincelet, comme nous l'apprend René Boileau (père) dans ses *Carnets* :

8 juillet 1812
Vers 4 heures, je suis allé présenter mes respects à Son Excellence Sir George Prévost, gouverneur de la province, etc., etc., qui était chez monsieur le major de Salaberry, dans la maison à deux étages de M. Vincelet, à Chambly. Son Excellence a pris le dîner chez moi.

Mary Fortescue

Les amours de Salaberry avec sa cousine Mary Fortescue sont racontées dans la correspondance entre les Salaberry et le duc de Kent (à propos de ce personnage, voir note plus bas). Après sept semaines de fréquentations, ils décident de se marier. Le duc de Kent écrit alors à Salaberry pour qu'il renonce à ce projet, lui expliquant qu'il n'est pas assez riche pour se marier et que sa carrière en souffrira.

Sur les rangs de Salaberry et les rangs dans l'armée

Dans l'armée, l'ancienneté est si importante qu'elle peut parfois se mesurer en demi-journées, voire en heures : un officier nommé à un rang le matin a priorité sur celui du même rang nommé l'après-midi du même jour. Les commissions militaires s'obtiennent au mérite et à l'ancienneté, mais on peut aussi les acheter ou les revendre. De plus, un rang dans l'armée est supérieur à un rang de même appellation dans les milices : un lieutenant-colonel de l'armée est supérieur à un lieutenant-colonel de milice. Salaberry est le plus ancien capitaine du 60th Foot, lorsqu'il reçoit son grade honoraire de major (brevet) en juillet 1811. En octobre 1812, Prévost remet à Salaberry un titre de lieutenant-colonel de milice (rétroactif au 1er avril 1812), qui le met en colère, car cela pouvait retarder son avancement dans l'armée. En janvier 1813, Rottenburg annonce à Salaberry qu'il est promu superintendant des Voltigeurs avec un rang de lieutenant-colonel dans l'armée régulière. Dès novembre 1812, Jacques Viger désigne Salaberry comme « colonel ». Mais il ne recevra réellement la confirmation de ce rang qu'en juillet 1814. Malgré ses hautes protections (le duc de Kent), Salaberry n'a pas eu droit à des privilèges et s'est démené pour obtenir auprès de ses supérieurs et des autorités titres et reconnaissance. Nous nous référons à l'article bien documenté du *Dictionnaire biographique canadien*, rédigé par les historiennes Cécile Cyr et Michelle Guitard.

JULIE DE ROUVILLE (1788-1855)
Marie-Anne-Julie est née à Montréal le 23 mai 1788, et son frère, Jean-Baptiste-René (modèle d'Ovide), le 20 juin 1789. Ces personnages ont été vieillis dans *Marguerite*, le premier tome des *Chroniques de Chambly*, pour mieux satisfaire aux fins de l'intrigue. En réalité, elle avait 23 ans le jour de son mariage. La famille de Melchior Hertel de Rouville s'établit à Chambly en 1789 et, aux environs de 1800, le seigneur de Rouville y fera construire un manoir en pierre qui existe encore de nos jours, rue De Richelieu. Lorsque Marie-Anne-Julie Hertel de Rouville signait un acte officiel, elle utilisait tous ses prénoms et ses noms de famille. La correspondance familiale indique que le prénom Marie-Anne était en usage, plutôt que celui de Julie comme dans le roman. Les très rares lettres personnelles qu'elle a laissées ont été signées du prénom de Marie-Anne.

LA RIVIÈRE CHAMBLY
Dans les journaux, dans la correspondance et dans d'autres sources premières de l'époque, on appelle « rivière Chambly » la rivière Richelieu.

LE DUC DE KENT ET MADAME DE SAINT-LAURENT
Edward-Augustus, duc de Kent et de Strathearn (1767-1820), est le quatrième fils de George III, roi d'Angleterre. Le duc de Kent avait perdu la faveur de son père qui le tint longtemps éloigné du pays. En 1790, il fait la rencontre de Alphonsine-Thérèse-Bernardine Montgenet, dite Julie de Saint-Laurent (1760-1830), baronne de Fortisson, qui accepte de partager sa vie sans être mariée. Elle le suit à Québec en 1791 et dès son arrivée, le couple se lie d'amitié avec la famille de Louis de Salaberry. En 1792, le duc et madame de Saint-Laurent sont parrain et marraine d'Édouard-Alphonse de Salaberry, un événement qui fait scandale (le duc étant de religion anglicane). Par la suite, le duc de Kent est envoyé à Halifax. Il favorise la carrière militaire des quatre

fils de Louis de Salaberry. Une correspondance abondante témoigne de l'amitié partagée par le duc et les Salaberry, père et fils. Le duc de Kent et madame de Saint-Laurent vivront ensemble pendant vingt-sept ans. En 1818, pour des raisons de succession au trône, le couple doit se séparer. Julie de Saint-Laurent se retire dans un couvent; le duc de Kent épouse la princesse allemande Victoria Mary Louisa de Saxe-Cobourg-Saalfeld. Il sera le père de la reine Victoria.

Le duel de Salaberry et autres anecdotes

Le récit du duel de Salaberry et les autres anecdotes sur la famille Salaberry sont rapportés par Philippe Aubert de Gaspé dans ses *Mémoires*, où il consacre tout un chapitre à Louis et Charles de Salaberry. Ces anecdotes ont été reprises, presque mot pour mot, par Thérèse de Salaberry, petite-fille de Charles-Michel de Salaberry, dans l'ouvrage qu'elle consacre aux origines de sa famille. Ces auteurs ne citent aucune source et se répètent. L'historienne Michelle Guitard ne mentionne pas ce duel. Nous en avons cherché des traces, en vain. Difficile, dans ce cas, de distinguer le vrai du faux. Mais, dans un roman, pourquoi se priver de ces récits savoureux qui nous ont été transmis?

La correspondance des Salaberry

Certaines lettres du roman sont authentiques, d'autres le sont en partie. La lettre d'Édouard de Salaberry au duc de Kent est authentique, de même que les deux lettres du duc de Kent à Salaberry à propos de la mort de ses frères. L'essentiel de la correspondance de la famille de Salaberry se trouve dans le Fonds Famille Salaberry, à Bibliothèque et archives du Canada (BAC), ainsi qu'au Centre d'archives de Québec, Bibliothèque et Archives nationales du Québec (BANQ). Le fonds de BAC comprend également des lettres de Melchior Hertel de Rouville à Louis de Salaberry. La lettre du 4 novembre 1813 de Charles de Salaberry à sa femme est authentique. Ces lettres ont été modernisées par souci d'uniformité.

Les lettres du duc de Kent et la mort des frères Salaberry
C'est en relisant attentivement *The Life of F. M. H. R. Edward, Duke of Kent*, de William James Anderson, publié en 1870, reproduisant la correspondance entre ce prince d'Angleterre et les Salaberry, que nous avons pu reconstituer le rythme de l'arrivée du courrier au Canada et imaginer de quelle manière et à quel moment les Salaberry ont appris la mort de trois de leurs quatre fils. C'est dans cette correspondance que nous avons également appris que Charles de Salaberry a reçu, à l'automne de 1812, un « paquet » contenant les lettres de ses frères. Certaines de ces lettres sont des traductions du français à l'anglais. Le duc de Kent et Madame utilisaient cette langue.

Louis de Salaberry (1752-1828)
Baptisé Ignace-Michel-Louis-Antoine de Salaberry. Dans divers documents, on le retrouve sous les prénoms de Michel, Louis-Ignace, Ignace. Nous adoptons « Louis de Salaberry », puisque c'est ainsi qu'il signait sa correspondance. Louis de Salaberry avait épousé, à Montréal en février 1778, Catherine-Françoise Hertel de Saint-François, qui est une cousine éloignée de Melchior Hertel de Rouville.

Après la Conquête, il avait gagné la France avec sa famille, mais son père, Michel de Sallaberry (qui écrivait son patronyme avec deux « l »), le renvoya au Canada, sous la garde d'une tante, Thérèse Juchereau-Duchesnay, veuve d'Antoine d'Ailleboust Coulonge de Mantet. Cette dernière l'inscrivit au Séminaire de Québec en 1765. Louis de Salaberry s'émancipa à l'âge de vingt ans (la majorité était alors fixée à vingt-cinq ans) pour toucher son héritage : un quart de la seigneurie de Beauport.

L'importance de sa lignée devait tenailler l'orphelin. En 1785, il retourne en France afin d'aller chercher ses lettres de noblesse à Paris, auprès d'un cousin éloigné : Charles-Victoire de Salaberry, président de la Chambre des Comptes. Toute sa vie, Louis de Salaberry entretiendra une correspondance assidue avec ses cousins français et la famille de sa demi-sœur Angélique, qui s'est mariée en France. La mort de ses fils l'aura profondément marqué, tout comme madame de Salaberry qui meurt en 1824, quelques jours après le décès de leur fille Hermine, la seule des filles Salaberry à s'être mariée. Hermine avait épousé son cousin Michel-Louis Juchereau-Duchesnay.

Irumberry de Salaberry

Dans les index des livres d'histoire, lorsque nous recherchons Salaberry, il arrive souvent que nous les retrouvions à la lettre « i » pour : Irumberry. C'est à Louis de Salaberry que nous devons cet encombrant nom de famille. En récupérant les lettres de noblesse de sa famille, il a ramené de France ce deuxième patronyme. Cependant, il ne l'utilisera pour ainsi dire jamais dans ses lettres, pas plus que Charles, et cela même dans la plupart des actes officiels.

Juchereau-Duchesnay

Par sa mère, Louis de Salaberry appartient à l'une des plus importantes familles seigneuriales du pays : les Juchereau-Duchesnay. Ces descendants de Robert Giffard sont principalement les seigneurs de Beauport (ainsi que de plusieurs autres fiefs) et posséderont pendant deux cents ans la plus ancienne seigneurie concédée depuis les débuts de la colonie : Beauport. Michel-Louis Juchereau-Duchesnay (1785-1833) est le fils d'Antoine Juchereau-Duchesnay et de Catherine Dugré Lecompte, il est le petit-cousin de Louis de Salaberry. Avec son frère, Jean-Baptiste, il était le compagnon d'armes de Salaberry. Les deux frères Juchereau-Duchesnay sont à Châteauguay, derrière l'abattis.

La guerre de 1812

Les États-Unis déclarent la guerre au Canada le 18 juin 1812. La Nouvelle-Angleterre s'opposait à cette guerre. C'était surtout les États du sud des États-Unis qui prêchaient l'invasion. Les meilleures références sur la guerre de 1812, les Voltigeurs canadiens, le complexe militaire à Chambly, le rôle de Charles de Salaberry et la bataille de Châteauguay se trouvent presque toujours dans les travaux de l'historienne Michelle Guitard. Malgré l'abondance de la documentation, Charles-Michel de Salaberry n'a pas encore eu droit à une biographie d'envergure de la part d'un historien québécois, en dehors de celle qu'on retrouve dans le *Dictionnaire biographique canadien*.

Les émeutes de Lachine évoquées dans le roman en mai se sont déroulées en juillet 1812.

PAPINEAU

Louis-Joseph (1786-1871) et Rosalie Papineau (1788-1857). Selon la correspondance familiale, Rosalie a passé une partie de l'hiver 1811-1812 à la seigneurie de Petite-Nation, avec le reste de la famille. Sa visite à Chambly, accompagnée de son frère, doit tout à l'imagination de la romancière.

Le personnage historique de Louis-Joseph Papineau est connu : sa correspondance a été publiée par les historiens Georges Aubin et Renée Blanchet ; sa vie a été racontée dans un roman de Micheline Lachance dont l'héroïne était Julie Bruneau, femme de Louis-Joseph.

Malgré cela, comme peu d'écrits ont été laissés par Louis-Joseph Papineau avant les années 1821, nous avons pu donner libre cours à notre imagination en prêtant à cet autre héros national une idylle avec Emmélie Boileau, inspirée par une petite phrase sibylline, tirée d'une lettre de Rosalie Papineau à son frère, datée du 2 novembre 1813. Rosalie fait allusion à une *dulcinée, qui n'a pas moins envie de te voir que de te quereller*. Nous ignorons de qui il s'agit. Les lettres du roman sont donc fictives, mais certains passages ont été inspirés par la correspondance des Papineau.

L'OPÉRA *LUCAS ET CÉCILE*

Joseph Quesnel a écrit deux opéras : *Colin et Colinette* (1788) ainsi que *Lucas et Cécile* (1808). Ce dernier n'aurait jamais été joué. Les paroles de l'*Air de Cécile* proviennent du disque *Les Amours*, de l'ensemble Nouvelle-France dirigé par la musicienne et musicologue Louise Courville.

LE COURRIER À CHAMBLY

Le premier bureau de poste officiel, à Chambly, se trouve dans la partie appelée Canton, en 1816. Selon les recherches d'un numismate, avant cette date, le courrier aurait été déposé au presbytère, mais des recherches démontrent qu'en 1802, le fort de Chambly servait de bureau de poste, un sergent en avait la charge. Pour le roman nous avons choisi l'auberge de monsieur Vincelet. À l'époque, les relais de poste étaient parfois dans des auberges.

Prevost ou Prévost (1767-1816)
Le gouverneur George Prevost, malgré son origine suisse-romande et sa parfaite maîtrise du français, écrivait son nom à l'anglaise. Nous avons retenu l'orthographe adoptée par les historiennes Guitard et Cyr: Prévost, avec l'accent aigu. Il devient officiellement gouverneur en juillet 1812, mais agit comme administrateur de la colonie dès son arrivée, en octobre 1811. Dans le roman, nous avons choisi de lui donner immédiatement son titre de gouverneur. À noter que sa conduite libertine appartient à la fiction.

Gun Powder
«Poudre à canon.» Ce surnom, qui illustre le caractère explosif de Salaberry, se retrouve dans la correspondance de Rottenburg à Salaberry: *my dear Gun Powder*. Même lorsqu'ils eurent quitté l'armée, les deux hommes poursuivirent leurs échanges épistolaires amicaux, l'un d'Angleterre, l'autre du Canada.

George Stubinger (1755-1822)
Sa date de naissance est celle proposée par le fichier de Rénald Lessard sur les premiers médecins et chirurgiens. Originaire du diocèse de Hesse-Cassel, Jean-George Stubinger, aide-chirurgien, arrive avec les troupes des Chasseurs de Hesse-Hennau (régiment d'élite de mercenaires allemands) en 1779. En 1786, il épouse en premières noces Marie-Anne Quintal, qui meurt un mois après son mariage. L'année suivante, le 9 janvier 1787, Stubinger épouse Charlotte de La Brocquerie. Le baron Frideriech de Schaffalasky est présent à ses deux mariages. Stubinger s'établit à Boucherville, avant d'être affecté comme médecin de la garnison au fort de Chambly en 1808 (dans le roman, on le voit arriver en 1812). Chirurgien de l'armée en 1812, plusieurs se plaignent de son grand

âge pour accomplir ses fonctions. Une de ses filles a épousé l'artiste Joseph Pepin, une autre se marie avec le docteur Samuel Newcomb, qui sera patriote, et une troisième épousera un officier du régiment de Meuron (qui arrivera au pays en 1813, composé en grande partie d'anciens soldats de la Grande Armée de Napoléon), François Bourgeois.

La milice sédentaire

Chaque paroisse a sa milice, constituée d'hommes âgés de seize à soixante ans. Elle comprend toute une hiérarchie, qui reproduit celle de l'armée. Le capitaine de milice est un personnage important, chargé entre autres d'organiser les corvées et de voir à l'ordre dans la paroisse. Il fait le lien entre l'administration coloniale et les habitants.

La milice d'élite

Constituée en 1812, elle est formée d'hommes célibataires, conscrits à partir des milices sédentaires, ou de volontaires. Il y aura six bataillons de milice d'élite en 1813. Des membres des familles de la noblesse, ou des notables issus des grandes familles bourgeoises ont été officiers de cette milice pendant la guerre de 1812, notamment Louis-Joseph Papineau et son cousin, Louis-Michel Viger, deux personnages historiques qui figurent dans le roman. Les milices d'élite seront dissoutes après la guerre.

Les Voltigeurs

Entre la milice et l'armée se trouvent les corps de volontaires qui sont des régiments coloniaux. Le corps des Voltigeurs canadiens est constitué de natifs du pays et sera placé sous le commandement de Charles-Michel de Salaberry qui en avait eu l'idée. D'autres corps semblables : Glengarry Fencibles, Quebec Volunteers, seront également mis sur pied au cours de cette guerre. Encore une fois, l'*Histoire sociale des miliciens de la bataille de la Châteauguay* de Michelle Guitard reste la référence.

LE CAPITAINE DE ROUVILLE
Les contrats d'engagement de voltigeurs par le capitaine Jean-Baptiste-René Hertel de Rouville, frère de madame de Salaberry – et qui sert de modèle au personnage d'Ovide de Rouville (voir la note dans *Marguerite*) –, indiquent qu'il n'a pas toujours pu fournir à ses recrues la somme de quatre livres prévue par le règlement. De plus, il est vrai également que le beau-frère du commandant des Voltigeurs écrit à Vassal de Monviel pour être déplacé dans un bataillon de la milice d'élite parce qu'il trouvait trop dure la discipline imposée par Salaberry.

JACQUES VIGER (1787-1858)
Premier maire de Montréal, il s'intéressait à l'histoire et a laissé une œuvre, *Ma Saberdache* (sacoche amérindienne), dont une partie reste inédite. Cet amoureux de la langue a aussi commencé un glossaire de néologismes, document précieux sur le vocabulaire de l'époque. Voir à ce sujet : *Néologie canadienne de Jacques Viger*, par Suzelle Blais. Une partie de sa correspondance a également été publiée par les historiens Léo Beaudoin et Renée Blanchet. Le roman s'en est inspiré. Ses lettres sur sa vie de voltigeur contiennent de nombreux détails décrits dans un style savoureux. Jacques Viger était fasciné par le domaine militaire, et Amédée Papineau, le fils de Louis-Joseph et de Julie Bruneau, se moque gentiment de cet aspect de la personnalité de son ami et voisin. Dans le roman, les Viger habitent rue Bonsecours à Montréal. Ils ont également vécu rue Saint-Paul. Lorsqu'il vient à Chambly en juin 1812, Viger trouvera à se loger chez le docteur Marc-Pascal de La Terrière. Ce dernier avait loué une maison sur le chemin Sainte-Thérèse. Le logement chez le docteur Talham, dans le roman, est purement fictif.

LE MARIAGE DU 14 MAI 1812
Le mariage de Julie de Rouville et de Charles de Salaberry semble se dessiner rapidement, dans le roman. Aucun document ne permet de remonter le fil du temps pour savoir quand, exactement, ils ont commencé à se fréquenter, ni combien de temps ont duré les fréquentations et les fiançailles. Tout concorde pour

l'hypothèse d'un mariage arrangé entre les familles, notamment le montant de la dot de Julie et le fait que Salaberry n'apporte pas grand-chose avec lui le jour de son mariage. Une courte lettre de Melchior Hertel de Rouville à Louis de Salaberry, datée du 11 avril 1812, remercie monsieur de Salaberry de donner son accord au mariage. Pourquoi ? Deux hypothèses. La première : Salaberry vient de se décider et monsieur de Rouville s'empresse de faire célébrer le mariage le plus tôt possible, avec le consentement de Louis. La guerre s'en vient et Salaberry doit être à Québec fin mai. La deuxième : les Salaberry ont appris la mort de leur fils François-Louis en mars. Malgré le deuil, le père autorise la célébration du mariage. Salaberry semble pressé. Il aurait voulu se marier le soir, mais son entourage l'en dissuade. La veille de son mariage, le 13 mai, Salaberry est à Montréal et rédige ses instructions pour l'entraînement des Voltigeurs. En après-midi, il est à Chambly pour signer les accords de mariage chez les Rouville. Le même jour paraît une annonce dans la *Gazette de Québec* où il offre à louer une maison à Beauport. C'est le notaire Lelièvre de Québec qui s'en occupe.

La revue des troupes et le souper du gouverneur

Le gouverneur Prévost était à Chambly le 8 juillet 1812, à Montréal le 10 juillet et à Québec le 16 juillet, pour l'ouverture de la Chambre. Le général de Rottenburg fit la revue des troupes à Chambly le 3 août 1812 et Jacques Viger a raconté qu'il n'y avait pas suffisamment de couverts pour le recevoir au mess des officiers. Prévost fera la revue des troupes à Blairfindie à la mi-septembre. Tous ces faits ont été regroupés dans un seul chapitre.

Boileau, Lareau, Lukin, de Niverville, Talham

Tous ces personnages ont réellement existé. On retrouve certains de leurs faits et gestes dans les documents de l'époque : le registre paroissial de Saint-Joseph-de-Chambly, les archives notariales et les archives judiciaires. Le personnage de Joseph, qui vit chez les Rouville, est fictif, mais il rappelle que cette famille a possédé des esclaves (Noirs et Panis), comme l'atteste le registre paroissial.

L'histoire de la reconstruction du ponceau se trouve dans les archives judiciaires et dans le greffe du notaire François-Médard Pétrimoulx. Le pique-nique de septembre 1813 est rapporté par René Boileau dans ses *Notes*. La montagne de Boucherville est le mont Saint-Bruno.

Pays d'en Haut : Le lecteur s'étonnera de trouver cette expression au singulier. Il est sans doute habitué aux Pays d'en Haut, au pluriel, du curé Labelle, désignant le nord de Montréal. Mais, à l'époque de la Nouvelle-France, et par la suite, le « Pays d'en Haut », c'est-à-dire la région des Grands Lacs, s'opposait au « Pays d'en Bas », la vallée du Saint-Laurent. Nous reprenons l'orthographe de l'historien Gilles Havard.

Sources documentaires

Nous avons utilisé les fonds d'archives de la famille Salaberry des centres des Archives nationales de Québec et de Montréal (BANQ) ; le fonds Famille Salaberry, à Bibliothèque et Archives Canada (BAC), les *Mémoires* de Philippe Aubert de Gaspé ; *La Famille d'Irumberry de Salaberry*, de Pierre-Georges Roy ; l'*Histoire populaire du Québec 1792-1840*, de Jacques Lacoursière ; *Regards sur la famille d'Irumberry de Salaberry*, par Thérèse de Salaberry ; l'*Histoire sociale des miliciens de la guerre de 1812*, de Michelle Guitard ; *Les Officiers de milice du Bas-Canada 1812-1815*, de Luc Lépine ; *Mariage et famille au temps de Papineau*, de Serge Gagnon, les articles du *Dictionnaire biographique du Canada* sur les principaux personnages historiques ; *The Life of F. M. H. R. H. Edward, Duke of Kent*, de William James Anderson, publié en 1860 ; la correspondance de Jacques Viger publiée dans *Jacques Viger, une biographie*, par Léo Beaudoin et Renée Blanchet ; ainsi que celle de la famille Papineau, publiée dans les ouvrages des historiens Georges Aubin et Renée Blanchet ; les *Carnets de mon arrière-grand-père René Boileau* dans *Zouaviana*, par Gustave Alfred Drolet ; sans oublier les autres recherches personnelles de l'auteure sur les personnages qui ont fait l'histoire de Chambly.

Remerciements

Merci à Jacques Allard, particulièrement pour l'idée de *Manon Lescault*, et à Sandrine Lazure ; à Dominique Alexis, conseillère à l'intrigue ; à Georges Aubin et Renée Blanchet, pour l'heure juste sur les Papineau, ainsi que tous les ouvrages qu'ils ont publiés sur la correspondance des personnages du xixᵉ siècle ; à François Lafrenière, pour la correspondance de l'aumônier Pierre Robitaille ; à Nathalie Daoust, du Lieu historique national de la Bataille-de-la-Châteauguay. Grands mercis aux chercheurs et historiens de la Société d'histoire de la seigneurie de Chambly pour leur aide précieuse : Réal Fortin, Paul-Henri Hudon et, tout particulièrement, Raymond Ostiguy.

Quoi que l'on fasse, on ne le fait jamais seul.

Table des matières

Suivez-nous

Achevé d'imprimer en octobre 2012
sur les presses de Marquis-Gagné
Louiseville, Québec